LA LISTE INTERDITE

DU MÊME AUTEUR

Mythes, Paris-Méditerranée, 2002
Le Couloir de la Pieuvre, Stock, 2003
Miroir de sang, Stock, 2004
Le Pacte rouge, Stock, 2005, Prix du polar 2005
L'Ordre noir, Michel Lafon, 2007

Olivier Descosse

LA LISTE INTERDITE

Michel LAFON

Directeur d'ouvrage
Gilles Chenaille

S'AGISSANT D'UN OUVRAGE DE FICTION, TOUTE RESSEMBLANCE AVEC DES PERSONNAGES EXISTANT OU AYANT EXISTÉ NE POURRAIT ÊTRE QUE FORTUITE.

7-13, boulevard Paul-Émile Victor – Île de la Jatte
92521 Neuilly-sur-Seine Cedex

www.michel-lafon.com

Pour Céline et Téa.

– I –

1

Noir.

Un puits sans fond, une poche de goudron répandue sur la mer.

Vide.

De celui qui enveloppe le néant, qui aspire le rêveur vers l'oubli.

Froid.

Comme une présence supplémentaire, celle d'un insecte rampant dans ses artères et dévorant ses chairs.

Il ouvrit les yeux. Au-dessus de son front, un plafond de tissu clair, à peine éclairé par la réfraction lunaire. Puis aussitôt, la douleur. Fulgurante, totale. Elle courait dans son corps, irradiait sa nuque, perforait son crâne.

Il attendit quelques secondes, espérant faire refluer la vague. En vain. Il tenta de remuer. Impossible. Ses jambes étaient à vif. Idem pour les bras, le torse. Une enveloppe de souffrance dont il ne parvenait même pas à distinguer les formes.

La terreur déferla. Où était-il ? Pendant combien de temps avait-il perdu connaissance ? Une seule image tournait en boucle. Une impression plutôt, condensée en un choc d'une violence inouïe.

L'accident.

Le film des dernières heures se mit à défiler. Un apéro qui s'éternise, au bar des Cèdres, avec ses habituels potes de comptoir. Discussion animée, enchaînement des tournées, quand le patron les avait mis dehors, tout le monde était bourré.

Il avait regagné son véhicule en titubant. Conduire avec trois grammes dans le sang ne l'avait jamais effrayé. Question d'habitude. De plus, il connaissait la route par cœur. Six kilomètres à peine avant de rejoindre le raccourci. Pas de quoi fouetter un chat.

Il avait allumé la radio, branchée en permanence sur NRJ, poussé le volume à fond et enclenché la première. En moins de deux minutes, il rejoignait la nationale.

Désert en ce début de soirée, le ruban de bitume qui serpentait entre les champs de colza évoquait une piste de kart. Une lumière faible soulignait les ombres, l'heure entre chien et loup. Portée par la brise, une odeur de terre chaude tourbillonnait dans l'habitacle.

Peu à peu, un sentiment de plénitude l'avait envahi, mêlé à une sensation de puissance. Celle de sentir sous la pédale les prodigieuses potentialités de la machine. Sans même s'en rendre compte, il avait accéléré. Vibrations, ronflements, le monstre s'était élancé dans la descente. Cent vingt kilomètres à l'heure. Cent quarante. Cent soixante. L'aiguille du compteur n'en finissait plus de grimper. Pourtant, il le sentait, la mécanique n'avait pas dit son dernier mot.

En bas de la ligne droite, il fut contraint de ralentir. La bifurcation n'était qu'à une centaine de mètres, précédée par deux lacets serrés.

Freinage brutal, double débrayage, il négocia néanmoins les virages à la limite du dérapage. La voiture mordit un peu la ligne blanche. Un coup de volant, dans le feu de l'action, il coupa la route et s'engagea dans le chemin.

L'impression de liberté, d'impunité, était alors montée d'un cran. Ici, dans ce no man's land, rien ni personne ne l'empêcherait de conduire à sa façon.

Il avait entamé la petite côte pied au plancher. Première courbe. Taillé a minima, le chemin goudronné n'excédait pas la largeur d'un tracteur. Il accéléra encore, habité par des images de rallyes, de courses millimétrées dans des bolides couverts de tatouages.

Deuxième courbe, plus courte. Aucune visibilité. À cette heure, les probabilités que quelqu'un descende en sens inverse étaient infimes. Et de toute façon, il se sentait invincible.

Il saisit son erreur en un battement de cils. Un mur venait de se matérialiser en plein milieu de la route, dont les reflets bleutés percutèrent ses rétines.

Ce fut la dernière image qu'il imprima. Pas le temps de freiner. Ni de se déporter.

Aucun souvenir du choc.

La douleur le ramena au présent. En une fraction de seconde, il prit conscience qu'il se trouvait en position assise. Il cligna les paupières et vit le sang imbibant son tee-shirt. Une tige métallique s'enfonçait dans son ventre, qui ressemblait vaguement à la colonne de direction. Elle l'épinglait au siège comme un papillon sur un cadre.

Ses yeux descendirent encore. Un agglomérat de plastique et de tôles emprisonnait ses jambes. Ses mains, ses avant-bras étaient aussi coincés, comme dans une camisole. Il eut un haut-le-cœur et détourna le regard. Côté passager, l'habitacle s'était réduit à une peau de chagrin. La boîte à gants, enfoncée d'un bon mètre, écrabouillait le fauteuil. Plus de pare-brise.

Immédiatement, ses pensées s'affolèrent. Il était prisonnier dans ce cercueil de tôle, seul, sur une route oubliée. Personne ne viendrait à son secours. Le temps qu'on s'aperçoive de sa disparition, il serait mort.

Des larmes roulèrent sur ses joues. C'était vraiment trop con. Quelques centaines de mètres à peine le séparaient de la nationale. Un monde. Il aurait mieux fait de s'enrouler contre un arbre ou de s'éclater dans le fossé. On aurait fini par le retrouver. Mais là... Comment avait-il pu se laisser piéger ?

Aussitôt, il songea à l'obstacle. Qu'avait-il percuté ? Tout était allé tellement vite. Il n'avait vu qu'une masse surgir sans crier gare. Puis, plus rien. En toute logique, il s'agissait d'un véhicule. Le conducteur devait être dans le même état que lui. Peut-être même pire à en juger par son silence.

Il tordit le cou pour essayer d'en savoir plus. Sans succès. Il essaya d'appeler. Un filet insipide sortit de sa gorge, brûlant ses cordes vocales avant de se dissoudre dans le chuintement du vent. Il attendit. Des secondes s'enroulèrent, unité de mesure irréelle rythmée par ses battements de cœur.

Puis, soudain, des cliquetis. Une succession de bruits bizarres, qu'il ne parvint pas à identifier.

Dilatation des pupilles. Tension qui s'affole. Quelqu'un avait découvert l'accident. Les secours étaient déjà à pied d'œuvre. Simplement, son état ne lui avait pas permis de s'en rendre compte.

Il appela encore. Un SOS désespéré, gonflé du peu de forces qu'il lui restait.

Pas de réponse.

Trois fois, il réitéra sa tentative. Sans plus de réussite.

Soudain, un bruit assourdissant vrilla la nuit. Un fracas de tous les diables, comme une machinerie brutalement mise en branle. La voiture tressauta. Sa structure se mit à vibrer, émettant des craquements de tôle froissée.

Très vite, un poids pesa sur ses mollets. Dans le même temps, il eut la sensation que l'habitacle rétrécissait. Paniqué, il essaya une nouvelle fois de se dégager. Son corps refusait toujours de bouger.

La pression s'accentua. Les parois de la voiture se déformaient, se rapprochaient, telles les entrailles palpitantes d'un cyborg de métal. Autour, partout, le bruit ronflait toujours.

Il crut devenir fou. Que se passait-il ? Tout ça n'avait aucun sens.

Sa réflexion n'eut pas le loisir de se développer. Ses tibias craquèrent en premier, lui arrachant un hurlement. Il ne voyait pas, mais sentit les os se rompre à la façon de deux allumettes. Puis ce furent les cuisses. Des mâchoires de tôles se refermaient sur elles, broyant les muscles, déchirant les tendons.

Il se sentit partir quand tout s'arrêta.

Un arrêt sur image, à nouveau le silence. Puis, il entendit s'écouler un liquide. Une odeur d'essence emplit ses narines.

Alors, le véritable enfer se déchaîna.

2

Trente-huit degrés à l'ombre.

Depuis trois jours, la canicule avait franchi le niveau 4. Une situation sans précédent, qui à en croire Météo-France risquait encore de s'aggraver. En ce dernier dimanche du mois de juillet, une seule information passait en boucle dans les médias : « Restez chez vous. Fermez les volets. Buvez de l'eau. » Des images de vieillards racornis illustraient la menace, momies en sursis qu'on hydratait à la cuillère.

Planqué au fond de son pavillon, le lieutenant de police Michel Diallo avait suivi les consignes à la lettre. Non parce qu'il craignait la chaleur, ses origines congolaises le mettaient à l'abri de tels désagréments, mais parce qu'elle lui fournissait un bon moyen de rester peinard.

Surtout pendant sa permanence.

Il quitta son lit et alla se faire un café. Un bordel sympathique jonchait le salon – caleçons, chaussettes, chemises – répandus au hasard de sa flemme en un patchwork multicolore. Traînant sur la table près d'une console X-Box, des emballages McDo rappelaient son festin de la veille. Une bouteille de saumur presque vide et un mégot de joint complétaient ce tableau peu reluisant.

Sourire aux lèvres, il enjamba les câbles d'alimentation. Pas de doute, le célibat avait des avantages. Une sorte de régression douillette, une plongée dans un monde sans contrainte, peuplé de désirs immédiats, de bouffe aux hormones et de jeux vidéo. À trente-deux ans et des poussières, il se donnait l'impression d'en avoir quinze.

Il contourna le canapé, rempli d'une énergie joyeuse. Son gros orteil heurta un objet mou. Il s'accroupit et ramassa le jouet, un cerceau minuscule emprisonnant des billes de plastique plein. Aussitôt, sa jubilation de vieil adolescent laissa la place à une bouffée de tendresse. De désespoir aussi.

Françoise et Jonathan étaient partis depuis une semaine. Huit jours déjà, il y en aurait encore sept autres. Une séparation thérapeutique, un break intelligent comme avait dit sa femme. Dans ce trou paumé, la décision prenait maintenant des airs de punition.

Nogent-le-Rotrou. Douze mille habitants, été comme hiver. Un chef-lieu sans âme, pompeusement baptisé capitale du Perche. Sorti des trois axes commerçants, le reste semblait figé dans une torpeur quasi minérale. Des maisonnettes sans couleur ni saveur, alignées le long de rues grises comme autant de beffrois sinistres. Autour, sur la périphérie, l'inévitable noria des centres commerciaux. Plus loin encore, et à perte de vue, des champs, des vaches, et des chevaux de labour.

Rien d'autre.

Michel eut un sourire amer. Cette configuration rurale était à l'opposé de ses vérités profondes. Lui, le jeune Black de la Goutte-d'Or, né dans le béton et nourri à l'ozone. La pureté de l'air l'oppressait, le dégagement des bocages lui donnait le tournis. Depuis six mois, il vivait dans ce désert une pénitence choisie, un sacrifice volontaire consenti sur l'autel de l'amour.

Pour Françoise, il avait accepté cet exil.

Pour elle, il s'était nié.

Et voilà qu'aujourd'hui, elle le laissait tomber.

Michel venait d'une famille déclassée. Ses parents, Étienne et Marie-Jo Diallo, avaient quitté le Congo au début des années soixante-dix, peu de temps après le coup d'État du capitaine Ngouabi. Massacres, enlèvements, tortures, les horreurs militaires étaient monnaie courante. De fait, le statut de réfugié politique n'avait pas été difficile à obtenir. Surtout pour un journaliste dont le ton déplaisait au pouvoir.

Le couple s'était échoué à Paris, rue Cavé, dans le dix-huitième arrondissement. Pour subsister, ils avaient accepté des emplois sans gloire. Manœuvre dans une entreprise de construction, plongeur dans la cuisine d'un restaurant, femme de ménage... La France n'avait rien eu de mieux à leur offrir.

Peu importait. Loin du fil des machettes et du fracas des armes, cette vie de labeur avait des airs de paradis. Très vite, un premier enfant était venu. Puis un deuxième, un troisième.

Michel portait le numéro quatre. Le petit dernier.

Les premières années de son existence avaient été placées sous le sceau du bonheur. Son univers était peuplé de senteurs capiteuses, de cris joyeux, de couleurs chatoyantes. L'Afrique dévoilait sa magie en plein cœur de Paris. Mais une Afrique bon enfant, très différente de celle qu'évoquait le discours parental. Purgée de ses démons, de sa violence, elle ne gardait qu'une tradition de solidarité, d'entraide et de sourire.

Dans le quartier de la Goutte-d'Or, à deux pas de Barbès, les déracinés se comptaient par centaines. Une population à la peau sombre, parlant des dizaines de dialectes et adorant mille sortes de dieux. Pourtant, malgré leurs dissonances, ces naufragés volontaires possédaient tous un point commun. Ils vénéraient cette terre d'accueil, ce petit coin de liberté ouvrant sur l'avenir leur seule fenêtre d'espoir.

Français par le sol, Michel avait grandi dans le respect de la République, de ses valeurs. Liberté, égalité, fraternité. Un triptyque évident, dont sa couleur ébène n'était qu'une composante annexe. Jamais, à l'école communale de la rue Richomme, sa négritude n'avait soulevé de question. Et pour cause... Sur trente-deux gosses, vingt-huit la partageaient.

Les ennuis étaient venus plus tard, lors de l'entrée en sixième. Et avec eux, la pleine conscience de sa différence.

Sa mère, grâce à l'intervention bienveillante de son employeur, avait réussi à lui faire intégrer un collège de la rue de Courcelles, dans le dix-septième arrondissement. Seul Noir dans une classe de têtes blondes, il s'était tout de suite senti de trop. Une sorte d'indifférence gênée l'excluait insidieusement du groupe, le marginalisait jusque dans la cour de récréation. Quand les insultes n'étaient pas plus directes.

Un mercredi, il avait dû crever l'abcès. Son tourmenteur attitré, un gros coupé en brosse, le chauffait depuis le matin en le traitant de « Banania ». Michel avait eu le malheur de lui répondre. L'autre en avait profité pour se jeter sur lui à la sortie des classes : un mauvais choix. Plus fort, plus véloce, le Black avait vite eu le dessus. Résultat des courses : son adversaire était parti à l'hôpital avec deux dents cassées.

L'exclusion qui s'ensuivit fut comme un coup de massue. Il s'était défendu, on le sanctionnait. Pourquoi ? Il lui avait fallu du temps pour digérer cette injustice. D'autant que son père ne l'avait pas soutenu. On ne répondait pas aux insultes avec les poings. La violence n'était jamais une solution. Quelles que soient les circonstances. Pour triompher, d'autres armes existaient.

Elles s'appelaient les mots.

Michel avait accepté. En apparence. Son cœur avait capté une autre vérité. La peur submergeait ses parents, les tétanisait. Traumatisés par leur passé, toujours en attente d'une improbable naturalisation, ils avaient courbé l'échine depuis leur arrivée en France.

À partir de ce jour, son comportement changea en profondeur. Une fleur d'amertume grandissait dans son ventre, la certitude chevillée au corps qu'il était un paria. Personne n'attendait un jeune Black. Dans ce monde de Blancs, il aurait toujours tort.

Il décida que le salut passerait par les études. Et pas n'importe lesquelles. Il opta pour le droit. Il allait décortiquer le système, maîtriser ses arcanes. Ainsi, il aurait les moyens de se défendre.

Il s'attela à la tâche. Il obtint son bac avec mention « très bien », ce qui déclencha les larmes de sa mère et lui permit de bénéficier d'une bourse d'études. Puis il s'inscrivit à la faculté d'Assas, à l'époque la meilleure fac de France, et prit une chambre de bonne rue Vavin.

Ce fut à cette époque qu'il modifia son look. Ses dix-neuf ans lui permettaient toutes les excentricités, il se rasa le crâne. Avec ses petites lunettes d'intello, ses traits carrés, il plaisait aux filles et cumulait les conquêtes.

Les années passèrent. Michel bossait d'arrache-pied, de jour comme de nuit. Quand il n'avalait pas ses cours, il prenait des petits jobs afin d'améliorer son ordinaire. Barman en discothèque, livreur de pizzas, il fut même gardien de nuit dans une usine d'embouteillage.

Mais le malaise ne passait pas. Malgré les notes exceptionnelles, les félicitations des profs et les regards envieux des étudiants, il vivait dans une tension permanente. Il cherchait sans cesse à repérer la faille de cette hypocrisie. L'étincelle de mépris qui l'avait tant blessé enfant et résonnait toujours à ses oreilles. Dans cette faculté où l'extrême droite faisait ses meilleurs scores, sa parano trouvait de quoi s'alimenter.

Afin d'évacuer ce stress, il se mit sérieusement au sport. Il choisit l'athlétisme et se forgea un physique impressionnant. Du haut de son mètre quatre-vingt-cinq, il imposait le respect sans plus avoir besoin de se battre. Quand il obtint sa maîtrise, les sobriquets racistes avaient cessé depuis longtemps.

Alors, vint le moment du choix. L'idée d'être magistrat lui traversa l'esprit. Pour s'évanouir aussitôt. Hormis aux Antilles, il avait du mal à s'imaginer siégeant au sein d'un tribunal. Idem pour la carrière d'avocat. Qui l'embaucherait ? Les cabinets étaient majoritairement dirigés par des Blancs.

Que faire ? Ses années de fac l'avaient aguerri, il maîtrisait maintenant ce monde de paperasserie qui faisait si peur à ses parents. Mais la réalité le laissait sur le carreau. Jamais il n'aurait les moyens d'aboutir. Il allait se retrouver dans un boulot de merde, subirait la vindicte d'un petit chef raciste, et s'écraserait pour ne pas pointer au chômage. Tel un fatum antique, l'histoire se répétait une nouvelle fois.

C'est face au petit écran qu'il entrevit une solution. On diffusait un téléfilm, mettant des policiers en scène dans les quartiers brûlants de Marseille. L'un d'entre eux était noir. Et de toute évidence, il n'avait pas l'air complexé.

Les morceaux du puzzle s'assemblèrent à la vitesse de la lumière. Elle était là, la solution. Si évidente qu'il n'y avait pas songé.

Il allait entrer dans la police. Ainsi, il passerait du rang des victimes à celui des caïds. Qui avait les moyens de mépriser un flic ? Dans ce monde de l'ombre, sa couleur de peau ne serait plus un handicap. Au contraire. Elle s'effacerait derrière la toute-puissance de la fonction. De plus, si les hautes sphères de la justice restaient relativement fermées, son bras armé recrutait à tout-va.

Il balaya le spectre des possibilités et s'arrêta sur ce qui lui convenait. Un job nécessitant de la réflexion, de l'imagination, et une bonne dose de précision. Autant de qualités qu'il s'était découvertes pendant ses années de droit.

La « Crime » répondait à ces critères. Une armée de fourmis, capables de raisonner sur des indices infimes, de les recouper à l'infini jusqu'à en faire jaillir l'évidence. Des policiers intelligents, dont il se sentait proche. Plus en tout cas que des marlous en blouson de cuir écumant les cités en quête d'une interpellation musclée.

Il délaissa le concours de commissaire, certain qu'il n'obtiendrait pas l'affectation désirée. À ce grade, les places étaient trop chères et le résultat aléatoire. Il préféra l'Ensop

– École nationale supérieure des officiers de police – moins prestigieuse, mais plus conforme à ses aspirations. Après un examen d'entrée aux allures de formalité, il intégra le site de Cannes-Écluse, dans le département de l'Yonne.

Au cours des dix-huit mois suivants, il reçut une formation généraliste, entrecoupée de stages en service actif dans des commissariats de quartier. Une fois encore, il dut serrer les dents. La mentalité des aspirants policiers lui rappelait de mauvais souvenirs. Un mélange de rejet et de crainte, que ses capacités physiques et intellectuelles exacerbaient d'autant.

Il prit le taureau par les cornes. Son affectation dépendait de ses notes, il aurait les meilleures.

Il sortit second de sa promo et quitta l'école sans regret. Ses résultats lui permettant de choisir, il demanda Paris, le prestigieux 36, quai des Orfèvres où s'incarnaient ses rêves. On lui offrit la banlieue, l'antenne de police judiciaire de Puteaux, dans le commissariat de la rue Chantecoq.

Passé la déception, il sut qu'il avait vu juste. Ses collègues l'adoptèrent immédiatement, une bande d'originaux passionnés par leur job, vivant dans une sorte de communauté où toutes les différences s'abolissaient. Dirigée par un jeune commissaire féru d'informatique, l'équipe comptait trois femmes, deux homosexuels et un Arabe.

Tout de suite, il se sentit chez lui.

Pendant quatre ans, son bonheur fut total. Il s'était dégoté un studio, à deux pas du bureau, dans lequel il ne rentrait que pour dormir. Son temps, il le passait à travailler. Par une sorte d'aiguillage naturel, les crimes de sang atterrirent sur son bureau. Des enquêtes en forme de puzzle, qui faisaient tourner sa mécanique mentale à plein régime. Au fil des morts violentes, son instinct s'aiguisa. Il repérait d'un seul coup d'œil le détail important, l'incohérence qui dévoilait une piste. Pendant ses rares instants de repos, il complétait ses connaissances en potassant des traités de criminologie, ou des livres plus abscons sur les méthodes de la police technique et scientifique.

Sa soif de perfection semblait inextinguible. Son taux de réussite allait de pair.

Pourtant, pendant l'hiver 2002, un événement allait faire basculer sa vie. Ce jour-là, comme tous les jeudis matin, il achevait son parcours de santé dans les sous-bois du parc de Sceaux. Une pluie glaciale tendait sur la végétation un voile de gaze. Depuis son arrivée, il n'avait croisé âme qui vive.

Soudain, un cri attira son attention. Une femme. Elle appelait au secours. Il se guida au son et fendit les futaies. Adossée contre un arbre, une silhouette fragile lui fit un signe de main.

– Par ici !

Il pataugea dans la boue pour la rejoindre.

– Tout va bien ?

– Ma cheville. Je crois qu'elle est foulée.

Il s'accroupit, palpa la malléole. Une bosse plus grosse qu'un œuf déformait la chaussette.

– Ça a l'air sérieux.

– Sérieux ? Je ne peux plus poser le pied par terre.

À cette seconde leurs regards se croisèrent. Michel ne vit qu'une mer immense dans laquelle scintillaient des étoiles. Puis un visage de statue, noir, comme le sien. Il resta interdit, surprit par la force de ce qu'il ressentait. L'inconnue le dévisageait en souriant, lui donnant le sentiment qu'il la connaissait depuis toujours.

Il se ressaisit aussitôt.

– J'imagine que vous n'avez pas de portable ?

– Dans ma voiture. Je ne le prends jamais quand je cours.

– D'accord. Vous restez là, je vais chercher de l'aide.

Pendant qu'il tournait les talons, elle l'apostropha d'une voix inquiète :

– Hey ! Ne m'oubliez pas. Avec ce temps, j'aurai du mal à trouver un autre Samaritain.

Pour toute réponse, il leva le pouce vers le haut et repartit au trot.

Trois jours plus tard, il sonnait à l'interphone d'un immeuble de la rue Lecourbe, dans le quinzième arrondissement de Paris. Françoise Bonaventure l'avait convié à venir prendre un verre chez elle, afin de le remercier.

Leur histoire partit sur des chapeaux de roue. L'attirance qu'ils ressentaient l'un pour l'autre avait quelque chose d'animal, une force brute, comme une rage chaude puisée aux sources de leurs cellules.

Michel emménagea tout de suite dans son appartement. Pendant trois mois, il délaissa ses bouquins et négligea son job. Seule comptait Françoise. Sa peau de miel, l'odeur de jasmin que son corps distillait, la douceur de ses lèvres quand elles frôlaient les siennes.

La jeune femme venait de Guadeloupe, où ses parents tenaient un petit hôtel. Lassée par l'exiguïté de l'île, elle avait fait le grand saut afin de tenter sa chance en métropole. Cette année-là, elle achevait un doctorat de psychologie, tout en travaillant à mi-temps dans le service de neurologie de l'hôpital Béclère.

Ils se marièrent très vite. Jonathan déboulant dans la foulée, ils durent déménager dans un appartement plus vaste, situé à Levallois-Perret. Une courte année, leur bonheur fut parfait. Françoise avait mis sa carrière entre parenthèses. Elle s'occupait de leur fils pendant que Michel travaillait. De son côté, il s'arrangeait pour rentrer tôt, avant que le bébé ne soit couché.

Mais peu à peu, l'acide des ambitions vint attaquer leur bulle. Françoise avait quitté les Antilles dans un but bien précis. Exister. La vie de mère au foyer ne lui suffisait pas, elle voulait retravailler.

Elle se mit alors en quête d'un emploi. Hôpitaux, cliniques privées, Administration, elle chercha tous azimuts. Après six mois de bataille, elle n'avait même pas pu obtenir un stage.

Les conséquences ne se firent pas attendre. Elle devenait maussade, aigrie. La couleur de sa peau portait le chapeau de toutes ses frustrations. Michel, par un jeu de miroir, affrontait à cause d'elle ses démons enfouis.

Il prit sur lui pour essayer de la rassurer. Il fallait être patient. Le marché de l'emploi était saturé. Tout le monde se trouvait logé à la même enseigne... Un discours creux auquel il ne croyait pas une seconde.

Les mois passèrent, sans plus de résultat. Françoise était de plus en plus tendue. Leur couple en subissait les conséquences.

Lorsqu'elle lui annonça l'inespéré, il crut qu'enfin la roue tournait. Un poste de psychologue était vacant dans une maison de retraite. L'entretien avait été concluant, elle commençait le mois prochain. Seul bémol, il se situait à cent cinquante kilomètres de Paris, au cœur d'une localité rurale du Perche.

Michel accepta la donne. Sa famille comptait plus que tout. Il était prêt à faire le sacrifice. Il déposa une demande de mutation, aussitôt satisfaite. Le commissariat de Nogent-le-Rotrou n'attisait pas les convoitises, personne ne visait ce genre de poste.

La chute fut violente. Après l'excitation des enquêtes criminelles, le quotidien d'une petite ville lui sembla fade. Querelles de voisinage, vols d'autoradios, rixes, il était loin des échiquiers complexes de son passé. De plus, la tolérance et l'ouverture d'esprit n'étaient pas de mise ici. Il sentait bien que son parcours dérangeait. Un ovni, noir de surcroît, dont les chances d'intégration avoisinaient le zéro absolu.

Mais l'amour le portait. Il prenait son mal en patience, s'accrochant aux seuls repères qui éclairaient son existence. Sa femme. Son fils. Une cellule de bonheur. Parfaite. Suffisante.

Pourtant, sans s'en apercevoir, Michel commença à changer. Il s'isola, devint velléitaire, tire-au-flanc, donnant ainsi à ses collègues l'occasion de le rejeter un peu plus. Jour après jour, son caractère virait au gris.

Françoise, elle, retrouvait son entrain. Ses nouvelles responsabilités la transformaient, la rendaient plus sûre d'elle-même, plus indépendante. Le décalage s'accentua. Et avec lui les crises. De plus en plus nombreuses, elles pourrissaient leur vie comme une gangrène rampante, inéluctable.

Ce fut elle qui imposa la trêve. Une séparation, à l'occasion de ses vacances. Ils en avaient besoin. Ils mettraient ce temps à profit pour réfléchir.

Chacun de son côté.

Depuis huit jours, Michel essayait de faire le point. En vain. Il tournait et retournait sa rancœur, incapable de prendre de la distance avec sa frustration. Il était venu ici pour elle. Il avait délaissé sa carrière, ses parents, seulement pour la suivre. Maintenant qu'il était là, elle le plantait.

Il reposa le jouet de son fils et se dirigea vers la cuisine. Un soudain besoin d'action échauffait ses artères, l'envie de s'oublier dans l'effort.

Mais aujourd'hui, pas moyen de courir. La canicule rendait cette liberté trop dangereuse. Il se fit un café, la mort dans l'âme. À cet instant, son téléphone portable sonna dans le salon.

Il reposa la tasse et s'avança mollement vers le boîtier.

– Oui ?

– Lieutenant, c'est Chaussy. Faut qu'vous veniez. Tout de suite.

La voix du gardien de la paix tremblait d'excitation.

– Qu'est-ce qu'il y a encore ? interrogea Diallo.

– Un accident. Le chef a besoin de vous pour les constatations.

Il regarda sa montre. 8 h 15. Un sentiment de lassitude le submergea.

– Vous pouvez pas vous démerder sans moi ?

– On n'est pas OPJ. Il... Il y a un macchabée dans le véhicule.

L'intérêt du jeune Black s'éveilla. Mort violente rimait avec adrénaline, une sensation oubliée depuis trop longtemps.

Il demanda, comme par réflexe :
– Il y a d'autres victimes ?
– Non. Le type a l'air de s'être planté tout seul.
– Tout seul ?
À l'autre bout du fil, le gardien de la paix eut une hésitation :
– C'est... C'est ça qui est bizarre. Surtout à cet endroit.
– Où c'est ?
– Sur le passage Hauquier.
Michel soupira. Dans ce bled pourri, les adresses ne servaient à rien. Pour décrypter l'annuaire, il fallait être du coin. Le seul atout dont Chaussy pouvait se prévaloir.
Il rassembla le peu d'énergie qui lui restait et énonça d'une voix atone :
– OK. On va y aller ensemble. Retrouvez-moi devant le commissariat dans quinze minutes.

3

Il se rendit au poste à pied.

L'avantage, dans ce genre de trou, tenait à la proximité de chaque chose. La maisonnette louée par Michel à l'entrée de la bourgade n'était qu'à dix minutes du centre-ville.

Garée en double file, une voiture de service l'attendait, moteur en marche. Chaussy s'était mis au volant, visage tendu sous la casquette réglementaire.

Michel prit place à côté de lui.

– Vas-y. Roule...

La Renault démarra en trombe, sirène hurlante. Le Black stoppa immédiatement le vacarme.

– Holà ! Pas besoin de réveiller le quartier.

Le gardien de la paix prit une mine dépitée.

– Mais... Lieutenant...

– Le type est mort, non ? Il ne va pas s'en aller.

Le trajet se déroula en silence. La parenthèse convenait à Michel, il n'était pas d'humeur à discuter. Et pour dire quoi ? L'existence de Chaussy l'indifférait. Quant à cet accident, il n'allait pas tarder à se faire sa propre idée.

Ils quittèrent la bourgade et s'engagèrent sur la nationale. Des haies de peupliers s'élançaient vers le ciel tels des flambeaux de verdure. Leurs feuilles s'y rejoignaient parfois, créant de véritables tunnels de jade. Derrière, on devinait des sous-bois, des champs, une nature omniprésente qui étouffait déjà sous un soleil de plomb.

Ils traversèrent des villages, lieux-dits fantômes aux volets clos en permanence. Michel n'imaginait même pas comment on pouvait vivre là. À peine une boulangerie, personne. Parfois, une silhouette méfiante surgissait du néant. Elle regardait passer le véhicule, puis se fondait dans ce vide, comme elle était venue.

Au bout d'une longue ligne droite, Chaussy desserra les lèvres :

– On arrive.

Deux lacets, la Mégane coupa la route et s'engagea sur un chemin étroit. Un écriteau en bois avait été planté dans les broussailles. Gravé dans son écorce, un nom absurde : « La Renardière ». Un panneau de voirie se dressait à côté, mentionnant une interdiction de passage.

Il demanda :

– C'est quoi, La Renardière ?

– Un domaine. Des dizaines d'hectares. Bois, champs, il y a même un château un peu plus haut. Mais de là, on peut pas le voir.

Le Black émit un sifflement. Son unité de mesure se cantonnait au mètre carré, ou au nombre de pièces. L'idée de posséder du terrain, a fortiori un manoir, ne l'avait jamais effleuré.

Chaussy avait capté l'intérêt. Fier de sa science, il entra dans les détails :

– Le passage Hauquier est une voie communale. Il traverse la propriété et rejoint la nationale sur l'autre versant du vallon.

– Vraiment ?

– L'accès est réservé aux engins agricoles. Ça leur permet de rouler peinard. Rapport au trafic.

Le lieutenant opina du chef. L'évocation de cet univers rural lui collait un bourdon d'enfer. Il préférait abréger.

Ils s'immobilisèrent derrière un camion rouge. Les portes arrière, ouvertes, laissaient apercevoir une unité de réanimation mobile. Michel descendit sans attendre. Il contourna le fourgon d'un pas vif. Malgré lui, l'excitation chauffait son sang. Une sensation physique, presque oubliée, qui revenait soudain au grand galop.

Une estafette était garée devant. Dans la transparence des vitres, le policier repéra la nuque grise du brigadier-chef Voron. De dos, il semblait prendre des notes.

Il tapa contre le verre. La glace descendit aussitôt, accompagnée d'une bouffée d'air froid.

– Ah, lieutenant !

– Qu'est-ce qui s'est passé ?

– Un choc frontal.

– Un arbre ?

– Non.

– Comment, non ? Je croyais que le type s'était planté tout seul.

Le flic en uniforme s'extirpa de son siège. La cinquantaine adipeuse, la peau luisant d'une humeur grasse. Il tendit un croquis à son supérieur.

– J'ai déjà fait les relevés. Le bas-côté est dégagé. Pas le moindre obstacle à moins de cinq cents mètres. Hormis le Saint-Esprit, il y avait forcément un autre véhicule.

Michel observa le dessin. Un schéma précis, mentionnant la topographie, les distances de voirie, le point d'impact et l'emplacement de la carcasse. Curieusement, ces deux dernières données se confondaient. De toute évidence, quelque chose avait surgi sans crier gare, en plein milieu de la route. Une chose suffisamment volumineuse pour stopper net la course du véhicule accidenté et le réduire en bouillie.

Il songea aux commentaires de Chaussy. Un engin agricole, moissonneuse ou tracteur ? Dans cette configuration, l'hypothèse d'un délit de fuite prenait corps. Un paysan affolé, qui avait préféré dégager plutôt que d'assumer ses responsabilités.

Il demanda :

– C'est arrivé quand ?

– Très certainement pendant la nuit. On nous a prévenus ce matin, tôt.

– On ?

Voron plongea le nez dans ses notes.

– Tardieu. Bertrand. Un saisonnier qui partait au boulot.

– Un dimanche ?

Sourire du brigadier.

– C'est les moissons. Y a pas de dimanche en cette période.

Michel se mordit la langue. Une fois encore, il démontrait à quel point le rythme des campagnes lui était étranger. Il proposa :

– Si on allait jeter un œil ?

Le brigadier Voron entama l'ascension du raidillon. Il traînait ses semelles en s'épongeant le front, comme si l'effort était insurmontable. Très vite, une odeur de brûlé accrocha les narines.

– La caisse a cramé ? demanda Michel tout en montant.

– Une combustion totale. Les tôles fumaient encore. Reste pas grand-chose, mais je préférais quand même vous attendre pour la désincarcération.

– Le conducteur était encore à l'intérieur ?

– Ouais... Et j'vous préviens, c'est pas joli-joli.

Une pointe d'angoisse piqua le Black. À quand remontait sa dernière discussion avec la mort ? Il vivait à Nogent depuis six mois, où ce type d'affaire ne courait pas les rues. Progressivement, ses sensations professionnelles s'étaient transformées, émoussées. À cet instant, il se sentait comme un novice, un puceau sur le point de découvrir son premier macchabée.

Au détour d'une courbe, ils tombèrent nez à nez sur des restes calcinés. Tordue, écrasée, l'armature métallique évoquait une araignée monstrueuse figée dans une posture grotesque. Elle avait été aspergée de neige carbonique, dont, par endroits, la mousse collait encore aux sièges. Deux pompiers s'affairaient à proximité, penchés sur d'énormes sacs de toile ignifugée.

Sans un mot, l'ancien flic de la Crime s'approcha. Il distingua d'abord une sphère noircie, sur laquelle s'accrochaient encore quelques lambeaux de peau. Le crâne pendait dans le vide, coincé par le cou à ce qui avait sans doute été une portière.

Puis, au fil de ses pas, l'horreur monta d'un cran. La face avait brûlé dans sa totalité. Plus de nez, plus de lèvres, une totale absence de traits. Sous la violence des flammes, chaque particule de chair s'était dissoute. Les globes oculaires avaient explosé, laissant comme seuls vestiges deux orbites vides. Curieusement, les oreilles avaient tenu le choc. Les cartilages racornis étaient collés à l'os comme de la pâte à modeler.

Le corps n'était pas mieux loti. Thorax et abdomen avaient l'apparence d'un parchemin noirci. On devinait à peine le bas du ventre, une masse molle perforée par la colonne de direction. Le reste disparaissait sous une bouillie de tôles, comme si homme et machine avaient fusionné.

Contrairement à ses craintes, les réflexes de Michel refirent surface en une fraction de seconde. Son esprit dépassait la barrière de l'horreur pour ne plus voir qu'une situation à étudier. Un fait, froid, objectif, qui se résumait en deux propositions élémentaires : identifier la victime, trouver le responsable.

Il se tourna vers Voron.

– Vous avez contrôlé la plaque minéralogique ?

– Illisible.

– Le numéro de châssis ?

– Impossible. Il faudrait un ouvre-boîte pour accéder au bas de caisse.

– Et pas de papiers non plus, j'imagine ?

– S'il y en avait, ils ont brûlé.

– Personne n'a signalé de disparition ?

– Non. Pas encore. Mais bon, ça veut rien dire. On n'a pas encore dépassé le stade des vingt-quatre heures.

– Le voisinage ? Vous êtes allés demander ?

Le brigadier prit un air accablé.

– On n'a pas eu le temps. De toute façon, y a rien à des kilomètres à la ronde.

– Et La Renardière ? Le type allait peut-être là-bas.

– Ouais... Faudra aller vérifier.

Michel hocha la tête. À ce stade, aucun indice n'émergeait. Le noir total. Pour avancer, il faudrait attendre l'expertise et demander une autopsie.

Il se concentra sur le deuxième aspect. Qu'est-ce qui avait percuté la victime ? Vu la violence du choc, le second véhicule avait forcément laissé sa signature.

Il examina d'abord la calandre, à la recherche d'un indice. Un éclat de peinture, de plastique ou de fer laissé par le fuyard. Rien. Le feu avait lissé le métal, éliminé le moindre vestige d'une carrosserie adverse.

Autour, le constat s'avérait tout aussi frustrant. Un cercle noir délimitait le périmètre de l'incendie. Aucune trace de freinage. Pas le moindre débris. Incroyable. Regard rivé au sol, Michel remonta la pente sur plusieurs mètres. Bien après la zone calcinée, il repéra des marques de pneumatiques. Énormes, elles striaient le bas-côté à la façon d'une frise.

Il apostropha le brigadier :

– Vous avez vu ?

L'autre arriva en clopinant.

– Quoi ?

– Les traces, là.

Voron s'épongea le front. Planté en plein cagnard, il avait pris la couleur pourpre d'un coquelicot.

– Un tracteur ou une moissonneuse. Le chemin leur est...

– Réservé, je sais. Ils circulent aussi la nuit ?

– En principe, non.

Le lieutenant s'accroupit et caressa les encoches. Un peu de terre séchée s'accrocha à ses doigts. Quoi qu'en dise son collègue, l'hypothèse d'un engin agricole paraissait de plus en plus envisageable.

Il demanda, sans détourner les yeux du sol :

– À votre avis, il roulait à quelle vitesse ?

En matière d'accident, Voron connaissait la musique. Avant de s'enterrer ici, il patrouillait dans la brigade du Périphérique, à Paris.

– Le compteur a fondu. Mais vu l'impact, je dirais... Plus de cent quarante à l'heure.

– Sur ce chemin étroit ?

– Les gens du coin connaissent le raccourci par cœur. Il fait gagner dix kilomètres.

Une pointe d'agacement affleurait à présent dans le ton du policier en uniforme. De toute évidence, la chaleur le perturbait.

– Dites... Lieutenant. On respire pas ici et la dépanneuse va pas tarder. On devrait peut-être dégager le cadavre.

Le jeune Black acquiesça. Il n'en saurait pas plus dans l'immédiat. Il fit un pas en arrière et laissa la manœuvre s'enclencher.

Les deux pompiers se mirent au travail. Ils tirèrent de leurs sacs un matériel rutilant – scies circulaires, pinces coupantes, vérin hydraulique – et attaquèrent la carrosserie. Une stridulation assourdissante accompagna les premiers gestes. Des gerbes d'étincelles explosaient en un arc scintillant, donnant l'impression qu'un feu de Bengale flambait sous le capot. Progressivement, ils extirpèrent le corps de son linceul.

4

Michel lança l'impression.

Contrairement à la plupart des flics, la rédaction des procès-verbaux ne l'effrayait pas. Au contraire. Il y trouvait une sorte de plaisir apaisé, celui de confronter des faits à l'intimité de sa pensée. Dans cet instant secret, il avait également l'occasion de synthétiser ses découvertes, de les jauger.

Le dossier était simple. Un accident, déroutant certes, mais dont le mystère serait très vite levé. Tout au moins en ce qui concernait la victime. Le substitut de permanence, à Chartres, n'avait pas fait de difficultés pour ordonner une autopsie. Elle permettrait d'identifier le corps, identification qui aurait toutes les chances d'être corroborée par l'expertise du véhicule. Neuf fois sur dix, conducteur et propriétaire ne faisaient qu'un.

Le second pan de l'enquête posait plus de questions. Qui avait provoqué ce massacre ? Avec quel type d'engin ? Le fuyard avait-il été blessé ? Et surtout, comment le retrouver ?

Tel serait l'enjeu de ses prochaines investigations.

Il s'étira. La petite pendule posée sur son bureau marquait 15 heures. Un cadeau de Françoise, la seule touche personnelle dans ce placard minable. En lui offrant ce présent, elle avait indiqué qu'elle possédait la même. Un clin d'œil symbolique, signifiant que pour eux la course du temps aurait une perspective unique...

Une bouffée de colère l'envahit. Que faisait-elle à cette seconde ? Est-ce que son cœur battait à l'unisson du sien ? Sa psychanalyse, sa soi-disant compréhension de l'âme humaine : des conneries de psy qui ne les avaient pas sauvés.

Un signal sonore jaillit de l'imprimante. Il récupéra deux feuillets, les relut, signa en bas de page, et les rangea dans une chemise cartonnée. Puis, il réalisa qu'il avait faim. Pressé de boucler, il n'avait pas pris le temps de déjeuner.

Il fit le tour des possibilités. Dimanche après-midi, à part le McDo, les rideaux de fer étaient tirés.

Il réquisitionna une vieille Clio banalisée et prit la direction du centre commercial. Sur le parking réservé aux clients, zéro voiture, juste un scooter customisé. Les bannières rouge et jaune pendaient lamentablement sur leurs mâts, comme épuisées.

Le fast-food respirait l'ennui. Deux équipiers discutaient au comptoir, à peine trois autres en cuisine. La salle, vide, abritait les roucoulades d'un couple d'adolescents. Michel commanda un menu. Frites, Big Mac, Sprite. Le quatrième de la semaine. Il prit son plateau et s'installa en retrait, près d'une baie vitrée ouvrant sur le seul coin de verdure.

En avalant son hamburger, il observa ses congénères. Des visages étranges, ni laids, ni beaux, qui respiraient la consanguinité. Dans cette campagne, l'apport de sang frais était rare, les mariages souvent arrangés. La terre présidait souvent à l'amour et s'érigeait en seule priorité.

Soudain, il se sentit largué. Que foutait-il ici ? Si Françoise le quittait, il aurait tout perdu.

Il prit une grande inspiration et refoula ses larmes. L'enquête. Il tenait enfin une chance de renouer avec lui-même, de faire fonctionner ses méninges. Un délit de fuite, ce n'était pas l'affaire du siècle. Mais un type était mort. Et le responsable courait toujours. Il allait le coincer. Le confondre. Confusément, il ressentait que le salut passerait par là.

Mais par où commencer ?

Les différentes expertises qu'il avait demandées via le parquet de Chartres ne tomberaient pas avant deux ou trois jours. Mois d'août et petites villes se conjuguaient pour ralentir un processus déjà complexe.

Dans l'immédiat, il n'avait qu'une option. Avancer seul. Retourner sur les lieux et essayer d'approfondir.

Par expérience, il savait que tout se jouait au cours des premières heures.

5

Michel passa d'abord chez lui.

Il sortit sa mallette du buffet et vérifia son contenu. Appareil photo numérique, gants de latex, sachets plastique, pinces, pipettes... Rien n'avait bougé. Depuis son arrivée à Nogent, l'occasion d'utiliser ce matériel ne s'était pas présentée.

Il changea de chemise en songeant à ses moments de gloire. Comme ce matin d'hiver où il s'était penché sur le cadavre d'une jeune femme, trouvé dans une décharge publique des Hauts-de-Seine. Personne n'avait fait le rapprochement avec cette autre affaire, un crime élaboré dix ans plus tôt dans l'imagination d'un romancier américain. Le tueur, une sorte de *copycat* virtuel, avait reproduit la méthodologie criminelle au détail près. Il avait poussé le vice jusqu'à obturer chaque orifice naturel, empêchant ainsi les écoulements post mortem. Le corps avait tellement gonflé qu'il ressemblait à une baudruche.

Le policier eut un sourire amer. Aujourd'hui, il ne lisait même plus ces œuvres de fiction, sortes de mots croisés littéraires dont la construction l'entraînait à réfléchir.

Il claqua la porte et reprit la route. Le soleil chauffait maintenant la terre comme une loupe de cristal. Une lumière blanche, minérale, donnait aux paysages une consistance lunaire.

Il se gara dans la montée, un peu en contrebas du point d'impact. Deux haies de mûriers longeaient le chemin, comme un couloir d'épines. Les champs s'étendaient derrière, de chaque côté, à perte de vue.

À pas comptés, il remonta la trajectoire du véhicule accidenté. La route tournait à gauche, une courbe douce qui réduisait la visibilité. Vu les distances, il aurait néanmoins été possible de freiner, d'éviter la collision. À condition de rouler lentement. Mais le type bombardait. L'absence de marque de freinage démontrait qu'il n'avait pas ralenti. Il se sentait donc en sécurité. Il savait sans doute que le chemin était réservé aux engins et ne pensait pas en croiser un.

Le policier imagina un autochtone. Un bon gars de la campagne, qui connaissait le coin comme sa poche. Pressé, il s'était offert le raccourci. Il devait être tard, suffisamment en tout cas pour que moissonneuses et tracteurs soient couchés.

Du moins le pensait-il.

Michel arrivait sur le lieu du drame. De l'accident ne subsistait qu'une zone noircie, une large flaque où se mêlaient goudron et cendres. Il s'arrêta et observa le périmètre. La violence des flammes avait détruit la végétation avoisinante dans un rayon de dix mètres carrés. Elle se ratatinait sur le bas-côté, comme saisie par l'effroi.

Le policier n'eut pas de mal à reconstituer la scène. Pour une raison encore obscure, le véhicule s'était enflammé. Avant ou après le décès de la victime ? Trop tôt pour le dire. Le réservoir avait chauffé, portant le carburant à une température critique. Les gaz s'étaient dilatés avant d'exploser.

Il n'aimait pas cette configuration. Le feu supprimait la plupart des indices. Il « purifiait » les scènes de crime, les cadavres, rendait les investigations plus compliquées. Sans compter la pollution occasionnée par les pompiers. Par sécurité, ils avaient recouvert les tôles de neige carbonique. Des auréoles crevassées apparaissaient par endroits, mêlées aux vestiges de la crémation.

Il prit un scalpel et gratta un peu le goudron, au centre du cercle. Une poudre noire s'accrocha à la lame, qu'il glissa dans un tube à essai. Puis il réitéra son geste en différents endroits, à la façon d'un sondage. Le second véhicule avait peut-être laissé des particules de métal dans la bataille, ou de peinture. Une infime poussière, qui sous la loupe d'un microscope dévoilerait une piste.

Il remonta ensuite la côte. Après le virage, une longue ligne droite fuyait vers le sommet d'une butte. Il calcula qu'avec l'élan, un engin agricole pouvait également arriver dans la courbe à une vitesse élevée. Le choc avait été très violent. Les deux énergies cinétiques lancées l'une contre l'autre s'étaient additionnées en une fraction de seconde, au maximum de leur puissance. La voiture de la victime avait dû être stoppée net. Son état en témoignait.

Il resta immobile, quelques secondes. Moissonneuse ou tracteur, il s'agissait de toute façon d'un véhicule hors normes. Un colosse de métal, capable d'absorber le coup et de repartir ensuite...

Une nouvelle fois, il examina les traces incrustées dans le bas-côté. Des rainurages de terre, souvenirs de pneumatiques démesurés. Il prit une série de clichés et quadrilla ensuite les champs sur une trentaine de mètres. Un éclat avait pu être projeté, qu'il saurait faire parler. Mais rien. Seulement une terre sombre où s'entassaient des blés coupés.

Après une demi-heure d'exploration, il regagna sa voiture. Un sentiment de frustration serrait sa gorge. Il faudrait patienter. Espérer que l'expertise progresse vite.

L'habitacle, chauffé à blanc, dégageait une chaleur de four. Pas de clim dans cette antiquité. Il ouvrit les fenêtres et démarra. Une poignée de minutes, il roula droit devant, sans trop savoir où il allait. Le passage Hauquier rejoignait la nationale un peu plus loin, et de toute façon, impossible de faire demi-tour.

Soudain, la route se sépara en deux. Il prit à droite, sans réfléchir. Au bout d'une cinquantaine de mètres, le chemin s'élargit. Il ne s'agissait plus d'un mince cordon de bitume, mais d'un véritable boulevard, maintenant bordé de cyprès. Les conifères s'alignaient dans un ordonnancement parfait, plantés en enfilade tels des soldats à la parade. Puis, peu à peu, il distingua les premières plaques d'un immense toit d'ardoises.

Il pensa aussitôt au château. Sans le savoir, il avait dû quitter la voirie communale et pénétrer sur le domaine privé de La Renardière. Piqué par la curiosité, il continua d'avancer. De toute façon, il faudrait bien venir interroger ses occupants à un moment ou à un autre.

Des jardins à la française s'étendaient à présent de chaque côté de l'allée. Arabesques de verdure, sculpture végétale, parterres de fleurs, une main inspirée s'était penchée sur la nature, l'avait ciselée avec délicatesse. Au bout, telle une apothéose, une construction élancée faite de façades polies et percée de fenêtres à vitraux. Deux tours graciles l'encadraient, dont les flèches dominaient l'ensemble, telles des vigies d'opérette.

Michel s'immobilisa sur un perron de gravier. Une fontaine trônait au centre, un pick-up crasseux dormait devant la porte. Pas un bruit. En dépit de l'entretien évident, le lieu semblait abandonné.

Un court instant Michel resta interdit. La majesté de ce décor produisait une sorte de faille dans le tableau rural. Il imposait un respect viscéral, celui que l'on ressent devant la demeure d'un seigneur.

Un raclement le fit sursauter. Il tourna la tête. Une silhouette voûtée s'approchait. Son sang se figea en apercevant un fusil.

– Qu'est-ce que vous faites là ? C'est une propriété privée.

La voix n'était qu'un aboiement. La trogne allait de pair, taillée à la serpe, fermée à double tour.

Le flic sortit de la voiture.

– Lieutenant Michel Diallo. Commissariat de Nogent.

L'autre l'observa un instant. Bleu de travail, bottes en

caoutchouc, une paille de fer tondue à ras lui tenait lieu de coiffure.

– Ah ouais ? Et depuis quand y recrutent des Nègres chez les poulets ?

Michel accusa le coup. Il approcha sa main de sa poche, lentement.

– Vous voulez voir ma plaque ?

– Qu'est-ce qui me dit qu'elle est vraie ?

Le cerbère le menaçait de sa pétoire. Son front buté évoquait celui d'un rottweiler sur le point d'attaquer.

– Rien, répondit Michel. Mais si j'étais vous, je ne prendrais pas le risque.

La repartie fit mouche. Le type hésita une seconde avant de lâcher :

– Fais voir.

Il détailla l'insigne. Ses paumes calleuses respiraient les labours. Elles auraient pu le plier telle une feuille de papier. Enfin, il abaissa son arme.

– T'as l'air en règle. Alors je répète ma question : qu'est-ce tu fous là ?

– Je me suis perdu, je vous l'ai dit.

– Bon, ben maintenant que t'as trouvé, tu remontes dans ta charrette et tu te casses.

Le policier n'en revenait pas. Malgré sa qualité, l'homme continuait à lui tenir la dragée haute. Diallo changea de ton.

– Dis papy, tu sais à qui tu parles ?

– À un connard qu'à rien à foutre ici.

– Continue encore et je te boucle.

Le fusil de chasse se redressa.

– Essaye, pour voir. Ça me dérouillera.

La situation dérapait. Non seulement le type n'avait pas peur de lui, mais de toute évidence il se sentait en position de force. Michel leva les yeux vers le château. Le maître des lieux devait avoir le bras long. Suffisamment pour que ses employés envoient promener un flic. Il leva les mains, en signe d'apaisement.

– On se calme. Je te pose une question et je me barre. D'accord ?

– Pourquoi que j'te répondrais ? T'as un mandat ?

– Tu préfères peut-être une convocation ? En bonne et due forme ?

L'autre grimaça. La perspective d'une virée au poste n'avait pas l'air de l'enthousiasmer.

– Fais vite, j'ai du boulot.

– L'autre nuit, t'as pas entendu un grand bruit, dans le vallon ?

– Un bruit ?

– Il y a eu un accident sur le passage Hauquier. Deux véhicules se sont télescopés.

– Qu'est-ce tu veux que ça me foute ! Quand je dors, je dors.

– Quelqu'un d'autre, alors ?

Le cerbère ricana :

– Ça m'étonnerait. À part moi, y a personne au château.

Michel sentit des picotements lui parcourir la colonne. Le ton méprisant du bouseux réveillait de vieilles blessures. Il se força à rester calme.

– T'attendais pas de la visite, hier soir ?

– Ni hier soir, ni jamais. Maintenant, tu vas me faire le plaisir de foutre le camp ou je vais te chauffer les oreilles.

Un coup d'épée dans l'eau. Même s'il avait des infos, cet ours ne lâcherait rien. En tout cas pas à un Nègre. Michel ouvrit la portière sous le regard mauvais du gardien. Avant de monter, il demanda quand même :

– Dis-moi, il y a des engins agricoles, sur la propriété ?

– Je veux, mon neveu.

Le Black esquissa un sourire.

– Alors on ne va pas tarder à se revoir.

Il s'installa derrière le volant et démarra lentement. Dans le rétroviseur, le regard inquisiteur l'escorta jusqu'aux frontières du domaine.

6

Une nuit en pointillés.

Jusqu'à 11 heures, Michel avait surfé sur Internet. Il s'était d'abord connecté sur les sites de matériel agricole, sans trop savoir où il allait. Poids, dimensions, vitesse et fonctionnalités, les machines avaient livré le moindre de leurs secrets. Une série de considérations techniques qui ne l'avait pas avancé. Il était néanmoins parvenu à établir la liste des différents engins utilisés par les cultivateurs. Quelques distributeurs locaux les commercialisaient, tous facilement identifiables.

Puis, il s'était orienté vers le monde des poids lourds. Cette hypothèse avait germé plus tard dans son esprit, comme un complément incontournable de la première. Un chauffeur égaré, sur une route ignorée, cherchant à rejoindre la nationale. Ce type de véhicule pouvait correspondre. Dans le cadre d'un choc frontal, il occasionnerait des dommages tout aussi spectaculaires.

Mais là, le spectre était beaucoup plus large. Semi-remorques, porte-conteneurs, camions bennes ou porteurs. Des dizaines de modèles, de marques, se concurrençaient dans plusieurs pays d'Europe. Pour explorer cet axe, il faudrait attendre d'en savoir un peu plus.

Il s'était enfin mis au lit, sans pour autant trouver le sommeil. Une phase d'attente anxieuse avait précédé, ponctuée par de brutales poussées d'adrénaline. Françoise lui manquait. Sa présence au creux du lit, le souffle de sa respiration, le parfum de sa peau...

Enfin, au moment où il s'y attendait le moins, il s'était assoupi. Des rêves délirants avaient pris le relais, peuplés de corps mutilés, de visages boursouflés. Ces morts, il le savait confusément, étaient venus lui demander des comptes. Des cadavres anonymes croisés au cours de ses enquêtes, à qui il n'avait pu fournir un meurtrier. Leurs orbites vides le fixaient en silence, réclamant une réponse qu'il se savait incapable de donner.

Le pire, à son réveil, avait été cette impression de culpabilité. Malgré une douche et trois tasses de café, elle continuait à le poursuivre...

Michel poussa la porte de son bureau. La pièce, sans doute la plus petite du commissariat, était meublée a minima. Une table, trois chaises, un portemanteau. Un poster de nature – sable blanc sur fond de lagon turquoise – rappelait les fantasmes de l'ancien locataire. Le Black n'avait pas pris la peine de l'enlever.

Il se cala dans son fauteuil et vérifia une nouvelle fois la messagerie de son téléphone portable. Depuis quelque temps, l'appareil déconnait. Il bouffait les appels, ou délivrait les messages deux jours plus tard. Mais rien. La boîte vocale était désespérément vide.

Il soupira, se retenant à quatre mains pour ne pas violer la règle. Pas de contact pendant le break. Ils étaient bien d'accord là-dessus. Enfin, surtout Françoise. Il botta en touche et composa le numéro de ses parents. Ils gardaient Jonathan à Paris, afin que chacun puisse réfléchir au calme.

– Maman ? C'est Michel.

– Tu vas bien, mon grand ?

– Je voulais prendre des nouvelles.

– Il dort encore.

La fibre paternelle se réveilla en lui.

– Il n'est pas malade ?

– Non. En pleine forme. On s'est couchés un peu plus tard que d'habitude, c'est tout.

Il ferma les yeux. Aujourd'hui, Jonathan était sa seule balise. Un petit être innocent, dépendant, un concentré d'amour. Une part, aussi, de la femme de sa vie.

Il demanda :

– Françoise a téléphoné ?

– Elle le fait tous les jours.

– Rien de spécial ?

– Non.

Qu'espérait-il ? Qu'elle fasse une déclaration à ses parents ? Qu'elle laisse un message à son intention ? Il serra les dents, un temps trop long. Sa mère saisit le malaise au vol. Elle le rassura en douceur :

– Ça s'arrangera. Aie confiance. Parfois, les femmes ont besoin de vérifier certaines choses. Et elles doivent le faire seules. Elle t'aime. Elle reviendra.

Il aurait bien voulu le croire. Pourtant, une petite voix l'incitait à ne pas trop espérer. Il coupa court.

– J'ai du boulot. Embrasse papa. Je rappellerai plus tard.

Il raccrocha. Soudain, son réduit lui donna l'impression d'une prison. Emmuré vivant, il s'y desséchait chaque jour un peu plus.

La porte s'ouvrit à la volée sur un visage fermé :

– Diallo. Putain, c'est quoi ce bordel ?

Le commissaire Folti se tenait face à lui, bras croisés, visiblement très énervé. Boule à zéro, double menton et barbe de trois jours, il évoquait plus le proxénète que le policier. Ses origines, son parcours, y étaient très certainement pour quelque chose. Ancien de l'outre-mer, ce Toulonnais avait écumé les affectations exotiques avant de se faire muter à Nogent. Il y vivait depuis cinq ans, une sorte de préretraite peinarde avant de tirer sa révérence.

Sa principale qualité, dans l'esprit de Michel, tenait dans son épouse. Une Black, ramenée des Antilles, qui ne sortait jamais, parlait très peu, mais qui tendait entre eux une passerelle naturelle. Pour le reste, leur conception de la profession était à l'opposé. Le seul souci de Folti, pendant toute sa carrière, avait été de ne pas faire de vagues.

Michel se redressa :

– Un délit de fuite...

L'autre le coupa :

– Je te parle pas de ça. Qu'est-ce que t'es allé foutre à La Renardière ?

Les nouvelles allaient vite. Il avait eu raison de se méfier. Il répondit avec prudence :

– Rien. Je me suis gouré de chemin.

– Pourquoi t'as interrogé le gardien, alors ?

– J'ai profité de l'occasion.

– Sans mandat ?

Michel s'étonna de la question. Folti connaissait la procédure, les pouvoirs que possédait la police dans ce type d'affaire. Il répondit avec une pointe d'ironie :

– L'accident a eu lieu dans le périmètre du château. J'opère dans le cadre d'une enquête de flagrance. Où est le problème ?

Le commissaire marqua un temps d'arrêt. Il referma la porte et prit une chaise.

– Écoute, Michel... T'es pas là depuis longtemps, mais c'est pas une raison. Faut que tu saches...

– Que je sache quoi ?

– La Renardière... C'est un peu spécial. On n'y va pas comme ça.

Le jeune lieutenant croisa les bras. Les questions trouvaient toujours leur réponse. Il suffisait d'attendre le bon moment.

– Le domaine, reprit Folti, appartient à un banquier. Un rupin qui fout jamais les pieds ici, sauf pour venir chasser. Le reste du temps, il paye un type pour garder le château et s'occuper des métayers.

– Et alors ?

– Tous les ans, fin septembre, il organise une grande battue. Sanglier, chevreuil, y a que ça qui l'intéresse. Il débarque avec une vingtaine de personnes et reste trois jours.

Tu peux me croire, y a que du beau linge. Industriels, artistes, politiques. La dernière fois, il y avait même le président.

Michel se tassa dans son fauteuil. Malgré son statut, il gardait dans ses gènes des craintes irrationnelles. Le pouvoir, dans son absolue quintessence, le renvoyait à l'arbitraire, au danger.

Le commissaire continuait :

– La chasse est un sport très compliqué. Pour te la faire courte, il faut faire attention à ce que le gibier reste bien sauvage. Sinon, il paraît que ça fausse le jeu. Le job du gardien consiste essentiellement à surveiller le territoire, et à refouler les intrus qui s'y promèneraient et pourraient perturber les bêtes.

– Y compris des flics ?

Le vieux briscard eut un sourire éteint.

– Notre autorité s'arrête à l'entrée de la propriété. Quand je suis arrivé ici, le préfet me l'a clairement fait comprendre. Quoi qu'il arrive, on doit d'abord l'appeler. Même si on entendait des rafales de mitrailleuse.

Le comportement du cerbère prenait maintenant un sens précis. La chasse ouvrait dans moins d'un mois, son maître allait rappliquer. Il était sur les dents. Mais son attitude, ouvertement bravache, signait aussi un rapport perturbé à l'autorité. A fortiori lorsqu'un Noir l'incarnait.

Michel questionna :

– D'où il sort, ce gardien ?

– Pascal Minucci. Ancien légionnaire, ex-taulard. Charvet l'a installé là-bas quand il a acheté le domaine.

– Charvet ?

– Le proprio. Le plus gros contribuable de la commune. Il dirige une banque à Paris. Toutes les huiles lui mangent dans la main.

– Un intouchable...

– Mieux que ça. Famille pleine aux as, relations en titane. Il était déjà né avec une cuillère d'argent dans la bouche, mais il l'a transformée en vaisselle d'or. Alors un conseil : enregistre bien cette donnée à l'avenir.

Diallo opina du chef, comme un élève studieux. Il avait fait les frais de son ignorance, Folti lui remontait gentiment les bretelles. Inutile de faire état des propos racistes, il mettrait son supérieur en porte-à-faux.

Le commissaire se massa le front.

– Bon... Maintenant que t'es averti, parle-moi de cet accident.

Michel tendit son rapport.

– Tout est là. J'ai eu le substitut de permanence. Il a demandé une autopsie et une expertise de la caisse.

Folti parcourut rapidement le procès-verbal. Il releva le menton et toisa son flic.

– T'en penses quoi ?

– Vu la violence de l'impact, je dirais un engin agricole. Ou alors un poids lourd...

– Et a priori pendant la nuit...

– On a découvert la carcasse à l'aube. Elle était encore tiède.

– Sur place, t'as trouvé quelque chose ?

– Non. Tout avait cramé. J'ai quand même fait deux trois prélèvements et j'ai pris des clichés, au cas où.

Le vieux flic laissa planer un silence. Puis il finit par demander, mi-figue, mi-raisin :

– Minucci, il t'a dit quelque chose ?

– C'est pas le genre causant.

– Réponds à ma question.

– Rien d'intéressant. Il était seul et il pionçait.

Les traits du commissaire se firent plus graves.

– S'il s'agissait d'un engin, tu as déjà dû envisager qu'il appartienne au domaine ?

– C'est une possibilité, effectivement.

Une seconde, Folti resta silencieux. Puis il quitta sa chaise.

– Soit. On va attendre les résultats. Mais à partir de maintenant, je veux que tu me tiennes au courant de tes moindres faits et gestes. C'est bien clair ?

– Parfaitement clair, acquiesça Michel.

– II –

7

– Madame le juge...

Claire Brissac sursauta. En un battement de cils, elle réalisa qu'elle s'était assoupie. Un sommeil-flash, quelques minutes à peine, comme une perte de conscience. Après deux nuits blanches, ses capacités de résistance dégringolaient en flèche.

Elle se redressa, abaissa le pare-soleil et contrôla son apparence. Brushing impeccable, maquillage léger, le masque de poupée slave tenait encore la route. Son ossature anguleuse, adoucie par des mèches blond cendré, rajeunissait ses traits. À trente-cinq ans, elle en paraissait trente. Pourtant, sous le mascara, le regard bleu azur trahissait la fatigue.

Ce lundi matin, son planning prévoyait une reconstitution. L'information, ouverte du chef de viol contre un petit caïd de la cité Vauban, dans le vingtième arrondissement de Paris, s'enlisait. Ali Habib, dix-neuf ans et un casier long comme le bras, niait en bloc l'accusation portée par la victime. Il affirmait ne pas la connaître, ne l'avoir même jamais vue.

Nadia Latifa, mineure de quatorze ans, vivait dans le bloc voisin. Elle l'avait dénoncé six mois plus tôt, prétendant avoir subi l'assaut dans une des caves de son immeuble.

Évidemment, personne dans la cité n'était au courant de quoi que ce soit.

Depuis quelque temps, Claire avait du mal à faire avancer son dossier. Si Habib pouvait avoir le profil, elle commençait néanmoins à douter de son accusatrice. La jeune fille tenait parfois des propos incohérents, se coupait dans ses affirmations, revenait en arrière. Un scénario classique, qui débouchait une fois sur deux sur une rétractation.

Il était temps de vérifier sur place, de remettre les parties en présence, de rejouer la scène. Le choc de la réalité provoquait parfois des résultats inattendus. Il déliait les langues, faisait jaillir les larmes et, avec un peu de chance, la vérité.

La magistrate chaussa ses lunettes et sortit de la voiture, suivie de près par son greffier. Sur ordre du préfet, un dispositif impressionnant bouclait le périmètre. Les émeutes de novembre 2005 laissaient dans les mémoires un souvenir prégnant, les pouvoirs publics ne voulaient prendre aucun risque.

Claire évalua rapidement les forces mobilisées. Cent cinquante CRS encerclaient la cité, un cordon de malabars en treillis et casques de Robocop. Autour, disséminés dans les allées, des voitures de civils assuraient les arrières. Gyrophare en action, ils jouaient sans pudeur la carte de l'intimidation.

Un moustachu s'avança, au visage dur et légèrement halé. Jean, baskets, polo Lacoste, la tenue du commissaire Lerner collait au millimètre à son environnement. Un flic des rues, dirigeant une brigade de terrain dans un univers de violence. Sur cette affaire, Claire avait choisi de travailler avec la BAC du vingtième. Cette unité connaissait le décor, ses acteurs, ses codes. Des cartes indispensables lorsqu'on s'aventurait sur ces territoires sauvages.

– Madame le juge.

– Commissaire.

Poignée de main. Sourires figés. Claire n'aimait pas ce type. Elle le trouvait simplement efficace.

– Tout le monde est là ? demanda-t-elle.

– On est au complet.

Ils franchirent la muraille d'uniformes et traversèrent un parvis de béton brut. Chaque centimètre carré avait été tagué. Des dessins fluorescents, des noms de guerre, des messages de haine. Fermant toute perspective, trois bâtiments aux allures de cages à lapins encerclaient ce tableau contemporain.

Malgré elle, la jeune femme leva les yeux. Des visages l'observaient, à chaque fenêtre, sur chaque balcon. Piégée dans cette prison sociale, la population profitait sans complexes du seul spectacle auquel elle avait droit.

Une dizaine de personnes faisaient le pied de grue en bas de l'immeuble. Il y avait le mis en examen, visage tiré sous cheveux courts, dont le survêtement noir soulignait la pâleur. Claire avait préféré le mettre en détention après son interpellation. Une façon de protéger la victime, d'éviter les éventuelles pressions. Menotté dans le dos, il était tenu en laisse par deux gendarmes dégoulinant de sueur.

À ses côtés, crinière épaisse et bras de chemise, son avocat. Gilbert Nora était un pénaliste reconnu, plus motivé par la petite médiatisation du dossier que par les droits de la défense. Claire l'exécrait. Brillant mais imbuvable, il la prenait de haut depuis le début. Il multipliait les obstructions procédurales, déposait des demandes de mise en liberté tous les quinze jours et travaillait le parquet en sous-main afin de la faire craquer.

Un peu à l'écart, elle aperçut aussi la partie civile. Nadia avait la fraîcheur d'une jeune pousse. Un nez aquilin, une masse de cheveux sombres, des yeux de biche. Comme d'habitude, elle était venue avec ses parents. Ils s'entretenaient avec leur conseil, tête baissée, comme des gamins devant un professeur.

Enfin, plus raide qu'un manuel, l'expert psychiatre. Claire souhaitait avoir ses impressions à chaud, savoir comment il ressentait chacun des deux protagonistes.

L'arrivée de la magistrate scella les lèvres. Elle était plus petite que la moyenne, mais bien proportionnée. Son tailleur strict, ajusté, la mettait en valeur en soulignant ses formes. Elle adressa un signe de tête global, sans serrer aucune main. La loi ne prenait pas parti. Elle recueillait des faits afin d'en tirer les conséquences. Telle était sa mission, son rôle.

Elle demanda à la victime de les conduire jusqu'à la cave. Dans un silence tendu, la petite troupe plongea sous terre.

Ce que Claire découvrit dépassait de très loin ses idées préconçues. Elle avait vu des reportages sur les banlieues, entendu le discours des délinquants, parlé de nombreuses fois avec les enquêteurs. Jamais, pourtant, elle n'aurait pu imaginer une telle misère.

Pas d'électricité. On avançait à la lumière des torches dans un boyau fétide. Odeurs d'urine, d'excréments, relents d'ordures en décomposition. Et toujours les tags. Accrochés aux murs tels des signes de piste.

L'adolescente connaissait le chemin. Elle traçait droit devant, sans se soucier de ceux qui la suivaient... Au bout d'un corridor, un panneau de contreplaqué marquait le bout de la route. Il avait été posé sur un encadrement dont la porte avait disparu depuis longtemps. Des scellés judiciaires interdisaient l'accès.

Tout le monde s'immobilisa. À cet instant, Claire réalisa où elle était vraiment. Un espace hermétique, exigu, étouffant. Sa nuque la picota. Il fallait faire vite. Elle ne tiendrait pas longtemps.

Elle relut rapidement les déclarations de la victime. Habib l'avait conduite jusqu'ici, il voulait lui offrir un baladeur MP3, ou une mini-chaîne, elle ne se souvenait plus très bien. Toute la cité savait qui il était, elle n'avait pas osé refuser. Une fois sur place, il avait sorti un cutter et l'avait obligée à lui faire une fellation. Puis, il l'avait violée sur un vieux matelas, avant de la renvoyer en la menaçant de mort s'il lui prenait l'envie de cafter.

La magistrate était du genre « répressif ». Pourtant, elle trouvait ce scénario ambigu. Pourquoi la gamine était-elle tombée dans ce piège ? L'ascendant du « grand frère » et la promesse d'un cadeau semblaient une justification bien mince. Surtout quand on connaissait le mis en cause.

Elle releva la tête et ordonna qu'on retire les scellés. Lerner balaya le réduit de sa lampe. Rien ne semblait avoir bougé. Un bric-à-brac poussiéreux, fait de bibelots minables, de chaises éventrées, de cartons pourris. Un matelas avait été jeté au centre, perforé par des brûlures de cigarettes.

Claire fit approcher Habib. La configuration des lieux rendait les déplacements pénibles. De plus, la fatigue accentuait son sentiment d'oppression. Elle demanda qu'on lui retire ses menottes et plaça Nadia face à lui. L'escorte marquait le caïd à la culotte, prête à intervenir.

– Bien, lança-t-elle. Mademoiselle, pouvez-vous nous montrer ce qui s'est passé ?

Claire jouait gros. Si la victime avait accepté le principe d'une reconstitution, elle pouvait encore craquer devant l'obstacle. Rien ni personne ne l'obligerait à rejouer la scène.

Autour, la petite troupe retenait son souffle.

Enfin, l'adolescente s'agenouilla. Elle murmura en désignant sa gorge :

– Il m'a mis la lame, là.

Puis elle approcha son visage du survêtement. L'autre la repoussa vivement.

– Me touche pas, salope.

Aussitôt, les gendarmes le ceinturèrent. S'ensuivit une bordée d'injures qui résonna dans l'espace clos. Dans la lumière des torches, les traits s'étaient figés.

– Monsieur Habib, lança sèchement la magistrate. Laissez-nous travailler. C'est dans votre intérêt.

Sans attendre la réaction, elle demanda à la jeune fille :

– Il était debout à ce moment-là ?

– Oui.

– Ensuite ?

– Il m'a forcée à m'allonger.

– Vous allonger comment ?

Nadia s'étendit sur le matelas.

– Comme ça, je crois. Je ne me souviens plus trop.

Claire la regarda s'exécuter. Il y avait dans les gestes de la gamine une lascivité troublante. La confirmation de ce qu'elle pressentait depuis un bon moment. De toute évidence, elle n'avait pas affaire à une novice.

Elle se tourna vers l'agresseur :

– Mettez-vous sur elle.

Habib se décomposa :

– Hein ?

– Vous avez parfaitement compris. Dépêchez-vous.

Un court flottement. L'avocat du jeune homme s'interposa :

– Madame le juge...Vous ne pouvez pas le forcer, tout de même !

Claire le fusilla du regard.

– Maître, puis-je vous dire un mot, en privé ?

Ils s'écartèrent un peu. La magistrate murmura :

– Vous voulez que votre client soit remis en liberté, non ?

– Bien sûr, mais...

– Alors, conseillez-lui de s'exécuter.

– Ce n'est pas mon rôle.

– Votre rôle consiste à assister Habib au mieux de ses intérêts. Cette mise en situation pourrait l'aider.

– Je ne comprends pas en quoi...

– Faites-moi confiance pour une fois. Vous n'avez rien à perdre.

Nora prit un air soupçonneux. Au jeu des attitudes, il était très doué. Finalement, il accepta le deal.

– Je vais voir ce que je peux faire. Mais je vous préviens : si ça tourne mal, je ne me gênerai pas pour m'en servir.

Il revint vers son client et s'entretint avec lui. Habib ne disait rien. Il conservait un air mauvais.

Enfin, le pénaliste annonça :

– Nous sommes prêts.

Le jeune Beur s'allongea sur Nadia. Le tableau avait une connotation irréelle, comme une séquence de cinéma jouée par de mauvais acteurs. Puis, soudain, Claire remarqua un détail. Une fêlure dans le regard de la victime. De ces choses que seules les femmes peuvent voir, quand elles observent une autre femme.

Nadia était heureuse.

Coincée sous le corps de son agresseur, lovée dans son odeur, elle ne parvenait pas à masquer cette émotion élémentaire.

La magistrate resta de marbre. Pourtant, elle savait qu'elle avait gagné. Qu'il faudrait désormais reprendre les auditions sous un autre angle. Celui d'une relation, réelle ou fantasmée, qui unissait les deux protagonistes. Il ne s'agissait pas d'une simple affaire de viol, mais d'une passion brûlante. Que s'était-il passé entre eux ? Comment en étaient-ils arrivés à cette extrémité ? De ces questions, de sa propre capacité à exhumer les réponses, découlerait une vérité dont elle pressentait déjà les contours.

Elle fit un signe à Lerner, indiquant qu'elle en avait assez vu. Le commissaire opina du chef et organisa le repli. Telles des taupes évacuant un tunnel, la petite troupe déboucha sur le parvis en plissant les yeux.

Nora se jeta immédiatement sur elle.

– Alors, madame le juge ? Qu'avez-vous appris ?

– Vous le saurez bientôt. Quand je convoquerai votre client.

Le pénaliste fit mine de s'irriter.

– Nous avions conclu un marché.

– Je le respecterai. Si c'est ce que je crois, vous pourrez m'adresser une demande de mise en liberté sous peu. Il y a de fortes chances pour que j'y donne une suite favorable.

Sans attendre, elle planta le ténor sur place et se dirigea vers la voiture. Des groupes de jeunes s'étaient formés un peu partout, ils déambulaient à bonne distance des CRS en les pointant du doigt.

L'affrontement s'amorçait.

Claire, elle, était déjà loin.

8

Deux heures de sieste.

Un fantasme d'insomniaque.

Claire se fit déposer devant chez elle. Un petit immeuble de la rue Vieille-du-Temple, en plein cœur du quartier gay. Ses parents avaient immédiatement désavoué ce choix. Pour ces bourgeois de Lyon, le fait que leur fille côtoie des homosexuels semblait tout bonnement « déplacé ».

La jeune femme était passée outre. Elle volait de ses propres ailes depuis assez longtemps et savait ce qui lui convenait. Dans son esprit, le Marais représentait la vie. Une animation permanente, des bars pleins à craquer, des commerçants partout. Certes, l'ambiance était franchement homo. Et après ? Ces gens riaient tout le temps, sortaient, s'amusaient. Ils jouissaient de l'existence, faisant de chaque seconde une véritable fête.

Claire s'était sentie tout de suite à l'aise. Leur énergie, leur enthousiasme, la guérissaient de ses blessures. Vivre parmi eux constituait une sorte de thérapie. La preuve éclatante que l'instant était tout. Que le futur n'existait pas. Même si au fond, personne n'était dupe.

Elle traversa la courette d'un pas rapide. L'entrée B desservait les appartements enclavés, plus chers, mais plus tranquilles. Le sien se trouvait au troisième. Deux pièces à peine, une mezzanine, des poutres apparentes. Un produit de caractère, selon la terminologie usuelle des agents immobiliers.

Elle poussa la porte avec soulagement. Depuis quelque temps, de brusques poussées d'angoisse la saisissaient à l'improviste, surtout lorsqu'elle était fatiguée. Sa poitrine se serrait, elle avait du mal à respirer, des vertiges plus ou moins violents l'obligeaient parfois à s'isoler. Elle continuait à travailler, à fonctionner, mais cette épée de Damoclès la handicapait de plus en plus. Le seul endroit où elle ne craignait rien était son domicile. Un havre de paix, un refuge au creux duquel elle recouvrait le calme.

Elle alluma la climatisation et s'allongea sur le canapé. Les chiffres du magnétoscope marquaient 12 : 37. Elle pourrait se reposer un peu. Ensuite, elle avalerait une salade et repartirait au combat. Sa prochaine obligation n'était prévue qu'à 15 heures, l'audition d'une femme, auteur présumé d'un infanticide.

Ses paupières se fermèrent. Elle respirait calmement, une douce torpeur prenait possession de son organisme. Progressivement, le noir s'installait. Une nuit intérieure, proche du vide, sans images ni fracas.

Mais soudain, son corps tressauta. Ses paupières s'ouvrirent et son regard accrocha le plafond. Elle resta ainsi une poignée de secondes, incapable de bouger. Puis, sans qu'elle puisse les retenir, les larmes se mirent à couler.

Le drame datait de plus d'un an.

Depuis, elle survivait.

Claire avait eu une jeunesse dorée. Tout au moins sur un plan matériel. Son père, cardiologue, opérait à tour de bras dans une clinique privée des bords de Saône. Sa mère, femme au foyer, descendait d'une dynastie de soyeux, d'anciens canuts reconvertis dans l'industrie pharmaceutique.

De fait, l'argent n'avait jamais manqué. Appartement à Lyon, chalet à Courchevel et pied-à-terre à Paris, tel était le patrimoine immobilier des Brissac. Un capital solide auquel s'ajoutait un portefeuille d'actions prospère.

Claire était fille unique. Un drame chez ces cathos rêvant d'une portée plus nombreuse. Très vite, le désespoir avait laissé la place à la rancœur. Une tension sourde minait le couple, chacun se rejetant la faute de ce qu'ils considéraient comme un échec.

Puis, avec le temps, la guerre d'usure se transforma en lutte armée. L'enjeu se déplaça, cristallisant les frustrations sur des problèmes plus terre à terre. Argent, éducation, travail, chacun avait de quoi humilier l'autre. Le mépris et la haine devinrent des grenades offensives, le foyer un champ de mines. Pourtant, malgré un quotidien de douleur, le carcan des convenances les empêchait de divorcer.

Écartelée dans cette confrontation d'adultes, Claire compta les points et pleura en silence.

Elle se réfugia alors dans les livres. La seule façon de respirer, de survivre. À dix ans, elle connaissait déjà une grande partie des classiques d'aventure : Jules Verne, Jack London, ou encore Stevenson. Mais elle dévorait également des auteurs contemporains, à partir du moment où leurs histoires pouvaient l'emporter loin.

De cette époque, naquit une sorte d'admiration pour les héros, ces champions solitaires, désintéressés, capables de transcender leur peur, leur colère ou leur haine afin de rétablir un semblant d'ordre dans le chaos. Au fil des pages, son esprit intégrait ces valeurs. Elles se substituaient progressivement à celles, plus bourgeoises, transmises par sa famille.

Peu à peu, sa conscience s'érigea en un bloc de refus. Naissance et privilèges, elle rejetait tout ce qui touchait à son milieu. Par un amalgame inconscient, elle avait associé ces dons empoisonnés à la faillite du couple de ses parents. Et par conséquent, à la sienne.

L'adolescence confirma cette pente. Les collèges privés, les clubs de tennis, les soirées de rallye, ce monde joué d'avance la révulsait. Elle avait l'impression d'évoluer sur la scène d'un théâtre, de réciter sagement son texte, sans se sentir jamais concernée.

Elle passa son bac avec l'idée de se lancer dans l'humanitaire. L'objectif comportait une part d'aventure, d'héroïsme, et surtout, prenait à contre-pied tout ce pour quoi elle avait été programmée.

Mais quelle était la route ? La plupart de ces croisés modernes possédaient un diplôme de santé. Et elle n'imaginait pas une seconde marcher dans les traces de son père. Restait l'assistance technique, économique, ou, pourquoi pas, juridique. Les ONG avaient besoin de ces compétences, elles le clamaient dans les médias.

Elle choisit le droit et s'inscrivit à l'université de Lyon-III. La matière n'était pas désagréable, le niveau d'exigence raisonnable. Elle travaillait le strict nécessaire, occupant son temps libre dans un foyer de sans-abri.

Cette première expérience acheva sa mutation. Elle découvrait un peuple d'ombres, fantômes à la dérive dont les visages bouffis semblaient sortir d'un ring de boxe. Alcool, malnutrition, absence de soins et d'hygiène fracassaient le peu de vie qui leur restait. Mais pire encore, il y avait les regards. Des puits d'abandon, des gouffres de solitude. Ces gens mouraient à petit feu du manque des autres. Au-delà des colis de nourriture ou des abris de fortune, ils cherchaient le contact. La sensation, le temps d'une parenthèse, de faire encore partie de l'espèce humaine.

Elle se donna à fond, sans pour autant négliger ses études. L'été de sa licence, elle parvint à décrocher une mission inespérée. Deux mois en Afrique, sur le terrain. La Croix-Rouge internationale avait besoin de bonnes volontés pour amortir les conséquences d'un des plus grands génocides de l'histoire.

On était le 1er août 1994. Huit cent mille Tutsis venaient d'être massacrés au Rwanda.

Elle s'envola pour le Kivu, dans l'est du Zaïre, où s'entassaient les réfugiés. Là, elle découvrit les camps. Des plaines entières couvertes de tentes blanches. Des hordes de survivants, parqués tels des bestiaux sous la menace des armes lourdes. Peu d'eau, encore moins de vivres, des médicaments fournis au compte-gouttes.

La mort était partout. Elle écorchait le regard, saturait les narines, vrillait les tympans. La cité des damnées étouffait sous une chaleur inconcevable, les enfants mouraient en vomissant une bile noire, des mères erraient sur les allées de latérite, serrant dans leurs bras maigres ces cadavres de poupées disloquées.

Le choc fut radical. À l'aune de la réalité, Claire touchait du cœur sa limite. Toute cette horreur la submergeait, la détruisait. Malgré sa foi, elle sut que c'était fini.

Elle rentra en France la mort dans l'âme. L'année de maîtrise démarrait, sans perspective. Seulement un long tunnel, au bout duquel il n'y avait rien.

Le destin se présenta alors sous les traits volontaires d'une femme élégante, premier juge d'instruction auprès du tribunal de Nanterre. Elle faisait office de sergent recruteur, donnant dans les universités des conférences sur son métier.

En l'écoutant parler, Claire ressentit une sorte de communion d'esprit. Le ton, les mots, la détermination tranquille qu'elle affichait donnaient le sentiment d'une évidence. Elle se battait pour la seule vérité, sans craintes ni passions, seulement préoccupée par la justice. À sa façon, elle rejoignait son panthéon privé, peuplé de héros invincibles et de rêves de petite fille.

Elle prépara le concours de l'ENM – l'École nationale de la magistrature – qu'elle intégra haut la main. La scolarité des auditeurs de justice se déroulait à Bordeaux où ses parents, ravis du revirement, s'empressèrent de lui acheter un studio.

Pendant trois ans, elle travailla d'arrache-pied. Cours magistraux, méthodologie judiciaire, stages dans des juridictions diverses, l'enseignement visait à préparer les futurs juges aux responsabilités hors du commun qui les attendaient.

Sortie dans les premières, Claire put choisir son affectation. Un poste de juge d'instruction était vacant à Quimper, dans le Finistère. Elle revendit son appartement et se lança à corps perdu dans la bataille.

Très vite, une nouvelle réalité s'imposa. De celles auxquelles école et stages ne préparent pas. Elle découvrait dans la pratique ce que *décider* signifiait. Ses choix, ses appréciations, ce que les textes appelaient « l'intime conviction » avaient dans ce contexte des conséquences terribles. Ils scellaient le sort de ses semblables, biffant leur liberté d'un simple trait de plume.

Claire assuma cet aspect, sans pour autant en abuser. Elle n'était pas de celles qu'un tel pouvoir excite. Ce qui la motivait tenait plutôt dans une certaine idéalisation de la justice. Elle y voyait un glaive, une arme forgée à sa mesure pour protéger les faibles et pour châtier leurs prédateurs.

Elle passa trois ans à Quimper. Puis elle accepta une mutation à Draguignan. Les petites villes se ressemblaient, la délinquance y devenait partout de plus en plus violente. Plus que jamais, il lui semblait que les victimes avaient besoin d'être secourues.

C'est là-bas qu'elle rencontra Fabrice. À quarante ans, cet avocat parisien avait déjà une belle carrière derrière lui. Premier secrétaire de la conférence, un prestigieux concours d'éloquence où s'affrontaient les jeunes ténors, il avait fait ses armes chez plusieurs pénalistes avant de monter son propre cabinet. Les circonstances l'avaient amené à se spécialiser dans la défense des crimes et délits de nature sexuelle. Viols, attouchements, et depuis l'avènement d'Internet, divulgation d'images pédophiles. Il parcourait la France de long en large, mercenaire itinérant dont les talents se monnayaient très cher.

L'affaire qui les mit en présence était particulièrement désagréable. Elle impliquait un pervers, qui du fond de son grenier inondait le Web de photos ignobles. Les enfants, aucun n'ayant plus de huit ans, étaient livrés aux regards dans des mises en scène insoutenables. Simulacres d'étranglement, bâillons, liens, utilisation d'objets, soumission à des adultes, le détraqué avait ratissé large.

Comme il était d'usage, Maître Fabrice Bosco s'était présenté à Claire avant l'audition de son client. La taille élancée, les boucles noires, le regard vert, ses qualités anatomiques avaient impressionné la jeune femme. Mais surtout, il possédait un charme auquel sa nature n'avait pas été insensible. Une sorte de paix illuminait ses traits, donnant le sentiment que rien n'avait vraiment d'importance.

Pendant toute l'instruction, chacun avait joué son rôle. Le juge et l'avocat, un face-à-face codifié, une pantomime sociale. L'une incarnait la loi, la répression, tandis que l'autre, indépendamment du dégoût que pouvait lui inspirer son client, se posait en gardien des libertés individuelles auxquelles les pires ordures avaient également droit.

De temps à autre, pourtant, Fabrice sortait des clous. Il appuyait un regard, glissait un sourire, comme autant de signaux muets à destination de la jeune femme. Malgré le contexte, les règles, le cœur de Claire s'emballait.

Huit mois plus tard, le dossier avait été clôturé. Renvoi devant la cour d'assises, une autre juridiction et d'autres magistrats. Fabrice s'était senti le droit d'inviter Claire à dîner. Les masques étaient tombés, chacun s'était livré.

Le pénaliste n'avait rien de l'avocat retors, de ces machines à certitudes qu'elle côtoyait habituellement. Il jouait sa partition sur un autre registre. Plus humain, plus émotionnel. Autant de qualités qui confirmaient le pressentiment de la magistrate.

Ils discutèrent tard dans la nuit. De leurs parcours, de leurs métiers, de la désillusion que faisait naître la fréquentation quotidienne d'une horreur ordinaire. Sans s'en apercevoir, Claire aborda des sujets plus intimes. Ses parents, son enfance, les fêlures qu'elle cachait. Fabrice l'écouta, concentré, attentif. Comme une évolution naturelle, évidente, ils firent l'amour immédiatement après.

La vie sentimentale de Claire n'avait jamais été scintillante. De vagues petits amis, chacun chez soi, plus par hygiène que par goût. Son travail prenait toute la place, un moyen commode d'éviter le pire, de s'attacher. L'idée de reproduire le naufrage parental la terrorisait.

L'arrivée de Fabrice changea la donne. Elle se découvrit aimante, passionnée, capable de prendre un train de nuit pour passer quatre heures dans ses bras, ou de rester trois jours enfermée, à seulement faire l'amour.

Ils décidèrent de se marier. Le principe ne les emballait pas, ni l'un ni l'autre, et Claire avait dû conserver son nom de jeune fille pour d'évidentes raisons professionnelles. Mais cette union légale pourrait lui permettre de se rapprocher de Paris. Elle patienta six mois avant d'obtenir l'affectation souhaitée, un poste au tribunal de Bobigny, à proximité de la capitale.

Une période heureuse s'amorça. Ils emménagèrent dans un nouvel appartement, près du parc Montsouris, un loft lumineux donnant sur une mer de verdure. Grâce aux relations de Fabrice, Claire officiait maintenant au palais de justice de Paris, dans la prestigieuse galerie d'instruction. Passionnés tous les deux, ils travaillaient le jour et fusionnaient la nuit. Le temps passé ensemble les rapprochait. Au contact de l'avocat, la magistrate rigide et ferme s'assouplissait.

Deux courtes années, leur bonheur fut total. Ils envisageaient la venue d'un enfant, la création d'une famille. Quand elle y pensait, Claire n'en revenait pas. Fabrice était parvenu à la réconcilier avec ces valeurs simples, un rien bourgeoises, qu'elle s'était promis de ne jamais adopter. Il avait rassemblé les morceaux d'un cœur en miettes, donné à la petite fille une chance de grandir.

Jusqu'à ce que tout bascule.

Le 3 mars 2005 – cette date resterait gravée à tout jamais dans son esprit –, elle terminait la lecture d'un procès-verbal de synthèse dans son cabinet lorsque le téléphone sonna. Marc Rivière, procureur de la république, grand manitou du parquet de Paris et ami intime de Fabrice, était au bout du fil.

– Claire...
– Marc ? Comment vas-tu ?
– On peut se voir ?
– Bien sûr...
– J'arrive.

Elle raccrocha, sans se formaliser. Marc était un homme précis, un peu abrupt, c'était sa façon de communiquer.

Elle se remit au travail en l'attendant. Pourtant, malgré elle, un signal rouge l'empêchait de se concentrer. Marc avait une voie étrange, inhabituelle. Elle relisait la même phrase pour la quatrième fois lorsqu'il entra dans son bureau.

Grand, distingué, Rivière portait sur le visage la marque de ses combats. Un moine soldat, vieux garçon qui consacrait sa vie à son métier. Aux portes de la soixantaine, ses traits déjà émaciés s'allongeaient en un canyon étroit. Derrière des lunettes demi-lunes, ses yeux perçants sondaient votre âme.

Il s'assit en face d'elle, sans l'embrasser. Puis, tête baissée, il annonça :

– J'ai une mauvaise nouvelle.

La jeune femme grimaça un sourire afin de garder une contenance.

– Vas-y.

Le procureur releva le menton. Son regard, d'ordinaire si limpide, semblait voilé de peine.

– C'est Fabrice...
– Fabrice ?

Silence. De ceux qui précèdent le pire. Claire sentit un vertige s'emparer d'elle.

– Marc... Qu'est-ce qu'il y a ?
– Il y a eu... une bavure. Une chose qui n'aurait jamais dû se produire.
– Quoi ? fit-elle un ton plus haut.
– Fabrice devait plaider à Bobigny. Un homme a réussi à franchir le portail de sécurité avec une arme. Il a tiré sur lui. En pleine salle d'audience.

L'espace se fractura. Des morceaux de réalité flottaient dans l'air, à la façon d'un puzzle éparpillé. Elle s'entendit demander :

– Il est vivant ?

Rivière baissa les yeux. Puis, lentement, il secoua la tête en signe de négation.

Un court-circuit. La vision qui se brouille. Claire crut qu'elle allait vomir. Au bout de quelques secondes, elle murmura :

– Où est-il ?

– On l'a transporté à Cochin.

– Je peux le voir ?

Le procureur cligna les paupières :

– Je t'accompagne.

Elle se leva dans un état second. La pièce tanguait, plus rien n'avait de sens. En franchissant la porte de son bureau, elle essaya de se raccrocher aux faits.

– Pourquoi, Marc ? Que s'est-il passé ?

Rivière répondit d'une voix blanche :

– On interroge le type. Il semblerait que ce soit un de ses anciens clients.

Effectivement. Pendant sa garde à vue, le meurtrier de Fabrice avait tout avoué. L'histoire datait d'exactement quatre ans, le temps qu'il avait passé à la centrale de Melun. Il avait profité du jeu des réductions de peine et venait d'être libéré pour bonne conduite, après sa condamnation à huit années de réclusion prononcée par la cour d'assises du Val-d'Oise.

Son crime : viol simple.

D'après lui, Fabrice était le responsable de son malheur. Il l'avait mal défendu alors qu'il clamait son innocence. Pendant ses années de détention, ce dingue n'avait eu qu'un seul but : tenir le coup, purger sa peine, se venger. Dès sa libération, il était passé à l'acte.

Sur les conseils de Rivière, Claire s'était portée partie civile. Ainsi, elle pourrait avoir accès au dossier, demander une réparation, et entamer son deuil.

Elle apprit vite qu'aucun confrère de son mari n'avait souhaité assumer la défense de l'assassin. Le bâtonnier avait dû lui en désigner un d'office, un bébé avocat pris au hasard sur la liste du stage. Déjà, le jeune blanc-bec pérorait dans les médias, détaillant sa stratégie à qui voulait l'entendre.

Claire n'était même pas dégoûtée. Elle connaissait la règle du jeu par cœur. Tout présumé coupable avait droit à une défense. Quel que soit son crime. Le paradoxe qu'un avocat soit cette fois la victime ne changeait rien. Il y en aurait toujours un autre pour assumer le sale boulot, comme ces poissons pilotes qui nettoient leur prédateur, continuant malgré tout lorsque celui-ci croque l'un d'eux.

Elle s'oublia dans le travail. Ou plutôt, elle tenta de le faire. Le visage de Fabrice la hantait chaque nuit, réduisant son sommeil à une suite de séquences agitées. Elle refusa cependant de s'adonner aux somnifères, antidépresseurs ou anxiolytiques conseillés par son psy. Elle voulait vivre sa souffrance, la conserver intacte jusqu'au procès.

Mois après mois, la douleur se transforma en haine. Elle n'espérait qu'une chose, voir l'assassin de son mari condamné à la peine maximale.

C'était devenu son unique objectif. Sa raison de vivre.

9

Claire patientait depuis vingt minutes.

Elle regarda une nouvelle fois le boîtier, sur lequel s'affichait toujours le même mot inscrit en lettres lumineuses : « OCCUPÉ ».

Qu'est-ce que Kuong trafiquait ? Il était près de 20 heures et les couloirs du Palais étaient vides. Seule trace de vie, le gendarme de garde, assis derrière une petite table et contrôlant l'accès aux galeries d'instruction.

Soudain, la porte s'ouvrit. Une face de lune apparut, aux cheveux d'un noir de jais plaqués par des kilos de gel.

– Excuse-moi. J'étais en ligne.

– Je t'en prie.

– Viens.

Elle pénétra dans un bureau spacieux. Deux tables de travail, en vis-à-vis, une armoire métallique et pas un papier dans le périmètre. Le doyen des juges d'instruction, Jean-Marc Kuong, faisait dans l'efficace. Sans doute un reste de son ascendance coréenne.

Il proposa un siège à Claire.

– Tu vas bien ?

Depuis quelque temps, la question revenait de façon récurrente. Elle trahissait de façon angoissante l'évolution de son état. Malgré tous ses efforts, il devenait de plus en plus difficile de le dissimuler. Elle répondit d'un ton neutre :

– On fait aller.

Le doyen la scruta d'un œil mort. Impossible de savoir ce qu'il pensait. Cette qualité, servie par des traits lisses et une voix douce, en faisait un enquêteur redoutable.

Elle se crut obligée d'affirmer :

– C'est bon. Je t'assure.

Il opina, toujours sans la moindre trace d'émotion.

– Soit. Je te crois.

Il quitta sa place et se dirigea vers l'armoire. Malgré sa taille moyenne, on sentait sous la cravate les formes musculeuses d'un corps entretenu. Claire savait qu'il approchait la cinquantaine, mais là aussi, difficile de le situer.

Il ouvrit un battant, fit jaillir une chemise cartonnée, plus mince qu'un magazine.

– Une défenestration. Tu es preneuse ?

La réponse allait de soi. En sa qualité de doyen, Kuong centralisait les affaires et les répartissait entre les différents cabinets d'instruction. Par compétences, ou par affinités, tout dépendait. Arrivée la dernière, Claire héritait de toute façon des plus pourries.

Elle demanda, pour la forme :

– J'ai le choix ?

– Pas vraiment.

Pour la première fois, Kuong esquissa un sourire. Il revint s'asseoir et ouvrit le dossier.

– J'ai parcouru les premières pièces en diagonale. La victime s'appelait Francis Humbert, quarante-deux ans. Il exerçait la profession de comptable et résidait dans le treizième.

– C'est grand, le treizième...

Il secoua la tête, puis se pencha vers ses papiers en fronçant les sourcils.

– Tu es vraiment une maniaque. 101, rue de Tolbiac. Tour Athènes. Entrée C.

– Ce n'est pas le quartier des Olympiades ?

– Exact. Il semblerait qu'il soit tombé de sa terrasse.

– Quel étage ?

– Dix-septième.

Claire fronça les sourcils. De cette hauteur, le résultat était garanti.

– Ça s'est passé quand ?

– Jeudi dernier, aux alentours de 23 heures. Le type s'est écrasé sur la dalle devant une bande de gosses.

Une vision fugitive percuta la jeune femme. Un corps rebondissant sur le sol, des membres disloqués, du sang, s'étendant sous le crâne à la façon d'une tache sur du papier buvard. Les gamins avaient dû halluciner.

Elle affirma, comme l'énoncé d'une évidence :

– Si je suis là, c'est qu'il ne s'agit pas d'un suicide...

– Ce sera à toi de le découvrir. Le parquet a préféré ouvrir contre X du chef d'homicide volontaire. J'ai reçu le réquisitoire introductif en début d'après-midi.

– Pourquoi tant de zèle ?

– D'après les premiers témoignages, il y aurait eu des cris dans l'appartement de la victime. Peu de temps avant sa chute.

– Encore une querelle de ménage, lança Claire sans conviction.

– L'homme vivait seul.

– Il avait peut-être une copine.

Kuong secoua la tête avec sérieux.

– Généralement, c'est plutôt la femme qui passe par la fenêtre. Question de rapport de forces.

Elle ne commenta pas. Dans le monde très feutré de la justice, le machisme avait encore de beaux restes.

– On a relevé des traces de lutte ? glissa-t-elle en douceur.

– Non. L'appartement était rangé au cordeau.

– Des empreintes ?

– Les siennes.

Claire soupira. En dépit des soupçons du parquet, le tableau prenait la couleur d'un suicide. Elle allait perdre son temps, son énergie, pour en fin de compte rendre une ordonnance de non-lieu. Elle demanda :

– Qui est le substitut ?
– Lunel, à la deuxième section.
– Merci pour le cadeau.
– Je sais... Mais c'est lui qui était de permanence.

Clairc rctira scs lunettes et se frotta les yeux. Ce parquetier était connu pour son tempérament nerveux, autoritaire. Travailler avec lui augmentait de façon significative le taux d'adrénaline d'un individu normalement constitué. Elle avait eu l'occasion de le vérifier et ne s'était pas gênée pour le lui signifier. Depuis, leurs relations étaient du genre glacial.

Elle finit par dire :
– Il a déjà demandé une autopsie ?

L'Asiatique feuilleta les quelques pages que contenait le dossier.
– Oui. Elle aura lieu demain matin. Au médico-légal.
– Qui a fait les premières constatations ?
– Un certain Mayol. Commissariat du treizième. Tu as son téléphone quelque part.

Elle tendit le bras :
– Je peux ?
– C'est pour toi.

Elle quitta le Palais en courant.

Il lui restait cinq minutes pour rejoindre Montparnasse, autant dire mission impossible. Tant pis, elle serait en retard. De toute façon, il avait l'habitude. Une fois sur deux, Claire arrivait bien après l'heure convenue. Pour lui, ça ne changeait pas grand-chose. Elle payait chaque séance dans son intégralité. Qu'elle vienne ou pas.

Elle s'engouffra dans le parking. Tout de suite, un poids sur la poitrine. Comme ce matin, pendant la reconstitution. Les endroits clos lui devenaient de plus en plus insupportables. Elle associait leur configuration à une tombe, l'impression d'être enterrée vivante.

La Golf était garée au quatrième sous-sol. Claire parcourut la distance dans un état second, flottant sur un nuage d'angoisse.

Elle parvint à déverrouiller la serrure et se précipita dans l'habitacle. La tension retomba, comme un jusant aspiré par la mer. Elle s'accrocha au volant et démarra.

La rue dissipa les derniers miasmes de la crise. Des groupes de touristes déambulaient sur le Pont-Neuf, portés par l'insouciance de ce début de soirée. Quelques voitures à peine occupaient le bitume, rares survivantes d'un Paris libéré, purifié par l'exode estival.

Claire rejoignit la rue du Commandant-Mouchotte en moins de dix minutes. C'est là, à deux pas de la tour Montparnasse, qu'elle tentait deux fois par semaine de chasser ses démons.

Son psychanalyste exerçait dans un immeuble immonde. Une sorte de parallélépipède gris terne, percé de meurtrières, qui évoquait plus le camp d'enfermement que l'espace de liberté. En prenant l'ascenseur, elle sentit remonter la panique. Chaque entretien démarrait invariablement par une bouffée de peur. Son inconscient chauffé à blanc se défendait. Tel un animal pris au piège, il savait qu'un chasseur implacable le guettait.

Visage impassible et barbe taillée, le Dr Brion cultivait un look résolument freudien. Seule fausse note, une épaisse crinière rousse lui donnait plutôt l'allure d'un marin celte. Psychiatre de formation, il tenait une consultation publique à l'hôpital Sainte-Anne. Mais sa vie, il la gagnait ici, dans ses consultations privées, des séances d'une demi-heure montre en main, non remboursées par la Sécurité sociale.

Claire sonna. La porte s'ouvrit, actionnée par un mécanisme électrique. Elle fit deux pas et pénétra dans la salle d'attente, tout de suite à gauche. Personne. Pas un bruit. Comme d'habitude. Le cabinet du psy semblait perpétuellement désert.

Brion vint la chercher au bout d'un quart d'heure. Une façon, pensait-elle, de la punir quand elle ne remplissait pas sa part du contrat.

– Bonsoir.

Voix chaude, ambrée. Pas de poignée de main. Juste un sourire vide, lisse. Il s'effaça pour la laisser passer.

La pièce où consultait Brion était minuscule. Un canapé en cuir, un fauteuil confortable à sa tête, même pas de bureau. Ce mobilier sommaire tenait dans moins de six mètres carrés, créant une sensation d'intimité étrange. L'idée, peut-être, qu'il n'y avait pas d'échappatoire possible.

Claire s'allongea. Elle sentit le psy qui s'installait derrière elle.

Silence.

Aussitôt, la sensation d'un vide intense s'empara d'elle. Il creusait son ventre, comme un trou noir grandissant sous ses chairs. Elle attendit, paupières closes. Le temps n'avait plus de consistance. Seulement un long tunnel obscur traversé de pensées fugitives. Quand elle tentait d'en saisir une, elle s'effaçait aussitôt.

Puis, sans prévenir, les mots jaillirent. Un torrent de mots entrecoupé parfois de larmes, sans véritable cohérence. Claire déversait son trop-plein de souffrance comme on dépose un sac, sans faire le tri, simplement parce qu'il était trop lourd. Mais chaque fois, invariablement, les méandres de sa pensée la ramenaient à un sujet unique.

La vengeance. Le fantasme d'une vengeance absolue, d'un tourbillon de violence dans lequel elle libérerait son cœur. Au fond d'elle-même, elle savait que Brion ne l'aiderait pas. Elle ne voulait pas dépasser sa douleur. Elle utilisait cette psychothérapie pour la cultiver, l'entretenir. Rien d'autre.

Soudain, au détour d'une phrase, un raclement de gorge l'interrompit. Elle reconnut le signal et eut un rire mauvais.

– Vous n'êtes pas de mon avis, évidemment.

Soupir.

– Je n'ai pas dit ça.

– Qu'est-ce que vous dites, alors ?

Nouvelle respiration, plus profonde.

– Je me demandais... Pensez-vous que nos entretiens vous soient réellement... profitables ?

Claire sentit se profiler le piège. Méfiante, elle répondit du tac au tac :

– Qu'est-ce que ça peut vous faire ?

– Sur un plan personnel, rien. C'est pour vous que je m'inquiète.

La réponse déstabilisa la jeune femme. Franche, directe, à l'opposé des habitudes du sphinx. Une oppression brutale lui comprima les côtes. Elle essaya de faire face.

– N'ayez pas peur. Je gère.

– Vraiment ?

L'angoisse monta encore d'un cran. Elle déployait maintenant ses tentacules dans chaque recoin de son corps. Brion enfonça le clou.

– Parlez-moi de vos crises de panique.

Claire n'en revenait pas. Elle n'avait jamais abordé le sujet. Comment pouvait-il...

Voix tremblante, elle questionna :

– Qu'est-ce qui vous fait penser que j'en ai eu ?

Pas de réponse. Seulement un silence lourd. Claire capitula.

– D'accord. C'est arrivé quelques fois. J'ai beaucoup travaillé ces derniers temps, et je dors très mal. Mais je vous l'ai dit, je gère.

– Jusqu'à quand ?

– Comment ça, « jusqu'à quand » ?

– Combien de temps allez-vous tenir en fonctionnant sur ce registre ?

La magistrate n'avait aucune idée de la suite. Sa volonté, sa détermination, lui paraissaient être les seuls points de repère tangibles.

– L'essentiel est que je tienne jusqu'au procès.

– En cultivant cette haine ?

– C'est mon problème.

Bruissement de tissu. Brion changeait de position. Il reprit d'un ton plus grave :

– Pas uniquement. Vous essayez de m'instrumentaliser afin de nourrir votre rancœur.

Touché. Pour se défendre, Claire l'agressa.

– Je vous paye, non ?

– C'est vrai. Mais ça ne règle pas tout. Alors je répète ma question : pensez-vous que nos entretiens vous soient profitables ?

Claire comprit où Brion voulait en venir. Il n'éprouvait aucune culpabilité à entretenir un processus malsain, à être lui-même utilisé. Il la mettait simplement en face de cette réalité. Afin qu'elle en prenne la mesure.

Elle répondit d'une voix maîtrisée :

– Pour l'instant, c'est le cas.

– Et après ?

– Après ?

Cette fois, le silence qui envahit le cabinet prit des airs de vertige. La pièce paraissait battre au rythme de l'attente, des secondes lourdes, comme un cœur qui s'éteint.

Enfin, pesant chaque mot, Brion demanda :

– Quand le meurtrier de votre mari aura été condamné, que ferez-vous ?

10

Une autopsie n'avait rien d'une partie de plaisir.

Mais Claire devait se faire violence. Montrer à ce petit roquet de Lunel qu'elle comptait prendre les choses en main. De cette façon seulement, elle aurait le dessus.

Elle se gara place Mazas, en contrebas du quai de la Rapée. L'Institut médico-légal était un bâtiment austère, isolé, construit en bord de Seine comme un présage funeste. Claire songeait, quand elle s'y rendait, aux bouquins de son enfance. Elle s'attendait presque à y trouver Charon, le passeur d'âmes, qui convoyait les défunts sur le Styx vers le royaume d'Hadès.

Elle montra sa carte à la sécurité et descendit au sous-sol. En bas, trois personnes attendaient dans le couloir. Il y avait Lunel, longue silhouette étriquée, qui s'entretenait à voix basse avec un type en blouse et calot bleu ciel. Un peu en retrait, comme s'il n'était pas concerné, un homme en jean et polo noir sirotait un café.

– Excusez mon retard, lança Claire à la cantonade.

Lunel se retourna. Rasé de près, son visage de corbeau luisait sous les néons.

– Madame Brissac ! Nous ne vous espérions plus.

Claire eut la tentation de se justifier. Un reste d'éducation bourgeoise, la moindre des choses lorsqu'on est pris en faute. Elle évita l'écueil et tendit une main ferme.

– Je suis là. On peut commencer si vous voulez.

Le parquetier tordit la bouche, une sorte de tic qui laissait imaginer un sourire. Il présenta les autres.

– Docteur Lucien Jarry. Notre légiste.

Malgré la tenue d'hôpital, le personnage avait la bonhomie d'un VRP. Rond, courtaud, un sourire franc comme du bon pain. Claire l'aurait bien vu vendre des saucissons ou des volailles sur un marché paysan.

Lunel les laissa se saluer. Puis il désigna le type en noir.

– Commissaire Christian Mayol. SRPJ du treizième.

L'homme se contenta de lui adresser un signe de tête. Grand, mince, il avait la quarantaine sportive. Des cheveux mi-longs, noirs, encadraient son visage comme un écrin soyeux. Ses traits possédaient une douceur quasi romantique, derrière laquelle on percevait une lassitude intense, un détachement tranquille qui paraissait le mettre hors du monde.

Elle répondit sur le même mode, sans s'approcher. Ce type l'ignorait, elle n'avait aucune raison d'être aimable. Le substitut dut sentir le malaise. Il expliqua d'une voix mielleuse :

– Le commissaire Mayol était sur place le premier. J'ai estimé utile de le faire venir. Bien évidemment, il s'agit de votre dossier. Vous seule déciderez des suites de cette rencontre.

Claire avala la couleuvre. Malgré les formules de politesse Lunel avait déjà pris le contrôle de cette enquête. Il faudrait le recadrer sans délai si elle ne voulait pas jouer les seconds rôles.

Le parquetier regarda sa montre et s'adressa au légiste :

– On peut y aller, docteur ?

Ils pénétrèrent dans la pièce. Petite, carrelée de blanc, pas d'ouverture, hormis une bouche d'aération rectangulaire surplombant la table d'autopsie. Le corps de la victime était allongé sur l'inox, entièrement nu.

Claire ne put s'empêcher de fixer la dépouille. L'homme était immense. Au moins un mètre quatre-vingt-dix, bâti comme un dolmen, un genre de camionneur au système pileux de grand singe. Les cheveux attiraient le regard. Rouille, teintés de fauve, donnant le sentiment d'un feu allumé sur son crâne. Des taches noirâtres mouchetaient sa peau laiteuse, ses membres placés en position anatomique laissaient deviner un squelette réduit en charpie. Le visage avait également souffert. Tuméfié, déchiré, il paraissait avoir été passé au concasseur.

Le médecin alluma un panneau rectangulaire accroché à un mur. Des clichés radiographiques apparurent, comme autant de fenêtres lumineuses.

– J'ai pris un peu d'avance. J'espère que vous ne m'en voudrez pas.

Les regards se tendirent, Jarry commenta.

L'imagerie révélait de multiples fractures – tibia, péroné, radius et humérus – soit la quasi-totalité des os longs. La cage thoracique était également enfoncée de cinq bons centimètres, les rotules éclatées, certaines phalanges retournées. Les cervicales, enfin, étaient brisées en plusieurs endroits, de même que le bassin. D'après le légiste, l'onde de choc provoquée par la décélération brutale s'était comportée comme un raz de marée. Se propageant à partir des points d'impact, elle avait tout détruit sur son passage.

– Une véritable implosion, lâcha Lunel d'une voix sentencieuse.

– On peut dire ça. L'énergie cinétique libérée dans ce genre de trauma est à peu près équivalente à celle produite par une grenade. Il est très probable que les organes internes aient subi le même sort.

Le verdict résonna un instant dans la salle. Chacun, à présent, visualisait les conséquences d'une défenestration. Si les deux magistrats semblaient troublés, le flic restait de marbre.

Le légiste proposa des masques opératoires. Claire ajusta le sien sans rien dire. Pour l'instant, seule une odeur de formol agaçait ses narines. Sous peu, lorsque la procédure démarrerait, les déjections qui suinteraient du cadavre rendraient l'air irrespirable.

Jarry enfila des gants. Il portait un casque radio émetteur miniaturisé, semblable à ceux des téléopérateurs. Lunettes sur le nez, il entama la procédure.

Ce que Claire vit, et entendit, ne révolutionna pas sa perception des choses. La victime était tombée du dix-septième étage, soit cinquante mètres de chute libre, et s'était réceptionnée sur la face antérieure. Les lésions cutanées relevées au niveau des avant-bras, des genoux et d'une clavicule confirmaient les premières constatations du commissaire Mayol. De même que l'énorme bleu qui noircissait la joue gauche, enfoncée à l'extrême par un probable affaissement du plancher orbital.

Jarry parlait d'une voix monocorde, descriptive. Il palpait, auscultait, gestes précis et dénués d'affect.

« L'examen externe ne révèle aucune trace de blessure par arme blanche ou arme à feu. Pas de marques de strangulation ni de piqûres. Des œdèmes multiples confirment les fractures fermées. On note une large plaie au mollet droit, occasionnée par une perforation du tibia... »

Claire avait du mal à regarder cette bouillie. De temps à autre, elle détournait les yeux, discrètement, afin que personne ne le remarque. Puis elle se concentrait sur un point – orteil, ongle, tache de sang – qui ainsi isolé l'aidait à ne pas voir l'ensemble.

C'est là qu'elle remarqua le tatouage.

Noyé sous une croûte sombre, à l'intérieur de l'avant-bras droit, il affleurait à peine.

Elle lança d'une voix mal assurée :

– Docteur ?

Les visages se tournèrent dans sa direction. Le légiste posa une main sur son micro.

– Oui ?

– Là, fit-elle en désignant sa découverte. Vous avez vu ?

Jarry imbiba un coton d'alcool et nettoya la zone. Lunel

fronçait les sourcils, Mayol s'était rapproché. Par touches successives, la marque apparut.

Il s'agissait d'un chiffre. Le 49. Il était gravé au centre d'une bande de chair plus lisse, parcourue de boursouflures, dont la taille avoisinait celle d'un paquet de cigarettes. À première vue, on aurait pu penser à une brûlure.

Le médecin plaisanta :

– Un clou chasse l'autre...

– Que voulez-vous dire ? questionna Claire.

– Il y avait déjà un tatouage avant celui-là.

– À quoi voyez-vous ça ?

– La peau a été greffée. Une technique obsolète depuis pas mal de temps. Aujourd'hui, on utilise la dépigmentation au laser. C'est beaucoup moins pénalisant sur un plan esthétique.

La juge opina. Que pouvait bien représenter ce chiffre ? Et pourquoi avoir effacé la première inscription ? Ce genre de décision était toujours induit par une pulsion très forte. Un désir d'abolir le passé, de le nier. Même s'il fallait se mutiler.

Lunel l'interrompit dans ses pensées.

– Cette marque vous inspire quelque chose ?

– Non, répondit Claire sans réfléchir.

– Il faudra quand même essayer d'approfondir. On ne sait jamais.

– Ça va de soi.

Le procureur fit signe au légiste de poursuivre. Chacun s'était positionné, la partie pouvait reprendre. Toujours en retrait, Mayol observait la scène en silence.

La seconde phase de l'examen démarra. L'autopsie proprement dite, l'ouverture du corps, l'extraction des viscères.

Jarry pratiqua une longue incision, de la base du cou au pubis. Aussitôt, l'air changea de texture. Une odeur âcre se répandit dans la pièce, à peine atténuée par le barrage du masque. Il écarta les côtes et retira les organes un par un. Très peu étaient encore intacts.

« On relève une plaie d'une largeur de deux centimètres

sur la paroi externe du ventricule gauche. Probablement causée par une côte. Le cœur a saigné et présente de nombreuses traces de nécrose. La partie postérieure du foie a éclaté... »

Une à une, il pesa ses prises avant de les isoler dans des récipients de Teflon. Puis, après avoir inspecté les différentes cavités et effectué de nombreux prélèvements, il termina par la trépanation.

Quand la scie résonna dans la pièce, Claire se contracta. Lorsque l'encéphale apparut, masse violacée, fripée, parcourue de sillons noirs, elle détourna la tête. À cet instant, les yeux gris de Mayol l'accrochèrent. Ils soutinrent son regard sans ciller, comme s'ils cherchaient à lire en elle. Gênée, elle finit par céder.

Jarry acheva son travail par une collecte un peu particulière. Il gratta au scalpel les ongles de la victime et recueillit des particules foncées qu'il déposa dans un sachet en plastique transparent. Le parquet avait ouvert une information du chef d'homicide volontaire, il se pouvait que l'éventuel agresseur ait laissé un peu de lui-même dans la bataille.

Après en avoir terminé, il coupa son micro et se tourna vers Lunel.

– Je crois qu'on a fait le tour... J'envoie les échantillons au labo. On aura les résultats d'ici deux ou trois jours.

– Vous confirmez la cause du décès ? interrogea Lunel.

– Sans aucun doute. La chute a occasionné un polytraumatisme fatal. Plusieurs organes vitaux ont éclaté simultanément, entraînant une hémorragie interne massive. L'aorte abdominale est sectionnée, le cœur perforé, et les poumons sont remplis de sang. Sans parler de la compression cérébrale.

Le procureur eut une grimace involontaire. Il croisa les bras et demanda encore :

– Êtes-vous en mesure de nous dire si la victime a reçu des coups avant de tomber ?

– Vous plaisantez ?

Personne ne commenta. Hormis un miracle, la messe semblait dite. Quelles que soient les circonstances antérieures à la chute, et notamment une lutte, celle-ci les aurait effacées. Aucun coup de poing, ou même de barre de fer, n'égalerait la puissance de l'impact subi par la victime. La seule fenêtre d'espoir, si la thèse du meurtre prenait corps, se résumait à une erreur de l'assassin. Un peu de son ADN, oublié quelque part...

Lunel devait en être conscient. Il affichait un air de pierre tombale. Il regarda sa montre et se composa un sourire.

– Merci pour tout, docteur. À présent, je dois y aller. Madame Brissac, je compte sur vous pour m'informer de vos avancées.

La jeune femme entendit à peine. Elle acquiesça d'un signe de tête, mécaniquement. Une idée fixe la submergeait, comme un brouillard épais répandu sur la lande.

Sortir d'ici. Le plus vite possible.

11

Claire quitta le bâtiment en trombe.

Quelques minutes de plus et c'était la syncope. La tension de l'épreuve, additionnée à son sommeil en dents de scie, avait failli briser ses digues. Aujourd'hui, elle s'en était sortie. Que se passerait-il demain ? Dans une semaine ? Devait-elle se résoudre à entendre le discours de son psy ?

Elle chaussa ses lunettes de soleil en essayant de se rassurer. Le café de ce matin était loin, son organisme manquait de carburant et l'hypoglycémie s'annonçait. Rien de grave, au fond. Elle avait l'habitude.

Elle prit une grande inspiration et se dirigea vers la Golf. Pendant qu'elle déverrouillait les portières, une voix monta derrière elle :

– Une salade, ça vous tente ?

Claire sursauta. Elle se retourna et reconnut le commissaire Mayol.

– Ah, c'est vous... Je ne vous avais pas entendu arriver.

Le policier s'inquiéta :

– Je ne vous ai pas fait peur, j'espère ?

L'expression de son visage, franche, limpide, calma la juge dans la seconde.

– Non. Tout va bien.

– Tant mieux. Alors ? Je vous invite à déjeuner ?

Claire le regarda par en dessous, se demandant cette fois

comment elle devait réagir. Après l'avoir superbement ignorée, à la limite du manque de respect, il lui proposait maintenant un tête-à-tête. De plus, il violait tous les codes. Il était flic, elle magistrate. Une sorte de préséance non dite était censée les séparer, dont chacun connaissait l'existence.

Elle fut tentée de le rappeler à l'ordre. D'un autre côté, il lui fournissait l'occasion de remettre les choses à plat.

– Pourquoi pas ? répondit-elle d'un ton raide. Mais je n'ai qu'une petite heure à vous accorder.

– Magnifique.

Ils s'assirent en terrasse, une brasserie de l'avenue Ledru-Rollin que connaissait le policier. Des tables rondes, minuscules, se serraient sous des parasols minables. Depuis la leur, on devinait le toit du médico-légal.

– Bien, fit Claire un peu tendue. Que voulez-vous ?

– Rien de précis... On va peut-être travailler ensemble. Autant faire un peu connaissance.

Elle réagit au quart de tour.

– Lieutenant Mayol...

– Commissaire.

– Si vous voulez. Mais avant toute chose, je préférerais qu'on évite les malentendus. C'est moi qui choisis mes enquêteurs. Il n'est pas question que Lunel m'impose qui que ce soit.

Elle avait élevé la voix. Pour couvrir le bruit d'un bus qui passait, mais surtout pour affirmer son ascendant de juge.

Mayol leva les mains en signe d'apaisement.

– Inutile de crier. Je ne suis pas sourd.

La tension retomba. Claire réalisa qu'elle y était allée un peu fort et tenta de calmer le jeu.

– Écoutez... Je n'ai rien contre vous. Vous êtes certainement un excellent policier. J'essaye simplement de vous dire que j'ai mes habitudes.

– C'est tout naturel. Si ça peut vous rassurer, j'ai aussi les miennes.

Comme si de rien n'était, il leva une main et héla un

serveur. Un type aux traits usés déboula dans la seconde, chemise blanche et tablier noir.

– On peut déjeuner ?

Le garçon passa un coup de chiffon sur la table et déposa deux cartes. Il repartit comme il était venu, sans avoir prononcé un mot.

Le commissaire extirpa de sa poche une petite paire de lunettes rondes. Il les posa sur son nez et se concentra sur les plats. Puis il lança d'une voix neutre :

– Ils ont d'excellentes salades. Je vous recommande l'exotique. Pousses de soja et ananas, idéal avec un thé glacé.

– Va pour l'exotique... acquiesça Claire.

Il commanda pendant qu'elle l'observait. Décidément, ce flic était surprenant. Il mangeait végétarien et ne s'abreuvait pas de bière. Dans la police, ce type de spécimen était rare.

Elle laissa tomber ces considérations et repartit à l'attaque.

– Vous travaillez souvent avec Lunel ?

– C'est arrivé.

– Il a l'air de tenir à ce que vous vous occupiez de cette affaire.

– Je crois qu'il veut surtout montrer qui est le patron.

Il avait souri en formulant son opinion. Un signal non verbal à l'attention de la magistrate, la preuve qu'il n'était dupe de rien. Il ramena une mèche de cheveux en arrière et lança d'un ton désinvolte :

– Vous pouvez me débarquer, c'est votre droit le plus absolu. De cette façon, vous montrerez à Lunel qui commande. Personnellement, je ne me battrai pas. Ce sera toujours des soucis en moins, et croyez-moi, j'apprécierai.

La magistrate encaissa le choc. Mayol avait tout compris. Il se savait utilisé et lui donnait les cartes afin qu'elle le libère. Sans doute l'avait-il même invitée dans ce but.

Elle se sentit soudain plus légère.

– Je préfère ça.

– Il n'y a aucun problème. Je peux très bien comprendre

que vous préfériez travailler avec des hommes à vous. C'est plus confortable. D'un autre côté...

Il s'arrêta, appuyant un silence comme si la situation le désolait. Enfin, il reprit :

– Disons que pour ma part, je ne suis pas persuadé que ce soit la meilleure option.

– Que voulez-vous dire ?

– Lunel et vous, ce n'est pas le grand amour d'après les bruits qui courent.

– Et alors ?

– Il en profitera pour vous discréditer. Il dira à qui veut l'entendre que vous faites passer votre ego avant les intérêts de l'enquête.

– Ah oui ?

– Oui. Et il aurait tort de s'en priver. D'abord, vous sacrifiez un enquêteur sous le seul prétexte que ce n'est pas le vôtre. C'est déjà un mauvais point. Mais ça devient carrément intenable quand on sait que cet enquêteur était sur place le premier, qu'il connaît le quartier comme sa poche, et qu'il est mieux placé que n'importe qui pour faire avancer le dossier.

La magistrate n'en revenait pas. Un tel concentré de prétention, de certitudes... Pour qui se prenait-il ?

Elle demanda, pour voir jusqu'où il irait :

– Admettons. Vous êtes l'homme de la situation et j'ai failli faire la bourde de ma carrière. Mais qu'est-ce qui vous rend si sûr de vous ?

Le serveur repassait, Mayol en profita pour commander. Puis il lança d'un air énigmatique :

– Vous connaissez le quartier des Olympiades ?

– De nom.

– C'est le cœur de Chinatown. Les Asiatiques occupent chaque pouce de terrain. Bars, restaurants, magasins, pâtés d'immeubles, ils ont tout acheté.

– Venez-en au fait.

– Je ne sais pas si vous avez eu le temps de parcourir mon rapport, mais la victime travaillait dans le coin. On a trouvé des bulletins de salaire dans ses papiers. Les documents provenaient d'une salle de sport tenue par un Chinois. Cheng Li, si ma mémoire est bonne... Humbert y émargeait en qualité de responsable administratif.

La magistrate n'avait encore rien lu. Elle se contenta d'opiner, sans perdre le fil de ses pensées :

– Vous ne m'avez pas répondu. Pourquoi devrais-je travailler avec vous ?

– L'homme s'était intégré à cette communauté. Il y passait une bonne partie de sa vie. Je crois que ça vaut la peine d'aller fouiller par là.

– Sans doute... Mais...

– Dans ce quartier de Paris, deux personnes sur trois ne parlent pas le français. Seulement le cantonais, et parfois un peu de mandarin. Par chance, il se trouve que je maîtrise aussi ces langues.

Claire resta interdite. Lunel avait dissimulé cette info volontairement. Il espérait qu'elle réagisse à chaud et vire Mayol sans réfléchir. Ainsi, le piège se refermerait. Il tiendrait enfin l'occasion de lui faire payer leur différend, de la discréditer.

Elle observa le commissaire. De profil et avec ses lunettes, son côté romantique s'accentuait encore. Il lui faisait penser à un artiste, échoué par hasard sur les rivages de la réalité. Une créature mystérieuse, impossible à cerner, qui l'avait provoquée délibérément pour la mettre sur la voie.

Elle se servit un peu d'eau avant de demander :

– Je ne comprends pas. Pourquoi faites-vous ça ?

Le flic lui sourit.

– Allez savoir. Peut-être parce que je n'aime pas Lunel, moi non plus. Ou parce que je vous aime bien, vous. Maintenant, je vous le redis : si vous préférez me virer, je n'y vois aucune objection.

La jeune femme évalua la situation. Elle était coincée. Par principe, elle différa sa réponse.

– J'ai pris bonne note de tous ces éléments. Donnez-moi quelques jours, il faut que j'y réfléchisse.

Leur commande arriva. Mayol but une gorgée de thé et lança d'un ton dégagé :

– Prenez votre temps. Quand vous saurez, mon téléphone est dans le dossier.

Puis sans attendre, il attaqua sa salade. L'affaire était close, il passait à autre chose.

– III –

12

Michel avait perdu son lundi sur une affaire de merde. Un de ces dossiers dont le commissariat de Nogent-le-Rotrou avait le secret, une querelle entre voisins sur fond de bornage mal digéré. Après les insultes habituelles, les deux paysans en étaient venus aux mains. L'un d'eux s'était ouvert le crâne en tombant sur une pierre. Il avait fallu faire intervenir les pompiers, mettre l'autre en garde à vue et surtout remplir une tonne de paperasse. Les effectifs étant réduits en ce début de mois d'août, Michel avait dû s'y coller.

En fin d'après-midi, il était quand même parvenu à appeler un de ses potes, Éric Terry, un petit génie de la police scientifique toujours en poste à Paris. Le surdoué l'avait souvent aidé à confirmer des intuitions, à matérialiser des preuves à partir de pas grand-chose. Michel lui avait adressé sa récolte par Chronopost : prélèvements faits sur le chemin Hauquier, et carte mère du numérique contenant les clichés des différentes empreintes de pneumatiques. Même si le labo de Chartres tirait la tronche, il sortirait gagnant de cette petite entorse procédurale.

Condamné à attendre, il avait préféré le faire chez lui. D'abord un verre, puis un petit joint et la console de jeux. La seule façon de fuir les moments de creux. Vers 19 h 30, sa mère avait téléphoné. Son fils poussait des petits cris derrière le combiné, excité à l'idée de lui parler. Défoncé, Michel avait retenu ses larmes de justesse en entendant la voix de Jonathan. Le gosse ne se rendait compte de rien, il vivait seulement l'instant, heureux dans l'insouciance de ses quatre ans.

Après avoir raccroché, le salon s'était mis à tanguer. Potentialisation des substances et émotions à fleur de peau ne faisaient pas bon ménage. Épuisé, Michel avait sombré dans un sommeil sans rêves.

Mardi matin. 9 heures. Le policier brancha le haut-parleur. Il était installé dans son bureau, pieds sur la table, une tasse de café dans la main et une solide migraine au fond du crâne.

– Allez-y. Je vous écoute.

– C'est un quatre-quatre. Marque Nissan. Modèle Patrol. Peinture gris métallisé.

Le mécano en chef du service de police technique et scientifique de Chartres avait la voix d'un fumeur au long cours. Elle saturait le téléphone d'ondes basses fréquences, à la façon de vibrations annonçant un séisme.

Michel imagina le tableau à sa façon. Un type bedonnant, chauve, vêtu d'une salopette bleu marine et portant arme à la ceinture. Il devait lui parler depuis un combiné mural, au fin fond d'un local crasseux où s'alignaient des carcasses de véhicules accidentés.

– C'est un bon début, ironisa Diallo.

Il y eut un blanc à l'autre bout du fil. Puis le grondement reprit.

– Qu'est-ce que vous voulez dire ?

– Seulement que j'attends la suite.

Silence, à nouveau. On entendait en bruit de fond le hurlement strident d'une scie à métaux. Après un temps, le technicien lâcha d'une voix glaciale :

– On a bossé toute la journée de lundi sur votre épave. Paraît que c'était prioritaire. Mais je vous le dis tout net : le rapport est pas encore tapé et j'ai que des urgences. Alors va falloir changer de ton si vous voulez qu'on continue à ce rythme.

Le message avait au moins le mérite d'être clair. Michel crispa les mâchoires et changea de braquet.

– Vous vexez pas. Je suis un peu impatient. Faut comprendre.

– Tout le monde a ses problèmes. C'est pas une raison pour prendre les gens de haut.

– Je sais... Désolé...

Le mea culpa porta ses fruits. Après un long soupir, le type finit par s'adoucir.

– La structure a méchamment souffert. Le capot est enfoncé jusqu'au milieu de l'habitacle, le toit a été déformé, les ailes ont disparu. De plus, le feu a détruit tout ce qui n'était pas métallique. Plastiques, cuirs, tissus... En gros, reste que le moteur.

– C'est déjà pas mal, non ?

– Si on veut... Le bloc est tellement compressé qu'il a fallu le couper en deux pour voir ses tripes.

Question mécanique, Michel était en maternelle. Il demanda, candide :

– Dans quel but ?

– Pour l'année. Les constructeurs apportent des modifications techniques en permanence. Ça leur permet de justifier les hausses de prix.

Le lieutenant recommençait à bouillir. Il posa sa voix pour demander :

– Résultat des courses ?

– A priori, il s'agit d'un modèle récent. 2007, ou peut-être 2006.

– Vous n'en êtes pas sûr ?

– Non. Nissan a équipé les deux derniers Patrol de cette technologie.

Le Black se contracta. Deux ans de production. Des milliers de véhicules commercialisés. Autant chercher une aiguille dans une meule de foin. Il questionna, en essayant de rester neutre :

– Donc, pas moyen de faire mieux ?

– Tout a cramé, je vous l'ai dit.

– Il doit bien y avoir un numéro de série. Le moteur n'a pas fondu, quand même !

Un grasseyement enfla dans l'écouteur.

– Vous allez pas le croire.

– Quoi ?

– Les chiffres... Ils ont été limés.

– Limés ?

– Parfaitement. Et pas qu'un peu. Un vrai boulot de pro. Si vous voulez mon avis, le véhicule est volé.

Michel resta interdit. La nouvelle n'augurait rien de bon. Elle rendrait l'enquête d'autant plus aléatoire, si d'aventure le corps n'était pas identifié. Il répéta d'une voix atone :

– Volé ?

– Il y a des réseaux spécialisés. Ils maquillent les plaques et effacent les chiffres. Ensuite, ils refrappent tout et ni vu ni connu, j't'embrouille. Généralement, les caisses sont exportées. Destination l'Afrique, et depuis quelque temps les pays de l'Est.

Michel écoutait sans entendre. Un point, seulement, l'intriguait :

– Vous avez dit que les numéros étaient limés, n'est-ce pas ?

– Oui.

– Mais ils n'ont pas été refrappés. Comment expliquez-vous ce fait ?

– Le type devait attendre les nouveaux. Là aussi, y a un sacré trafic. Les casses revendent les cartes grises des épaves. Faut que tout corresponde quand on veut pas se faire gauler.

Le mécano avait réponse à tout. Et ces réponses n'arrangeaient pas Michel.

Il quitta sa chaise et ouvrit la fenêtre. Des vieux faisaient leurs courses, dos courbés, cabas au bras. Ils profitaient de la matinée avant d'aller se terrer à l'ombre. Une nouvelle journée de canicule se profilait, et elle démarrait mal.

Il se rapprocha du haut-parleur :

– Parlez-moi un peu de l'accident. Qu'en pensez-vous ?

– J'ai lu le rapport. Pour moi, c'est pas catholique.

– Pas catholique ?

– Il y a eu un choc frontal, jusque-là, je suis d'accord. Mais j'ai du mal à expliquer comment la caisse a pu se vriller comme ça.

Michel se souvint des déductions du brigadier Voron. Il suggéra :

– La vitesse, non ?

– Négatif. La vitesse n'explique pas tout. On dirait plutôt...

Il hésita, comme s'il n'était pas certain de ses conclusions.

– J'ai l'impression qu'on lui est passé dessus.

– Vous êtes sérieux ?

– Ouais... Certaines parties du capot présentent des enfoncements vraiment bizarres.

– Du genre ?

– J'pourrais pas l'affirmer. Mais... Il y a des écrasements incompatibles avec ce type d'impact. Comme si... Comme si on avait exercé une poussée verticale sur la tôle.

– Ces déformations sont peut-être antérieures à l'accident ?

– Ça m'étonnerait. Vu leur profondeur, elles auraient bousillé le bloc-moteur. Et là, pas moyen d'avancer.

Michel fit quelques pas. Dans son esprit, un scénario se matérialisait à la vitesse du son. Celui d'un banal accident de la route se transformant soudain en homicide volontaire.

Il essaya de se calmer.

– Si c'est ce que vous prétendez, quel type de véhicule serait capable de grimper sur un Patrol et de l'aplatir comme une crêpe ?

– Aucune idée. Peut-être un *Big Foot*, va savoir.

– Un quoi ?

L'autre pris un ton condescendant.

– Vous avez jamais entendu parler ? Une sorte de quatre-

quatre monté avec des pneus de bull. Une toute petite caisse sur un châssis énorme. J'ai jamais compris l'intérêt, mais y a des amateurs.

Michel se souvint d'un jeu vidéo. Des cafards de ce type fonçaient dans des rues sombres, détruisant tout sur leur passage. En comparaison, les voitures de police qui les pourchassaient semblaient ridiculement petites. David contre Goliath.

L'autre poursuivait :

– Aux States, les fêlés de ces joujoux font des concours. Ils mettent des épaves en ligne, et ils s'amusent à les escalader. À l'arrivée, vous récoltez une belle compote de tôles.

Un gloussement bondit dans l'écouteur. L'idée amusait le mécano, il ne se gênait pas pour l'exprimer. Le Black pinça les lèvres. Il avait du mal à avaler cette thèse et n'avait pas du tout envie de rire.

– Et le choc frontal ? Vous pensez que ce type d'engin occasionnerait des dégâts de cette nature ?

L'autre reprit son sérieux.

– C'est là que ça collerait pas. Le principe du *Big Foot*, c'est justement un châssis surélevé. Entre les roues, y a que de l'air.

– Donc, on est d'accord. Votre théorie sur cet engin ne tient pas la route.

– J'ai pas de théorie, moi. Je constate des faits.

L'ambiance redevenait tendue. Michel prit sur lui pour rattraper le coup.

– Prenons les choses autrement. Vous ne pensez pas qu'il s'agit plutôt d'un engin agricole ? Ou d'un poids lourd ?

– Ah ouais ? Et comment ils auraient escaladé le capot ? En lançant des grappins ?

Touché. L'expertise du véhicule fournissait deux réponses contradictoires. La quadrature du cercle. Le policier sentit qu'il allait définitivement perdre son calme. Il décida d'abréger.

– Très bien. Merci pour ces précieuses informations.

– Y a pas de quoi.

– Vous pouvez m'envoyer une précopie du rapport par mail ?

– Je vais voir. Mais je vous garantis rien.

Michel donna ses coordonnées et raccrocha. Des images dansaient dans sa tête. Incohérentes. Il essayait d'imaginer un engin original, capable de stopper un quatre-quatre lancé à pleine vitesse, puis de l'écrabouiller en lui roulant dessus. De quelle usine démente pouvait bien sortir un tel monstre ? Le trouverait-il jamais ?

Dans cette forêt d'incertitudes, un point seulement s'ancrait en évidence : quelqu'un avait achevé la victime.

L'homicide changeait de statut pour devenir volontaire.

En d'autres termes, il s'agissait d'un meurtre.

13

Les premières gouttes crépitèrent sur le pare-brise.

Diallo remonta la vitre de la Clio au moment où le déluge s'abattit. Des trombes d'eau chaude que parvenaient à peine à chasser les essuie-glaces.

Il s'arrêta sur le bas-côté et attendit. Derrière le ruissellement, la nature ondulait, formes incertaines d'une aquarelle délavée par l'orage.

Coincé dans cette parenthèse imposée, il se laissa emporter par ses rêves. Ce jour où il avait croisé Françoise. Cette pluie qui noyait le parc de Sceaux. Leurs regards plongeant l'un dans l'autre, avec cette certitude immédiate que c'était elle. Qu'avait-il raté ? Où s'était-il planté ?

Une bouffée de désespoir l'envahit. Maintenant, il était seul. Seul avec ses regrets, ses doutes, ce sentiment insupportable d'être passé à côté, de ne pas avoir su garder l'unique femme qu'il ait jamais aimée.

Le silence le tira de son chagrin. Le bombardement avait cessé, déjà une trouée blanche annonçait l'éclaircie. Il mit le contact et reprit la direction de l'autoroute.

Tout en roulant, il se conditionna pour reprendre le dessus. Rien n'était perdu. Jamais. Son parcours, ses combats, sa vie le lui avait souvent démontré. Cette fois encore, il suffisait de se battre. Sans doute Françoise ne l'estimait-elle plus. Il lui fallait la reconquérir. Lui montrer qui il était. Cet homme déterminé, courageux, qu'elle avait admiré.

Le sort avait mis cette affaire sur sa route. Une occasion inespérée dans ce bled incolore. Il n'aurait sûrement pas une seconde chance.

Il songea aux derniers développements de son enquête. Des affirmations déroutantes lancées par un expert en tôles froissées. Après le choc, le second véhicule avait broyé le Patrol. Volontairement. Que s'était-il passé ? Quelles motivations avaient poussé le chauffard à accomplir un tel geste ?

Il essaya d'ordonner le champ des possibles. Première hypothèse, la plus évidente, les deux protagonistes se connaissaient. Des gars du coin, mis face à face par le hasard. Ils conduisaient trop vite. Chacun était en tort. Le plus veinard, ou le plus puissant, avait salement amoché l'autre. Sans le tuer. Il avait paniqué à l'idée des conséquences, et décidé de supprimer le seul témoin pouvant l'identifier.

Michel arrivait au péage. Il prit un ticket, sans cesser de réfléchir. Cette version pouvait correspondre, mais ne l'emballait qu'à moitié. Elle impliquait un esprit organisé, une maîtrise parfaite de ses émotions, dans un instant pour le moins dramatique. Il avait du mal à imaginer un de ces paysans se transformant en meurtrier froid et lucide.

Le policier redémarra. Une seconde théorie lui trottait dans la tête, plus étonnante, mais qui méritait néanmoins d'être envisagée. Celle d'un règlement de comptes. D'un meurtre, prémédité, maquillé en banal accident. Les numéros limés en constituaient le point de départ. Ils orientaient l'enquête vers une victime spécifique, partie prenante dans un éventuel trafic de véhicules volés. Pour une raison qu'il ignorait, elle avait été liquidée. Le caractère précis du scénario, l'absence de traces et de tout autre indice établissaient le profil d'un meurtrier professionnel, conscient de chaque détail.

Mais là encore, l'histoire lui paraissait absurde. Pourquoi une telle mise en scène ? En général, les voyous opéraient plus simplement. Une balle dans le crâne, et l'affaire était pliée. Et de toute façon, cette version ne réglait pas le problème du véhicule.

Que conduisait le chauffard ? Les constatations du mécano rendaient l'hypothèse d'un poids lourd, ou d'un engin agricole, très improbable. Comment, en effet, auraient-ils fait pour se hisser *sur* le Patrol ? Au mieux, ils n'auraient pu que le traîner sur le bitume. Quant à la théorie du *Big Foot*, elle aussi paraissait absurde. La hauteur des roues, l'empattement étaient incompatibles avec un choc frontal d'une telle violence.

Il aurait fallu imaginer un croisement de toutes ces machines, sorte de module lunaire aux parois en titane, capable de défoncer un mur et de grimper aux arbres. Difficile de trouver ça dans le coin...

Il étira un sourire las. Les pistes étaient nombreuses, les indices contradictoires. De plus, il devait se méfier. Il voulait sortir cette affaire. Vite. Trop sans doute. Pour mettre en valeur ses qualités d'enquêteur. Pour sentir courir dans ses veines le jus excitant de la traque. Un tel état d'esprit, à l'opposé d'une analyse rationnelle et objective, allait l'envoyer directement dans le décor.

Il devait prendre du recul. Rien, pour l'instant, ne démontrait le bien-fondé de toutes ses déductions. Il n'y avait qu'un chauffard en cavale, un meurtrier dont les motivations restaient à établir.

Pour progresser, il était impératif de se cantonner à la seule réalité tangible. Celle d'un engin hors du commun, qui avait pulvérisé une voiture sur une route de campagne avant de se fondre dans la nuit.

Il mit son clignotant et déboîta. Le panneau indicateur donnait Chartres à cinquante-six kilomètres. Pourquoi le procureur désirait-il le voir ? Généralement, il déléguait ses substituts lorsqu'il fallait parler aux flics. Surtout aux subalternes. Folti l'avait appelé une heure plus tôt, il se trouvait déjà sur place. Le commissaire n'avait rien dit, rien suggéré. Il semblait seulement être dans ses petits souliers.

Michel regarda l'horloge de bord.

11 heures. L'orage l'avait mis en retard.

Il enclencha le gyrophare. Instinctivement, il pressentait qu'il valait mieux être ponctuel.

14

Chartres était une cité sans histoires.

Peu de délinquance, une vie nocturne inexistante, des jeunes vieillis avant la date par l'apathie ambiante. Ni riche, ni pauvre, elle projetait l'image d'une France profonde, paisible, ancrée dans les valeurs tranquilles de la ruralité.

Michel se gara à proximité du palais de justice, au cœur de la vieille ville. Maisons à pignons, rues pavées, tertres, ce décor médiéval lui semblait irréel. Il y voyait une sorte de pesanteur archaïque, l'idée d'un monde artificiel aux airs de crèche pour gosses. Dans le département voisin, à la périphérie de Paris, des guerriers suburbains prenaient déjà d'assaut des commissariats fortifiés. Un jour, ils pousseraient leurs raids un peu plus loin. Alors, tout ce bonheur factice exploserait brutalement, rattrapé par l'onde de choc de la réalité.

Il franchit la grille du tribunal et pénétra dans l'enceinte. À l'accueil, un concierge en chemisette l'orienta vers un escalier dissimulé derrière un arc-boutant.

Le bureau du procureur se situait au premier, au bout d'un long couloir faiblement éclairé. Michel frappa à la porte et ouvrit sans attendre.

D'une certaine façon, le flic ne fut pas dépaysé. Sous le cadre imposant, le lieu respirait la misère. Mobilier minable, peintures défraîchies, les crédits de la Justice étaient aussi dérisoires que ceux de la police.

– Ah, Diallo !

Folti s'était levé pour l'accueillir. Il semblait gêné, à des années-lumière de son registre habituel. Assis derrière un bureau de bois clair, un homme au visage rond observait l'échange.

Le commissaire fit les présentations. Le procureur Hénaut avait la cinquantaine bien sonnée. Serré dans un blazer vieillot, il se tenait très droit, mains jointes, comme s'il priait. Des traces de couperose zébraient sa peau trop fine, ses yeux pochés disparaissaient sous d'épaisses paupières brunes. Le parfait notable de province, nourri au grain et rincé au cognac.

Il désigna un siège au jeune Black.

– Asseyez-vous, lieutenant.

Pas de poignée de main. Un ton sec, cassant. L'entretien n'augurait rien de bon. Après un bref regard en direction de Folti, le magistrat s'adressa directement à Michel.

– Depuis combien de temps êtes-vous en poste à Nogent ?

– Un peu plus de six mois.

– J'ai cru comprendre que vous aviez quitté la DPJ de Puteaux pour obtenir cette affectation parmi nous. C'est exact ?

– Tout à fait.

– Pour quelles raisons ?

Michel scruta les gouffres noirs. Rien. Un regard de cadavre. Où voulait-il en venir ?

L'autre répéta :

– Pour quelles raisons, lieutenant Diallo ?

– Convenances personnelles, monsieur le procureur.

– Familiales, peut-être ?

Le policier fronça les sourcils. Il jeta un bref coup d'œil en direction de Folti. Lui seul avait pu fournir une telle information. Le commissaire détourna la tête, mal à l'aise.

– Entre autres, répondit Michel. Mon épouse a trouvé un poste dans la région.

– Je vois.

Silence. Hénaut plissait les paupières. Il ressemblait à un crapaud sur le point de gober une mouche. Enfin, il reprit :

– Vous étiez particulièrement bien noté. Je me trompe ?

– Non. C'était le cas.

– Alors éclairez-moi. Un enquêteur comme vous, un spécialiste de l'investigation criminelle... Vous ne vous sentez pas un peu à l'étroit ici ?

L'échange devenait de plus en plus intrusif. Michel se méfia.

– Je m'en accommode, monsieur le procureur. Et la région est belle.

– Bien sûr... On se fait à tout, paraît-il. Je suis néanmoins persuadé que vous seriez ravi de revenir à vos premières amours. Une bonne affaire de meurtre. Un dossier délicat, sans suspect ni mobile.

Cette fois, le flic capta toute la finalité de l'approche. Hénaut le sondait. Sur ses compétences, sur ses motivations. Il devait déjà être au courant des conclusions de la police technique et scientifique. De l'hypothèse d'un meurtre que soulevaient les étranges compressions du Patrol. Tel un bon chien docile, le mécano s'était empressé de communiquer l'info au parquet.

Mais pourquoi tant de solennité ?

Il mit les pieds dans le plat.

– Vous voulez peut-être me parler de l'accident du passage Hauquier ?

Sourire strict. Le procureur joignit les mains à la façon d'un bonze.

– J'ai été informé ce matin des résultats de l'expertise. Elle soulève de nombreuses questions dont je souhaitais m'entretenir avec vous. Personnellement.

Il avait appuyé ce dernier mot. Comme un avertissement. Tassé dans sa chaise, Folti n'en menait pas large.

– Pourriez-vous me faire part de votre sentiment ? reprit le procureur.

Sur ce registre, Michel nageait dans la semoule. Il répondit en haussant les épaules :

– Je n'en ai pas vraiment. Pas pour l'instant.

– Si j'en crois votre rapport, vous êtes allé sur place. Vous n'avez rien remarqué de particulier ?

– Non. La zone avait brûlé.

– Pas de traces de pneumatiques ? Aucun éclat d'optique ?

– Rien d'exploitable.

Hénaut prit un air pincé.

– Pourquoi n'avez-vous pas fait appel aux agents de la police scientifique ?

L'interrogatoire dérapait très nettement vers une mise en cause personnelle. Le policier pressentait qu'il n'avait aucun intérêt à évoquer ses propres prélèvements. Folti n'en parlant pas, il laissa ce point dans l'ombre.

– À ce stade, on s'orientait vers un délit de fuite. Je n'avais aucune raison de le faire.

– Évidemment... Et à présent, il est trop tard pour obtenir quoi que ce soit d'intéressant, n'est-ce pas ?

Un silence s'abattit sur la pièce. Le commissaire jouait avec sa chevalière, essayant de garder une contenance. Le procureur laissa quelques secondes s'évaporer avant de revenir à la charge.

– Vous avez fait connaissance avec monsieur Minucci, paraît-il ?

– Qui ?

– Pascal Minucci. Le gardien de La Renardière.

Le visage du légionnaire se matérialisa comme un spectre. Michel avait oublié son patronyme. Il ne gardait en mémoire qu'une trogne de haine.

– Je l'ai rencontré, oui.

– Et vous l'avez interrogé.

– Si on peut dire...

– Que vous a-t-il dit ?

– Rien d'intéressant. Il n'avait pas l'air d'apprécier les gens de couleur.

Hénaut ne prit pas la peine de commenter. Il se contenta de hausser les sourcils de façon ambiguë. Puis il ouvrit un tiroir et en sortit un document.

– On m'a communiqué le rapport d'autopsie hier soir. Vous savez ce qu'il m'a appris ?

Le jeune lieutenant supportait de plus en plus mal ce jeu du chat et de la souris. Il répondit d'un ton sec :

– Je n'en ai pas la moindre idée.

– Eh bien, regardez.

Michel prit le document. Trois feuillets. En tête du médico-légal de Chartres. Directeur technique : Dr C. Galicier.

Une brève décharge en découvrant l'identité présumée de la victime : Laurent Charvet. Sexe masculin. Trente-six ans. Né à Paris.

Il demanda aussitôt :

– Ce Charvet était apparenté au propriétaire de La Renardière ?

– Plutôt, oui. C'était son frère.

Tout prenait sens. La convocation sibylline, l'interrogatoire en règle, le ton sentencieux du procureur, et enfin l'attitude de Folti. L'identification du cadavre avait mis le landerneau en émoi. Si on rajoutait la possibilité d'un acte criminel, on obtenait une bombe.

– Continuez de lire, ordonna Hénaut d'une voix sèche. C'est instructif.

L'identification avait été réalisée grâce à l'empreinte dentaire. La première chose à vérifier. Le B-A BA du job. Puis venaient les examens externes. Le feu avait détruit la majorité des tissus et attaqué les os. Brûlure au sixième degré dans la classification médicale. Pas grand-chose d'exploitable.

Anatomiquement, les conclusions correspondaient à ce qu'avait vu Michel. Tarses écrasés, tibias explosés, fémur atomisés, le bas du corps était passé au concasseur. La preuve d'un choc frontal, avec un enfoncement profond de la calandre. La cage thoracique, relativement épargnée, ne présentait que quelques traumatismes bénins, essentiellement au niveau des côtes. Pas de fracture cervicale. Aucune lésion vitale.

Ensuite, les examens internes. Avec l'élévation de température, l'ensemble des organes avait littéralement bouilli, certains explosant même. Les poumons s'étaient atrophiés, parois collées l'une contre l'autre. On relevait une perforation du foie, vestige de la colonne de direction plantée dans l'estomac du conducteur. Toujours rien de nouveau.

Restaient les analyses. Les tests sanguins révélaient la présence de monoxyde de carbone dans le corps de la victime. La numérotation présentait une proportion hallucinante de globules blancs, preuve que l'organisme s'était défendu contre une agression extérieure. Combinées, ces découvertes se traduisaient en une seule évidence : le conducteur était toujours vivant quand le feu avait pris.

En d'autres termes, il avait brûlé vif.

Mais le pire arrivait. Deux lignes plus bas, surligné au stabylo. « Présence de molécules d'essence, préservées dans le larynx de la victime. »

Le flic eut un éblouissement. D'après le mécano, le Patrol était équipé d'un moteur diesel. Il carburait au gasoil. Une seule explication pouvait justifier cette découverte. Le chauffard ne s'était pas contenté d'achever sa victime en lui roulant dessus. Il l'avait aspergée de super avant de lui mettre le feu.

Michel reposa le rapport, sonné. Soudain, le profil du tueur se brouillait. Un type sans états d'âme, capable d'allumer un bûcher, d'effacer les traces matérielles qui auraient pu le trahir. Un esprit organisé, froid, qui avait regardé le brasier se consumer...

Hénaut le tira de ses pensées.

– Édifiant, non ?

– Plutôt...

– L'affaire est devenue criminelle. J'ai d'abord pensé faire appel à la section de recherche de Chartres, mais...

Il s'interrompit in extremis, comme s'il en avait trop dit. Puis il changea de cap d'un ton condescendant.

– Les gendarmes sont très occupés en ce moment. Je pense que vous vous en sortirez très bien.

Le Black ne commenta pas. On ne lui sucrait pas l'enquête, peu importaient les motivations.

– La photo de la victime, reprit Hénaut en avançant un tirage. L'assistante de monsieur Charvet nous l'a fait parvenir par mail.

Le cliché montrait un homme saisi en pied, au physique d'adolescent fané. Mince, un peu voûté, il était vêtu d'un simple jean et d'un tee-shirt blanc. Le visage, néanmoins, crevait le papier. Une ossature saillante, un front volontaire surmonté d'une broussaille de cheveux noirs. Deux billes de suie accrochaient l'objectif, fixes, comme les yeux d'un grand-duc surpris par la lumière.

Michel embraya.

– Vous avez son adresse ?

– La Renardière.

Froncement de sourcils.

– Il n'habitait pas à Paris ?

– On ne dirait pas. Laurent Charvet était enregistré auprès de la caisse maladie de Nogent-le-Rotrou depuis l'année dernière.

Un goût amer au fond de la gorge. Le gardien avait dit être seul. Il l'avait pris pour un con jusqu'à la gauche. Le flic essaya de se rattraper aux branches.

– Je ne saisis pas. Qu'est-ce qu'un type de ce milieu était venu faire à Nogent ?

– Il vous appartiendra de le découvrir, lieutenant Diallo. C'est pour obtenir ce genre de services que le contribuable paye des impôts.

Un silence. Hénaut fixait Michel comme une mangouste prête à l'attaque. Il lui tendit le rapport d'autopsie ainsi que la photo, sans le lâcher des yeux.

– Pour votre dossier. Maintenant, écoutez-moi avec attention. Cette enquête présente désormais un caractère prioritaire. J'ai déjà informé ma hiérarchie de la situation et Arnaud Charvet a été prévenu. Inutile de vous dire qu'il sera très attentif aux résultats que nous pourrons obtenir.

Le policier acquiesça en inclinant la tête. Ce type de sermon ne l'impressionnait pas. Il ferait le boulot à fond, comme d'habitude, avec en prime une occasion de reconquérir Françoise. Pour lui, il n'y avait pas de meilleure motivation.

Hénaut laissa filer une brassée de secondes. Il fixait ses mains, plus raide qu'un Code pénal.

– Il y a encore un point, messieurs. J'ai fait contrôler le fichier des cartes grises, et il se trouve que Laurent Charvet ne possédait pas de véhicule enregistré à son nom. Compte tenu du contexte, certaines hypothèses soulevées par l'expertise pourraient en conséquence, si elles se confirmaient, se révéler embarrassantes. La position de monsieur Charvet serait incompatible avec une sombre histoire de trafic de voitures, de règlement de comptes ou je ne sais trop quoi d'autre. Je vous demande donc d'avancer en toute discrétion. Et surtout, j'attends que vous me teniez informé du moindre élément qui confirmerait ou infirmerait cette voie.

Folti opina avec conviction. Pendant qu'il faisait allégeance, Michel souriait intérieurement. Cette bande de valets se souciait peu de découvrir le coupable. Ils souhaitaient seulement contrôler les vagues que risquait de faire la victime.

Il demanda d'un air innocent :

– Vous ne demandez pas l'ouverture d'une information ?

Le procureur le fixa d'un œil noir :

– Vous connaissez les magistrats instructeurs. Ils adorent les médias. Avant de lâcher les fauves, je préfère savoir où je mets les pieds.

– Je vois...

– À la bonne heure. Parce que dans le cas contraire, je regretterai sincèrement d'avoir à me passer de vos services.

Le Black ne commenta pas. Il saisissait au millimètre la tournure que prenait cette enquête. À la limite du Code de procédure pénale, sans les habituelles garanties constituées par la présence d'un juge. L'éviction des gendarmes s'expliquait également. Trop carrés. Trop militaires.

D'une certaine façon, cette configuration l'arrangeait. Il aurait les mains libres, avec seulement Folti en guise de garde-chiourme.

Mais il devrait faire vite. Il le savait. Hénaut et ses supérieurs ne resteraient pas longtemps en roue libre. L'enquête de flagrance ne pouvait se poursuivre au-delà de huit jours. Quinze tout au plus.

Puis la loi imposerait ses contraintes.

Deux voies se présenteraient alors.

Rendre des comptes. Ou étouffer l'affaire.

15

Il n'était pas passé loin.

Une erreur d'embranchement, un fond de curiosité, et il avait frôlé de près la vérité.

Mais tout semble évident quand on connaît la solution. Comment, quarante-huit heures plus tôt, aurait-il pu imaginer un lien entre La Renardière et la victime ?

Tassé dans la Clio, Michel fulminait. Les insinuations du procureur sur sa façon de démarrer l'enquête lui restaient dans la gorge. Elles le replaçaient dans une position pourtant dépassée depuis longtemps. Celle du doute, de l'imposture, lorsqu'il devait encore prouver sa légitimité, démontrer à la force du poignet qu'il était comme les autres. Mieux que les autres.

Il serra les dents. Il n'avait rien à se reprocher. La procédure, il l'avait suivie. Les questions, il les avait posées. Aucun OPJ normalement constitué n'aurait mobilisé la police scientifique sur un simple accident de la route. Alors quoi ? On n'avait pas le droit de le remettre en cause. Et encore moins ce petit monsieur, planqué dans son costume minable et protégé par ses codes. Hénaut ne connaissait rien du terrain. Il profitait de la sueur des flics pour pérorer dans son fauteuil de cuir. Le sang, les larmes, l'odeur des corps en décomposition, il les appréhendait de loin. Une abstraction, passée au filtre de ses donjons de papier. Qui était-il pour lui faire la leçon ?

Le policier s'approchait du domaine. Il écrasa l'accélérateur, concentrant sa colère en un faisceau unique. Au centre, la face hargneuse d'un salopard raciste, un enfoiré qui s'était bien foutu de sa gueule.

Minucci avait menti. Pourquoi ? Se pouvait-il qu'il soit au courant de quelque chose ? C'était plus que probable si la victime le connaissait.

La Clio freina sur le gravier. Michel sortit en trombe et se précipita vers l'entrée. Pas de sonnette, juste un heurtoir de métal représentant une tête de lion. Il cogna sans attendre. Trois coups violents, agressifs. Pas de réponse. Il recommença, tambourinant jusqu'à en faire jaillir des étincelles. Une voix énervée monta derrière le lourd panneau de bois :

– J'arrive ! J'arrive !

Minucci portait toujours son bleu de travail. À croire qu'il dormait avec. Une serviette à carreaux rouges et blancs pendait à son cou, maculée par des vestiges de nourriture.

En découvrant le visiteur, le visage du gardien se transforma.

– Putain de bamboula... T'as pas encore compris ? Faut p't-être te faire un dessin ?

Cette fois, le policier ne se laissa pas intimider. Il sortit son arme et braqua le canon sur le front du cerbère.

– Encore une réflexion comme ça, et je t'éclate la tête.

L'autre recula, surpris. Il se reprit aussitôt et lâcha d'un air mauvais :

– T'as pas les couilles. T'es rien qu'un Nègre.

Le flic arma le percuteur.

– Une balle de Nègre, tu crois que ça vaut une balle de Blanc ?

Deux longues secondes, l'affrontement se déroula sous les crânes. Les yeux de Michel étaient devenus fixes, absents. Le légionnaire dut sentir le danger. Il modifia son cap sans pour autant baisser le regard.

– Qu'est-ce tu veux ?

– Faire la causette.

– À propos de quoi ?

– Du frère de ton patron. Du type qui vivait ici avec toi. J'imagine qu'on t'a mis au courant pour l'accident.

La paupière de Minucci tressauta.

– Quel accident ? J'comprends que dalle.

Le ton semblait sincère. Michel se demanda si ce putois jouait encore la comédie.

– Tu te souviens pas ? Je t'en ai parlé l'autre fois. Deux véhicules qui se sont percutés un peu plus bas dans la nuit de samedi à dimanche. Tu m'as répondu que t'avais rien entendu.

– C'est la vérité.

– En tout cas, t'aurais mieux fait d'aller voir. Il y avait un Charvet dans la voiture. Laurent Charvet. Il est mort. Cramé comme du charbon après avoir été écrabouillé.

La nouvelle provoqua un flottement. Les pupilles du gardien s'étaient agrandies, couvrant l'iris telle une éclipse lunaire. Il marmonna :

– Merde...

– Comme tu dis. Bon, tu me laisses entrer ou je t'embarque ?

Le type s'affola.

– Holà ! J'ai rien fait, moi.

– On verra ça. De toute façon, tu connaissais la victime. Donc je vais t'entendre. De gré ou de force.

Minucci hésita un quart de seconde. Puis il fit un pas de côté, sans quitter le flic des yeux. Michel baissa son arme et pénétra dans la demeure.

Le hall était grandiose. Tendu de velours crème, orné d'immenses miroirs qui produisaient un effet de perspective. Un cavalier de marbre noir, grandeur nature, accueillait le visiteur au pied d'un escalier monumental. Des scènes de chasse décoraient les murs, alignées dans des cadres travaillés, dorés à l'or fin.

Sans un mot, le légionnaire tourna les talons. Il précéda le policier dans une pièce claire, percée de fenêtres ouvrant sur un bois. Une table démesurée, capable d'accueillir une vingtaine de convives, dormait sous un linceul de coton blanc. On devinait plus loin, par une porte entrouverte, un salon strié de poutres. Des draps recouvraient la plupart des meubles, ne laissant percevoir qu'une épaisse moquette beige.

Ils franchirent une double porte, un sas, et débouchèrent dans une cuisine spacieuse. Contrairement au reste, la pièce semblait ne pas avoir été touchée par l'hibernation générale. Elle s'ordonnait autour d'une table en chêne foncé, aussi grande que celle qui trônait dans la salle à manger. Des batteries de casseroles serraient leurs flancs bombés sur la faïence des murs. Des plans de travail dignes d'un grand restaurant couraient de part et d'autre de cuisinières immaculées.

Seule touche étrange dans ce décor parfait, une boîte de cassoulet posée sur une desserte, à côté d'une bouteille de Margnat et d'une assiette à moitié pleine.

Le gardien reprit sa place. Regard absent, il plongea sa fourchette dans ses fayots et se mit à mastiquer.

Michel prit une chaise et s'assit face à lui.

– C'est curieux, non ?

– Quoi ? fit Minucci la bouche pleine.

– Que tu ne sois pas au parfum.

– Comment j'aurais deviné ?

– Ton boss, il aurait pu te prévenir.

La lèvre supérieure du légionnaire se souleva à peine, dévoilant une série de chicots.

– Il appelle pas souvent.

L'argument dérouta le policier. Quel type de rapports présidait à leur relation ? Comment le banquier avait-il pu passer un tel événement sous silence ?

Il remit l'explication à plus tard. D'autres faits, plus concrets, attendaient d'être éclairés.

– Admettons... Mais Laurent habitait là. Tu aurais dû t'apercevoir qu'il avait disparu.

– Je suis tout seul dans ce putain de château. Je vous l'ai déjà dit.

Michel nota le vouvoiement. L'ambiance évoluait vers un rapport normal. Sans doute le choc de la nouvelle. Il resta néanmoins sur sa ligne :

– Arrête de me prendre pour un con. Si Laurent ne vivait pas dans cette baraque, pourquoi il a donné cette adresse ?

Minucci leva les yeux de sa gamelle. Des traces de sauce mouchetaient son menton.

– C'est grand, La Renardière. Très grand. Le patron lui avait refilé un pavillon au fond du bois.

Le policier haussa les sourcils.

– Tu le croisais jamais ?

– Non. L'était pas du genre causant. Et j'avais aucune raison de me pointer chez lui.

L'explication déstabilisa le lieutenant. Elle justifiait les affirmations du gardien et le renvoyait à la case départ.

Il essaya autre chose :

– À part toi et Laurent, il y a d'autres gens sur le domaine ?

– Ouais... Une ferme un peu plus bas.

– Qui l'habite ?

– Les Frébault.

– Connais pas.

– Un couple de métayers. Ils s'occupent des récoltes.

Le policier s'étonna :

– Les champs, c'est pas ton boulot, en principe ?

– Risque pas. J'suis pas un paysan, moi.

Le ton était méprisant. Dans la maison Charvet, on ne plaisantait pas avec la hiérarchie.

– Tu sers à quoi, alors ?

– Je m'occupe de la sécurité.

– Mais encore ?

– Je garde le château et je surveille les bois. Y a des connards qui croient qu'ici, c'est comme à la campagne. Y viennent se balader et y effrayent le gibier. J'leur dis de foutre le camp et s'ils sont pas d'accord, je les vire à coups de pompe.

Le message était clair. Minucci justifiait son attitude lors de leur première rencontre et coupait l'herbe sous les pieds du flic. Michel dut se résoudre à l'évidence. Pour un bourrin de base, il savait comment répondre à un interrogatoire.

Le policier changea de direction :

– Revenons à Laurent. Tu as une idée des raisons pour lesquelles il était venu dans la région ?

– J'ai pas demandé. C'est pas mes oignons.

– Il travaillait ?

L'autre enfourna une plâtrée de cassoulet et haussa les épaules :

– P't-être bien.

– Il avait des potes ?

– Sans doute...

Le policier soupira. Il tournait en rond et sentait qu'il perdait son temps.

– D'accord. T'as rien vu, rien entendu, et tu connais personne. Mais il y a au moins une chose que tu vas faire.

Sourire goguenard du légionnaire :

– Ah ouais ? Et laquelle ?

– Me conduire jusqu'à chez lui. J'aimerais jeter un coup d'œil sur ses affaires.

Minucci se redressa. Il éructa bruyamment et s'essuya la bouche avec sa serviette.

– Si ça peut vous faire plaisir. Mais je vous préviens, j'ai pas la clef.

16

Le pick-up datait de Mathusalem.

Un Toyota cabossé, dont le plateau rouillé était encore chargé d'un bric-à-brac indescriptible. Câbles, outils divers, jerricans, il y avait même un mini-groupe électrogène retenu au plancher par des sangles. Des traînées brunes se devinaient par endroits, que Michel associa à des vestiges de sang séché. Instinctivement, il sut qu'elles étaient fraîches.

Il demanda :

– C'est quoi, ces traces ?

Le légionnaire répondit en ouvrant la portière :

– Un chevreuil. L'était malade.

Sans plus se justifier, il grimpa dans la cabine. Le policier le regarda s'installer au volant avec un sentiment bizarre. Ce type semblait dépourvu d'émotion. Il l'imaginait sans peine en train d'égorger une biche, la regarder se vider, et balancer la dépouille encore chaude au milieu de son capharnaüm. Avait-il également, avant de s'échouer ici, saigné des hommes à blanc ?

Il contourna le véhicule et vint s'asseoir à côté de lui. Minucci avait déjà lancé le diesel et sortit du hangar. Situés en contrebas, les communs formaient un véritable petit village. Des constructions sommaires mais propres, figées dans une torpeur de plomb.

Ils longèrent une enfilade de boxes, coquilles désertes

dont les panneaux ouverts laissaient deviner des puits d'ombres. Ils dépassèrent ensuite un enclos grillagé qui abritait une bonne vingtaine de chiens. Sur leur passage, les animaux surexcités se propulsèrent contre les grilles en découvrant leurs crocs.

Puis la voiture prit à gauche. Une bande de terre creusée d'ornières qui s'enfuyait à travers champs. Le légionnaire roulait à tombeau ouvert. Sans doute était-il pressé d'en finir. Les nids-de-poule et autres irrégularités de terrain chahutaient l'habitacle. Dans cette course infernale, le jeune lieutenant avait discrètement empoigné la portière, essayant de garder son équilibre.

Enfin, ils atteignirent la lisière des sous-bois. Les arbres, serrés tronc contre tronc à la façon d'un mikado, griffaient le ciel de leurs branchages. Ils composaient une masse compacte et noire, un vortex inquiétant qui s'étendait à perte de vue.

Après un petit pont enjambant un cours d'eau, une barrière se dressa au milieu de la route. Le gardien descendit et releva l'obstacle.

Sans transition, ils s'enfoncèrent dans la forêt.

Pénombre. Silence. Densité d'un air soudain chargé d'humus. Michel eut l'impression d'avoir changé d'univers.

Ils progressèrent un bon quart d'heure sur des allées couvertes de feuilles moisies. Véritables trouées de lumière, elles tronçonnaient les bois dans un ordonnancement précis.

Soudain, Minucci changea d'allure. Il ne dépassait pas les vingt à l'heure et évitait toute accélération intempestive. On aurait dit qu'il marchait sur la pointe des pieds.

– Tu pourrais pas grouiller un peu ? finit par s'agacer Michel.

– C'est une zone de passée. Faut pas effrayer le gibier.

Le policier ouvrit la bouche puis se ravisa. Il venait de remarquer des constructions de planches, sorte de miradors planqués dans les fourrés à intervalles réguliers. Des chiffres romains les distinguaient, tracés sur leur façade comme autant de codes obscurs.

Après une petite clairière où s'entassaient des stères de bois coupé, Minucci reprit une conduite normale. Ils roulèrent encore dix minutes, droit devant, sans prononcer un mot. Une sensation d'étouffement s'emparait du policier. Il avait le sentiment de s'enfoncer dans une contrée sauvage, hostile...

Pourtant, malgré ce malaise, il prenait conscience d'une autre réalité. Ils roulaient depuis une demi-heure, le temps de traverser Paris, et ils étaient toujours sur les terres du banquier. Quelle sorte de personnage, dans la France d'aujourd'hui, avait de tels moyens ? Comment, avec cinq millions de pauvres, pouvaient survivre des privilèges aussi exorbitants ?

Ses interrogations restèrent en suspens. Minucci venait de s'engager sur un chemin étroit, bordé de ronces. Au bout, camouflée par une végétation anarchique, on devinait une construction.

En approchant, le policier distingua les contours de ce qui avait dû être un pavillon. Sous l'épais manteau de lierre, des restes de frises, des frontons de pierre, des peintures écaillées par la morsure du temps. Il songea à un lieu de rencontres, une garçonnière pour rendez-vous galants. Trois siècles plus tôt, ceux qui avaient construit le domaine abritaient peut-être leurs amours clandestines dans ce boudoir du bout du monde.

Le gardien coupa le moteur. Il se tourna vers Michel et lâcha d'une voix raide :

– On y est.

– Je te suis.

– Négatif. Moi, j'reste là.

Le Black n'insista pas. Il avait ce qu'il voulait, inutile de se battre. Il descendit et se dirigea vers l'entrée.

La porte n'était pas bien épaisse. D'époque également, une serrure en fer forgé en assurait l'accès. Fermée. Il s'approcha et observa le mécanisme. Simple, comme il en existait à une époque révolue, quand il était inutile de se barricader. Il la crocheta sans difficulté, manipulant pêne et goupilles avec habileté. Puis il fit jouer le loquet, poussa. Le panneau de bois s'ouvrit dans un couinement.

Obscurité. Odeur de renfermé. Ses doigts palpèrent le mur, à la recherche d'un interrupteur. Ils butèrent sur un clapet qu'il actionna aussitôt.

Une pièce étrange apparut dans la lumière d'une ampoule électrique. Étrange et dérangeante. Moulages, corniches, l'architecture d'époque était plutôt brillante. Ce qui gênait venait d'ailleurs. Une couche de peinture noire recouvrait ces splendeurs, conférant à l'endroit un caractère gothique.

Michel s'avança. Impression de solitude, de vie au ralenti. La partie salon se résumait à une table de plastique, une chaise de jardin et un canapé Ikea. En face, côté cuisine, un évier en pierre jouxtait une cuisinière à gaz. Un frigo et un lave-linge complétaient l'équipement, posés sans fioritures sur un sol de tomettes ocre.

Pas de cadres aux murs, pas de bibelots. Rien. Le décor minimaliste était rangé au millimètre, comme un fantasme de vieux garçon.

Il passa dans une pièce attenante. Même cocon noir, même ambiance de déprime. Il n'y avait qu'un lit, défait, et un portant sur lequel s'alignaient des vêtements froissés. Une télé portative était en veille, posée sur un guéridon à trois pieds. Masquée par un paravent, une petite salle de bains achevait la visite, simplement équipée d'un W-C et d'un bac à douche amovible.

Le policier se demanda ce que cela signifiait. Laurent Charvet avait vécu dans cette misère, seul, à deux pas du château de la Belle au bois dormant. De toute évidence, son banquier de frère ne lui avait pas déroulé le tapis rouge lors de son arrivée. Il s'était contenté de lui fournir le gîte, a minima, en l'éloignant le plus possible de sa demeure. Une mise au secret. Le Masque de fer, un bâtard qu'on planque dans la forêt comme un furoncle honteux...

Cette découverte motiva Diallo. Elle justifiait de façon

évidente la distance du gardien. Cet hôte inattendu, obligé, n'avait pas été le bienvenu. On l'avait hébergé par devoir, en essayant de l'enterrer.

Pourquoi ?

Il farfouilla un peu, à la recherche d'un détail, d'un indice qui ferait parler le disparu. Qui était-il vraiment ? Quel rail avait suivi ce bourgeois pour aboutir à une pareille impasse ? Les quelques recherches effectuées en rentrant à Nogent n'avaient rien donné de concluant, hormis qu'il roulait sans permis. Son nom n'apparaissait pas au fichier central. L'homme n'était pas connu des services de police et semblait se tenir à carreau.

Pourtant, les derniers événements ne retraçaient pas un destin aussi net. Les numéros limés, le meurtre esquissaient la silhouette d'un délinquant, ou tout au moins d'un marginal. Ce pavillon aux allures de cabane ne faisait que confirmer une existence hors des sentiers battus.

Le premier tour de piste ne donna pas grand-chose. Seulement des cadavres de bouteilles, vodka essentiellement, alignés dans des casiers de consigne près de l'entrée. Laurent Charvet était un alcoolique. Michel le savait déjà. Il avait même bu peu de temps avant sa mort. Des apéros en série très certainement. Le légiste situait le décès aux environs de 20 heures et le taux d'alcool recueilli dans le sang frisait encore le coma éthylique. De plus, la taille de son foie, même abîmé, trahissait une addiction ancienne, chronique.

Le flic ouvrit tous les tiroirs, sonda les quelques placards, tria la poubelle. En vain. Il ne trouva que des revues porno, des paquets de cigarettes, et un wagon d'anxiolytiques. Le lieu semblait neutre, une enveloppe creuse, sans relief ni passé.

Après dix minutes d'exploration, il s'assit sur le matelas. Il avait besoin de réfléchir. L'occupant de ces lieux avait tout d'un fantôme. Il semblait ne venir ici que pour dormir et s'imbiber. En fait, l'endroit évoquait une planque. Un lieu d'attente, provisoire, non investi.

Une hypothèse nouvelle se fraya un chemin. Le parcours de ce fils de famille sentait le soufre. Il dissimulait, quelque part, une vérité embarrassante. Une vérité dont son frère connaissait sans doute la teneur. Un secret indicible, qui l'avait contraint à lui fournir, à reculons, un abri de fortune.

L'accident, le meurtre, tout était lié à l'histoire de Laurent. La conclusion logique d'un chemin tortueux, dont il allait falloir retracer le déroulement.

Michel quitta le pavillon gonflé à bloc. Son enquête prenait un tour inattendu. Elle ouvrait des perspectives nouvelles, qui donnaient tout leur sens à l'attitude du procureur.

Il était temps de changer de cap. L'engin qui avait broyé les chairs de la victime serait très difficile à trouver, il fallait donc chercher autre chose...

La victime fuyait un passé. Michel en avait la conviction.

Là était le fil à suivre.

– IV –

17

Mayol connaissait son boulot.

À trente-huit ans, il en avait passé dix dans la police. Un parcours imprévu, voire improbable pour cet amoureux de la Chine, diplômé de langues orientales et adepte de la philosophie bouddhiste.

Mais l'existence trace parfois des routes inattendues. Il est vain de gaspiller son temps à essayer de les contourner. Pour l'homme empreint de sagesse, il n'y a d'autre choix que d'accepter son destin. C'est ce qu'il avait fait. Car avant de devenir le commissaire Mayol, responsable du SRPJ du treizième, il avait eu une autre vie.

Né dans une famille d'intellectuels, le petit Christian s'était abreuvé toute son enfance à la fontaine inépuisable du savoir. Une connaissance protéiforme, résultante des choix professionnels opérés par son père.

Conservateur de musée, mais surtout militant UDF convaincu, Jean-Louis Mayol s'était débrouillé pour intégrer le Quai d'Orsay au début des années soixante-dix, peu de temps après l'élection du président Giscard d'Estaing. Devenu attaché d'ambassade, chargé de la culture, il avait entraîné les siens dans un parcours extraordinaire. Quand l'aventure avait démarré, Christian venait d'avoir sept ans.

Montréal, Rome, Buenos Aires, Rio... La liste des affectations prenait des airs de perpétuelles vacances. Un catalogue de voyages, version haut de gamme. L'univers dans lequel ils évoluaient n'était qu'éclats de pensée, ravissement du discours, plaisirs des sens. Les réceptions succédaient aux vernissages, aux dîners officiels, aux garden parties élégantes. Dans ce cocon de soie, hors de portée des dures contraintes de la réalité, l'esprit de Christian s'était construit à l'ombre de personnalités brillantes. Surtout, et par le simple fait de déménagements incessants, il avait pris l'habitude de la distanciation. L'idée que rien n'était vraiment important, définitif, que tout s'inscrivait dans le provisoire.

Sa mère complétait le processus. Professeur des lycées, elle enseignait les lettres classiques dans les antennes de l'Alliance française qui jalonnaient leur route. À la maison, chaque repas était prétexte à discussion, des débats passionnés où ses parents rivalisaient d'intelligence, d'humour. Son frère et lui participaient, à la mesure de leurs moyens, avec le sentiment d'une permanente stimulation.

En 1982, un poste se libéra à Pékin. Son père avait toujours rêvé d'Orient, ils s'envolèrent aussitôt pour la Chine.

Pour Christian, ce fut un choc. Au bon sens du terme. Il découvrit une culture fascinante, décalée, dont le communisme n'avait pas réussi à étouffer l'essence. Les uniformes kaki, les statues de Mao, l'apparente docilité d'une population étranglée n'étaient pas parvenus à asphyxier l'âme chinoise. Elle explosait à chaque coin de rue, dans le sourire fragile des femmes, la gentillesse des passants, le raffinement extrême de rituels ancestraux auxquels chacun se raccrochait comme il pouvait.

Ce dernier point, surtout, avait frappé le jeune Français. Il illustrait une culture plusieurs fois millénaire, un socle sur lequel la Chine s'appuyait, qui la définissait. Contrainte de vivre au rythme du *Petit Livre rouge*, elle n'en continuait pas moins à honorer ses dieux. Des divinités de la Nature, prêchant l'harmonie, la distance, le renoncement.

À l'époque où Christian prenait pied en Chine, le régime

niait toujours cette évidence. Son idéal d'athéisme l'avait poussé à interdire, puis contrôler les trois écoles constituant le syncrétisme chinois. Taoïsme, confucianisme et bouddhisme flambaient pourtant au fond des cœurs. On honorait toujours les ancêtres, on célébrait le Ciel et la Terre, on consultait les Maîtres du feng shui avant de construire sa maison...

Au lycée français, il étudia simultanément le mandarin et le cantonais. Il voulait comprendre l'âme chinoise dans le texte, la vivre de l'intérieur. Cette langue tonale le fascina. Une variation d'aigus, de graves, un changement dans la prononciation, et le mot prenait un sens différent. Plus que tout le reste, elle incarnait de façon éclatante la subtilité d'un peuple pétri de nuances.

Pendant des heures, sous la férule d'un professeur aux allures de lutin, il s'appliqua à dessiner des sinogrammes. Doué, passionné, il suscita chez son maître un intérêt particulier. Le vieux Chinois, adepte du bouddhisme Mahâyâna, lui enseigna aussi cette voie. La vacuité, l'impermanence, la compassion... Autant de préceptes conduisant à l'éveil, à l'illumination, au nirvana.

Lorsqu'ils quittèrent Pékin trois ans plus tard, l'adolescent savait que ce pays l'avait marqué à tout jamais.

Pendant que ses parents repartaient en mission à l'autre bout de la Terre, il décida de rentrer à Paris. Il s'inscrivit à la Sorbonne, en langues orientales, avec pour objectif de devenir universitaire. Ainsi, il retournerait plus tard en Chine, et se consacrerait à l'étude de ce qui avait révolutionné sa vie.

Mais son karma était marqué d'un autre sceau. Un attentat, à l'ambassade de France du Caire, devait par un matin d'octobre 1990 lui enlever toute sa famille. L'acte de guerre, revendiqué par des fondamentalistes du Djihad islamique, visait à condamner la réintégration de l'Égypte dans les organisations arabes modérées, processus soutenu à l'époque par la France.

Peu importaient les raisons, au fond. Christian se moquait de la politique, de l'islam et du catholicisme. À cet instant, seule sa douleur était réelle. Des fous violents avaient crevé son cœur, mutilé à l'explosif les corps de ses parents.

Sa mécanique interne se dérégla. Il devint irascible, intolérant, voyant dans tout ce qui portait une barbe un terroriste potentiel. Une seule idée, désormais, l'obsédait : il n'était en sûreté nulle part. Ces fous pouvaient frapper à n'importe quel moment, sur tous les points du globe, à l'aveugle.

Il devait réagir. Pour ses parents, pour lui, pour que de telles horreurs ne se reproduisent pas. Mais quelles étaient ses possibilités ? Les réseaux intégristes dépassaient les frontières. Telle la gangrène, ils s'étendaient bien au-delà du champ de son univers.

Un moment, il s'imagina rejoindre l'ONU. Il parlait plusieurs langues, venait d'une famille de diplomates, les portes s'ouvriraient naturellement. Pourtant, cette solution le laissait sur sa faim. Les Nations unies tergiversaient en permanence. Les Casques bleus passaient leur temps à se faire tirer dessus. Il fallait voir les choses en face : lorsqu'on était trop nombreux à se prendre la tête autour d'une table, rien n'avançait.

Il décida de mener le combat autrement. Seul, ou presque, sur le terrain, dans son pays. À cette époque, trois ans après les attentats de la rue de Rennes, la Division nationale antiterroriste, la DNAT, centralisait tous les moyens de lutte. Elle venait de passer sous le contrôle d'un flic d'exception, aux méthodes limites et fort en gueule, le commissaire Roger Marion.

Christian se mit en tête de travailler avec lui. Il bascula en fac de droit, gagna deux ans par un système d'équivalence, et passa le concours de commissaire dans la foulée. Parallèlement, il s'attela aux arts martiaux. Il choisit le Jeet Kune Do, littéralement « la voie du poing qui intercepte », un style créé par Bruce Lee dans les années soixante-dix. Synthèse parfaite de nombreux sports de combat, cette technique originale répondait exactement à ses attentes. Précis, puissants, rapides, ses pratiquants devenaient de véritables armes vivantes.

Mais ses efforts restèrent vains. Malgré sa hargne et ses capacités, la place qu'il convoitait lui échappa. Pour intégrer le saint des saints, il ne suffisait pas de correspondre aux critères. Il fallait être aussi recommandé.

Il échoua dans un commissariat de quartier, en banlieue parisienne, à diriger une bande de tire-au-flanc adeptes des vingt-cinq heures. Les mois passèrent, ternes, absurdes. Il subissait cette existence la mort dans l'âme, sans avoir l'énergie de revenir à ses premières amours.

Pourtant, peu à peu, l'enseignement de son vieux maître refit surface. Il accepta, trouva dans cette épreuve une sorte de sens. Il se dit qu'après tout, il pouvait mettre à profit ce coup du sort et en sortir grandi.

Il prit son boulot par les cornes et devint un excellent enquêteur. Son détachement, sa façon très particulière d'aborder les interrogatoires, sa connaissance de l'âme humaine et sa culture intriguaient. Ses résultats, eux, forçaient le respect.

Naturellement, les fils se renouèrent.

Son CV original et sa maîtrise parfaite du mandarin attirèrent l'attention de sa hiérarchie. Lorsqu'on lui proposa le SRPJ du treizième arrondissement de Paris, il sut que la boucle était bouclée.

Il leva les yeux et observa les tours des Olympiades. Ce paysage de béton gris était devenu le sien. Il l'arpentait depuis six ans, en connaissait chaque recoin, chaque boursouflure. Un petit morceau de Chine qui l'avait définitivement réconcilié avec lui-même.

Un sourire éclaira ses traits.

La juge n'avait pas le choix. Elle accepterait son offre. Ce n'était qu'une question d'heures. En attendant la commission rogatoire, il avancerait quand même. Seul, comme il aimait le faire. Il allait s'immerger dans cette foule dont il partageait la culture, la pensée, l'âme.

Ici, il se sentait comme un poisson dans l'eau. Le Chinatown du treizième n'était pas un simple quartier de Paris. C'était sa ville. Et dans sa ville, il n'était pas question qu'on le mette sur la touche.

18

L'endroit ne payait pas de mine.

Un immeuble minable, impasse Baudricourt, ouvrant sur une arrière-cour ébouriffée d'herbes folles. Christian avait dû passer devant une bonne centaine de fois sans y prêter attention.

Il repéra tout de suite ce qu'il cherchait. De l'autre côté de la cour, au rez-de-chaussée, des vitres sales délimitaient le périmètre d'un petit local. Un grand panneau de bois surplombait l'entrée, où étaient peints des sinogrammes. Christian traduisit sans mal : « Gymnase ».

Il entra. Pièce exiguë, papier peint minable parcouru de frises florales, seul le parquet tenait encore la route. Une table en Formica se dressait dans un coin, sur laquelle était posé un cahier d'écolier. Au fond, un rideau de perles dissimulait un couloir sombre.

Personne.

Il appela, voix calme, posée. Rien. Il réitéra deux ou trois fois, se demandant si le patron n'avait pas mis la clef sous la porte. Enfin, un borborygme monta des profondeurs du bouge. Des bruits de pas, lourds, comme des battements de grosse caisse. Le rideau tressaillit. Une main énorme écarta les billes de plastique translucide.

Christian eut un mouvement de recul. Incontrôlable. Un mastodonte en short et débardeur douteux le toisait d'un œil torve. À vue de nez, le type dépassait largement le quintal. Des bras comme des troncs d'arbres, pas de cou, la boule à zéro. S'il n'avait pas été chinois, le policier l'eût volontiers assimilé à un sumo.

– Commissaire Christian Mayol. Vous êtes Cheng Li ?

Le type hocha la tête avec méfiance. Point positif, il comprenait ce qu'on lui disait.

– Bien, fit le policier en souriant. J'aurais quelques questions à vous poser. Vous avez cinq minutes ?

– Cinq minutes, répéta le gérant avec un accent nasillard.

Mayol attaqua sans détour :

– Francis Humbert était bien employé chez vous ?

– Employé, oui.

– Vous êtes au courant de ce qui lui est arrivé ?

– Non. Pas au courant.

– Il est mort la semaine dernière. Une chute de son balcon, du dix-septième étage.

Le front, déjà bas, se rétrécit encore.

– Ah...

L'interrogatoire démarrait mal. Cheng Li n'avait pas l'air de se préoccuper de son personnel. Un type disparaissait pendant près d'une semaine, on lui annonçait sa défenestration, et il haussait à peine les sourcils.

Christian enchaîna :

– Je crois qu'il s'occupait de vos papiers, c'est ça ?

– Papiers, oui. Beaucoup papiers. Urssaf, TVA, salaires. Trop compliqué.

– Il venait tous les jours ?

– Non. Temps partiel. Trois fois semaine. L'après-midi.

L'Asiatique parlait comme une vache cantonaise mais connaissait les principaux rouages du carcan administratif. Comme tous les exilés, il avait su s'adapter. Mais qu'est-ce qui l'avait poussé à recruter un type comme Humbert ? Habituellement, les Chinois ne frayaient qu'entre eux. Il aurait pu en trouver un pour gérer la paperasse.

Mayol essaya d'en savoir plus.

– Parlez-moi un peu de votre salarié. Quel genre d'homme était-il ? Avait-il des problèmes personnels ?

La face de brute se constipa.

– Lui pas beaucoup discussion. Faire boulot et partir.

– Il était chez vous depuis longtemps ?

– Pas trop. Un an peut-être.

– Et avant ?

– Pareil. Ailleurs.

– Où ?

Le gérant haussa les épaules, comme si la question le prenait de court. À cet instant, Christian eut l'intuition qu'il lui cachait quelque chose. Personne ne s'engageait sur un contrat de travail sans prendre le moindre renseignement. Par les temps qui couraient, le pari se révélait trop risqué. Que s'était-il passé ?

Cheng Li restait imperturbable. Un bloc, impossible à bouger. Christian décida de l'attaquer par la bande.

– Vous pratiquez quel sport, dans votre gymnase ?

– Arts martiaux.

L'intérêt du policier grimpa en flèche.

– Quelle discipline, exactement ?

– Wushu.

Le flic connaissait parfaitement le terme. Il désignait l'ensemble des arts martiaux chinois dont le Jeet Kune Do était une branche moderne. On l'utilisait en Chine populaire, en lieu et place du mot kung-fu, plus galvaudé et moins précis. En fait, dans ce gourbi, Cheng Li touchait à tout ce qui pouvait se faire en la matière.

– On peut jeter un coup d'œil ?

Le gérant émit un grognement. Il écarta les pans du rideau et fit signe à Mayol de le suivre.

Le corridor se déroulait sur une dizaine de mètres, percé de portes closes. Au bout, un carré de lumière. La silhouette énorme s'encadrait dans le contre-jour, masquant presque entièrement l'ouverture.

Ils débouchèrent sur une salle vide, d'au moins cent cinquante mètres carrés. La température avait pris dix degrés, boostée par l'effet de serre des baies vitrées. Des tatamis recouvraient le sol, d'un vert passé évoquant un étang. Semblant jaillir des murs, une odeur de vieille transpiration planait dans l'air.

Christian émit un sifflement.

– Pas mal...

Il retira ses chaussures et s'avança sur le tapis. Déjà pieds nus, Cheng Li lui emboîta le pas.

Très vite, le commissaire remarqua des panneaux de bois, accrochés aux murs à l'autre extrémité de la salle. Il s'avança. Des plannings de cours, jours et heures, des petites annonces, des affichettes annonçant compétitions ou autres exhibitions. Il y avait aussi des photos. Groupes d'enfants posant devant l'objectif en kimono, combattants saisis en pleine action, portraits figés d'hommes aux allures martiales. Tous, ou presque, avaient le type asiatique.

Soudain, parmi cette foule d'inconnus, Christian crut reconnaître un visage familier. Il s'approcha du cliché. Des traits grossiers, un nez de boxeur, des cheveux rouges, coupés en brosse. L'individu avait meilleure allure qu'à la morgue. Pourtant, sans le moindre doute, il sut qu'il s'agissait de son client.

Il se tourna et interpella le sumo :

– Francis Humbert pratiquait le wushu ?

– Un peu.

– Un peu ? Il a une ceinture noire !

Pas de réponse. Cheng Li avait croisé les bras, immobile, comme un bouddha de chair.

Christian observa à nouveau le tirage. L'homme, vêtu d'un kimono noir, se tenait au milieu d'une ribambelle de gosses. Sa taille, sa corpulence donnaient l'impression d'un Gulliver coincé chez les lilliputiens. À ses côtés, un Chinois plus petit dont la joue droite était marquée d'une courte balafre. Il portait une sorte de sarouel gris, ainsi qu'un gilet blanc, cerné par un liseré jaune et brodé de sinogrammes. L'image évoquait une remise des prix, avec distribution de médailles en plaqué or. Malgré les attitudes décontractées, il émanait de l'ensemble une impression de puissance, de calme, de celle que seuls dégagent les maîtres en arts martiaux.

Il demanda, à tout hasard :

– Humbert était également professeur ?

Une hésitation. Puis une réponse ambiguë, chargée de gêne.

– Pas professeur. Aider un peu quand coup d'bourre. Service, pas plus.

Christian se contenta de sourire. Il ne croyait pas un mot de ce mensonge. Dans le monde très réglementé du wushu, on possédait les certificats pour enseigner, ou on ne les possédait pas. A fortiori si on ne faisait pas partie de la communauté. Sur ce point, les Chinois étaient intraitables.

Dans le même temps, le flic saisit le malaise de Cheng Li. Vu le physique de la victime, son grade, il devait plus l'utiliser sur le tatami que derrière une calculette. Le poste de comptable n'était peut-être qu'une couverture, un faux au seul usage de l'Administration.

Encore une fois, l'énigme se reposait, à présent plus aiguë. Pourquoi l'employait-il dans de telles conditions ? Quelles sortes de motivations avaient bien pu présider à cette étrange alliance ? Lui avait-on forcé la main ?

Le Chinois mit un terme à toutes ces interrogations. Il semblait pressé de conclure.

– Encore questions ?

Christian n'avait pas les moyens de forcer la confession. Pas encore. Il décida de lâcher sa bombe, afin de provoquer une réaction.

– Écoutez-moi bien, monsieur Cheng Li. Je me fiche totalement de ce que vous faites avec vos salariés. Je ne suis pas inspecteur du travail mais commissaire de police. Certains faits pourraient nous faire penser que Francis Humbert a été assassiné. Qu'on l'a poussé dans le vide. Vous comprenez ce que ça veut dire ?

Les yeux du gérant s'agrandirent brutalement. Il opina du chef en prenant un air atterré.

– Oui... Comprendre.

– Alors je vous répète ma question. Pensez-vous que votre employé vivait des difficultés personnelles ? Qu'il était en conflit avec une personne en particulier ?

– Pas savoir.

Le comportement de Cheng Li changeait radicalement. Le calme, l'indifférence asiatiques laissaient la place à de la terreur pure.

– Réfléchissez bien, continua le policier. Il s'agit d'une enquête criminelle. Vous pourriez avoir de gros problèmes si vous me cachiez quelque chose.

– Pas savoir... Pas savoir... répéta l'autre d'une voix étranglée.

– Il y a peut-être quelqu'un qui sait. Un de ses collègues, par exemple ?

– Lui pas d'amis.

– Le type à côté de lui sur la photo ? Ils ont l'air copains.

– Pas connaître. Venir une fois, pour combat démonstration.

Christian soupira. Le rideau de fer venait de s'abaisser, il n'obtiendrait plus rien. Quels que soient les arguments utilisés. Il comprenait seulement qu'une menace sourde planait maintenant dans l'air, plus terrible que celle de l'autorité judiciaire.

– D'accord, lâcha-t-il. C'est vous qui décidez. Mais vous allez quand même me donner la liste de votre personnel. On ne sait jamais.

Avant de partir, il confisqua aussi le cliché sur lequel posait Humbert.

– Je vous le rendrai. À moins qu'on ne vous convoque pour venir le chercher.

Cheng Li ne répondit pas. Les gouttes de sueur perlant à son front s'exprimaient à sa place.

19

La liste du personnel laissa Christian sur sa faim.

Des vacataires, très jeunes pour la plupart, venant de la province du Shanxi, à trois cents kilomètres à l'ouest de Pékin. Ils complétaient leur formation de moniteurs en encadrant des enfants, et bénéficiaient du statut d'étudiant étranger grâce à une inscription à l'université de Jussieu. Dans l'esprit de Christian, ces profils lisses les éloignaient de Francis Humbert. Peu de chances pour qu'ils aient noué une relation profonde.

L'autre médaillé de la photo, en revanche, l'inspirait plus. Même âge que la victime, visiblement mêmes compétences techniques, et une sorte de puissance animale transpirant au travers de la pose.

Cheng Li prétendait ne pas le connaître. Peu probable. Vu le niveau, il avait l'air d'être une vedette. Seule vérité, il n'était pas de ses employés et venait donc de l'extérieur.

Restait à mettre la main sur lui. D'une façon ou d'une autre, Christian se disait qu'il aurait certainement des choses à raconter.

Il avait décidé de tenter sa chance auprès de la fédération, rue du Louvre. Possédant toujours une licence, il savait que tous les pratiquants de wushu y étaient répertoriés. En présentant la photo, il pourrait peut-être parvenir à les identifier. De la même façon, il saurait très vite quelles étaient les qualifications réelles d'Humbert.

Le local respirait l'opulence. Une banque d'accueil en laqué noir, des murs d'un blanc immaculé, des cadres rouge et or emprisonnant des moines Shaolin saisis en pleine action. Pas un bruit, impression de calme, de sérénité. Début août, le centre névralgique des pratiquants de wushu tournait au ralenti.

Le flic s'accouda au comptoir :

– Commissaire Christian Mayol, police judiciaire. J'aurais besoin de quelques renseignements dans le cadre d'une enquête.

Mâchouillant un chewing-gum, une blonde à forte poitrine faisait claquer ses ongles sur un clavier en plastique translucide. Sans s'interrompre, elle marmonna :

– Vous avez une carte ?

Il fouilla dans la poche arrière de son jean, sortit son portefeuille et présenta le document. La femme l'observa dans le détail. Puis elle leva des yeux morts, maquillés à la truelle.

– Z'avez pas le look.

Christian fit mine de s'étonner :

– Je ne savais pas qu'il y avait un look.

– J'ai vécu dix ans avec un de vos collègues. Croyez-moi, des flics, j'en ai vu. Et c'était pas du tout votre genre.

Il sourit en récupérant ses papiers. En fait, cette remarque le flattait.

– Je voudrais consulter le fichier de vos adhérents. C'est possible ?

Elle lui lança une œillade entendue.

– Donnez-moi le nom et l'adresse, ça ira plus vite.

– Francis Humbert. Tour Athènes. 101, rue de Tolbiac. Paris treizième.

– Un suspect ?

– Une victime.

– Ah...

La blonde semblait déçue. Elle pianota quelques secondes avant de secouer la tête.

– Désolée, j'ai rien.

– Vous êtes sûre ?

– Aussi sûre que je m'appelle Karine. Y a pas le moindre Humbert à l'horizon.

Christian n'était qu'à moitié surpris. Cette découverte démontrait que l'homme pratiquait sans licence ni diplôme, avec l'entière complicité de Cheng Li. Le sumo couvrait cette irrégularité, contrat de travail bidon à l'appui, pour des raisons que son attitude laissait très facilement imaginer : on l'y obligeait. Qui ? Pourquoi ? Le policier n'en savait rien.

Il tendit le cliché confisqué au gymnase :

– Ces visages vous disent quelque chose ?

Bref coup d'œil. Haussement de sourcils.

– Jamais vu.

– Sans l'identité, on peut retrouver la trace de vos sportifs dans la bécane ?

– Là, ça va pas être possible.

– Pour quelles raisons ?

– À la fédération, on centralise seulement les adhésions. Les clubs ne nous communiquent pas les photos. Ils les gardent dans les dossiers papier.

Mauvaise nouvelle. Christian était déçu, mais ne s'avouait pas vaincu. Le Chinois en gilet de combat était un Maître. Son énergie crevait la pellicule. Quelqu'un, forcément devait pouvoir le reconnaître.

La secrétaire devança ses désirs. Elle devait conserver la nostalgie de la maison et brûlait de coopérer.

– Il y a peut-être un moyen, fit-elle en prenant un air concerné. Attendez-moi une minute.

Elle quitta sa chaise et traversa le hall d'entrée, roulant des hanches comme si elle évoluait sur un podium. Puis elle disparut derrière une porte coupe-feu.

Christian se retrouva seul. Il observa les cadres d'un œil distrait. Certains montraient des combattants, corps en apesanteur à plus d'un mètre du sol dans des postures acrobatiques. D'autres exhibaient leur souplesse, colonne vertébrale repliée sur elle-même à la façon d'un félin. Quelques gros plans de visages aussi. Prise sur le vif, cette galerie de portraits hétéroclites affichait une sérénité contagieuse. Un sentiment de liberté s'en dégageait, de détachement, sur lequel la mort même n'aurait pu avoir d'influence.

– Z'êtes toujours là ?

Karine revenait en se dandinant. Dans son sillage, un Chinois long, d'une vingtaine d'années, visage boutonneux et cheveux en pétard.

– C'est le mois d'août. Ils sont tous en vacances. Heureusement qu'il y a Jimmy pour me tenir compagnie.

Elle le couva d'un œil gourmand et affirma :

– Jimmy est en stage. Pour l'instant, il fait du classement. Mais il passe aussi son monitorat. Je suis certaine qu'il va pouvoir vous aider.

Christian sourit poliment. L'adolescent tendit une main molle et moite. Rien dans son attitude ne laissait présager un expert en arts martiaux.

– Vous connaissez ces hommes ? questionna le policier en présentant le cliché.

L'Asiatique observa la photo un instant, sourcils froncés. Puis, dans un français sans accent, il lâcha d'une voix fluette :

– Lui, là. C'est Fen Wong Fat.

– Un professeur ?

– Un Maître.

– Vous savez où je peux le trouver ?

– Il a une salle. À Belleville. J'ai pris des cours de bâton avec lui.

– Et l'autre ?

– Non. Jamais vu.

Christian hocha la tête. La blonde se trémoussait de bonheur, comme si l'information était sortie de sa propre bouche.

– Je vous l'avais dit. Jimmy, c'est le meilleur.

Sans attendre, elle tourna les talons et repartit vers son clavier. En moins d'une minute, elle avait l'adresse et le téléphone du local.

– Je vous conseille d'appeler d'abord. Les clubs sont fermés à cette période de l'année.

– Pas lui, la contredit Jimmy. Il organise des sessions de perfectionnement pendant l'été. Réservées aux niveaux supérieurs.

Elle haussa les épaules et tendit un bout de papier au commissaire.

– Moi, c'que j'en dis...

Christian remercia tout le monde et quitta la fédération. Il avait fait un pas de géant.

Fen Wong Fat.

Un Maître, dont les élèves étaient eux-mêmes des maîtres. Il avait croisé la route de Francis Humbert, foulé le même tatami, croisé ses poings contre les siens. Ce genre de fraternité n'était pas synonyme d'intimité, mais constituait une piste. Un coin enfoncé dans la vie de la victime.

20

Belleville.

Un quartier populaire, coloré, s'étendant sur quatre arrondissements de l'Est parisien. Improbable creuset, il avait absorbé sans broncher les vagues d'immigration d'un vingtième siècle à bout de souffle. Arméniens, Grecs, Turcs, mais encore Espagnols, Maghrébins, Africains... Tous avaient choisi ce refuge de ruelles, planqué comme un îlot d'espoir au pied des Buttes-Chaumont.

Tenus par les cafetiers kabyles et les épiciers tunisiens, les commerces avaient longtemps eu des allures de souks. Les rues embaumaient le baklava, la corne de gazelle, et toutes sortes de parfums qu'exhalaient les pâtisseries casher.

À l'aube des années quatre-vingt, un nouvel arrivant s'était chargé de bouleverser la donne. Venus de la ville de Wenzhou, au sud-est de la Chine, des milliers de paysans avaient fui le régime communiste en espérant des jours meilleurs. Gare de Lyon, Sentier, dixième arrondissement, ils s'étaient implantés là où se trouvaient déjà des membres de leur communauté. Puis, gagnant progressivement vers le nord, ils avaient fini par rejoindre Belleville.

Depuis, kebabs, couscous et autres sandwiches-merguez se faisaient rares. Ils cédaient chaque jour du terrain aux Ha Cao, nems ou canards laqués. Dans leur sillage, des herboristeries sortaient de terre. Des bouis-bouis crasseux qui proposaient à l'initié des plantes aux parfums exotiques et aux vertus étranges. Partout, sans faire de bruit, les enseignes rouge et jaune du grand Dragon dévoraient le bitume.

Christian connaissait mal ce coin. Comme tous les Parisiens, il sortait peu de son arrondissement. Un village dans la ville, dans lequel il mangeait, dormait, et travaillait. Pourtant, malgré ce handicap, le cadre lui était familier. Belleville ou le treizième, les Chinatown se ressemblaient. Elles abritaient des exilés aux origines hétéroclites, aux parcours différents, mais dont le destin se résumait en une idée commune.

Survivre.

Le policier remontait à présent la rue Rampal. Noire de monde, saturée de senteurs, débordant de néons. Des corps menus marchaient d'un pas rapide, ballet subtil de marionnettes discrètes. Aucun, jamais, n'entrait en contact avec lui.

Après cinq minutes d'apnée, il repéra le n° 67. Immeuble vétuste, branlant, comme fatigué d'être encore là. Une porte en bois rayé barrait l'entrée. Pas de noms ni d'interphone. Il pressa un bouton de cuivre et pénétra dans le bâtiment.

Le hall était miséreux, sans surprise, à peine éclairé par une applique vieillotte. Odeur de poussière. Pas d'ascenseur. Des boîtes aux lettres s'alignaient sur le mur, en partie défoncées.

Jimmy lui avait dit que le cours se trouvait au troisième. Le policier grimpa au pas de course et atteignit un palier délabré. Une plaque de plastique crème accueillait l'arrivant, rédigée en français.

Il sonna et entra, comme le recommandait le panneau.

L'accueil était modeste mais propre. Parquet de bois ciré, murs blancs, un canapé de velours vert et quelques magazines permettaient de patienter. Fixée aux murs sur des supports de bambou, une collection de sabres donnait le ton.

Personne.

Une longue minute, il patienta dans un silence total. Seule la rumeur de la rue planait dans l'air, étouffée, lointaine. Puis soudain, tel un signal guerrier, un cri transperça les cloisons. D'autres suivirent, variant dans les tonalités mais tous aussi intenses.

Le silence retomba aussitôt, comme s'il s'était agi d'un rêve.

Malgré lui, Christian sentit son pouls s'accélérer. Il avait reconnu le *Chi,* ce langage du ventre poussé jusqu'à la gorge par un torrent d'énergie pure. Des combattants, quelque part, s'affrontaient. Il en avait maintenant la certitude. Des joutes fulgurantes, brutales, portées jusqu'à l'incandescence avant de s'éteindre en une fraction de seconde.

Il s'assit et attendit. Si Wong Fat donnait un cours, il valait mieux le laisser terminer. Déranger un Maître pendant qu'il enseignait constituait une maladresse grave. Un mauvais point, qui ne le mettrait pas en position d'obtenir quoi que ce soit.

Un long quart d'heure, il suivit les assauts à l'oreille. Bruits secs des bâtons frappant les uns contre les autres, sons sourds des corps qui chutent, cliquettement des lames s'entrechoquant. Parfois des éclats de voix parvenaient jusqu'à lui. Puis des murmures, comme des conciliabules.

Enfin, il entendit des pas. Une multitude de pieds faisaient craquer le parquet, venant à sa rencontre.

Alors, tels des chevaliers d'un autre âge, les élèves de Wong Fat firent leur apparition. Asiatiques pour la plupart, de tailles et corpulences diverses, ils portaient tous un kimono de soie jaune pâle. Certains tenaient encore à la main des *Tie Chi,* sortes de dagues aux poignées recourbées, d'autres des nunchakus ou des hallebardes ornées des motifs symboliques. Leurs visages lisses étaient ceux de guerriers déterminés. Seule la sueur à leur front révélait l'intensité de l'effort accompli.

Ils traversèrent le hall d'entrée sans regarder Christian. Puis, aussi soudainement qu'ils étaient apparus, disparurent derrière une porte.

Le policier se leva aussitôt. Il n'avait pas vu Wong Fat et déduisit qu'il se trouvait encore dans le sanctuaire. Il remonta le couloir par lequel étaient venus les élèves. Au bout, une pièce haute de plafond, tendue de velours rouge et couverte d'un gigantesque tapis aux motifs compliqués. Placé au centre, il reconnut le Maître. Crâne rasé, carrure cubique et paupières closes, il méditait en position du lotus dans un kimono blanc.

Christian s'avança. Il allait ouvrir la bouche lorsque le bonze l'interpella.

– Venez. Approchez...

Le policier fit le salut rituel, inclinant la tête vers le bas tout en penchant à peine les épaules.

– Maître Wong Fat ?

Hochement de menton, à peine perceptible. Les yeux restaient mi-clos.

– Je m'appelle Christian Mayol. Je suis officier de police.

– Vous pratiquez également les arts martiaux. Votre façon de bouger est éloquente. Mais à quel titre êtes-vous ici ?

Français parfait, un peu académique, accent nasillard sur voix monocorde. L'ensemble avait une profondeur troublante.

Le commissaire avala sa salive. Il savait à qui il s'adressait et comment l'aborder. Le tigre se caressait dans le sens du poil. Il accordait ses faveurs, on ne lui imposait rien.

– J'enquête sur un homme que vous connaissez. Francis Humbert. Vous l'avez rencontré au gymnase Cheng Li, impasse Baudricourt dans le treizième.

– Désolé. Je ne vois pas.

Christian avança la photo.

– Tenez, regardez.

Les paupières s'ouvrirent. L'expression du visage semblait coulée dans le marbre.

– Ah oui... Effectivement. Je n'avais pas retenu son nom.

– Il est mort la semaine dernière. Une chute du dix-septième étage. Il est possible qu'il ait été assassiné.

– Possible ?

– Nous n'en avons pas encore la preuve et il ne s'agit peut-être que d'un suicide. Certains éléments nous obligent néanmoins à envisager cette hypothèse.

Un temps. Le Chinois prit une grande inspiration et souffla l'air lentement, par la bouche.

– Celui qui vit par la violence, périt par la violence. Sans doute a-t-il rencontré son destin.

– Que voulez-vous dire ?

– Que cette nouvelle ne m'étonne pas.

Le commissaire brûlait d'enfoncer le clou. Mais il devrait attendre. Laisser le Maître l'éclairer à son rythme, décider de ce qu'il voudrait bien lâcher.

Il affirma seulement, sur un ton déférent :

– Le sage sait toujours décrypter les cœurs...

Wong Fat sourit. D'un mouvement souple, il se remit debout. Plus petit que Christian, il possédait une densité impressionnante. On avait le sentiment de contempler un bloc de granit soudé au sol. En combat, le faire chuter devait relever du miracle.

Le Maître rajusta son kimono d'un geste précis et releva la tête. Pour la première fois, le flic voyait l'intégralité de son visage. Des traits sereins, derrière lesquels se lisait la marque de la puissance. Il ne put s'empêcher de fixer la cicatrice qui serpentait sous l'œil.

– Une erreur de jugé, fit tranquillement Wong Fat. Le sabre est un compagnon impitoyable.

Puis il sourit encore, comme si le fait était sans importance.

– Que souhaitez-vous savoir ?

– Ce que vous estimerez utile de m'apprendre.

– En vérité, je connaissais peu cet homme. Je ne l'ai croisé qu'une fois, à l'occasion d'une rencontre-exhibition organisée par Cheng Li.

– Vous avez combattu l'un contre l'autre ?

– Nous étions là pour ça.

– Quel genre d'adversaire était-il ?

Wong Fat croisa les bras. Il fixa Christian dans les yeux et répondit par une question :

– Quelle discipline pratiquez-vous ?

– Le Jeet Kune Do.

– Depuis longtemps ?

– Suffisamment.

Sourire entendu.

– Bien. Alors vous savez certainement ce qu'est le *Sanda.*

Christian connaissait le terme et l'associait à un souvenir précis. Un souvenir refoulé depuis si longtemps qu'il avait presque oublié.

Le regard de Wong Fat se fit plus pénétrant.

– Oui... Je crois que vous savez...

Le policier hocha la tête. Il énonça d'une voix tendue :

– C'est une forme de combat libre. Il synthétise l'ensemble des disciplines wushu à leur plus haut niveau. Techniques de frappe – pieds et poings – de lutte, mais aussi projections. Les combats sont très intenses. En compétition, trois rounds de deux minutes, souvent interrompus par un K-O. Pour ce type d'affrontement, les adversaires n'ont que des gants et des protège-dents.

– Un mince rempart quand on sait qu'à peu près tous les coups sont permis, confirma le Maître.

Un silence enserra ses paroles. Dans la mémoire du flic, les images remontaient au galop. Un tournoi auquel il avait assisté, salle Wagram, à une époque où sa douleur prenait toute la place. Il venait de perdre ses parents et ne voyait dans les arts martiaux que férocité, rage, pouvoir de destruction.

Cette soirée-là, le match s'était mal terminé. Deux petits Chinois, plus affûtés que des fils barbelés, s'affrontaient devant une salle chauffée à blanc. À un moment, l'un d'eux était tombé. Le ring était devenu rouge. Trois pompiers s'étaient précipités. Après vingt minutes d'efforts, ils avaient enlevé le corps dans une housse de plastique.

À partir de ce jour, la perception de Christian avait évolué. Il savait que sur un tatami, la violence faisait partie du jeu. Mais il acceptait désormais de la canaliser, de ne l'utiliser qu'en dernier recours. Il privilégiait l'évitement, l'esquive, le « combattre sans combattre » enseigné par les Maîtres. Une attitude qui permettait de décourager l'adversaire en neutralisant ses attaques. Pas en le détruisant.

Il demanda, afin de masquer son trouble :

– Humbert faisait de la compétition ?

– Pas à ma connaissance. J'ai seulement vu en l'affrontant qu'il maîtrisait parfaitement toutes les techniques du Sanda.

Le policier ne put s'empêcher de compléter la phrase.

– Mais pas son esprit.

– Difficile à dire... Néanmoins, je crois pouvoir affirmer que cet homme n'était pas en paix. J'ai ressenti chez lui une grande tension.

Par touches successives, le portrait se précisait. Pratique des sports de combat. Sujet puissant, belliqueux, en proie à une très forte pression interne. Le Maître l'avait senti. Son âme de guerrier avait capté le potentiel de destruction. Les circonstances de sa mort ne le surprenaient donc pas. Elles confirmaient en toute logique un parcours inscrit dans la brutalité.

Pourtant, malgré cette avancée, la question restait entière. Humbert avait-il retourné cette violence contre lui ? Ou l'avait-on aidé à sauter le pas ?

Un dernier détail perturbait encore le commissaire.

– Je suis passé à la fédération. Humbert n'y était pas inscrit. Vous ne trouvez pas ça étrange ?

Wong Fat se mit à sourire.

– Notre art est millénaire. Les fédérations n'en sont que l'ossature récente et... conjoncturelle. Rien ne l'obligeait à y adhérer.

– Même pour donner des cours ?

– Vous le savez comme moi, seule compte la transmission. Et la maîtrise.

Christian était désorienté. Il comprenait le principe mais avait du mal à réaliser qu'il puisse être appliqué dans un pays comme la France, où l'Administration est omniprésente.

Il demanda encore :

– Où pensez-vous qu'il ait pu être initié ?

– Le monde est vaste. J'imagine que lui seul le savait.

Un silence suivit ses paroles. Comme un mystère sur lequel le Maître n'aurait eu aucune prise. Wong Fat avait maintenant croisé les bras et regardait en direction de la porte. Le commissaire tourna la tête. Trois élèves attendaient, sans oser avancer.

Un coup d'œil à sa montre l'informa que l'entretien durait depuis une demi-heure.

Il salua à nouveau, conscient que le temps de s'éclipser était venu.

– Merci, Maître Wong Fat. Votre aide m'a été très précieuse.

Le bonze lui rendit son salut.

– Je ne vous ai pas appris grand-chose que vous ne sachiez déjà. Mais je peux néanmoins vous donner un conseil.

– Lequel ?

– Quand on souhaite comprendre son adversaire, ce ne sont pas ses gestes qu'on doit analyser. Bien au contraire. Il faut s'attarder sur ceux qu'il se retient de faire.

21

La rue brûlait encore d'effervescence.

Trottoirs bondés, supermarchés saturés, boutiques scintillantes. Une boule d'énergie pure, galvanisante et contagieuse, dont les atomes virevoltaient avec agilité dans une sarabande frénétique.

Christian aimait cette foule, sa densité, ce contact enivrant qui donnait le sentiment d'évoluer dans une matrice palpitante, de s'y dissoudre. Mais là, il avait besoin de calme.

Pour réfléchir.

Il retrouva sa voiture avec soulagement. Dans le silence de l'habitacle, les derniers mots de Wong Fat résonnèrent à nouveau sous son front : « Les gestes qu'il se retient de faire. »

Malgré tous ses efforts, le policier n'était pas parvenu à leur donner un sens concret. Il avait pourtant l'habitude des pensées fumeuses. D'une façon générale, les Orientaux s'en délectaient. Quand on y rajoutait la dimension spirituelle des Maîtres, elles devenaient une véritable forme de communication. Obscure, la plupart du temps.

Il tourna la clef de contact. Une nouvelle fois, la batterie rechigna. Il insista sans s'énerver, en se disant qu'il était temps de changer sa vieille Audi. Après tout, il en avait les moyens. Ses parents lui avaient laissé un joli petit pécule, qui fructifiait depuis quinze ans sans qu'il s'en préoccupe. Alors, pourquoi continuer à ramer dans une épave pareille ?

Quand le moteur démarra, il oublia tout de suite cette bonne résolution. Les préoccupations matérielles n'étaient pas son fort. Il se moquait du fric, du luxe, et de tout ce que la société de consommation tentait de lui imposer. Pour lui, l'essentiel était ailleurs. Il privilégiait son développement personnel, ses rares amis, et l'idée que la liberté était le seul bien qui vaille. En y réfléchissant, même son travail rentrait dans le schéma. Il permettait une grande autonomie, une progression en solitaire, à sa façon. C'était aussi pour cette raison qu'il avait pu continuer.

Sur un plan plus intime, Christian avait toujours refusé de se marier. Quant aux enfants, le concept lui paraissait surréaliste. Il impliquait trop d'engagement, de responsabilités, de risques de souffrance aussi. Il entretenait avec les femmes des relations purement physiques, et battait en retraite dès que l'une d'elles se mettait à parler d'avenir. Résultat, il était ce que l'on appelle un célibataire endurci. Ou pour les plus critiques, un cas désespéré.

Il quitta Belleville et rejoignit le boulevard périphérique par la Porte des Lilas. Peu de circulation, il serait chez lui en moins de dix minutes.

« Les gestes qu'il se retient de faire. »

Tout en roulant, le commissaire cherchait un angle d'attaque. Fallait-il prendre cette phrase sur un plan symbolique, ou au contraire, au pied de la lettre ?

Dans la première hypothèse, cela pouvait signifier qu'Humbert abritait une part d'ombre. Il le savait déjà. La réaction de Cheng Li, sa gêne quant aux activités de son « comptable » le démontrait. Idem pour le silence de la fédération sur un tel pratiquant. Mais cette face cachée d'Humbert, rien n'affirmait que Wong Fat l'ait totalement appréhendée. Il n'avait croisé qu'une fois la victime, et s'était contenté de livrer des impressions recueillies dans l'action.

La seconde hypothèse semblait en conséquence mieux adaptée. Elle renvoyait directement au combat, une lutte bien réelle à l'occasion de laquelle le Maître avait saisi l'intimité de son adversaire. Humbert s'était trahi pendant l'assaut. Un aveu implicite, révélé par son abstention et non par ses actes. Qu'avait-il tenté de cacher à Wong Fat ? Et surtout, qu'en avait déduit celui-ci ?

À moins qu'il ne s'agisse encore d'une autre piste. Une troisième explication, que son esprit occidental ne pouvait même pas concevoir. Au jeu des devinettes chinoises, toutes les projections étaient envisageables. Surtout les plus tordues.

Soudain, Christian se sentit dépassé. Sa passion pour la Chine, son engagement dans la voie du bouddhisme, ces atouts ne lui servaient pas à grand-chose. Comme dans tous les systèmes initiatiques, les mystères ne se levaient qu'au fur et à mesure. Ils révélaient leurs secrets à ceux qui avaient fait leurs preuves. Seulement quand ils étaient prêts. Et sur ce chapitre, Christian semblait avoir un train de retard.

Il espérait beaucoup en venant voir Wong Fat. Concrètement, il n'avait rien. Ou pas grand-chose. Seulement la certitude que la victime était un être hors du commun, un fauve, dont le parcours expliquait certainement la fin prématurée.

Suicide ou meurtre ? Il lui faudrait écrire la suite.

Il enclencha son clignotant. La Porte d'Italie approchait. Au loin, les tours de Chinatown se découpaient déjà dans l'air du soir. Avenue de Choisy, les restaurants pleins à craquer lui donnèrent des envies de se mettre à table.

C'est en savourant cette idée que la connexion se fit. Comment n'y avait-il pas pensé avant ? C'était pourtant une évidence.

Il regarda sa montre.

21 heures. L'heure du coup de feu. Le seul moment où il aurait une chance de le trouver.

22

Jean-Philippe Beaumont. Jean-Phi pour les intimes. Un mètre soixante-quinze, quatre-vingts kilos, essentiellement du muscle.

Signe particulier : sourit en permanence.

Contrairement aux apparences, cette expression figée ne devait rien à sa nature joviale. Encore moins à ses origines chinoises. Elle était simplement la résultante d'un accident, un mauvais coup qui avait eu pour conséquence de lui paralyser une bonne partie du nerf facial.

Jean-Phi n'avait pas abandonné les arts martiaux pour autant. C'était son oxygène, sa colonne vertébrale. Formé depuis son plus jeune âge, il leur avait consacré l'essentiel de son existence.

Officiellement, le jeune homme émargeait à la CRS n° 1, une unité d'élite basée à Vélizy-Villacoublay, chargée de la protection des hautes personnalités. En réalité, la Police nationale subventionnait cet athlète exceptionnel. Elle se disait qu'une partie de sa gloire lui reviendrait un jour.

Et elle avait raison.

Depuis l'année dernière, il était champion de France de Sanda.

Christian avait connu Jean-Phi par hasard. Un soir, trois ans plus tôt, où il dînait en solitaire dans un nouvel établissement de l'avenue de Choisy.

Dans le quartier, tout le monde parlait du Lotus d'Or. Le complexe s'étendait sur une surface de deux mille mètres carrés, une ruche en perpétuel mouvement, répartie sur trois étages et ouverte sept jours sur sept. Ce paquebot, sans doute le plus grand restaurant chinois de la capitale, était l'ultime acquisition des parents de Jean-Phi. Leur bâton de maréchal.

Comme tout Asiatique qui se respecte, le jeune Chinois avait le sens de la famille. Bien que né en France, il se souvenait que Beaumont était la francisation de Bo Dai, un patronyme très répandu dans la baie de Hong Kong. Dans ses rares temps de loisir, il servait en salle comme un simple employé, vidait les poubelles ou faisait même parfois la vaisselle.

Christian l'avait tout de suite repéré. Ou plutôt, reconnu. Malgré les petites lunettes lui donnant un faux air d'intello, en dépit de son éternel sourire et de ses cheveux sagement peignés, il évoluait comme un grand fauve. Une façon de se tenir, une assurance, impossible de passer à côté.

Au moment de régler l'addition, le commissaire s'était laissé aller à sa curiosité. Il l'avait d'abord lancé sur les arts martiaux, avant de dériver naturellement sur la police. En apprenant qu'ils pointaient tous les deux Place Beauvau, des liens s'étaient naturellement noués.

Ce soir, la salle monumentale du Lotus d'Or était chauffée à blanc. Pas une place libre, une noria de serveurs courant entre les tables, un brouhaha digne d'un hall de gare.

Christian plissa les yeux. Tout bougeait, tanguait, une sarabande infernale ponctuée de bruits de vaisselle. Enfin, il aperçut Jean-Phi. Chemise blanche, pantalon noir, il s'affairait au milieu de la foule, un plateau dans les mains.

Le policier plongea dans la cohue. Impression de touffeur, mélange d'odeurs, saturation des tympans. Il parcourut une bonne centaine de mètres avant d'atteindre son but.

– Salut, terreur.

– Christian ! Qu'est-ce que tu fous là ?

L'accent, proche de celui d'un titi parisien, surprenait toujours le commissaire.

– Il faut que je te parle.

– Maintenant ?

– T'en as pour combien de temps ?

– Deux heures. Minimum.

Christian hocha la tête.

– On fera avec. De toute façon, j'ai pas encore dîné.

Froncement de sourcils. Air désolé de Jean-Phi.

– On est complet. Une desserte, ça ira ?

– Du moment que tu ne me refiles pas les restes.

Le sourire du champion s'accentua. Il fit un signe de main. Comme par magie, une table apparut. Elle se couvrit d'une nappe blanche, d'un verre à pied et d'une assiette ornée de frises bleu nuit.

Le commissaire s'installa. Il commanda une soupe, des nems au soja, et un riz cantonais. Le tout arrosé d'un thé au jasmin. Il dégusta son menu favori en observant la clientèle. Curieusement, très peu d'Asiatiques venaient se restaurer au Lotus d'Or. Comme partout, les prophètes prêchaient rarement dans leur pays.

Quand il eut terminé, il allongea les jambes et attendit. Peu à peu la salle se vida. L'ambiance devenait plus calme, seuls quelques couples s'éternisaient en sirotant des sakés.

Enfin, Jean-Phi le rejoignit. Sa chemise était froissée, comme sa mine.

– Je suis vanné. On a fait plus de sept cents couverts.

– De quoi tu te plains ? Les affaires tournent.

– Je te rappelle que ce ne sont pas les miennes.

– Question de temps.

Le champion fit une moue. Reprendre la boutique familiale n'avait jamais été dans ses plans.

Il se remplit un verre d'eau et l'avala d'un trait.

– Tu voulais me parler ?

– J'ai besoin de tes lumières.

– Sur quoi ?

– Le Sanda.

– Tu comptes t'y mettre ?
– C'est pour le boulot.
Jean-Phi lui fit un clin d'œil et s'étira.
– Je préfère. Alors ? Qu'est-ce que tu veux savoir ?
– Wong Fat, tu connais ?
– Tout le monde le connaît. Il a des problèmes ?
– Non. Il m'a juste donné un conseil que je n'arrive pas à saisir.
Le jeune Chinois se gratta l'oreille.
– Pas étonnant. Avec les moines, vaut mieux avoir un décodeur.
– Un moine ?
– Shaolin pur jus.
Impossible à deviner. Wong Fat ne portait pas la tenue orangée de son ordre, même en combat. Son jeune élève à la fédération n'en avait pas fait état, et sa salle d'entraînement n'affichait aucun signe caractéristique. Pourtant, Christian n'était qu'à moitié surpris. Le discours du Maître collait bien à cette information. Empreint de double sens, avec cet art de la formule que maîtrisent parfaitement les mystiques.
Jean-Phi continuait :
– Il a été élevé à la maison mère, dans le monastère de la région du Hénan. Il pratique à peu près tout, mais s'est spécialisé dans les armes. Je crois qu'il est arrivé en France dans les années quatre-vingt, à l'occasion d'une tournée exhibition.
– Il a dû préférer la douceur du béton à l'austérité de ses montagnes.
– Sans doute...
Silence. Les raisons de cet exil n'étaient pas difficiles à saisir. Après avoir été pourchassés par les Gardes rouges, les moines jouissaient à présent d'une paix toute relative. De temps en temps, certains profitaient des autorisations de sortie délivrées par les autorités de Pékin pour se faire la belle. Dans ce contexte, on comprenait la discrétion de Wong Fat.

Jean-Phi enchaîna :

– Qu'est-ce qu'il t'a dit ?

– Je vais aller à l'essentiel. Dans les rencontres de Sanda, existe-t-il des codes entre les combattants ? Des gestes d'initiés, qui permettraient aux Maîtres de discerner chez l'autre une aptitude, ou un penchant particulier ?

– Genre... le cri qui tue ? ironisa le champion.

Christian leva les yeux au ciel.

– Jean-Phi, un homme est mort. Je dois comprendre.

Le jeune Chinois reprit son sérieux. Il ajusta ses lunettes et se cala dans sa chaise.

– Il n'y a pas de codes. Pas au sens où tu l'entends. Seulement une observation aiguë des réactions de l'adversaire.

– Comme dans tout art martial, non ?

– À une différence près. Le Sanda n'est pas une discipline ordinaire. Il synthétise toutes les techniques wushu. Et comme tu le sais, elles sont nombreuses. Quand tu affrontes quelqu'un, c'est l'inconnu total. Quels sont ses choix ? Chaque attaque, chaque parade va te donner une direction. Te permettre de le comprendre un peu plus.

– Tu veux parler de sa formation de base ?

– En gros, oui.

Christian songea au discours de Wong Fat. Il avait prétendu ignorer à quelle école Humbert se rattachait. Où il avait été initié. Sous un tel éclairage, l'affirmation devenait moins crédible.

– Pas la peine que je te fasse un dessin, compléta Jean-Phi. En compétition, tu dois rester opaque le plus longtemps possible.

La phrase du bonze résonna à nouveau sous son crâne. « *Les gestes qu'il se retient de faire* ». Soudain, le conseil sibyllin prenait tout son sens.

Le commissaire suggéra :

– En dissimulant certains enchaînements caractéristiques, par exemple.

– Par exemple. De cette façon, tu peux surprendre. Marquer des points.

– Tu crois qu'un Maître serait tout de même capable de les anticiper ?

– La véritable maîtrise permet de cerner son ennemi. De lever le voile sur ce qu'il veut te taire. Tout l'enjeu du Sanda est là.

Christian commençait à relier les points. Wong Fat était un moine Shaolin. Il avait su combiner les techniques de l'ancienne boxe chinoise, celles de la méditation Qi Gong, et les fondements de la philosophie bouddhiste. Avec une telle synthèse, il n'avait pas eu de mal à décoder les évitements d'Humbert. Malgré les précautions de son adversaire, il avait lu en lui comme dans un livre. Il savait certainement dans quelle branche du wushu le colosse avait fait ses premières armes.

Pourtant, le maître n'avait rien dit. Il s'était simplement contenté de suggérer une voie. Cette prudence démontrait que le parcours de la victime ne devait rien aux circuits traditionnels. Il s'inscrivait dans la marge, au creux d'une zone sombre dont le moine connaissait certainement l'existence.

Et sans doute aussi le danger.

Christian poursuivit l'exploration.

– As-tu déjà entendu parler d'écoles de wushu... « parallèles » ?

– À quoi penses-tu ?

– Je ne sais pas. Au côté obscur de la Force, par exemple.

Jean-Phi ricana.

– Tu vois trop de films.

Le commissaire sentit une gêne. On abordait la part spirituelle de la discipline, un terrain sur lequel ils avaient souvent échangé. Pourtant, cette fois, il y avait autre chose. Il enfonça le clou.

– Le Bien et le Mal sont des jumeaux. Tu t'en souviens ?

– C'est une image.

– J'aime les images. Elles sont souvent parlantes.

– Laisse tomber, Christian. Je ne te suivrai pas sur ce terrain.

– Pourquoi pas ?

– Parce que tu te plantes. Le wushu est avant tout une école de développement spirituel. Un outil au service du mieux. Il provoque la confrontation avec nos pulsions négatives dans un seul but : les dominer. Une école qui les favoriserait ne peut pas exister. Ce serait une hérésie.

Le ton du champion était devenu plus tranchant. Mayol leva les mains en signe de paix.

– Oublie. Tu as sûrement raison.

Jean-Phi acquiesça. Le débat était clos.

Mayol regarda sa montre. Minuit et demi.

– Je te fais faire des heures sup. Ta mère va me tuer.

– Ne t'inquiète pas. De toute façon, elle ne me paye pas.

Ils se levèrent, et s'embrassèrent. Déjà, le Lotus d'Or éteignait ses lampions et tirait son rideau de fer. Les tables, dressées pour le service du lendemain, évoquaient une salle des fêtes pétrifiée dans un cocon de naphtaline.

Christian se décida pour une balade à pied. Il n'avait pas sommeil. Le laïus de Jean-Phi ne l'avait pas convaincu, sa gêne confirmait son pressentiment. La piste s'orientait vers un monde noir, peuplé de forces obscures, où Francis Humbert avait dû faire ses armes.

La première étape consisterait à découvrir celui ou ceux qui avaient été ses Maîtres. Ainsi, Christian aurait une chance de pénétrer son âme, et de débusquer les démons qui avaient scellé son sort.

– V –

23

Après le déjeuner avec Mayol, Claire était rentrée au Palais.

Elle avait classé quelques papiers, passé deux ou trois coups de fil, et lu *Le Monde* en diagonale. Des petites tâches sans importance, qu'elle accomplissait tous les jours comme une façon de se mettre en jambes.

Cette fois, pourtant, aucun de ces rituels n'était parvenu à la distraire de son idée fixe. En lui cachant les qualités de Mayol, sa connaissance intime de l'esprit asiatique, le substitut Lunel avait essayé de la piéger. Un croche-pied minable, afin de la discréditer auprès de sa hiérarchie.

En temps normal, ce genre de mesquinerie l'aurait presque fait sourire. Les escarmouches entre collègues étaient monnaie courante, certains consacraient plus de temps à intriguer qu'à régler leurs dossiers. Mais compte tenu du contexte, l'attaque du substitut prenait une autre dimension.

Depuis la mort de Fabrice, Claire était devenue fragile. Tout le monde le savait, on guettait sa chute. Une réaction sans surprise, dictée par le principe darwinien de la sélection naturelle. Lorsqu'un animal était malade, ses congénères l'abandonnaient, ou parfois même le dévoraient.

La magistrate n'en nourrissait aucune rancœur. Elle vivait dans la jungle et connaissait ses règles. Pour chasser ces pensées déprimantes, elle avait décidé de se plonger dans le concret.

D'abord le dossier Habib, le plus urgent. La reconstitution de la veille était un point capital dans cette affaire, démontrant de façon éclatante que l'adolescente avait menti. Dans l'esprit de Claire, il n'était plus question de viol et peut-être même pas de rapport sexuel. Latifa s'était seulement servie de la Justice pour régler un compte privé avec son supposé violeur. Au fond, ce n'était rien de plus qu'une passion déçue, un cri de désespoir dont les conséquences avaient dépassé la jeune fille.

Claire avait immédiatement rédigé une note à l'intention de son greffier. Nouvelles convocations, nouvelles auditions, elle allait recadrer son instruction pour faire jaillir la vérité. Ainsi, Habib serait libéré sous peu et tout rentrerait dans l'ordre.

Une fois ce problème réglé, la juge avait revisité le planning de sa semaine. En cette période de vacances judiciaires, il comportait très peu d'obligations, seulement quelques actes à accomplir imposés par les délais de la procédure.

Restait enfin le dossier Humbert... Une affaire a priori banale, mais dont les derniers développements lui laissaient dans la gorge un goût amer.

Il y avait d'abord eu l'obligation de coopérer avec Lunel. Une configuration malsaine compte tenu de leurs relations. Les manigances du substitut, pointées par le commissaire Mayol, n'avaient fait que le confirmer. Mais surtout, Claire revoyait sa propre réaction. Brutale, émotionnelle, sans le moindre recul. Elle s'était crue obligée de rembarrer un enquêteur, tout simplement parce que Lunel tentait de le lui imposer. À aucun moment, elle n'avait essayé de voir plus loin. Une erreur qui aurait pu lui coûter cher.

Claire soupira. Pour ses collègues, son état ne serait pas une excuse. Elle devait être encore plus vigilante. Aujourd'hui, elle en prenait conscience, son principal ennemi c'était elle.

Elle ouvrit le dossier d'un mouvement sec, maintenant décidée à prendre les choses en main. Elle s'attela d'abord à classer les pièces, les numérotant par cotes séparées. Puis elle reprit un à un les éléments qui lui semblaient les plus intéressants.

Le réquisitoire introductif tout d'abord. Le parquet avait demandé l'ouverture d'une information contre X du chef d'homicide volontaire. Pas de détails, seulement le visa des faits et des articles du Code pénal qui soutenaient la prévention. Puis elle passa aux procès-verbaux établis par les enquêteurs dans le cadre des premières constatations.

Le P-V de synthèse avait été rédigé par Mayol lui-même. Il s'ouvrait sur la découverte du corps en bas de l'immeuble, continuait par une perquisition au domicile de la victime, et mentionnait ensuite chacune des auditions de témoins : voisins, badauds, commerçants, ainsi que les quelques enfants qui avaient assisté à la chute. Tous les procès-verbaux étaient visés dans le document, on pouvait s'y reporter facilement pour plus de précisions.

En lisant la prose du commissaire, Claire fut surprise d'y découvrir un style original, à la fois élégant et concis, très éloigné de celui qu'utilisaient habituellement les policiers. Visiblement, ce type connaissait la langue française et l'exploitait en virtuose. Cet élément confirma ce qu'elle avait ressenti du personnage. Un flic étrange, non conventionnel, loin des stéréotypes du genre.

Elle reposa la synthèse et s'immergea dans les détails.

Cote D12 : Fiche de levée de corps.

Après l'autopsie, cette pièce n'apportait pas grand-chose de neuf. Humbert était déjà mort à l'arrivée des secours, ce qui semblait logique compte tenu de sa chute. Le rapport, dressé à 23 h 17 par le médecin légal de permanence, concluait au vu des premiers éléments à une défenestration. Sur les antécédents de prise toxique, tentative de suicide ou maladie potentiellement mortelle à brève échéance, rien. Il aurait fallu, pour en être informé, que la victime ait de la famille, ou tout au moins quelqu'un susceptible de connaître son histoire. Mais d'après les premiers témoignages, l'homme vivait seul...

Cote D15 : Procès-verbal de perquisition.

Mayol avait fait appel à un serrurier pour pénétrer dans l'appartement. Le domicile d'Humbert avait été localisé très vite, grâce au gardien de l'immeuble. Difficile de ne pas se souvenir du grand costaud vivant au dix-septième étage...

Une fois à l'intérieur, les enquêteurs s'étaient contentés d'effectuer quelques vérifications superficielles. Armoire à pharmacie, toilette et douche, poubelles, autant d'endroits où l'on pouvait découvrir les restes d'une ingestion médicamenteuse. Ces recherches n'ayant rien donné, ils avaient seulement saisi quelques papiers personnels concernant l'identité de la victime.

Claire leva la tête, songeuse. Cette façon de procéder n'évoquait pas une présomption de crime. En arrivant sur les lieux, les hommes de Mayol pensaient sans doute être en présence d'un suicide. Une déduction logique, puisque l'appartement était fermé de l'intérieur et qu'ils n'avaient pas relevé de traces de lutte.

Pourtant, d'après le doyen Kuong, on avait entendu des cris un peu avant la chute. Des cris qui avaient soulevé l'hypothèse d'une rixe et motivé une ouverture d'information. Pourquoi les policiers n'en avaient-ils pas tenu compte ?

La magistrate mâchouilla son stylo. Une telle erreur d'aiguillage ne pouvait s'expliquer que d'une façon. Dans le feu de l'action, les policiers s'étaient précipités chez la victime. Ils avaient trouvé un appartement vide, rangé au millimètre, comme si Humbert avait mis ses affaires en ordre avant de se décider pour le grand saut. Le témoignage décisif n'avait dû être rapporté qu'un peu plus tard, pendant l'enquête de voisinage. C'est là, seulement, que tout avait basculé.

Elle reprit le P-V de synthèse, à la recherche de cette déclaration pivot. Une vingtaine de témoignages avaient été recueillis, sans intérêt. Enfin, elle tomba sur le bon.

Cote D28 : Déclaration de Mme Jeannine Wan, propriétaire de l'appartement mitoyen de celui de la victime.

Claire se reporta au document. La vieille dame habitait sur le même palier, l'appartement contigu, et semblait donc être le témoin le plus direct. Elle avait indiqué à la police qu'elle regardait la télé quand un cri était monté de la terrasse d'à côté. Il devait être environ 23 heures, la série de l'été venait de se terminer. Mme Wan croyait avoir reconnu la voix d'Humbert, mais – ce détail faisait la différence – n'en était pas certaine.

La magistrate releva la tête. Tout reposait sur cette femme. Un témoignage ambigu, qui pouvait laisser envisager la présence d'un tiers. C'est cet élément qui avait poussé le parquet à creuser plus profond.

Elle soupira. Les fondements de l'enquête se précisaient, mais le problème Lunel la tourmentait toujours. Sa présence allait transformer cette instruction en un calvaire sans fin. Un combat de plus, à l'intérieur de son propre camp. Elle ne s'en sentait pas le courage.

Claire referma le dossier et décrocha son téléphone. Une seule personne pouvait l'aider à faire cesser ce jeu stupide.

Il était temps de l'appeler.

24

Marc Rivière l'avait reçue tout de suite.

En fin d'après-midi, il était généralement dans son bureau, en train de passer au crible les dizaines de procédures ouvertes quotidiennement par le parquet de Paris. Deux heures pendant lesquelles il s'isolait du monde, concentré à l'extrême en écoutant des suites de Bach.

Mais Claire n'était pas « le monde ». Pour elle, la règle commune ne s'appliquait pas. Depuis la mort de Fabrice, l'homme qui avait été l'ami de son mari l'avait prise sous son aile.

Elle l'embrassa et s'assit face à lui, dans un des sièges Empire réservés aux visiteurs.

– Marc, j'ai un problème.

Rivière fronça les sourcils.

– Ce n'est pas trop grave, j'espère.

– Non. Seulement gênant.

Le procureur s'adossa à son fauteuil. Il était en bras de chemise, portait une cravate en soie bleue qui contrastait élégamment avec l'argent de ses cheveux. On devinait à son long buste qu'il était particulièrement grand. Il retira ses lunettes demi-lunes et se frotta les yeux.

– Que se passe-t-il ?

– C'est Lunel.

– Lunel ?

– Tu lui as confié un dossier la semaine dernière. Une affaire de défenestration.

– Oui. Je m'en souviens. Un certain... Humbert, je crois.

La mémoire de ce haut magistrat était phénoménale. De plus, bien que placé au sommet de la pyramide, il se refusait à déléguer ce qu'il considérait être le cœur du métier : la qualification des faits, l'engagement des poursuites. Il avait donc un œil sur tout, décidant en dernier ressort des fondements d'une action et du substitut vers qui il dirigerait l'affaire.

Claire continua :

– Lunel a demandé l'ouverture d'une information et Kuong me l'a refilée.

– Oui...

Soudain, devant l'absence de réaction, la jeune femme se sentit stupide. Une gamine venant cafter auprès du prof après la récré. Elle secoua la tête.

– Oublie. C'est ridicule.

– Vraiment ?

– Je ne sais pas ce qui m'a pris de venir te déranger. Je vais me débrouiller.

Rivière n'était pas homme à se contenter d'une dérobade. Il insista avec douceur.

– Je t'en prie, Claire. Explique-moi.

La jeune magistrate sentit une boule d'émotion remonter dans sa gorge. Depuis quelque temps, le moindre signe de compassion à son égard la bouleversait.

Elle serra les dents et énonça d'une voix contrôlée :

– J'ai eu un différend avec lui, l'année dernière.

– Ah bon ?

– Tu me connais. Je ne me suis pas gênée pour lui exprimer ma façon de penser.

– J'imagine.

– Depuis, on s'évite. Mais là, pas de chance, il a fallu qu'on soit de permanence en même temps. Du coup, on se retrouve coincés ensemble sur ce dossier.

Rivière écoutait avec attention. Ses yeux n'exprimaient rien. Il finit par demander :

– C'est si dérangeant que ça ?

– Oui. Il m'a déjà glissé une peau de banane et j'ai le sentiment qu'il ne va pas s'en tenir là.

Un sourire amusé éclaira le visage du chef de cour.

– Claire... Tu exerces ton métier depuis suffisamment longtemps pour savoir que ce n'est pas important.

– Je sais... Mais ce type est un vicieux. Je suis certaine qu'il va me poser des problèmes.

Le procureur posa ses coudes sur le bureau.

– Tu veux que je le débarque ?

– J'étais venue te le demander.

Il y eut un long silence. Les traits du parquetier s'étaient durcis, creusant un peu plus l'ombre de ses joues. Enfin, il laissa tomber :

– Ce n'est pas possible.

– Pourquoi ?

– Parce que je ne te rendrais pas service.

La jeune magistrate sentit la pièce se resserrer d'un cran. Elle croisa les jambes et se composa un air dégagé.

– Je vois...

– Non. Je ne crois pas...

Rivière avait lâché cette phrase d'un ton plus sec. En une fraction de seconde, il était redevenu le procureur glacial qui incarnait la répression à Paris depuis bientôt dix ans.

Il expliqua :

– Lunel est vice-président du Syndicat de la magistrature. C'est un minable, je te le concède, mais sa capacité de nuisance est bien réelle.

– Ne me dis pas qu'il te fait peur, provoqua Claire.

– Peur ? Non. Je n'ai personnellement aucune raison de le craindre. Néanmoins...

Il s'interrompit et redressa son buste. Sous les lambris de son cabinet, il incarnait à cette seconde l'essence même du pouvoir.

– Néanmoins, je n'ai pas besoin de soulever une polémique en ce moment. Tout le monde connaît les relations que j'entretenais avec ton mari. Et l'amitié que je te porte également. Si j'interviens, Lunel utilisera ces arguments afin de t'enfoncer un peu plus. Par la même occasion, il en profitera pour m'égratigner au passage.

– Très bien. Alors je demanderai à Kuong de désigner un autre juge.

Rivière resta de marbre.

– Ce serait stupide. C'est exactement ce qu'ils attendent à la Chancellerie. Ton mariage avec Fabrice avait fait grincer pas mal de dents, tu es au courant. Mais il n'y a pas que ça. Depuis sa mort, certains pensent que tu n'es plus en mesure d'assumer tes fonctions. Si tu te fais dessaisir, tu leur fourniras un bon prétexte pour te saquer.

– Qu'est-ce qu'ils peuvent faire ? Tu sais aussi bien que moi que je suis inamovible.

Le chef de cour eut un sourire énigmatique.

– Sur le papier... Dans les faits, personne n'est intouchable.

La réalité rattrapa la jeune femme. Que pouvait-elle contre une administration aussi puissante que la Justice ? Soudain, elle se sentit très seule, un animal blessé errant dans une savane en feu.

– La fuite n'est jamais une solution, reprit Rivière d'un ton plus doux. Tu dois te ressaisir. Affronter la réalité. C'est le seul moyen d'avancer.

Elle se leva.

– Merci pour ton aide. Mais ne t'en fais pas. Je vais me débrouiller.

– J'ai confiance en toi, Claire. Je suis certain que tu vas y arriver.

25

Claire traversa les couloirs du Palais d'un pas rapide. En fin d'après-midi, l'agitation habituelle avait laissé la place à une torpeur tranquille. Quelques ombres indécises hantaient encore les lieux, rasant les murs et se hâtant vers la sortie.

La magistrate avait du mal à respirer. L'entretien avec Rivière avait agi comme un catalyseur, déclenchant sans crier gare une nouvelle crise d'angoisse.

En arrivant dans son refuge, elle s'enferma à clef. Peu à peu, la vague reflua. Claire attendit encore un peu, immobile. Son psy avait peut-être raison. À force de tirer sur la corde, elle finirait par rompre. Quelle serait l'étape suivante ? Une syncope en pleine rue ? Des hallucinations ? Il était plus qu'urgent de se ressaisir.

Elle se servit un grand verre d'eau et s'installa dans son fauteuil. Première mesure, s'immerger dans le réel. Prendre le taureau par les cornes, là où il l'avait déjà blessée. Il faudrait travailler avec Lunel. Parfait. Elle allait lui faire mordre la poussière. Mais il était indispensable de se donner de l'avance, de se positionner. C'était son enquête, elle devait se comporter comme la patronne.

Elle reprit le dossier. Par où commencer ? Les indications qu'il contenait étaient bien minces. Suicide ou meurtre ? Rien ne permettait pour l'instant d'affirmer quoi que ce soit. Il faudrait retourner sur les lieux, fouiller encore, éliminer chaque possibilité, jusqu'à se forger une conviction.

En attendant, elle n'avait qu'une seule voie à explorer. Celle du passé de la victime. Quand un homme mourait de mort violente, il y avait toujours une raison à cela. Une explication qui se nichait dans son histoire, et qui justifiait rétrospectivement le drame. Peu importait la façon dont Humbert avait fait le grand saut. La réponse viendrait de toute façon, quand elle aurait compris qui il était.

Elle regarda sa montre et alluma son ordinateur. Il lui restait une heure avant son prochain rendez-vous. Largement le temps de partir à la pêche.

Claire commença par le plus accessible. Le casier judiciaire. Elle se connecta sur le site du ministère de la Justice et entra son code personnel. Après quelques minutes de recherches, elle n'avait trouvé sur Francis Humbert qu'une fiche indiquant la mention : « Néant ».

Ce coup d'épée dans l'eau ne signifiait pas pour autant que la victime ait été une oie blanche. Beaucoup de condamnations mineures étaient régulièrement effacées de la banque de données, lors des lois d'amnistie. Pour les délits plus graves, une procédure spécifique permettait, dans certains cas, d'en faire radier la mention.

Elle parcourut ensuite les différents fichiers utilisés par la police. Les traces laissées sur ces registres s'effaçaient plus difficilement que sur le grand livre de la Justice. Mais là non plus, il n'y avait rien. L'homme, de près ou de loin, ne semblait pas s'être frotté aux rouages de la machine judiciaire.

Un règlement de comptes était donc a priori exclu. Ou tout au moins, un conflit de truands. Humbert ne frayait pas avec la population pénale, qui n'avait aucune raison de lui faire payer une quelconque addition.

Il fallait donc chercher ailleurs. Une vengeance d'ordre privé s'il s'agissait d'un meurtre. Ou un désespoir profond en cas de suicide. Dans un cas comme dans l'autre, il fallait explorer la sphère intime. Ces territoires mouvants sur lesquels beaucoup d'êtres s'enlisaient, avant d'y être engloutis.

Elle quitta l'écran satisfaite. Concrètement, ses premières investigations ne donnaient pas grand-chose, seulement une direction, fruit d'une intuition qu'il lui faudrait maintenant étayer. Mais elle se sentait mieux. Apaisée, forte, capable maintenant de reprendre les choses en main. Demain elle appellerait Mayol. Elle lui ferait part de ses recherches, de ses impressions, et le lancerait sur le terrain.

En attendant, elle avait un autre combat à mener. Un rendez-vous qu'elle redoutait, point de passage obligé sur son chemin de reconstruction.

Là non plus, elle n'avait pas le choix.

26

Le lourd panneau de bois s'ouvrit dans un claquement, révélant un porche orné de statues blanches.

Claire parcourut les quelques mètres la séparant de l'entrée A et pénétra dans le hall. Calme. Silence. Le tumulte de l'avenue de Wagram n'était plus qu'un souvenir.

Ce soir, elle préférait éviter l'ascenseur. L'idée d'un espace clos lui donnait des sueurs froides. Elle gravit l'escalier monumental, orné de velours rouge et d'une rampe en fer forgé.

Tout en montant, la magistrate se préparait à affronter l'épreuve. Cette rencontre l'angoissait. Comme chaque fois, elle ferait resurgir des images douloureuses.

Elle parvint au troisième. En découvrant son reflet dans la glace du palier, Claire frissonna. Des yeux cernés, un teint brouillé, que même l'épaisse couche de fond de teint ne parvenait à rehausser. Elle détourna les yeux de cette vision pénible et sonna.

La porte d'entrée s'ouvrit toute seule, commandée par un système électrique. Elle entra dans l'appartement en songeant à son psy. Ici non plus, elle ne croisait jamais personne. Un désert de courants d'air où flottaient des secrets...

Elle se dirigea vers la salle d'attente. Vide. Florence Grand s'arrangeait toujours pour lui donner rendez-vous à des moments creux. Une façon de la protéger, de lui éviter toute rencontre inopportune.

Claire patienta dix bonnes minutes sur un long canapé beige. Elle feuilleta des magazines d'un œil absent, incapable de chasser la question qui tournait en boucle dans sa tête. Qu'avait Florence de si important à lui dire ? Depuis deux ans, son avocate travaillait d'arrache-pied sur le dossier de Fabrice. Elle en avait fait une affaire personnelle et semblait très confiante sur son issue. Mais là, sa voix n'augurait rien de bon...

La magistrate leva les yeux en entendant le grincement des gonds.

– Excuse-moi. J'étais en ligne.

Maître Florence Grand se tenait dans le chambranle, lunettes dans les cheveux, portable encore vissé dans la main gauche. Claire s'avança. Elles s'embrassèrent.

– Ça va, toi ? demanda l'avocate.

– On fait aller.

Sourire tendre. Impression d'une enveloppe de douceur qui se déploie soudain. Florence était ce genre de femme. La cinquantaine épanouie, un visage clair où scintillaient deux grands yeux verts. Elle portait un chemisier rose pâle, lacé sur le devant, et un pantalon noir révélant des formes généreuses. Quand on la regardait, on ne pouvait s'empêcher de songer à une bordée d'enfants, à des goûters glissés dans des cartables, à des histoires lues sous les draps...

Pourtant, Florence n'avait jamais connu tout ça. Elle vivait seule, ou presque, n'avait pas été mère, et se consacrait corps et âme à son unique passion : la défense des victimes. Ce combat d'une vie en avait fait une spécialiste reconnue, dont les prises de position avaient parfois permis de changer les lois.

– J'ai de mauvaises nouvelles, annonça l'avocate.

Claire se tassa dans son fauteuil. Les deux femmes étaient maintenant assises face à face, de part et d'autre d'un grand bureau en acajou verni. La pièce, surchargée de papiers, de livres et de dossiers, semblait s'être encore rétrécie.

Florence laissa passer un temps avant d'expliquer :

– J'ai reçu un appel de Martel, ton collègue en charge de l'instruction. Il vient d'y avoir un fait nouveau.

– Un fait nouveau ? Je ne vois pas...

– Attends... Il ne s'agit pas du dossier à proprement parler mais de Foulon. J'ai peur qu'on se dirige vers un non-lieu.

– C'est impossible. Le rapport d'expertise psychiatrique l'a reconnu comme étant responsable au moment des faits.

– Je sais... Mais l'assassin de ton mari a...

L'avocate s'interrompit. Les rides qui barraient son front s'étaient creusées un peu plus.

– Il a étranglé son compagnon de cellule, lâcha-t-elle enfin.

– Quoi ?

– Et ce n'est pas le plus grave... Il lui a ouvert le thorax avec une lame de rasoir et a prélevé un morceau de poumon. Ensuite...

Nouvelle césure dans le discours. Puis l'inconcevable.

– Ensuite, il l'a mangé.

Un silence... Une rumeur sourde montait de la rue, lointaine, comme celle d'un monde auquel elles n'appartenaient plus.

Claire brisa cette parenthèse la première.

– Foulon n'est pas fou. Il a très bien pu imaginer ce scénario sciemment, pour se soustraire à ce qui l'attend.

– Possible... Mais il y avait un autre codétenu avec eux. Il a tout vu. Et son témoignage ne va pas dans ce sens.

Tout était dit. Pour Claire, les conséquences découlant de cette horreur ne faisaient aucun doute.

– Il va y avoir une nouvelle expertise psychiatrique. Ce salaud va s'en sortir...

Florence hocha la tête. Rompue aux subtilités de la procédure, elle ne se faisait pas d'illusion sur la suite.

– Je suis désolée. Vraiment...

Claire sentit des larmes rouler sur ses joues. Il n'y aurait pas de procès. On lui volait l'unique occasion de purger sa souffrance. Elle devrait vivre avec sa haine, éprouver chaque jour le sentiment d'une vengeance avortée, d'une frustration qui la consumerait jusqu'à la fin.

Elle se redressa d'un coup et laissa tomber d'une voix blanche :

– Je ne peux pas... On va se battre.

– Ma chérie...

– L'article 122-1 du Code pénal prévoit que l'altération du discernement doit se situer au temps de l'action. Or ce n'était pas encore le cas quand Foulon a tiré sur Fabrice.

Florence la caressa du regard. Ses yeux trahissaient son embarras.

– La jurisprudence est contre nous. Tu as toi-même participé à son élaboration. Tu sais très bien que la démence postérieure à l'action suspend aussi l'action publique. Il y aura une ordonnance de non-lieu et Foulon sera placé dans un établissement spécialisé. C'est couru d'avance.

– On relèvera appel de cette décision devant la chambre de l'instruction.

– On a une chance sur un million de les convaincre.

– Je sais. Mais il faut la tenter.

Soudain, la magistrate se sentait capable de déplacer des montagnes. Une force nouvelle courait en elle, puisée aux sources mêmes de sa douleur : Foulon devait payer. Il n'était pas question de le laisser se réfugier dans la nébuleuse molle des asiles. Une prison médicale, plus douce et plus compréhensive que l'univers carcéral, et dont il sortirait peut-être un jour prétendument « guéri ».

Non. Elle lui souhaitait le pire. Une maison d'arrêt surpeuplée, crasseuse, où seule régnait la loi de la jungle. Des codétenus agressifs, qui en feraient leur chose. Une vie à contempler le ciel au travers des barreaux, coincé à six dans une cellule de neuf mètres carrés...

Mais Claire savait qu'il y avait plus encore. Elle aurait voulu le voir mort. Une pulsion viscérale qui la submergeait parfois comme un torrent en crue.

Elle se reprit et fixa l'avocate dans les yeux :

– J'ai besoin de ce procès, Florence. Tu es la meilleure et c'est pour ça que je t'ai choisie. Alors je t'en prie, fais en sorte qu'il ait lieu.

– VI –

27

Après avoir quitté La Renardière, Michel Diallo avait tenté sa chance chez les Frébault. Les métayers vivaient sur le domaine, ils pouvaient avoir des infos. La visite avait tourné court. Porte close, personne à l'horizon, aucun signe de vie.

Le policier était rentré au poste. Une autre recherche l'y attendait, plus excitante. Plonger dans le passé de la victime, démonter les rouages de son intimité. En un mot, voir ce que Laurent Charvet avait dans le ventre.

L'esprit en fusion, il avait passé la fin d'après-midi derrière l'écran de son ordinateur. Il s'était connecté aux principales banques de données auxquelles son statut de flic lui permettait d'accéder. Urssaf, fisc, Assedic, Unedic... En vain. Chaque fois, c'était le même désert. Le même cul-de-sac.

Laurent Charvet n'avait jamais travaillé. Officiellement, en tout cas. Il n'avait donc pas pris la peine de déclarer son existence auprès d'une quelconque Trésorerie, et encore moins celle de verser son obole à l'État. Plus surprenant, il n'avait jamais pointé au chômage, ni jamais demandé quoi que ce soit au système. En toute logique, ce dernier l'ignorait.

À croire que ce type débarquait de la Lune. Seule piste concrète, si on pouvait parler de piste, l'homme émargeait dans les listings de la Sécu. D'abord à Nogent, comme l'avait indiqué le procureur, mais également à Paris. L'inscription y était plus ancienne, un simple numéro répertorié à la caisse du septième arrondissement, son lieu de naissance.

Enfin, Michel avait terminé son investigation virtuelle par Internet. Parfois, le Web réservait des surprises. Mais là aussi, il avait dû déchanter. La Toile ne parlait que d'Arnaud Charvet, répertorié dans de multiples pages pour ses activités au sein de Daylon SA, une banque d'affaires dont les bureaux étaient à La Défense.

Pas un mot sur Laurent, son frère.

Un moment, le policier avait songé à prendre le téléphone. Un coup de fil au banquier, un rendez-vous peut-être, légalement il aurait pu. Mais la tournure que prenaient les choses l'en avait dissuadé. Si Laurent dissimulait un secret, et surtout si son frère le partageait, ce n'était certainement pas à un flic qu'il le révélerait. De plus, Hénaut, le procureur de Chartres, ne supporterait pas la méthode. Il lui tomberait dessus à bras raccourcis et serait tenté de lui enlever l'affaire.

Diallo s'était donc décidé pour une approche plus subtile. Une bonne vieille enquête de terrain, qui n'éveillerait pas l'attention de ses supérieurs. On l'avait chargé de faire la lumière sur un accident mortel de la circulation, il allait s'y employer. Les questions qu'il poserait, personne n'en connaîtrait la teneur. Lui seul déciderait de ce qui méritait ou non d'être rapporté. Ainsi, il entrerait par effraction dans l'existence de la victime. Jusqu'à ce qu'il trouve. Et que les preuves soient suffisamment solides pour éviter de se faire doubler.

Michel marchait maintenant dans l'avenue du Général-de-Gaulle. L'artère principale de Nogent-le-Rotrou s'était vidée. 19 heures et des poussières, les honnêtes gens regardaient les infos régionales avant de passer à table.

Il se dirigea vers le café de la Poste, un immense bar-tabac évoquant une brasserie parisienne, situé à quelques enjambées du commissariat. Le policier avait choisi de commencer par les débits de boissons. À son niveau d'alcoolisation, Laurent devait forcément les fréquenter...

La terrasse était inondée de soleil. Des langues de miel semblaient couler du ciel, caressant les bras nus de deux routardes avachies devant une bière.

Diallo pénétra dans l'établissement. La salle, vide, exhalait une odeur agressive, mélange d'anis et de sciure. Cinq ou six poivrots s'arsouillaient au comptoir, consciencieusement, ponctuant leurs libations d'éclats de voix.

Aussitôt, les têtes se tournèrent. Dans un bled comme Nogent, un Black ne passait pas inaperçu. Surtout s'il était flic. Michel s'approcha et salua Roger, le patron. Les deux hommes se connaissaient un peu, le policier venait parfois entre midi et deux avaler un sandwich sur le pouce.

– Lieutenant ! Qu'est-ce que je vous sers ?

Chemisette à carreaux et lunettes Afflelou, Roger la jouait commercial. Michel s'accouda au zinc, près de la caisse enregistreuse.

– Donnez-moi un panaché.

Sourire professionnel.

– Un panaché. C'est parti.

Pendant que la mousse coulait, le policier lança un regard circulaire. Les habitués l'observaient à la dérobée, visage fermé. Ils avaient repris leurs discussions un ton en dessous.

Roger posa le verre.

– Des olives ?

– Non, merci.

Michel sortit la photo qu'il conservait sur lui.

– Vous avez déjà vu cet homme ?

Le tenancier se pencha sur le cliché.

– Non. Qui est-ce ?

– Laurent Charvet.

– Charvet ? Comme le propriétaire de La Renardière ?

– C'est ça...

– Quelqu'un de sa famille ?

– Son frère. Le conducteur qui a trouvé la mort dans l'accident de dimanche dernier, sur le passage Hauquier.

La mine du patron s'assombrit. Difficile de savoir si c'était sincère.

– Dommage... Il avait l'air jeune. Mais bon... Les jeunes, ils roulent n'importe comment. Après, faut pas s'étonner...

Michel acquiesça, sans faire de commentaire. Quand on le lançait sur ce genre de sujet, Roger pouvait tenir des heures. Diallo le recadra en douceur :

– On recherche la personne qui conduisait l'autre véhicule.

– C'était marqué dans le journal. Si vous voulez mon avis, c'est encore un de ces petits cons qui prend la route pour un circuit de Formule 1.

– Possible... Si vous entendiez quoi que ce soit pouvant nous aider à l'identifier, n'hésitez pas à nous en faire part.

– Comptez sur moi.

Le Black avala son panaché et régla l'addition. Après ce premier coup d'épée dans l'eau, il allait falloir appâter de nouveau. Il s'approcha du petit groupe qui occupait le comptoir et la joua frontal.

– Messieurs... fit-il en présentant sa carte. Je suis le lieutenant de police Michel Diallo, du commissariat de Nogent. J'aurais besoin de votre attention quelques minutes, s'il vous plaît.

Hochements de tête. Marmonnements inaudibles. Les types se redressèrent un peu.

– J'enquête sur l'accident qui a eu lieu samedi dernier, poursuivit le policier. L'homme qui a été tué s'appelait Laurent Charvet. L'un d'entre vous le connaissait ?

La seule évocation du patronyme provoqua une tension supplémentaire. Les alcoolos se regardèrent, cherchant mutuellement celui qui prendrait la parole.

Enfin, un petit bonhomme en bermuda leva le nez. Il frisait la quarantaine mais semblait usé. Des traces de ciment sec lui maculaient encore les joues, comme des peintures de guerre. Il demanda d'une voix inquiète :

– C'est de monsieur le comte que vous parlez ?

Le policier s'étonna. Personne, jusqu'à présent, n'avait fait mention d'un quelconque titre de noblesse.

Il précisa à nouveau :

– Son petit frère.

Le soulagement se lut sur les faces couperosées. Les piliers de comptoir secouèrent la tête en chœur, affirmant leur ignorance dans un aveu muet.

Michel soupira. Sans trop y croire, il fit circuler la photo. Le cliché passa d'une main à l'autre, comme une relique dans un parterre de curés.

Soudain, un regard s'éclaira :

– C'est Patrick !

Diallo répéta d'une voix atone :

– Patrick ?

L'homme, un gras du bide aux longs cheveux frisés, confirma :

– Je l'ai croisé deux ou trois fois. Au bar des Cèdres. J'aime pas trop cette taule, mais le lundi, c'est ça ou rien. Vu que Roger est fermé...

Les autres se poussèrent du coude en s'adressant des sourires entendus. Vexé, le gros essaya de faire diversion.

– Alors Patrick... Ou Laurent, d'après ce que vous dites, était le frangin de monsieur le comte ? Merde... J'arrive pas à le croire.

Michel, pour sa part, saisissait sans mal les raisons de cette fausse identité. Elle confirmait ses intuitions quant à la personnalité embarrassante de la victime.

Il tenta d'approfondir.

– Vous pouvez me parler de lui ?

Gras-double ricana.

– Je lui ai jamais causé. Il avait une bande de potes et y restaient dans leur coin. Mais je peux vous dire que ça y allait. C'était tournée sur tournée. À la fin, y mettaient même plus d'eau dans le pastis.

Les visages s'épanouirent en une approbation tacite. Au

pays des poivrots, les performances forçaient toujours le respect.

Michel sentit qu'il progressait. Il demanda au gros :

– C'est où, le bar des Cèdres ?

Soudain, une gêne gagna le groupe. Les types regardaient leurs chaussures en faisant le dos rond.

Le policier s'étonna.

– Il y a un problème ?

Après un temps, le petit en bermuda finit par répondre :

– En fait, c'est pas vraiment un bar. On l'appelle comme ça entre nous, mais c'est plutôt un genre de restaurant.

– Où ? redemanda le flic, agacé.

– À la sortie de Nogent. Côté centre commercial.

– Vous ne pourriez pas préciser ?

– Je connais pas le nom de la rue. Vous trouverez facilement. Y a deux grands arbres devant.

Le policier consulta sa montre. 20 heures. Si l'établissement faisait office de restaurant, le service battait son plein.

D'un signe de tête, il remercia les ivrognes et quitta la brasserie.

28

Il trouva facilement.

Une rue étroite, mal carrossée, à dix minutes de marche du centre-ville. Comme annoncé, deux arbres énormes formaient un point de repère évident. On pouvait voir de loin la masse de leurs branchages, un entrelacs touffu qui débordait sur le trottoir.

Michel poussa un petit portail. Derrière, s'ouvrait un jardinet peuplé de statuettes criardes. Bonnet rouge, barbe blanche, les nains de plâtre se comptaient par dizaines. L'un d'eux, d'une taille plus conséquente, tendait l'index en direction d'une maisonnette modeste.

Le policier s'avança. Déjà, au travers des vitres entrouvertes, il distinguait des silhouettes. Aucun ronronnement de conversation, tout juste des cliquetis de fourchettes montant dans l'air du soir.

Il entra sans frapper. Une odeur d'oignons frits lui sauta à la gorge. Écœurante. Puis, quant il l'eut intégrée, son cerveau bascula sur le visuel.

Une salle carrée couvrait tout le rez-de-chaussée, peinte à la chaux. Murs vides, éclairage au néon, trois tables en Formica bleu pâle s'alignaient en parallèle, façon cantine scolaire ou militaire. Assis épaule contre épaule, une population de fantômes dînait en silence.

Dans un mouvement synchrone, les têtes se tournèrent.

Des visages gris, sans âge ni relief. Des postures avachies, à la fois résignées et craintives. Rien à voir avec la clientèle d'un bar. Ni celle non plus d'un restaurant. À présent, Michel comprenait mieux la gêne des alcoolos, au café de la Poste. Le bar des Cèdres était en réalité une soupe populaire. Un lieu de laissés-pour-compte, dont l'existence végétative flirtait déjà avec la mort.

Un homme, pourtant, tranchait dans ce décor sinistre. Rond, chauve, la quarantaine. Sa tenue blanche évoquait celle d'un cuisinier, taches de graisse comprises. Un petit sourire, un aparté, il circulait entre les pensionnaires avec aisance et bonhomie. De temps à autre, il lissait sa moustache, un appendice de concours dont les extrémités formaient deux spirales parfaitement symétriques.

Il s'avança vers Michel, décontracté.

– Le service est terminé.

Le policier montra sa carte.

– Lieutenant Diallo. Commissariat de Nogent. Je ne suis pas venu manger.

L'aisance céda la place à l'inquiétude.

– Ah... Qu'est-ce qui se passe ?

– Je voudrais voir le patron.

– Vous l'avez devant vous.

Michel allait embrayer lorsqu'il sentit qu'on l'observait. Un coup d'œil circulaire lui confirma cette impression. Des dizaines de pupilles étaient braquées sur eux et attendaient la suite.

Il demanda :

– Vous avez un coin tranquille pour discuter ?

– Oui... Bien sûr...

Le moustachu l'entraîna vers une porte à double battant. Une cuisine était nichée derrière, jonchée de marmites sales et de boîtes de conserve éventrées. Un type au physique de belette faisait la plonge.

– Bert, tu peux aller t'en fumer une, s'il te plaît ?

L'employé ne se fit pas prier. Il s'essuya les mains et disparut sans demander son reste.

– Voilà, fit l'aubergiste. Personne ne nous dérangera.

Michel esquissa un sourire et présenta la photo :

– J'enquête sur l'accident du passage Hauquier. Vous êtes au courant ?

Hochement de tête.

– Y en avait plein le journal.

– D'après mes informations, il paraît que vous connaissiez la victime.

Le chauve détailla le tirage d'un air sérieux. Après une poignée de secondes, il secoua la tête.

– Non. Je ne vois pas.

Le policier planta ses yeux dans les siens.

– C'est curieux. J'avais cru comprendre qu'il venait ici régulièrement.

– Possible. Beaucoup de gens passent chez moi. Je ne peux pas me souvenir de tout le monde.

– Je vais vous rafraîchir la mémoire. Il se faisait appeler Patrick, un nom d'emprunt pour Laurent Charvet.

– Non, vraiment. Ça me dit rien.

Michel l'observa un instant, l'air grave. Cette amnésie ne cadrait pas. Laurent était un habitué, l'autre le situait forcément. De plus, et pour la première fois, le patronyme de cette famille puissante ne provoquait aucune réaction.

Il changea de braquet.

– Je pourrais voir vos papiers ?

Il y eut un flottement. Trois secondes à peine. Le Black répéta d'une voix impérieuse :

– J'ai dit, vos papiers.

Le patron porta la main à sa poche et en sortit un portefeuille usé. Il tendit à Michel une vieille carte d'identité faite d'un papier jauni.

– Marcel Ravier... lut le flic. Dites-moi, Marcel, on peut jeter un œil à votre licence ?

Une gêne, soudain.

– C'est que... C'est pas vraiment un restaurant, ici.

– Ah non ?

– On travaille sous forme associative. Loi de 1901, si vous voyez le topo. Les repas sont gratos.

Ce que Diallo avait deviné se confirmait. Il ne s'agissait pas d'un établissement commercial. Si le tavernier faisait picoler ses ouailles, c'était donc sous le manteau.

Il enfonça le clou.

– Et l'alcool ?

La moustache tressauta.

– L'alcool ?

– Bière, pastis, whisky... Vous avez peut-être besoin que je vous fasse un dessin ?

– On n'a pas ça. Un peu de vin à table, c'est tout ce qu'on peut servir.

Michel eut un sourire exaspéré.

– Arrêtez de me mentir

– Mais... Je ne mens pas.

– J'ai dix personnes qui seraient prêtes à témoigner. Vous voulez les noms ?

Le bluff était minable. À la hauteur du mastroquet. L'homme se déballonna en une demi-seconde.

– Écoutez, je suis qu'un salarié. L'association m'emploie pour gérer la taule et je veux pas de problèmes avec le président.

– Fallait y penser avant.

– J'ai rien fait de mal. Je reçois parfois des amis. Ils se mettent au fond et boivent un petit coup. Je vous jure que c'est tout.

– Et vous les servez gratis, évidemment.

Marcel fit mine de s'indigner.

– J'ai jamais fait payer des amis.

Le flic n'en croyait pas un mot. Ce gros malin arrondissait ses fins de mois en imbibant des poivrots en *free-lance*. Ça crevait les yeux. Il lui lança un regard froid et continua sur sa lancée :

– Je ne la sens pas, votre histoire. Si je creuse un peu, je crois que vous risquez bientôt de pointer aux Assedic. Et peut-être même pire...

Il laissa à sa phrase le temps de produire l'effet souhaité. Puis il ouvrit une lucarne.

– Ce serait dommage. Tout le monde serait perdant.

Une lueur s'alluma dans les prunelles du cuistot.

– Vous voulez quoi, au juste ?

Michel tendit à nouveau la photo.

– Des infos sur cet homme. En échange, j'oublie vos petites magouilles.

Marcel lissa sa moustache en scrutant le policier. Le pour, le contre, des ordres contradictoires devaient se bousculer dans les replis de son crâne. Après quelques secondes, il prit sa décision :

– C'est vrai, je le connaissais. Il m'avait même dit comment qu'il s'appelait vraiment.

Le flic s'étonna :

– Vous connaissiez sa véritable identité ?

– Je lui servais à boire un jour sur deux. Et pas qu'un peu. Ça crée des liens.

– Pourquoi m'avoir menti ?

– Il m'avait fait jurer de fermer ma gueule. Personne devait savoir qu'il venait s'abreuver ici. Surtout pas son frangin.

Il caressa sa moustache et laissa tomber d'une voix lointaine :

– Pauv' gars... Méritait pas ça.

Michel sentit une sorte d'attachement dans le ton. Le cuistot s'était peut-être pris d'affection pour son client. Il l'invita à poursuivre :

– Qu'est-ce que vous savez d'autre ?

– Pas grand-chose. Laurent était un type plutôt fermé, pas le genre à raconter sa vie. Ce qui est sûr, c'est que j'ai jamais compris ce qu'il était venu foutre ici.

Le lieutenant aurait aimé le savoir aussi. Mais la source semblait tarie et, à présent, Marcel n'avait plus aucune raison de mentir. Le flic essaya autre chose.

– Il picolait avec des potes. Vous situez ?

Une lueur mauvaise traversa les prunelles du gérant.

– Des parasites. Toujours partant pour les conneries. Laurent me les amenait de temps en temps.

– Leurs noms ?

Marcel secoua la tête en signe d'impuissance.

– Ils sont quatre. Y en a un qu'ils appellent Rambo. Je sais rien d'autre.

– Comment il est, ce Rambo ?

– Un baraqué, la trentaine. Il a un foulard rouge dans les cheveux et il porte un treillis. On peut pas le louper. Il se balade avec une lame de trente centimètres à la ceinture.

– Comme Stallone ?

– Ouais. Ça doit être son idole.

Michel se demanda où il était tombé. Un type qui se prenait pour un héros de cinéma. Au fin fond du Perche...

Il demanda encore :

– Parlez-moi de ses copains. Vous m'avez dit qu'ils étaient quatre.

– Les autres m'ont pas marqué. Je peux juste vous dire que c'étaient des gamins.

– Quel âge ?

– Vingt ans. Pas plus.

– Aucun signe particulier ?

– Non. À part les fringues.

– Genre ?

– Comme le Rambo. Pas plus haut, pas plus bas. Fallait pas être sorcier pour voir qui était le patron. Quand ils se pointaient ici, on aurait dit une patrouille militaire.

Michel interpréta l'information. Les gamins s'identifiaient à leur chef, une attitude qui démontrait l'amorce d'une bande organisée. Qui étaient ces types ? Des fanamilis ? Des fafs des champs ?

Quelle que soit la réponse, leur déguisement révélait un état d'esprit. Il ne s'agissait pas seulement d'une bande de parasites mais d'excités vivant dans la violence. Que trafiquaient-ils avec Laurent ? Avaient-ils un rapport avec la mort de leur copain de comptoir ? Auraient-ils été capables de le faire brûler vivant ?

Pour l'heure, ces questions ouvraient un vaste champ de suppositions, sans lui fournir aucune réponse. S'il voulait y voir clair, il allait falloir se mettre en chasse.

Michel demanda :

– Ils traînent par où ?

– Je crois qu'ils fréquentent une discothèque, L'Étoile, sur la route de Morgon. Ces merdeux n'arrêtaient pas d'en parler.

Diallo connaissait. Il s'y était rendu une fois, à la suite d'une bagarre générale déclenchée par des troufions en permission. La boîte ouvrait à 23 heures, il avait le temps d'aller manger un morceau.

Il allait tourner les talons lorsque l'aubergiste l'interpella :

– Dites, lieutenant. Je vais avoir des ennuis ?

Michel n'avait aucune raison de rassurer ce magouilleur. Il eut un haussement de paupières énigmatique et partit sans répondre.

29

Michel avait attendu minuit en avalant un plat de pâtes, debout dans sa cuisine, avant de siroter une bière devant le volet final de *Star Wars*. Cette fable intemporelle le fascinait. Il en connaissait chaque épisode par cœur. Le Bien, le Mal, la Rédemption, tout y était. Une tragédie universelle, digne selon lui des grands classiques du cinéma américain.

Il avait été tenté de se rouler un joint. Le *shit* aiguisait la perception. Il lui aurait permis de s'immerger à fond dans l'univers de George Lucas. De déconnecter un peu. Mais la raison l'avait emporté. La soirée ne faisait que commencer, mieux valait rester lucide.

Avant de partir, il avait encore tenté d'appeler Françoise. Un passage à l'acte brutal, de ceux que nuit et solitude provoquent parfois. La sonnerie avait hurlé dans le vide, un carillon glacial gonflant son cœur de larmes.

Michel chassa ses fantômes et claqua la portière. Le parking de L'Étoile était déjà complet, peuplé de caisses aussi ringardes qu'hallucinantes. Peintures stylisées, becquets, jantes larges, échappements chromés... Le monde merveilleux du tuning.

Il marcha vers l'entrée. Vu de l'extérieur, l'établissement avait des allures de hangar. Un cube de béton noir, hermétique, planté comme une soucoupe volante en bord de nationale.

Il présenta sa carte aux cerbères, deux types en débardeur qui se prenaient pour des physionomistes. Ici, les critères de sélection étaient pourtant très simples. Tu payes, tu entres. À condition d'être encore *clean.* Le patron n'avait qu'un souci en tête : que ses clients s'explosent le foie chez lui.

Il pénétra dans le complexe. Les basses l'agressèrent aussitôt, des ondes puissantes, profondes, qui vous prenaient les tripes et remontaient jusqu'à la gorge. Sans être un spécialiste, il reconnut tout de suite l'inévitable son techno. Répétitif, agressif, désincarné. Serrés comme des anchois, une marée de corps se désarticulaient en cadence.

Instinctivement, Michel se contracta. Il n'aimait pas ce genre d'endroit, la promiscuité qu'il imposait. Puis il plissa les yeux afin de se repérer. Une salle immense, carrée, des tables basses entourant un dance-floor surmonté d'une méga-boule lumineuse. Des murs vides, couverts de moquette. Une passerelle métallique courait sur le pourtour, à plus de six mètres du sol. Au centre, coincé dans une bulle de plastique, un agité à casquette s'escrimait derrière des platines.

Le policier se fraya un chemin vers le bar. Frôlement des corps, odeurs de sueur et d'alcool, le taux d'humidité devait frôler les cent pour cent. Il repéra le gérant. Un bœuf d'une cinquantaine d'années, catogan et lunettes demi-lunes. Il était debout devant la caisse enregistreuse, un cigare à la main.

Michel se planta devant lui. En reconnaissant le policier, l'autre afficha une mine amicale. Du genre « Bienvenue à mes amis les poulets ». Le Black se pencha et hurla dans son oreille :

– Je cherche un type. Rambo.

Sourire amusé. L'autre hurla à son tour :

– Comme Stallone ?

– C'est ça. Il a même un bandeau rouge dans les cheveux.

Le patron secoua la tête, l'air navré.

– Jamais vu. Essayez de demander au personnel. Vous aurez peut-être plus de chance.

Le flic n'insista pas. De toute évidence ce type ne frayait pas avec sa clientèle. Il l'abreuvait et prenait son pognon. Point barre.

Michel hocha la tête et plongea dans la mêlée. Des coudes s'enfonçaient dans ses côtes, des dos le prenaient en tenaille. Il avait l'impression d'avoir sauté dans une rivière en crue.

Après un quart d'heure d'immersion, il s'adossa à un pilier. Il n'avait mis la main que sur deux serveurs, sans obtenir de résultat. Rambo était inconnu au bataillon.

Il allait replonger dans l'arène lorsqu'un petit groupe attira son attention. Trois types, assis en bord de piste devant une table où s'entassaient des bières. Le stroboscope les éclairait par à-coups, découpant leurs mouvements comme sur un film muet.

Les visages n'avaient rien de marquant, mais les tenues correspondaient. Des fringues de l'armée, de celles qu'on peut trouver dans les surplus militaires.

Le policier s'approcha. Lorsqu'il fut à moins de deux mètres, l'un d'eux croisa son regard...

Aussitôt, l'homme se leva d'un bond et sauta par-dessus la banquette. Les deux autres l'imitèrent immédiatement.

Michel se rua à leur poursuite, explosant au passage verres et bouteilles. Tout de suite, un mouvement de foule se déclencha. Des corps se propulsaient dans tous les sens, les coups de poing commencèrent à fuser. Comme si cette faune alcoolisée n'attendait qu'un signal pour s'écharper.

Le flic joua des épaules. Sa taille lui conférait un avantage. Il réussit à se dégager et repéra l'un des fuyards qui rejoignait une porte de secours. Il lui fallut moins d'une minute pour l'atteindre. Il la poussa sur sa lancée et se retrouva à l'extérieur.

Regard-radar. Une silhouette filait au loin, en direction de la route.

Michel se mit à courir.

Tout au long de ces années, il n'avait jamais cessé de s'entraîner. Longues foulées souples, respiration régulière. Devant, à une centaine de mètres, l'ombre de sa proie fonçait encore la nuit.

Il atteignit la nationale. Un rail grisâtre, à peine éclairé par la clarté de quelques réverbères. Des voitures s'étaient garées sur le bas-côté, l'obligeant à se tenir au milieu de la chaussée. Deux fois, il dut se jeter sur un capot, évitant de justesse des phares surgis de nulle part. Hurlements de Klaxon. Crissements de pneus.

Au bout d'une courbe, une zone plus éclairée : un showroom exposait des piscines, galettes de résine dressées en rase campagne sous des batteries de spots. Michel vit qu'il gagnait du terrain.

Soudain, le fugitif enjamba la clôture. Il zigzagua entre les bacs et disparut derrière un bâtiment.

Le policier le suivit. Il atterrit dans l'enclos et dégaina son arme. Sans prendre de risques, il s'approcha de ce qui semblait être un dépôt. Un quadrilatère de tôles, peint en blanc, flambant neuf. Un vacarme infernal lui confirma que sa proie essayait de le forcer.

Il redoubla de prudence. Le type ne cherchait pas la discrétion, il paniquait. Arme relevée en position d'assaut, le lieutenant contourna l'édifice.

Très vite, il découvrit qu'une vitre était fracturée sur l'arrière. La porte était ouverte...

À l'intérieur, après quelques tâtonnements, il sentit un interrupteur sous ses doigts. Les néons grésillèrent, révélant des centaines de coques vides. Empilées les unes sur les autres, elles évoquaient des coquillages fossilisés, turquoise et blanc, comme un cimetière marin brutalement mis au jour.

Michel lança :

– POLICE ! SORS DE LÀ ! MAINS SUR LA TÊTE !

Pas de réponse.

Michel s'avança, restant à couvert des piscines. Elles

s'alignaient jusqu'à l'extrémité de la construction, fermée hermétiquement par un rideau métallique. Pas d'autre issue.

Une à une il explora les travées. Le type semblait s'être volatilisé. Lorsque le policier parvint au bout, un bruit résonna dans son dos. Il fit volte-face et aperçut le fuyard qui détalait.

Michel rengaina son arme et se lança à ses trousses. Cette fois, il donna le maximum. Un sprint explosif, qui lui permit de rattraper sa cible avant qu'elle ne franchisse la porte. Son pied crocheta une jambe. Le type fit un vol plané. Avant qu'il n'ait eu le temps de réaliser, le policier lui passait les menottes.

– Voilà... Maintenant, on se calme.

– J'ai rien fait ! hurla l'autre. Vous avez pas le droit !

– C'est ça...

Il le retourna sans ménagement et le mit debout. Son prisonnier devait avoir vingt ans, maigre, des traits de souris. Déguisé de la tête aux pieds en GI.

Michel procéda à une fouille à corps. Des clefs, un Opinel, un portefeuille et une liasse de billets usagés. Dans une des poches du treillis, il découvrit aussi plusieurs sachets plastique, de la taille d'une bille. Dedans, une poudre blanche.

Il lui colla sa prise sous le nez.

– C'est quoi ?

Le captif bafouilla :

– Je sais pas.

– Et tout ce pognon, tu sais pas non plus ?

– Il est à moi.

– Tu me prends pour un con ?

Michel déchira une des doses et goûta le produit. Saveur amère, puissante, typique des cristaux de cocaïne. Des perspectives nouvelles s'ouvraient...

– Allez, je t'embarque.

– Attendez !

– Quoi ?

– C'est ma conso perso.

– Dix paquets ? Qui le croira ?

Silence gêné. Le policier s'approcha et asséna d'une voix méchante :

– T'es un putain de dealer. Et tes copains pareil.

Des larmes s'étaient mises à couler sur les joues du voyou. Soudain, il ne ressemblait plus qu'à ce qu'il était : un gamin.

– Ma conso perso... J'vous jure !

Michel l'observa. Cassé, menotté, ses fringues de surplus lui donnaient maintenant l'allure d'un prisonnier de guerre. C'était le moment de passer à la phase deux.

– T'es majeur ? lança le flic.

– Oui.

– Pas de chance. Maintenant, ouvre bien tes oreilles que je t'explique ton cas. Trafic de coke, c'est du lourd. Tu vas t'en prendre plein la gueule. Si tu veux te rendre service, tu me dis qui sont tes potes et où je peux les trouver.

– Ça changera quoi ?

– Le juge divisera peut-être ta peine.

L'autre hésita. Ses yeux fuyaient dans tous les sens, incapables de se fixer. Enfin, il déballa les noms d'une petite voix.

Michel mima une mine satisfaite. À moins d'un miracle, ses complices auraient fait le ménage quand il irait les cueillir. Peu importait. Le dealer venait de balancer ses potes. Ce premier pas était toujours le plus difficile. Maintenant, il suffisait de dérouler le fil. Il demanda :

– T'as pas oublié quelqu'un ?

– Qui ?

– Ne fais pas l'idiot. Tu le sais très bien.

L'autre se raidit.

– Non. Vraiment, je vois pas.

Le Black s'approcha, à portée de souffle. Il dominait l'autre d'une tête.

– Rambo.

La stupeur se lut dans le regard du jeune.

– Vous... Vous connaissez Rambo ?

– Je connais tout le monde. C'est mon job.

Le trouillomètre du dealer passa dans le rouge.

– Il... Il est pas branché.

– T'es sûr ?

– J'vous jure.

– Jure pas. Qu'est-ce que vous glandez ensemble s'il est clean ?

– On chasse. C'est interdit ?

Le policier se recula un peu, sans lâcher l'autre des yeux. Il ne croyait pas un mot de ce bobard. En tant que chef de bande, Rambo connaissait l'existence du trafic. C'était le minimum. Il y avait même de fortes chances pour qu'il en soit la tête pensante. Mais sur ce point, difficile d'obtenir des aveux. La peur murait toutes les issues.

Il changea d'angle.

– Et Laurent Charvet ? Ou Patrick si tu préfères. Il n'était pas branché, lui non plus ?

Le voyou devait se sentir transparent. Il était devenu blanc comme un linge.

– Je sais pas. On picole avec lui de temps en temps. C'est tout. Son pote, c'est Rambo. Nous, on le connaît pas.

Cette fois, il semblait dire vrai. Ces morveux n'étaient que des seconds couteaux, fourmis laborieuses d'un circuit dont Rambo maîtrisait les arcanes. Il n'avait aucune raison de les mettre dans la confidence.

Mais la question restait entière. Est-ce que Laurent trempait aussi là-dedans ? Le rapport d'autopsie ne mentionnait aucune trace de cocaïne dans ses tissus, ce qui ne voulait rien dire. Le produit s'effaçait rapidement de l'organisme, il suffisait qu'il n'en ait pas absorbé depuis quelques jours. Et les dealers ne consommaient pas forcément leur propre came...

Michel s'accrocha à cette idée. Se pouvait-il que l'affaire se résume à une embrouille de dope ? Un différend qui tourne mal, dont l'addition se serait réglée dans le sang ?

Sur ce chapitre, seul Rambo aurait la réponse.

Il revint vers le type et l'attrapa par l'épaule.
– Qu'est-ce que vous faites ? gémit l'autre.
– Je te boucle.
– Mais... Je vous ai dit tout ce que je savais.
– Tu vas me le répéter au poste. Ce sera plus clair.

30

« Rambo ».

Le guerrier parfait. Solitaire. Idéaliste. Surentraîné. Une icône dans les années quatre-vingt. Deux décennies plus tard, il évoquait une imagerie ringarde dont même Stallone devait rire en privé.

Pourtant, ce personnage improbable fascinait encore quelques esprits. Des esprits faibles, pensait Michel, sensibles à des clichés grotesques n'ayant plus cours que dans les BD. Quel genre d'illuminé pouvait encore se balader avec un bandeau rouge dans les cheveux, fringué comme au Vietnam, un poignard de combat à la ceinture ?

Le jeune dealer avait fourni la réponse. Il l'avait crachée dans la voiture, sans se faire prier, de même que l'adresse du domicile de son mentor.

Rambo s'appelait en réalité Jean Mendès. Il habitait une ferme transformée en relais de chasse, une sorte de mini-complexe où il menait à bien plusieurs activités. Ball-trap, battues, et ce qui formait leur complément indispensable, les banquets de chasseurs. D'après son sbire, la petite entreprise existait depuis près d'une année, date à laquelle Rambo s'était pointé dans la région. L'affaire se développait plutôt bien et attirait de plus en plus de monde.

Michel avait été tenté de lui rendre visite dans la foulée car il craignait le téléphone arabe, décroché par les autres membres de l'équipe après l'incident de L'Étoile. Puis il s'était raisonné. Même s'il vendait de la coke, Mendès possédait une couverture solide. Il était sûrement trop malin pour conserver le produit chez lui. Quant au meurtre, s'il en était l'auteur, fuir n'aurait pu que le desservir.

De toute façon, cette histoire de trafic motivait peu le policier. Il ne cherchait pas à coincer des dealers. Il voulait arrêter un assassin. Rambo étant à sa portée, il préférait le cuisiner dans le cadran horaire légal.

Diallo était rentré au commissariat et avait placé le jeune voyou dans une cellule de dégrisement. Le flic de garde avait à peine levé le nez de sa télé en le voyant débarquer. À 2 heures du matin, la police n'était pas plus brillante qu'un citoyen lambda.

Cette apathie tombait à pic. À Nogent, le seul mot « cocaïne » risquait de provoquer un séisme. Le lieutenant ne souhaitait pas mettre le commissariat en émoi avant d'avoir obtenu ce qu'il voulait.

Il gagna son bureau et alluma l'ordinateur. Il voulait prendre le pouls de son client, savoir qui était réellement Jean Mendès. Pour ce travail préliminaire, il croisa deux fichiers. Celui du casier judiciaire, bien sûr, mais aussi celui du STIC. Le Système de traitement des infractions constatées était une banque de données informatisées, accessible à partir de n'importe quel commissariat. Créé depuis peu, cet outil très complet recensait les individus mis en cause à l'occasion d'une procédure pénale. Identité, adresse, profession, photographie, empreintes... Tout ce qui pouvait servir à une identification y était consigné. Seul l'alias de Mendès, « Rambo », n'y était pas mentionné.

L'individu était né dans un petit village des Alpes, L'Argentière, près de Briançon. Il avait trente-cinq ans et se prétendait barman. Pas de famille, célibataire. Sa dernière adresse connue était à Cogolin, dans le golfe de Saint-Tropez. Il y avait été interpellé trois ans plus tôt, à la suite du casse d'une villa sur les hauteurs de Ramatuelle. Ce délit était le dernier d'une série longue comme le bras, un jeu de l'oie de l'embrouille qui l'avait conduit plusieurs fois en prison.

Petits vols, rixes, trafics minables, ces premières expériences avaient forgé son caractère. Rambo n'était pas un seigneur de la pègre. Plutôt un combinard, dressé dans le caniveau, toujours à l'affût de la bonne occasion.

Puis, ce qui confirmait les intuitions de Michel, le petit voyou avait pris du galon. Il était passé à la coke, un business bien plus propre, et surtout beaucoup plus rentable. Il ne servait qu'au détail une came d'excellente qualité. Ses clients étaient choisis avec soin, une façon de minimiser les risques. Vu les peines prononcées contre lui, minimes au regard des faits, le policier se doutait que le dealer avait dû balancer ses contacts. Cette stratégie dangereuse pouvait être un des éléments l'ayant conduit à se mettre au vert.

De toute évidence, la présence de Rambo dans le Perche ne cadrait pas avec le personnage. Son terrain de chasse se situait seulement dans les endroits friqués, Côte d'Azur, stations de ski huppées, Antilles néerlandaises. Tel un poisson pilote, il se déplaçait au gré des migrations de ses clients. Des frimeurs pleins aux as, ravis de l'avoir sous la main.

Physiquement, l'homme ne correspondait pas non plus à l'idée que s'en était fait le flic. Des cheveux noirs, très courts, une gueule d'hidalgo et un regard de braise. Les femmes ne devaient pas êtres insensibles à son côté latin. Comme tout bon escroc, il avait dû en profiter.

Pourtant, derrière l'enveloppe flatteuse, on sentait l'enfoiré. Une moue dans le pli des lèvres, un éclat froid dans les pupilles, une sorte d'arrogance dans le maintien.

Le policier éteignit son écran. Ce qu'il venait de découvrir le déroutait. Rambo n'était pas l'homme des bois décrit par l'aubergiste. Ou ne l'avait pas toujours été. Il avait eu une vie avant le Perche. Une vie très différente. Y avait-il rencontré Laurent ?

Diallo imagina une soirée branchée, quelque part dans la galaxie des oisifs. Laurent Charvet était un alcoolique notoire. Et n'importe quel flic de base savait qu'alcool et cocaïne faisaient bon ménage. Là, sans doute, avait été leur trait d'union.

Mais que s'était-il passé ensuite ? Les deux larrons avaient-ils décidé de s'associer pour développer ce petit commerce ? Mendès était arrivé dans la région peu de temps après Laurent. Des marginaux complémentaires, frayant dans le même milieu, qui s'exilaient ensemble dans la pampa. Ce n'était sûrement pas une coïncidence.

Pourtant, Michel ne sentait pas cette piste. Pas depuis qu'il avait découvert le pedigree de Rambo. La coke ne pouvait être qu'un trafic accessoire, une façon d'arrondir les fins de mois tout en gardant la main. En effet, pourquoi venir dealer à la campagne quand on avait eu les moyens de fournir les beaux quartiers ?

Il y avait forcément une autre explication à la mort de Laurent.

Le policier regarda sa montre et bâilla. 4 h 30. Le jour allait bientôt se lever et il devait se reposer un peu.

Demain, il le sentait, il aurait besoin de toutes ses capacités.

31

La ferme était tapie au bout d'un chemin cahoteux. Trois corps de bâtiments, taillés dans la pierre brute, et disposés en U autour d'une sorte de cour en terre battue.

Michel l'avait trouvée sans trop de difficultés. Des panneaux l'indiquaient depuis la route, un itinéraire fléché, comme un jeu de piste à destination des clients.

Il se gara un peu avant, à couvert d'une haie de troènes. Cette fois, la prudence s'imposait. Avec ou sans couteau de combat, Rambo n'était pas un novice et représentait un danger bien réel.

Sans faire de bruit, le policier s'approcha du complexe. Personne. Même pas un chien en guise de comité d'accueil. Le lieu baignait dans un silence tranquille, une léthargie que son intrusion ne paraissait pas troubler.

Il dégaina son arme et entama l'inspection. Il commença par la partie droite, une aile toute en longueur percée de larges baies vitrées. On distinguait à l'intérieur une salle voûtée, où s'étiraient des tables rectangulaires couvertes de toiles cirées rouges. Les trophées de chasse posés aux murs faisaient penser à un lieu de ripailles. Probablement l'endroit où Rambo organisait ses banquets.

Sans s'attarder, Diallo contourna l'édifice. Il longea un terrain vague où avaient été installées des petites cabanes de planches, ouvertes sur un côté. Elles contenaient les lanceurs de ball-trap et des sacs pleins de petits disques en plâtre. Des cartouches vides s'entassaient dans un fût de métal rouillé, scié à mi-hauteur.

Mendès devait posséder un arsenal. Son activité le justifiait. Dans tous les cas de figure, il faudrait jouer serré.

Au bout du stand de tir, l'élément central de la ferme : la grange, silencieuse elle aussi. Le Black la traversa, jambes fléchies, dos légèrement courbé. Puis il boucla son tour par ce qui semblait être la partie privative du complexe. Une maison à deux étages, en vis-à-vis de la salle des fêtes, qui fermait la structure sur le patio central. Tous les volets étaient clos, de même que la monumentale porte en bois qui en barrait l'unique accès.

Il inspira profondément, frappa trois coups rapides. Pas de réponse. Il appela, sans plus de succès. Une pression sur la poignée... L'entrée était verrouillée.

Le policier rengaina son arme et s'assit sur le seuil. Cette désertion lui coupait l'herbe sous le pied. Il était 8 heures du matin, Mendès aurait dû se trouver là. D'après son petit soldat, il n'émergeait pas plus tôt.

Un instant, Michel se demanda s'il ne s'était pas planté. Alerté par ses troupes, Rambo avait peut-être perdu les pédales et tout plié pour disparaître pendant la nuit. D'une certaine façon, cette attitude ferait avancer l'enquête. Mais elle imposerait un processus plus lourd, type plan Épervier et ramdam de tous les diables. Une configuration que Michel redoutait, car l'affaire lui échapperait.

Soudain, un ronflement lui fit lever la tête. Le bruit se rapprochait, maintenant comparable à celui d'un missile en phase de décollage. Puis, dans un nuage de poussière, le policier vit une forme rouge foncer sur lui.

L'engin freina à moins d'un mètre, en dérapant. Il s'agissait d'un gros quatre-quatre, sans toit ni portières, dont les roues monstrueuses juraient avec l'ensemble. Parcourus de sillons, ces pneumatiques de bulldozer donnaient l'impression d'une caisse ridiculement petite.

Aussitôt, Michel songea à l'accident, au *Big Foot*. Un

monstre, capable de grimper aux murs et, pourquoi pas, sur un autre véhicule. Contrairement aux affirmations du mécano, il n'y avait pas que de l'air entre les roues. Tout devait dépendre des modèles. Le châssis, bien que surélevé, restait très accessible pour un choc frontal. Il était donc possible qu'un tel engin ait à la fois percuté le Patrol, *et* aplati la caisse.

Il n'eut pas le temps d'approfondir. Un gaillard bondit du cockpit et s'avança vers lui. Deux choses, immédiatement, accrochèrent l'attention du lieutenant. Le bandeau rouge. Le poignard. Rambo le portait le long de la cuisse, glissé dans un étui de cuir. Puis le Black remarqua le treillis, les rangers, ainsi que le débardeur noir qui laissait voir des bras surpuissants.

Dans le sillage de Mendès, un chien déboula en s'ébrouant. Une bête énorme, robe fauve, gueule de pitbull. Elle fonçait déjà sur le policier quand l'injonction la cloua sur place :

– Cali !

L'homme n'avait même pas regardé le dogue. Son timbre, dur et chaud à la fois, possédait une sorte de magnétisme que les bêtes aussi devaient sentir. Il se planta devant Michel.

– Qu'est-ce que vous voulez ?

Malgré lui, le flic recula. Ils avaient à peu près la même taille, mais Rambo lui rendait quinze kilos. En cas de baston, le policier n'aurait probablement pas l'avantage.

– Lieutenant Michel Diallo. Commissariat de Nogent. Vous êtes Jean Mendès ?

Une lueur d'ironie passa dans les yeux noirs :

– Pourquoi ? J'ai pas payé mes P-V ?

Sourire du flic. Il n'était pas à l'aise, mais se forçait à le dissimuler.

– Je ne m'occupe pas des contraventions.

– Quoi, alors ? Vous êtes venu pour une petite séance de ball-trap ? Je vous préviens, je ne fais pas de réductions pour la police.

Michel restait impassible. Sa stratégie était toute prête, il ne s'en éloignerait pas. Il tira de sa poche un des paquets de poudre.

– Vous savez ce que c'est ?

Pas un cillement. Mendès croisa les bras sur sa poitrine, faisant ressortir ses biceps.

– Je suis pas devin.

– Cocaïne. Je l'ai trouvée en possession d'un petit dealer fringué un peu comme vous. Marc Dunan.

– Connais pas.

– Ben lui, il vous connaît.

Un silence de tungstène s'abattit sur la cour. Les deux hommes se jaugeaient, coqs juchés sur leurs ergots. Instinctivement, la main de Michel s'était rapprochée de son arme.

Rambo finit par éclater de rire.

– Ça vous fait marrer ? grinça le policier.

– Je savais pas que les poulets recrutaient des comiques.

– Vraiment ?

– Vous débarquez à l'aube et vous me foutez cette merde sous le nez. Si vous êtes aussi sûr que c'est la mienne, pourquoi vous ne me passez pas les bracelets ?

Michel accusa le coup. Le type connaissait la musique, il fallait le prendre de vitesse.

Changement de ton :

– La coke, je m'en tape. C'est trois ans au maximum, peut-être cinq vu ton CV. Un meurtre, en revanche, ça va chercher dans les vingt ans.

– Un meurtre ?

– Celui de Laurent Charvet.

Le sourire de Mendès se figea. Comme s'il avait senti le malaise, le molosse se mit à grogner.

D'un geste vif, le flic sortit son flingue.

– Attache-le.

Rambo ne réagit pas. Il paraissait sonné. Collé à son maître, le chien montrait maintenant les crocs.

– Tout de suite, commanda Michel en haussant le ton.

L'autre finit par gueuler un ordre. Puis il attrapa une chaîne qui traînait dans le coffre et entrava son animal.

– Ton couteau, fit le lieutenant. Donne-moi ton couteau.

Mendès extirpa la lame de son étui et la tendit au policier. Puis il lâcha d'une voix blanche.

– Laurent est mort ?

– Écrabouillé. Brûlé vif dans sa voiture. Tu veux encore des détails ou tu connais déjà l'histoire ?

Rambo se cabra. Il semblait soudain prendre conscience de ce qui se passait.

– C'est pas moi. Je l'ai pas tué.

Michel ne lâchait pas le pseudo-guerrier des yeux. Soit il mentait à la perfection, soit il n'était pour rien dans le meurtre.

Il rengaina son arme.

– Je n'ai pas dit que c'était toi. Pas encore. Mais il va falloir tout me raconter. Et je te conseille d'être convaincant. Parce que jusqu'à nouvel ordre, tu es mon suspect numéro un.

32

La coke devait rapporter gros.

Assez en tout cas pour s'arranger un intérieur coquet. Meubles design, écran plasma, ordinateur portable, on se serait cru dans un loft de la rive gauche.

Mendès se dirigea vers la partie cuisine. Des équipements modernes, intégrés dans les murs tels des tableaux contemporains. Il se servit une bière et revint vers Michel.

– La chasse ouvre le mois prochain. J'ai pas mal de taf en ce moment. Je n'ai pas revu Laurent depuis samedi dernier.

– Rafraîchis-moi la mémoire. À quelle heure a-t-il quitté le bar des Cèdres, déjà ?

– J'en sais rien. Je me suis barré à 19 heures.

– Et il y était encore ?

– Oui.

– Ensuite ?

Rambo s'affala sur l'immense canapé de cuir délimitant le coin salon. Michel était assis en face de lui, sur un fauteuil inconfortable taillé dans le métal.

– Je vous l'ai déjà dit, soupira Mendès. J'avais pas mal picolé. Je suis rentré ici et j'ai piqué du nez devant la télé.

– Tu as regardé quoi ?

– L'émission de Ruquier. Après, j'ai reçu un coup de fil

de ma sœur. On a discuté un peu et je suis monté me coucher.

– À quel moment a-t-elle téléphoné ?

– Je ne sais plus. 20 heures, peut-être.

Le policier hocha la tête. Il entendait l'explication pour la troisième fois, sans qu'elle ait varié d'un cheveu. À l'instant présumé de la mort, établie par le légiste aux environs de 20 heures, Rambo était en ligne avec un tiers. Un alibi classique, simple, facile à démonter. Il suffirait pour ça de vérifier ses appels.

Pour autant, l'affaire était loin d'être close.

– Admettons que tu n'aies pas tué Laurent. Tu es assez malin pour avoir envoyé un type se charger du boulot à ta place. Un de tes petits soldats, par exemple.

Mendès renversa la tête en arrière. Il semblait las, lointain, comme si l'accusation ne le concernait pas.

Après plusieurs secondes, il répondit par une question.

– Quel intérêt j'y aurais trouvé ?

– Justement. Tu vas me le dire.

Nouveau soupir. L'hidalgo but une gorgée de bière et entama son récit.

– Laurent et moi, on s'est connus à Saint-Trop' en 2002. Pour le lancement de La Sphère. Une vraie boîte de délire. Ultra-privée, flyers, que du people. Y avait des bombasses dans tous les coins et tout le monde carburait à la coke.

Le flic calma son enthousiasme.

– Ton pote, il en prenait ?

– Non, pas lui. Son truc c'était surtout l'héro. Un vrai toxico.

Changement de tonalité. Le labyrinthe de la poudre. La caverne des spectres. Des images oubliées remontèrent. Un squat pourri, trois loques recroquevillées autour d'un corps inerte. Les flashes de l'identité judiciaire. Le visage d'une gamine, cireux, la seringue encore plantée dans l'avant-bras. Diallo demanda :

– C'est toi qui régalais ?

– Ça risque pas. Je touche pas à ça, moi. Il avait ses plans.

– Tu connaissais ses fournisseurs ?

– Non. J'ai jamais cherché. Les toxicos, j'évite.

– À part Laurent...

– Lui, c'était pas pareil. On était super potes.

Pote avec son pognon, songea le flic. Laurent avait dû rincer Mendès un paquet de fois.

– Continue.

– On a zoné ensemble toute la saison. Il connaissait pas mal de monde, et tu peux me croire, que du beau linge. On s'est fait des soirées de folie. Enfin, surtout moi. Lui était plutôt du genre dépressif. Un toxico, quoi.

– Je ne pige pas. Que faisait un junkie avec un mec comme toi dans ce genre de fêtes ?

– Va savoir... Il avait peut-être besoin de se changer les idées. Quand on est rentrés à Paris, le soufflé est vite retombé. On s'est revus une fois ou deux, et puis un jour, il a carrément disparu.

– Comment ça, disparu ?

– Il n'était nulle part. L'homme invisible. Pour tout dire, ça ne m'a pas étonné. J'ai l'habitude des types comme lui. Ils bougent pas mal.

– Pour aller où ?

– Partout. Avec du blé, la Terre est toute petite. Ce qui est sûr, c'est qu'il ne traînait plus à Paris. On se serait croisés. Forcément.

Le flic nota ce point. Il créait un appel d'air dans le parcours déjà ténébreux de Laurent...

– Il a refait surface l'année dernière, en juin. Zéro explication, comme si on s'était quittés la veille. Genre « Allô, c'est moi, qu'est-ce que tu deviens ? ». On s'est filé rancard au bar du Plazza. Et là j'en ai pas cru mes yeux.

– Vas-y. Accouche.

– Il ne touchait plus à l'héro. Un autre mec. Cent pour cent clean.

– Il était passé à la coco. C'est pour ça qu'il voulait te voir.

– Non. Il picolait, c'est tout. De toute façon, je ne dealais plus. Il avait l'air au courant.

Michel ne commenta pas. Il était persuadé que Mendès n'avait jamais lâché ce business, jamais vraiment. La décoration de sa garçonnière en attestait, de même que l'acquisition du complexe. Mais pour l'instant, là n'était pas le problème.

Il reposa sa question :

– Alors pourquoi il t'a recontacté ?

Rambo eut une hésitation. Le Black pressentit qu'on approchait de révélations risquant de mettre le dealer dans une situation délicate.

Il insista :

– Réfléchis bien. Pour l'instant, tu ne m'as pas encore convaincu. Si tu ne veux pas finir dans le bureau d'un juge, tu as intérêt à la jouer transparente.

L'autre crispa les mâchoires. Il dévisageait le flic, calculant sans doute sa marge de manœuvre. Enfin, il se décida.

– Il était surexcité. L'affaire du siècle, d'après lui. Sans risques, et qui nous permettrait de nous goinfrer.

– Explique.

Regard embarrassé. Les mots sortirent à reculons :

– Il voulait braquer son frère...

Michel fronça les sourcils. Il reformula :

– Tu veux dire, cambrioler son château ?

Mendès ricana.

– Non. Rien à voir. Il voulait le braquer lui. Physiquement. L'enlever, si tu préfères. Et réclamer une méga-rançon.

Cette fois, il y eut un blanc. Ce plan inattendu dévoilait une personnalité très différente de celle qu'imaginait Michel. Organisée, calculatrice, imperméable à toute valeur morale.

– Précise...

– Laurent habitait sur la propriété depuis six mois. Il connaissait les habitudes du frangin, il était sûr de son coup. Au début, j'étais pas très chaud. Un type qui vient une fois par an, entouré d'une vingtaine de personnes dont certaines accompagnées de gardes du corps... Je ne voyais pas très bien où il allait.

– J'imagine qu'il a dû te l'expliquer.

– Il y avait pensé longtemps. Prévu tous les détails. L'idée, c'était de le choper pendant une partie de chasse. Le seul moment où on pouvait l'isoler et le faire disparaître en douceur.

La connexion fut immédiate.

– D'où ta reconversion, fit le policier.

– L'objectif était de gagner sa confiance. J'ai dû venir m'installer ici et ouvrir ce business. Le but était d'avoir pignon sur rue. De m'imposer comme *the* spécialiste de la chasse en forêt.

– Avec ton profil, c'était pas gagné...

Une lueur de fierté éclaira les yeux de Mendès.

– Faut mettre à jour vos petits fichiers. Je suis né dans les Alpes. J'ai coursé le chamois en altitude pendant toute ma jeunesse. J'ai aussi appris à manier les fusils, et à dépecer le gibier. La traque en pleine nature, je maîtrise. Il suffisait seulement que je m'adapte à cet environnement.

– Un peu comme Rambo, lâcha Michel en souriant.

– L'idée venait de Laurent. Il fallait construire un personnage qui intéresse Arnaud. C'était pas con. Les mecs de ce genre ont tout connu, tout vu. Quand tu veux en accrocher un, t'as intérêt à frapper fort.

Une à une, les pièces s'emboîtaient. Le guerrier solitaire n'était qu'un leurre, un élément du plan mis au point par Laurent. Il savait que Mendès avait les cartes pour assurer.

– Ton pote ? Quel a été son rôle ?

– Il travaillait le frérot au corps. Il devait le convaincre de me confier ses chasses.

– Il y est parvenu ?

– Ouais.

Le policier s'étonna.

– J'ai du mal à le croire. Arnaud n'avait pas l'air de porter Laurent aux nues.

– Peut-être... En tout cas, il nous a présentés en mars. Il avait rempli sa part du contrat, il ne me restait plus qu'à remplir la mienne.

Le ton de Rambo sentait le dépit. Un an d'investissement, de sacrifices, parti en fumée.

Michel demanda encore :

– Quand devait se dérouler l'opération ?

– Fin novembre.

– Combien pour la rançon ?

– Vingt millions d'euros.

– Qui aurait payé ?

– Arnaud. Il a des comptes planqués un peu partout. Il suffisait de lui fournir un accès Internet pour lui permettre d'effectuer les virements.

Tout, effectivement, avait été pensé. Seul point étrange, Laurent ne semblait pas préoccupé par les conséquences de ce raid. Il était pourtant évident que les soupçons se porteraient très vite sur eux. Qu'avait-il prévu pour y faire face ? Se fondre dans le décor ? Changer d'identité ?

Mendès interrompit ses réflexions.

– Alors ? Vous pensez toujours que j'ai voulu me farcir la poule aux œufs d'or ?

Michel n'était plus sûr de rien. Les explications de l'escroc l'innocentaient peut-être, sans pour autant fournir la solution. Il la sentait s'éloigner, comme une petite musique se dissolvant lentement dans le brouillard. Il répondit à côté :

– On verra. Quand tu viendras au commissariat me répéter ton histoire.

– À votre disposition.

Le flic sentit monter en lui un sentiment de frustration intense. Concrètement, il n'avait rien. À peine un petit trafic minable, qu'il ne parviendrait peut-être même pas à démontrer. Quant au rapt, il n'y avait pas eu de commencement d'exécution. Mendès jouait sur du velours : il avait exposé son histoire sans crainte d'être inquiété. D'ici peu, il quitterait le coin et retrouverait son habitat naturel.

Fin de la manche.

Michel quitta son fauteuil et sortit de la maison. Chaleur, poussière, il eut la vision fugitive de l'Ouest américain. Une sensation ridicule puisqu'il n'y avait jamais mis les pieds.

Aussitôt, le molosse bondit vers lui, comme s'il le guettait. Le policier se figea, surpris par la violence de l'agression. Il resta immobile, une poignée de secondes, jusqu'à ce qu'il aperçoive la chaîne. Tendue à l'extrême, elle verrouillait le chien au coffre du quatre-quatre.

L'association d'idées se fit immédiatement. Un point qu'il n'avait pas encore vérifié. Incontournable, même s'il n'y croyait plus vraiment.

Il s'approcha de la calandre, sans quitter la bête des yeux. Crocs découverts, elle s'excitait à moins d'un mètre en faisant frémir la caisse. Michel passa la carrosserie au crible et regarda sous le châssis. Des traces de boue, des éraflures, à peine quelques alvéoles mineures. Le choc qui avait immobilisé le Patrol avait dû également abîmer l'autre véhicule. Assez pour imposer une réparation. Hors, celui-là ne sortait pas du garage. Il respirait une usure naturelle, glanée au fil des mois sur les pistes forestières.

– Cali !

La voix de Mendès le fit sursauter. Les aboiements cessèrent, le chien partit se réfugier sous la voiture.

– Vous cherchez quoi ? Des morceaux de chair humaine ?

– Je vérifie. Ça pose un problème ?

– Aucun...

Rambo fit un pas en arrière en enfonçant ses mains dans les poches du treillis. Il affichait de nouveau une assurance sans faille.

Après avoir tout inspecté, Michel revint vers lui. La probabilité était infime, mais la présence du *Big Foot* justifiait qu'il la creuse :

– J'ai encore une question.

– Allez-y.

– Ton engin, tu l'as acheté dans le coin ?

– Pourquoi ? Vous voulez le même ?

Le policier sentit ses nerfs jouer au yo-yo. Il se contrôla pour répondre :

– Ne m'excite pas trop, Mendès. C'est pas le jour.

L'autre leva les mains, en signe d'apaisement.

– Calmos. Je plaisantais. Il y a un type à Luigny, un fondu qui passe son temps à bricoler ce genre de trucs. Il en a un énorme dans son garage. Du jamais-vu.

– Comment tu l'as trouvé ? En cherchant dans le Bottin ?

– Pas vraiment. Quand j'ai le choix, je roule plutôt BM. C'est Laurent qui me l'avait présenté. Il voulait que je complète ma panoplie de pisteur avec une vraie voiture des bois.

Le policier tiqua.

– Laurent ?

– Il aimait bien la mécanique, lui aussi. En fait, il délirait carrément sur les caisses.

Un garagiste amateur de *Big Foot*. Un Patrol maquillé, réduit en bouillie par un engin hors normes. Une victime prête à toutes les combines et passionnée par le cambouis...

La piste du trafic de voitures revenait en force.

Michel ordonna d'une voix fébrile :

– Donne-moi l'adresse.

33

Le lieu respirait l'abandon.

Une construction vétuste, échouée au creux d'un terrain vague, cernée par une cohorte de pavillons sinistres. Un grand hangar s'y accolait, clos par des portes métalliques.

Michel se gara devant la clôture. Il traversa un champ de carcasses, cadavres de voitures jetées pêle-mêle les unes contre les autres. Elles cuisaient sous le soleil tels des lézards de fer, espérant sans doute une improbable résurrection.

Il arriva devant l'atelier. Pas de fioritures. Noms et compétences du propriétaire inscrits sur la façade lépreuse. Le « Grand Garage Bianchi » proposait tout ce qui pouvait se faire en la matière. Mécanique générale, amortisseurs, pneumatiques, vidange, carrosserie et enfin peinture. Une formule à l'ancienne, mélange de savoir-faire et de débrouille reculant chaque jour devant l'hégémonie des concessions.

Mais ce type de commerce avait aussi ses avantages. Discret, tranquille, sans trop de paperasserie. L'endroit rêvé pour maquiller des véhicules...

Ce matin, l'artisan devait donner dans la tôlerie. Des bruits de masse montaient de l'atelier, claquements de métronome rythmant la course du temps. Michel s'avança. Peu d'espace. Encore moins de lumière. Une odeur de pétrole, de graisse rance et de poussière. Il dépassa un pont sur lequel gisait une vieille Jeep Willis, désossée jusqu'à la corde. Plus loin, penché sur une énorme Volkswagen Touareg, un homme jouait du marteau.

Le policier l'interpella, criant presque :

– Monsieur Bianchi ?

Le type tourna à peine la tête, sans cesser de taper. Il avait la trentaine, une peau luisante et grasse sur un visage en lame de couteau. Ses cheveux peroxydés, très courts, accentuaient la pâleur de son teint.

– C'est pourquoi ?

– Michel Diallo. Lieutenant de police. Je peux vous parler ?

– Ouais...

La qualité du Black ne sembla pas le déstabiliser. Il balança encore deux ou trois coups avant de se redresser. De taille moyenne, plutôt fin, son estomac jurait avec l'ensemble. On avait l'impression que le type allait accoucher d'un ballon de foot.

– Qu'est-ce que je peux pour vous ?

Michel montra la photo :

– Vous connaissez ?

Aucune hésitation.

– Oui. C'est Patrick... Qu'est-ce qu'il a encore fait, cet animal ?

– Il est juste mort.

L'annonce eut l'effet escompté. Bianchi fronça les sourcils et posa une main sur son crâne.

– Merde... C'est arrivé comment ?

– Un accident.

Silence. Le flic scannait les réactions du carrossier, à la recherche du moindre signe de dérapage. Rien. Seulement les conséquences normales que ce genre de nouvelle ne manque pas de produire. Il poursuivit :

– Il paraît que vous êtes un amateur de *Big Foot* ?

L'autre lui lança un regard soupçonneux :

– Et ?

– Probable que ce soit ce type d'engin qui l'a percuté.

Cette fois, le visage long prit des airs de martyr.

– Une minute... Vous m'accusez ?

– J'aurais des raisons ?

– J'étais pas à Nogent le week-end dernier. Vous pouvez vérifier.

– Je le ferai. En attendant, j'aimerais jeter un œil sur le hangar.

Bianchi haussa les épaules.

– Si ça peut vous faire plaisir... Après tout, j'ai rien à cacher.

Il l'entraîna vers un immense cube de tôles au toit lointain, perché sous une forêt de poutrelles. Ce volume inhabituel se justifiait par les dimensions du véhicule qui l'occupait. Une machine hallucinante, d'au moins six mètres de hauteur, dont quatre pour les jantes.

Michel n'avait jamais vu un tel engin, sauf dans les dessins animés que regardait son fils. En comparaison, celui de Rambo ressemblait à un jouet. La caisse, tunée à l'extrême, devait à l'origine être celle d'un pick-up. Bianchi l'avait décorée de flammes orange et rouge, tracées sur un fond noir. Mais le plus déroutant, c'étaient les roues. Impossible de les comparer à quoi que ce soit d'existant. Elles avaient dû être construites sur mesure, dans la sombre forge d'un illuminé.

– Je vous présente Baby Blue, lança le mécanicien avec fierté. Pneumatiques Firestone, importés directement des US. Ils équipaient des véhicules de l'armée dans les années cinquante. Pour des convois en Alaska.

Le policier en fit le tour. Il passait sous les essieux sans se baisser, comme il serait entré dans un tunnel. Si cette folie pouvait escalader un véhicule de taille normale, il était en revanche impossible que la caisse ait percuté le Patrol. Même en tendant les bras, elle restait hors de portée.

Il revint vers Bianchi et demanda d'une voix sèche :

– Où sont les autres ?

– Quels autres ?

– Vos caisses, vos petits joujous, vos créations.

– J'ai que celui-là.

– Je ne vous crois pas.

Le type commençait à blêmir. Il se justifia vite fait.

– Un seul, c'est déjà énorme. J'y mets tout mon pognon. Sans compter les nuits blanches.

Michel fit un pas en avant.

– Vous en avez vendu une autre l'année dernière. À un type qui se prend pour Rambo.

Le souvenir déclencha un rictus de soulagement.

– Le *Big Foot* n'était pas à moi. Je fais parfois l'intermédiaire.

– Pour qui ?

– Des membres du club.

– Quel club ?

– Le National Monster's Truck. Il réunit des passionnés, dans toute la France. On se refile des plans par le site Internet. Parfois on donne un coup de main pour trouver des acheteurs.

– Le nom du vendeur ?

– Je me rappelle plus. Mais je l'ai gardé. Dans mes papiers.

Michel observa le garagiste. Il disait vrai. Le policier tenta autre chose.

– Patrick conduisait un Nissan, modèle Patrol. Ça vous parle ?

– Un peu ! C'est moi qui lui ai vendu.

– Expliquez-moi.

Le ton, plus calme, rassura le faux blond.

– Y a rien d'extraordinaire. Il voulait bricoler. Je lui ai trouvé une épave, histoire de se faire la main.

Michel s'étonna :

– Une épave ?

– La voiture avait à peine deux ans. Elle avait frappé. Moteur et caisse flingués. Il a même emprunté ma remorqueuse pour l'enlever.

– C'était quand ?

– La semaine dernière.
– Vous lui avez barré la carte grise ?
– Oui...
– À quel nom ?
– Celui qu'il m'a donné. Patrick Ferret. Ou Fertet, j'sais plus.

Michel le fixait avec insistance. Bianchi dut sentir qu'il y avait un os. Il lâcha d'un ton peu assuré :

– Où est le problème ?

Le Black asséna d'une voix glaciale :

– Le problème, c'est qu'il ne s'appelait pas Patrick mais Laurent. Laurent Charvet. En plus, il s'est planté au volant d'un Patrol neuf. Même modèle, même année.

Le garagiste comprit dans la seconde.

– Ah le con !
– Je ne vous le fais pas dire.

Le flic n'avait plus qu'à enchaîner :

– Dites-moi, ça vous arrive souvent de fourguer des papiers ?

La panique déferla dans les yeux du carrossier.

– Oh ! J'y suis pour rien, moi. C'est pas ma faute si ce naze a magouillé derrière mon dos.
– Un petit business facile, ça arrondit les fins de mois, non ? Vous avez tout sous la main, pourquoi vous en priver ?
– Je voulais juste lui rendre service.
– Pourquoi ? Vous lui deviez quelque chose ?
– Non ! Je l'avais à la bonne. Y a pas de mal à ça.

Bianchi était en perdition. Les mots sortaient en rafale, poussés par la peur. De son côté, Michel croyait de moins en moins à sa culpabilité. Mais il devait continuer. Parce que cette piste était la plus concrète et qu'il ne supportait pas l'idée d'aboutir à une impasse.

Il s'approcha, parlant à bout portant.

– Vous mentez depuis le début. Vous saviez qui était vraiment Laurent. Vous avez mis au point un petit trafic avec lui. Il volait des voitures, vous fournissiez les cartes grises, barrées sous un faux nom. Pour une raison qui m'échappe encore, vous vous êtes embrouillés. Vous avez décidé de le supprimer, en utilisant un *Big Foot* que je ne vais pas tarder à retrouver. Alors un bon conseil. Arrêtez de me faire perdre mon temps.

Un court silence, chargé du pire. Le garagiste s'était décomposé. Il bredouilla :

– J'y suis pour rien. Vous n'avez qu'à vérifier mes registres, ma comptabilité. Vous verrez que je dis la vérité.

Le policier lui lança un regard las. Son coup de bluff était tombé à plat. Il n'avait face à lui qu'un pauvre type abasourdi, victime probable des agissements de Laurent.

Il fit quelques pas, cherchant un moyen de rebondir. S'il ne s'agissait pas d'un trafic de voitures, si le garagiste n'y était pour rien, alors pourquoi Laurent avait-il acquis cette épave sous une fausse identité ?

Son projet d'enlèvement était l'explication la plus plausible. Une voiture volée, c'était courant lorsqu'on envisageait un coup. De toute évidence, le toxico allait utiliser cette carte grise afin de régulariser le Patrol. Il en aurait refrappé les numéros pour obtenir une voiture propre, immatriculée sous un nom d'emprunt. Avec de faux papiers, c'était le meilleur moyen de disparaître en toute sécurité.

Mais le meurtre avait tout arrêté et son mobile restait toujours insaisissable. Comme son auteur...

Michel quitta l'atelier la rage au ventre. Le délai de l'enquête de flagrance se réduisait : déjà quatre jours volatilisés, et il n'avançait pas d'un pouce.

Il n'avait plus le choix. Il devait prendre contact avec le frère de la victime, le seigneur des lieux : l'intouchable Arnaud Charvet.

34

Avant de changer de cap, Michel souhaitait entendre les métayers de La Renardière. Ces gens étaient en général attachés à la terre, au domaine. Souvent depuis des générations. Ils connaissaient les histoires de leurs patrons, les petites plus que les grandes, à la façon de ces chauffeurs de maître qui partagent l'intimité des puissants. Du moins, c'était l'idée que se faisait le policier. Ils auraient peut-être des infos sur les frères Charvet. De quoi lui donner du grain à moudre lorsqu'il rencontrerait Arnaud...

La ferme des Frébault était en contrebas du château, masquée par un vallon hérissé de bouleaux. Un chemin de pierres y conduisait, deux larges ornières courant en parallèle depuis l'entrée de la propriété.

Michel s'engagea. Très vite, un raclement monta dans l'habitacle. Le bas de caisse frottait contre la partie centrale de la chaussée, plissée par les tracteurs en une crête de caillasses. Il roula au ralenti, craignant à chaque seconde d'éventrer la voiture. Au bout de trois cents mètres, il déboucha enfin sur une sorte d'esplanade de terre dure.

Deux bâtiments se faisaient face. Le premier, de belles dimensions, semblait être l'habitation. Toit d'ardoises, murs de pierres apparentes, dans le pur style du Perche. L'autre n'était en fait qu'un gigantesque auvent, sous lequel dormait un tracteur flambant neuf.

Le policier se gara à côté de l'engin, à l'ombre. Il avait à peine ouvert la portière qu'une voix sèche le cueillit au vol.

– Il ne faut pas se garer là.

Michel se retourna et ne vit rien. La voix reprit. Il identifia une tessiture féminine.

– La moissonneuse ne va pas tarder. Après, vous ne pourrez plus sortir.

Il ignora le conseil.

– Où êtes-vous ?

– Là. Dessous.

Le flic s'approcha et vit une paire de Converse qui sortait de sous le capot.

– Lieutenant Diallo. Commissariat de Nogent. Je peux vous parler ?

– Une seconde...

Des sons métalliques. Puis, tel un diable sortant de sa boîte, une femme émergea dans la lumière. D'un mouvement souple, elle se remit debout.

– Florence Frébault. Excusez-moi, je ne vous serre pas la main.

Ses doigts étaient maculés de cambouis, comme la salopette bleu marine qu'elle portait. Ses cheveux noués en queue-de-cheval dévoilaient des traits volontaires. Elle devait avoir dans les quarante ans, mais les portait avec légèreté. Malgré sa tenue de garagiste, elle dégageait une élégance déroutante.

Michel s'étonna :

– Vous êtes madame Frébault ?

– Oui. Pourquoi ?

– Rien... Des préjugés, c'est tout.

Léger sourire.

– Vous n'avez pas non plus la tête du flic des champs.

Le Black sourit à son tour.

– Parisienne ?

– Ex-Parisienne.

– Spécialisée dans la mécanique ?

– Depuis peu. On travaillait dans la pub, avec mon mari.

Michel voyait le topo. Des bobos en roue libre, fuyant le stress de la capitale en quête de la « vraie vie ». Les campagnes attiraient de plus en plus ce genre d'idéalistes. Deux fois sur trois, l'expérience tournait court. Ils pliaient bagages dans les six mois et reprenaient leur existence là où ils l'avaient laissée.

Il enchaîna :

– Je viens pour l'accident de samedi dernier.

– Oui... Il paraît que ça s'est passé pas loin.

– Vous avez entendu quelque chose ?

– Non. On est trop éloignés de la route.

Michel hocha la tête. Malgré lui, ses yeux s'attardèrent sur le tracteur. Petit, trapu, des roues avant ridicules. Impossible d'imaginer qu'il soit monté à l'assaut du quatre-quatre.

– Votre mari n'est pas là ?

– Non. Pourquoi ?

– Je voudrais vous poser quelques questions. Mais je préférerais vous entendre ensemble.

Florence Frébault se contracta.

– Il y a un problème ?

– Aucun.

Elle se détendit à peine.

– Il rentre pour déjeuner. Il ne devrait plus tarder.

Un ronflement confirma la prédiction. Se découpant dans le soleil, une forteresse d'acier apparut. Michel n'en avait jamais vu d'aussi près. Plus elle se rapprochait, plus la machine lui semblait monstrueuse. Un module lunaire, rouge, monté sur des pneus de tracteur, précédé d'un tablier de plus de dix mètres. Deux tubes énormes couraient sur son toit, comme des excroissances osseuses. À l'avant, une minuscule cabine de pilotage, entièrement translucide, semblable à la bulle d'un hélicoptère.

En la regardant s'approcher, il songea aux conclusions du mécano de la police technique et scientifique. Roues trop basses, empattement insuffisant, tablier encombrant :

l'ergonomie d'un tel engin se prêtait peu à des manœuvres acrobatiques. Difficile de l'imaginer escaladant le Patrol.

La moissonneuse-batteuse s'immobilisa à quelques mètres. Un homme sauta à terre. Jean, chemise à carreaux, manches relevées sur deux avant-bras imberbes. Son visage doux portait les marques d'une vieille fatigue, un déficit chronique que la vie au grand air ne parvenait pas à effacer.

Michel se présenta. Il expliqua brièvement l'objet de sa visite et attaqua bille en tête.

– Vous connaissiez Laurent ?

Ce fut elle qui répondit.

– Qui ?

– Laurent. Le frère de votre patron.

– Jamais entendu parler.

Le flic sortit la photo de sa poche.

– C'est lui qui est mort dans l'accident. Il vivait sur le domaine. Un pavillon dans la forêt.

Les deux anciens bobos se regardèrent, comme si la nouvelle ne les concernait pas. L'homme haussa les épaules.

– Les bois, on n'y met pas les pieds. Les champs nous occupent à plein temps.

– Et Arnaud Charvet, vous pouvez m'en parler ?

– Pas plus. En dix-huit mois, on ne l'a croisé qu'une fois.

Logique. Le banquier venait pour chasser. L'intendance, son légionnaire s'en occupait. Les métayers étaient des pions interchangeables. On les tenait à distance.

Diallo déglutit dans le vide. Plus de salive. Sous le hangar, la température devenait insupportable. Il était temps de partir. Avant de monter dans sa voiture, il questionna une dernière fois le mari.

– J'ai déjà posé la question à votre femme. Mais j'aimerais quand même avoir votre version. Le soir de l'accident, vous n'avez rien entendu ?

– Non.

– Rien vu non plus ?

– Non plus.

Voix monocorde. Aussi réactif qu'un poisson. Le type donnait l'impression d'être perfusé au Tranxène.

– Super... (Il sortit une carte de visite.) Passez-moi un coup de fil si vous avez une illumination.

Michel allait ouvrir la portière lorsque l'homme lança dans son dos :

– Vous devriez peut-être demander à la DDE...

Le flic se retourna :

– La DDE ?

– Ben oui... L'Équipement. Ils étaient là samedi, en début de soirée. Une estafette avec trois ou quatre types.

– Qu'est-ce qu'ils faisaient ?

– Je ne sais pas, moi. Ils avaient fermé le chemin Hauquier. J'ai dû passer par les champs pour rentrer.

– Ils sont restés longtemps ?

– Aucune idée.

Cette amibe commençait à lui vriller le système. Michel déroula quand même le fil.

– Vous êtes rentré à quelle heure, samedi ?

– 19 h 30.

Son cœur d'enquêteur fit un bond...

– Vous en êtes certain ?

– À cent pour cent. J'avais...

– Merci.

Le lieutenant grimpa dans la Clio et claqua la portière.

La DDE. Trente minutes avant l'accident. Et personne n'en avait parlé.

C'était du pur délire.

Il quitta la ferme sur les chapeaux de roue. Des brumes de chaleur floutaient le paysage. La route dansait devant ses yeux. Derrière ce tableau incertain, Michel eut soudain la vision de ce qu'était son enquête.

Un mirage. Insaisissable, incohérent.

– VII –

35

Il avait décidé de repartir de zéro.

Enfin, pas tout à fait... Mayol possédait maintenant une direction, un angle qui allait lui permettre d'orienter ses recherches.

La visite chez Humbert, dans l'heure suivant sa défenestration, n'avait rien révélé d'intéressant. Une fouille rapide, pendant laquelle ses hommes et lui avaient tenté de repérer des traces de lutte, ou des vestiges d'une ingestion médicamenteuse. Les premières constatations, le degré zéro d'une enquête de routine restée au point mort.

Cette fois, il allait progresser différemment. Non plus en cherchant l'évidence, mais en tirant le fil qu'il avait mis au jour. Celui des appartenances de la victime, de son chemin de vie. Une voie initiatique qui avait fait de lui un combattant exceptionnel, mais dont les fondations prenaient racine dans un creuset de ténèbres.

Mayol pénétra dans l'immeuble et se dirigea vers l'ascenseur. Une lumière transversale s'invitait par de larges ouvertures et tronçonnait l'espace de flèches claires. Dans cette lance de béton, la température avait perdu quelques degrés par rapport à la rue.

Il s'envola vers les étages. Après une bonne minute d'ascension, il atteignit un palier minable, usé par les années. Deux portes étaient placées en vis-à-vis, aussi minces que du papier à cigarettes. Des odeurs de cuisine chatouillaient les narines, annonçant l'heure du déjeuner.

Mayol écarta la bande de plastique jaune posée par ses collègues. Le domicile de la victime était placé sous scellés judiciaires depuis que le parquet avait envisagé un meurtre. On avait aussi remplacé la serrure, mais il en détenait évidemment une clef.

Il entra.

De jour, les lieux semblaient plus grands. Une pièce spacieuse accueillait le visiteur, fermée par une grande baie vitrée derrière laquelle s'ouvrait une minuscule terrasse. La décoration, neutre et minimaliste, évoquait plus la résidence-hôtel que le logis meublé avec amour. Pas la moindre chinoiserie, aucune photo. Rien, a priori, ne renvoyant à l'univers d'Humbert.

Mayol fit quelques pas. Hormis les nombreuses traces de semelles laissées par son équipe sur la moquette, difficile d'imaginer ce qui s'était passé.

Il se dirigea vers le balcon. En découvrant la vue, il comprit ce qui avait poussé les occupants de la tour Athènes à s'entasser dans ce clapier amélioré. À cette hauteur, on dominait Paris. Les toits, les rues, les monuments formaient une gigantesque plaine bleutée qui s'étendait à perte de vue. On pouvait en embrasser l'étendue d'un coup d'œil, et se laisser porter par l'énergie qu'elle dégageait. D'ici, on avait l'illusion de dominer le monde...

Mayol se pencha. Dix-sept étages. Une chute de plus de quarante mètres. Il se demanda combien de temps avait duré le vol plané. Cinq, six secondes ? Une éternité pour Humbert. Avait-il eu conscience de ce qui se passait ? La peur, disait-on, provoquait parfois un arrêt cardiaque avant le choc. Elle agissait comme ces bourreaux qui garrottaient les suppliciés, afin de leur éviter la lente combustion du bûcher.

Malgré lui, le policier recula. Il retourna aussitôt à l'intérieur et commença son investigation.

L'exploration du salon ne lui prit pas plus de dix minutes.

Une table basse, un canapé et un buffet minable en constituaient le mobilier. Il ouvrit un placard, intégré dans le mur, et tomba sur une petite installation de home cinéma. Dessous, dans un ordre impeccable, une collection de DVD.

Mayol les détailla. Il y avait un peu de tout : comédies, polars, et des enregistrements de match de foot. Détail intéressant, les jaquettes étaient écrites en chinois. Une collection retint son attention. Il s'agissait de films d'arts martiaux, des œuvres de série B toutes produites à Hong Kong. Pas la peine de les visionner, il savait ce qu'elles contenaient : une succession de combats, tournés dans des décors improbables et liés par un scénario indigeste. Étonnant qu'un type comme Humbert puisse se repaître d'un tel spectacle. À son niveau de maîtrise, le colosse savait forcément que ces images ne valaient rien. Des chorégraphies grossières, un concentré de chiqué sur pellicule.

Le policier ouvrit deux ou trois emballages, au hasard, espérant tomber sur quelque chose d'intéressant. Il apprit seulement que l'homme piratait ses programmes. Les disques portaient une étiquette blanche, indiquant le titre au feutre d'une écriture maladroite. Et bien sûr, aucune mention de copyright.

Mayol passa ensuite dans la cuisine. Plaques rutilantes, frigo presque vide, pas de lave-vaisselle. Seul le four à micro-ondes et quelques plats surgelés – nourriture asiatique exclusivement – pouvaient laisser penser que le locataire dînait parfois chez lui.

Sans s'attarder, le commissaire poursuivit son exploration. L'appartement ne comportait qu'une chambre, petite, étouffante, phagocytée par un lit double. Et toujours des murs vides, sans l'ombre d'un tableau.

Il retourna la table de nuit, souleva le matelas, en vain. Humbert semblait avoir dissimulé tout ce qui aurait pu trahir son histoire. Compte tenu du quartier, la nourriture ne démontrait rien, pas plus que les jaquettes couvertes de sinogrammes. Quant aux films de karaté, il fallait connaître sa double vie pour leur attribuer un sens.

Mayol termina son tour par la salle de bains. Une douche masquée par un rideau à fleurs, des toilettes dans un coin. Une armoire à pharmacie faisait office de miroir. Son contenu était répandu dans le lavabo en un magma informe où se superposaient tubes, flacons, et quelques boîtes de comprimés basiques. Les hommes de son équipe s'étaient concentrés sur l'hypothèse du suicide et avaient cherché des médicaments. Ils n'avaient pas pris la peine de remettre les choses en place.

Le policier allait quitter la pièce lorsqu'un objet attira son regard. Un coffret en bois peint, posé sur une table au milieu de brosses à cheveux, peignes et ustensiles de rasage, qu'il n'avait pas remarqué lors de sa première visite. Il s'approcha, observa les motifs rouges et jaunes qui dessinaient des rayonnements de lumière.

Très vite, une sensation de déjà-vu l'envahit. Il ouvrit l'écrin avec respect, certain de ce qu'il allait découvrir.

Il s'agissait d'un nécessaire à prières. Un temple bouddhiste de poche contenant les trois objets rituels : le *vajra*, petite haltère aux extrémités ajourées symbolisant l'unité ; le *ghanta*, clochette évoquant sagesse et connaissance ; et enfin le *mala*, guirlande composée de cent huit grains, servant à compter le nombre de récitations des mantras. Des bâtons d'encens complétaient le dispositif, ainsi qu'une statuette sertie dans le socle, placée en position du lotus et rappelant vaguement un bouddha.

Cette représentation troubla profondément Mayol car il méditait lui-même régulièrement devant un autel similaire. Pourtant, un détail le mettait mal à l'aise. Une nuance que le non-initié n'aurait pu percevoir.

Le bouddha avait les poings serrés.

Ce *mudrâ*, posture des mains exprimant un certain état, était non seulement inhabituel, mais révélait aussi un paradoxe. Il sous-entendait une crispation, une tension. L'expression d'une violence, placée aux antipodes du message universel livré par Siddhârta.

Le commissaire claqua vivement le couvercle. Cette

découverte confirmait ses avancées. Humbert tirait probablement sa force d'une dévotion malsaine, une croyance noire, un rite en négatif dont la symbolique niait l'essence même du bouddhisme.

Tout s'expliquait. Les craintes de Cheng Li, son « employeur » dans la salle de sport, la prudence de Wong Fat, le moine Shaolin devenu maître d'armes... Ces deux-là savaient parfaitement de quoi il retournait. La victime venait d'un monde de ténèbres, dont l'évocation scellait les lèvres et murait les consciences. Jean-Phi avait lui aussi éludé le sujet, sans même connaître Humbert. Comme si cette part du wushu était taboue.

Un court instant, Mayol imagina un scénario plausible. Humbert, assis devant son temple et célébrant son rite. Puis, pour une raison inconnue, mais liée à cette ultime célébration, la défenestration. Le cri qu'avait entendu la voisine pouvait être une exclamation rituelle. Les derniers mots d'une folie adressée aux dieux, comme la complainte d'un samouraï à l'instant du seppuku.

Le commissaire caressa le bois. La philosophie bouddhiste était bien loin de ces considérations. Il n'en contemplait à cette seconde qu'un avatar malsain. Sans doute fallait-il l'accepter. Chaque parcelle de l'existence contenait en germe son contraire. Tel était l'enseignement de la Voie. En toute logique, elle avait enfanté ses propres contradictions.

Soudain, les pensées du policier se figèrent. L'extrémité de ses phalanges venait de rencontrer une aspérité à la base du coffret. Il prit la boîte et la souleva à hauteur de visage. Un tiroir, extra-plat, était logé dessous.

Mayol le tira. Une sorte de médaille apparut, ancienne, parfaitement circulaire. Elle s'accrochait à un lacet de cuir par un minuscule trou percé en son centre. Aussitôt, il songea à un mandala, la pièce manquante du temple. Une représentation de l'univers, cercle magique servant de support à la méditation. Chaque bouddhiste confectionnait le sien, selon sa personnalité.

Celui-ci était en bronze noir. Un soleil sombre sur le pourtour duquel étaient gravés quatre idéogrammes, placés aux points cardinaux. Sur le revers, un seul symbole constitué d'un cercle et de trois traits, évoquant un personnage stylisé. Aucun de ces cinq signes ne lui était familier.

Le policier glissa le mandala dans sa poche. Il tenait enfin un élément concret.

36

Claire se gara rue de Tolbiac.

Elle grimpa une volée de marches conduisant à une sorte de tunnel transversal foré sous les immeubles. Quelques commerces minables s'y alignaient, rideaux de fer baissés, enseignes vieillottes recouvertes de sinogrammes.

Trente mètres plus loin, elle déboucha sur la dalle des Olympiades. En plein milieu de journée, le béton chauffé à blanc dégageait une chaleur suffocante. Le soleil tapait à la verticale, de rares passants rasaient les murs à la recherche des franges d'ombre.

Elle repéra un panneau indiquant la direction de la tour Athènes et s'avança dans la fournaise. Tout en marchant, elle levait la tête. Qui avait bien pu autoriser la construction d'un tel projet, en plein Paris ? On se serait cru au cœur d'une cité HLM, des cages à lapins marron et orangées sorties tout droit d'un cauchemar soviétique. Comble du mauvais goût, elles enserraient un centre commercial étriqué, couvert par un tissu de fausses pagodes.

La juge se demanda soudain ce qu'elle faisait ici. Loin de son bureau, de ses dossiers, de la présence rassurante du décorum judiciaire. Son psy aurait qualifié facilement un tel comportement : il ne s'agissait ni plus ni moins que d'un passage à l'acte, d'une réponse pulsionnelle à une brutale poussée d'angoisse.

Claire s'était décidée le matin même, après une nuit en pointillés peuplée de questions et de doutes. Malgré ses bonnes résolutions, l'idée de travailler avec le substitut Lunel la perturbait toujours. Elle s'était trituré les méninges, jusqu'à trouver la solution qui lui convienne.

L'information avait été ouverte sur la foi du témoignage de la voisine, cette Mme Wan qui rapportait avoir entendu des cris peu avant la chute, sans trop savoir s'il s'agissait de ceux d'Humbert. C'était donc elle qu'il fallait voir. Ainsi, Claire pourrait comprendre ce qui s'était passé. Elle saurait si, réellement, l'hypothèse du meurtre tenait la route.

Cette stratégie directe présentait deux avantages. D'abord, en y allant seule, elle se passait de Mayol et court-circuitait Lunel. Elle reprenait les rênes. Mais aussi, elle décidait de se faire confiance. Son intuition lui avait déjà servi de nombreuses fois lorsque les témoignages étaient ambigus. Le dossier Habib venait encore de le lui démontrer. S'il y avait une petite chance de désamorcer la machine et de boucler tout de suite l'enquête par un non-lieu, elle le saurait. Alors, le problème Lunel se résorberait de lui-même.

La réussite de ce plan impliquait une action rapide. Il n'était pas question d'emprunter les méandres d'une convocation qui prendrait au minimum une semaine. Hors procédure, sans son greffier, Claire opérait en marge et le savait. Mais c'était la seule solution. Une entorse à la règle pour essayer de s'en sortir. Si les faits allaient dans son sens, elle se mettrait en ordre plus tard avec les codes.

Elle arriva devant l'immeuble. Dressée en retrait de ses sœurs, la tour Athènes était un mastodonte fatigué dont la cime se perdait dans les cieux. Elle s'ouvrait d'une foule de minuscules fenêtres, comme autant de meurtrières murées sur des destins obscurs.

Une fois à l'intérieur, la jeune femme vérifia sur les boîtes aux lettres qu'elle était au bon endroit.

Mme Jeannine Wan.

Appartement 172. Dix-septième étage.

Elle déambula un peu avant de trouver les ascenseurs. Des graffitis couvraient toute la cabine, dessins grossiers gravés dans la veine du métal.

La montée se passa sans encombre. Aujourd'hui, Claire était trop absorbée par son objectif pour s'attarder sur sa claustrophobie. Elle était concentrée, tendue. Présente.

Deux portes se faisaient face sur le palier. Voyant les scellés judiciaires posés sur celle de droite, elle se dirigea vers l'autre.

Une grande inspiration, puis elle se positionna devant le judas et sonna. Vingt secondes plus tard, une voix fluette monta derrière la fine cloison.

– Oui ?

L'accent nasillard d'une voix asiatique...

– Madame Wan ? demanda la magistrate.

– Oui ?

– Claire Brissac. Je suis le juge d'instruction qui s'occupe de l'accident. Vous savez... Votre voisin. Monsieur Humbert.

– Ah...

– Je peux vous voir ? J'aurais quelques questions à vous poser si vous n'y voyez pas d'inconvénient.

Il y eut un blanc. Puis un bruit de verrou. La porte s'ouvrit doucement sur un visage inquiet, celui d'une petite vieille aux yeux masqués par d'épais carreaux de verre. De longues mèches grises encadraient des traits parcheminés.

La Chinoise fit un pas de côté, invitant la magistrate à pénétrer dans son appartement. Elle portait un pantalon de soie noire et un chemisier blanc à col Mao. Une poupée de porcelaine, qui salua en inclinant la tête avec une expression figée.

– Merci, dit Claire un peu gênée. Ce ne sera pas long.

– Pas long, répéta l'autre en souriant.

La juge sourit à son tour. Mme Wan avait déjà tourné les talons et trottinait vers un poste de télé allumé dans le salon.

Claire la suivit, découvrant au passage un intérieur propret, réplique parfaite de ce qu'on voyait dans n'importe quel restaurant asiatique. Des bois laqués, recouverts d'oiseaux aux parures flamboyantes, des vases carmin remplis de faux jasmins, et même une sorte de tableau, représentant un dragon dont les yeux, activés par un système électrique, clignotaient.

La vieille dame avait coupé le son du téléviseur, sans l'éteindre. Elle prit place sur un canapé en skaï bordeaux et invita Claire à s'asseoir. La magistrate était de plus en plus gênée. Cette audition se déroulait dans des conditions atypiques, elle ne parvenait pas à prendre ses marques. Enfin, elle se lança.

– Je ne suis pas ici de façon officielle. La procédure aurait voulu que je vous convoque à mon cabinet et que j'enregistre votre déposition, mais...

– Dé-po-si-tion ? la coupa la Chinoise en butant sur le mot.

Claire se mordit les lèvres. Le témoin n'avait pas l'air de vraiment comprendre ce qu'elle lui racontait. Elle changea de braquet et attaqua de front.

– C'est sans importance. J'ai besoin que vous me racontiez ce qui s'est passé le soir où monsieur Humbert est tombé par la fenêtre.

Mme Wan devint plus grave.

– Oui. Je comprendre. Accident.

– C'est ça : l'accident...

Il y eut un court silence, puis la vieille dame haussa les épaules.

– Je déjà dire aux policiers.

– Je sais. Mais je voudrais que vous me le répétiez.

Hochement de tête docile.

– Je pas beaucoup savoir.

– Soit. Mais vous avez entendu quelque chose, non ?

– Un peu cris.

– Quel genre de cris ?

– Cris d'homme. Comme cris de guerre.

– De guerre ?

– Oui. Beaucoup colère. Beaucoup.

Claire ne savait trop comment interpréter cette affirmation. Cela pouvait évoquer un combat entre plusieurs protagonistes, mais également être l'expression d'une lutte intérieure.

Elle demanda des précisions.

– Il y avait plusieurs voix, ou seulement une ?

– Une. Je croire voix monsieur Humbert.

– Vous êtes certaine ?

– Non. Pas certaine.

La vieille dame souleva ses cheveux et désigna son oreille avec un geste de coquetterie. Une prothèse auditive y était nichée, que Claire n'avait pas remarquée.

– Pas bien entendre. Je regarder série. Beaucoup bruit. Beaucoup. Je baisser son pour écouter. Mais plus rien.

La juge soupira. Elle commençait à avoir chaud et l'interrogatoire ne donnait rien. Des approximations, guère plus précises que dans le procès-verbal, fournies par un témoin à moitié sourd. Un bref instant, elle chercha un autre angle d'attaque. En vain. Malgré tout ses efforts, elle en était toujours au même point.

Soudain, un carillon strident la fit sursauter. Elle se tourna vers l'entrée. Une lumière rouge clignotait dans un coin de mur, lampe témoin annonçant l'arrivée d'un visiteur.

– Vous attendez quelqu'un ?

– Non. Facteur, peut-être.

– De toute façon, je vous laisse, annonça Claire en attrapant son sac à main.

Mme Wan la raccompagna aussitôt, moineau fragile trottinant sur ses pattes maigrelettes. Tout en ouvrant la porte, elle inclina la tête avec une sorte de déférence tranquille. Elle eut un ultime sourire, mais Claire ne la voyait déjà plus.

Interdite, elle fixait l'homme qui attendait sur le palier.

– Qu'est-ce que vous faites là ? finit-elle par demander.

– Je vous retourne la question.

Mayol avait esquissé un sourire. Il était accoudé au chambranle, décontracté, des lunettes de soleil dans les cheveux. La magistrate essaya de garder une contenance. Si quelqu'un n'était pas à sa place, c'était bien elle.

– Je voulais vérifier quelques points.

– Toute seule ?

La réplique fusa, comme une défense improvisée.

– Je conduis mon enquête comme bon me semble, commissaire. Ce n'est pas à vous d'en juger.

Le policier hocha lentement la tête.

– Naturellement.

– Et vous ? Il ne me semble pas vous avoir adressé de commission rogatoire pour l'instant...

– Disons que je me baladais.

Un partout, songea la jeune femme. Ils n'avaient ni l'un ni l'autre de raison d'être ici. Tout au moins officielle.

Ce fut le flic qui débloqua la situation. Il présenta sa carte à Mme Wan qui observait l'échange d'un œil inquiet.

– Commissaire Christian Mayol. J'ai deux ou trois questions à vous poser.

Puis il s'adressa à Claire.

– Vous m'accompagnez ?

Sans attendre, il pénétra dans l'appartement, suivi par la Chinoise. Éberluée, la juge leur emboîta le pas.

Ils s'assirent tous les trois, les deux femmes sur le canapé, Mayol face à elles, sur un fauteuil d'osier. Le policier souriait, parfaitement à l'aise. Puis, très naturellement, il s'adressa à la vieille dame.

– *Nei gong gwong dung wa maa*[1] *?*

Les mots, la sonorité, donnaient l'impression qu'il ne s'agissait plus du même homme. Jeannine Wan répondit d'une voix timide :

1. « Vous parlez le cantonais, n'est-ce pas ? »

– *Gong*[1].
– *Hou*[2].
Mayol expliqua :
– Je lui ai demandé de me confirmer qu'elle parlait bien le cantonais. Elle est née dans la province du Guangdong, mais je voulais être certain.
La magistrate acquiesça d'un battement de cils. Cette information, mentionnée sur le P-V d'audition, n'avait eu pour elle aucune signification.
Déjà le commissaire reprenait l'interrogatoire, toujours en cantonais.
L'échange dura cinq bonnes minutes. Complètement dépassée, Claire ne pouvait qu'écouter. Elle observait les visages, les regards, analysait les intonations à la recherche d'un signe, d'une expression qui pourraient l'aider à se repérer. Mais tout, dans cet échange, lui était étranger.
Enfin Mayol se leva. Il salua la vieille dame et se tourna vers Claire.
– J'ai terminé. On y va ?
Trop déboussolée pour réagir, la juge acquiesça. Ils prirent congé rapidement et se retrouvèrent sur le palier.
Une fois dans l'ascenseur, elle lança d'un ton crispé :
– Vous auriez au moins pu avoir la politesse de traduire.
– Difficile. Ce genre de situation ne s'y prête pas.
– Alors pourquoi m'avoir demandé de vous accompagner ?
– J'avais prévu de venir. Vous étiez là. J'ai saisi l'occasion de vous démontrer que je peux vous être utile.
– En me servant ce numéro de cirque ? Un interprète assermenté aurait aussi bien fait l'affaire.
– Vraiment ? Alors pourquoi ne pas avoir convoqué ce témoin à votre cabinet ?
La jeune femme ne pouvait lui révéler sa stratégie, les

1. « Oui. »
2. « Parfait. »

véritables motivations l'ayant conduite jusqu'ici. Elle botta donc en touche.

– J'allais le faire.

Mayol eut un sourire entendu.

– Alors dites-vous seulement que je vais vous faire gagner du temps.

– Je ne comprends pas.

Ils arrivaient au rez-de-chaussée. Les battants s'ouvrirent dans un fracas de tôles. Le policier s'écarta pour laisser passer la juge, puis proposa :

– Un verre, ça vous tente ?

37

Ils se rendirent dans un café, une gargote minuscule située au pied des tours. L'endroit, quasiment vide, offrait quelques tables en plastique, une restauration basique et l'avantage de la fraîcheur. Mayol semblait connaître le patron, un type à peine sorti de l'adolescence qui les installa près du climatiseur.

Claire s'assit en face du commissaire.

– Je vous écoute, lança-t-elle froidement.

– Vous ne voulez pas boire quelque chose ?

– Je n'ai pas soif.

– Comme vous voudrez.

Il leva une main pour commander, sans prononcer un mot. Aussitôt, on lui apporta une grande bouteille de thé glacé. Tout en versant le liquide ambré dans un verre, Mayol entama le récit de ses dernières vingt-quatre heures.

Claire écouta avec attention, une histoire déroutante, dont elle avait du mal à saisir toutes les nuances. Il parlait d'arts martiaux, de wushu, ou quelque chose dans le genre, de combattants formés dans des écoles mystérieuses où l'esprit dépassait la matière afin de la contrôler. Dans ce fatras mystico-guerrier, une chose pourtant était certaine : la victime appartenait à ce monde. Le job de comptable, la vie bien rangée, tout ça n'était qu'une façade. Humbert était un tigre. Féroce, entraîné, capable de tenir tête aux plus grands Maîtres de la discipline.

Poursuivant son exposé, le commissaire expliquait que l'homme s'était dévoyé. Il avait suivi un chemin de violence, de colère, se tournant vers la part noire d'une philosophie faite en principe de compassion et d'ouverture. Afin d'illustrer son propos, Mayol mentionna le bouddha muré dans son hostilité et le mandala aux allures de soleil sombre. Selon lui, la solution de l'énigme se trouvait là. Dans ces objets de culte qui révéleraient les motivations de la victime. Et sans doute, éclaireraient aussi les circonstances de sa mort.

Claire prit le mandala entre ses doigts. Elle l'observa un instant, intriguée. Tout ce que venait de raconter le policier lui était étranger. Un point, seulement, la ramenait à ses propres découvertes. La colère que Mme Wan avait perçue en entendant les cris. Mais cette passerelle ne la menait nulle part. Pas plus que Mayol, elle ne pouvait avoir la certitude qu'il s'agissait d'un meurtre.

Elle releva la tête et fixa le policier.

– Les arts martiaux, le bouddhisme... Vous avez l'air de maîtriser le sujet.

Le commissaire avala une gorgée de thé. Son regard avait pris une profondeur soudaine. Celle d'un ailleurs dans lequel il venait de plonger.

– Disons que je m'y intéresse.

– C'est le moins qu'on puisse dire ! Si l'on ajoute que vous parlez le cantonais et que vous buvez essentiellement du thé, avouez qu'il y a de quoi s'interroger.

– Sans doute.

Les mots se refermèrent sur un silence. Claire aurait voulu approfondir, mais le ton, lointain, venait de matérialiser une frontière qu'elle pressentait infranchissable. Elle fit machine arrière.

– D'accord... De toute façon, c'est sans importance. Vous m'avez proposé de venir ici pour me faire gagner du temps. Pour l'instant, ce que vous m'avez raconté ne nous avance pas beaucoup.

Sourire du commissaire. Il répondit d'une voix calme :

– Les éléments que je vous ai fournis donnent la tonalité. Ils ne révèlent ni le sujet du tableau, ni le nom de son auteur, je vous l'accorde. Mais je sais maintenant que la victime dissimulait une part essentielle de son existence. Un jardin secret qu'elle protégeait de toutes ses forces. J'ai la conviction que les réponses découleront de ce mystère.

– Comment ? ironisa la juge. En faisant parler le mandala ?

– Plutôt en me laissant guider par lui.

Ce flic se prenait pour un bonze. Claire avait l'impression de se trouver dans une mauvaise série télé, *Kung-Fu*, ou un truc approchant. Le personnage central y résolvait les problèmes grâce à sa seule intuition, une sorte de sixième sens développé dans un monastère tibétain avec des moines illuminés.

Elle secoua la tête, agacée.

– C'est complètement irrationnel. Tout ce que vous pouvez affirmer pour l'instant, c'est que la victime était férue d'arts martiaux et qu'elle était peut-être, je dis bien peut-être, bouddhiste. Le reste n'est qu'interprétation...

Le policier resta de marbre. Il laissa filer quelques secondes avant de répliquer :

– Je comprends ce que vous ressentez. Ce dont je vous parle n'a aucune signification pour vous. Comme pour la plupart des gens au demeurant. Mais vous devez me faire confiance. Quelle que soit votre opinion, il s'agit d'une piste. Vous n'avez pas le droit de la laisser de côté.

Sur ce point, il était dans le vrai. Claire encaissa le coup avec la sensation d'être prise au piège. Mayol avait visiblement progressé. Beaucoup plus qu'elle, en tout cas. Même s'il avait violé la procédure, il devenait très délicat de se priver de sa collaboration.

Elle reprit l'initiative.

– Si vous me parliez de ce que vous a raconté madame Wan ?

Le commissaire s'adossa à sa chaise, sans la quitter des yeux.

– Sur les faits, rien de nouveau. Elle m'a répété mot pour mot ce qui est consigné dans sa déclaration.

– Vous avez dit « sur les faits ». J'imagine donc qu'elle vous a appris autre chose ?

Le policier eut une expression mitigée.

– Peut-être...

Claire s'irrita :

– Oui ou non ? Je croyais que vous deviez m'apporter des solutions.

– Ce n'est pas si simple.

– Essayez toujours.

– Vous ne l'avez peut-être pas remarqué en lisant son procès-verbal d'audition, mais madame Wan ne s'est manifestée auprès de nos services que le lendemain de la défenestration. Une déposition spontanée, recueillie plus de dix-huit heures après les premières constatations.

Claire avait bien noté qu'il existait un décalage, à cause des conditions de la perquisition, opérée comme en matière de suicide. Focalisée sur le témoignage de la Chinoise, elle n'avait cependant pas prêté attention à certains détails du P-V. Notamment l'heure et le jour où la vieille dame avait été entendue. Mais difficile de voir où Mayol voulait en venir.

Le flic continuait :

– Après avoir constaté le décès, nous avons immédiatement entamé l'enquête. Nous sommes montés chez la victime, puis nous avons interrogé les différents voisins. Sauf madame Wan, qui n'a pas répondu quand nous nous sommes présentés chez elle.

– Elle est quasiment sourde. Elle n'a pas dû entendre.

– C'est ce qu'elle nous a dit quand nous lui avons posé la question. J'ai tout de même trouvé ça curieux, compte tenu du contexte. Elle avait réussi à percevoir des cris, de l'autre côté de la cloison, mais pas les appels des policiers tambourinant contre sa porte. De plus, vous l'avez remarqué comme moi, il y a un signal lumineux au-dessus de l'entrée, couplé à la sonnette.

– C'est une personne âgée. Il était tard. Elle a très bien pu avoir peur.

– Peu probable. Un de mes hommes a collé sa carte de police sur le judas. Il n'y avait aucun doute sur notre identité.

La démonstration de Mayol commençait à accrocher la juge. Elle demanda :

– Qu'en déduisez-vous ?

– Je pense que cette dame a préféré retarder le moment de nous fournir son témoignage.

– Pour quelles raisons ?

– C'est ce que je voulais mettre au clair en l'interrogeant à nouveau.

– Et... ?

– Elle m'a encore menti.

Le fameux sixième sens, encore une fois. La juge rétorqua :

– Vous n'avez rien de plus concret ?

– Pas pour l'instant. Seulement la conviction que cette femme nous dissimule quelque chose.

– Pourquoi le ferait-elle ?

– Parce qu'elle a peur. Comme tous les Asiatiques que j'ai interrogés. Humbert vivait dans un univers qui terrorise ces gens et que l'esprit occidental ne peut même pas imaginer. Tout se tient. J'en suis certain. Et ce que j'ai trouvé chez lui ne fait que le confirmer.

Claire afficha un sourire sceptique qui n'exprimait en fait qu'un malaise grandissant. Le commissaire l'attirait vers un gouffre irrationnel qui chavirait ses certitudes et l'intriguait tout à la fois.

Elle demanda, d'un ton légèrement pincé :

– Bien... Que proposez-vous ?

38

L'université Paris VII-Diderot sentait encore le neuf. Après avoir déserté le campus de Jussieu pour cause d'amiante, elle venait d'emménager près de la Bibliothèque nationale de France, dans un ancien complexe industriel remis au goût du jour par une batterie d'architectes en vogue. Le site, grandiose, se répartissait entre plusieurs bâtiments classés aux monuments historiques. Les rails de la gare de triage rampaient encore en contrebas, déployant à perte de vue leur maillage de métal.

Claire et Mayol n'avaient mis que cinq minutes pour s'y rendre. Le policier avait insisté pour prendre sa voiture. Une forme de galanterie, ou de machisme, Claire n'avait pu se décider. Il s'était garé dans la toute nouvelle rue Marguerite-Duras, devant les ex-Grands Moulins de Paris.

À l'intérieur, hormis la cour centrale et les façades percées d'arcades, rien ne subsistait des anciennes installations. On déambulait dans un décor post-moderne de tubulures d'acier, d'assemblages de cuivre, de verre, ou de plomb gris.

Ils empruntèrent un escalier métallique, suspendu au milieu de la structure par des poutrelles apparentes. Le lieu, désert en ce mois d'août, renvoyait en écho le claquement de leurs pas.

Tout en montant, Claire se demandait encore ce qui l'avait poussée à suivre le policier. La raison lui dictait de le laisser agir, de rentrer à son cabinet, et de rédiger la commission rogatoire qui validerait son intervention. Pourtant, elle était là, comme aimantée par cette enquête qui lui échappait de plus en plus.

Au deuxième étage, Mayol poussa une porte. Au-dessus, sur une plaque de plastique translucide, la juge lut : « Institut Confucius ». Le commissaire lui avait expliqué qu'il s'agissait d'une unité de formation et de recherche en langues et civilisation orientales, créée par Paris VII en partenariat avec l'université de Wuhan, une des plus prestigieuses facultés chinoises. Il y connaissait un chercheur, le professeur Étienne Cot, l'un des meilleurs spécialistes européens en histoire de la Chine ancienne. L'homme était également féru d'antiquités chinoises, une passerelle naturelle entre son travail et ses passions privées.

Mayol salua la secrétaire. Au sourire qu'elle lui fit, on voyait qu'ils se connaissaient déjà. Elle désigna des chaises, collées contre le mur.

Pendant qu'ils attendaient le professeur, Claire sentit remonter en elle des souvenirs de fac. Elle ne songeait pas aux cours passés en amphi, ni aux attentes angoissantes devant les salles d'examen, mais plutôt à ce que ce mode d'enseignement lui avait procuré. Une liberté sans égale, après la pesanteur des institutions religieuses dans lesquelles ses parents l'avaient emprisonnée jusqu'au bac. À cette époque, et sans que personne ne trouve à y redire, elle avait enfin pu exister.

Très vite, elle s'était inscrite à l'Unef, un syndicat étudiant de gauche dont les idées l'avaient séduite. Comme elle, ces militants à peine sortis de l'enfance rêvaient d'un monde plus juste, d'une société abolissant privilèges et passe-droits dans le grand creuset de l'Université républicaine. Ils détenaient aussi des clefs qui pouvaient lui être utiles. C'est par leur intermédiaire qu'elle avait pu mener ses premières expériences humanitaires auprès des sans-abri. Plus tard, leurs réseaux lui avaient aussi permis de partir au Zaïre, de s'immerger dans l'horreur des camps de réfugiés, et d'une certaine façon, de devenir adulte.

Lorsqu'elle avait pris ses distances, personne ne lui en avait voulu. Peut-être, et de façon confuse, percevaient-ils que le temps des rêves était aussi compté pour eux.

La porte capitonnée s'entrebâilla soudain, laissant filtrer les dernières bribes d'une conversation animée. Puis une jeune fille passa en trombe, asiatique, visiblement émue. Contrastant avec ses formes menues, la silhouette massive d'Étienne Cot s'encadrait dans le chambranle.

– Venez.

Ils se levèrent ensemble. Poignées de main à la volée, sourire franc, le scientifique dégageait une impression d'autorité accentuée par un regard direct. Tignasse gris métal, il portait un costume anthracite, sans cravate, et une chemise blanche.

Il faisait penser à un rugbyman. Il en possédait la carrure, le visage cabossé, et sans doute aussi la mentalité. Une rugosité dans le contact imposait ce sentiment, même s'il s'agissait sûrement d'une façade.

Après les présentations d'usage, ils prirent place dans deux fauteuils de cuir. Ambiance dépouillée – mobilier italien et toiles contemporaines – l'État n'avait pas lésiné sur les investissements.

Mayol eut une moue admirative.

– Pas mal, tes nouveaux quartiers.

– Ça compense le bordel du déménagement.

Au ton, Claire sentit que le chercheur se moquait des attributs de sa fonction. Elle imagina un passionné, centré seulement sur sa spécialité. Certainement pas le genre à faire des ronds de jambe et à se pavaner dans les cocktails pour obtenir de l'avancement...

Étienne Cot attaqua aussitôt, confirmant cette impression.

– Je n'ai pas beaucoup de temps. Tout le monde est en vacances et j'hérite du bureau des pleurs. Tu m'as dit que tu avais quelque chose à me montrer ?

Le policier sortit le mandala de sa poche, sans faire de

commentaire. Cot chaussa une paire de lunettes et le prit dans ses mains. Sous les petits hublots, une lueur de gourmandise fit briller ses yeux.

– Tu l'as eu où ?

– Une saisie. Ne m'en demande pas plus.

Le scientifique eut un sourire en coin, sans pour autant lever le menton.

– Le secret de l'enquête, hein ?

– Étienne... On ne va pas remettre ça !

En observant l'échange, Claire se demanda où pouvait bien s'enraciner leur relation. Une certitude, seulement, s'imposait : ce flic vivait avec la Chine une histoire fusionnelle. Son affectation dans le treizième arrondissement n'était pas un caprice du destin mais une conséquence logique de son état d'esprit. Maintenant, elle comprenait l'insistance qu'il avait mise à conserver cette enquête. Et elle admettait qu'il était le mieux placé pour la faire progresser.

– À première vue, il doit s'agir d'une parure.

Cot avait rendu son verdict d'une voix neutre. Mayol resta de marbre.

– D'origine religieuse ?

– Aucune idée. Je n'ai jamais vu un truc pareil.

– Tu peux déchiffrer les idéogrammes ?

Haussement d'épaules du scientifique.

– Tu sais très bien que ce n'est pas ma spécialité. Mais je peux quand même te donner une info. Cette pièce porte le sceau des *qaghans* mongols. La *damgha*. Et plus précisément celui de Kubilay Khan. C'est le symbole qui est gravé sur son revers.

– Kubilay Khan. Un descendant de Gengis Khan ?

– Son petit-fils pour être précis. Il a renversé le dernier empereur Song à la fin du treizième siècle pour fonder la dynastie Yuan. Puis il s'est établi à Pékin après s'être converti au bouddhisme.

Ce dernier détail fit réagir Mayol.

– Au bouddhisme ? Étrange pour un Mongol qui a massacré des millions de gens !

– Pas autant que ça. Ce peuple possède une solide base animiste. Il a toujours vénéré les divinités de la Nature, les esprits de la steppe ou ceux des ancêtres. De plus, la démarche conquérante des Mongols s'appuyait sur une grande tolérance religieuse. Quand il s'est emparé de la Chine, Gengis Khan a respecté les croyances de ses nouveaux sujets. Taoïsme, bouddhisme ou confucianisme, il a encouragé les trois écoles. À des degrés divers bien sûr, et en fonction de ses intérêts. La conversion de son petit-fils s'inscrit dans cette logique...

Cot s'était détendu. Il semblait ravi de dispenser un cours d'histoire improvisé. Mayol recadra le débat.

– Qui aurait pu posséder ce genre d'objet ?

– Il provient sans doute de la liste impériale. Le sceau de Kubilay était apposé sur la moindre tasse à thé.

– Il appartenait donc à l'empereur ?

– Ou à quelqu'un de sa cour. Peut-être une favorite à qui il aurait pu l'offrir.

Le commissaire fit mine de réfléchir puis demanda :

– Parle-moi de Kubilay.

– Un prince éclairé, ouvert, et surtout un grand bâtisseur. Un de ses principaux conseillers était l'explorateur italien Marco Polo.

– Ce n'est pas ça qui m'intéresse. Je faisais référence à sa foi.

– Authentique, c'est certain. Il a néanmoins suivi la route tracée par son grand-père en continuant de favoriser le courant *Quanzhen Dao*.

– Tu peux préciser ?

– Littéralement : « La voie de la parfaite complétude ». Un syncrétisme d'origine taoïste, visant à réunir les trois doctrines. Gengis Khan avait très vite compris l'intérêt de cette école susceptible de coiffer toutes les religions chinoises, et donc de mieux les contrôler. Bien que bouddhiste, Kubilay s'est aussi appuyé sur Quanzhen. Un échange politique permettant à l'école de s'étendre, et à l'empereur de maîtriser les âmes.

Une nouvelle fois, Mayol laissa s'installer un silence. Claire l'observait, se gardant bien d'intervenir. Elle suivait néanmoins la pensée du policier, qui disséquait l'environnement dans lequel se situait le mandala.

Le commissaire reprit l'objet, posé par Cot sur le bureau. Tout en le manipulant entre ses doigts, il poursuivit son approche.

– Kubilay était bouddhiste, on est d'accord. Mais tu sais comme moi que les ponts entre les trois religions sont nombreux. Surtout à cette époque, d'après ce que tu viens de me dire. Hormis l'intérêt politique de Quanzhen, cet empereur a-t-il également flirté avec le taoïsme ?

Cot soupira. Cette fois, la question semblait le prendre de court.

– Ce serait dans la logique des choses.

– Je vais être plus précis. Une des caractéristiques du taoïsme est de s'appuyer sur la connaissance des démons. Pratique d'exorcismes, de sorcellerie ou de magie blanche, les « immortels » peuvent tout faire puisqu'ils sont les spécialistes de l'irrationnel. Kubilay a-t-il été tenté par cette voie ?

– Je l'ignore. Ce qui est sûr, c'est qu'il avait dans son entourage de nombreux Maîtres appartenant à cette école.

– Qui auraient pu l'initier ?

– Pourquoi pas...

Le commissaire adressa un sourire à Claire. Il semblait tenir ce qui l'intéressait. Une caution scientifique apportant de l'eau au moulin de ses découvertes.

Il revint vers Cot avec un regard bienveillant.

– Merci, Étienne. Tu as confirmé ce que je pressentais.

– Content d'avoir rempli ma mission. Mon bonheur n'est-il pas lié au tien ?

Mayol était déjà debout. En guise de réponse, il joignit les mains et inclina la tête.

39

– J'aurais dû m'en douter.

– De quoi ?

Ils remontaient la rue de Tolbiac au pas, bloqués derrière un bus. Claire plissa les yeux, gênée par la lumière.

– La nourriture végétarienne, le thé, les arts martiaux... Et maintenant ce salut de yogi. Vous êtes bouddhiste, n'est-ce pas ?

– Effectivement.

– Vous auriez pu me le dire.

– Ça aurait changé quoi ?

– J'aurais pu comprendre.

– Qu'est-ce que vous auriez pu comprendre ?

– Je ne sais pas... Votre façon d'aborder cette histoire. Tout ce mysticisme qui entoure l'enquête.

Le policier lui lança un regard rapide puis se concentra à nouveau sur la conduite.

– Vous pensez réellement que cette information vous aurait aidée à me faire confiance ?

La juge le fixa à son tour. Il y avait dans le ton de Mayol la certitude tranquille de celui qui connaît déjà la réponse. Elle tiqua, mais rebondit aussitôt.

– Ce n'est pas la question. J'ai accepté de vous accompagner parce que j'étais curieuse de voir où vous alliez.

Mais c'est moi qui dirige cette enquête. Ne l'oubliez pas ou je serai contrainte d'interrompre notre collaboration.

Le commissaire soupira. Ils avaient tourné rue du Château, une artère paisible bordée d'immeubles résidentiels. Des tourbillons de chaleur s'échappaient du bitume, donnant l'impression d'une perspective instable.

Mayol se décida à en dire plus.

– J'ai vécu en Chine. Il y a longtemps. C'est une vieille histoire et je vous la raconterai peut-être un jour. Mais pour l'instant, mon passé n'a aucun intérêt. Il peut seulement nous aider à appréhender cette affaire si vous mettez de côté vos a priori.

Claire fut piquée au vif.

– Mes a priori ? Vous plaisantez ?

– Vous voulez tout rationaliser. Tout maîtriser. L'idée d'être dépassée vous panique.

– Comment pouvez-vous...

– Je le perçois. Cette façon de vous rassurer est un moyen commode pour affronter l'existence et pour exercer votre domination sur le monde. Comme vous croyez l'exercer sur vous-même.

Claire aurait voulu répondre, trouver quelque chose à rétorquer. Rien ne venait. En quelques phrases simples, Mayol l'avait percée à jour, avait pointé le doigt là où elle avait mal.

Il poursuivait :

– Pour ma part, j'ai appris à croire en d'autres choses. Je pense que nous faisons partie d'un tout. Que ce tout agit sur nous comme nous agissons sur lui. Je n'enferme pas la vie dans des cases. Je la ressens et je me laisse guider.

Il s'interrompit. Un silence lourd plombait l'habitacle, de ceux qui suivent les mises au point. Claire était touchée au cœur, mais curieusement, constatait qu'elle ne lui en voulait pas.

– J'ai la conviction, continua Mayol, que nous n'avons pas affaire à une enquête ordinaire. La peur qui règne autour de la victime, son engagement dans le wushu, ces objets rituels que j'ai trouvés à son domicile, et maintenant, ce lien avec le taoïsme. Je vous l'ai dit, tout se tient.

Il était revenu dans le vif du sujet. Une façon de lui signifier qu'il ne la jugeait pas. Chacun faisait comme il pouvait. Il fallait seulement tenter de dépasser ses préjugés.

Cette conclusion soulagea Claire. Elle ne se sentait pas la force de parler de sa douleur. Pas avec lui.

– Très bien... Vous avez en effet le profil pour conduire ce genre d'enquête. J'en suis consciente et je choisis de vous faire confiance. Mais c'est donnant-donnant. Cet univers m'est totalement étranger. Alors éclairez-moi.

– Que voulez-vous savoir ?

– Tout. Vous venez de parler de taoïsme, par exemple. Quel rapport avec ce qui nous intéresse ?

– La philosophie taoïste est fondée sur une ascèse du corps permettant de conduire à « l'immortalité ». Les arts martiaux en sont une composante importante et Humbert les pratiquait en virtuose. Je suis persuadé que Wong Fat, le moine Shaolin affronté chez Cheng Li, savait où s'était formé son adversaire et quelle était son orientation religieuse.

– Pourquoi n'en a-t-il rien dit ?

– Les Chinois sont superstitieux. Ils craignent les forces tectoniques, les fantômes, et croient à l'existence de démons capables d'influer sur leurs âmes. Si Humbert se rattachait à une part sombre du taoïsme, ce que le bouddha trouvé chez lui me conduit à penser, il devait inspirer assez de crainte pour paralyser Wong Fat.

Claire tiqua.

– Il y a un point qui m'échappe. Si Humbert était taoïste, pourquoi vénérait-il une représentation de bouddha ?

– Le syncrétisme chinois permet ce genre d'accommodement. A fortiori si notre homme a suivi l'enseignement de Quanzhen, l'école dont nous a parlé Étienne Cot.

La juge ne put s'empêcher d'ironiser.

– Cette école aurait des versants « maléfiques » ?

– Le bouddha aux poings serrés va dans ce sens. Le mandala nous permettra d'en savoir plus.

– Comment ?

– Pour les taoïstes, comme pour les bouddhistes, la mort n'est pas une fin. Les premiers visent l'immortalité, les seconds la réincarnation. En décodant cet objet, nous pourrons peut-être comprendre pourquoi Humbert est passé par la fenêtre.

– Et il vous apprendra aussi s'il a sauté de son plein gré ?

– Dans un cas comme dans l'autre, il faut pénétrer l'âme de cet homme. Là sont les réponses.

La magistrate n'ajouta rien. Il n'y avait plus qu'à accepter l'augure...

Ils tournèrent dans le boulevard Masséna, vers la Porte d'Ivry. Dans la voiture, un vent chaud caressait leurs visages et soulevait leurs cheveux. Claire laissa aller sa tête en arrière. La discussion avec Mayol lui avait fait du bien. Elle avait permis de recadrer les choses, de donner à chacun une occasion de trouver sa place. Le commissaire était de son côté. Il le lui avait déjà prouvé en déjouant les plans de Lunel. Maintenant, il allait lui permettre de renvoyer la balle au substitut.

Enfin, sur un plan plus intime, cet homme l'apaisait. Des sensations lointaines remontaient en elle, dont elle n'avait plus ressenti la force depuis longtemps. Elle retrouvait aussi une acuité particulière dans le regard, l'impression de capter le moindre frémissement de son environnement, une vigilance de chaque instant. Le voile qui recouvrait son existence se dissolvait, laissant surgir un monde aux contours nets.

Si on lui avait demandé de mettre des mots sur ce qu'elle éprouvait, elle aurait simplement répondu qu'à cette seconde, elle se sentait vivante.

40

En plein après-midi, l'avenue d'Ivry avait des airs de ville fantôme. Pas un chat, zéro circulation, des places de stationnement à la pelle. Avec quarante degrés à l'ombre, personne n'osait se risquer dehors.

Seuls les établissements Tang Frères échappaient à la règle. Une noria de camionnettes allait et venait devant leurs entrepôts, manœuvrant en silence au milieu des palettes. Le plus gros supermarché asiatique du quartier ne fermait jamais. Canards laqués, nouilles chinoises, nems, les produits de base s'offraient par présentoirs entiers. Mais il y avait aussi des épices rares : cardamome, galanga, graines de lotus, ou encore feuilles de théoy qui coloraient les plats, krachai indispensable dans les currys de poissons, et toute la gamme des piments thaïs. Car au-delà de sa clientèle courante, Tang fournissait les restaurants, livrait à domicile, organisait des réceptions. Chaque Asiatique vivant en Île-de-France passait par là un jour ou l'autre. Une véritable corne d'abondance : le ventre de Chinatown.

Le temple se situait à deux pas, rue du Disque, une artère souterraine courant sous les tours des Olympiades. L'endroit, improbable, était niché au fond d'un parking sale. On y accédait par quelques marches, coincées entre deux bennes à ordures bourrées jusqu'à la garde.

Claire s'attendait à une façade colorée, ouvragée, ornée

de dragons menaçants. Au lieu de ça, un simple rideau de fer et une banderole en plastique jaune fluo claquaient dans ce décor minable.

Elle lut : « Autel du culte de Bouddha ». Aussitôt, elle interpella Mayol.

– Où est-on, là ? On ne devait pas voir un « maître » taoïste ?

– Patience...

Elle n'insista pas. Le commissaire cogna du poing contre le métal. Un vacarme de tous les diables monta dans le parking, qui la mit mal à l'aise.

– Vous voyez bien que c'est fermé, lança la juge.

Le commissaire lui adressa un sourire entendu.

– Ce n'est *jamais* fermé.

Effectivement. Au bout de quelques secondes, une machinerie s'enclencha. Le rempart s'enroula sur lui-même, avec des couinements de cochon qu'on égorge.

Claire vit d'abord une paire de pieds, chaussée de sandales en cuir fauve. Puis des mollets maigres, à moitié couverts par une étoffe de couleur ocre. Une toge... Lorsque le rideau parvint à mi-hauteur, la totalité du corps apparut. De petite taille, flottant sous le tissu qui dévoilait une épaule et deux bras décharnés.

Enfin, la tête sortit de l'ombre. Visage parcheminé de rides, lunettes épaisses couvrant deux yeux de reptile, crâne tondu.

– Commissaire ?

Voix claire, très douce, pratiquement sans accent. Le bonze ne semblait pas surpris. Il donnait l'image d'un lac paisible, d'une sérénité que rien ni personne ne pouvait troubler. Fût-ce même le diable...

Mayol se fendit d'un salut bouddhiste, mains jointes, front incliné.

– Maître Laï.

L'autre lui rendit la politesse sur le même mode.

– Désolé pour le raffut, enchaîna le policier.

– Il n'y a de bruit que dans les cœurs, commissaire.

– Peut-on vous parler ?

– Naturellement.

Il s'effaça dans un froissement d'étoffe. Claire suivit le mouvement, baissant la tête pour pénétrer à l'intérieur. Tout de suite, une forte odeur d'encens. L'air en était saturé jusqu'à devenir palpable. Puis elle vit les bougies. Courtes, trapues, alignées par centaines sur des plateaux de cuivre. Leurs flammes dessinaient de minuscules halos, comme une compagnie d'elfes complotant dans le noir.

Le regard de la juge s'accommoda. Peu à peu, elle discerna les contours d'une sorte de vestibule tapissé de bleu turquoise. Plusieurs portes, fermées. Aucun décorum, hormis deux lions de pierre, de part et d'autre d'une lourde tenture brodée. Le moine écarta d'une main le paravent. Toujours souriant, il leur montra le passage.

Ils se glissèrent dans une pièce circulaire. Des bougies, encore, unique source de lumière. Elles révélaient un espace clos, oppressant, qui vacillait dans une lueur de cire.

Claire sentit la pieuvre qui commençait à s'agiter en elle. Fixer son attention sur du concret. Penser à autre chose. Elle contrôla sa respiration et se força à détailler la salle.

Un bouddha doré était placé en son centre, assis sur une estrade de velours rouge. Sa taille, une fois et demie l'échelle humaine, lui conférait une aura monstrueuse. Elle songea à un ogre, attendant qu'on lui serve sa pitance. À ses pieds, un bric-à-brac d'objets hétéroclites – des offrandes probablement. Il y avait aussi des photos, des fleurs, et une multitude de statuettes à l'effigie de la divinité.

Le moine prit place sur un tabouret bas, en position du lotus. Les deux Européens s'assirent à même le sol, un peu en contrebas. D'immenses miroirs les encerclaient, sertis dans des cadres ouvragés évoquant des pagodes.

– La paix du Bouddha vous accompagne.

– Elle est toujours en nous, répondit Mayol.

Un court silence s'ensuivit. Puis le vieux sage releva le menton.

– Que se passe-t-il, commissaire ? Je n'ai pas l'impression que vous soyez venu pour méditer...

– Non. Pas aujourd'hui.

– Que cherchez-vous, alors ?

Pas de faux-semblants. Aucune gêne. L'échange signait une relation ancienne, tissée dans la confiance et le respect.

Mayol présenta Claire.

– Madame Brissac est juge d'instruction au TGI de Paris. Nous enquêtons sur une mort suspecte. C'est elle qui dirige les investigations.

Un hochement de tête pour toute réponse. La magistrate eut un sourire maladroit pendant que le commissaire sortait la médaille de sa poche.

– J'ai trouvé ça chez la victime.

La main du moine bouddhiste saisit l'objet. Il l'observa avec attention puis le restitua.

– J'ignore ce que c'est.

– Peut-être un mandala. Il était dans un nécessaire à prières, avec d'autres objets de culte.

– Vous avez donc la réponse.

– En partie seulement. Je sais qu'il appartenait à un empereur mongol, Kubilay Khan. Et je crois également qu'il renferme une symbolique taoïste.

– Taoïsme et bouddhisme sont comme les doigts d'une même main. Aussi individualisés qu'inséparables.

– À un détail près. Le taoïsme possède une part noire. Pas le bouddhisme.

– Nul ne peut l'affirmer. Hormis celui qui affronte ses doutes.

Claire tendait l'oreille. Ces considérations philosophiques la renvoyaient à son propre chemin, ses propres errances. En d'autres lieux, son psy aurait très bien pu lui tenir un discours semblable.

Mayol rétorqua :

– Votre analyse est sage, Maître Laï. Mais je veux parler des fondements de cette Voie, des *daoshis* qui combattent le mauvais œil, de ceux qui communiquent avec les morts, qui lisent l'avenir ou qui prétendent procurer l'immortalité.

– Tout cela n'a rien de noir. Bien au contraire. Ces pratiques n'ont pour but que de nourrir le principe vital. Nous-mêmes, ne croyons-nous pas au samsara ?

– C'est différent.

– Différent et pourtant similaire. Les renaissances conduisent au nirvana, qui n'est qu'une autre vision de l'immortalité.

Le bonze avait les yeux mi-clos. Il semblait prêt à entrer en lévitation.

Mayol ne lâcha pas le morceau.

– Alors pour quelle raison le bouddha qui accompagnait ce mandala avait-il les poings serrés ?

– Que voulez-vous dire ?

– La représentation que vénérait la victime était dans une position hostile. Un mudrâ de violence.

Un silence s'abattit. Le moine était figé dans une immobilité minérale. Il semblait faire appel à des forces invisibles. Claire eut l'impression que des esprits allaient sortir des murs.

Enfin, Maître Laï énonça :

– Vajrayâna.

Ce mot fit réagir Mayol.

– Le « Troisième Véhicule » ?

– Cela même.

– Ça n'a pas de sens. Les lamas prônent la tolérance.

– Les chemins qui y conduisent peuvent être tortueux.

Cette fois, Claire se racla la gorge. Elle était là pour comprendre et l'échange devenait sibyllin. Le flic saisit le message et se tourna vers elle.

– Il existe une forme de bouddhisme appelée Vajrayâna ou « Troisième Véhicule ». On la nomme ainsi par référence au bouddhisme des origines, Hînâyana ou « Petit Véhicule », et au bouddhisme populaire, Mahâyâna ou « Grand véhicule ». Mais en réalité, le Vajrayâna ne serait qu'un courant de ce dernier.

La jeune femme n'entendait rien à ces querelles de chapelles. Elle acquiesça malgré tout...

– Le Vajrayâna est une voie d'origine indienne à dominante tantrique, poursuivait Mayol. Adoptée au Tibet au détriment du Chan, forme sous laquelle on pratique le Mahâyâna en Chine, qu'on appelle Zen au Japon.

Claire n'eut pas le temps de digérer cette avalanche d'informations. Le policier s'adressait de nouveau au moine.

– Je ne comprends pas, Maître Laï. Cette statuette symbolisait la colère. Expliquez-moi où est le rapport.

Le bonze laissa passer quelques secondes. Puis questionna :

– Que savez-vous du bouddhisme tibétain ?

– Peu de choses, je le reconnais. Hormis qu'il fait appel aux vieilles croyances de l'hindouisme, mêlées à des relents de chamanisme Bön.

– C'est un excellent départ. Vous devriez être à même de saisir la suite.

Nouvelle interruption. Les mots étaient vraiment distillés au compte-gouttes.

– Bien et Mal s'affrontent à chaque niveau de conscience, cherchant chacun à prendre le dessus sur l'autre. Le noble sentier doit nous conduire vers une juste maîtrise de ce combat.

– Je sais tout ça. Mais vous ne répondez pas à ma question.

– Comme toutes les écoles, le Vajrayâna suit ces préceptes. Néanmoins, il a aussi un caractère ésotérique. Il propose une identification à l'une des déités du panthéon tantrique qui permettrait d'atteindre plus rapidement l'Éveil. Ces déités sont le plus souvent protectrices, comme les treize bouddhas ou les sept bodhisattvas. Mais il existe aussi des figures de colère, comme celle dont vous m'avez parlé.

– Des figures qui pourraient être « maléfiques » ?

Le bonze posa sur le policier un regard scrutateur.

– Le Mal semble vous préoccuper, commissaire.

– Je vis avec lui, Maître Laï.

– Vivre n'est pas subir. Ne le laissez pas vous envahir.

– J'essaye seulement de le comprendre.

Pour la première fois, Claire nota chez Mayol une tension. Sous ses airs anodins, le jugement du Chinois semblait le déstabiliser.

Les yeux bridés se plissèrent un peu plus, comme en recherche d'une vérité. Puis la voix douce reprit :

– Ces figures servent à stimuler l'avancée sur le chemin de l'Éveil. Elles permettent de transformer les émotions ou les pulsions physiques négatives en énergie positive.

– Comme un catalyseur ?

– Oui. Mais à manier avec prudence. L'instruction de l'élève doit prendre en compte le danger que représente une telle puissance. Le Maître transmet son savoir ésotérique en tenant compte des risques. Il doit apprécier ce qui doit être enseigné, et à quel moment.

– Sinon ?

– La part obscure est capable de prendre le dessus. Elle ne conduit plus à l'illumination mais au chaos intérieur.

La sentence se résorba dans un silence de plomb. Claire respirait avec difficulté, la tête lui tournait. Plus que l'air chargé d'encens, c'étaient ses propres démons qui lui serraient la gorge. Le Bien, le Mal, un combat sans gagnant. Elle aussi vivait dans cette impasse. Depuis l'assassinat de Fabrice, son désir de vengeance l'emportait parfois sur ses propres valeurs. Elle rêvait alors d'une justice terrifiante, s'abattant sur le meurtrier de son mari dans un déferlement de violence. Dans ces instants, la juge qui protégeait et incarnait la loi devenait un être de haine subissant le cataclysme qu'était devenue sa vie.

Elle entendit à peine Mayol qui reprenait :

– Encore une chose, Maître Laï.

– Je vous écoute.

– Outre le Tibet, on pratique bien le bouddhisme tantrique en Mongolie, n'est-ce pas ?

– Oui, toute la région himalayenne suit cette voie : Népal, Bhoutan, Sikkim...

En une fraction de seconde, la magistrate comprit. La Mongolie. Kubilay Khan... Toutes les pièces du puzzle s'emboîtaient.

Le bonze confirma.

– Ce bouddhisme a eu une très forte influence à l'époque des Yuan. Les empereurs mongols en avaient fait la religion officielle de la cour.

– Tout en soutenant l'école Quanzhen ? demanda Mayol.

– Rien ne s'y opposait. La base taoïste de Quanzhen ne l'empêchait pas d'accueillir cette forme de bouddhisme. Bien au contraire. Elle y trouvait une légitimité liée à sa propre part d'occultisme.

Le cercle se refermait. La parenté entre le mandala et le bouddha aux poings fermés ne faisait plus aucun doute. Deux composantes d'un rite obscur, qui puisait ses racines dans une époque lointaine. Un temps de fureur et de mysticisme dominé par des empereurs aux mains maculées de sang.

Mayol ne disait plus rien. Il avait fait le cheminement depuis longtemps, porté par sa seule conviction. Les paroles du bonze n'avaient fait que l'étayer.

– Maître Laï..., J'aurais une dernière chose à vous demander, lança le policier.

– Oui ?

– Il n'y a pas de temple taoïste « officiel » à Paris. Du moins pas à ma connaissance...

– C'est exact.

– Connaissez-vous un moine taoïste qui pourrait m'éclairer sur la signification du mandala ?

Le vieux Chinois plissa les yeux. Claire n'arrivait pas à savoir s'il cherchait un nom ou s'interrogeait sur l'opportunité de le fournir. Enfin, il laissa tomber :

– Wang Quian. Vous le trouverez au magasin de son petit-fils, L'Herbe Magique. C'est une herboristerie, avenue de la Porte-d'Italie.

41

Des murs de bois noir.

Alignées tels des soldats à la parade, des étiquettes autocollantes. Elles identifiaient de minuscules tiroirs où s'incrustaient de fines poignées de métal peint. On aurait pu se croire à l'intérieur d'une pharmacie high-tech. Ordonnée, impeccable, lustrée.

Un long comptoir cerclait la pièce. Derrière, un Chinois en blouse blanche s'affairait devant un écran d'ordinateur. Jeune, raie sur le côté, lunettes d'intello. En entendant la porte s'ouvrir, il leva le menton et afficha un sourire commercial.

– Bonjour.

Mayol s'avança.

– Monsieur Quian ?

– Oui.

– Commissaire Mayol, énonça-t-il en présentant sa carte. Est-ce que votre grand-père est là ?

Le sourire étudié se résorba d'un coup.

– Mon grand-père ?

– Wang Quian, c'est bien votre grand-père, n'est-ce pas ?

– Tout à fait... Mais...

– Ne vous inquiétez pas, nous souhaitons simplement lui parler.

Les yeux de l'herboriste sautèrent du policier à Claire. Il cherchait une réponse, un indice lui permettant de comprendre. En désespoir de cause, il hocha la tête avec un air de soumission.

– Il est au-dessus, à l'étage.

– Allez le chercher, répondit Mayol d'une voix tranquille. On vous attend ici.

– C'est que...

– Qu'y a-t-il ?

– Grand-père a du mal à se déplacer. Mais je peux peut-être vous renseigner.

– Je ne crois pas. Montrez-nous le chemin. On vous suit.

Le jeune homme acquiesça à contrecœur. Il avait la gestuelle du coolie, servile, indéchiffrable.

Une porte s'ouvrait derrière le comptoir. Elle donnait sur une réserve où couraient des rayonnages poussiéreux. Serrés sur ces étals, un bric-à-brac de bocaux translucides, d'emballages sous vide, de sachets plastique.

Ils prirent le couloir central. Fragrances complexes, odeurs mêlées d'eucalyptus, de citronnelle, de menthe. Au bout, un escalier grimpait vers le plafond. Ils l'empruntèrent dans le sillage du commerçant. Nouvelle porte. Un panneau annonçait « Laboratoire ».

Ils débouchèrent sur une pièce sombre, toute en longueur. Une paillasse de céramique douteuse l'occupait presque entièrement. Un réchaud à gaz était posé dessus, à côté de cornues, de flacons et autres récipients, tenant plus de la batterie de cuisine que du matériel technique. Des mixtures lourdes cuisaient dans des woks, une odeur de produits toxiques flottait dans l'air.

Le « Labo »... sourit la magistrate. On était loin des normes Iso. À L'Herbe Magique, toute la modernité semblait s'être concentrée dans la boutique, la seule partie visible de l'entreprise. Derrière, on retrouvait une Chine traditionnelle, un peu moyenâgeuse, où les règles d'hygiène dataient de Mathusalem. Quant aux décoctions, il était peu probable qu'elles aient obtenu une autorisation de mise sur le marché.

Une voix chevrotante monta de nulle part :

– Hang, *Ken fao*[1] ?

– *Dao*[2] !

Un raclement. Des soupirs lourds. Puis un vieillard apparut. Il était vêtu d'un genre de pyjama en coton noir, boutonné par un système de passants, et protégé par un tablier de plastique. Ses cheveux blancs dépassaient d'un calot, noués dans le cou en une longue natte aux allures de serpent assoupi. Il s'appuyait sur une canne mais paraissait encore alerte.

D'un geste doux, son petit-fils lui prit le bras. Il lui parla lentement, comme on s'adresse à un enfant. Claire chuchota à l'intention de Mayol :

– Qu'est-ce qu'il lui dit ?

– Aucune idée. Ils utilisent un dialecte.

– Génial...

Les palabres durèrent une bonne minute. Le vieux écoutait, sans lâcher les intrus du regard. Enfin, l'herboriste revint vers eux.

– Grand-père va répondre à vos questions. Il ne parle pas le français. Je traduirai.

Ils passèrent à côté, dans une pièce minuscule, meublée d'un unique fauteuil et d'un guéridon sur lequel crépitait une radio. L'ancêtre se laissa guider jusqu'au fauteuil. Son petit-fils éteignit le poste et ouvrit des chaises pliantes. L'interrogatoire démarra.

– Maître Quian... C'est un immense honneur de vous rencontrer. Je suis un disciple de Gong Laï et je souhaiterais que vous m'éclairiez de votre connaissance.

À l'énoncé du nom, les sourcils de neige se froncèrent. L'herboriste eut également un temps d'arrêt puis traduisit.

---

1. « Hang, c'est toi ? »
2. « Oui ! »

Après un court silence, le vieillard hocha la tête et cracha une bouillie de mots.

– Il se demande si vous êtes bouddhiste ou policier, interpréta son petit-fils.

– Les deux, répondit Mayol en tendant le mandala. Demandez-lui ce que c'est.

L'herboriste n'eut pas le temps d'ouvrir la bouche. Le vieux avait déjà saisi l'objet et l'observait avec intensité. Après l'avoir manipulé dans tous les sens, il le restitua vivement, comme si le métal lui brûlait les doigts. Puis, reprenant son calme, il marmonna quelque chose.

– Il dit qu'il ne sait pas, expliqua son petit-fils.

– Vraiment ? s'étonna Mayol.

– Je traduis.

– Bien sûr... Alors dites-lui ceci. J'ai un immense respect pour lui. Pourtant, je crois qu'il me cache la vérité.

– Mais...

– Dites-lui que j'ai vu la crainte envahir son esprit. Je la comprends. Il peut me parler. Je le protégerai.

Nouvel aller-retour. Claire suivait. La façon dont se déroulait l'interrogatoire lui rappelait certaines auditions, quand, par interprète interposé, elle tentait de convaincre des prostituées libériennes de balancer leurs macs.

– Il répète qu'il ne sait pas.

Le commissaire soupira.

– D'accord. Eh bien expliquez-lui ce qui va se passer. Je vais prévenir les services de l'hygiène. Demain matin, deux fonctionnaires viendront constater que votre boutique ne répond pas aux normes. Je vous garantis qu'on la fermera dans l'heure.

Le visage de premier de la classe se décomposa.

– Vous ne pouvez pas faire ça.

– Je leur expliquerai aussi que c'est votre grand-père qui fabrique les potions. En creusant un peu, on trouvera bien de quoi lui coller un exercice illégal de la médecine. Traduisez-lui tout ça.

Les mots fusèrent. Une logorrhée hachée, dont le débit

signait la panique. Le vieillard ne bronchait pas. L'autre s'escrima pendant cinq longues minutes, essayant visiblement de le convaincre. Puis la réponse arriva.

– Il dit que...

– Oui ?

– Il dit que s'il parle, ce n'est pas lui qui aura besoin de protection.

– Je prends le risque.

Regard de soulagement du commerçant. De toute évidence les craintes de son grand-père ne l'affectaient pas. Seule comptait sa boutique, ses probables emprunts et l'urgence de les rembourser.

D'un signe de tête, il donna le feu vert.

Un monologue s'ensuivit, énoncé d'une voix traînante. Claire n'écoutait pas. Elle ne comprenait rien et d'autres pensées la prenaient en tenaille. Pour la première fois, elle venait de voir Mayol employer la menace. Elle avait perçu dans le ton une fermeté, une détermination qui dévoilaient enfin le flic. Le policier de terrain, capable du pire pour parvenir à ses fins.

Le moine continuait. L'herboriste traduisait d'un ton professoral.

– L'objet que vous possédez est très ancien. Il date d'une époque que les taoïstes appellent l'ère des « Serpents Volants ». Historiquement, elle correspond aux débuts de la dynastie Yuan, vers le milieu du treizième siècle... Les trois grandes religions chinoises cherchaient à affirmer leur suprématie. Pour apaiser ces luttes, l'empereur Kubilay Khan s'était converti au bouddhisme. Parallèlement, il continuait à favoriser l'école taoïste Quanzhen qui prônait l'unification.

» Mais Kubilay se méfiait de Quanzhen. L'influence des "immortels" grandissait, au risque de lui faire de l'ombre. Il décida de les noyauter, pour mieux les contrôler. Ainsi furent créés les "Serpents Volants", une secte de fidèles dévoués corps et âme au souverain mongol. Ses membres étaient des moines, initiés aux pratiques du wushu, qui avaient renié depuis longtemps "l'enseignement de la Voie". Leur seule religion était le Khan, et leur seul moyen d'expression la violence.

Une pause. Mayol en profita.

– Comment ont-ils pu s'infiltrer dans une communauté comme celle de Quanzhen ?

Le vieux moine eut une moue de lassitude et reprit le fil...

– Les hommes sont lâches, traduisit l'herboriste. Les Serpents Volants faisaient preuve d'une telle cruauté que personne n'osait s'opposer à eux. Comme tous les taoïstes, ils pouvaient communiquer avec les esprits. Mais eux vénéraient des démons. Progressivement, ils ont pris le pouvoir chez Quanzhen, évinçant les grands Maîtres quand ils ne les assassinaient pas. Kubilay avait gagné. Il avait maintenant la mainmise sur le plus grand courant de pensée de l'époque, tout en s'en démarquant officiellement.

Nouvelle interruption. Le vieillard fixait le plafond, comme s'il recherchait l'inspiration. Puis il reprit, suivi de près par son petit-fils :

– Mais l'Histoire est capricieuse. Parfois, la terreur ne sert qu'à faire le lit de la sagesse. Les Serpents Volants se sont maintenus près d'un siècle, jusqu'à l'avènement des Ming. Zhu Yuanzhang, le fondateur de cette dynastie, décida de se débarrasser d'eux. Une nouvelle école fut nommée à la tête des religions, *Zhengyi Dao*, l'école des Maîtres célestes. Les Serpents Volants furent pourchassés, jugés pour corruption et pour certains, exécutés.

Claire était fascinée. Un univers entier se déployait au fond de ce cagibi. Elle avait l'impression d'écouter un conte, une histoire pour enfants qu'aurait inventée l'aïeul. Pourtant, elle le sentait, tout était parfaitement réel.

Le récit se poursuivait :

– Les survivants de cette grande purge se sont regroupés dans les montagnes du Nord. Leur ressentiment était immense, mais leurs moyens limités. Ils n'étaient qu'une poignée, leurs monastères avaient été brûlés. Pendant près de deux cents ans, la secte a totalement disparu. Les moines s'étaient cachés, transmettant à leurs disciples cet idéal qui n'était plus fait que de haine. Ils attendaient l'occasion de revenir sur le devant de la scène.

» Elle se présentera au milieu du XVIIe siècle. Les Mandchous viennent de renverser les Ming et de fonder la dynastie Qing. Des moines bouddhistes prennent la tête d'une rébellion et plongent le pays dans le chaos. Ces guerriers mystiques opèrent en secret sous la désignation de "Triade".

Le mot percuta Claire. Comme tout le monde, elle avait entendu parler de ces organisations mafieuses, sans savoir exactement d'où elles tiraient leurs origines.

– Les Serpents Volants ont proposé leurs services. Malgré la vieille rancœur, les bouddhistes avaient besoin de soldats. Ils acceptèrent cette alliance contre nature, ignorant qu'ils venaient de ressusciter un monstre.

L'ancêtre se tut. Il semblait épuisé, anéanti. Mayol ne lui laissa pas le temps de reprendre son souffle.

– Continuez, Maître Quian. Parlez-moi de ces triades.

La voix du vieux taoïste se fit lointaine. Son petit-fils chuchota :

– Les Serpents Volants se sont très vite démarqués de leurs alliés bouddhistes. Si la guerre leur avait redonné le goût du sang, ils savaient maintenant que leur place était dans l'ombre. Au fil des dynasties, ils affirmèrent leur originalité et leur indépendance. Quand les triades traditionnelles faisaient office de... (il chercha le mot) régulateur social, eux se concentraient déjà sur les activités criminelles. On retrouve leur trace à toutes les époques, sous tous les régimes. Leur seule loi est celle de leur secte. Ils ne respectent même pas les autres triades qui préfèrent se tenir à distance.

Le policier hocha vaguement la tête. Cette partie du discours ne semblait l'intéresser qu'à moitié. Elle devait renvoyer à des schémas qu'il connaissait par cœur. Mayol alla donc droit au but.

– Ils sont présents à Paris ?

Traduction. La réponse négative du vieillard ne parut pas satisfaire le commissaire. Il enchaîna en désignant le mandala, toujours posé sur le guéridon :

– Qu'est-ce que ça représente ?

L'ancêtre reprit l'objet et l'observa quelques secondes, visage fermé. Enfin, il expliqua :

– La marque du Mal et la déchéance de nos idéaux...

Il désigna les trois sinogrammes.

– Le premier symbole est un serpent possédant des ailes de dragon, référence au nom qu'ils se sont donné. Le deuxième évoque l'immortalité, base de notre philosophie. Quant au troisième, c'est celui qu'on associe au chaos. Pour les Serpents Volants, l'éternité n'est que souffrance, asservissement de l'autre, pouvoir de destruction.

Il retourna la médaille avec un air de dégoût.

– C'est le sceau de Kubilay Khan, le fou qui les a créés.

La sentence mourut sur les lèvres du traducteur. Claire eut brusquement la sensation que quelque chose avait changé dans l'air. Comme si une force sombre rôdait à présent autour d'eux. Mayol aussi s'était tassé. Il semblait réfléchir, mais sa posture trahissait un malaise.

Il finit par se lever, récupérant l'amulette au passage.

– Bien... Tout ça est très intéressant et vous m'avez aidé à y voir clair, Maître Quian.

Les deux Chinois acquiescèrent ensemble. Le visage du vieillard était muré dans un silence hostile.

– Un conseil, néanmoins, continua le policier. Pas un mot de notre entretien à qui que ce soit.

Le jeune herboriste eut un sourire mielleux.

– Ne vous inquiétez pas, commissaire. Ce n'est pas dans nos habitudes...

42

– Qu'en dites-vous ?

– Rien de bon.

Ils avaient retrouvé la rue et marchaient côte à côte. L'avenue de la Porte-d'Italie fuyait à perte de vue, perspective de goudron encadrée d'immeubles gris. À l'horizon, dans la trouée du métro aérien, un soleil rouge éblouissait encore les yeux.

Claire demanda au commissaire :

– Vous pouvez préciser ?

Il répondit d'une voix soucieuse :

– Le quartier va avoir des problèmes. Tout semble se mettre en place pour une guerre...

– Une guerre ?

– Entre les triades, oui. Rien n'a bougé depuis longtemps. Ça ne pouvait pas durer.

– Je n'ai jamais entendu parler de triades à Paris.

– Parce que vous ne vous intéressez pas au sujet. Mais croyez-moi, elles sont bien présentes. La plus importante est la Sun Tee On, une des organisations criminelles les mieux structurées du monde. Elle compte soixante-dix mille membres dans une cinquantaine de pays. Treizième, Belleville, Sentier, ils sont partout... Trafic d'êtres humains, drogue, racket, prostitution et paris clandestins. Ils partagent le terrain avec la 14 K. La Sun leur laisse les contrefaçons, les cartes de crédit, les piratages de CD, l'informatique et Internet. Enfin... Théoriquement.

– Que voulez-vous dire ?

– Régulièrement, des escarmouches font monter la tension. Souvent le fait de petits malins qui croient pouvoir doubler tout le monde. Les triades chopent le type et le renvoient en Chine où elles régleront son cas. Elles tiennent par-dessus tout à éviter que la police mette le nez dans leurs affaires. Les choses s'arrangent donc comme ça, sans faire de vagues...

Mayol marchait mains dans les poches. Il avait baissé ses lunettes de soleil, comme pour garder l'anonymat.

– Mais là, on a un mort. Ici, à Paris. La situation est donc suffisamment grave pour que l'exécution ait eu lieu sur place.

– L'exécution ! Vous allez vite en besogne, commissaire.

– Je ne crois pas. Je connais ces triades, leurs méthodes. Elles ont seulement tenté de maquiller le crime en suicide.

Claire eut un passage à vide. Mayol reliait ses découvertes, des points épars dont elle ignorait tout la veille. Il en tirait des déductions, affirmant avec force une orientation qu'elle n'était pas encore prête à accepter.

– Je ne peux pas vous suivre. J'ai besoin de preuves tangibles.

Le flic s'arrêta et se tourna vers elle.

– Vous n'avez pas compris ce qui se passe ? Une nouvelle triade tente de s'implanter dans le quartier. Elle a perturbé l'équilibre des forces.

Il retira ses lunettes et planta ses yeux dans ceux de la magistrate.

– Quian nous l'a dit. Les Serpents Volants ne sont pas présents à Paris. Ils ont envoyé un éclaireur qui s'est fait éliminer.

– Comment Humbert aurait-il pu leur servir d'éclaireur ? Il n'était pas chinois... Tout ça n'a aucun sens.

– Il fait partie de ce groupe. Le mandala que j'ai découvert chez lui n'était pas là par hasard. C'est trop spécifique.

– Et comment aurait-t-il fait pour intégrer une triade ?

– On va trouver, n'ayez crainte. Mais à présent, je suis certain que tout colle. La personnalité de ce type. La terreur des Chinois qui l'ont approché. Le réseau sur lequel il s'est appuyé pour s'intégrer. Son boulot fictif à la salle de sport, et même ce tatouage sur l'avant-bras...

– Le chiffre 49 ?

– Il symbolise les soldats dans la numérologie des triades. « 4 » pour le porte-bonheur, « 9 » pour le grade. Quand je l'ai vu, j'ai d'abord pensé à un souvenir de prison. Le genre de trucs que se gravent les détenus pour passer le temps. Maintenant, il prend toute sa dimension...

La magistrate écoutait, silencieuse. Elle s'était interrogée sur la signification de ce tatouage, en vain.

À présent, tout s'éclairait.

Ils arrivaient devant l'Audi. Mayol ouvrit la portière, côté passager, et s'effaça pour la laisser monter.

– Je crois que je vais marcher un peu. Ma voiture est à deux pas.

Mayol acquiesça. Pendant qu'il contournait la berline, elle lança :

– Vous comptez faire quoi, maintenant ?

– Aller tirer deux ou trois connaissances par la manche. Je vous tiendrai au courant.

– Vous ne me proposez pas de venir ?

Sourire.

– Ce n'est pas vraiment le genre d'endroit pour un juge. Si vous voulez m'aider, régularisez la procédure. Depuis quelque temps, j'ai un peu l'impression de marcher sur des œufs...

– VIII –

43

Un piège.

Des mâchoires de métal se refermant sur la victime.

Aucune échappatoire.

Après sa visite chez les métayers, Michel avait foncé jusqu'à la Direction départementale de l'équipement. Le chef de la subdivision territoriale, un jeune type muté à Nogent depuis peu, travaillait encore après 17 heures.

Le fonctionnaire l'avait reçu aussitôt. D'un clic sur son ordinateur, il avait confirmé ce que pressentait le flic. Ses équipes n'étaient pas intervenues sur le chemin Hauquier dans la journée de samedi.

Quelqu'un avait donc barré la route afin d'isoler le périmètre. Un groupe organisé, capable de maquiller une estafette aux couleurs de la DDE, de se procurer casques et combinaisons spéciales, et d'attendre patiemment sa proie.

Car tel était maintenant le scénario qui s'imposait. Un crime, orchestré par des professionnels, préparé avec une précision d'horloge. Les meurtriers devaient connaître les habitudes de la victime, ses horaires, son itinéraire. Ils savaient qu'ils le cueilleraient à cet endroit.

Michel imaginait trois équipes. Une à chaque entrée de la voie communale, pour verrouiller la nasse. La dernière dans le virage, avec l'engin dans lequel s'était encastré le Patrol. De toute évidence, il y avait également un guetteur.

Un type, sur la nationale, planqué dans les fourrés et informant les autres par VHF de l'arrivée de Laurent. Le barrage s'était volatilisé afin qu'il puisse passer. Puis s'était aussitôt remis en place, laissant aux meurtriers le temps d'opérer.

Tout concordait. Le mécanisme même du guet-apens démontrait qu'il n'y avait eu aucune volonté de maquiller le meurtre en accident. N'importe quel enquêteur de troisième zone, à un moment ou à un autre, se serait rendu compte que la DDE n'avait jamais été missionnée dans le coin. L'organisation mise en place n'avait qu'une seule finalité.

Coincer Laurent.

Michel avait été contraint de revisiter ses propres hypothèses. Celle d'un chauffard paniquant, achevant sa victime avant d'incinérer les restes, ne collait plus. Quant à celle du trafic de véhicules, du règlement de comptes entre petits voyous, elle ne valait dorénavant pas mieux. À chaque avancée de l'enquête, le procédé se révélait de plus en plus élaboré, et même carrément sophistiqué. Bien trop pour confirmer les deux premiers scénarios.

Mais alors, qui ? Pour quelles raisons ? Et surtout, pourquoi une telle débauche de moyens ? Pour tuer quelqu'un, il y avait mille façons. Celle-là n'était pas la plus simple. Dans l'esprit du flic, le mode opératoire évoquait à présent une mise en scène.

Les assassins de Laurent avaient sans aucun doute voulu le surprendre. C'était l'évidence même. Mais il y avait autre chose. Ils avaient pris des risques importants, mobilisé une énergie considérable, utilisé un engin spécial aux capacités effrayantes. Tout ça pour que Laurent soit réduit en bouillie dans sa voiture. Carbonisé... Le meurtre avait l'allure d'une punition. Qu'avait-il fait ? En quoi une personnalité apparemment aussi insignifiante pouvait justifier un tel déferlement de cruauté ? L'héroïne ? Ou une autre magouille, encore plus tordue, sur laquelle il n'y avait pas le moindre fragment de piste ?

Les questions déferlaient, sans réponse. Une balise, une seule, clignotait pourtant dans le noir... Celle qui s'était allumée au fin fond de la forêt, dans le pavillon où croupissait le cadet de la dynastie Charvet. Une vieille histoire, une dette ineffaçable, qui l'avait probablement contraint à quitter le circuit pendant trois longues années, avant d'imposer cette retraite obligée. Cette mise au secret.

Malgré les précautions, l'anonymat, le passé l'avait rattrapé.

Mercredi. 9 heures. Michel remontait à présent le boulevard de Magenta. Il avait roulé comme un fou, rejoignant Paris en moins d'une heure et quart. Le rendez-vous pris avec Charvet la veille, par l'entremise de son assistante, était fixé à 11 heures. Il lui en restait deux pour voir son fils.

Le quartier se réveillait dans la langueur. Peu de circulation, des trottoirs vides, une impression de propreté et de fraîcheur. Des voiturettes de la voirie humidifiaient le bitume, escargots mécaniques laissant dans leur sillage un filet de bave translucide.

Le policier doubla le convoi. Au bout d'une trentaine de mètres, il atteignit le carrefour de Barbès-Rochechouart. Métro aérien. Magasin Tati. La densité grimpa d'un coup. Des colonnes humaines s'activaient, saturant le périmètre dans un joyeux désordre. Visages de sable noir, coiffures afro, pas mal de foulards et déjà les premiers boubous. Un monde à l'intérieur d'un autre – avec ses codes, ses rites, ses langues – que Michel avait déserté depuis longtemps, mais dont l'écho battait toujours à ses oreilles.

Il s'engagea dans le boulevard de la Chapelle, tourna dans la rue Stephenson et rejoignit la rue Cavé. Pliure du temps. Souvenirs d'enfance. Loin des grands axes, rien ne changeait. Les échoppes colorées, à la fois simples et dignes, le « coiffeur pour hommes » où l'emmenait sa mère une fois par mois, le bar-tabac dans lequel son père venait discuter le coup. Et tous ces traits d'ébène, semblables aux siens, qui attendaient des jours meilleurs dans ce décor vétuste et gris.

Il se gara devant l'immeuble. Une agence de voyages occupait le rez-de-chaussée, vitrines surchargées d'affichettes manuscrites : *Dakar, Yaoundé, Brazzaville, Lomé...* Ses frères de peau vivaient ici mais ne rêvaient que de repartir. Malgré la misère, les guerres, les famines, le continent qu'ils avaient fui rongeait toujours leurs songes.

Le Black pénétra dans le hall. Peinture écaillée. Carreaux ébréchés. La plupart des occupants étaient locataires. Le quartier évoluait, les proprios expulsaient progressivement avant de réhabiliter et de vendre à la découpe. Ses parents résistaient. Trop vieux pour être mis dehors.

Michel sonna. De petits cris montèrent derrière la porte. Son cœur fit un bond, il sourit malgré lui.

Un bruit de clefs, le panneau de bois s'effaça.

Jonathan lui sauta dessus. Impression de tenir une poupée. Légère, fragile, douce. L'enfant serra ses petits bras autour du cou de son père. Odeurs de shampooing à la pomme, de gâteau au chocolat et de sommeil entremêlées.

Le Black le reposa et embrassa sa mère. Elle lui lança un regard soucieux.

– Tu as l'air fatigué.

– J'ai un boulot dingue.

– Tu as déjeuné ?

– Non.

– Je te prépare quelque chose.

Il la regarda s'éloigner. Aussi petite qu'il était grand, boudinée dans sa robe de chambre bleu ciel, elle avait vieilli. Ses cheveux courts, défrisés, formaient un casque lisse. Il s'en voulut de ne pas être venu plus tôt. Ses problèmes conjugaux l'avaient miné jusqu'à la moelle, le reste n'existait plus.

Ses yeux se posèrent sur Jonathan. Il s'était déjà remis à jouer et parlait avec une figurine de plastique, sorte d'elfe aux longues oreilles et aux prunelles de biche. L'enfant ne semblait pas souffrir de la situation. Comme tous les petits, il vivait dans l'instant, protégé par l'insouciance de ses quatre ans.

Michel s'accroupit près de lui et caressa ses cheveux. Jonathan ne bougea pas d'un pouce, concentré sur son jeu, obnubilé par le monde qu'il devait être en train de créer.

Le visage de Françoise s'imposa... Il en avait le nez, le front buté, et maintenant la distance. Où était-elle à cet instant précis ? Que leur avait-elle fait ?

Le policier se redressa et rejoignit sa mère dans la cuisine. Une pièce modeste, et des équipements d'une autre époque. Mais tout brillait. La dignité des pauvres, songea Michel. Marie-Jo était devant la gazinière, surveillant une cafetière cabossée, modèle à vapeur. Elle avait dressé la table comme à l'époque des départs à l'école : assiette, couverts, beurrier et paquet de biscottes.

– Papa n'est pas là ?

– On est jeudi. Tu as oublié ?

Une fois par semaine, depuis vingt ans, l'ancien journaliste donnait son temps à une association. Il accompagnait les nouveaux arrivants dans leurs démarches administratives, remplissait les formulaires, trouvait des meublés... Cet engagement, le seul qui lui restait, le définissait plus que toute autre chose. Cette béquille l'aidait à tenir.

– Désolé, répondit Michel.

– Non... Tu es préoccupé.

Il embrassa sa mère sur le front, en guise d'excuse. Malgré lui, la question fusa :

– Tu as eu Françoise ?

– Hier soir.

– Elle va bien ?

– Elle va bien.

Michel brûlait d'aller plus loin, de savoir. Il avait peur aussi. Une crainte d'adolescent, tétanisante.

Marie-Jo dut le sentir.

– Détends-toi. Elle t'aime, ta femme.

– Elle te l'a dit ?

– Assieds-toi.

Le Black s'exécuta. Gestes automatiques, cœur en fusion. Sa mère lui servit une grande tasse de café et prit place à côté de lui.

– Elle t'aime. Mais il va falloir arrêter tes bêtises.

La brutalité du ton déstabilisa le policier. Sa mère le fixait, sévère à présent.

– Tu ne penses qu'à toi. Tu as choisi de quitter Paris, maintenant, il faut que tu l'assumes.

– C'est pour elle que je l'ai fait.

– Non. Pour vous. Pour sauver ton couple. Tu n'as pas le droit de lui reprocher quoi que ce soit.

– Tu prends son parti ?

La vieille dame soupira.

– Je ne prends le parti de personne. Je voudrais juste que tu ouvres les yeux.

Un silence. Puis Marie-Jo reprit d'une voix plus douce :

– Dans la vie, c'est chacun son tour. Elle a tout arrêté pour s'occuper de Jonathan. Tu t'en souviens ?

– C'était...

– Arrête. Françoise est une femme intelligente. Elle a besoin de ce travail. Il faut que tu la soutiennes.

– Et moi, alors ? Qu'est-ce que je deviens ? Je continue les chats écrasés pendant qu'elle s'éclate ?

Michel avait craché toute sa rancœur, sa frustration. Il n'avait plus en lui un gramme d'objectivité. Seulement une réaction viscérale, égoïste.

Il en eut brutalement conscience et resta silencieux, avachi devant sa tasse, tête baissée. Sa mère lui prit la main :

– Pense à ton fils. À ta famille. Rien n'est définitif.

Il hocha la tête, gorge nouée. À cette seconde, il n'était plus qu'un petit garçon perdu. Et Françoise lui manquait encore plus.

Une vibration sur sa cuisse le fit sursauter. Il attrapa son mobile, enfoui au fond de sa poche. Appel masqué. Il répondit quand même, une façon de passer à autre chose.

– Diallo.

– Bonjour. Daphné Verdier. Je suis l'assistante de monsieur Charvet.

Adrénaline... Michel avait laissé son numéro de portable la veille, en prenant rendez-vous.

– Que se passe-t-il ?

– Monsieur Charvet a un impondérable. Il doit quitter son bureau dans une heure.

– Vous plaisantez ?

Pas de réaction. Voix monocorde, toujours aussi distante.

– Il propose de vous rencontrer la semaine prochaine. Une date vous conviendrait ?

– Il faut que je voie. Je vous rappelle.

Michel raccrocha. L'entretien avait été arraché aux forceps. Hors de question de le repousser.

Un baiser à sa mère, un autre à son fils, il se rua dans l'escalier.

Une heure. En passant par le périph, il cueillerait l'oiseau avant qu'il ne s'envole.

44

La Défense.

Une féerie de verre, de métal et d'acier. Ou – selon le regard – une horreur monumentale dressée à l'ouest de Paris. Une ville à part entière en tout cas, futuriste, minérale. Pour le commun des mortels, La Défense était synonyme de puissance et d'argent. La marque du pouvoir.

Michel en gardait une image différente. Ses années à Puteaux l'avaient conduit à découvrir la face cachée, honteuse, de cette réussite écrasante. Les SDF claquant sous le circulaire, dont les cadavres rythmaient les vagues de froid. Les règlements de comptes entre dealers, au creux des parkings vides, qui laissaient sur le carreau des gosses aux allures de caïds. Les bandes qui descendaient de Nanterre, féroces, armées, telles des nuées de mouches aimantées par la lumière.

Du haut de leurs tours d'ivoire, les sociétés du CAC 40 dominaient une forêt scintillante. À leurs pieds, une fois la nuit venue, les buissons s'agitaient. Les pleurs, la haine et la douleur y explosaient. Une jungle urbaine, où pendant six années Michel avait tenté de mettre un peu d'ordre. Mais, comme dans le mythe de Sisyphe, le rocher retombait toujours en bas de la montagne.

Il regarda l'horloge de bord. 10 heures et des poussières. L'approche lui avait pris trente minutes.

Il était encore dans les temps.

La Clio traversa le pont de Neuilly, sirène hurlante. Bretelle de dégagement, succession de panneaux, entrée du labyrinthe. Le policier prit la direction « Défense 4 ».

Changement de luminosité. De l'ombre, partout. Les tours avaient surgi sans crier gare, soudain très proches. Des flèches acérées, noires, bleues, vertes, comme des cristaux de quartz. L'image évoquait un champ de miroirs, des panneaux orientables lançant une succession de messages codés à destination du néant.

Plongeon sous terre. Tunnel étroit, sombre, percé par la lumière d'ampoules faiblardes. Michel était sous l'esplanade, le cœur du complexe, une immense allée piétonne qui conduisait à la Grande Arche. Au bout de cinq cents mètres, il ressurgit à l'air libre.

Le paysage s'allégea. Dégagements, espace, il était dans la partie « aérée » du quartier d'affaires. Il roula encore trois bonnes minutes, pied au plancher, slalomant au milieu des travaux qui encombraient la chaussée. Enfin, planté sur une place circulaire, il aperçut son objectif.

La tour où Charvet abritait ses bureaux ressemblait à la cheminée d'un paquebot. Large, ovoïde, d'une hauteur vertigineuse. Son sommet était biseauté, comme un morceau de bambou enfoncé dans le ciel.

Michel coupa le gyrophare avant de piler devant l'entrée. Aussitôt, un vigile bondit vers lui. Caisse pourrie et peau d'ébène, le dogue de service devait le prendre pour un coursier. Avant qu'il ait eu le temps d'ouvrir la bouche, le flic lui colla sa carte sous le nez. Puis, sans se retourner, se précipita vers la porte à tambour.

Un hall démesuré occupait tout le rez-de-chaussée. Murs blancs, statues de bronze, sol de marbre. À gauche, un large comptoir d'accueil, en demi-lune. À droite, un grand espace vide et d'immenses baies vitrées d'où jaillissait une lumière irréelle.

Le policier se dirigea vers une hôtesse.

– Daylon, c'est quel étage ?

La blonde, trop maquillée, lui lança un regard circonspect.

– Si c'est pour une livraison, le bureau du courrier est derrière l'immeuble.

Dans ce temple du fric, Michel n'était pas à sa place. Il serra les dents à s'en fissurer l'émail. Ses vieux démons remontaient à l'assaut, malaise intime d'une négritude qui lui pesait toujours.

Il ne prit pas la peine de présenter sa carte.

– Quel étage ?

La pimbêche dut sentir le problème. Elle battit en retraite d'une voix mielleuse.

– Trente-sixième. Les ascenseurs sont au fond.

Le Black tourna les talons. D'un pas rapide il rejoignit les cages. Pendant qu'il montait vers les cieux, il essaya de se calmer. Le type qu'il venait cuisiner n'était pas un citoyen lambda. Il allait falloir la jouer subtile.

Les portes s'ouvrirent. Vertige. Vue panoramique sur l'extérieur. Les locaux de Daylon SA occupaient tout l'étage, divisé en une multitude de cellules délimitées par des parois de verre. Une sorte d'*open space* où chacun pouvait observer les autres, sans pour autant subir leur bruit. Comme une armée en campagne, les soldats de la finance s'affairaient derrière des écrans, téléphone scotché à l'oreille. Bras de chemise pour les hommes, tailleur strict pour les femmes. Des jeunes, sans exception.

Michel respira un grand coup. Ce lieu en imposait. On sentait battre ici le cœur du monde.

Il se présenta à l'une des standardistes. Casque radioémetteur en guise de serre-tête, brushée à mort, visage de poupée slave. Entre deux communications, elle vérifia :

– Vous avez rendez-vous ?

– Oui.

– Un instant, s'il vous plaît.

Elle reprit une ligne. Puis une autre. Toujours la même voix d'hôtesse de l'air. Enfin, Michel l'entendit prononcer son nom. Elle eut un léger froncement de sourcils avant de relever la tête.

– L'assistante de monsieur Charvet va vous recevoir.

Le Black eut une seconde à vide. Arrivait-il trop tard ?

Une petite boule pointa son nez. Tirée à quatre épingles, lunettes octogonales, cheveux ultracourts. La parfaite secrétaire de direction, avec ce qu'il faut de sévérité et de distance.

Elle tendit une main ferme.

– Daphné Verdier. Vous n'auriez pas dû vous déranger. Nous pouvions fixer un autre rendez-vous par téléphone.

– Monsieur Charvet est encore là ?

Les traits du cerbère se crispèrent.

– Je suis navrée, mais il est sur le point de s'en aller.

Michel se composa un sourire

– Je n'en aurai que pour une minute.

– Vraiment, ce n'est pas possible.

– Possible ou pas, je dois le voir.

L'ambiance se détériora. Une courte hésitation, pupilles contre pupilles. Daphné tenta une ultime esquive.

– Il ne va pas apprécier.

– Je prends le risque.

– Très bien. C'est par là.

Il la suivit à travers le plateau. Sur leur passage, les têtes se tournèrent. Michel avait rentré sa chemise dans l'ascenseur, mettant en évidence plaque et arme de service. Les golden boys devaient se poser des questions.

Au fond, une porte matelassée de cuir fauve. La secrétaire le fit pénétrer dans une antichambre, équipée d'un unique poste de travail où s'entassaient des parapheurs. Une autre porte, noire, fermée, devait donner sur le bureau du boss. Elle décrocha un téléphone et le prévint. Le policier sentit qu'elle se faisait remonter les bretelles.

– Il arrive.

Des sentiments intenses assaillaient Michel. Tension devant la partie qui se préparait. Jouissance d'avoir imposé son rythme. Il reprenait le contrôle. De son enquête, de lui-même. Charvet s'était plié à ses exigences. Rien ne résistait à un flic déterminé, fût-il noir. C'est pour ces instants qu'il avait signé. Pour ces éclairs de reconnaissance où son esprit trouvait la paix.

– Lieutenant Diallo ?

Arnaud Charvet venait de jaillir de son antre. Il fumait un cigare et tenait une petite sacoche en cuir fauve dans sa main droite.

– Vous êtes du genre obstiné, lança-t-il sans avoir attendu la réponse.

Michel avait préparé son approche. Un masque de déférence et de soumission.

– Je suis désolé d'insister. Je sais que vous êtes très pris.

– Qu'est-ce qui se passe ? Vous avez retrouvé le chauffard ?

– Pas encore. Mais j'ai des éléments nouveaux.

– Je vous écoute.

Le flic lança un bref regard en direction de la secrétaire.

– C'est d'ordre personnel. Je préférerais vous les communiquer en privé.

La dragonne baissait le nez sur son écran. Charvet regarda sa montre.

– Mon avion décolle de Roissy dans une heure. Suivez-moi, on discutera dans la voiture.

45

La Mercedes filait le long de l'A1.

Michel était assis à l'arrière, à côté du banquier. Une vitre en verre teinté les séparait du chauffeur.

Le policier n'avait pas discuté l'invitation. Pour lui, l'endroit importait peu. L'essentiel était d'entendre Charvet. Ce lieu clos rendait néanmoins la situation étrange. Une intimité partagée, pour deux mondes qui s'opposaient.

De petite taille, Arnaud Charvet ne ressemblait pas à son frère. À croire qu'ils n'étaient pas issus de la même matrice. La coupe parfaite de ses habits ne dissimulait pas l'embonpoint d'une quarantaine confortable. Son visage allait de pair : rond lui aussi. Les yeux, seuls, ne cadraient pas avec le reste. Petits, enfoncés, d'un noir de seiche. Le regard harponnait, fouillait, une onde aiguë qui mettait l'âme à nu. Sans les lunettes, l'intensité en aurait sans doute été insupportable.

Le Black luttait pour conserver la main. Il n'avait dans sa manche qu'une carte de flic et jouait à l'extérieur, sur le terrain de l'homme d'affaires. Charvet affichait l'assurance et le détachement que confère son milieu. Il avait écouté le discours du policier avec attention, sans l'interrompre, sans réagir. Michel s'était montré consensuel, plaçant son exposé sous le signe de la collaboration.

D'abord l'expertise du véhicule et le rapport d'autopsie,

qui avaient rendu certaine la thèse du meurtre. Puis la possibilité d'un trafic de voitures volées, liée à l'engin responsable du massacre, mais rapidement abandonnée. Michel ne s'était pas étendu sur ces aspects déjà anciens de l'enquête car Charvet possédait les informations via le parquet de Chartres.

Le flic avait ensuite évoqué son investigation sur le terrain : le parcours de Laurent dans la drogue, son association avec Rambo. Quand il en vint au projet d'enlèvement, le banquier resta muet.

Puis était venu l'élément essentiel, celui qui avait tout fait basculer, et liait de façon évidente la mort de Laurent à une histoire enfouie dans son passé : le piège qu'on lui avait tendu, les moyens employés, la machine infernale utilisée pour lui broyer les chairs.

– Qu'en pensez-vous ? demanda Michel en guise de conclusion.

Charvet laissa filer une poignée de secondes. Il paraissait maintenant soucieux. Les rainurages du revêtement faisaient bourdonner les pneumatiques, créant un bruit de fond qui ajoutait à la tension.

Il répondit enfin, du bout des lèvres :

– Je ne sais pas quoi vous dire... La vie de mon frère a toujours été chaotique. Quant à ses fréquentations... Nous ne vivions pas exactement dans le même monde.

– Parlez-moi de lui, ça m'aidera.

– Pourquoi pas... L'histoire de Laurent avec la drogue a commencé très tôt. Le White Spirit à dix ans, le cannabis au collège, et l'héroïne dès qu'il a pu. Sans parler des médicaments et des trois paquets de cigarettes par jour. Je me demande comment il a pu tenir le coup.

– Il n'a jamais été soigné ?

– Si, bien sûr. Pendant des années. Mes parents se sont battus comme des diables. Ma mère surtout : cures de désintoxication, cliniques privées, elle a tout essayé. Rien n'y a fait.

– Il devait avoir un sacré problème à résoudre, avança Michel avec prudence.

– Un sacré problème, oui.

– Lequel ?

Un silence lourd plomba l'habitacle. Puis le banquier laissa tomber :

– Moi.

– Que voulez-vous dire ?

– Nous avons quatre ans de différence. J'étais l'aîné, le « grand frère », le modèle. Malheureusement, j'ai toujours été beaucoup plus... performant que lui. À l'école, à la maison, mais surtout dans l'esprit de mon père. Laurent s'est rendu compte très tôt du gouffre qui nous séparait. Un gouffre qui s'est creusé avec le temps. Il m'admirait, et me haïssait à la fois. Plus j'essayais d'aller vers lui, plus il m'en voulait. Et le pire, c'était que je n'y pouvais rien.

Le ton était devenu lointain. Des pages de vie se décollaient, plombées de regrets.

– Après mon bac, on s'est perdus de vue. J'ai fait HEC et je suis parti en Angleterre. Oxford. La finance. J'ai commencé ma carrière chez un courtier, à Londres. Puis j'ai créé Daylon.

– Votre réussite n'a pas dû arranger les choses.

– Non. Laurent m'a fui. Nous sommes devenus des étrangers.

– Que faisait-il de son côté ?

– Rien. Mes parents l'entretenaient.

Diallo saisissait à présent d'autres vérités. Des pans de douleur qui expliquaient en partie le parcours de Laurent. La défonce, la marginalité : une faille narcissique, comme l'aurait qualifiée Françoise. En termes clairs, un type cassé à la naissance par un frère tout-puissant.

Pourtant, malgré le contexte tendu, ce frère avait fini par le recueillir.

– Qu'était-il venu faire à La Renardière ?

– Se mettre au vert.

– Suite à quoi ?

– Une énième cure de désintoxication. Personnellement, je n'y étais pas favorable. Mais ma mère me l'a demandé, et j'ai été obligé d'accepter.

Le pavillon précaire. Le colis encombrant planqué au fond des bois. Charvet ne tenait pas à ce que ses amis croisent ce furoncle, et s'était arrangé pour le tenir à distance.

Un autre point intriguait le policier. Arnaud n'avait pas mentionné la « disparition » de son frère.

– Avant de venir chez vous, où était-il ?

– Aucune idée.

– Vous ne saviez pas qu'il avait quitté Paris ?

– Non.

– Trois ans d'absence. C'est pourtant long.

– Nous n'avions plus de contacts.

Le ton semblait sincère. Arnaud Charvet devait être trop occupé pour prendre des nouvelles du cadet. A fortiori si l'autre lui battait froid.

– Revenons sur ce séjour à La Renardière. Pourquoi cet endroit ? Votre mère voulait vous réconcilier ?

– Pas tout à fait. Laurent avait fait pression sur elle.

Nouvelle lueur. Le toxico était venu se soigner chez son frère. Il avait même insisté pour venir. Au vu de leur relation, c'était n'importe quoi. Une seule raison pouvait justifier ce choix étonnant :

– On dirait qu'il n'avait pas que sa guérison en tête, lança le flic.

Arnaud soupira.

– Mon enlèvement ?

Il savait... Diallo était scié mais s'efforça de ne pas le montrer :

– C'est évident, non ?

– J'étais au courant depuis longtemps.

Michel s'enfonça dans son siège.

– Et vous n'avez rien dit ?

– Ça l'occupait. De toute façon, je ne risquais rien.

– Comment pouviez-vous en être sûr ?

– Mendès travaillait pour moi.

Incroyable. Ce scénario, le policier ne l'avait pas imaginé une seule seconde. Il bêcha encore :

– Expliquez-moi.

– Laurent me l'a présenté en mars. D'après lui, un spécialiste des battues en forêt. J'avoue qu'en voyant le spécimen, j'ai été séduit. J'ai quand même pris mes renseignements, par précaution. Et là, j'ai découvert le pot aux roses. Fiché aux stups, ancien taulard, petit escroc, bref, la totale.

– Je sais tout ça. Qu'avez-vous fait ensuite ?

– Je l'ai convoqué, sous prétexte de préciser certains détails à propos de la chasse. Puis j'ai bluffé. Je lui ai dit que je savais tout. Son passé, sa relation avec Laurent, les raisons de sa présence dans le Perche.

– Il vous a cru ?

Sourire satisfait...

– J'ai l'habitude. Après l'avoir fait avouer, je lui ai proposé un marché. Il continuait à suivre leur plan, comme si de rien n'était, et me tenait informé de son évolution. En contrepartie, je le dédommageais confortablement.

– Une taupe.

– Une ordure. Il n'a pas hésité une seconde.

La ferme rénovée, tout ce confort dont jouissait Rambo. La cocaïne n'avait pas tout payé. L'argent venait d'ailleurs, corne d'abondance fournie par le banquier. À ce tarif, le faux chasseur ne risquait pas de balancer son commanditaire.

Le policier demanda encore :

– Et c'était censé se terminer comment ?

– Il s'arrangeait pour faire échouer l'affaire. Laurent ne pouvait s'en prendre qu'à lui. Les apparences restaient sauves. Et la famille aussi.

– Jusqu'à la prochaine fois.

Une expression de lassitude submergea les yeux noirs :

– Le temps est une donnée toute relative. Avec mon frère, chaque mois gagné représentait une victoire.

Silence. Roissy approchait. Les premiers hangars de la

zone aéroportuaire s'agglutinaient le long de l'autoroute. Arnaud Charvet regardait défiler le paysage, soudain absent.

Puis il reprit, sans détourner la tête :

– Lieutenant...

– Oui ?

– Trouvez le salaud qui a massacré Laurent. Vous ne le regretterez pas.

Michel se contenta de hocher la tête. Les récompenses et les promesses, il s'en moquait. Mais ce qu'il ressentait chez Charvet le touchait. Une peine sincère. La culpabilité d'un homme victime de ses succès. Il avait tout réussi. Sauf sauver son frère. Et toute sa vie, il avait porté le poids de cette déchéance...

Le flic se racla la gorge. Il ne restait plus beaucoup de temps et il n'avait pas glané grand-chose. Hormis que Laurent haïssait Arnaud, un conflit ancien, profond, viscéral. Cette relation pourrie expliquait le projet d'enlèvement. Rambo n'avait été qu'un pion dans cette histoire, manipulé à tour de rôle par les deux frères.

La suite restait toujours aussi opaque. Qui avait mis Laurent à mort ? Et pourquoi ? Sur ce terrain, rien n'avançait.

Diallo relança d'une voix vibrante :

– Moi aussi je tiens à cette enquête. On a assassiné votre frère, et de la pire façon. En le compressant dans une voiture avant d'y mettre le feu. Il a brûlé vif. Les meurtriers voulaient qu'il souffre, qu'il se voie mourir...

– Pourquoi me dites-vous ça ?

– C'est une vengeance, ça crève les yeux. Réfléchissez. Qui aurait pu lui en vouloir à ce point ?

Le banquier retira ses lunettes et se frotta les yeux :

– Je n'en sais rien. Je vous assure.

– Il n'avait pas d'amis ? De relations ? Quelqu'un qui pourrait me renseigner ?

– Je vous l'ai dit. J'ignorais tout de sa vie. Il n'a renoué avec moi que très récemment. Quand il est venu dans le Perche.

Point final. Charvet était sec. Seul avantage de l'entrevue, Michel n'aurait plus à craindre de se faire sucrer l'enquête. L'homme d'affaires dans sa poche, le procureur allait lui dérouler le tapis rouge.

La berline s'engagea sur la passerelle des départs. Arrêt en double file. Fin de la balade. Le policier quitta son hôte et s'engouffra dans un taxi.

Autoroute en sens inverse. Sentiment d'échec vrillé au corps. Laurent restait un mystère, même pour son propre frère. Un ectoplasme surgit de nulle part, avalé par le vide. Qui éclairerait son passé ?

Soudain, l'évidence s'imposa. La seule personne qui avait une chance de connaître ses secrets, même les plus lourds. La confidente des instants de souffrance, celle qui l'avait sûrement soutenu jusqu'au bout...

Sa mère.

46

Rue de Varenne. N° 56.

Une adresse prestigieuse dans le quartier des ministères. Tous les cent mètres, des plantons en tenue montaient la garde dans des guérites en PVC. Cars grillagés, gardes mobiles, les forces d'appoint occupaient les carrefours, en embuscade. À ce niveau de sécurité, la présence policière donnait l'impression d'un pays occupé.

Michel pénétra sous le porche. Frises, miroirs, dorures. Le ton était donné. Celui d'une bourgeoisie ancienne, aisée, discrète. L'écosystème naturel de la famille Charvet. Pour les coordonnées, le flic n'avait pas eu de mal. L'annuaire avait suffi.

Il avança. Dix mètres plus loin, un patio scintillait. Une pergola était plantée au centre, tissant comme une couronne de roses au cœur de cette oasis.

Nouvelle porte. Interphone. Après quelques secondes, une voix jeune grésilla, dans un accent anglais :

– Oui ?

– Michel Diallo. Lieutenant de police. Je viens voir madame Charvet.

Un blanc. Le coup au cœur qu'induit ce genre d'annonce. La voix reprit :

– *Wait*[1]...

Le flic patienta. Machinalement, il détailla les plaques de cuivre incrustées dans la pierre : notaires, médecins, avocats...

– Allô ?

Ton crispé, perché dans les aigus.

– Madame Charvet ?

– Elle-même.

Le flic remit le couvert.

– Lieutenant Michel Diallo. Commissariat de Nogent-le-Rotrou. Vous pourriez m'accorder un moment ?

Une brève hésitation. Puis de nouveau la voix tendue :

– Troisième gauche.

Michel poussa le panneau et pénétra dans le hall. Silence, espace, sensation de sécurité. Il dédaigna l'ascenseur et grimpa quatre à quatre les marches tendues de velours rouge. Troisième palier. Une seule porte, en chêne verni. Il sonna à nouveau. Une femme brune lui ouvrit, de type philippin. Puis elle s'effaça en inclinant la tête et en montrant le chemin de la main droite.

Le Black traversa un vestibule. Aussi grand qu'un studio, meublé de laque et d'or. Au prix du mètre carré, on aurait pu l'échanger contre une villa avec piscine dans le Perche.

Anne Charvet l'attendait dans le salon. Jupe plissée bleu marine, chemisier de coton blanc, carré Hermès sur les épaules : la caricature de la bourgeoise catholique, énergique, impeccable. Elle portait des mocassins à talons plats, un modèle de petite fille qu'elle devait utiliser depuis la maternelle. Malgré les années, le visage fin et droit affichait encore les charmes d'une beauté conquérante. Une beauté froide, sans la moindre particule de sensualité, cloîtrée dans un carcan de convenances. De fines ridules plissaient la bouche, sanction sans appel d'une amertume ancienne.

Assise sur un fauteuil d'époque, elle ne se leva pas. Une

1. « Attendez... »

reine, donnant audience à ses laquais. D'un signe de main, elle invita Michel à prendre place.

– Vous venez pour Laurent ?

Le policier s'assit sur un profond canapé beige. La pièce, surchargée de tableaux et d'objets, l'écrasait de sa superbe. Engoncé dans une forêt de coussins, il eut le sentiment qu'elle allait l'avaler. Il se pencha vers l'avant, coudes sur les genoux.

– Je voudrais que vous me parliez de votre fils.

– Dans quel but ?

– Comprendre.

– Comprendre quoi ? Il était ivre. Il a eu un accident et il est mort. On l'a enterré hier. Je ne vois pas ce que je peux y faire.

Elle ignorait les circonstances réelles du drame. Le meurtre, le feu, l'horreur. Arnaud avait voulu la préserver. Il valait mieux se caler sur sa vitesse, et passer en douceur.

Michel essaya de bricoler une fable, avec le peu d'éléments à sa disposition :

– Je vais être franc. L'alcool n'est pas l'unique cause de l'accident. On pense qu'il avait absorbé des stupéfiants.

– Et après ?

– Il s'agirait d'héroïne.

– C'est impossible. Laurent avait décroché depuis quatre ans.

– Sans doute... Mais vous savez ce que c'est. Une occasion...

– Non. Il ne supportait plus cette saloperie.

Michel n'en croyait pas ses oreilles. Le vocabulaire jurait dans la bouche de cette femme. Sa crudité révélait l'envers du décor, les dégâts causés par la fréquentation régulière d'un junkie. Pour le comprendre, lui parler, elle s'était adaptée.

Elle cadra le flic, droit dans les yeux :

– De toute façon... Alcool, héroïne, où est la différence ?

– Pour lui aucune. Mais pour nous ça en fait. Ce genre

de produit n'est pas encore sur le marché. Pas à Nogent, tout au moins.

– Les choses évoluent.

– Très juste. Et nous, nous essayons de les contrôler.

Les cartes étaient distribuées, la partie démarrait. Elle soupira :

– Je vous souhaite bien du courage...

– Votre fils se fournissait quelque part. Nous n'avons rien trouvé chez lui, pas le moindre nom, pas l'ombre d'une piste. J'ai pensé que...

La bourgeoise se raidit.

– Vous ne croyez tout de même pas que je connaissais ses fournisseurs ?

– Arnaud m'a raconté ce que vous avez enduré. Ce que vous avez fait pour Laurent.

Elle l'interrompit.

– Vous avez vu Arnaud ?

– Il y a une heure.

– Qu'est-ce qu'il vous a dit ?

Sa voix avait dérapé, un staccato perché dans les aigus. Que craignait-elle ?

– Il aurait dû me parler de quelque chose ? demanda Michel.

À cet instant, un vieillard apparut, appuyé sur une canne. Son corps flottait dans un costume croisé, enveloppe trop large pour ce sac d'os. Une rosette rouge était cousue au revers de la veste, larme figée d'une République reconnaissante. Sans un mot, il se traîna jusqu'à un petit fauteuil où il s'assit avec difficulté.

Anne Charvet lui jeta un regard sévère.

– Mon époux. Ne faites pas attention, il n'est plus avec nous.

La momie fixait le vide. Ses yeux délavés semblaient rire, tournés vers l'écran féerique d'un délire intérieur. Par à-coups, de petits bruits fusaient entre ses lèvres, comme des gazouillements d'enfant. Alzheimer, songea Michel. Phase terminale.

– Il ne faut pas croire tout ce que dit Arnaud, reprit-elle. Il a toujours été jaloux de l'affection que je portais à Laurent.

– Mais vous avez aidé votre fils, n'est-ce pas ?

Les épaules se voûtèrent. Un sac de plomb pesait soudain sur le carré Hermès.

– Est-ce que j'avais le choix ? C'était le plus fragile. Le plus sensible. Mon mari l'a toujours méprisé. Il n'y en avait que pour Arnaud, son intelligence, son caractère de chef. Il le voyait ministre, ou président de la République !

Elle jeta un regard mauvais en direction du vieillard. Il avait la bouche ouverte et marmonnait des mots inintelligibles.

– Arnaud a réussi, on ne peut pas le lui enlever. Il est riche et puissant. Mais de vous à moi, c'est un beau salaud. Il traite sa femme comme une esclave, ses enfants ont peur de lui, il n'a aucun ami. Son univers est constitué d'obligés. Je te donne, tu me rends. Et plutôt deux fois qu'une. Notre famille a toujours été à l'abri du besoin. Lui, c'est autre chose. Il en veut toujours plus. La folie des grandeurs. Ce château qu'il a acheté dans le Perche par exemple, vous savez ce qui l'a motivé ?

– Non.

– L'ancien propriétaire lui a vendu le titre avec. Arnaud Charvet, désormais comte de Gerbrand. N'importe quoi. Moi, maintenant, je l'appelle Louis XIV !

Michel écoutait, vaguement gêné. Cette grande bourgeoise lui ouvrait son intimité sans pudeur, comme si elle saisissait l'occasion de s'épancher. Il reprit le fil avec tact.

– Laurent vivait mal cette réussite. Vous le saviez, n'est-ce pas ?

– J'ai tout fait pour le protéger. Trop peut-être. Je l'ai couvert, je lui ai donné de l'argent, je l'ai écouté pendant des nuits. Tout ça pour en arriver là...

Les larmes n'étaient pas loin. Une digue de volonté les empêchait de jaillir.

Michel ne pouvait rester indifférent :

– Vous l'avez accompagné. C'est tout ce qui compte.

– Je ne sais plus... Il passait son temps à me mentir. J'ignorais ce qu'il vivait vraiment. Qui il était. Qui il voyait. Quand il est parti en Nouvelle-Calédonie, j'ai prié pour que ce soit un tournant.

– Il est allé en Nouvelle-Calédonie ?

– Pendant trois ans. Il voulait vraiment décrocher.

Michel se souvint des révélations de Rambo. Il demanda :

– Quand est-il parti exactement ?

– Fin 2002. Je n'ai aucun mal à m'en souvenir. C'était le jour de Noël. Au début, ce fut difficile pour moi. Je trouvais la solution un peu trop radicale. Puis j'ai fini par accepter. Sa santé passait avant tout.

Les dates concordaient à peu près. La disparition de Laurent trouvait une explication rationnelle. Un caillou perdu en plein milieu du Pacifique, à vingt mille kilomètres de ses fréquentations. La dernière carte du toxico. Pourtant, le policier en était convaincu, il y avait autre chose.

– Vous avez dit que vous n'étiez pas d'accord. Ce n'est pas vous qui l'avez envoyé là-bas ?

– Il l'avait décidé tout seul. Il était déjà à Roissy quand il m'a prévenue. Et ensuite plus de nouvelles...

– Ce n'est pas évident de s'installer si loin. Il connaissait du monde sur place ?

– Non. Et à part moi, personne n'était au courant de son départ. C'était tout l'intérêt de la chose.

Michel sentit progresser son enquête. Cet exil volontaire, cette solitude forcée confortaient la piste d'un homme traqué. Il était dans le collimateur. Pas d'autre choix que de se dissoudre.

Un petit cri résonna dans la pièce. Le vieil homme s'était levé. Il fixait un tableau immense avec des yeux de chouette.

– Robert !

Pas de réponse. L'ancêtre semblait fossilisé.

– Ça suffit, maintenant ! Assieds-toi !

Le malade se raidit brusquement. Il marmonna un peu et

reprit sa place, de nouveau absent. Le Black détailla la peinture. Une scène de chasse : cavaliers, meute de chiens, livrées rouges et cors de cuivre. Le réalisme de cette toile avait ressuscité chez le vieil homme des bribes de souvenirs. Un fragment de vie, parcelles d'écume sur une mer sombre.

– Excusez-le, grinça sa femme. Depuis l'enterrement, ce tableau le rend fou. Il se souvient peut-être qu'il a eu un fils.

– Que voulez-vous dire ?

– Laurent avait peint cette toile pour mon mari. Peu de temps avant son départ. Un dernier appel au secours, sans doute.

– Il peignait ? s'étonna Michel.

– La seule chose qu'il ait réussi à faire. Quand il était lucide.

Enfin un élément concret. Le policier s'en empara.

– Où a-t-il appris ?

– Nulle part. Il portait ça en lui. Si vous voulez, je peux vous montrer ses dernières productions.

Ses prunelles s'étaient allumées. Une pépite de fierté. Michel acquiesça.

– Bonne idée...

Elle se leva et l'invita à le suivre. Le vieux les accompagna du regard, replié sur lui-même.

Long dédale de couloirs, tapis élégants, murs tendus de tissu caramel. Et toujours ce silence de tombeau. Anne Charvet s'arrêta devant une porte. Sa main se figea sur la poignée, comme pétrifiée. Puis elle ouvrit.

Puits d'encre. Une légère odeur de renfermé planait dans l'air, mêlée à celle de la térébenthine. La lumière d'un halogène inonda la pièce.

Et ce fut le choc...

Des toiles, par dizaines, peuplaient cette salle aveugle. Une teinte dominait, le noir. Fond unique, sur lequel se tordaient des formes amollies, zébrées d'éclairs rouges, violets ou pourpres. En s'approchant, on pouvait deviner des visages. Une galerie de portraits, projection sans fard d'un cerveau torturé. Des gouffres s'ouvraient parfois sur ces ténèbres, bouches arrondies en un cri pétrifié, happant l'air par saccades. Michel songea au pavillon dans la forêt, et à son ambiance gothique...

– Pas vraiment gai, hein ?

La voix brisée de la mère du peintre avait formulé l'évidence. Une façon de l'exorciser, peut-être. Le policier se contenta de hocher la tête. Il cherchait dans cette folie un indice qui puisse le raccorder à son enquête. Rien. Seulement le désespoir, la souffrance, la mort.

– Il travaillait ici ?

– Non. J'ai tout récupéré chez lui, avant qu'il quitte la France.

– Il n'habitait pas avec vous ?

– Lieutenant... Mon fils avait trente ans à cette époque. C'était un grand garçon.

Diallo n'avait même pas envisagé cette possibilité. Entretenu, assisté : pour lui, Laurent logeait forcément chez ses parents. L'information méritait d'être creusée.

– Où vivait-il ?

– D'abord rue du Bac, dans un studio que je possède. Puis brutalement, il m'a demandé de lui louer un appartement, rue Marx-Dormoy.

Étonnement...

– Quel numéro ?

– Le 2. Près de la place de la Chapelle.

Pas besoin de précisions. Par un caprice du destin, Laurent avait choisi le quartier de Michel, celui qui l'avait vu grandir. Anne Charvet continuait :

– J'ai peur que ça ne vous aide pas beaucoup. Mon fils n'a vécu que quatre mois là-bas, ceux qui ont précédé son départ. J'ai d'abord gardé l'appartement, au cas où il changerait d'avis. Puis j'ai fini par résilier le bail.

Le Black n'entendait plus. Un autre fil se déroulait dans son esprit.

– Pourquoi la Goutte-d'Or ? Ce n'était pas vraiment son cadre.

– Un quartier effroyable. Et peu pratique. Je ne pouvais plus laver son linge ou faire ses courses. Vraiment, je n'ai pas compris.

Le policier, lui, saisissait. La gare du Nord était juste en bas. Un des plus gros supermarchés de la drogue. Pour se défoncer, son junkie de fils n'avait qu'à descendre.

C'était mince, mais Michel venait de tirer un atout. Il allait avancer en terrain connu.

Il se laissa raccompagner jusqu'à l'entrée. Anne Charvet l'escortait en silence, silhouette de douleur marchant à pas feutrés. En lui serrant la main, elle l'avertit.

– Ne revenez pas, lieutenant. Je ne vous recevrai plus.

Michel soutint son regard. Voilé de peine, brillant, seulement soutenu par une armure de dignité. L'épreuve avait été rude. Les digues allaient craquer.

Il répondit simplement :

– Je comprends...

47

La rue Marx-Dormoy était une longue artère crasseuse. Aucune âme, architecture sans cachet, le gris pour seule tonalité. Elle donnait l'impression d'un lieu de transit, occupée par des Ibis et des chambres à louer. Serrés au coude à coude, on y trouvait une foule de petits commerces, de bars minables, de fast-foods.

Laurent avait choisi d'habiter là. Loin de son quartier, de ses repères, de ce qui, a priori, le définissait. Une décision justifiée par la drogue, qui d'une certaine façon faisait le jeu de Michel. Même shooté à mort, ses manières et son allure avaient dû attirer l'attention. Un voisin, le café du coin, l'épicier... Quelqu'un se souviendrait peut-être de lui.

Le policier repéra l'immeuble. Semi-récent, béton et fer. Il pénétra dans le hall et entama la tournée. Cinq étages, une quinzaine d'appartements, pas mal de portes closes ou de mémoires éteintes. Malgré la photo, personne ne lui fournit le moindre renseignement.

Au bout d'une demi-heure, il dégota enfin un début d'info. Une grosse femme, au second, qui se souvenait d'un jeune type au teint de navet.

– Il était plutôt discret, rien à dire, mais entre nous, sa façon de vivre, c'était vraiment n'importe quoi... Des jours entiers sans sortir, juste à se faire livrer les courses, jamais debout avant la fin d'après-midi... Et tous ces cadavres de bouteilles dans la poubelle !

Michel écouta patiemment la litanie. Puis ce qu'il espérait arriva. La voisine finit par se souvenir aussi d'une jeune femme, brune, petite, aussi pâle que Laurent. Elle venait souvent, restait parfois dormir, et on l'entendait crier à 4 heures du matin. « Une droguée », estima la commère. Mais ce qui l'avait le plus marquée, c'était les piercings. Paupières, lèvres, narines : une vraie mercerie !

Le Black n'entendait plus. Il faisait le point. Une défoncée, tendance gothique, qui vivait avec Laurent peu de temps avant sa disparition. Rien à voir avec les blondasses siliconées dont lui avait parlé Rambo. Cette fois, il s'agissait d'une toxico. Les deux paumés étaient unis par la défonce, sans doute leur seul point commun, comme une passerelle vers les abîmes de la victime.

Cette fille devait savoir ce qui s'était passé.

Il retrouva la rue, gonflé à bloc. Trouver un nom, un lien, approfondir. Il fit le tour des commerces, des bars, muni de sa seule description. Personne ne se souvenait de la fille, et encore moins de Laurent. Dans le coin, les looks bizarres étaient monnaie courante. On n'y faisait plus attention.

Retour vers la Clio. Fiasco total. La piste avait chauffé avant de se congeler aussitôt. Où était cette junkie à présent ? Avait-elle survécu à la dope ? Autant chercher un rat dans une décharge publique.

Il allait lever le camp lorsqu'une vitrine incongrue attira son attention. Étroite, illuminée de spots, elle présentait un tableau posé sur un chevalet. Un nom, en lettres blanches, s'affichait sur le fronton : « Galerie d'Hincourt ».

La passion de Laurent. Son jardin secret. Comment n'y avait-il pas pensé plus tôt ?

La galeriste avait une cinquantaine d'années. Des cheveux déjà blancs, lunettes demi-lunes sur le nez, vêtements froissés. Elle lisait une revue au fond de sa boutique en mâchouillant un crayon.

– Bonjour...

Air à peine concerné. L'habitude de distinguer le véritable acheteur. De toute évidence, Michel ne répondait pas aux critères.

Le policier s'avança au milieu des tableaux. Des fleurs, tracées au fusain, dégorgeant de couleurs. Des fruits, dans le même ton, dont on pouvait sentir couler le jus.

– C'est pour un renseignement.

– Sur l'exposition ?

– Pas tout à fait.

– Ah... En quoi puis-je vous aider ?

Ton traînant, plein de lassitude, et donnant l'impression d'un ennui sidéral.

– Je voudrais retrouver un peintre. Il habitait le quartier, il y a quelques années. Vous l'avez peut-être rencontré.

– Comment s'appelle-t-il ?

Michel tendit encore une fois le cliché.

– Laurent Charvet. Ses œuvres sont assez spéciales. Dans le genre macabre.

– Non, je ne connais pas.

Il tira son autre cartouche.

– Dites-moi... J'habite à côté. Je cherche un atelier, pour prendre des cours.

– Désolée. Ici, c'est une galerie. Nous nous contentons d'exposer.

Elle lui avait parlé comme on s'adresse à un débile. Michel ne quitta pas son sourire.

– Je sais. Mais je me suis dit que vous connaissiez peut-être un endroit.

Elle l'observa avec circonspection. Puis elle ouvrit un agenda posé à côté d'elle.

– Débutant ?

– Non. Je voudrais me perfectionner.

Marcher dans les pas de Laurent. Se mettre à sa place. S'il avait fréquenté d'autres peintres, c'était pour échanger, progresser. Pas pour apprendre les bases qu'il possédait déjà.

– Éric Wirth. Il enseigne passage Ruelle. À pied, c'est à cinq minutes. Dites que vous venez de ma part.

Michel désigna un stylo sur le bureau.

– Je peux ?

– Faites.

Tout en notant, il demanda :

– Vous en voyez un autre ?

– Pas dans le quartier. On ne peut pas dire que les riverains soient des passionnés d'art.

Rancœur... La boutique n'avait pas dû tenir toutes ses promesses. Michel abandonna la galeriste à son triste destin et courut vers le sien.

Passage Ruelle. Une impasse, coincée entre la voie ferrée et la cité de la Chapelle. Un de ces endroits où il ne fait pas bon vivre. Vacarme des trains, vue sur les rails, stress garanti.

L'atelier se nichait dans un ancien garage. Le locataire n'avait pas pris la peine d'en effacer le logo, vestige de peinture écaillée rongeant encore un carré de pierre brute.

Par l'ouverture d'une baie vitrée, on pouvait voir un espace dépouillé : murs blancs, poutres apparentes, carreaux au sol. La rénovation était simple, axée essentiellement sur la lumière. Des vitres avaient été posées partout, laissant entrer des tombereaux de photons.

Une ambiance studieuse régnait dans le local. Les élèves, une bonne dizaine, s'appliquaient sur des toiles, blouses barbouillées de couleurs. Des femmes uniquement, entre deux âges pour la plupart. Elles levèrent à peine la tête en voyant passer le visiteur.

Un homme surgit du fond de la pièce. Cheveux blancs et barbe neigeuse se rejoignaient en une sorte de tapis à poils longs, masquant presque entièrement le visage. Mince, vêtu de lin clair, il affichait un sourire extatique. Le Christ, songea Michel. Ce type se prenait pour Jésus, redescendu sur terre afin d'y délivrer la bonne parole...

Le Black attaqua de front.

– Éric Wirth ?

– Soi-même.

– Michel Diallo, police judiciaire. Je recherche une personne.

Pas de réaction. Le masque de bonté semblait avoir été cousu à même la peau.

– Laurent Charvet, précisa le flic. Il a peut-être pris des cours ici, il y a quatre ans.

Le visage s'éclaira.

– Laurent ? Bien sûr...

Enfin, le ciel s'ouvrait.

– Vous vous souvenez de lui ?

– Un garçon très doué. Technique intuitive, sens des proportions et de la perspective. Il est resté trois ou quatre mois.

– Vous saviez qu'il se droguait ?

– Je m'en doutais. Les yeux, l'élocution, les sautes d'humeur... J'ai pas mal roulé ma bosse. Je connais les symptômes.

Michel l'imagina sur les routes. Jésus avait dû bourlinguer en Thaïlande, le paradis hippie des post soixante-huitards. Il s'était certainement camé dans sa jeunesse. Sac à dos et seringues dans la poche sur les plages de Phuket : le meilleur plan pour consommer à moindre coût.

– Il avait une copine. Vous l'avez connue ?

– Je l'ai vu une fois, oui.

– Toxico ?

– Autant que lui. Peut-être même plus.

La confirmation arrivait. Sans surprise. Diallo pria pour que la mémoire du gourou soit intacte.

– Son nom ? Comment s'appelait-elle ?

– Kalima.

– Une Indienne ?

– Pas vraiment. J'ai vécu en Inde. Les femmes...

Le policier l'interrompit.

– Quoi, alors ?

– Une Arabe. Très dure. Laurent filait comme un toutou...

Le portrait se précisait. Droguée, maghrébine, autoritaire, la petite amie de la victime n'aurait pas tenu cinq minutes dans l'univers coincé de sa belle-mère. Laurent l'avait cachée. Parce qu'il l'aimait, probablement. Ce qui expliquait aussi son exil rue Marx-Dormoy.

– Vous voulez voir à quoi elle ressemble ?

Michel n'en attendait pas tant.

– Pourquoi ? Vous avez une photo ?

– Pas très nette, c'était pendant une soirée à l'atelier. Mais vous aurez une idée.

Le néo-Christ tourna les talons et l'entraîna vers une alcôve. Tout à leur tâche, les apprentis Van Gogh n'avaient pas levé la tête. Wirth passa derrière un petit bureau de bois cérusé et farfouilla dans un tiroir, où il trouva très vite une pochette plastifiée.

Chaussant des lunettes rondes, il en fit l'inventaire. Une photo apparut.

– Voilà !

Michel saisit ce morceau de mémoire. Un Polaroid délavé, prit au flash. Laurent était avachi sur une chaise, une bière à la main, une femme sur les genoux. Coiffure de punk, jean et polo troués, rangers montantes. La fille fixait l'objectif avec des yeux bordés de khôl. Impossible de distinguer vraiment ses traits sous l'épaisse couche de maquillage. Seulement une expression d'ensemble, très dure. Et les éclats de métal qui miroitaient sur son visage. En revanche, on voyait bien le geste qu'elle adressait au photographe : un majeur pointé vers le ciel, au bout duquel luisait un ongle noir.

48

Inconnue au bataillon.

Diallo avait fait un crochet par le commissariat de Barbès, en pure perte. Kalima n'était fichée nulle part, son visage n'évoquait rien aux hommes de la DPJ. Pas plus que celui de Laurent, d'ailleurs. À croire que ces deux-là étaient passés entre les gouttes.

Le Black n'avait pas insisté. Ses collègues montaient sur une affaire, le moment était mal choisi. Quant aux indics, pas question de lui refiler les plans en direct. Il n'avait qu'à revenir demain, on verrait ce qu'on pourrait faire.

Conclusion : il devrait se débrouiller seul.

Accoudé à la passerelle de la rue Lépine, Michel regardait les rails déployés à perte de vue. Serpents d'acier emmêlés dans une pelote confuse, ils évoquaient un hologramme psychédélique, toujours en mouvement, fuyant vers un improbable cœur de métal.

En détaillant ce paysage, les souvenirs l'assaillirent : les odeurs de graisse, de diesel, de poussière ; les sifflements des michelines perçant le brouhaha de la ville ; l'espoir qu'elles portaient, quand elles glissaient vers l'horizon, vers un ailleurs qui l'appelait alors de toutes ses forces...

Il se redressa. Rien ne subsistait de cette époque. Il avait tout gommé en endossant sa peau de flic. Hormis un nom : Désiré M'Ba. Un de ses anciens copains de classe, d'origine congolaise comme lui, plus fainéant qu'une couleuvre mais gros malin. Le type était limite, petites magouilles et sourire enjôleur, toujours à l'affût d'une opportunité. Il tenait un bar-restaurant dans la rue Saint-Mathieu, sous l'ombre protectrice de l'église Saint-Bernard.

Par une sorte de fidélité au passé, Michel avait gardé le contact, le tirant même parfois d'embrouilles douteuses. Aujourd'hui, les rôles allaient s'inverser. Désiré n'avait jamais quitté le coin. Il en connaissait chaque pavé, chaque porche, le guide idéal pour remonter une piste.

Le local se résumait à quelques tables en plastique, chaises But, lino. Et à quelques clients – peau d'ébène et crâne luisant – affalés dans un coin sous le ventilateur à pales. Ils regardaient un match de foot sur une télé portative, posée à même un tabouret. Une chaleur écœurante soulevait les tripes, encore plombée par les odeurs de cuisine. Plus ou moins consciemment, Désiré avait recréé l'ambiance d'un boui-boui africain. Nonchalance, convivialité, rusticité : comme à la maison.

En voyant entrer le policier, le combinard afficha un sourire tout en dents. Il portait son éternelle chemise hawaïenne, un truc jaune fluo contrastant avec sa peau d'un marron sombre.

– Michel ! Ça fait un bail...

Le flic tendit la joue par-dessus le comptoir. Ils s'embrassèrent.

– Salut ma poule.

– Qu'est-ce qui t'amène ?

– Il faut que je te parle.

La gravité du ton congela les retrouvailles. Le visage de Désiré, tout en rondeur et en plis, s'allongea brutalement.

– Des problèmes ?

– Une enquête.

Sourire forcé.

– Pas sur moi, j'espère ?

– Relax. J'ai juste besoin d'infos.

La galère s'éloignait. L'autre se détendit.

– À ton service.

Michel se hissa sur un tabouret haut. La télé hurlait dans son dos, les clients ne faisaient pas attention à eux. Il sourit.

– Ça deale toujours, gare du Nord ?

– Je veux !

– Qui s'en occupe ?

– Tout dépend. Tu cherches quoi ?

– Les branchements poudre. Je dois retrouver une toxico.

Léger retard à l'allumage. Le sujet était sensible. Désiré tenta d'éluder.

– Pourquoi tu demandes pas à tes copains de Barbès ? Les toxicos sont tous fichés. Ils devraient pas avoir de mal à te la loger.

– C'est déjà fait.

L'autre afficha une mine déçue.

– OK. Reste plus que Papa Désiré, si je comprends bien.

– T'as tout pigé.

M'Ba se pencha vers Diallo. Son visage était devenu grave.

– La poudre, c'est devenu très compliqué.

– Explique.

– Les Ivoiriens se sont fait bouffer. Plus assez la niaque. Trop nourris. On a vu débarquer des Algériens l'année dernière.

– Il y en a toujours eu.

– Non. Pas les mêmes. Ceux-là, c'est des vrais tordus. Imprévisibles, fanatisés.

– Fanatisés ?

– Ils dealent pour le Prophète. Tu vois le genre ? Leur truc, c'est les réseaux terroristes. L'argent de la came repart directement dans ces circuits.

Ce type d'organisation pourrait coller avec le reste. Assez puissante et structurée pour concevoir et exécuter un plan complexe. Sauf que ces cinglés étaient nouveaux sur le marché. Qu'ils n'étaient pas présents quatre ans plus tôt, quand Laurent avait été contraint de s'évaporer.

Il fallait se concentrer sur Kalima. Un point commun

avait surgi : les origines arabes. Si la gothique zonait toujours dans le périmètre, elle irait naturellement se fournir chez eux.

Il demanda :

– Tu connais le boss ?

– Azouz El Kaoui. Un vrai méchant. Officiellement imam...

– Tu peux me brancher sur lui ?

– Te brancher comment ?

– J'ai une photo. Je veux la faire circuler. Ses fourmis connaissent peut-être ma cliente.

Désiré secoua la tête.

– T'es flic, t'es noir, et pas du coin. En plus, t'as pas de monnaie d'échange. Il te filera rien.

Michel fixa son pote. Une autre idée venait de germer dans son esprit.

– Moi, il ne me connaît pas. Mais toi, par contre...

– Tu rigoles ?

– Pourquoi, j'ai l'air ?

– Laisse tomber. Il me coupera les couilles avant que j'aie passé la porte.

– Ça vaut le coup d'essayer.

– Ben voyons. On voit bien que c'est pas les tiennes...

Le policier eut un petit sourire.

– Tu es mon meilleur atout. J'ai vraiment besoin de ton aide.

Désiré lui lança un regard noir.

– Putain, tu fais chier.

– Les amis, c'est fait pour ça, non ?

M'Ba tendit la main.

– La photo.

Il la fourra dans sa poche et contourna le comptoir.

– Attends-moi ici et démerde-toi pour servir les clients. C'est l'heure de l'apéro.

49

En moins d'une heure, Michel avait trouvé ses marques. Il alignait les verres, ajustait les doses, faisait crépiter la caisse enregistreuse. Les clients devaient le prendre pour un cousin du patron. Ils lui lançaient des sourires de connivence en lui laissant des pourboires.

Vers 20 heures, le bar se vida d'un coup. Comme si tous les poivrots s'étaient donné le mot. Le flic ne s'étonna pas. Il savait que la plupart des types avaient intérêt à rentrer pour le dîner. Tapies dans leurs cuisines, les mamas les attendaient de pied ferme. Si elles toléraient que leurs hommes s'alcoolisent, elles ne plaisantaient pas avec les horaires de repas.

Il s'assit devant le poste. Une dinde mal fagotée énumérait des mots savants devant une carte satellitaire. Anticyclone, dépression, hectopascals... Elle assénait un cours de climatologie au téléspectateur, étalant sa science de pacotille d'un air satisfait. La canicule montait en puissance. Les prochains jours battraient tous les records. Du jamais-vu depuis 1926. *Surtout, penser à s'hydrater. Pour les personnes âgées, ne pas sortir entre...*

Le portable vibra dans sa poche. Michel l'ouvrit sans réfléchir.

– Diallo.

– Salut, mec. Je te dérange pas ?

Éric Terry. Son pote du labo de Paris. Le petit génie auquel il avait adressé clichés et prélèvements. Il l'avait oublié.

– Je regardais la météo.

– Ben tu t'arranges pas...

– Tu as reçu mon Chronopost ?

– Baisse le son et ouvre les oreilles : tu vas pas être déçu.

Toujours la même voix enthousiaste. Éric était un passionné. Il ne travaillait pas, il s'amusait.

Michel éteignit le poste.

– Alors ?

– J'ai deux traces de gomme différentes. Les premières correspondent à des Michelin X Tubeless Radial. Dimension 315/80/22,5. Modèle Pilote XZA 1.

– Tu peux traduire ?

– Faible empattement, assise large, pneus jumelés. Il s'agit d'une remorque.

– T'es sûr ?

– Certain. Il y avait trois essieux, et quasiment collés. C'est typique des semi. Les roues sont à l'arrière, elles équilibrent la poussée avec le système d'accrochage...

– Quelle marque, la remorque ?

Rire à l'autre bout de la ligne.

– Je suis pas devin. Les trois quarts des attelages sont équipés avec ce type de pneumatiques. Mais je peux te dire un truc : à en juger par l'écrasement des empreintes, elle était pleine à craquer.

Michel aurait dû y penser. L'engin qui avait broyé Laurent était trop original pour se déplacer tout seul. On l'avait transporté jusqu'au chemin Hauquier pour s'en servir en toute tranquillité. L'hypothèse d'un poids lourd, comme il l'avait envisagée au départ, n'était donc pas si absurde. Il l'avait seulement mal interprétée.

Il demanda, pour être sûr :

– Les autres traces, c'est quoi ?

– Des Firestone. Modèle...

– Abrège, s'il te plaît. Dis-moi seulement de quoi il s'agit.

– De la cabine du camion. Indispensable pour tirer la remorque. Ne me demande pas la marque, j'en ai aucune idée.

Le puzzle commençait à prendre forme... L'attelage du diable. Avec à l'intérieur, un démon mécanique. Les assassins avaient vraiment employé les grands moyens.

– Et les prélèvements, qu'est-ce que ça donne ?

– Plastique, métal, peinture, fondus à une température élevée. De toute évidence, une caisse qui a cramé.

– Je suis au courant. T'as rien d'autre ?

– Si. Mais tu vas pas le croire.

– J'ai l'esprit large.

– Il y avait des résidus d'acier trempé à cœur, de type DH-3.

– Et alors ?

– C'est une qualité d'acier extrêmement résistant. Le brevet a été déposé par Caterpillar, la société qui fabrique des engins de BTP. Ils l'utilisent dans la fabrication des outils d'attaque de sol.

– Comme ?

– Ripper, lame de coupe... Tout ce qui permet de défoncer, pousser, broyer...

L'image s'imposa avec force.

– Un bulldozer.

– Ou une pelleteuse. En tout cas, pas une voiture. Ces matériaux ne sont pas employés dans l'industrie automobile.

Instant magique. La réponse arrivait enfin. Le monstre que traquait Michel était un bull. Un bull énorme, transporté à dos de camion jusqu'à Nogent. Placée en position basse, la lame avait stoppé le Patrol. Puis, grâce aux vérins hydrauliques, elle était remontée pour s'abattre sur le capot. L'écraser. Réduire son occupant en bouillie.

La voix de Terry le fit sursauter.

– Michel ? T'es toujours là ?

– Oui.

– Dis, c'est quoi, ton enquête ? Un accident de chantier ?

L'ironie tomba à plat.

– Pas vraiment, non. Mais merci pour les infos, Éric. À charge de revanche.

– C'est ça... Le jour où tes poules auront des dents.

Michel sourit et raccrocha. Son esprit moulinait dans le vide, à la recherche d'une conclusion logique. Un engin de BTP. Un poids lourd. Du matériel aux couleurs de la DDE...

D'où pouvait bien venir cette attaque d'artillerie ?

50

Désiré pointa son nez aux alentours de 22 heures.

Comment s'y était pris le roi de la magouille ? Peu importait. Il avait survécu pendant vingt ans au milieu des voyous et connaissait leurs points sensibles.

La photo de Kalima avait tourné autour de la gare du Nord. Un quadrillage en règle opéré par un des lieutenants d'El Kaoui. Après trois heures de traque, l'info avait fini par remonter. La toxico se fournissait auprès d'un revendeur de la rue de Maubeuge, un certain Djamel pour qui elle refourguait aussi de la came. Une sous-traitance classique, à petite échelle, de quoi lui assurer sa dose gratuite. D'après le dealer, elle créchait dans un meublé, rue du Faubourg-Saint-Denis.

Deuxième gauche. Pas de nom, seulement un œilleton. Diallo sonna, priant pour qu'elle soit là. Un craquement derrière la porte. La couleur du judas vira au noir, signe qu'on l'observait. Il appela à voix basse :

– Kalima ?

Pas de réponse.

– Je sais que t'es là. Ouvre, s'il te plaît.

Toujours rien. Le flic avait préparé l'approche, il insista.

– Djamel m'a dit que tu pouvais me dépanner. Ouvre, y a pas d'blème.

Il attendit, tête baissée. Soudain, une voix rauque écorcha le silence :

– Casse-toi.

– Merde, fais pas ça.

– Casse-toi, j'te dis.

– J'ai ce qui faut. Tu me sers, je me barre. Y en a pour deux minutes.

En gage de bonne foi, il colla deux billets de cent euros sur le judas. Il répéta, geignant plus fort :

– Deux minutes...

Des pas montèrent dans l'escalier. Quitte ou double. Il cogna son poing contre le bois, produisant un raffut de tous les diables.

La porte s'ouvrit d'un coup.

– Putain, mais t'es malade !

Déformé par la rage, le visage de la junkie était encore plus inquiétant que sur la photo. Sans maquillage, ses traits décharnés se déclinaient en une succession de canyons et de gouffres. Des cernes agrandissaient le regard, cercles concentriques placés autour des yeux comme une cible. La peau était presque transparente, comme si les capillaires avaient été vidés de leur sang. Les cheveux noirs, très courts, formaient avec l'enveloppe diaphane un contraste écœurant. Plantés dans cette chair blanche, le métal des piercings dressait une barrière répulsive.

Michel se faufila à l'intérieur. Touffeur, remugles de tabac froid, de graillon et de poubelles. Très peu de lumière. Les volets, mi-clos, arrêtaient à peine la chaleur.

La fille avait fermé la porte et marchait déjà sur lui. Une ombre à l'intérieur de l'ombre, vêtue de noir.

– Putain, mais tu te prends pour qui ?

Changement de braquet. Il sortit son arme et lui colla sur le nez :

– Un ton en dessous, ma jolie.

Panique.

– Qu'est-ce...

– Écoute bien. Je répéterai pas. La dope, je m'en carre. Je veux juste quelques infos. Laurent Charvet, tu te souviens ?

– Laurent ? Bordel, Mais t'es qui ?

– C'est pas le problème. Tu te souviens, oui ou merde ?

– Oui.

– Parfait. Allume un peu, on va causer.

Kalima actionna un interrupteur. La pièce transpirait la misère. Un canapé défoncé, une table basse jonchée de reliefs indécis, des cendriers bourrés de mégots. Le coin cuisine disparaissait sous la vaisselle en retard. Un rideau de plastique jurait dans le fond, isolant probablement une salle d'eau.

Michel rangea son arme, prit une chaise pliante et s'assit dos à la fenêtre. La toxico se laissa choir dans le canapé. Elle ricanait.

– T'es flic, hein ? Tu sens le poulet à vingt mètres.

Le Black ignora la provocation. Il préférait rester flou sur sa qualité. Lui laisser imaginer d'autres hypothèses. Plus angoissantes.

– Je te la fais courte, commença-t-il. Laurent a été assassiné la semaine dernière. Et pas d'une balle dans la tête. On l'a piégé pour le faire cramer dans sa voiture.

– Qu'est-ce que tu veux que ça me foute ? Je l'ai pas revu depuis quatre ans.

– Je sais. Mais t'as vécu avec lui.

– Trois mois... Tu parles d'une affaire.

– Pour moi, c'est suffisant. Alors tu vas m'aider à y voir clair.

– T'es un privé, c'est ça ? Un fouille-merde raqué par sa vieille.

– Cherche pas. Tu coopères et y aura pas de problèmes. Sinon...

Il caressa la crosse de son arme.

– Tu me butes ?

– C'est ça, ouais... Je te bute.

Un blanc. Kalima se gratta les avant-bras. Des hématomes

mouchetaient sa peau, puits violacés cernés d'auréoles jaunes.

– Tu veux savoir quoi ? finit-elle par dire.

– T'as qu'à commencer par le début.

– Je l'ai servi. On a sympathisé.

– Comment il est tombé sur toi ?

– Par hasard. Dans la rue.

– Je crois pas au hasard. Un mec comme lui, il devait avoir de meilleurs plans que la gare du Nord.

Elle secoua la tête, méprisante.

– Les plans, tu les trouves où tu peux.

– Et vous vous êtes mis à la colle, comme ça ?

– Pourquoi, ça te défrise ?

La gifle partit sans prévenir. Elle se recroquevilla et siffla entre ses dents :

– Enculé !

– Réponds ou je t'en mets une autre.

– Qu'est-ce que tu veux que je te dise ? Il était dingue de moi. J'ai pas compris. Il a pris un appart, comme ça, du jour au lendemain, et il m'a demandé de venir. Vu le squat où je créchais, j'avais pas grand-chose à perdre.

– Pas très romantique, ton histoire.

– La came, c'est pas romantique.

Elle marquait un point. Le flic la toisa.

– À part toi, il voyait qui ?

– Il sortait jamais. À part pour ses cours de merde. C'est moi qui le ravitaillais.

– Tu lui achetais sa came ?

– Sa came, ses médocs, sa picole. Tout ce qu'il s'envoyait.

Elle alluma une cigarette et cracha en soufflant la fumée :

– Une vraie loque. Il pouvait même pas me baiser.

Michel perçut du dépit dans le ton. Les disputes, à 4 heures du matin, étaient peut-être liées à ça.

– Vous aviez pas des potes ?

– Non. Il supportait personne. Fallait surtout pas que je ramène quelqu'un ici. L'humanité le rendait dingue.

– Et toi ?

– Moi quoi ?

– T'es pas le genre à te cloîtrer par amour. Tu faisais quoi pendant qu'il était là ?

– Je cherchais des plans.

– Où ?

– Partout. Là où ça dealait.

Le flic marqua une pause. Kalima lui servait une soupe fadasse, sans intérêt. La vie d'un couple de toxicos rythmée par la quête du produit.

Il essaya autre chose.

– Tu dealais déjà à cette époque ?

Soupir, comme un regret.

– J'avais pas besoin. La vieille de Laurent est pleine aux as. Elle lui filait un max de blé.

– Il te payait ta dope ?

– Encore heureux. Avec tout ce que j'ai fait pour lui.

– Qu'est-ce que t'as fait ?

Elle tira à nouveau sur sa cigarette, une bouffée longue, nerveuse. Puis les mots sortirent en rafale :

– Tu veux savoir ? J'ai préparé sa bouffe, changé ses draps, nettoyé sa gerbe et ramassé sa merde. Je lui ai trouvé sa dope et fait ses fixes. À la fin, y pouvait même plus bouger. Un paralytique...

Michel comprit ce qui avait uni ces deux paumés. Kalima venait d'un milieu pourri, probablement des bas-fonds d'une cité. Laurent, lui, avait de l'argent et l'habitude d'être servi, pris en charge. La Beurette avait mis la main sur un sac à fric qui lui permettait de tenir la misère à distance. De son côté, le fils de famille avait enfin trouvé ce qu'il lui fallait. Il s'était défait d'une mère attentive, aimante, mais également embarrassante, pour s'en acheter une autre. Un substitut maternel qui ne posait pas de questions et se défonçait avec lui.

La junkie poursuivait :

– Le pire, c'est que j'aurais pu tenir encore longtemps.

Je l'aimais bien, ce connard. Mais du jour au lendemain... Pfuitt ! Disparu.

Enfin quelque chose de concret, se dit le Black. Il demanda, pour en avoir le cœur net :

– C'était quand ?

– Une semaine avant Noël. Ils avaient déjà accroché les néons dans la rue.

Les témoignages se recoupaient. Anne Charvet, et maintenant Kalima. Laurent s'était dissous du jour au lendemain, la veille d'une fête familiale. Pourquoi avoir choisi ce moment ?

– Tu sais ce qui s'est passé ?

– Je l'ai pas appris tout de suite, non. Et pas la peine de demander à sa vieille. Elle connaissait même pas mon existence.

– Alors ?

– Pendant deux mois, silence radio. Il avait tout laissé à l'appart, ses affaires, ses meubles, tout. Un truc de dingue. J'ai cru qu'il était mort, ou que l'autre salope avait réussi à lui remettre le grappin dessus.

Michel connaissait l'explication de ce départ précipité. Celle donnée par Laurent à sa mère. Ce qu'il voulait, c'était connaître la véritable cause.

– Donc, il a fini par te contacter. Qu'est-ce qu'il t'a dit ?

Elle eut un petit rire aigre.

– Il était en cabane. Tu le crois ? Lui, en cabane...

Incroyable. Michel répéta d'une voix atone :

– En taule ?

– Ouais... À Nice. Et pour une fois, c'était pas une embrouille. J'ai reconnu l'indicatif de la région.

– Pourquoi il te l'a pas dit plus tôt ?

– Y pouvait pas.

– Qu'est-ce qu'il avait fait ?

– Une connerie. Un truc énorme, d'après lui. Il voulait pas m'en parler au téléphone. Il m'a demandé de venir le voir à la maison d'arrêt.

Le flic comprit la suite.

– Et tu n'y es pas allée.

Elle eut un air coupable.

– Non. Le permis de visite, les matons, c'est pas mon truc. J'avais peur qu'on me cherche des histoires. J'ai fait mon sac et je me suis cassée de l'appart.

Virage à cent quatre-vingts degrés. Laurent avait été incarcéré. Il n'avait pas choisi la date de son départ. Les circonstances s'en étaient chargées à sa place. La cure de désintox, la Nouvelle-Calédonie : un tissu de mensonges. Il s'était débrouillé pour le cacher à sa mère et comptait sur Kalima pour traverser l'épreuve.

Qu'avait-il fait ? Quel délit avait-il commis ?

Michel regarda Miss Gothique. Elle ne savait rien. Elle n'avait jamais rien su. Elle avait fait de son mieux, géré le quotidien, mais elle aussi, le toxico l'avait bernée. Il avançait en solitaire, virtuose de la dissimulation, orfèvre de l'artifice. Lassée, elle avait fini par craquer.

Diallo la laissa à sa dope et quitta le bouge. Tout était dit...

Plongée rue du Faubourg-Saint-Denis. Début de soirée. Prostituées en maraude, odeurs de friture. Il s'arrêta devant un snack, maigre comptoir ouvert à même l'asphalte, se fit préparer un kebab et ordonna ses idées.

Trois ans d'absence, la durée de l'incarcération. La peine collait avec un trafic de stups. Un trafic assez sérieux, mais où Laurent aurait eu un rôle secondaire. Difficile en effet de l'envisager en gros bonnet. Son meurtre, quatre ans plus tard, pouvait alors s'expliquer. Une exécution, orchestrée par ses anciens complices. Avait-il balancé des noms, des filières, collaboré avec la justice en vue d'une réduction de peine ?

Le scénario tenait la route. À un détail près : Laurent n'était fiché nulle part.

Pas de casier. Pas de fiche de police. Rien.

Avait-il inventé un nouveau mensonge ? Imaginé un nouveau leurre ?

Pour le savoir, un seul moyen : descendre sur la Côte.

– IX –

51

Seul, Mayol se sentait plus à l'aise.

Il appréciait la magistrate, son caractère à la fois vif et curieux, son physique de poupée. Mais paradoxalement, sa présence l'embarrassait.

Le bouddhiste, dont l'empathie était l'une des qualités premières, avait ressenti toute la fragilité de cette femme. Il percevait en elle une plaine calcinée, des vallées de douleur et de larmes dissimulées sous une armure de volonté. Elle avait dû se battre, utilisant sa colère pour dominer son mal...

Ce chemin, Christian le connaissait par cœur. Il y était sensible. Le policier, pourtant, se devait de conserver une distance. Il travaillait pour Claire, sous son contrôle. Les flics ne frayaient pas avec les magistrats. Chacun devait garder sa place sur l'échiquier : telle était la règle du jeu, inscrite dans les codes et imprimée dans les consciences.

Il chassa ces pensées tout en accélérant le pas. L'objectif approchait, il devait se concentrer. Et de toute façon, l'évolution de l'enquête s'était chargée de régler ses états d'âme. L'homme qu'il allait rencontrer n'était pas du genre à faire ami-ami avec un juge.

Fen Chan. Officiellement, un paisible commerçant, propriétaire de plusieurs pressings dans le triangle de Choisy. En réalité, un des parrains les plus puissants de la zone.

Débarqué à Paris dans les années soixante-dix, en tête de pont de la Sun Tee On, il avait étendu l'influence de cette triade sur tout le ghetto chinois de l'Est parisien. Ses activités illégales, aussi prospères qu'organisées, se concentraient sur le secteur des jeux. Un hobby dont ses compatriotes étaient friands, et qui rapportait gros.

Mayol remontait maintenant la rue de la Vistule. 20 heures. Rideaux de fer tirés et digicodes bloqués. Il avait patienté toute la journée avant de venir ici. Fen Chan bougeait en permanence. Une anguille. L'unique repère était la salle de jeux. Son QG. Il y passait chaque soir, avant de rentrer chez lui retrouver femme et enfants.

Au 67, une seule vitrine encore illuminée. Tracé au chatterton sur le verre, un simple mot : « Laverie ».

Mayol pénétra dans le local. Odeurs de lessive chaude. Des machines rutilantes s'alignaient le long d'un mur jaune pâle, tambour contre tambour. Un couple d'Asiatiques attendait, assis sur des chaises de plastique. Bercés par le ronflement des cycles, ils prirent à peine garde au nouvel arrivant.

Le flic se dirigea vers le fond. Il écarta un rideau de toile et s'avança dans un couloir. Trois mètres à peine, barré d'une porte en fer. Un panneau était collé dessus, représentant un sens interdit.

Il frappa du poing. Au bout d'un long moment, un homme vint lui ouvrir. Chinois, trapu, regard soupçonneux. Mayol expliqua son cas, en cantonais. L'autre lui posa deux ou trois questions, pour la forme, et lui fit signe de le suivre.

La température chuta d'un coup. Par contraste, elle semblait hivernale. Ils descendirent un escalier abrupt. Des copeaux de moisissure et de salpêtre rongeaient les parois du corridor.

En bas, nouveau cerbère et nouvelle porte. Les deux gardes parlementèrent un peu, puis le passage se libéra.

On introduisit Mayol dans une pièce enfumée, basse de plafond. Une dizaine de tables occupaient l'espace, rondes ou rectangulaires, toutes habillées de tapis verts. Elles étaient éclairées par des lampes basses, suspendues à des fils électriques. Le dispositif créait des oasis de clarté dans une mare de pénombre. Agglutinés autour de ces puits lumineux, des dizaines de Chinois s'adonnaient à leur vice favori.

Le jeu, sous toutes ses formes.

Poker, black jack, baccara, roulette ou craps. Il y en avait pour tous les goûts. Les parieurs, visages tendus et cigarette au bec, hurlaient en avançant leurs mises. Une cacophonie invraisemblable résonnait sous les voûtes, des cris stridents, une ambiance de poulailler.

Le policier fut conduit à une table située un peu en retrait. Quatre Chinois plus paisibles se concentraient sur une partie de mah-jong. Les dominos s'alignaient par paires symétriques, ornées des symboles cosmologiques : les quatre saisons représentant le ciel, les directions figurant la Terre, les fleurs illustrant le mouvement de la vie...

Fen Chan était assis le dos au mur. Visage lisse, comme tiré par un lifting, cheveux de jais, plaqués sur le crâne à grand renfort de gel. Difficile de lui donner un âge. Il portait une veste blanche, de belle coupe, une chemise rose et une cravate à pois. Deux gardes du corps l'entouraient, visages de cire et armes en évidence. Le parrain leva les yeux sur le policier. Un sourire glissa sur ses lèvres.

– Mayol ! Mon ami.

Une voix de fausset, nasillarde. Sans qu'il ait eu besoin de dire un mot de plus, ses partenaires s'éclipsèrent. Il désigna une des chaises vides.

– Tu veux faire une partie ?

Le flic s'assit.

– Pas ce soir, Fen.

– Dommage.

– Les affaires marchent, on dirait.

– Je n'ai pas à me plaindre.

Au bas mot, ce genre de tripot devait afficher trente mille euros de bénéfice par jour. Le mafieux en contrôlait une dizaine. Pas tous en règle. Les flics préféraient laisser filer, conservant ainsi un moyen de pression.

Mayol attaqua de biais.

– Une entreprise aussi juteuse, ça doit exciter les convoitises ?

– L'homme prospère est toujours envié.

– Surtout quand sa renommée dépasse les frontières.

Les sourcils noirs se froncèrent.

– Que veux-tu dire ?

– Les Serpents Volants. J'ai comme l'impression qu'ils ont senti l'odeur du pognon frais.

L'autre éclata de rire.

– Tu tiens ça d'où ?

– D'un type qui a essayé de s'envoler d'une tour des Olympiades. Dix-sept étages sans parachute, tu vois le topo ?

Chan haussa les épaules.

– Il devait plus être très bavard.

– Lui, non. Mais ce que j'ai trouvé dans son appartement parlait à sa place.

– Je ne te suis pas, Mayol.

– Mon client avait tout l'attirail des Serpents sous la main. Bouddha fermé, mandala orné de leurs symboles, des trucs pas très courants à première vue...

Le parrain ne répondit pas tout de suite. Il observait les dominos posés devant lui. Après en avoir manipulé une paire, il laissa tomber avec gravité.

– Cette triade n'a jamais mis les pieds ici. Tu devrais le savoir.

– Certaines choses peuvent m'échapper, Fen. Éclaire-moi.

– Les Serpents Volants ne sont pas nombreux. À peine quelques centaines de membres. Ils opèrent uniquement en Chine.

Le policier s'étonna.

– Pourquoi ? Ils ont le mal des voyages ?

– Ils ne cherchent pas à s'exporter. Ils n'en voient pas l'utilité.

– Tout le monde doit se développer un jour ou l'autre. C'est la seule solution pour survivre...

– Pas eux. Leurs motivations diffèrent beaucoup des nôtres.

Une variation dans le ton. De celle que provoque l'évocation d'une force maléfique. Le policier sentit l'espace se rétrécir d'un cran.

– Pour les Serpents, l'argent n'est qu'un moyen, poursuivait Chan. En réalité, il s'agit plus d'une secte que d'une triade. Des fanatiques vaguement taoïstes, assoiffés de sang et de mort, dont le but ultime est le chaos.

Le même discours que chez l'herboriste. Cette fois, il était temps de faire préciser.

– J'ai déjà eu ces infos, laissa tomber Mayol. Tu ne pourrais pas m'en dire un peu plus ?

L'autre se pencha vers l'avant. Son visage entra pleinement dans la lumière, tendu comme une baudruche.

– Ces fous n'ont aucune limite. Ils éventrent des femmes enceintes pour offrir les fœtus à leurs dieux. Ils boivent du sang humain, à même la chair des enfants qu'ils égorgent. Leurs temples sont décorés de têtes, comme des trophées.

Le policier se demanda s'il devait rire ou trembler.

– Rien que ça ?

– Et pire encore, crois-moi.

– Fen... Comment veux-tu que j'avale un truc pareil ?

Chan se redressa. Il sortit un fume-cigarette en or de sa poche intérieure et y vissa une Craven.

– Tu connais notre pays. Tu parles notre langue. Mais tu ignores de quoi nous sommes capables. Tu veux savoir pourquoi ils n'ont jamais quitté la Chine ?

Le flic hocha la tête, curieux de la suite.

– Parce qu'ils y sont protégés. Depuis des siècles, ils rôdent dans l'ombre du pouvoir. Ils accomplissent ses basses besognes, exécutent ses ordres les plus inavouables. Les anciennes dynasties faisaient déjà appel à eux. L'avènement du communisme n'y a rien changé : il a même permis de renforcer leur influence.

– Ce n'est pas logique. L'exercice du pouvoir implique une certaine forme d'ordre. Et la philosophie des Serpents se résume au chaos.

– Tu me déçois, Mayol. Tu es pourtant assez intelligent pour savoir qu'ordre et chaos sont les deux faces d'une même médaille. L'un conduit naturellement à l'autre. Quel meilleur argument que la confusion quand on souhaite asservir un peuple ?

Le policier commençait à saisir. Connus pour leur philosophie cruelle, les Serpents Volants avaient été utilisés afin de semer la peur. Exactions, crimes barbares, terrorisme. L'histoire ne manquait pas d'exemples. Ces conditions, créées de toutes pièces, avaient permis l'avènement, ou le maintien en place, d'un pouvoir fort. Tous les despotes du monde s'étaient prêtés à ce jeu pervers. Ils s'appuyaient sur des nervis, des mercenaires, chargés de mettre le pays à sac pour pouvoir se poser ensuite en seuls sauveurs.

Chan confirma :

– Un échange de bons procédés. Les Serpents étanchent leur soif de sang sur ordre. En contrepartie, on leur garantit l'impunité.

– Y compris pour leurs activités mafieuses ?

– Le pouvoir ferme les yeux. C'est le marché.

– Dans quel secteur opèrent-ils ?

– Ils touchent à tout. Du moment que ça rapporte. Immobilier, drogue, prostitution. Mais leur terrain favori, ce sont les armes.

– Les armes ?

– La seule chose qui les excite. Ils fournissent aussi bien les pirates de la mer de Chine que les régimes communistes du Sud-Est asiatique. Corée du Nord, Vietnam, Laos... Pékin a besoin d'eux. Il les utilise en sous-main pour soutenir son idéologie dans les pays « amis ». La communauté internationale n'y voit que du feu.

Mayol se tassa sur sa chaise. Les parieurs hurlaient toujours, comme en écho à ces folies. À travers leurs cris, le flic percevait un autre cri. Celui d'un peuple asservi, livré en pâture aux appétits d'une poignée d'hommes.

Puis, très vite, une nouvelle réalité s'imposa. Les Serpents n'étaient pas à Paris. Ils n'avaient aucune raison d'y venir. Exit la guerre des triades. Cette hypothèse ne valait plus un clou. Pourtant, Humbert était bien l'un des leurs. Et mis à part ce lien, rien dans sa vie ne pouvait expliquer une mort aussi violente. Alors, où était la logique ?

Il fallait creuser encore :

– Au fait, je ne t'ai pas dit ?

– Quoi ?

– Mon client n'était même pas chinois.

– Pas chinois ?

– Un rouquin, type européen, blanc comme le lait et poilu comme un singe. Comment expliques-tu ça ?

Un décalage dans la réponse, les millièmes de seconde qui parlent plus qu'un aveu. Fen tira sur son fume-cigarette.

– Ça n'a pas de sens.

– Il vivait aux Olympiades, pratiquait le Sanda à très haut niveau, et semblait très branché « Chine ».

– Les triades ne recrutent pas d'Européens.

Cette fois, l'impression se transforma en certitude. Chan lui cachait quelque chose. Mayol marqua une pause et tenta le tout pour le tout.

– Tu le connais.

– Non.

– Pas à moi, Fen. On travaille en confiance. Je sais rester discret.

Le malaise du parrain devenait palpable. Il finit par s'approcher et parla à voix basse.

– Très bien. J'ai déjà vu ton type.

– Où ?

– Il participait à des combats.

– Quels combats, Fen ? J'ai besoin de savoir.

– Des matchs à mort. Avec paris à la clef.

Une nouvelle piste se dessinait, imprévue, mais qui méritait d'être explorée. Si Humbert trempait dans ce genre de délire, pas mal de types pouvaient avoir envie de se le faire.

Il répéta :

– Où ?

Fen Chan répondit à contrecœur :

– Un entrepôt désaffecté. À Ivry.

– C'est toi qui mets ça en musique ?

– Non. Je viens parier, c'est tout.

– Qui s'en occupe ?

– La 14 K. On a passé un accord.

– Tu peux m'amener ?

– Un flic ? Tu rigoles ?

Le refus du mafieux se comprenait. Ces combats interdits étaient un business lucratif pour une autre triade. La discrétion s'imposait, sous peine de représailles.

Mayol demanda d'un sourire :

– L'adresse, Fen.

Le Chinois écrasa sa cigarette d'une main nerveuse. Il griffonna trois mots sur un morceau de papier et le tendit au flic.

– Il y a aussi le mot de passe. Demande à voir Ho Fang. Mais moi, je ne t'ai rien dit. On est bien d'accord ?

Le commissaire empocha le sésame et se leva.

– Tu as ma parole.

52

Retour au Palais.

Ce soir, Claire s'en serait dispensée. Elle avait passé la journée chez elle à travailler sur des affaires plus ou moins urgentes, et à réfléchir sur ses péripéties de la veille. L'après-midi avec Mayol avait été plus efficace que ses séances de thérapie. Le policier avait réussi à lui faire lâcher prise. Un tour de force qu'elle avait du mal à comprendre, mais dont elle ressentait déjà les bénéfices. Elle se sentait plus forte, plus tranquille aussi. Mais complètement vidée...

Marc avait insisté. Le procureur proposait de la retrouver place Dauphine vers 20 h 30. Ils iraient dîner, et en profiteraient pour faire un point sur son dossier. La juge n'était pas dupe. Malgré le ton anodin, Rivière souhaitait surtout savoir où en était la collaboration avec le substitut Lunel.

Elle regarda sa montre. Une heure à perdre. Le temps de classer quelques papiers et de prendre connaissance des appels.

Elle grimpa sans se presser l'escalier conduisant aux galeries d'instruction. Une sorte de langueur planait sur la maison Justice, à l'heure où le rideau du petit théâtre était retombé sur ses acteurs.

La magistrate aimait ces instants. Vacuité, solitude, les vacances de l'âme. Elle marchait dans les couloirs déserts, libérée du poids de sa charge, humant l'odeur de vieux bois et de cire qui suintait de chaque plinthe.

Depuis la mort de Fabrice, Claire s'était jetée à corps perdu dans le travail. Le Palais était devenu son phare dans la tempête. Elle trouvait dans l'architecture imposante une sorte de réconfort : l'institution la rassurait, et la protégeait. Rouage de ce grand tout, elle parvenait à s'y oublier en tant qu'individu.

Elle arriva en vue de son territoire. Un homme, crinière brune et chemise blanche, téléphonait devant sa porte. Nora. L'avocat d'Habib, le défenseur de ce petit caïd accusé de viol sur sa copine. Polarisée par l'affaire Humbert, elle l'avait presque oublié...

Le pénaliste raccrocha en la voyant.

– Madame le juge.

– Maître...

– J'avais une instruction chez votre collègue Plantier. Je me suis permis de vous attendre.

– Si c'est pour me parler d'Habib, j'ai rédigé les nouvelles convocations. Elles partiront demain.

– Je sais, oui... Votre greffier m'en a informé.

– Et vous savez aussi que je ne le remettrai pas en liberté avant d'avoir procédé à une nouvelle confrontation.

– Naturellement.

Claire l'observa. Nora était dans ses petits souliers. Pas son genre, et encore moins sa méthode.

Elle demanda :

– Que puis-je pour vous, Maître ?

Il se racla la gorge, évitant son regard.

– Pour être honnête, je ne suis pas venu pour Habib.

– Ah ?

– J'ai été désigné dans une autre affaire... Une procédure un peu particulière.

– Particulière pour quelles raisons ?

– Parce qu'elle vous touche de très près.

La magistrate comprit intuitivement, tout en refusant l'évidence.

– À quoi faites-vous allusion ?

– À l'assassinat de votre mari.

Vertige... Intrusion de la sphère privée dans son sanctuaire professionnel. Le dangereux mélange des genres.

Claire répondit d'une voix blanche :

– Merci, c'est délicat de me prévenir.

– J'ai longuement hésité. Ce genre de configuration n'est jamais confortable.

Elle avait envie de lui sauter à la gorge mais se contrôla.

– Vous faites votre métier. Je ne peux pas vous le reprocher.

Nora respira. Le plus dur était derrière. Il enchaîna aussitôt :

– Je n'ai pas encore vu le dossier. Mais après ce qui s'est passé à la Santé, je crains qu'on ne s'oriente vers un non-lieu.

La magistrate l'interrompit d'un ton sec :

– Inutile de développer, Maître. Je suis au courant.

Le pénaliste hocha la tête. Puis il balança sa tirade, d'un air faussement contrit.

– Sachez que je saurai conserver la distance nécessaire. Mon intervention sera purement formelle.

« Menteur », songea Claire. « Tu te précipiteras sur les caméras dès que tu en auras l'occasion. Et tant pis pour les dommages collatéraux. »

Elle se composa un sourire.

– Je n'en doute pas. Maintenant vous voudrez bien m'excuser, j'ai encore des choses à régler.

Ils se quittèrent dans un silence glacial. Claire s'engouffra dans son bureau et referma la porte à clef. Les codes s'alignaient sur l'étagère comme autant d'armes rouges, forgées dans le papier pour lui servir de bouclier. Elle s'effondra dans son fauteuil.

Dix longues minutes, elle resta immobile, le regard dans le vide, l'esprit en roue libre. Avec Mayol, elle s'était concentrée sur autre chose, jusqu'à en oublier la terrible nouvelle : Foulon ne serait pas jugé. Son acte de démence, à la maison d'arrêt, lui éviterait les foudres de la justice. Un scénario catastrophe auquel elle n'était pas préparée. Nora venait seulement de le lui remettre en mémoire.

Elle soupira. Au fond, elle ne lui en voulait pas de s'immiscer au cœur de sa vie privée. Il était avocat. C'était sa nature. Autant demander à un tigre de manger de la laitue. Ce qui la détruisait s'ancrait ailleurs. Dans le sentiment de frustration qu'engendrait ce procès avorté. Il n'y aurait pas de sanction, pas de vengeance, pas de deuil. Seulement la colère et la haine. Une force sombre dont elle sentait mugir le vent, comme un éclaireur annonçant la tempête.

Claire regarda sa montre. Plus qu'un quart d'heure avant d'affronter Marc. Elle devait se reprendre.

Des papiers s'entassaient sur son bureau. Elle s'y plongea, mécaniquement. Fiches d'appel, procès-verbaux, expertises. Elle nota que le médico-légal avait téléphoné, sans laisser de message. Puis elle repéra les convocations pour le dossier Habib, préparées par son greffier. Elle les signa sans enthousiasme et poursuivit le tri. Très vite, elle repéra une grande enveloppe. Une fiche de transmission indiquait qu'elle avait été déposée en fin d'après-midi par un motard de la gendarmerie. Expéditeur : Dr Jarry, service de médecine légale du quai de la Rapée.

À l'intérieur, trois feuillets dactylographiés et une série de clichés. Le rapport d'autopsie. Le légiste avait dû appeler pour en signaler l'envoi.

La juge s'adossa au fauteuil et entama sa lecture. L'horreur, couchée sur papier. La description en mots choisis, abscons, d'un corps dévasté par la chute. La vitesse à l'instant précis du choc avoisinait les cent quatre-vingts kilomètres-heure. Claire s'imagina projetée contre un mur par une catapulte, sans même la protection d'une carrosserie...

Elle passa les divers examens anatomiques pour se concentrer sur les données de laboratoire. Tout paraissait normal. Les chiffres, situés dans la moyenne, étaient ceux d'un sujet en pleine santé. Humbert ne buvait pas, ne se droguait pas, et ne présentait aucun signe de maladie.

Pourtant, une ligne attira l'attention de la magistrate, écrite en caractères gras. Le foie de la victime était saturé de toxine botulique, une molécule entrant dans la composition d'un sérum antirides : le Botox. D'après le rapport, il ne pouvait s'agir des conséquences d'une intervention esthétique. Le dosage ne correspondait pas : avec la quantité trouvée, n'importe quel organisme aurait subi une paralysie musculaire totale.

Humbert n'avait donc pas sauté de son propre chef. Dans son état, il en aurait été incapable. On l'avait balancé dans le vide, un crime minutieusement prémédité puisqu'on avait d'abord pris soin de le rendre inoffensif. Vu sa carrure et ses compétences en arts martiaux, la précaution semblait indispensable.

Claire survola la conclusion, à la recherche d'une autre confirmation. Cause du décès : hémorragie interne massive, occasionnée par une rupture de l'aorte. La conséquence de la décélération. En d'autres termes, la toxine botulique n'avait pas eu le temps de paralyser le cœur ni les poumons.

Chaque détail était lourd de sens.

Elle récapitula.

D'abord, l'absence de toute trace de piqûre. Loin de constituer une incohérence, elle révélait le mode opératoire de l'assassin. L'injection avait dû être réalisée avec un pistolet à air comprimé, de ceux employés pour neutraliser les chiens errants. Les brigades cynophiles utilisaient un type d'aiguille extrêmement fin qui ne laissait aucune marque et jugulaient les foudres de la SPA. Quoi de mieux pour maîtriser Humbert ?

Ensuite, le produit paralysant. Le ou les tueurs n'avaient pas seulement souhaité contrôler leur victime. Pour ça, de simples narcotiques auraient suffi, un cocktail anodin dont l'absorption par un désespéré n'aurait choqué personne. Ils avaient voulu qu'Humbert « profite » du vol plané, qu'il ressente intensément chaque seconde le séparant du sol. Incapable de faire un geste, il n'avait pu que hurler.

Claire venait de prendre la véritable mesure de son

enquête. Un meurtre, prémédité, barbare et raffiné à la fois. Il n'y avait en fait aucune volonté de le maquiller en suicide. Seulement un plan élaboré, dont l'objectif était de terroriser Humbert.

Elle allait reposer le rapport lorsqu'un détail la fit tiquer. Sous la signature du légiste, on avait rajouté un post-scriptum : « *On note la présence d'un tatouage ancien situé sur le scalp, face antérieure de la boîte crânienne, à la limite de la zone trépanée. Après rasage des cheveux, nous avons pu prendre un cliché du motif, joint en annexe 12* ».

Personne n'avait remarqué ce détail pendant qu'on sciait le crâne de la victime. Il devait être masqué par l'écoulement des fluides. Ce post-scriptum démontrait qu'il avait été relevé plus tard, sans doute quand on avait nettoyé l'ouverture et remis la calotte en place.

L'annexe 12... Claire passa les pièces en revue et trouva le cliché.

Un morceau de peau blanchâtre s'étalait sur le papier, cerné d'une haie orange. La zone n'avait été rasée que partiellement, une couronne de cheveux l'entourait. Au centre, comme un poinçon sur du bétail, un sigle. Il figurait une tête de mort, insérée dans le fronton d'une arche futuriste, elle-même tronçonnée en segments par des portants effilés. Au-dessous, une croix inversée et deux lettres en caractères gothiques : « H A »

Elle reposa le document, songeuse. Cette découverte ne cadrait pas dans le contexte. Rien à voir avec les prémonitions de Mayol, la culture chinoise et une improbable guerre des triades. Il évoquait plutôt une secte sataniste, aux racines bien ancrées dans le terreau occidental.

Le Mal, encore, mais sous une autre forme.

Une forme que la victime avait pris soin de dissimuler. En retirant un premier tatouage, trop ostensible sur son avant-bras. En laissant pousser ses cheveux sur un autre, qui devait certainement être visible à l'origine.

Claire imagina Humbert en moine du diable, crâne tondu et robe de bure, officiant au fond d'une cave devant une effigie du démon. De ce point de vue au moins, le profil de la victime possédait une certaine cohérence. L'homme avait voué sa vie aux forces obscures. Elles avaient fini par le rattraper, avant de le sacrifier sur l'autel de la peur.

Mayol ne s'était trompé qu'à moitié. Depuis le début, ils enquêtaient bien sur un meurtre. Le policier avait simplement fait erreur sur le mobile.

En premier lieu, l'appartenance d'Humbert à une triade secrète ne reposait que sur des suppositions. Il avait très bien pu en adopter par lui-même les croyances et les rites. Quant au chiffre 49, dont le commissaire lui avait expliqué qu'il symbolisait les soldats dans la numérologie des triades, cela ne prouvait rien non plus. Il pouvait signifier tant d'autres choses...

En outre, si les Serpents Volants avaient voulu tester le marché, ils s'y seraient pris autrement. En utilisant un Asiatique qui puisse se fondre dans la masse. Avec son physique de Viking, ses cheveux rouges, Humbert était bien trop repérable.

Claire voyait le tableau : le travail au gymnase, l'appartement sans âme, la solitude totale et l'absence de passé. La façon de vivre de la victime n'était pas celle d'un éclaireur, mais celle d'un fugitif. Humbert avait choisi le quartier chinois dans un seul but, s'y cacher.

Pour quelles raisons ?

La magistrate sourit... Mayol allait trop vite. Il voulait à tout prix que cette enquête s'oriente vers son terrain de prédilection : celui des chinoiseries qui peuplaient son esprit.

La réponse était sûrement ailleurs. Cachée au cœur d'une foi tordue dont les suppôts organisaient des sabbats. Pour avancer, Claire allait devoir changer de cap, et ouvrir la porte des enfers.

Elle décrocha son téléphone et composa le numéro du commissaire. Il fallait le tenir au courant de son avancée. C'était aussi, elle en avait conscience, une bonne façon de lui montrer qu'elle conservait la direction de l'enquête...

La sonnerie résonna dans le vide. Déçue, elle laissa un message circonscrit, mentionnant seulement la présence de toxine botulique dans le corps de la victime. La magistrate confirma la thèse du meurtre, mais préféra garder pour elle la découverte du tatouage. Ses déductions sur le profil d'Humbert, elle en parlerait de vive voix avec Mayol...

Après avoir fait une copie du cliché, Claire la plaça dans son sac à main. Elle se pencherait dessus plus tard, si elle en avait le courage. Mais à présent, il fallait se remuer.

20 h 45. Quinze minutes de retard.

Marc devait déjà piaffer d'impatience.

53

Une vibration au fond de sa poche.

Christian Mayol lâcha le volant et extirpa son mobile. Appel anonyme. Par principe, il ne répondait pas. Il attendit quelques secondes avant de consulter la messagerie. Claire... Elle avait reçu le rapport du légiste qui confirmait la thèse du meurtre. Il n'en avait jamais douté. Ce qui le surprenait, c'était la toxine botulique. Il fallait y penser. La méthode évoquait un supplice chinois, bien pervers et raffiné à souhait. Vu le contexte, elle collait au millimètre...

Il hésita à rappeler. Pour dire quoi ? Que son intuition était la bonne ? Pas la peine d'enfoncer le clou. De plus, il faudrait faire état des explications de Fen Chan à propos des Serpents Volants, et avouer que sa thèse sur une guerre des triades s'envolait en fumée. Mauvais pour son image. Il valait mieux attendre d'avoir glané du neuf. De toute façon, la magistrate ne lui serait d'aucune utilité pour ce qui l'attendait.

Dehors, la nuit s'allumait. Mayol roulait au pas sur l'avenue de Choisy. Partout, les néons multicolores du grand Dragon dégorgeaient leurs couleurs. Rouge, jaune, bleu, comme un feu d'artifice. Le McDo, à l'angle du boulevard Masséna, s'y était mis aussi. Des banderoles de lampions clignotaient sur ses vitres, créant une atmosphère de fête. Un Noël de pacotille, en plein milieu de l'été.

L'Audi coupa les rails du tramway et prit à droite, avenue de la Porte-d'Ivry. Progressivement, les feux de la ville baissèrent d'intensité. Une autre lumière prenait le relais, plus fade, déversée par des lampadaires plantés en enfilade.

Le commissaire passa sous le périph, puis s'engagea dans l'avenue Maurice-Thorez. Il tourna place du 8-Mai-1945 en direction de la rue Baudin, longeant une barre d'immeubles glauques. L'entrepôt dont Chan avait parlé était sur la Zac des Moulins, une zone industrielle immense logée au cœur de la commune d'Ivry. On distinguait déjà les toits de tôle qui couvraient les hangars.

Il parcourut une trentaine de mètres et aperçut l'entrée. Une barrière, une guérite occupée par un vigile. Mayol donna le mot de passe. Le gardien, un Asiatique filiforme, le détailla d'un air méfiant avant de lever l'obstacle. Au ralenti, le policier pénétra dans l'enceinte.

La perspective faisait froid dans le dos. Des allées sans fin, à peine éclairées ; des bâtiments de brique rouge ; des conteneurs rouillés, placés en sentinelle tous les cent mètres. Un no man's land figé dans le silence.

Malgré son expérience, Mayol n'arrivait pas à le croire. Un ring secret, des combats à mort, des parieurs ivres de sang, et personne n'avait levé le lièvre ! Ses collègues d'Ivry ne pouvaient pas ignorer un tel délire. On avait dû leur graisser sérieusement la patte pour qu'ils ferment les yeux.

Il s'avança vers un panneau. Le plan de la zone, où il repéra ce qu'il cherchait : lot 213, voie T, à l'autre bout du complexe.

Tout en roulant, le commissaire se concentra. Il devait se préparer à une confrontation brutale. Les types qui géraient ce cirque n'étaient pas des amateurs. Son arrivée allait provoquer des remous...

Après dix minutes d'errance, il arriva enfin devant l'entrepôt. Le bâtiment, de facture ancienne, détonnait au milieu des autres. Un bloc de béton, sans fenêtres ni verrières, ramassé sur lui-même comme un gros blockhaus.

Placé en son centre mais faisant corps avec le reste, un cylindre aux allures de château d'eau grimpait vers le ciel.

Un type surgit devant son capot. Un Asiatique, portant le même uniforme que le premier vigile et une arme à la ceinture. Mayol récita le mot de passe à nouveau. Encore une fois, on le regarda de travers. Après une brève hésitation, l'homme manipula une télécommande. De l'autre côté de l'allée, la façade d'un hangar coulissa.

Le policier s'engagea. Dans la lueur des phares, des dizaines de voitures apparurent. Elles étaient alignées dans un ordre impeccable, un vrai parking de centre commercial. Suivant les directives du garde, Mayol se faufila vers une place libre.

Tout alla très vite. Deux Chinois jaillirent d'une Mercedes. Des torses de culturistes, mis en valeur par des débardeurs blancs. Ils foncèrent droit sur lui et encadrèrent l'Audi. Pas le temps de réagir. La gueule noire des automatiques l'aurait pulvérisé dans la seconde.

Le commissaire sortit en levant les mains. Fouille express. Son Sig fut détecté en un clin d'œil. Puis ce fut le tour du portefeuille. Les types hésitèrent en découvrant la carte tricolore.

Mayol en profita pour lancer en cantonais :

– Je viens voir Ho Fang.

Le comité d'accueil se concerta. Les phrases fusaient, rapides, tendues. L'un des deux types finit par lui rendre ses papiers. L'arme, en revanche, était confisquée.

– *Lei*[1] *!*

Ils traversèrent la rue. Une petite porte en fer rouillée formait dans le blockhaus une masse plus sombre. Un tour de clef libéra le passage.

Le policier s'enfonça dans un corridor, serré de près par les cerbères. Chaleur de four. Sensation d'étouffement. Des ampoules électriques s'espaçaient tous les dix mètres, alter-

---

1. « Viens ! »

nant ombre et lumière. Les murs, noirs à la base, étaient couverts de graffitis. Des dessins acérés, vifs, inquiétants. Ils composaient une fresque contemporaine, exposée dans une galerie permanente pour le seul usage du néant...

Un escalier. Une dizaine de marches, presque à la verticale, taillées dans le béton et s'enfonçant dans la terre. En bas, une nouvelle porte. Cette fois, l'un des costauds s'annonça par VHF.

Le temps de descendre, la porte s'était ouverte. Un autre Chinois verrouillait l'embrasure, petit et sec, avec dans le regard une expression perverse. Il affichait des tatouages, partout, et portait le même débardeur blanc : l'uniforme des soldats de Ho Fang.

Conciliabule. Fouille, encore. L'accès au club était ultra-privé. Enfin, quand les formalités furent accomplies, Mayol pénétra dans l'enceinte.

Choc.

L'espace qu'il découvrait ressemblait à un silo : une cuve cylindrique aux lourdes parois de béton brut. En d'autres temps, elle avait dû contenir du grain. Les particules de blé s'étaient incrustées dans les murs, leur donnant une teinte jaunâtre.

Aujourd'hui, son usage avait changé. La base du cercle était couverte de sable. Des armes blanches – haches, sabres, hallebardes, couteaux ou lances – luisaient sur des portants. Des panneaux de bois décoraient le pourtour, hérissés de lames. On avait tendu un filet au-dessus de cette installation, afin de créer un espace clos, hermétique. Le flic visualisa aussitôt une arène, conçue pour mettre en scène des gladiateurs.

Il leva la tête et aperçut, plus haut encore, une passerelle métallique. La fine nacelle, desservie par des échelles de fer, s'accrochait à la cuve comme un collier fragile. Une batterie de projecteurs avait été fixée en dessous, à la façon des rampes utilisées dans les concerts. Pour l'heure, seules quelques lampes étaient branchées, ampoules de faible intensité qui diffusaient une lumière douce.

Le commissaire plissa les yeux. Accoudées aux rambardes, des silhouettes s'agglutinaient sur ces gradins de fortune. Des hommes exclusivement, tous asiatiques. Ils chuchotaient, comme dans une église. Sous peu, sans doute, cette discrétion se transformerait en hystérie.

Mayol suivit le nervi. En foulant le sable, il remarqua des traces plus sombres, comme des paquets de boue. Étant donné le contexte, il sut que c'était du sang. Non coagulé : il avait coulé depuis peu...

Nouvelle porte, à la base du silo. Le tatoué s'y engouffra. Derrière, encore un corridor. Des Chinois en débardeur battaient le pavé dans une ambiance survoltée.

Ils parcoururent quelques dizaines de mètres. Soudain, une pièce s'ouvrit sur la droite. Au centre, sous une lumière violente, un type gisait sur un brancard. Pour seul vêtement, il portait un short de boxe. Son torse était barbouillé de rouge, comme une peinture de guerre. Une déchirure lui entaillait la gorge, large, profonde. Sa tête, renversée en arrière, semblait sur le point de se décrocher.

La progression continua. Des petites salles, aux murs couverts de tubulures. Des machines rouillées, à la mécanique rudimentaire, obsolète. Ils traversaient le cœur du complexe, suivaient la route du blé.

Enfin ils arrivèrent devant une dernière porte. Un géant au front bas barrait le passage, nunchaku à la ceinture. Il s'écarta devant le tatoué. Mayol n'aurait pu en jurer, mais il sentit une pointe de crainte dans son attitude.

Son guide cogna du poing contre le métal. Puis il tourna la poignée et fit signe à Mayol de le suivre.

54

– Tu as faim ?

– Pas plus que ça.

Claire avait l'estomac dans la gorge. Son tête-à-tête avec Nora ne passait pas. Et ses dernières découvertes n'avaient rien arrangé. Marc Rivière lui tendit la carte.

– Prends une entrée au moins. Il faut que tu manges un peu.

Elle s'exécuta. Les propositions culinaires du restaurant Paul, place Dauphine, étaient dans l'air du temps. Feuillantine d'épinards, roulé de saumon et d'écrevisses, salade d'agrumes, concassée de tomates à la crème d'asperge... Du *light* uniquement, servi dans une vaisselle élégante, sur l'une des terrasses les plus agréables de Paris. Toutes les tables étaient prises. Une clientèle étrangère occupait le terrain : des plaisanteries fusaient dans l'air du soir, le plus souvent en anglais.

À contrecœur, Claire se décida pour un melon au porto. Pendant qu'elle commandait, Marc l'observait par-dessus ses lunettes. Elle perçut dans ses yeux une caresse rassurante, la marque d'une bienveillance qui la toucha profondément.

– Comment vas-tu ? demanda-t-il quand le serveur eut disparu.

Elle baissa la tête et répondit avec sincérité :

– Ce n'est pas facile.
– Je m'en doute... Je suis au courant pour Foulon.
La magistrate s'étonna :
– Déjà ?
– Oui. Pour moi aussi c'est important.
Il y avait dans le ton une profonde tristesse. Fabrice avait été son ami. Il en portait le deuil, tout comme Claire.
La jeune femme sentit qu'elle allait fondre. Elle comprenait maintenant pourquoi Marc l'avait invitée à dîner. Il se moquait pas mal de son enquête, et encore plus de ses problèmes avec le substitut Lunel. Seul son état l'intéressait.
Elle préféra changer de sujet.
– Tu ne voulais pas savoir où en était mon dossier ?
Il la fixa d'un air désolé. Le procureur était un homme intelligent, intuitif. Il n'avait pas besoin d'une explication de texte.
– Bien sûr...
Claire exposa les derniers développements. La piste des triades, le rapport d'autopsie et l'hypothèse d'une secte sataniste, la présence de toxine botulique confirmant le scénario criminel. Dix minutes à synthétiser les faits, qui lui firent réellement du bien. Dans ces moments de concentration, elle redevenait la professionnelle précise et froide qui décortiquait les dossiers au scalpel. Et ses démons lâchaient prise.
Quand elle eut terminé, Rivière resta songeur.
– Tu en as parlé à Lunel ?
– Pas encore.
– Quand comptes-tu le faire ?
– Dès que j'en saurai un peu plus.
Il haussa les sourcils.
– Ce que tu as trouvé ne te semble pas suffisant ?
– Non. Pas si je veux lui clouer le bec.
Elle avait affirmé son point de vue avec une force nouvelle. Celle qui courait dans ses veines depuis la veille.
Rivière la scruta un instant. Il semblait découvrir une autre Claire. Enfin, il opina :

– Comme tu voudras. Tu diriges ton enquête. Je n'ai rien à y redire... Fais quand même attention à ce que les choses ne s'enveniment pas trop.

La bouteille de chablis arriva. D'un geste délicat, le procureur remplit le verre de sa collègue.

– Buvons à la mémoire de Fabrice. Je suis certain qu'il aurait apprécié ce bourgogne.

Claire avala une gorgée. Peu à peu, l'alcool se diffusa dans ses artères. Elle buvait peu, une dose infime suffisait à la griser. Après quelques secondes, Rivière demanda :

– Tu vois toujours ton psy ?

Elle ne répondit pas tout de suite. D'une façon détournée, Marc remettait le couvert. Il voulait forcer la confession, sans doute convaincu qu'une discussion l'aiderait.

Après tout pourquoi pas ? Il était son seul ami dans la magistrature. Le seul qui pouvait comprendre sa douleur tout en étant au fait de la procédure.

Elle coupa au plus court :

– D'accord. Parlons de Foulon.

Le parquetier l'observa à nouveau. Il paraissait surpris par ce revirement soudain. Enfin, il demanda avec douceur :

– Tu es sûre ?

– Ne t'inquiète pas.

Il hocha la tête :

– Pour l'instant, il est toujours à Fresnes, en observation. On l'a transféré au SMPR.

Le Service médico-psychologique régional. L'antichambre du non-lieu. Ça n'avait pas traîné...

– Qui va l'examiner ? demanda Claire.

– Rien n'est encore décidé. Mais j'ai pensé à Malicier.

– Ce nul ?

– Ce serait notre meilleure carte. On est sur le point de l'éjecter de la liste. Il fera tout pour aller dans notre sens.

La juge se redressa, interloquée.

– Tu veux truquer l'expertise ?

Rivière sourit.

– Seulement avoir la certitude qu'on contrôlera son déroulement. Tu sais comme moi que, dans ce domaine, la frontière est ténue. Fou ou sain d'esprit... Accessible ou pas à une sanction pénale... Les conclusions varient d'un spécialiste à l'autre.

– Martel est d'accord ?

– Martel est un toutou. Il fera ce que je lui dirai.

De mieux en mieux. Après avoir choisi l'expert, celui qui irait dans leur sens, Marc allait faire pression sur un juge d'instruction. Un tel comportement était à l'opposé du personnage, de son éthique. Seules l'amitié et la douleur pouvaient le justifier.

Claire rétorqua :

– Ça ne servira à rien. Tu as vu ce qu'a fait Foulon ? Un acte de cannibalisme ! Il faut être complètement fêlé.

– Ou vouloir qu'on le pense. Il sait que la cour d'assises ne lui fera pas de cadeaux. Fabrice était avocat. Assassiné dans une enceinte judiciaire pendant qu'il exerçait son métier. Foulon risque le maximum.

– De toute façon, Nora demandera une contre-expertise.

– Nora ?

– Foulon vient de le désigner.

Rivière fronça les sourcils. La présence de ce pénaliste allait compliquer les choses. Il n'hésiterait pas à utiliser les médias. Les projecteurs seraient braqués sur eux en permanence.

– On gérera, finit-il par répondre. On gérera...

Les entrées arrivèrent. Pas de la nourriture, de l'art : des portions minuscules, savamment disposées, ordonnées dans un ballet de couleurs.

Claire picora une bille de melon. Après deux verres de vin blanc, elle flottait dans une bulle d'ouate où s'étiraient ses perceptions. Que devait-elle penser ? Marc voulait la même chose qu'elle. Un procès. Une catharsis afin de tourner la page. Mais sa manière de faire la dérangeait. Il semblait prêt à tout. Même à influencer une procédure. Ce pas, malgré ses propres fantasmes de vengeance, la juge n'avait jamais envisagé de le franchir.

Elle lui lança un bref regard pendant qu'il entamait ses hors-d'œuvre. Ses traits d'ascète, son regard bleu, lui donnaient dans la lueur des bougies un air de conspirateur.

– Tu es choquée ? demanda-t-il en reposant sa fourchette.

– Je ne sais pas. Je ne m'attendais pas à...

– À quoi ? Je ne vais pas fabriquer de preuves ou subtiliser des pièces. Je vais seulement essayer de faire en sorte que cet homme soit jugé. N'est-ce pas légitime ?

Son ton avait changé. Plus habité. La magistrate retrouvait le pourfendeur du Mal, le croisé qui avait voué sa vie à la cause des victimes.

Il poursuivait :

– Si Foulon obtient un non-lieu, il passera quelques années en UMD [1] et finira par sortir. Les psys les font toujours sortir. C'est bon pour leurs statistiques. Ensuite, il reprendra une existence normale, fera des projets, retrouvera sa famille. C'est ce que tu veux ?

– Non.

– Bien sûr que non. En vérité, tu souhaiterais qu'il soit mort. Et avant, tu voudrais qu'il souffre, comme tu souffres toi-même depuis bientôt deux ans. La prison, avec ce qu'elle comporte de violence, te paraît même trop douce.

Il s'interrompit, attendant la réaction. Claire était sonnée. Il avait lu en elle comme dans un livre ouvert. Elle essaya de se défendre, sans conviction.

– Je veux simplement qu'il soit puni.

– Faux. Tu n'assumes pas ce que tu ressens. Tu culpabilises. La colère et la peine contre des années de formation, d'endoctrinement. Oublie ta robe cinq minutes, oublie ta fonction. Dans cette affaire, tu n'es plus un magistrat, mais une victime... Tu as donc droit à la réparation.

1. Unité pour malades difficiles.

Marc Rivière prit la main de Claire. Sa voix avait retrouvé la tonalité enveloppante qui l'avait tant touchée.

– Laisse-moi faire. Je prendrai contact avec ton avocate. Et je t'en fais le serment : autant pour Fabrice que pour toi, on l'aura, ce procès.

55

La pièce avait pu servir de réserve.

Un lieu étanche, aveugle, dans lequel on aurait entreposé des sacs de céréales. Mais sa destination actuelle en faisait plutôt un vestiaire. Une armoire en fer était collée au mur et des bancs de bois permettaient de s'asseoir. Au centre, allongé sur une table de massage, un Chinois athlétique semblait dormir. Des cicatrices zébraient son dos. Vu sa tenue – short de satin, baskets de boxe – il ne pouvait s'agir que d'un lutteur.

Mayol fit un calcul rapide. Trois gardes du corps, armés de pistolets-mitrailleurs et placés en retrait ; un type en survêtement assis sur le banc, genre coach ; au fond, derrière une petite table où s'entassaient des liasses d'euros, un quadra en chemise de soie blanche et longs cheveux brillants. Ho Fang, très certainement. Avec le tatoué et le champion, ça faisait sept. Des visages fermés, des regards durs, qui se braquèrent sur lui lorsqu'il franchit la porte. *Les Sept Samouraïs*, version Hong Kong.

Le petit Chinois tatoué lui fit signe d'attendre. Il traversa la salle et murmura quelques mots à l'oreille du chef. Les yeux noirs détaillèrent Mayol. Puis l'homme hocha la tête.

Le policier s'avança. Il avait l'impression d'être passé au scanner. D'un mouvement de menton, Ho Fang lui proposa une chaise, face à lui. Il enfournait ses billets dans une machine à compter, l'argent traçant entre eux une muraille symbolique...

– Tu veux quoi ?

Français parfait, sans accent, avec un débit rapide et affirmé. Cocaïne, songea le flic... Ou amphétamines. Le mafieux était trop sûr de lui pour être *clean*. Ses traits taillés à la serpe transpiraient la violence. Pour lui, la vie humaine n'avait qu'une valeur : celle du fric qu'elle rapportait.

Le policier resta zen :

– Je veux te parler. C'est tout.

Ho Fang continuait ses manipulations. Il n'avait toujours pas regardé Mayol.

– Je t'ai jamais vu. Tu bosses avec Rico ?

Sans doute le nom du ripou qui couvrait ces paris. Un de ces flics à la moralité aussi épaisse qu'un billet de banque. Mayol s'occuperait plus tard de transmettre l'info à l'IGS. Pour l'instant, il s'agissait de jouer serré, de mettre le Chinois en confiance.

– Non... Je m'occupe du treizième. Disons qu'on est en compte avec Rico. C'est lui qui m'a branché sur toi.

– Pourquoi t'es pas venu avec lui ?

– Parce que je suis assez grand pour me démerder tout seul.

Le ton, plus sec, prit le triadiste à contre-pied. Mayol montrait qu'il se sentait à l'aise, que ni l'endroit ni les gorilles ne l'impressionnaient.

Ho Fang leva enfin les yeux. Des petites billes mauvaises, aux pupilles rétrécies par la drogue.

– De quoi tu veux parler ?

– De ton business.

L'air devint électrique.

– En quoi ça te regarde ?

– Je cherche des infos. Un géant roux. Type européen. Il paraît qu'il s'est produit dans ton cirque.

– Qu'est-ce que tu veux que ça me foute ?

– Il est mort dans mon secteur.

– Paix à son âme.

Ho Fang, les bras croisés sur sa poitrine, n'avait aucune intention de coopérer. Il fallait changer de registre...

– Ne joue pas au con. Ce type, tu le connais. Et tu vas me dire tout ce que tu sais.

L'autre ricana.

– Sinon...

– Ton petit commerce, je pourrais bien m'y intéresser d'un peu plus près

– Je suis protégé, mon pote. T'as douze trains de retard.

– Tu crois que Rico a le bras assez long ?

– Rico, je m'en branle. Il porte juste les valises. T'as pas idée de ceux qui les ouvrent.

L'échange devenait de plus en plus vif. Défoncé à la coke, Ho Fang se sentait invincible. Il ajouta d'un ton haineux :

– Tu crois quoi, ducon ? Tu te pointes chez moi la bouche en cœur, et tu viens me menacer ? T'es pas en position de force, pauvre naze. Ici, t'es rien. S'il t'arrive malheur, personne viendra me demander si j'étais dans le périmètre.

Mayol sentit un mouvement dans son dos. Les gardes du corps frémissaient. Le mafieux leur fit un léger signe. Aussitôt, la tension retomba.

– Je vais te laisser une chance. Tu te prends par la main et tu fous le camp vite fait. Avec interdiction de te repointer dans le secteur. Si je te revoie, je t'allume.

Comme des dogues bien dressés, les soldats se placèrent derrière le policier. Mayol se leva, mâchoires serrées. Il avait mal évalué le type, utilisé la mauvaise stratégie... Avec ce genre de dingue, l'épreuve de force ne servait à rien, provoquant même une surenchère qui se terminait forcément mal.

Le commissaire tenta une ultime manœuvre.

– Dommage... J'aurais pu te rendre service.

L'autre avait repris son comptage. Il siffla, sans s'interrompre :

– Putain, t'es pas encore parti ?

– Les Serpents Volants, tu dois connaître, non ?

Une lueur scintilla dans les orbites sombres :

– Qu'est-ce que tu me joues, là ?

– On pense qu'ils vont essayer de prendre des parts de marché dans la capitale.

– T'es bien branché, dis-moi. T'as des antennes en Chine ?

– Inutile. Mon macchabée pointait chez eux.

Ho Fang s'esclaffa :

– Un Blanc ? T'aurais pu trouver mieux.

– Je te dis la vérité. Tiens, regarde ce que j'ai trouvé chez lui...

Mayol tendit l'amulette. Le Chinois la prit du bout des doigts. Sa morgue retomba quand il la détailla.

– Ça prouve que dalle.

– Peut-être bien. Mais on serait plus relax si on en était sûrs. Et à mon avis, toi aussi.

Temps mort. Les secondes nécessaires pour qu'une idée fasse son chemin. Puis le mafieux désigna à nouveau la chaise.

– Assieds-toi.

Le commissaire reprit sa place. Les molosses retournèrent dans leur coin. L'ambiance s'apaisait.

Ho Fang toisa Mayol, l'air mauvais.

– Ouvre bien tes oreilles, poulet. Ta fable tient pas la route, mais je vais quand même payer pour voir. Si j'apprends que tu m'as enflé, tu auras de mes nouvelles.

Le « poulet » fit mine d'acquiescer. L'enquête avançait, l'ego de ce dingue importait peu.

Ho Fang continuait :

– Je veux d'abord mettre les choses au point. Si tu trouves un truc, tu me mets au jus dans la seconde.

Malgré son assurance, Ho Fang perdait pied. La présence possible des Serpents à Paris changeait la donne et le rapport de forces. C'était la seule raison qui le poussait à se mettre à table. Mayol l'aida un peu.

– Bon, on ne va pas y passer la nuit...

– Ton rouquin est venu quatre ou cinq fois. Un vrai tueur. L'homme qui me l'a amené s'appelle Ange Paoletti. Ça doit pas te parler, vu tes activités de merde. Mais fais-moi confiance, c'est du lourd...

Le commissaire eut un sourire en coin.

– Tu magouilles avec les Corses ?

– C'est pas ton problème. Je te rancarde, cherche pas en plus à boire le lait de la crémière.

– Où je le trouve, ton Ange ?

– 4, place de l'Odéon, dans le sixième.

– Joli quartier...

– Pratique, surtout. Il bosse à côté.

– Il fait quoi ?

Ho Fang s'approcha. Un sourire cynique déformait sa bouche.

– En fait, pas grand-chose. Il touche des pots-de-vin et vote des lois.

Le policier se figea :

– Un sénateur ?

– Ça te défrise ?

Mayol ne répondit pas. Il anticipait seulement les conséquences d'une telle révélation. La présence d'un parlementaire compliquait les choses...

Mais il pensait aussi à sa victime. Aux mobiles qui avaient présidé à son exécution. Si la piste des triades semblait maintenant exclue, celle du milieu corse pouvait peut-être s'y substituer. Un sénateur, originaire de l'île, magouillant avec les Chinois et – probablement – d'autres mafieux. Le policier songea à un tableau pointilliste, qu'il fallait lire en accolant chaque détail... Humbert tuait pour vivre. Son appartenance aux Serpents restait encore à expliquer, mais sa fin devenait limpide. Dans l'univers des paris, certains champions pouvaient devenir gênants. Surtout quand les enjeux étaient truqués. Paoletti avait le profil pour ce genre d'arrangement. Il pouvait très bien avoir fait exécuter son poulain pour cause de désaccord.

– Ton sénateur, il est à Paris en ce moment ? demanda Mayol.

– Il y était hier.

– Le code de la porte ?

Sourire froid.

– Pour ça, faudra te démerder.

Le flic lui rendit son sourire. Il se leva et s'adressa au tatoué.

– Tu me raccompagnes ?

Le petit Chinois lui lança un regard mauvais et se dirigea vers la porte.

Front baissé, Ho Fang avait déjà repris ses comptes.

56

Les mots de Marc la poursuivaient.

Vengeance. Loi du talion. Pulsion de meurtre. Il avait tout compris. Percé à jour les ressorts de son âme.

Combien de fois l'avait-elle vue, cette scène ? Foulon, ligoté sur une chaise, à sa merci. Dans ses rêveries intimes, Claire utilisait un couteau. Un simple ustensile de cuisine, à la lame longue et tranchante.

Les images, d'une netteté terrifiante, étaient toujours les mêmes. Le fil du poignard qui se pose sur la gorge. L'aorte qui palpite. Les yeux qui supplient. Puis le mouvement sec, de gauche à droite. Tellement facile. Elle regardait les chairs s'ouvrir, deux lèvres symétriques, comme un sourire artificiel. Le sang giclait d'un coup. Il pulsait par saccades, au rythme lourd d'un cœur à l'hystérie.

La fin n'arrivait pas tout de suite. Foulon avait le temps de se voir mourir. Il regardait la vie s'enfuir en roulant des yeux de fou. Claire ne disait rien. Elle contemplait seulement ce tableau macabre avec un sentiment de libération.

Puis, très vite, l'angoisse revenait. Celle qu'on éprouve après la mise en acte d'un fantasme. Elle n'avait pas le droit de penser des choses pareilles. Mais surtout, personne ne pouvait se faire justice soi-même. Elle moins qu'une autre. Nul ne pouvait prendre une vie, quelle que soit sa douleur.

Claire glissa la clé dans la serrure. Son appartement baignait dans l'ombre, à peine éclairé par les lueurs de l'extérieur. Elle alluma et se dirigea vers la cuisine. L'ivresse lui cognait les tempes, une migraine carabinée s'annonçait.

Elle avala deux Doliprane et se déshabilla. Dormir. Oublier. Demain, elle verrait son psy. Une séance dont elle pressentait l'urgence.

Mais l'on ne commande pas au sommeil. Plus on le cherche, plus il nous fuit. Claire se retourna longtemps dans ses draps. Ses pensées s'emballaient, se télescopaient. Elles déroulaient une chaîne incohérente allant de son mari à Mayol, du meurtrier de Fabrice à une victime défenestrée, fascinée par le Mal.

À 1 heure du matin, elle se leva. Elle se servit un verre de lait et alluma l'ordinateur. Sa nuit était fichue, autant en faire quelque chose.

Elle se connecta sur Google, le cliché du légiste en tête.

Une croix inversée...

Une arche futuriste ornée d'une tête de mort.

Enfin, les lettres HA inscrites en caractères gothiques.

Au-delà du sens manifeste, ces motifs avaient une signification cachée. Comme des cailloux semés dans la forêt, ils conduisaient directement à l'univers de la victime.

Par où commencer ? Claire n'avait aucune expérience en la matière. Elle commença par le plus évident et tapa le mot « tatouage ». Plus de quatre-vingts pages s'affichèrent. Elle survola les premiers sites sans succès. Des boutiques en ligne, une histoire du tatouage polynésien, un annuaire des tatoueurs...

Elle affina sa recherche en incluant le mot « sataniste ». Là, les réponses s'affinèrent. Moins d'occurrences et de nombreuses fenêtres rendues inaccessibles par la censure. Elle découvrit pourtant pas mal d'infos sur le sujet, certaines la contraignant à repenser ses préjugés.

Ce monde occulte, porteur de superstitions et de craintes, ne se réduisait pas à l'image qu'en donnaient les médias. Il était sous-tendu par une véritable pensée, païenne, athée, prônant la non-violence dans une sorte d'hédonisme lié à la nature. Contrairement aux idées reçues, on ne trouvait dans les commandements originels du satanisme aucun appel au meurtre, ou même à la violence physique. Seulement une philosophie prônant une totale liberté de l'homme et un refus des dogmes religieux. En ce sens, il s'approchait de l'athéisme, ou des courants zarathoustristes qui, en leur temps, annonçaient déjà la mort de Dieu.

Mais chaque doctrine a ses dérives... En poursuivant son investigation, Claire découvrit une autre réalité. La vénération du Mal, les sacrifices d'animaux, les profanations ou les orgies rituelles. Des créatures aux allures de vampires communiquaient par blogs interposés, se renvoyant la balle sur fond de délires gothiques.

Les adorateurs de Satan étaient en majorité des ados. Esthétique macabre, appels au suicide, versets liturgiques du démon, il se dégageait de ce fatras une impression très forte de désespoir. Le diable incarnait une sorte de Graal, l'image idéalisée, presque romantique, d'une société plus noire encore.

La juge ne s'attarda pas. Humbert avait la quarantaine. Comment pouvait-il croire à de pareils délires ? Elle se concentra, passant en revue les symboles les plus courants de l'iconographie sataniste. Les trois 6, représentation numérique du Mal ; le pentagramme inversé désignant l'étoile du matin et contenant le visage de Satan ; le Baphomet, bouc à moitié humain aux ailes d'ange... Elle trouva aussi, bien sûr, la croix inversée qui incarnait le rejet de toute religion, et plus particulièrement celle fondée par le Christ.

Claire se frotta les yeux. Elle avançait à pas de fourmi et le sommeil commençait à la gagner. Elle allait éteindre l'écran lorsqu'une icône attira son attention. Deux H, côte à côte, aux branches évoquant des éclairs rouge et noir.

Elle cliqua dessus.

L'ordinateur afficha aussitôt une nouvelle page... D'après le webmaster, ce symbole appartenait à la mouvance néo-sataniste néonazie. Les lettres signifiaient « Heil Hitler ».

Le dictateur allemand incarnait dans ce courant l'essence du Mal, le Satan moderne.

Un lien discret avait été inséré en bas de page. Claire se focalisa aussitôt sur le dessin qui l'accompagnait.

Un crâne, de trois quarts. Le même que sur le tatouage de la victime. Il lui évoquait maintenant quelque chose, qu'elle n'arrivait pas à formuler.

D'un clic, elle plongea vers ces nouvelles ténèbres.

Le site qui s'afficha était conçu de façon simpliste. Un travail artisanal, plus proche du bulletin de liaison que de l'interface élaborée. En haut, un bandeau brun, où s'incrustaient un aigle, un pic montagneux, et une tête de mort stylisée. Le nom de domaine flottait au-dessous : « Thiazi.com ». Puis, sans transition, du texte. Une logorrhée serrée, rédigée en allemand, à laquelle Claire ne comprit pas un mot. Elle reconnut seulement les termes « *Juden* », « *Shoah* », et « *Kommando* ». Venaient ensuite des photos qui se passaient de commentaires. Affiches de propagande SS, drapeaux, pin's, armes blanches. La juge réalisa à contretemps que tous ces objets étaient à vendre.

Elle descendit encore et tomba sur les liens favoris. D'abord, le site sataniste qui l'avait envoyée sur cette page. Un échange de bons procédés, habituel sur le Web. Puis d'autres adresses, redirigeant vers des mouvements skins. Elle avait ouvert la boîte de Pandore, chaque découverte en entraînant une autre, toujours plus inquiétante. Elle s'immergea dans cette galaxie noire...

De l'extérieur, il était impossible d'en saisir les nuances. Quand on fouillait un peu, on réalisait à quel point ces groupuscules étaient différenciés. Ils répondaient à des codes ultraprécis, défendaient des idéologies parfois opposées. De l'extrême gauche, avec les redskins et leur *bomber* retourné côté doublure orange, à l'extrême droite néonazie qui le portait à l'endroit, en passant par les apolitiques du Sharp ou même les anarchistes et les gayskins. Tout et n'importe quoi, sur fond de culture prolétaire.

Claire se concentra sur les courants néonazis. Elle surfa

dix minutes, au milieu de fachos au look paramilitaire, chaussés de Doc Marten's et soutenant le White Power. Boneheads, Hammerskins, Blood and Honour... Derrière les noms de guerre, les groupes affichaient tous la symbolique du IIIe Reich. La juge retrouva de façon récurrente les deux H, ou le nombre 88 symbolisant le doublé de cette huitième lettre de l'alphabet pour « Heil Hitler ». La tête de mort figurait également en bonne place et Claire, au détour d'une page, put enfin préciser son impression de déjà-vu. Il s'agissait d'un *Totenkopf*, emblème de la division SS dirigeant les camps d'extermination.

La magistrate, épuisée, se frotta les yeux. Humbert avait exploré tous les chemins du Mal. Le néonazisme, le satanisme, le bouddhisme noir révélé par Mayol. Le profil d'un être abject apparaissait peu à peu. Un sombre dingue qu'on avait supprimé en le balançant du dix-septième étage.

Quel était le mobile ? L'explication était là, à portée de main, au cœur de cette toile inquiétante qu'Humbert avait tissée au fil des ans. Encore fallait-il savoir où chercher dans cette nébuleuse...

Claire bâilla. Plus moyen de réfléchir : son cerveau tirait le rideau. Avant d'éteindre, elle parcourut quelques albums mis en ligne par les tondus. Des souvenirs de beuveries, de pogos déchaînés, de manifs du FN ou de bastons sauvages. Bref, de véritables photos de famille. Certains skinheads posaient fièrement devant l'objectif, regards éclatés, air conquérant. D'autres exhibaient leurs tatouages, leurs arsenaux, leurs collections d'objets fétiches. Au fil des clichés, la juge réalisait à quel point ces types étaient cinglés. Ils vivaient en vase clos, habités par leur délire et abrutis par la bière. La réalité ne les concernait pas : ils la rejetaient en bloc et par conséquent niaient la différence, méprisaient l'autre.

Soudain, une série de prises de vues attira son attention. Des couleurs flamboyantes, rouge et or, une foule massée sur des gradins, voilée derrière des fumigènes. On lisait, sur une banderole, cette inscription écrite en lettres de feu :

« BIENVENUE DANS L'ENFER DU KOP ». Suivaient des images de stade prises au téléobjectif. On y voyait des supporters, crâne rasé, écharpe autour du cou, tendant le bras pour un salut nazi.

Le terme *hooligans* s'imposa. Un rapprochement qu'elle n'avait pas encore fait, mais qui devenait évident. Mayol avait trouvé des DVD de foot chez la victime. Un détail insignifiant qui prenait maintenant tout son sens...

Claire réexamina le cliché du légiste. Une arche, des portants. Comment avait-elle pu ne pas comprendre ?

Humbert était un ancien skin, passionné de football et vivant dans la haine. Il s'était fait tatouer sur le crâne la structure stylisée d'un stade...

57

Place de l'Odéon.

Quelques façades chics, placées en arc de cercle face au théâtre. Aucun commerce, hormis une terrasse élégante où s'attardaient quelques convives. Accentuant la perfection du lieu, des jeux de lumière dessinaient dans la nuit d'août un écrin orangé. Un îlot de paix dans une ville sous tension.

Mayol se gara rue de Condé, à portée de vue des grilles du Sénat. Ors et bronzes, endormis dans une attente tranquille. Plantons en uniforme, discutant en faisant les cent pas. Au-delà, les jardins du Luxembourg déployaient leur cape d'ombre.

À l'adresse indiquée, un digicode, verrouillé. Il attendit une dizaine de minutes avant que la porte s'ouvre. Une jeune fille jaillit devant lui, l'air timide, et s'éloigna d'un pas rapide. Une baby-sitter, probablement...

Le policier se faufila sous le porche. Une entrée, constituée de deux grands panneaux de verre... Il trouva le nom. 1 heure du matin... Pas de mandat. Donc neuf chances sur dix de se faire raccrocher au nez. Il faudrait improviser.

Une pression sur la sonnette. Très vite, une voix cracha dans l'interphone :

– Oui ?

Accent traînant, ton sec, énervé.

– Ange Paoletti ?

Un temps, ponctué de grésillements.

– C'est moi. Qu'est-ce que vous voulez ?

– Commissaire Christian Mayol. Puis-je vous parler ?

– C'est une plaisanterie ?

– Nous avons un ami en commun. Ho Fang. C'est lui qui m'a donné votre adresse.

– Vous faites erreur.

– Vraiment ?

– Je ne connais aucun Ho Fang. Et de toute façon, il est un peu tard pour faire la causette.

Le policier grimaça et enchaîna aussitôt :

– Je comprends. Mais vous connaissez peut-être un homme du nom de Francis Humbert ?

Nouveau blanc. La voix reprit, moins tranchante :

– Effectivement.

– Alors je peux monter ?

Quelques secondes s'égrenèrent, Puis la serrure claqua.

– Dernier étage, indiqua Paoletti.

Mayol prit l'ascenseur. La partie démarrait bien. Le Corse admettait sa relation avec la victime et acceptait de discuter. Il fallait maintenant espérer qu'il ne le promène pas trop...

Sixième. Un petit palier. Une seule porte, entrebâillée. Le commissaire frappa trois coups polis.

– Entrez !

Dès le vestibule, l'appartement de Paoletti affichait la couleur : meubles laqués, peintures sur soie, vases de porcelaine blanche et collections d'éventails. Le sénateur vivait dans un décor chinois, une bonbonnière à dominante rouge carmin savamment arrangée sous des plafonds moulés.

L'homme attendait, assis dans un canapé noir en sirotant un verre. Tignasse neigeuse, traits de rhinocéros, bronzage de magazine et regard bleu mers du Sud. Il portait un kimono gris, noué sur le devant, qui laissait deviner une stature athlétique. En dépit de son âge, le sénateur en imposait encore.

– Whisky ?

Sans le tamis de l'interphone, le timbre de l'homme donnait toute sa mesure. Chaud, enveloppant, profond. Une voix qui inspirait confiance.

Le flic déclina l'offre en s'asseyant dans un fauteuil en bambou, face au Corse. Une table basse les séparait, où trônaient des animaux en bois verni.

– Bien sûr... Vous n'êtes pas le genre à boire, sourit Paoletti.

– Pas de l'alcool en tout cas.

Le sénateur se laissa aller en arrière. Il était calme, paisible, sans la moindre trace d'anxiété.

– Alors ? Vous vouliez me parler de Francis ?

– J'enquête sur sa mort.

Une ombre passa sur le visage buriné. Impossible de savoir si l'expression était sincère.

– Francis est mort ?

– Défenestré, la semaine dernière. On lui a injecté de la toxine botulique avant de le balancer dans le vide. Histoire de le faire tenir tranquille.

– Merde...

Mayol laissa passer quelques secondes. Il ne quittait pas le sénateur des yeux. Enfin, l'autre demanda d'un ton crispé :

– Vous avez une piste ?

– Oui. Elle m'a conduit chez Ho Fang.

– Je ne connais pas ce Ho Fang, je vous l'ai déjà dit.

– Il organise des spectacles à Ivry. Des sortes de combats de gladiateurs avec mise à mort en direct et paris sur le vainqueur.

Paoletti haussa un sourcil circonspect. Il mentait à la perfection : impossible de passer en force.

Le policier biaisa :

– Quel type de relation aviez-vous avec Humbert ?

L'autre se méfia.

– Vous me soupçonnez ?

– Je fais mon boulot.

– Nous étions proches. Très proches... Il était comme un fils.

Cette fois, le commissaire perçut le vibrato de la sincérité. Le sénateur était ému. Du coup, sa participation au meurtre devenait moins évidente.

– Expliquez-moi, demanda Mayol.

– Je l'ai connu en Chine. À Pékin, au tout début des années 2000. Il habitait là-bas depuis deux ans et travaillait pour un homme avec qui j'étais en affaires.

La Chine... Le pré carré des Serpents. On y était.

– Qui était-ce ?

– Son nom ne vous dira rien. À moins que vous ne soyez un spécialiste de géostratégie.

– Dites toujours.

– Zen Dong. À l'époque il était conseiller spécial auprès du ministre des Armées.

– Quel genre de conseiller ?

– Un donneur d'ordres, en fait, opérant sur des marchés de fournitures.

– Vous voulez dire, d'acquisition de matériel militaire ?

– Oui. D'une certaine façon.

– Laquelle, exactement ?

Le sénateur se drapa dans une posture hautaine.

– Vous devenez trop curieux, commissaire. Ce type d'information est confidentiel. Classé secret défense.

– Confidentiel ou embarrassant ?

– Prenez-le comme vous voulez.

Mayol avait sa réponse. Marché parallèle, équipements de puissances amies, autant d'opérations occultes pour lesquelles Pékin utilisait des faux nez.

Après la Chine, les armes...

Chaque pièce trouvait sa place.

Le commissaire mit les pieds dans le plat.

– Est-ce que ce Dong appartenait à la triade des Serpents Volants ?

Paoletti prit un air étonné.

– Comment connaissez-vous les Serpents ?

– Peu importe...
– À ce qu'on dit, il en faisait partie. Mais je n'ai jamais eu l'occasion de le vérifier.

Mensonge, encore une fois. Le vieux renard savait forcément avec qui il magouillait. À plus forte raison dans un milieu aussi fermé.

– Revenons à Francis, proposa Mayol. Vous m'avez dit qu'il travaillait pour Dong. Que faisait-il ?

– Il était chargé de sa sécurité. Un simple garde du corps...

Le flic s'étonna :

– Qu'est-ce qui a pu vous intéresser chez lui ?

– Sa personnalité. Un Blanc chez les Bridés, c'était *Tintin au pays des Soviets*.

Drôle d'expression... Elle détonnait avec le langage du sénateur, plutôt châtié jusque-là. Paoletti dut sentir le flottement.

– Je n'ai pas toujours fait de la politique, commissaire. J'ai aussi pas mal bourlingué dans ma jeunesse. L'Indochine – capitaine de la Légion étrangère et croix de guerre dans la cuvette de Diên Biên Phu – puis l'Asie du Sud-Est, où j'avais noué des contacts. Enfin, la Chine. Ma vraie révélation. Trente années de complicité qui ne se sont jamais démenties.

Il avait dressé son portrait avec une pointe de nostalgie. Celle d'un homme âgé se retournant sur son passé. Mayol aurait pu apprécier. Il aimait tout autant la Chine et comprenait ce discours. Pourtant, il savait ce que cachait cette confession : un soldat entraîné, aux mains couvertes de sang, reconverti dans le trafic d'armes et négociant au prix fort un carnet d'adresses constitué dans les rizières. Tous les pouvoirs en place avaient besoin de ces intermédiaires. La France comme les autres. Quand les affaires sentaient la poudre, ce genre de personnage était le seul recours...

Paoletti poursuivait :

– Francis m'a fait penser à moi, quand j'étais jeune.

Déterminé, bagarreur, maîtrisant parfaitement les techniques de combat rapproché. J'aimais.

– Comment a-t-il rencontré Dong ?

– Je l'ignore. Francis a toujours été très discret sur son boulot. Ce que je peux vous dire, c'est qu'il s'était vraiment intégré dans le système.

– Alors pourquoi est-il rentré en France ?

La mine du sénateur s'assombrit.

– Une mauvaise querelle avec ses employeurs, l'année dernière. Je n'ai pas compris exactement de quoi il s'agissait. Dong a obtenu son expulsion en moins d'une semaine.

– C'est plutôt sévère, non ?

– Les Chinois ne plaisantent pas. Ils auraient très bien pu le faire exécuter sans que personne ne s'en aperçoive. Francis a eu de la chance.

En clair, Humbert avait eu un différend avec les Serpents. Peu importait le motif. Ils l'avaient mis à la porte en lui laissant la vie sauve, sans doute en souvenir des services rendus. Ou simplement parce qu'ils considéraient l'exil comme une peine suffisante.

Mayol comprit que cela excluait toute participation de cette triade dans l'assassinat du rouquin. Si elle avait voulu se débarrasser de lui, elle l'aurait évidemment tué sur place, en Chine.

Paoletti se resservit un whisky, et but cul sec.

– Heureusement que j'étais là. C'est moi qui l'ai rapatrié. Je lui ai trouvé un appartement, un travail, et de nouveaux papiers.

D'autres pans de l'enquête s'éclairaient... Le sénateur avait forcé la main à Cheng Li pour qu'il recrute Humbert dans son gymnase. L'obéissance du Chinois, comme sa peur, s'expliquaient à présent par la personnalité du Corse. Un ancien d'Indochine, à mi-chemin de la mafia et du pouvoir, que la communauté asiatique devait craindre.

Le commissaire tiquait néanmoins sur un point.

– Vous avez parlé de « papiers » ?

– Francis était belge. Son vrai nom, c'était Éric Shloos.

– Pourquoi en voulait-il un autre ?

– À votre avis ? Quand on change d'identité, en général, c'est qu'on essaye de se cacher.

– Pour quelle raison ?

– Il avait peur. Il a choisi Paris parce qu'il ne souhaitait pas rentrer chez lui, à Bruges.

Mayol essaya de masquer son intérêt et demanda avec naturel.

– De quoi avait-il peur ?

– De se faire tuer.

– Par qui ?

Le sénateur posa les mains sur ses genoux. Il semblait soudain amusé.

– Je ne suis pas sûr que ce que je vais vous dire vous plaira.

– Ne vous inquiétez pas pour ça.

Paoletti laissa tomber :

– Par des flics. S'il était parti en Chine, c'est parce qu'il savait qu'il n'avait aucune chance de s'en tirer.

– X –

58

Les révélations de Kalima avaient boosté Michel. Une incarcération, à Nice. Trois ans de prison et un wagon de mensonges. Dans quel guêpier s'était fourré Laurent Charvet ? Et pourquoi n'y avait-il nulle part trace de ses exploits ?

Le policier était parti sur-le-champ, en voiture. À 11 heures du soir, pas la peine d'espérer un train ou un avion. Il avait roulé d'une traite jusqu'à Lyon, où les premiers signes de fatigue s'étaient fait sentir. Picotements, absences, pas la peine d'insister.

Après le péage de Villefranche, il avait trouvé une aire d'autoroute pour recharger ses batteries. Il avait avalé deux cafés au relais Total avant de refaire le plein. Puis, à nouveau, la route...

5 heures. L'aube commençait à poindre. Le trafic encore fluide coulait comme une rivière tranquille. La petite Clio tenait le coup, compteur bloqué à cent cinquante. Pour rester éveillé, Michel s'était branché sur RTL et roulait vitres ouvertes.

Le paysage changea progressivement. Après les plaines, les bois noirs, les bouleaux, venaient maintenant des champs de genêts, de lavande, d'oliviers. La texture même de l'air se transformait. Chargée de senteurs, plus consistante, elle véhiculait pourtant une légèreté qui ravissait les sens. Le Sud ouvrait ses portes. Une symphonie échevelée mêlant couleurs et sons dans une composition parfaite.

Aux environs de 8 heures, il aborda les lacets des derniers kilomètres. Cannes, Antibes, Saint-Laurent-du-Var... Des courbes serrées, en dévers, au milieu d'une noria de véhicules. L'Europe entière semblait s'être donné rendez-vous là. Les plaques étrangères scintillaient sous le soleil, posées sur des berlines haut de gamme.

Tout en roulant, Michel se repassait en boucle la même question. Laurent avait-il aussi menti à Kalima ? Un bon bobard, qui lui aurait permis de la plaquer sans faire de vagues ? Il savait que la prison la ferait flipper. Il avait donc toutes les chances qu'elle ne vienne pas vérifier. En outre, le casier du toxico était vierge. Ce qui rendait son incarcération très improbable.

Pourtant, le policier sentait se rapprocher la solution. Laurent avait appelé de Nice. L'indicatif téléphonique le confirmait. D'une façon ou d'une autre, la piste passait par là.

8 h 30. La Promenade des Anglais chauffait déjà. Joggers, midinettes en short moulant et touristes aux airs de crevettes roses. Aucun doute, on était bien sur la Côte. Une odeur de crème solaire emplissait les narines, mêlée à celle des gaz d'échappement.

Michel tourna à gauche, plongea sous un tunnel et remonta vers le nord. Des panneaux indicateurs plantés à chaque carrefour indiquaient le chemin de la maison d'arrêt.

Dix minutes plus tard, il abordait le quartier du Paillon. Barre d'immeubles, constructions récentes de type HLM. Sans les palmiers, on se serait cru à Nanterre.

Enfin, il s'engagea dans la rue de la Gendarmerie. Un nom prédestiné, mieux adapté que celui de la Santé. La zone était déserte. Les visites devaient démarrer plus tard, et avec elles, l'interminable procession des compagnes de détenus.

Il se gara sous les hauts murs. Portail blindé, interphone, caméras. Le parcours du combattant démarrait.

Un fonctionnaire en uniforme lisait le journal derrière une vitre. Michel présenta sa carte. Le type actionna l'ouverture. Premier sas. Couloir aveugle, portique anti-métal. Bienvenue au pays du bonheur... Son Sig fit sonner la machine. Un gardien apparut aussitôt, visage fermé. Hormis le Raid, personne ne pénétrait dans l'enceinte avec une arme.

Tout en se délestant, Michel expliqua le motif de sa visite. Le type retourna dans son terrier et passa un appel. Trois minutes après, un autre maton pointait son nez.

On lui fit prendre un chemin balisé, rythmé par des portes à barreaux, des bruits de clefs. Les murs humides sentaient le moisi. Une chaleur de four brûlait les bronches et soulevait le cœur.

Ils traversèrent une cour. Des façades de pierre jaune l'entouraient, écrasant le visiteur. Pas un bruit. Des miradors en toile de fond, surplombant des filets anti-hélicoptère. On devinait la présence des détenus au linge qui décorait les fenêtres. Un patchwork de tissus flottait dans le soleil, comme autant de drapeaux symbolisant une liberté en berne.

Michel se souvint d'un rapport qu'il avait parcouru, sur l'état des prisons en France. La maison d'arrêt de Nice récoltait la plus mauvaise note. Infrastructure vétuste, absence d'atelier ou d'autres activités, place insuffisante. Plus de sept cents prisonniers s'y entassaient, dont cinquante femmes, issus d'une dizaine de nationalités. Ennui, promiscuité, privations, le mélange explosait à chaque canicule lors d'émeutes ultraviolentes. Malgré les grillages installés au niveau des coursives, les « accidents » étaient nombreux.

Nouvelle porte. Toujours les mêmes couloirs. Cette fois, le bâtiment sentait le propre. Le policier devina qu'ils accédaient à l'aile administrative. Ils grimpèrent trois étages, semelles crissant sur le linoléum briqué à mort. Un palier plus nu qu'une cellule et des bureaux en enfilade. Celui du directeur était au fond, orné d'une plaque de cuivre rutilante.

Le maton s'éclipsa, ombre éphémère coulée dans la grisaille. Michel frappa trois coups et entra sans attendre.

Il sut tout de suite qu'il n'était pas le bienvenu.

L'homme qui téléphonait le regarda à peine. La soixantaine, quelques cheveux plaqués sur un crâne rond, un visage de goret à peine amélioré par une courte barbe taillée. L'ensemble dans une déclinaison de gris. Sans le costume trois-pièces, son autorité aurait avoisiné le zéro...

Il raccrocha et releva la tête.

– Excusez-moi, je n'ai pas bien saisi votre nom.

– Diallo. Lieutenant de police Michel Diallo.

– Ah oui... Georges Nizard. Je suis le directeur de cet établissement.

Il tendit une main moite et demanda en proposant une chaise :

– Je peux voir votre carte ?

– Naturellement.

Le Black présenta le document tricolore. L'autre l'examina rapidement pendant qu'il s'asseyait.

– Que puis-je pour vous ?

Langage mielleux. L'enrobage des faux culs. Michel resta de marbre.

– J'enquête sur un de vos anciens pensionnaires. Laurent Charvet, incarcéré en décembre 2002.

Une retenue, à peine perceptible. Puis Nizard demanda :

– Vous avez une commission rogatoire, je présume ?

Le flic était hors-jeu depuis pas mal de temps. Si cette amibe poussait le bouchon, il n'aurait rien. Il décida de bluffer, tout en collant le plus possible à la réalité.

– Je n'en ai pas besoin. Je suis affecté à l'OCTRIS [1], actuellement détaché à Nogent dans le cadre de mon enquête.

---

1. Office central pour la répression du trafic illicite des stupéfiants.

Le directeur se congela.

– La répression des stupéfiants ! Et le service central avec ça... Votre homme doit être un sacré caïd.

– Je peux voir vos registres ?

– Qu'est-ce que vous cherchez ?

– Tout. Qui il voyait, ses compagnons de cellule, ses rapports de conduite, ses visites au parloir.

Nizard hésita. De toute évidence, le sujet l'embarrassait. Dissimulait-il quelque chose ? Michel ne lui laissa pas le temps d'évaluer la crédibilité de sa fable.

– Je n'ai pas toute la journée. On fait ça tranquillement, ou il faut que j'appelle le procureur ?

Quitte ou double. L'ambiance s'alourdissait. Le directeur regarda son téléphone. Puis il se composa un sourire et lâcha prise.

– Inutile de le déranger. Le greffe est à côté.

Ils se rendirent dans la pièce voisine. Deux ordinateurs, posés sur des bureaux minables, un fax et une photocopieuse constituaient l'essentiel du mobilier. Des armoires en Ordex s'alignaient le long des murs. Assis dans un coin, un maton classait des papiers.

– C'est un peu la panique. J'ai beaucoup de personnel en congé au mois d'août.

Pas de réponse. Le Black attendait, bras croisés.

– Bien... fit Nizard en s'asseyant. On commence par quoi ?

– Ce que vous voulez.

– On va lancer une recherche générale. Vous avez dit Charvet, c'est ça ? Comment vous l'écrivez ?

Michel épela le patronyme. Le directeur pianota d'une main maladroite et attendit. La bécane moulinait, le policier essayait de rester calme. Après quinze longues secondes, l'autre se redressa.

– C'est bizarre.

– Quoi ?

– Je n'ai rien. Votre type n'est pas dans l'ordinateur.

– Ce qui signifie ?

– Qu'il n'est jamais venu chez nous.
– Vous en êtes certain ?
– Tout passe par là, maintenant. Prise et levée d'écrou, cursus interne, hospitalisations...
– Vous ne gardez pas des documents papier ?
– Ils sont archivés dans un local annexe, à l'autre bout de la ville. Manque de place...
– On peut faire une recherche ?
Nizard prit un air dégagé.
– Si vous y tenez. Mais ça ne donnera rien : votre client n'est pas là, il ne sera pas là-bas non plus.
Le flic serra les dents. Il sentait que quelque chose clochait et tenta une dernière offensive en présentant la photo.
– Regardez. C'est lui. Son visage ne vous dit rien ?
Le garde-chiourme prit le cliché du bout des doigts. Il le regarda à peine avant de bougonner.
– Non. De toute façon, je ne vois jamais les prisonniers.
Le policier n'en croyait pas un mot. Ce type lui mentait depuis le début et impossible d'utiliser la manière forte. Seule conviction : Laurent avait bien été incarcéré ici. Mais comme sur son casier, les traces avaient été effacées.
Pourquoi ?
Nizard reprit l'initiative, plus incisif à présent.
– J'ai du mal à comprendre, lieutenant. Qui a bien pu vous dire qu'on avait détenu cet homme dans notre établissement ?
Michel sentit que le vent tournait. L'autre était en train de réaliser qu'il s'était fait mener en bateau. Il fallait dégager avant que ça se complique.
– Il a dû y avoir un problème dans nos fichiers.
– On dirait, oui. Je serais curieux de...
Le flic était déjà debout.
– Vous m'excuserez. Je n'ai pas vraiment le temps pour une explication de texte.
Nizard n'insista pas. L'aplomb et la haute stature du Black en imposaient.
Diallo refit le chemin à l'envers, cornaqué par un nou-

veau maton. Après avoir récupéré son arme, il franchit le portail et retrouva sa voiture.

Chauffé par le soleil, l'habitacle était devenu une fournaise. Impossible de toucher le volant. Il ouvrit les portières et patienta. La discussion avec Nizard n'avait pas été inutile : Michel était maintenant convaincu qu'il suivait la bonne piste. Laurent avait bien séjourné derrière les barreaux, mais pour une raison mystérieuse, son pedigree de taulard était passé à la trappe. Gommé. Dissous. Comme s'il n'avait jamais existé.

Qui avait pu faire ça ?

Il songea à Arnaud Charvet. La seule personne de son entourage capable d'un tel prodige : court-circuiter une administration aussi puissante que celle de la Justice. Il songea aussi aux circonstances de l'accident. Un commando de professionnels, une organisation complexe. Soudain, Michel réalisait que le banquier aurait eu également les moyens de se l'offrir.

Arnaud au cœur de l'affaire, pourquoi pas ? Il était assez malin pour faire vibrer la corde sensible, pour jouer le numéro du grand frère effondré, tout en montant lui-même les guets-apens afin de se débarrasser d'un poids encombrant. L'accident s'était produit sur son domaine, où Laurent était à sa merci.

Michel s'épongea le front en soupirant. La maladie des thèses absurdes le reprenait. Il devait se calmer... Dans cette construction trop rapide, un élément ne collait pas. Pourquoi le banquier aurait-il pris d'abord le soin d'effacer le passé judiciaire de son frère ?

Le Black s'assit derrière le volant, l'esprit en fusion. Trop de cases restaient vides. Il devait chercher encore et trouver d'autres éléments.

Il tourna la clef de contact.

Dans son esprit, une nouvelle idée venait de germer.

59

Conseil de l'ordre des médecins de Nice.

33, avenue George-V.

Moins de deux kilomètres à vol d'oiseau. Trente minutes pour s'y rendre.

Michel poussa la porte du local. Volets mi-clos, pénombre, fraîcheur artificielle pulsée par un climatiseur. Une femme d'âge mûr était penchée sur un ordinateur. Brûlée par les UV, ployant sous les colifichets, sapée comme une adolescente. Du cent pour cent couleur locale...

Elle leva les yeux et sourit.

– Oui ?

– Police. Lieutenant Michel Diallo.

Le sourire s'effaça.

– Que se passe-t-il ?

Le Black exposa le motif de sa visite.

– Je voudrais les coordonnées d'un de vos praticiens. Il était médecin-chef à la prison de Nice en décembre 2002. Vous pouvez me les donner ?

La standardiste s'étonna.

– Vous n'êtes pas allé les demander à la maison d'arrêt ?

Michel mima l'énervement.

– Si c'était le cas, je ne serais pas là.

Elle hocha la tête, docile. Ses ongles en toc martelèrent le clavier, émettant un claquement sec. Enfin, elle annonça :

– Docteur Pierre Cornu, psychiatre. Il a dirigé le SMPR jusqu'à l'année dernière.

En plein dans le mille. Le Service médico-psychologique régional voyait débouler tous les junkies placés en détention. Le manque leur tordait les entrailles au bout de vingt-quatre heures. Laurent n'avait pas dû faire exception à la règle. Il fallait bien que quelqu'un lui file du Subutex.

Michel fit préciser :

– Il n'y travaille plus ?

– Il a pris sa retraite.

– Vous avez son adresse ?

– C'est que... Je ne sais pas si je peux...

Le flic lui colla sa carte sous le nez.

– Vous savez lire ? Magnez-vous, je suis à la bourre.

La femme se recroquevilla.

– Boulevard Victor-Hugo, numéro 22.

L'immeuble était bourgeois. Une entrée monumentale, Art déco, un escalier hollywoodien. Michel imagina un nid de vieillards, réfugiés au soleil pour la dernière ligne droite. Il enroula les marches de marbre et se retrouva sur le premier palier. Sur l'unique porte, le nom du médecin était inscrit sous une sonnette en laiton.

Une jeune femme lui ouvrit. Gants de plastique jaune et chiffon dans la main : une employée de maison.

Une voix éraillée monta derrière elle :

– Qui est-ce ?

Michel s'avança, sans attendre le feu vert. Salon clair, spacieux, décoré avec goût. Une baie vitrée s'ouvrait au fond, donnant sur une terrasse. Il aperçut une silhouette assise dans un fauteuil d'osier.

– Docteur Cornu ?

Le retraité prenait son petit déjeuner, assis à l'ombre d'un parasol. Peignoir blanc, teint hâlé, chevelure grise et crépue des gens du Sud. Il se crispa en voyant le Black.

– Qui êtes-vous ?

Michel se présenta. Il raconta son histoire sans s'attarder

sur la passe d'armes avec Nizard. Puis il tendit la photo de Laurent. Le psychiatre haussa les épaules.

– Je ne m'en souviens pas.

– Faites un effort. C'est important.

– C'est loin. Je n'ai plus aucun contact avec cet univers.

– Son visage ne vous dit rien ?

– Non, je vous assure. En trente ans de carrière, j'ai vu défiler plus de dix mille toxicomanes. Autant vous dire qu'à la fin, ils se ressemblent tous.

– Certains caractères sont plus marquants. Laurent était un type très attachant.

Le vieux médecin eut un sourire.

– Peut-être... Mais j'ai tiré un trait sur tout ça. J'avais besoin de respirer.

Michel scruta le psychiatre. Il disait vrai. Après avoir passé sa vie auprès des détenus, il n'aspirait qu'à la tranquillité. Son esprit s'était barricadé, refoulant en masse l'horreur dont il avait été le témoin privilégié.

Le Black retrouva sa Clio, déçu. Le métier de flic s'apparentait à des montagnes russes. On touchait le ciel, puis, sans transition, on plongeait en enfer. Une fois de plus, la traque tournait court.

Il démarra lentement, sans trop savoir où il allait. Les arbres bordant le boulevard Victor-Hugo projetaient sur la chaussée une ombre épaisse, parfois percée par un éclat de soleil. Michel suivait ce tunnel avec le sentiment de s'enfoncer dans les ténèbres. Loin de ses bases, hors de son territoire, les choses allaient devenir très compliquées.

Soudain, un scintillement lui fit plisser les yeux. Il regarda dans le rétro : un pare-brise, quelques voitures plus loin, réverbérait la lumière. Il détourna un peu le miroir et se tassa dans son siège.

Réfléchir, vite. Trouver un moyen de rebondir. Qui pouvait le renseigner sur ce qui s'était passé ? La voie officielle n'avait rien donné. Pire, elle était gangrenée jusqu'à l'os. Il fallait emprunter les chemins de traverse. Mais comment ? Où était l'entrée ?

Suivant le flot, il remonta vers la droite, un axe large, dégagé. Boulevard François-Grosso, annonçait la plaque. Au bout, un rond-point immense, une passerelle métallique, des panneaux bleus indiquant les autoroutes.

Le scintillement l'éblouit à nouveau. Il regarda encore dans le rétro et vit la voiture qui roulait derrière lui. Machinalement, Michel nota qu'il s'agissait d'une 607, modèle récent, vitres fumées et immatriculée dans la région. Le genre voiture officielle, mairie ou Conseil général.

Le feu passa à l'orange. Sans se poser de questions, Diallo accéléra. Dans son dos, un concert de Klaxon s'éleva. Troisième coup d'œil dans le rétroviseur...

La 607 avait brûlé le feu rouge.

Une impression désagréable l'assaillit. Celle d'être filé. C'était invraisemblable, mais il fallait vérifier.

Il laissa le rond-point et prit à droite, une voie moins importante qui revenait vers le cœur de la ville. Son ange gardien lui emboîta le pas. Cinq cents mètres. Au moins trois carrefours, des rues dans tous les sens. Autant de chances de bifurquer...

Mais l'autre était toujours là.

Michel prit encore à droite, dans une rue étroite bordée de commerces. Il effectua un carré parfait le ramenant à son point de départ. Sans résultat. La berline s'était rapprochée et n'était plus qu'à dix mètres de lui.

Aucun doute. On l'avait pris en chasse. Qui ? Impossible de ne pas faire le lien avec son enquête. Le directeur de la maison d'arrêt avait-il donné l'alerte ? L'idée de se dégager lui traversa l'esprit. Un coup de gyrophare et le tour serait joué. Mais pas ici. L'espace était saturé. Difficile de sauter par-dessus les voitures.

Il descendit vers la Promenade, sans lâcher les suiveurs des yeux. Plus que trente mètres : il n'allait pas tarder à retrouver sa liberté de mouvement.

Une fois sur le bord de mer, il s'inséra dans le trafic, sens Monaco-Menton.

Un ultime regard vers l'arrière, avant d'accélérer.

Contre toute attente, la 607 tournait à droite dans la direction opposée.

Michel se demanda s'il n'avait pas rêvé. Il était lessivé. Manque de sommeil, route et tension formaient un cocktail détonant. Pourtant, son instinct lui avait soufflé l'évidence : on l'avait filé en douceur. Les chasseurs s'étaient peut-être rendu compte qu'ils s'étaient fait repérer. Une autre voiture allait prendre le relais. La méthode classique, utilisée par les pros.

Le mot entraîna d'autres associations. Les assassins de Laurent n'avaient rien d'une bande d'amateurs. Pas plus que les types chargés de lifter son casier. L'arrivée de Michel n'était pas passée inaperçue. Il s'approchait de la solution et devenait dangereux. Il faudrait redoubler de prudence.

Le flic scruta les alentours. Des voitures partout, serrées pare-chocs contre pare-chocs, avançant au pas. Impossible de repérer un éventuel suiveur. Il décida de passer outre. L'enquête continuait. C'était sa seule priorité.

Le train des questions se remit en mouvement. Qui pouvait le renseigner ? Qui aurait gardé cette histoire en mémoire ? Compte tenu du tableau, seul un autre détenu ferait l'affaire. Mais comment entrer en contact avec lui ?

Feu rouge. Midi. Des groupes de vacanciers traversaient la Promenade pour se rendre à la plage. Machinalement, le Black les suivit du regard. Ces gens avaient de la chance. Le seul problème de leur journée allait se résumer au choix du restaurant.

Feu vert. Il allait redémarrer lorsqu'un retardataire s'engagea sur la chaussée. Un gros rougeaud en short, qui tenait à la main un exemplaire de *Nice-Matin*.

L'évidence s'imposa : son contact, c'était le journal qui allait le lui fournir.

60

L'archiviste du groupe Nice-Matin était une femme.

La cinquantaine, un visage sans saveur, des cheveux poivre et sel. Seul son sourire accrochait l'attention. Franc, entier, sans une once de retenue. En lui serrant la main, Michel imagina une cheftaine scoute. Poil aux jambes et cœur en bandoulière.

Elle l'entraîna dans une salle claire, située au premier. Alignements de box séparés par des cloisons de plastique, batterie d'ordinateurs. De larges fenêtres ouvraient sur une pinède. En bruit de fond, le grésillement des milliers de cigales frottant leurs ailes.

– Vous pouvez vous installer là.

Elle avait désigné une machine, un peu à l'écart. Après en avoir expliqué le fonctionnement au policier, elle s'éclipsa.

Michel déroula le menu, un classement par années, mois et jours.

2002. Décembre.

Kalima avait daté la disparition de Laurent d'une semaine avant Noël, sans doute la date de l'incarcération. L'idée était simple : il lui fallait une petite affaire de stupéfiants, impliquant un dealer interpellé au même moment. Si les deux oiseaux se ressemblaient, ils se seraient forcément croisés au SMPR. Le résultat n'était pas garanti, mais Michel n'avait pas de meilleur plan.

Par précaution, il démarra au 15.

Les faits divers étaient toujours au même endroit. En début de journal, après les événements rythmant la vie sociale et politique locale. Attaques de bijouteries, vols avec violence, cambriolages et autres saucissonnages. Sur la Côte, la délinquance donnait surtout dans ce registre. Une population aisée y séjournait, corne d'abondance pour les braqueurs de tout poil.

Michel ne s'attarda pas. La piste qui l'intéressait était ailleurs. Dans l'ombre de rues obscures, de squats puants, de cités interdites. Là où on trouvait de la poudre.

Jusqu'au 18 décembre, il fit chou blanc. Puis, à la date du 19, la machine afficha une page introuvable. Michel s'y attendait. Il s'agissait sûrement du jour où l'on parlait de Laurent. Quand on faisait le ménage, surtout avec de tels moyens, on le faisait en grand. De la même façon, il était inutile de visionner toutes les archives pour trouver des traces du procès. Il n'y en aurait aucune...

Il passa au 20. La page manquait également, ce qui impliquait une affaire assez grave pour mobiliser la presse pendant quarante-huit heures. Il poursuivit, scrutant le quotidien au jour le jour à s'en faire éclater les pupilles.

Enfin, un entrefilet retint son attention. Un trafic de coke, la veille de Noël. Les policiers de la BAC avaient serré un revendeur, chasseur à l'hôtel Negresco. Jugé en comparution immédiate, condamné à six mois ferme et écroué dans la foulée. L'émotion suscitée tenait plus à l'endroit où se déroulait le trafic qu'à la personnalité du dealer. Des locataires du palace allaient être entendus, rien que du beau linge, coupables présumés et consommateurs patentés.

Le policier nota le nom du trafiquant et quitta le journal. Dans sa voiture, il sortit son portable. Une courte hésitation avant d'envoyer l'appel. La discussion risquait de tourner au vinaigre. Mais une seule personne pouvait le rancarder rapidement sur l'adresse, et le faire en toute discrétion.

– Commissaire ?

– Putain, Diallo. T'es où ?

La voix de Folti sentait l'orage. Michel répondit avec calme :

– Nice.

– Qu'est-ce que tu fous là-bas ? On te cherche depuis deux jours.

Le Black avait bien intercepté les messages, mais préféré ne pas donner suite avant d'en savoir plus.

– J'ai pas mal avancé sur mon enquête. Je vous ferai un point demain.

– Demain ? Bordel, à quoi tu joues ?

– Laurent Charvet a peut-être été impliqué dans un trafic de stups. Mais je n'ai encore aucune certitude...

Le ton du commissaire baissa d'un cran.

– Tu crois que c'est lié à son assassinat ?

– Possible.

– Je veux des réponses, Diallo. Vite. Le proc est comme un fou depuis que tu as interrogé le banquier.

– Vous êtes au courant ?

– Tu croyais quoi ? Il l'a appelé dans la seconde.

– Qu'est-ce qu'il a dit ?

– Je sais pas. Mais Hénaut l'a eu mauvaise. Il veut te retirer l'enquête.

– Hénaut, on s'en tape. Charvet m'a donné son feu vert.

Folti soupira. Les luttes de pouvoir le dépassaient, il voulait juste assurer ses arrières.

– Écoute-moi bien, Michel. Je ne sais pas où tu vas, mais je ne peux pas te laisser continuer si t'as rien sous la pédale.

– Laissez-moi vingt-quatre heures. Je vous garantis que ça va faire du bruit.

Nouveau soupir à l'autre bout de la ligne.

– D'accord. Mais à partir de maintenant, tu es tout seul. Si tu merdes, tu te débrouilles. Reçu ?

– Reçu.

Diallo laissa passer quelques secondes. Puis il dévoila la raison de son appel.

– J'ai besoin que vous me rendiez un service, commissaire.

– Moi ?

– Il me faut le casier d'un certain Mathieu Voron. Condamné le 24 décembre 2002 par le tribunal correctionnel de Nice pour infraction à la législation sur les stupéfiants.

– C'est ta piste ?

– Oui.

– Pourquoi tu ne fais pas la recherche toi-même ?

– Je préfère pas. Il se peut que je sois surveillé.

– Bordel, Diallo ! C'est quoi encore ce plan ?

– Promis, je vous expliquerai. Pour l'instant, faites-moi confiance.

Folti grommela un juron. Puis Michel entendit :

– Reste en ligne.

La recherche ne prit pas plus de trois minutes. Les terminaux du commissariat étaient branchés en direct sur le fichier central, à Nantes. Le seul écueil pouvait provenir d'une homonymie.

La voix du commissaire résonna à nouveau dans l'appareil.

– Mathieu Voron. Né le 23 juillet 1984 à Cagnes-sur-Mer. Profession : employé dans la restauration. Condamné en 2001, 2002 et 2006. Chaque fois pour des affaires de stups.

– Niveau ?

– Minable. Les condamnations ne dépassent pas six mois.

– Un vendeur au détail.

– Toxico également. Il y a des injonctions thérapeutiques à chaque fois.

La nouvelle était bonne. Elle confortait le Black dans sa stratégie.

– Vous avez sa dernière adresse ?

– Vallauris. 12, rue Derigon. Chez madame Sylvianne Voron.

Sa mère. Ou sa grand-mère. Vu les nombreux séjours en taule, il devait avoir eu du mal à garder un appartement.

Folti revint à la charge.

– T'as besoin d'autre chose ?

– Pas pour l'instant.

– Quand est-ce que j'aurai des nouvelles ?

– Je vous ferai signe.

Il raccrocha avant que son supérieur ne reprenne l'avantage.

Vallauris. Le nom sonnait comme une promesse, une éclaircie. Il tourna la clef de contact et démarra sur les chapeaux de roue.

61

Autoroute A8, vers Cannes.

Sortie 44 : Sophia-Antipolis. Antibes. Vallauris.

Diallo s'engagea sur la départementale 435. Il traversa d'abord une zone industrielle, parsemée de hangars blancs, d'enseignes criardes, de zones de chargement. À chaque carrefour, une noria de camions jouait des coudes en abusant du Klaxon. Coincées entre ces mastodontes, les voitures roulaient au pas dans une atmosphère saturée de pollution.

Le flic prit son mal en patience. Mathieu Voron. Sans doute sa seule chance de lever le voile sur Laurent. Il ne restait plus qu'à prier.

Progressivement, le trafic s'allégea. Puis, sans transition, les paysages de Cézanne apparurent. Un bouillonnement de verts, des océans d'or fin, d'infinies plages de mauve. Le Black fonçait maintenant au cœur d'une planète vierge, échevelée, dont chaque nuance semblait choisie par un pinceau divin.

Au détour d'un virage, des pavillons sortirent de terre. Des constructions stéréotypées, de style « provençal », aux façades ocre, blanches ou jaunes. Dans ce coin de paradis, tout le monde avait droit au bonheur. Les promoteurs l'offraient à prix cassé, sur des parcelles sans valeur, loin des villas somptueuses du bord de mer.

Peu à peu, la route s'inclina. Vallauris était sur une colline, la Clio commençait à grimper. Il parcourut plusieurs kilomètres, enchaînant des lacets sous les pins parasols. Le chant des cigales se déchaînait dans la pinède.

Soudain, une moto s'incrusta dans le rétro. Elle resta là quelques secondes, avant de s'effacer dans l'angle mort. Michel s'interrogea. Le filait-on encore ? Un autre suiveur, la même équipe ?

Sur un portion de ligne droite, l'engin se rapprocha. Un mètre, peut-être deux. Le flic n'eut pas le temps de réaliser. La moto enclencha son clignotant, déboîta et le doubla en trombe.

Il la regarda disparaître avec soulagement. La tension le rendait parano...

Le Black respira à fond. L'odeur de résine le prit à la gorge, entêtante, écœurante. Il remarqua, placés en évidence tous les cent mètres, des panneaux touristiques vantant la spécificité du site : « Artisanat – Poterie – Céramiques ». Un logo en rajoutait une couche dans l'autoproclamation : « Vallauris, Ville et Métiers d'Art. »

Enfin, il pénétra dans la cité. Il roula droit devant, suivant des panneaux qui le conduisirent à la mairie, un bâtiment propret, dégoulinant de fleurs et de rigueur républicaine. Il trouva un plan de situation, serti dans un affichage Decaux. La rue Derigon étant à deux pas, il s'y rendit à pied.

Le cœur historique évoquait un village. Rues étroites, vieilles maisons, petits commerces. Le genre de refuge qui respirait la paix, idéal pour se planquer. À l'heure de la sieste, la plupart des volets étaient clos.

Michel trouva l'adresse rapidement. C'était un bar à l'ancienne, un couloir sinistre et sombre meublé de tables en Formica. Un zinc élimé courait le long du mur, derrière lequel s'alignaient de rares bouteilles. Au fond, derrière des lamelles de plastique, on devinait une arrière-salle.

Pas âme qui vive.

Il appela :

– Il y a quelqu'un ?

Un raclement brisa le silence. Comme une chaise que l'on tire. Puis une voix fatiguée répondit :

– Voilà... J'arrive.

Le rideau s'écarta. Une vieille femme apparut, mal fagotée dans une robe-tablier verte. Pas le moindre signe de coquetterie, hormis une chevelure épaisse et lisse, teinte en noir corbeau.

Elle se planta devant Michel et décocha un bâillement.

– Vous avez perdu votre chemin ?

Le Black présenta sa carte.

– Lieutenant de police Michel Diallo. Vous êtes Sylvianne Voron ?

Tension immédiate.

– Oui... Pourquoi ?

– Je voudrais voir votre petit-fils.

– Qu'est-ce qui se passe encore ?

– Je dois lui parler. Il est ici ?

Elle soupira :

– Évidemment qu'il est ici. Où vous voulez qu'il soit ?

– Vous pouvez aller le chercher ?

Un flottement. Les regards se croisèrent. La vieille dame agrippa le bras du policier.

– Vous allez encore me le prendre, hein ?

Une détresse insondable venait de la submerger. Michel ignorait son histoire, mais saisissait une évidence. Le petit comptait pour elle. Malgré les galères, la justice, la prison, l'idée de le perdre la paniquait.

Il la rassura aussitôt :

– Je ne suis pas venu pour ça.

– C'est sûr ?

– Juré.

Elle sourit, sans conviction. Puis elle clopina jusqu'au rideau et disparut dans l'arrière-salle. En l'observant, Michel eut la vision de sa propre mère. Il aurait pu la faire souffrir aussi. Choisir les mauvaises routes, les mauvais potes. Refuser de se battre. À la Goutte-d'Or, les réussites ne couraient pas les rues. D'une certaine façon, il avait eu de la chance.

Une cavalcade. Des marches qui craquent. Un jeune type d'une vingtaine d'années fit irruption dans le bar. Il portait des fringues de marque, chemise moulante, jean vintage et pompes en forme de suppositoire. La coiffure allait avec, savamment sculptée par du gel en une sorte de crête vive. Occultée par le look, la plastique du visage passait inaperçue. Des traits sans caractère, un cauchemar de physionomiste.

– Salut !

– Mathieu Voron ?

Le gamin tendit une main molle.

– On m'appelle Matt.

Aucune angoisse. Sa grand-mère avait dû le briefer, mais on sentait le roublard. Il savait comment se positionner, jouant la carte du petit garçon bien sage.

– Très bien, « Matt ». Assieds-toi.

Ils s'attablèrent, l'un en face de l'autre, comme deux potes prenant un café. D'entrée de jeu, Michel précisa ses intentions.

– Je n'ai rien contre toi. J'ai juste besoin de ta mémoire.

– Si je peux vous rendre service.

– Tu te souviens de l'affaire du Negresco ?

– Difficile d'oublier. Ça m'a coûté six mois.

– Parfait. Tu as été écroué à la maison d'arrêt de Nice le 24 décembre 2002. Exact ?

– Une erreur judiciaire. Le Negresco, c'était pour rendre service.

Toujours le même discours, les mêmes mensonges. Michel laissa couler.

– Tu te camais à l'époque ?

Un sourire, teinté d'une dose de repentir.

– On peut dire ça...

– Coke ou héro ?

– Coke.

– Tu as été pris en charge, à la maison d'arrêt ?

– Ouais. C'est la procédure.

– Combien de temps ?

– Une semaine. Tarif syndical.

Le policier fit un rapide calcul mental. Laurent avait « disparu » aux alentours du 18 décembre. Huit jours plus tôt. Avaient-ils eu le temps de se voir ?

– Dites, vous êtes sûr que vous bossez pas pour le service de probation ?

Mathieu avait posé la question avec une pointe d'inquiétude. Il paraissait beaucoup moins sûr de lui.

– J'ai pas tous mes certifs ici. Mais je peux...

Michel l'interrompit :

– Réponds à mes questions, c'est tout ce que je te demande.

L'autre dut sentir qu'il valait mieux faire profil bas :

– Pas de problème.

– Très bien. Maintenant concentre-toi. Est-ce que tu te souviens de ce type ?

Il sortit le cliché de Laurent et le posa sur la table. Le dealer l'examina, sourcils froncés :

– Peut-être... Son visage me dit quelque chose.

Une bouffée d'espoir. Diallo précisa :

– Il est passé au SMPR en même temps que toi. Toxico. Dernier stade. Son prénom, c'est Laurent.

Mathieu hocha la tête.

– Ça me revient, maintenant. C'était le lendemain de mon arrivée. Le jour de Noël. Il a débarqué des urgences.

– Qu'est-ce qu'il avait ?

– Je sais pas. Mais son visage était pas beau à voir. Comme s'il s'était mangé une raclée monstrueuse.

– Il t'a parlé ?

– Pas vraiment. Il délirait complet.

– Explique.

– Il voulait qu'on lui file de la came. Il disait que son frère connaissait le proc. Qu'il allait le faire sortir en moins de deux.

– Tu sais pourquoi il était là ?

– Je crois qu'il avait buté quelqu'un.

L'histoire devenait de plus en plus dingue ! On n'était plus dans le trafic de stups mais dans le crime de sang.

Michel essaya d'en savoir plus.

– Qui te l'a dit ?

– Lui. Enfin... entre deux crises de manque.

– Raconte.

– C'était pas très cohérent. Il disait qu'il se souvenait de rien. Il était trop défoncé. Après, il hurlait : « C'est pas ma faute ! C'est pas ma faute ! » Putain, on aurait dit qu'il allait s'étrangler.

Les déductions se télescopèrent. Une bagarre qui tourne mal. Peut-être pour cause de dope. Des coups et blessures volontaires, ayant entraîné la mort sans intention de la donner. Non pas un crime, mais un délit. Cette précision expliquait la faible durée de la peine. De plus, et le policier aurait dû s'en douter, le 18 décembre ne correspondait pas à la date de l'incarcération mais à celle des faits. Laurent avait passé une semaine à l'hôpital avant de rejoindre sa cellule. Il avait appelé sa mère à ce moment-là.

Michel était sur des charbons ardents.

– Et après ?

– C'est tout. On m'a transféré ailleurs.

– Tu l'as revu ?

– Une fois. Mais de loin.

Le flic comprit dans la seconde.

– On l'avait mis à l'isolement ?

– Quartier VIP. Ils ont une cour de promenade à part.

Un traitement de faveur. Qui le lui avait obtenu ?

Le Black songea aussitôt à Arnaud. Laurent avait paniqué. Malgré leurs différends, il s'était tourné vers la seule personne capable de l'aider. Le témoignage de Mathieu, relatant les délires du toxico, allait aussi dans ce sens.

Le policier se leva, gonflé à bloc. L'enquête le ramenait une fois de plus dans le périmètre du banquier. Il savait que son frère avait été incarcéré. Et pourquoi. Pourtant, il avait préféré mentir sur toute la ligne. Même s'il n'avait pas fait assassiner Laurent, ce qu'une attitude aussi protectrice confirmait de plus en plus, il cachait quelque chose...

Michel tapota la joue du jeune homme et regarda sa montre. 15 heures. Trop tard pour regagner Paris. Il coincerait Arnaud demain matin. En attendant, il allait profiter de l'intermède pour essayer de se confectionner des munitions supplémentaires.

Il quitta le bar d'un pas rapide. La température avait encore grimpé, mais la chaleur qui l'envahit venait de l'intérieur.

Une moto, gris métal, grosse cylindrée, était garée de l'autre côté de la place.

Celle qu'il avait repérée dans son rétro.

Le conducteur semblait attendre, combinaison de cuir, casque sur la tête, mains sur le guidon.

En voyant arriver Michel, il démarra lentement et disparut au coin d'une rue.

62

Deux hôpitaux accueillaient les urgences : Saint-Roch, rue Pierre-Devoluy, et L'Archet, route Saint-Antoine-Ginestière.

Michel se procura un plan routier dans une station-service. En gagnant Nice par l'A8, il atteindrait d'abord le second, un peu excentré. En cas d'échec, il plongerait vers la ville et se rabattrait sur l'autre.

Il parcourut la cinquantaine de kilomètres le séparant de son but en moins de trente minutes. Plus aucun signe du motard. Pas de véhicule suspect dans les parages. Mais le problème devenait sérieux. Il avait vérifié son Sig deux fois et placé l'arme sur le siège passager, à portée de main.

Il regarda l'horloge de bord. 16 heures. Thermomètre dans le rouge. Des nuages de chaleur faisaient trembler les perspectives. Tout en roulant, il imagina soudain l'Afrique. Le pays de ses parents ressemblait peut-être à ça. Des pistes désertes, une température infernale, l'impression de respirer du feu. Pas étonnant qu'ils aient choisi la France...

Peu après la sortie d'autoroute, il aperçut les bâtiments de l'hôpital. L'Archet était une structure bipolaire. Deux unités distinctes, modernes, surplombant la colline Saint-Antoine. Le flic suivi les flèches jusqu'aux urgences. Il se gara sur le parking et fonça vers le bâtiment.

Accueil immaculé. Réceptionniste à peine aimable.

Michel n'eut même pas le temps de fournir l'identité de Laurent. Ce service n'accueillait que les urgences pédiatriques, obstétricales et gynécologiques.

Un coup pour rien. Retour dans la voiture et toujours cette chaleur à vomir. Il démarra sur les chapeaux de roue, direction le centre-ville et son ultime option.

Un quart d'heure plus tard, il atteignait Saint-Roch. Une bâtisse plus ancienne, logée dans le quartier historique. Le corps central, avec ses volets vert d'eau et sa façade jaune pâle, évoquait un bonbon acidulé. Il donnait sur une place arborée, paisible, colonisée par des pigeons.

Comme souvent, l'entrée des urgences était à l'arrière. Une cour glauque, embouteillée par des camions de pompiers et des ambulances du Samu.

Le policier franchit la porte vitrée. Changement d'ambiance. Après le calme, la tempête. Des brancards encombraient les couloirs, occupés par les accidentés de la vie. Sang, pleurs, lamentations : les trois pivots de l'horreur. Les blouses bleu ciel tentaient de gérer l'afflux, regards hallucinés et stéthoscope vissé au cou. Un relent d'urine flottait dans l'air, à peine masqué par les odeurs d'antiseptiques.

Il se dirigea vers l'accueil. Une jeune métisse était en première ligne. Sourire affable, inattendu. Impression d'être chez lui. Il présenta sa carte et exposa les raisons de sa visite. Elle l'orienta vers un couloir.

Il traversa le champ de bataille pour rejoindre l'aile administrative. Porte C15. Service des archives. M. Dérimond. Il repéra le bureau, frappa trois coups polis, et entra sans attendre.

La pièce était exiguë, surchargée de plantes vertes et d'une odeur de parfum bon marché. Un type travaillait derrière un ordinateur. Physique de camionneur, grosse carcasse et bajoues molles. Emprisonnée dans une forêt de poils, une chaîne en or barrait son cou énorme. Avec la chemise rose fuchsia et le diamant à l'oreille, on hésitait entre la folle et le proxénète.

– Monsieur Dérimond ?

– Oui.

– Michel Diallo. Lieutenant de police. Vous avez une minute ?

Le Black s'assit face à lui et raconta une nouvelle fois son histoire, en espérant que ce soit la dernière. L'homme écouta, impassible, puis lâcha avec un fort accent du Sud.

– En principe, les dossiers sont confidentiels.

– Et alors ?

– Vous dites que vous êtes flic ? Qu'est-ce qui me le prouve ?

Diallo soupira en lui tendant sa carte.

– C'est bon, là ?

L'autre opina, sans la moindre once de gêne. Puis les gros doigts coururent sur le clavier.

– Charvet... Laurent... Vous me redonnez la date de l'admission ?

– 18, ou peut-être 19 décembre 2002.

Les secondes s'égrenèrent. La bécane moulinait, Michel retenait son souffle. Enfin, le type laissa tomber :

– Voilà... Je vous sors un tirage papier ?

– Allons-y.

Pendant que l'imprimante vibrait, le lieutenant reprit espoir. Apparemment, on n'avait pas passé le balai ici, considérant sans doute que c'était inutile.

Dérimond lui tendit cinq ou six feuillets.

– Protocole d'admission et fiche Samu, c'est tout ce que j'ai.

Le Black hocha vaguement la tête. Il découvrait déjà les premières lignes.

Rapport du Samu 06. Date : 18 décembre 2002. Heure de déclenchement : 0 h 34. Origine de l'appel : Codis 06. Accident de la circulation. Deux voitures impliquées.

Un carton sur la voie publique... L'idée ne lui aurait jamais traversé l'esprit et portait un éclairage différent sur l'affaire. La personne qu'avait « butée » Laurent était un automobiliste. Un meurtre par carrosserie interposée, involontaire, comme on en voit chaque jour.

– Un problème ?

Le gros fixait Diallo avec un air méfiant. Il ressemblait à un congre surpris par la lumière.

– Aucun, répondit le flic.

Il poursuivit sa lecture, sans plus d'explication. À l'arrivée des secours, Laurent était derrière le volant, inconscient. Score de Glasgow à 7. Tension 9/6. Pouls à 115. Le médecin avait constaté une imprégnation éthylique. Taux relevé par piqûre au doigt : 3,6 mg/l. Un record. On l'avait ventilé au masque, sans l'intuber. Puis il avait été extrait du véhicule, avant d'être conditionné par la pose d'une perfusion de glucose.

Venait ensuite l'examen externe. Il mettait en évidence de nombreuses ecchymoses réparties sur l'ensemble du corps, et des coupures multiples sur la face. Des éclats de verre s'étaient incrustés sous la peau, provenant de l'éclatement du pare-brise. La palpation ne révélait aucune fracture. Pas de signe d'hémorragie interne. Bilan crânien à prévoir. Le pronostic vital n'était pas mis en cause.

Tout en lisant, Michel cherchait un indice lui permettant de se raccrocher à son enquête. En vain. Il avait l'impression d'avoir changé de dimension, de s'être branché sur une nouvelle affaire.

Il jeta un regard en direction de Dérimond, qui pianotait toujours, sourcils froncés. Inutile de lui demander de l'aide. Le gratte-papier en ferait le minimum.

Diallo passa au rapport d'admission. Rien de nouveau, hormis la présence d'héroïne dans l'organisme du blessé. On l'avait gardé en observation jusqu'au 23 décembre, date à laquelle la DPJ de Nice l'avait récupéré.

La suite était facile à deviner : quarante-huit heures de garde à vue, puis mise en examen et incarcération le 25.

Les dates correspondaient.

Le reste, en revanche, devenait illisible.

Pourquoi avait-on effacé cet accident des mémoires ? Au

nom de quel intérêt avait-on fait pression sur les gazettes locales, falsifié des documents officiels, brouillé autant les cartes ?

Michel se raccrochait à cette seule certitude : il était remonté à la source. Tout découlait de cette nuit de décembre, d'un drame apparemment banal, mais dont les conséquences constituaient le cœur de son enquête. La disparition de Laurent, le mensonge servi à sa mère, puis son exil à La Renardière dès sa sortie de prison. Et enfin sa mort, planifiée, mise en scène, au terme d'un scénario précis.

Les parallèles crevaient les yeux. On avait tué Laurent en le compressant dans une voiture. C'était probablement ce qui était arrivé à l'autre conducteur. Œil pour œil, dent pour dent. Une vengeance en miroir, afin qu'il vive ce qu'avait vécu sa victime.

Ultime question : qui avait-il tué ?

Il releva la tête et s'adressa à l'administratif.

– On a des infos sur la seconde victime ?

– Vous avez son identité ?

– Non.

– Alors...

Ton désabusé. Le type ne faisait pas le moindre effort. Michel le secoua un peu.

– Cherchez avec la date. Et magnez-vous. J'ai pas l'intention de camper ici.

L'autre changea de figure. Il s'exécuta de mauvaise grâce et annonça :

– Y a rien. Pas d'autre admission.

– Vous êtes sûr ?

Il tourna l'écran avec un air provocateur.

– Vous voulez voir ?

Michel scruta la mire. De lignes de pixels, réparties en tableaux. Date, heure, nom et motif de l'admission. Aucune ne correspondait.

Il réfléchit. Le second conducteur était resté sur le carreau. Il n'était peut-être pas passé par la case urgences.

– Il y a une morgue, dans l'hôpital ?
– Évidemment.
– Vous avez accès aux registres ?
– Ça peut se faire.
– Alors, exécution.

Nouvelle recherche. L'imprimante cracha une page. Trois noms apparurent, deux hommes, une femme, décédés dans la nuit du 18.

– Sortez-moi leurs dossiers, ordonna le flic.

Dérimond martela le clavier avec rage, comme s'il voulait le casser. Les feuilles giclaient au fur et à mesure. Il les regroupa et les tendit au Black.

Lecture en diagonale. Sens en alerte.

Rien.

Les patients concernés étaient des personnes âgées, emportées par la vieillesse et l'usure des organes.

Michel se concentra. Le rapport du Samu mentionnait un autre véhicule. Son conducteur était mort. Il y avait forcément une trace quelque part, dans une autre unité. La voix du gros le tira de ses pensées.

– Pas de pot.
– Quoi ?
– On dirait que votre enquête tourne court.

Le policier le fusilla du regard.

– Quand j'aurai besoin de votre avis, je sonnerai.
– Moi, c'que j'en dis...

Tension. Une charge qui s'ajoutait à celle qu'accumulait Michel. Qui était la victime ? Quel service l'avait prise en charge ? Où l'avait-on conduite ?

Les flics du coin le savaient sûrement. Mais l'idée d'aller le leur demander ne l'emballait pas. Dans ce contexte, il était fort probable qu'on ait purgé leurs fichiers. S'il les sollicitait, l'information pourrait transpirer, remonter jusqu'à ceux qui tiraient les ficelles. Diallo devait trouver autre chose. Continuer à suivre la piste médicale, la seule qui semblait sûre.

Soudain, un détail lui revint en mémoire. L'origine de l'appel. Codis 06. Le centre de régulation des Alpes-Maritimes. Le grand standard des pompiers. C'est eux qui avaient répercuté l'information au Samu. Ils auraient les points de chute, les feuilles de route.

Et le nom de la victime.

63

Michel retrouva l'autoroute.

Sens Nice-Marseille. Impression d'être une abeille se débattant dans un bocal. Depuis son arrivée sur la Côte, il avait déjà aligné deux cents bornes. Un saut de puce à côté du chemin parcouru sous son crâne...

À l'aune de ses dernières découvertes, les agissements d'Arnaud Charvet prenaient une couleur différente. Le banquier savait ce qui s'était passé. Aucun doute là-dessus. Il devait savoir aussi qui était la victime et ce qui attendait son frère. C'était pour cette raison qu'il l'avait fait placer à l'isolement. Ainsi, il limitait les risques d'une agression pendant la détention. Ensuite, il l'avait caché au fin fond de son domaine. Peut-être même connaissait-il la nouvelle identité du toxico...

Point positif, ce comportement l'excluait a priori de la liste des suspects. Depuis le début, il avait protégé Laurent. Mais pourquoi avoir dissimulé la vérité ? Pourquoi n'avoir pas orienté l'enquête dans le bon sens ? Là, plus rien ne collait.

Sortie 47 : Villeneuve-Loubet. Le Codis 06 était basé sur cette commune, une station balnéaire familiale située à quelques encablures d'Antibes. En descendant vers la mer, le Black aperçut l'immense complexe « Marina Baie-des-Anges ». Des pyramides de béton, à la fois sinueuses et légères, dressées face au large comme d'énormes vagues blanches.

Michel n'eut pas de mal à trouver l'adresse. Les renseignements téléphoniques avaient donné l'avenue du Maréchal-de-Lattre-de-Tassigny, n° 140, dans une zone d'activité située à deux pas de la marina.

Il franchit une barrière et pénétra sur le site. Des petites constructions, verre et acier, réparties sur un terrain arboré où s'ordonnaient des pelouses. Le policier connaissait le fonctionnement des Services départementaux d'intervention et de secours, les SDIS. Des établissements publics gérés par des marins-pompiers, qui opéraient aussi sur le front des incendies. Les Codis en étaient les têtes chercheuses. Ils regroupaient, traitaient et répercutaient l'information qui arrivait des quatre coins du département. Chaque appel au 18 remontait vers eux. Ils décidaient des suites à donner et des moyens mis en œuvre.

Michel se gara devant le bâtiment. Il déclina son identité et exposa le motif de sa venue. La sentinelle en faction passa un appel interne et un jeune sapeur vint le prendre en charge. Il le conduisit dans les étages, jusqu'à une salle immense dont les fenêtres ouvraient sur la mer. Une dizaine de pompiers s'affairait dans le QG, casques radioémetteurs à l'oreille.

Ils traversèrent la pièce au pas de charge et rejoignirent un bureau minuscule, séparé de la salle de contrôle par une paroi en verre. Un colosse était coincé à l'intérieur, comme un fauve prisonnier dans une cage.

– Attendez ici, ordonna le sapeur. Le commandant va vous recevoir.

Michel patienta en détaillant l'officier. Boule à zéro, mâchoire au carré, biceps de culturiste. *Action Jo* en polo bleu marine, version marins-pompiers. Il criait dans un micro, si fort qu'on entendait chaque syllabe. À travers la vitre, ses yeux auscultaient le policier à la façon d'une caméra de surveillance. Enfin, il lui fit signe d'entrer.

– Michel Diallo, annonça le Black.

– Commandant Tréville. Vous êtes de la PJ ?

– Pourquoi, ça se voit ?

– Comme le nez au milieu de la figure. Asseyez-vous.

Il parlait avec une voix de rocaille, un débit saccadé, l'habitude de donner des ordres.

– Que voulez-vous ?

– Des renseignements. Sur un accident qui s'est produit le 18 décembre 2002.

– C'est pas tout frais.

– Le Codis a été déclenché à 0 h 34. Deux véhicules impliqués. J'ai retrouvé un des deux conducteurs. Je cherche l'autre.

Tréville hocha la tête. Pas de questions, aucune curiosité. La collaboration franche et sincère d'un militaire bien formaté. Il se leva.

– Suivez-moi.

En le voyant se déplier, Michel prit la mesure de son interlocuteur. Plus grand que lui, deux fois plus large, le genre de type que personne n'a envie d'énerver.

Ils empruntèrent un escalier intérieur et grimpèrent un étage. L'air empestait la vieille paperasse. Des portes étroites s'alignaient le long d'un couloir désert.

Le commandant le précéda dans une pièce aveugle, et ouvrit une des nombreuses armoires métalliques échouées dans ce cimetière.

– Les bonnes vieilles méthodes, lança Tréville. Y a que ça de vrai. Classement chronologique, documents accessibles, et jamais de virus. Vous avez dit 18 décembre 2002 ?

– Exact.

Le colosse farfouilla dans des dossiers suspendus. Il extirpa un paquet de sous-chemises et se pencha dessus. Michel retenait son souffle.

– Voilà...

Le commandant affichait un sourire satisfait, comme un enfant fier d'avoir trouvé la solution à un problème de calcul. Il tendit plusieurs feuilles à Michel, attachées par une agrafe.

– Feuille de route du 18-12-2002. Toutes les interventions sont consignées. Lieu des accidents, témoins éventuels, unités mobiles envoyées sur place.

Le Black se plongea dans les notes. Des indications manuscrites, prises au crayon dans le feu de l'action, minute par minute. Le cœur battant, il descendit jusqu'à l'heure du crash.

0 h 34. AVP. Chemin Friedrich-Nietzsche. Commune d'Èze. Un homme, inconscient. Une femme, consciente, coincée dans son véhicule. Moyens affectés : Samu 06, hôpital Saint-Roch, et CIS d'Èze.

Aucun nom.

Michel releva la tête :

– Vous ne notez pas l'identité des victimes ?

– Non. Seulement celle de la personne qui nous a prévenus. Pour le reste, il faut voir directement avec le service concerné.

Le policier rongea son frein. Après le Samu, la caserne d'Èze. Il faudrait encore avaler du bitume et se taper une visite supplémentaire...

Il reprit la lecture, une suite de données techniques, de codes, qui devaient renvoyer aux spécificités médicales de la mission.

Puis, avant le trait qui clôturait l'intervention, une ultime indication : les coordonnées du témoin qui avait alerté les secours.

Charvet. Arnaud.

Coup de théâtre. Le banquier était là. Dans une autre voiture, ou peut-être dans la même.

C'est lui qui avait composé le 18...

64

Une fourmilière.

Des véhicules d'intervention partout, des lances à incendie étalées sur le sol, des pompiers en tenue de feu s'agitant dans tous les sens. Une sirène mugissait quelque part, annonçant un départ en mission.

Michel se faufila et demanda à un sapeur où étaient les services administratifs. Le type, casque argenté et veste en cuir, désigna un bâtiment à l'écart. Pas le temps de le remercier : le soldat courait déjà vers un camion.

Le Black accéléra le pas. La tension ambiante l'électrisait. Il s'engouffra dans un hall sombre. Calme, fraîcheur, vieilles pierres et odeur d'encaustique. La caserne d'Èze ne datait pas d'hier. Un blason de bois peint – un phénix perché sur un os, le tout sur fond azur – surplombait la devise des pompiers : « VAINCRE OU PÉRIR ». Comme témoignant de cette maxime, des portraits encadrés s'alignaient le long des murs et une plaque commémorative honorait les héros morts au feu.

Michel eut la sensation de violer un sanctuaire. Pas la moindre présence humaine. La sirène s'était tue et il n'entendait plus que le claquement de ses pas résonnant sur le carrelage.

Il emprunta un escalier, à l'instinct. Au premier, une porte entrebâillée. Il la poussa délicatement et pénétra dans une pièce de dimensions modestes. Armoire cabossée, bureau dépareillé, ordinateur bas de gamme grésillant dans un coin. Un homme aux cheveux blancs était penché sur des mots croisés, Bic en main et lunettes vissées au nez. Il portait le polo bleu marine à liserés rouges.

Il sursauta :

– Qui vous êtes ?

– Du calme. C'est la police. J'ai besoin de renseignements.

– Des renseignements ? Tous les gars sont sur le terrain. Ça crame dur sur le plateau de la Justice.

– Vous êtes là, vous.

– Je suis qu'un volontaire. Je donne un coup de main à l'occasion...

– On fera avec.

Le vieux eut un regard suspicieux.

– Vous êtes pas du coin, hein ?

– Pas vraiment.

– Qu'est-ce vous voulez ?

– Jeter un œil sur vos archives.

– Mais... Vous cherchez quoi ?

– Une intervention. Dans la nuit du 18 décembre 2002.

– Je sais pas si...

Michel désigna l'ordinateur.

– Pas d'angoisses. On va regarder ensemble.

Le vieux s'assit derrière l'écran. Il pianota quelques secondes, avec deux doigts. Un listing apparut, correspondant au mois de décembre 2002.

– Ben voilà, sourit Michel. C'était pas compliqué. Maintenant, poussez-vous, je vais terminer.

Il prit la place du grand-père et éplucha les données. Très vite, il trouva ce qu'il cherchait. Un seul AVP était consigné pour la nuit du 18, chemin Friedrich-Nietzsche, km 7. Identité de la victime prise en charge : Camille Mérieux.

Il se tourna vers le vieux.

– Vous avez les dossiers ?

– C'est quoi, le nom ?

Michel énonça le patronyme. Le visage du pompier volontaire changea d'expression.

– Mérieux... Si j'avais su...

– Quoi ?

– Une sale histoire. J'étais là. Enfin, pas sur place... Mais j'ai discuté avec les gars quand y sont rentrés.

– Racontez-moi.

– Deux véhicules qui se croisaient. Faut dire que la route est pas bien large à cet endroit. On sait pas trop pourquoi, mais y en a un qui s'est déporté. Ils se sont à peine frôlés. Avec la vitesse, la petite a perdu le contrôle. Elle a fait une embardée avant de fracasser le parapet et de se retrouver dix mètres plus bas. À ce moment-là, la gamine était encore vivante. D'après le Codis, elle était coincée dans la carcasse par la jambe droite. Puis là, il y a eu une merde. Une étincelle, j'sais pas. Le réservoir a explosé, elle a cramé dans les tôles. Quand le camion est arrivé, c'était trop tard...

– Une gamine ?

– Dix-neuf ans. Je l'ai appris après. Parce que le soir du drame, on pouvait à peine identifier le sexe. Le feu l'avait brûlée jusqu'aux os. Elle avait plus de visage...

Michel frissonna. Ses déductions sur le mobile du meurtre se confirmaient. Après l'avoir broyé, on avait immolé Laurent. La chaîne des similitudes ne présentait plus aucune faille.

– Et l'autre ? demanda-t-il.

– Un salopard. Bourré jusqu'à la garde. À tous les coups, c'est lui qui s'est déporté. Il a dérapé et il s'est planté contre le mur de roche. Des égratignures, c'est tout ce qu'il a eu. Y a vraiment pas d'justice !

Le senior s'était enflammé, secouant la tête en marmonnant des jurons.

– Donnez-moi le dossier.

Le pompier volontaire farfouilla dans un tiroir. Il en sortit une clef et se traîna vers l'armoire. Après quelques hésitations, il exhuma une chemise en carton froissée par les années.

– Tenez. C'est celui-là. Je vous préviens. Faut s'accrocher...

Michel se jeta à l'eau. Le rapport d'intervention venait en tête, mentionnant la position des véhicules après le choc. Une Mercedes et une Polo. L'incendie de la Polo avait d'abord dû être maîtrisé. Puis on avait désincarcéré le corps – ce qu'il en restait – pendant qu'une autre équipe s'occupait des victimes de la Mercedes.

La voiture d'Arnaud, songea le flic, conduite par son frère. Le banquier se trouvait donc dans la berline. Il avait tout vu, tout vécu, en direct. Que s'était-il passé ? Pourquoi Laurent avait-il brutalement perdu le contrôle du véhicule ? Le rapport des pompiers ne précisait pas les circonstances de l'accident.

Il survola les documents, fébrile, puis il leva la tête :

– Où est le P-V de police ?

– En principe, dans le dossier.

– Pas cette fois.

Le vieux haussa les épaules :

– Savez comme c'est... On dit qu'on va l'envoyer, et puis on passe à autre chose.

Simple négligence ou nouvelle dissimulation ? Au fond, peu importait. Laurent était défoncé, saturé de drogue et d'alcool, son état constituait déjà une explication suffisante. Mais alors, pourquoi Arnaud lui avait-il laissé le volant ? Qu'est-ce qui avait pu justifier une telle imprudence ?

Michel poursuivit sa lecture. La suite n'apportait rien de neuf. Laurent présentait de nombreuses plaies à la face, dues à l'explosion du pare-brise. Le Samu, arrivé peu après, l'avait pris en charge pour l'évacuer sur l'hôpital Saint-Roch. Plus miraculeux, le passager s'en était sorti avec quelques contusions. C'est lui qui avait prévenu les secours.

Le lieutenant tourna la page. Il tomba sans transition sur les photographies de l'accident. Des tôles écrabouillées, des chairs carbonisées, l'horreur prise en gros plan. Il passa rapidement et détailla les clichés de la Mercedes. La calandre avait souffert, le pare-brise avait explosé, mais comparée à la Polo, elle semblait flambant neuve.

Il découvrit la fiche de levée de corps établie par le légiste. Des fractures multiples, une jambe arrachée, des brûlures au cinquième degré. Impossible d'identifier la victime sur place. On l'avait transportée à l'Institut médico-légal de Menton en vue d'une autopsie.

Pourtant, l'état civil et l'adresse de Camille Mérieux apparaissaient dans la case adéquate : née le 12 mars 1988 à Neuilly. Demeurant à Paris 16e, 51, avenue Foch.

Michel demanda encore :

– Comment a-t-on identifié la fille ?

– La plaque d'immatriculation.

– Rien ne démontrait que c'était sa voiture.

– Elle appartenait à ses parents. Ils sont venus.

– Depuis Paris ?

– Ils étaient en vacances avec elle, au Cap-Ferrat. Je crois qu'ils avaient une villa là-bas.

Le Black en savait assez. Il prit le dossier et se dirigea vers la sortie.

– Je garde les papiers.

– Faites comme vous voulez. Ça ramènera pas la gamine.

Michel réalisa dans un vertige que son enquête avait changé de nature. Elle reposait sur une injustice, la mort d'une innocente assassinée par inconscience. Laurent n'était plus une victime comme les autres. C'était d'abord un meurtrier.

Le policier quitta la caserne avec un goût de terre au fond de la gorge. L'odeur de l'incendie descendait des collines, pénétrant ses poumons comme une haleine de diable. Il lui sembla que tout son corps prenait feu. Un brasier de doutes qui l'empêchait de respirer et remettait en cause les fondements de son action.

Camille avait connu une fin atroce. Ses parents, son petit ami... un proche avait appliqué la loi du talion.

– XI –

65

Le matin du même jour, place Saint-Michel, Claire et Mayol se retrouvaient à la brasserie Le Fénelon. Le commissaire avait appelé la juge très tôt. Il voulait lui faire part de ses dernières découvertes en direct. La magistrate avait accepté sans discuter. Elle n'était pas en reste et tenait à le lui montrer.

Ils s'assirent en terrasse et commandèrent des cafés. Une flopée de Japonais mitraillait déjà la fontaine de Davioud. De l'autre côté de la Seine, enveloppées dans des brumes de chaleur, les tours de la Conciergerie évoquaient un château de conte de fées. Indifférente et nonchalante, Paris s'apprêtait à vivre une nouvelle journée estivale.

Ce fut Claire qui commença. Elle posa d'abord le cliché du légiste sur la table, puis elle expliqua ses déductions. Humbert était un ancien skin, mouvance néonazie et excité des stades. Un hooligan. Il avait tenté de le dissimuler avec une greffe de peau et en laissant repousser ses cheveux. Des stratagèmes qui ne collaient pas avec sa personnalité. L'homme était fasciné par le Mal. La suite de son parcours le démontrait. Sauf à craindre quelque chose, il n'avait aucune raison d'en renier la moindre étape.

Elle s'interrompit, le temps pour Mayol de digérer son compte rendu. Le commissaire détaillait la photographie en tournant sa cuillère dans sa tasse.

La juge poursuivit, livrant ses convictions au risque de le froisser. Humbert n'avait jamais été un éclaireur, envoyé à Paris par une quelconque triade. Trop d'éléments contredisaient cette thèse. Pour elle, c'était un homme en cavale. Il fuyait son passé en se terrant au fin fond du treizième. La réponse était là, pas ailleurs. Conclusion : il fallait tout reprendre de zéro, rester dans le rationnel et se concentrer sur ce nouveau versant de l'enquête.

– Pas tout à fait, sourit Mayol.

La juge se contracta.

– Vous n'êtes pas d'accord ?

– En partie, si... Mais moi aussi j'ai fait du chemin la nuit dernière.

– Faites-m'en profiter.

Elle écouta avec attention le récit du commissaire, cet homme mystérieux dont chaque mot semblait pesé et dont le ton tranquille l'apaisait. Pourtant, son histoire semblait invraisemblable. Il parlait de combats illicites organisés dans un entrepôt à Ivry, de gladiateurs s'affrontant jusqu'à la mort pour le plaisir pervers d'une poignée de parieurs. Humbert était un de ces guerriers, affirmait Mayol. Il avait bien appartenu à la triade des Serpents, mais – le policier devait faire amende honorable sur ce point – c'était dans une autre vie, en Chine. Une existence de soldat, unique pour un Européen, que lui avait dévoilée un ancien légionnaire corse reconverti dans la politique.

Claire était partagée. Au-delà de ces révélations surprenantes, elle se félicitait d'avoir approché d'aussi près la vérité. Humbert était devenu une bête traquée : il avait changé de nom, de nationalité, et s'était caché dans le quartier chinois parce qu'il se savait en sursis.

Mais le plus incroyable n'était sans doute pas là.

D'après Mayol, ceux qui le pistaient n'étaient pas des mafieux, mais des flics.

– Quelle est votre conclusion, commissaire ?

– Il va falloir faire attention.

– Jusque-là, je vous suis.

– Non, je ne crois pas. Il ne s'agit pas d'un simple règlement de comptes avec des flics pourris. La façon dont on a tué Humbert est trop élaborée. Elle démontre une volonté de l'impressionner, de lui faire peur. La mort n'était qu'une partie du programme, sans doute la moins importante. Sinon, ils lui auraient collé une balle dans la tête.

La magistrate approuva. Elle avait saisi cet aspect du dossier, la volonté de terroriser la victime avant de la réduire en bouillie. Elle s'était seulement dit qu'Humbert avait trouvé plus dingue que lui. Dans l'univers des skins néonazis, la peur servait de repère. Celle qu'on éprouvait, comme celle qu'on infligeait.

Mais des policiers ? Pourquoi venir sur ce terrain ?

Il n'y avait qu'une explication :

– Ils ont voulu lui faire payer quelque chose.

– Oui, confirma Mayol. Une dette assez lourde pour conserver la note au frais pendant dix ans.

– Vous avez une idée ?

– Pas encore, mais on tient une piste. On sait qu'avant de quitter la Belgique, Humbert vivait à Bruges et s'appelait Éric Shloos. Quant aux lettres « HA », elles doivent désigner un groupe de supporters. Son groupe. Et ils sont tous fichés.

Claire n'avait pas poussé son investigation jusque-là. Elle ne connaissait rien au foot et n'avait jamais imaginé que ce sigle puisse renvoyer lui aussi à une tribune de stade. Pour elle, il s'agissait encore d'un symbole sataniste. Elle proposa :

– On demande son CV via Interpol ?

– Trop risqué.

Claire fronça les sourcils :

– Et... Vous comptez faire comment ?

– Je vais passer par le Quai d'Orsay.

– Rien que ça...

– Mon père était diplomate. J'ai conservé quelques contacts au ministère. Ça devrait aller.

Il avait dit cela avec naturel, sans la moindre prétention.

La juge comprenait à présent d'où il tirait cette élégance tranquille, ce détachement. Rien, sans doute, ne le prédisposait à devenir flic. Il avait dû se passer quelque chose, un événement qu'il avait enfoui sous la carapace d'une vie de substitution. Avec la Chine et le bouddhisme, ce nouveau mystère brouillait un peu plus le personnage.

– Très bien, concéda la magistrate. J'imagine qu'ensuite il faudra faire un tour à Bruges.

– Probablement. Mais de toute façon j'irai seul.

– Je vous demande pardon ?

– C'est trop dangereux. Vous ne pouvez pas m'accompagner.

Claire sentit monter une vague de colère froide. Elle s'était usé les yeux sur Internet pour déchiffrer le tatouage. Elle lui avait apporté la solution sur un plateau. Et maintenant, il la mettait sur la touche...

– Hors de question ! Je viens aussi. Au cas où vous l'auriez oublié, c'est encore moi qui dirige cette enquête.

Mayol resta de marbre.

– Quelle enquête ? Jusqu'à présent, je n'ai reçu aucune commission rogatoire me désignant officiellement.

Claire se mordit les lèvres. Elle n'avait pas régularisé ce point de détail. Le flic agissait en électron libre, il n'avait donc aucune de raison de lui obéir.

– Comme vous voulez, dit-elle. Mais à mon tour de vous mettre en garde.

Mayol fronça les sourcils. Elle tenta son va-tout.

– Je suis magistrat. J'ai toute la légitimité requise pour conduire ce dossier. En cas de besoin, mes collègues belges se feront un plaisir de m'aiguiller. Vous pouvez en dire autant ?

Elle commanda un autre café pendant qu'il évaluait son offre. Il avait prévu d'avancer en marge parce qu'il craignait les fuites au niveau de la police. Elle lui proposait son aide à l'échelon supérieur, là où les risques de corruption étaient quasiment nuls.

– D'accord, admit Mayol. Votre aide peut m'être utile. Mais c'est moi qui pose les conditions.

– Je vous écoute.

– Vous me laissez l'initiative. Tout le temps. Vous n'êtes là qu'en... soutien logistique.

Claire opina. Il lui proposait un second rôle, c'était mieux que rien. Elle savait aussi que dans l'action, les choses pourraient se passer différemment.

– Marché conclu, accepta-t-elle en souriant.

Il fouilla dans sa poche et jeta quelques pièces sur la table.

– Alors c'est parti.

66

Mayol avait fait mouche en moins d'une heure.

Un vieil ami de son père, encore en poste aux Affaires étrangères, lui avait obtenu le pedigree judiciaire de Shloos-Humbert. La fiche émanait du ministère de la Justice belge et ne mentionnait que les condamnations portées à son casier. Le commissaire était passé prendre le fax au Quai d'Orsay, avant de récupérer Claire et d'embarquer dans le Thalys, gare du Nord.

Deux heures et demie de TGV jusqu'à Bruges, dans un compartiment quasiment vide. La magistrate les avait mises à profit pour faire un somme. Puis elle s'était penchée sur le parcours du hooligan.

Shloos avait commencé sa carrière assez tôt. Première condamnation à quinze ans, par le juge des enfants, pour consommation d'alcool et tapage nocturne. Puis une série de délits mineurs : rixes, injures, port de sigles prohibés. Très vite, il était passé à la vitesse supérieure : détention d'armes, menaces de mort, agressions à caractère raciste, violation de sépultures... La liste faisait froid dans le dos. Son dernier rendez-vous avec la justice datait de 1989. Une sorte d'apothéose qui détonnait avec le reste. La cour d'assises de Bruges l'avait condamné à dix-huit années d'emprisonnement pour un homicide volontaire. Le skin avait vingt-quatre ans.

Claire avait convaincu Mayol de remonter d'abord cette piste. Shloos avait fait une énorme boulette. Même avec le jeu des réductions de peine, il était resté au moins neuf ans derrière les barreaux. Son exil en Chine datait de 1998 et correspondait peu ou prou à sa date de sortie. Ces deux événements étaient certainement liés.

Beau joueur, le commissaire avait approuvé. L'autre option consistait à éplucher le fichier des stades, pour voir ce que ses collègues possédaient sur le hooligan. Avec le risque de se découvrir. Autant le différer le plus longtemps possible.

Ils débarquèrent à 13 h 30 sous un soleil de plomb. Direction le palais de justice. La juge avait passé plusieurs appels depuis le train. Ils étaient attendus par son homologue belge, Catherine Beeckman, juge d'instruction auprès du tribunal de Bruges.

La capitale des Flandres collait parfaitement à son surnom de « Venise du Nord ». Une multitude de canaux, comme un réseau veineux, striait sa peau de couloirs sombres. Des maisons pittoresques, peintes dans des tons chatoyants, s'alignaient sur leurs berges. Peu de voitures, quelques calèches vibrant sur les pavés, et une foule de vélos. Le temps semblait s'être figé, un arrêt sur image ponctué par des tintements de cloches.

Le taxi les déposa sur une place encadrée par des bâtiments aux façades travaillées. L'architecture imposante évoquait celle des cathédrales ou des palais officiels. Un drapeau tricolore – noir, jaune, rouge – flottait sur une bâtisse aux nombreuses fenêtres. La plupart étaient plongées dans l'ombre.

Claire se dirigea sans hésiter vers l'édifice. Elle avait capté l'onde spécifique que pulsait le tribunal. Un mélange d'austérité et de puissance, la marque de la justice.

Ils franchirent un portail antimétal contrôlé par un cerbère en treillis. Mayol voulut conserver son arme, mais le type rechigna. La barrière de la langue – puisqu'on parlait ici le flamand – n'arrangeait pas les choses. Le policier essaya sans plus de succès de s'expliquer en anglais. Un peu en retrait, la juge observait le manège. Elle le laissa s'empêtrer un peu, avant de sortir sa carte et de prononcer le nom de Catherine Beeckman. L'autre se mit au garde-à-vous sous le regard désabusé de Mayol.

Ils traversèrent un hall sinistre aux murs ornés de tapisseries moyenâgeuses. Puis, suivant les flèches, ils grimpèrent au premier.

Claire marchait avec assurance. Elle se sentait chez elle. Pour la première fois depuis sa rencontre avec le commissaire, elle avait le sentiment de tenir les rênes.

Catherine Beeckman les accueillit avec chaleur. C'était une femme volontaire, la cinquantaine bien sonnée, dont le visage jovial appelait à la confession. Une sorte de bonne sœur, le voile en moins, le rouge à lèvres en plus. Tirée à quatre épingles dans un tailleur rose pâle, elle avait essayé d'harmoniser son maquillage à sa tenue. Le résultat, catastrophique, lui donnait l'air d'un clown.

Elle demanda dans un français parfait :

– Depuis combien de temps êtes-vous en poste à Paris ?

Claire sourit. Avant les choses sérieuses, les préliminaires. Il fallait jouer le jeu. Les deux Français étaient assis dans des fauteuils inconfortables, à la place habituellement occupée par les personnes mises en examen.

– Cinq ans.

– Vous devez travailler avec le doyen Jean-Marc Kuong ?

– Effectivement.

– Quel homme charmant. Et quel professionnel...

Charmant n'était pas le mot que Claire aurait employé. Elle aurait plutôt dit « pervers ». Son collègue lui avait refilé cette enquête sans tenir compte de son conflit avec Lunel. Par chance, il y avait eu Mayol...

Elle garda ses considérations pour elle et en profita pour relancer :

– Justement. C'est lui qui m'envoie.

– Ah... Parfait.

Catherine Beeckman prit un air grave.

– Vous enquêtez sur le dossier Shloos, c'est ça ?

– Oui. Éric Shloos. Condamné en 1989 par votre cour d'assises pour...

La Belge la coupa.

– Je sais. L'affaire a été très médiatisée à l'époque.

Claire se raidit.

– Nous n'étions pas au courant.

– C'est sans importance. Cependant...

Elle marqua une courte pause avant de reprendre :

– Je n'ai pas bien compris le sens de votre démarche. Cet homme a purgé sa peine depuis longtemps. En quoi intéresse-t-il la justice française ?

Claire eut une hésitation. Mayol vola à son secours.

– Nous travaillons sur l'homicide du Parc-des-Princes. Le supporter qui s'est fait découper à la machette après le match PSG-FC Bruges.

– Je... Je n'en ai pas entendu parler.

– Pourtant...

Beeckman se trémoussa sur son siège. À son tour d'être en difficulté. Le commissaire débita son mensonge.

– Nous avons arrêté plusieurs suspects. L'un d'eux a mis Shloos en cause.

– Vous ne l'avez pas interpellé ?

– Il faudrait d'abord qu'on le trouve. Nous avons lancé un mandat d'arrêt européen, mais pour l'instant ça ne donne rien.

– Et...

– Ses complices nous ont donné son nom et Interpol nous a fourni une fiche succincte. En d'autres termes, nos renseignements sur l'individu avoisinent le zéro. Nous avons pensé qu'en consultant le dossier de la cour d'assises, nous pourrions gagner du temps.

La magistrate flamande eut l'air désolé.

– Il n'est plus ici.

– Où peut-on se le procurer ? demanda Claire.

– Aux Archives générales du Royaume, à Bruxelles. Il faut faire la demande auprès du ministère de la Justice.

Les deux Français échangèrent un regard, embarrassés par ce contretemps.

– Nous la ferons, enchaîna Claire. En attendant, vous pourriez peut-être nous dire ce que vous savez ?

La juge flamande s'adossa à son siège.

– Je n'étais pas en charge de cette instruction. J'ai peur de ne pas être très précise.

– Ce n'est pas grave.

– Les faits ont eu lieu en mars 1987, à l'occasion d'une rencontre de football. Ne me demandez pas le nom des clubs, je ne m'intéresse pas à ce sport. Après le match, il y a eu des échauffourées dans le centre-ville. Deux bandes de hooligans se sont affrontées. La police est intervenue, mais les choses ont dégénéré. Un fonctionnaire a été pris à partie par un groupe de trois ou quatre skinheads dirigés par Shloos. Ils l'ont roué de coups. Le policier n'a pas survécu.

Un flic avait été tué, et d'autres flics avaient cherché Humbert pour lui régler son compte. Ils tenaient enfin le mobile, la clef de toute l'affaire : la vengeance.

Claire s'étonna néanmoins.

– Shloos a été poursuivi et condamné pour meurtre. Dans ce type de débordement, il n'y a en principe pas d'intention homicide.

– En principe... Mais cette nuit-là, les choses se sont passées différemment. Plusieurs témoins ont vu la scène. Le policier s'est fait coincer contre une voiture. Les hooligans l'ont rossé copieusement. Il ne bougeait déjà plus quand Shloos a sorti une barre de fer. Il s'est acharné sur lui. Un vrai dément. L'autopsie a révélé des dizaines de fractures, des éclatements internes. Il ne restait plus qu'une bouillie d'os et d'organes.

Claire regarda Mayol. Ils venaient de saisir tous les deux une nouvelle similitude. Le modus operandi. Humbert avait d'abord été paralysé par la toxine botulique. Puis il avait subi des dommages identiques en percutant le sol.

Le commissaire prit la parole.

– Comment s'appelait le fonctionnaire ?

– Richard Stern, si ma mémoire est bonne. Il était venu spécialement de Bruxelles pour l'occasion. Un physionomiste de la brigade des stades, je crois.

– Shloos le connaissait ? Je veux dire, personnellement ?

– Non. Je ne pense pas.

– Alors, pourquoi a-t-il fait ça ?

– Le policier portait une chaîne, répondit Beeckman. Avec une grosse étoile de David. Shloos appartenait à un groupuscule néonazi. Quand il a vu le symbole, il a disjoncté. Il n'a d'ailleurs exprimé aucun regret à l'audience.

– Ça ressemble à un acte de démence, intervint Claire.

– La défense a essayé de le plaider. Mais l'affaire était trop sensible. Personne n'a suivi. La cour d'assises a néanmoins pris en compte une certaine forme d'altération du discernement, liée à son statut de jeune adulte. Le procureur du roi avait requis la réclusion à perpétuité. Il a écopé de dix-huit ans.

– Et les autres ?

– Ils n'étaient pas poursuivis pour meurtre. Le parquet à disjoint les procédures et les a renvoyés devant le tribunal correctionnel. Les condamnations n'ont pas excédé deux ans.

Mayol eut l'air surpris.

– Des tueurs de flic. Ce n'est pas cher payé.

– Les syndicats de police ont pensé la même chose. Mais la justice est passée. Pour nous, l'affaire est close.

Le commissaire tiqua, mais Claire remerciait déjà son homologue flamande. Formules d'usage. Poignées de main. Ils quittèrent le palais et cherchèrent un taxi. Pendant le trajet, Mayol parut absent. Il regardait défiler le paysage, fenêtre ouverte, visage au vent. Quand ils arrivèrent aux abords de la gare, il n'avait toujours pas prononcé un mot.

67

– Qu’est-ce qui se passe ?

Claire avait apostrophé Mayol d’une voix ferme. Le chauffeur glissa un regard dans le rétro pendant qu’il se garait en double file. Derrière des grilles de métal peint, un train s’alignait déjà le long du quai.

– Pardon ? s’étonna le commissaire.

– Vous n’avez pas ouvert le bec depuis une demi-heure !

– Je réfléchissais à la façon dont on allait gérer la suite.

– Arrêtez. On vient de découvrir qu’Humbert a tué un flic. Il y aurait de quoi être énervé.

– Ce n’est pas le cas.

– Alors pourquoi cette réflexion, tout à l’heure ?

– Parce que je le pensais. Cette bande de salauds aurait dû prendre le maximum.

Elle sourit à demi.

– C’est bien ce qui s’est passé au bout du compte...

– Sans doute... Mais ceux qui ont assassiné Humbert sont devenus aussi des meurtriers. Mon job est de les arrêter et c’est ce que je vais faire.

La sincérité du ton désarma Claire. Mayol n’avait pas flanché. Il s’était replié sur lui-même parce qu’il voulait faire le point. Rien d’autre. La seule qui gambergeait, c’était elle. Elle avait projeté en masse ses propres sentiments. La douleur d’avoir perdu Fabrice. Sa haine par rapport à

Foulon. Une loyauté viscérale envers la justice. Autant de pulsions contradictoires, potentialisées par sa dernière discussion avec Marc.

Elle fit machine arrière.

– Si vous le dites...

Il lui lança un regard plus intense, comme s'il avait compris ce qui s'était passé. Puis il s'adressa en anglais au chauffeur :

– Changement de plan. Conduisez-nous au commissariat central.

Pendant que la voiture faisait demi-tour, Claire demanda :

– Je peux savoir ce que vous avez décidé ?

Mayol exposa sa stratégie. Hors de question de se pointer naïvement à Bruxelles. Même si les faits étaient anciens, ils avaient sûrement dû marquer les consciences. Personne à la brigade des stades n'accepterait de balancer des collègues. Pire, en mettant les pieds dans le plat, les deux Français pouvaient déclencher des réactions imprévisibles.

Il fallait passer par la bande. La victime d'Humbert n'était pas du coin. Les flics qui l'avaient vengée non plus. Les chances de se faire repérer en enquêtant à Bruges semblaient par conséquent minimes. Concrètement, le commissaire espérait mettre la main sur les anciens copains du skin. Ils avaient été mouillés jusqu'au cou dans cette affaire et leur donneraient sûrement du grain à moudre. Pour les localiser au plus vite, la meilleure option était encore les flics locaux.

Un quart d'heure plus tard, ils retrouvaient le centre-ville. Planté à quelques encablures du palais de justice, le QG de la police était un bâtiment moderne, mélange de briques rouges et de poutrelles de fer. À l'intérieur, pas de surprise. Tous les commissariats se ressemblaient. Les murs flirtaient avec le jaune pisseux, des losanges gris carrelaient le sol, une lumière terne dégoulinait des néons.

On les fit patienter. Un capitaine allait les recevoir. Ils attendirent une demi-heure sur des chaises aux allures de prie-Dieu. La salle, pleine à craquer, présentait un échantillon déprimant de la misère humaine. Des plaignants s'excitaient au comptoir, visages cramoisis de colère. Des voyous menottés passaient devant eux tels des fantômes, encadrés par des policiers en civil aux airs de petites frappes. Un début de week-end ordinaire dans une ville touristique...

Enfin, quelqu'un pointa son nez. C'était un petit bonhomme replet, boudiné dans un costume à trois sous dont la seule fantaisie était une paire de bretelles rouge vif. Il affichait la soixantaine épicurienne, panse en avant et traits bouffis. En lui serrant la main, Claire nota deux ou trois taches douteuses sur sa chemise.

– De Groote. Je n'ai pas beaucoup de temps, lança-t-il en guise de bienvenue.

Son français était teinté d'un fort accent flamand. Il détachait les syllabes comme s'il avait peur de se tromper.

– Je sais ce que c'est, répondit Mayol. On fera court.

Le Belge les conduisit dans une pièce aveugle. Une table, trois chaises, le décor type d'une salle d'interrogatoire. Par précaution, le flic parisien raconta le même bobard, son enquête sur l'agression du Parc-des-Princes et la nécessité d'en savoir un peu plus à propos d'Éric Shloos. Mais cette fois, il dirigea les questions sur ses complices, ceux qui avaient dérouillé le physionomiste avant que leur chef ne l'achève.

De Groote demanda d'un ton neutre :

– Vous croyez qu'ils sont mouillés dans votre histoire ?

– Je n'exclus rien.

– Vous faites fausse route. L'affaire Stern a plus de quinze ans. Ils ont tous raccroché depuis longtemps.

– Parlez-moi quand même d'eux. On avisera après.

– Ces gamins, c'étaient des paumés. Famille de merde, milieu de merde, et aucune chance de s'en sortir. Ils venaient tous de Sint-Jozef, un quartier ouvrier situé au nord de Bruges. Vous savez, ici on n'a pas beaucoup de pauvres, mais on préfère les ignorer. Notre ville ne supporte pas la misère : c'est mauvais pour le tourisme.

Une rage ancienne, fossilisée, avait percé dans le ton. Claire comprit d'où venait le capitaine. Certainement pas des beaux quartiers. Il avait dû user ses fonds de culotte à l'école de la rue, sur les parvis d'une cité HLM.

– On les a connus jeunes, continuait De Groote. Trois têtes de pioche, qui foutaient le feu à des bagnoles et taguaient les cages d'escalier. Rien de bien méchant. Ça s'est corsé plus tard, quand ils ont rencontré Shloos. Lui, c'était un vrai tordu. Mauvais jusqu'à la moelle. Il les a entraînés dans les pires coups foireux. Je pense même qu'il leur a présenté les tondus.

– Quel réseau ? demanda Mayol.

– Blood and Honour. Une des premières fédérations skin, d'origine britannique. À l'époque, ils n'étaient pas plus d'une trentaine dans la région. Encadrés par des militaires. Ils se réunissaient dans un local sur les docks, un trou à rats qui puait la bière rance et le vomi.

» Ces tarés leur ont bourré le mou avec leur ramassis de conneries. La supériorité de la race aryenne, le *White Power*, les références au IIIe Reich... J'en passe et des meilleures. Là, ces petits cons ont vraiment commencé à poser des problèmes. Ils se sont rasé le crâne, se sont fait tatouer des symboles un peu partout et sont partis en croisade...

Le Belge marqua une pause. Puis il reprit :

– On en a vu de toutes les couleurs. Ratonnades, bastons avec d'autres groupes de skins, concerts de RAC avec autodafé à la clef... Ils faisaient aussi partie d'un des premiers clubs de supporters « engagés ». La *Hell's Army*, l'armée de l'enfer.

Claire comprit aussitôt. HA. Les initiales gravées sur le crâne d'Humbert. Celle d'une meute d'enragés, des hooligans prenant le football comme prétexte pour assouvir leur haine. Mayol avait vu juste.

– Ils foutaient le bordel pendant les matchs, expliqua De Groote. On les a interdits de stade, mais ça n'a rien changé. Au contraire ! Ils ont continué dans la rue en organisant des batailles rangées, des « *fights* » comme ils disent. Le plus souvent, ils se bastonnaient entre eux. Sauf s'ils tombaient sur un type trop bronzé. Là, c'était la cerise sur le gâteau. L'apothéose fut l'affaire Stern. Quand on a compris ce qui se passait, il était déjà trop tard.

Un silence ponctua son propos. Chargé de regrets. Le flic flamand semblait se reprocher la mort du physionomiste.

Mayol ne laissa pas refroidir.

– Shloos a pris dix-huit ans. Que sont devenus les autres pendant qu'il purgeait sa peine ?

De Groote demanda en retour, comme s'il avait lu dans les pensées du commissaire :

– Vous comptez vraiment les interroger ?

– Après ce que je viens d'entendre, difficile de faire l'impasse.

– Toutes ces histoires sont terminées. C'est du passé tout ça.

– Vous connaissez le dicton : « Skin un jour, skin toujours ». Shloos nous l'a démontré.

Le Flamand fronça les sourcils et parla d'une voix plus basse.

– Shloos était un psychopathe. Il avait choisi le mouvement skin parce qu'il habitait Bruges. Mais ne vous y trompez pas : les conneries idéologiques, il s'en tape complètement. Son seul point de repère, c'est la haine. S'il était né en Louisiane, il aurait mis la cagoule du Ku Klux Klan.

Claire approuva le raisonnement. Elle avait eu un aperçu des différents chemins empruntés par ce fou. Une question, pourtant, s'imposait.

– Comment est-il devenu comme ça ?

– D'après les psys, répondit De Groote, il n'y a pas d'explication rationnelle. Ni mauvais traitement dans l'enfance, ni psychose déclarée. Rien de ce qui noircit d'habitude les dossiers d'expertise.

– Quoi, alors ? insista la juge.

– Une fascination pour le Mal. Sans racines. Autonome.

Un silence s'abattit sur la pièce. Pendant quelques

secondes, les ténèbres semblaient prendre possession du monde.

– Vous n'avez pas terminé, reprit Mayol. Que sont devenus les autres ?

– Ils étaient différents. Des suiveurs, des pieds nickelés. Après l'affaire Stern, ils ont calmé le jeu. Boulot réglo, petite famille et juste une bière le samedi soir. On les a surveillés un moment, puis on a laissé tomber.

– Ils vivent toujours dans le coin ?

De Groote ricana.

– Vous avez de la suite dans les idées, vous...

– Toujours.

Soupir.

– Ces types ont dépassé la quarantaine. Ils ont soldé leurs comptes et mènent une vie pépère. Foutez-leur la paix.

– On ne me paye pas pour foutre la paix aux gens, rétorqua Mayol.

Le Belge lâcha d'un ton las :

– Après tout, c'est votre problème. Moi, j'ai jamais vu le boulot de cette façon.

Claire assistait à l'échange, se gardant bien d'intervenir. Sur ce terrain, elle n'avait pas sa place. Elle pressentait seulement que Mayol était en train d'emporter le morceau.

En effet, De Groote se résigna.

– Nos renseignements ne sont plus tout frais. Ils datent d'une bonne dizaine d'années, quand Shloos est sorti de taule. On voulait vérifier ce qu'il faisait, savoir s'il reprenait contact avec son ancienne bande.

– Et ?

– On a placé tout le monde sur écoutes. Shloos n'en a appelé qu'un seul. Celui dont il était le plus proche.

– Son nom ?

– Patrick Maertens. Dit « le Python ».

– Le Python ?

– À cause des anneaux. Sauf que là, c'étaient ses bras qui vous faisaient craquer les côtes.

Claire imagina une sombre brute, enserrant ses victimes comme des proies avant de les étouffer entre ses muscles.

– Vous l'avez interrogé ? continuait Mayol.

– Naturellement.

– Que voulait Shloos ?

– Savoir ce que devenaient les autres, prendre des nouvelles du club... Ce genre de trucs.

– Rien de plus ?

– Qu'est-ce que vous espériez ?

– Il n'est pas venu lui demander un coup de main ? Les potes, c'est fait pour ça.

– Je vous ai dit qu'ils avaient tous raccroché. Ils se sont vus deux ou trois fois, puis Maertens a demandé à Shloos de lui lâcher la grappe.

Claire était à deux doigts d'intervenir. Elle sentait la situation déraper et redoutait que Mayol perde son avantage. Mais le commissaire en resta là. Il prit un air décontracté et demanda en guise de conclusion :

– Vous avez conservé une adresse ?

– Il y en a une dans son dossier. Vu l'ancienneté, je ne vous garantis pas le résultat.

– Donnez, on se débrouillera...

68

Lissewege.

Une commune échouée au nord de Bruges, improbable croisement entre la cité-dortoir et le village historique. Pavillons modestes avec toits en tuiles rouges, église gothique monumentale, perdue au milieu de nulle part. Il ne s'agissait pas d'une de ces zones de non-droit où la police est interdite de séjour. Plutôt d'une voie de garage, dont la couleur muraille évoquait un enterrement de première classe.

En roulant vers ce mouroir, Mayol avait fait partager ses convictions à Claire. Après neuf ans de prison, Shloos avait sollicité son plus fidèle lieutenant. Dès sa libération, et juste avant de quitter le territoire belge. Il devait déjà se savoir menacé et cherchait de l'aide. Probablement sans succès, puisqu'il était quand même parti en Chine. Mais il avait parlé à Maertens, lui avait raconté son histoire. Forcément. La version du Python sur des retrouvailles entre skins ne pouvait pas tenir la route. Tout simplement parce qu'elle ne collait pas avec ce qui arrivait à Shloos.

La maisonnette se trouvait au milieu d'une rue terne. Une clôture métallique la protégeait de l'extérieur, hérissée de pointes effilés comme des rasoirs. Mayol vérifia le nom sur la sonnette. Le type n'avait pas déménagé, il fallait espérer qu'il soit là.

Il pressa le bouton. Aussitôt des aboiements enragés déchirèrent le silence. En les entendant, Claire ne put s'empêcher de tressaillir. Les chiens l'avaient toujours impressionnée. Une crainte irrationnelle, paralysante, dont elle n'était jamais parvenue à se défaire. Elle crispa les mâchoires, s'obligeant à conserver son calme.

Très vite, ils entendirent une porte grincer. Des pas crissèrent sur du gravier. Une voix d'homme beugla quelque chose et le chien se mit à japper.

Le portail s'ouvrit sur une face démolie. Nez écrasé, arcades bombées, des bosses vallonnaient le front. Les cheveux étaient coupés en brosse, ce qui aurait dû conférer un air martial. Mais l'expression était tout autre. Elle dérivait entre aigreur et résignation, une sorte de mélancolie profonde soignée à grands coups de Kronenbourg.

– *Voor wat is'it*[1] *?*

– Monsieur Maertens ? demanda Mayol.

– Ja.

– Vous parlez français ?

– Un peu...

– Je suis de la police. Madame est juge d'instruction. Nous venons de Paris et souhaiterions vous poser quelques questions.

Aussitôt, l'homme devint méfiant.

– Sur quoi ?

– Éric Shloos.

Le visage fracassé se congestionna.

– Qui donner mon adresse ?

– Le commissaire De Groote. Nous sortons de son bureau.

Un temps. Les yeux de l'ancien skin sautaient de Mayol à Claire. Son cerveau ramolli cherchait sans doute une explication. Ou un moyen de botter en touche.

– J'ai pas revu depuis longtemps.

1. « C'est pour quoi ? »

– Nous sommes au courant. On peut entrer cinq minutes ?

Maertens hésita. Puis il se décida à entrebâiller le portail. De taille moyenne, il conservait les restes d'un physique de sportif. Épaules carrées, torse puissant, bras de bûcheron. Une couche de graisse couvrait maintenant ses muscles, donnant l'impression qu'on l'avait enveloppé de gélatine. Sans ajouter un mot, il tourna les talons et repartit vers la maison.

Les deux Français lui emboîtèrent le pas. Ils traversèrent un jardinet entretenu, dont l'ordonnancement méticuleux révélait une présence féminine. À droite de l'allée, des fleurs plantées en rang d'oignons formaient un parterre étriqué. Des jouets d'enfant traînaient sur une pelouse trop verte, à côté d'une piscine en plastique et d'un barbecue. Au fond, attaché court par une chaîne métallique, un pitbull albinos les fixait avec intensité...

Sur leur passage, le chien se mit à grogner. Puis, sentant la peur, il aboya de plus belle. Claire essaya de ne pas y faire attention. Mais son esprit s'était focalisé sur le monstre, sa gueule aplatie, ses babines retroussées...

Dix mètres à peine, qui lui en parurent cent. Enfin, ils grimpèrent cinq ou six marches donnant accès à un perron. Maertens poussa la porte et cria quelque chose, en flamand. Une femme apparut, la quarantaine résignée, le teint pâle. Elle tenait dans les bras un gamin maigrichon, aussi anémié qu'elle. Après une ébauche de sourire, elle s'éclipsa dans ce qui devait être une cuisine.

Maertens les précéda dans le salon. Toujours le même décor propret, respirant le confort bon marché. Il s'affala dans un canapé avachi, décapsula une bière et coupa le poste de télé. En observant le tableau, la juge se demanda ce qu'était devenue l'ancienne terreur des stades. Il n'en restait qu'une ombre, abrutie par « La Roue de la Fortune » et les crédits à la consommation.

Mayol et Claire restèrent debout. Le commissaire embraya sans attendre.

– Je vais aller droit au but. Quand Shloos est sorti de prison, en 1998, il vous a contacté. Que voulait-il ?

Maertens avala une lampée de bière et haussa les épaules.

– Rien. Parler bon vieux temps.

– C'est tout ?

– Ja.

– Pourquoi n'a-t-il appelé que vous ?

– Sais pas.

– Il n'avait pas d'autres amis ?

La trogne se renfrogna.

– Je pas ami de Shloos. Je travailler. Marié, femme, enfant. Réglo.

Mayol croisa les bras, sans quitter le Python des yeux. Il lança d'une voix calme :

– Shloos est mort. Il a été assassiné à Paris la semaine dernière. C'est pour ça qu'on est là...

La brute tressaillit. Une onde à peine visible dans la bouillie de ses traits.

– Rien à foutre.

Le commissaire changea de ton :

– Et si je te dis que ce sont des flics qui l'ont buté, tu n'en as toujours rien à foutre ?

Maertens prit un air ahuri.

– Police ?

– Ne me dis pas que ça t'étonne. Shloos avait massacré un policier. Tu es au courant puisque tu y étais.

– Je pas tuer. Procès. Jugement. Fini.

Mayol passa derrière le hooligan et posa ses deux mains sur ses épaules.

– Non, mon pote. Ils ont réussi à coincer Shloos. Tout recommence. Et tu as intérêt à coopérer si tu veux garder ta petite vie.

Maertens se dégagea d'un mouvement brusque.

– Tu touches pas moi.

– Sinon ?

Le commissaire le contourna à nouveau, sans le lâcher des yeux.

– J'ai un mandat dans la poche. Parle. Ou je passe un coup de fil et on t'embarque dans la seconde.

La figure de la brute était déformée par la haine. Il soutenait le regard du flic, prêt à lui sauter à la gorge.

– Allons, susurra Mayol. Pense à ta femme, à ton gosse. Tu ne voudrais pas qu'ils assistent à ça, non ?

– *Klootzak*[1]...

– T'as sûrement raison. En attendant, dis-nous ce que tu sais et on te laisse tranquille.

Le Python était coincé. Il prit sa bière et la but d'un trait, comme s'il voulait éteindre un feu qui le consumait de l'intérieur. Puis il marmonna, tête baissée.

– Shloos venir me voir. Peur, beaucoup. Dire qu'on a essayé de tuer lui.

– Ben tu vois que tu en sais, des choses ! Allez vas-y, raconte-moi tout.

– Demande aide fraternité skin. Mais pas possible. Tout ça terminé. Trop tard. Trop vieux.

– Il t'a dit que c'étaient des flics qui lui collaient au train ?

– Ja. Voulait qu'on les chope.

– Il connaissait leurs noms ?

– Un nom, oui. Luxen. J'ai reconnu lui sur la photo.

– Une photo ?

– Journal. Enterrement. Pas très nette.

– Enterrement de qui ?

– Policier, Stern.

– Tu l'as toujours ?

– Ja.

Le commissaire ordonna :

– Va me la chercher.

Maertens quitta le canapé et se dirigea d'un pas lourd vers le poste de télé. Entassée sous le plateau, une pile de

1. « Enc... »

magazines défraîchis où s'exposaient des pseudo-stars. Pendant qu'il farfouillait, des bruits de vaisselle montèrent de la cuisine, puis des piaillements d'enfant. Claire sentit une profonde déprime la gagner...

Enfin le Python revint avec une chemise en carton, fermée par un élastique. Il étala le contenu sur la table et entreprit d'en faire le tri. Il y avait des photos jaunies, présentant des groupes de skins, des tracts frappés d'une croix gammée, des tickets de matchs... Les souvenirs d'une époque révolue, conservés comme des reliques dans une gangue de poussière.

Maertens exhuma une coupure de journal. Il l'observa un instant puis la tendit au commissaire.

– Là. À droite cercueil.

Mayol prit le document. Claire s'approcha. La photo avait été prise à la sortie d'une église. Quatre types portaient une bière et descendaient les marches, brassard noir au bras. Devant, en habit de deuil, une femme et un adolescent. Autour, une foule très dense. Le cliché n'était pas d'une qualité irréprochable, mais on distinguait bien les visages. Entourant l'un d'entre d'eux, un cercle tracé au feutre rouge désignait leur suspect. Un grand chauve, la quarantaine, dont le regard était masqué par une paire de Ray-Ban.

Le commissaire se fit confirmer :

– C'est lui ?

– Ya. Luxen.

– Comment Shloos l'a-t-il identifié ?

– Tout le monde connaît Luxen. Big boss brigade des stades.

Claire écoutait. Son cerveau de magistrat reconstituait dans le même temps la chaîne des événements. Humbert avait été attaqué. Il s'en était sorti, mais avait vu ses agresseurs. L'un d'eux était un flic connu par tous les hooligans. Une sorte de père Fouettard qui devait leur mener la vie dure. Humbert avait fait le lien. Puis il était venu frapper chez Maertens.

Elle prit la parole.

– Pourquoi n'avez-vous rien dit à De Groote quand il vous a interrogé ? Il n'a pas l'air de vous être hostile.

L'homme lui lança un regard mauvais.

– Shloos voulait pas. Confiance en personne. Surtout pas police. M'a fait jurer fermer ma gueule.

La juge n'en crut pas un mot. Après un drame pareil et tant d'efforts pour se reconstruire une vie, la fidélité au passé semblait hors de propos.

Elle essaya :

– Vous n'aviez pas plutôt peur que Luxen s'en prenne aussi à vous ?

Une courte hésitation. Puis le Python avoua avec un air de chien battu :

– Luxen venir. Demander où être Shloos. Mais je pas savoir.

– Shloos ne vous avait pas dit qu'il comptait partir en Chine ?

Le hooligan ouvrit des yeux ronds.

– Chine ?

Claire n'était qu'à moitié étonnée. Se sentant traqué, par des flics de surcroît, Humbert avait compris que sa bande serait passée au gril. Il avait préféré garder le silence sur ses projets et s'éclipser en douce.

Elle affirma, pour conclure :

– Et bien sûr, Luxen vous a conseillé de ne rien dire sur sa visite ?

– Ja. Je pas vouloir problèmes. Histoire terminée. Shloos rien à foutre.

Joignant le geste à la parole, Maertens commença à ranger ses souvenirs. Au moment où il glissait l'article dans la chemise, Mayol lui saisit le bras.

– Ça, on garde.

Le skin haussa les épaules, puis se tourna vers le commissaire en demandant d'une voix inquiète :

– Vous arrêter Luxen ?

– On va essayer.

– Je rien dire à vous.

Mayol plia la photo et la fourra dans sa poche. Puis il sourit.

– On fera au mieux.

69

Ils attrapèrent le 20 h 02, un Corail poussiéreux qui les conduisit à Bruxelles en moins d'une heure. Claire avait proposé de rentrer à Paris pour régulariser la procédure en délivrant une commission rogatoire européenne, et de laisser la police belge nettoyer elle-même devant sa porte.

Mais Mayol voulait conduire cette enquête jusqu'au bout. De plus, il pensait que le contexte incitait à la prudence. Lorsqu'un flic était mouillé, surtout un chef de service, les règles du jeu devenaient plus floues. Il pouvait bénéficier de protections, d'appuis, autant d'obstacles risquant de se dresser sur leur route.

Enfin, et l'argument était de taille, ils n'avaient pour l'instant aucune preuve matérielle permettant de coincer Luxen. Seulement le témoignage d'un ancien hooligan, condamné pour violences aggravées sur la personne d'un policier. Que vaudrait sa parole face à celle d'un flic aussi puissant ? Si tant est que le Python accepte de témoigner...

Les Français devaient renforcer leur stratégie. Piéger Luxen pour qu'il avoue. C'était leur seule chance de le faire tomber.

Avant tout, trouver un point de chute et réfléchir. Ils prirent deux chambres au Méridien du carrefour de l'Europe, en plein cœur de la ville. Puis, après un repas rapide au restaurant de l'hôtel, ils rejoignirent le centre d'affaires situé au sous-sol.

La salle, high-tech mais minuscule, contenait à peine trois postes de travail. Elle avait néanmoins l'avantage d'être déserte. À 22 h 30, les clients étaient sous leurs draps.

La magistrate et le policier commencèrent par une recherche Internet, via Google, pour mieux cerner le personnage. En recoupant plusieurs informations, ils déduisirent qu'Henri Luxen avait aujourd'hui dans les soixante-deux ans. Les dernières pages le concernant dataient en effet de plusieurs années, quand il exerçait encore des responsabilités majeures au sein du SNP, un syndicat de police musclé, étiqueté conservateur.

À cette époque, il s'était longuement exprimé sur l'affaire Stern. Il avait commenté la décision des jurés, regrettant qu'elle ait été trop clémente. Il était monté au créneau à nouveau, en 1996, à l'occasion du vote de la loi abolissant la peine de mort. Il n'avait pas hésité à sous-entendre qu'il faudrait envisager un aménagement du texte pour certaines infractions. En tête de liste, il plaçait bien évidemment l'assassinat d'un policier dans l'exercice de ses fonctions.

Mais depuis ces déclarations, plus rien. Du moins sur le plan syndical. Luxen semblait avoir été mis sur la touche. Ses prises de position, trop radicales, avaient sans doute effrayé ses camarades.

Claire continua à fouiller. Mayol se tenait derrière elle et lisait par-dessus son épaule. Au détour d'un article, ils découvrirent que le policier avait pris une retraite anticipée, huit ans plus tôt. Motif : convenances personnelles. Il s'était reconverti dans la sécurité et dirigeait une petite PME dans la banlieue de Bruxelles.

La magistrate se redressa.

– On l'a fait taire.

– Trop bruyant, approuva le commissaire. Et vu le personnage, je l'imagine mal jeter sa plaque aux orties avant la date limite.

– En tout cas, le parcours correspond. Il a critiqué publiquement la décision de la cour d'assises et s'est opposé à l'abolition de la peine de mort.

Mayol fit une moue.

– Oui... Et c'est bien ce qui me dérange.

– Comment ça ?

– Trop évident. J'ai du mal à imaginer qu'un type aussi exposé ait pris le risque de s'attaquer directement à Shloos. Tout l'aurait désigné comme coupable.

Claire rétorqua :

– Shloos l'a reconnu. Que vous faut-il de plus ?

– Je trouve seulement étrange qu'un flic dans sa position ait pris des risques pareils.

Claire relâcha ses épaules. La fatigue l'ankylosait, elle rêvait d'un lit bien douillet.

– Bon... Qu'est-ce qu'on décide ?

Le commissaire fit quelques pas, comme s'il cherchait à s'isoler. Puis il laissa tomber :

– Je vais l'interroger.

– Sans savoir où on va ?

– Oui.

– Vous allez tout faire foirer.

– Non. Je n'évoquerai pas nos soupçons et encore moins ce qu'on a appris à Bruges.

– Quel intérêt, alors ?

– Je veux voir ce qu'il a dans le ventre. S'il est vraiment mêlé à cette affaire, je le sentirai.

Claire leva les yeux au ciel.

– On repart dans la divination.

– Plutôt dans l'intuition, corrigea Mayol. Luxen a été policier. Je connais sa façon de penser. Je sais comment il réagit.

– Vous oubliez que ce type a aussi été syndicaliste. Il a l'habitude de la langue de bois, il vous baladera.

Cette fois, Mayol laissa échapper une pointe d'agacement.

– Vous avez une meilleure idée ?

– On rentre à Paris. On opère dans les formes. Mandat

d'arrêt européen, transfert à mon cabinet et interrogatoire consigné par mon greffier.

– Je croyais qu'on avait déjà renoncé à cette méthode.

– Rien n'empêche d'y revenir.

Le commissaire se remit à marcher. Dans cet espace clos, il semblait chercher ses marques.

– Et si ce n'était pas Luxen ? finit-il par avancer.

– C'est lui.

– Prenez quand même la peine d'envisager cette hypothèse.

– Très bien. On passera la procédure dans la colonne « pertes et profits ». Après tout, ce ne sera pas la première fois qu'on interroge un innocent.

Mayol ne se laissa pas démonter.

– Je vais vous dire ce qui se passera si par malheur on se trompe. La nouvelle de son arrestation se répandra comme une traînée de poudre. Ses clients vont s'inquiéter, il perdra des contrats et finira par déposer son bilan. On va ruiner cet homme : vous voulez prendre le risque ?

Claire se figea :

– Je...

– Alors, laissez-moi faire. Si vous avez raison, on reviendra en force.

La magistrate acquiesça. La fatigue aidant, elle se sentait soudain déboussolée, comme à la traîne d'elle-même.

Le commissaire bâilla en regardant sa montre.

– 3 heures. C'est peut-être le moment d'aller dormir un peu, non ?

70

Les vieux immeubles se dissolvaient sous un crachin de fer. Gris sur gris. Gangue de tristesse enveloppant de longues avenues désertes. Enclavée derrière la gare de Bruxelles-Midi, la commune de Saint-Gilles semblait oubliée du monde.

Assise à l'arrière du taxi, Claire regardait défiler ce décor dans un état second. Petite nuit, réveil nauséeux et temps de chien. Avec, pour couronner le tout, la sensation de plus en plus dérangeante d'avoir franchi la ligne jaune.

Elle commençait à regretter d'avoir dit oui. Elle aurait dû faire preuve d'un minimum d'autorité, exiger qu'ils retournent à Paris et se conforment au code de procédure. Au lieu de ça, elle s'enfonçait dans une banlieue déprimante, sans accréditation, et en jouant les potiches. Mayol ne souhaitait pas l'avoir dans les jambes, il avait décidé d'interroger Luxen tout seul.

Mais là n'était pas le pire. Avant de s'endormir, elle avait entrepris de recharger son portable, à plat depuis la veille. Aussitôt, l'appareil avait signalé un message en attente. Marc Rivière. Elle devait le rappeler sans délai, à propos de Foulon. Il y avait du nouveau.

Claire avait téléphoné au saut du lit. Le procureur avait fermé sa ligne. Elle s'était contentée de laisser un message bref, indiquant qu'elle réessaierait plus tard.

Depuis, les questions l'assaillaient. Que se passait-il ? Une avancée au niveau de l'expertise ? Marc avait-il réussi à imposer le psy de son choix ? Ou allait-il au contraire lui annoncer que le non-lieu devenait inévitable ?

Elle laissa son regard errer sur le paysage. La banlieue de Bruxelles ressemblait à celle de Paris, à toutes les autres... Une zone d'oubli et de délabrement, peuplée de laissés-pour-compte.

Enfin, la voiture s'arrêta devant un café, au coin de la rue Joseph-Claes. Les bureaux de Luxen étaient au n° 112, à une centaine de mètres en contrebas.

Claire sortit la première. À ce moment précis, l'averse redoubla. Un orage colérique, dont les projectiles explosaient sur le bitume en produisant un bruit de mitraille. Elle remonta le col de sa veste et courut se réfugier à l'intérieur du bar. Mayol la rejoignit peu après, cheveux luisant de pluie.

– Bon... Je vais y aller. Je ne pense pas en avoir pour plus d'une demi-heure.

– Prenez votre temps. J'ai des coups de fil à passer.

Le ton de la magistrate était glacial. Le commissaire essaya d'arrondir les angles.

– Ne faites pas cette tête. C'est mieux comme ça.

– De toute façon, je n'ai pas le choix.

– Si les choses s'enveniment, vous me remercierez.

– Souhaitons que ce ne soit pas le cas.

Mayol lui adressa un sourire de connivence. Puis il tourna les talons et quitta le café.

Claire alla s'asseoir au fond de la salle. Des tables en Formica sur lesquelles traînaient des cendriers Ricard et un poste de télé passant en boucle des clips de rap. S'invitant au concert, la pluie battait les vitres au rythme des rafales de vent.

Elle commanda un expresso et sortit son mobile. 9 h 30. Marc avait certainement rebranché sa ligne. Une pression sur le répertoire, elle envoya l'appel.

Rivière décrocha aussitôt.

– Claire ?
– C'est moi, oui.
– Où es-tu passée ? Je te cherche depuis hier.
– Je suis à Bruxelles.
– Mais qu'est-ce que tu fais là-bas ?
– J'enquête sur le terrain.
Un court silence. Puis le procureur demanda :
– Toujours ton histoire de défenestration ?
– Toujours.
– Tu en as parlé à Lunel ?

– Non. Les choses se sont un peu accélérées ces dernières vingt-quatre heures. Je suis avec le commissaire Mayol.

Nouveau temps mort. Claire savait que Marc ne cautionnerait pas son attitude. Elle devança les remontrances.

– Ne t'inquiète pas. Je régulariserai plus tard. Pour l'instant, on progresse, c'est tout ce qui compte.

Un soupir, à l'autre extrémité de la ligne.

– Raconte.

– J'ai découvert que la victime était un ancien skin, tendance néonazie. Également membre de la *Hell's Army*, un club de hooligans supporter du FC Bruges. Il a assassiné un policier en 1987, un fonctionnaire de la brigade des stades. Tout laisse à penser que ses collègues l'ont vengé.

– Vingt ans plus tard ?

– Il est resté incarcéré neuf ans. Puis il a pris la fuite en Chine. Il est rentré l'année dernière, sous une fausse identité, et s'est planqué à Paris. C'est là qu'ils l'ont retrouvé.

La voix de Rivière se fit plus inquiète.

– Attends... Tu comptes interroger des flics ?

– *Un* flic. À la retraite depuis pas mal de temps. Et c'est Mayol qui s'en charge. Je l'attends dans un café.

– Tu es folle. Si ça dérape, c'est toi qui seras en première ligne.

Inutile de le lui rappeler. Elle essaya d'esquiver :

– Tu voulais me donner une info sur Foulon ?

Le procureur ne parut pas entendre.

– Comment s'appelle ce policier ? Je vais prévenir le parquet de Bruxelles et essayer de limiter la casse.

– Luxen. Henri Luxen. C'est l'ancien président du SNP, un syndicat de police...

– Je connais. Bon, maintenant, écoute-moi bien. Tu n'attends même pas que ton commissaire ait terminé. Tu sautes dans le premier TGV et tu reviens à Paris.

Claire n'essaya pas de se battre. Marc avait raison, elle n'aurait jamais dû aller si loin. Et puis une autre question l'obnubilait.

– Je t'obéis. Promis. Mais dis-moi ce qui s'est passé avec Foulon.

Rivière marqua un temps d'arrêt. Il se racla la gorge et annonça :

– Il s'est évadé de Fresnes. Hier matin.

71

L'entreprise de Luxen semblait modeste.

Une pièce étroite s'ouvrait sur la rue, meublée par deux bureaux de bois noir et une rangée de coffres-forts. Des dossiers s'entassaient sur le sol, à côté de matériels de vidéosurveillance encore sous emballage. Caméras en forme de mini-dômes, capteurs, enregistreurs réseau... Les gadgets indispensables pour espionner son prochain en toute tranquillité.

Un type bricolait une VHF. Coupe Légion, visage fermé, la quarantaine. Il jaugea Mayol et demanda :

– C'est pour quoi ?

Le commissaire répondit :

– J'ai appelé tout à l'heure. Je viens voir Henri Luxen.

– Au fond.

Le policier hocha la tête. Avant de se déplacer, il avait pris la peine de s'assurer que l'homme était bien là, sans mentionner le motif de sa visite. Les collaborateurs de l'ex-flic devaient avoir l'habitude. On ne lui avait pas demandé de précisions.

Il traversa le local d'un pas tranquille. L'eau dégoulinait dans son cou, le blouson de toile qu'il portait depuis la veille était trempé jusqu'à la corde. Il avisa une porte, entrebâillée. Après avoir frappé deux coups polis, il s'avança.

L'ancien syndicaliste était penché sur des papiers. Il

offrait la vision d'un crâne chauve, symétrique, aussi luisant qu'un parquet de bois ciré. Dans son dos, on devinait un petit jardin qui s'ordonnait derrière une baie vitrée.

Quand Luxen leva le menton, Mayol reconnut l'homme dont la presse avait publié le portrait, dix ans plus tôt. Un visage effilé, fait d'angles nets, sur lequel l'âge n'avait pas eu de prise. Il portait une veste en cuir noir qui affinait encore l'ensemble, donnant la sensation d'une lance d'ivoire gainée dans un fourreau de charbon.

– Oui ?

– Commissaire Christian Mayol. PJ du treizième, à Paris.

Pas de réaction. Absence totale d'émotion. Luxen se contenta de désigner un siège.

– En quoi puis-je vous aider ?

Le Parisien prit place en face de lui. Un bureau en métal plein les séparait, fermé sur le devant comme une caisse maritime. Impossible de voir si Luxen y dissimulait une arme. Sur le plateau, des tonnes de paperasses. Aucun ordinateur.

– Je crois qu'on a fait partie de la même maison, entama Mayol sur un ton détaché.

Sourire froid.

– C'est de l'histoire ancienne.

– Tu permets quand même que je te tutoie ?

– Abrège. Qu'est-ce que tu veux ?

Le commissaire encaissa l'accélération. Il resta neutre et lança les hostilités.

– 1987. L'assassinat de Stern. Tu t'en souviens, j'imagine ?

– Comme si c'était hier.

– Le hooligan qui l'a tué, tu t'en souviens aussi ?

– Où tu veux en venir ?

– On a trouvé Shloos en bas de son immeuble la semaine dernière. Une chute de plus de trente mètres. Et apparemment, il n'a pas sauté de son plein gré.

Le regard du chauve s'aiguisa.

– Il était à Paris ?

– Depuis un an.

– Je l'ai cherché un bon moment, ce salopard. Pas moyen de le loger.

– Qu'est-ce que tu lui voulais ?

Luxen fixa Mayol. Puis il se mit à ricaner.

– Ne me dis pas que tu me soupçonnes ?

– J'aurais des raisons ?

– Toutes les raisons du monde. Et à mon avis, tu les connais déjà. Sinon tu perdrais pas ton temps ici.

Le policier français se sentit transparent et décida d'abattre ses cartes.

– D'après ce qu'on m'a dit, tu avais essayé de coincer Shloos à sa sortie de taule.

– Qui t'a raconté ces conneries ?

– Sans importance. Shloos t'avait identifié. Un grand chauve, ça ne s'oublie pas.

– Tu ne vas pas aller bien loin avec ça. Des types qui se rasent le crâne, il y en a plein les commissariats.

– Peut-être... Mais tu l'as dit toi-même, tu avais aussi un bon mobile.

Un sourire erra sur les lèvres de Luxen. Il prit un trombone qui traînait devant lui et se mit à jouer avec.

– T'es en train de te planter. Mais tu n'y es pour rien...

Mayol était sur ses gardes. Il pressentait une révélation de taille, mais s'attendait à ce que l'autre le mène en bateau. Il encouragea néanmoins la confession :

– Explique.

– Stern était un ami. On avait fait pas mal de route ensemble. J'imagine que tu peux comprendre ça.

Le Français cligna les paupières, sans l'interrompre. Luxen poursuivit :

– Quand Shloos a été condamné, j'ai vraiment eu les boules. Même pas vingt ans, tu te rends compte ? On aurait dû couper ce dégénéré en deux. Tirer un trait. Alors je l'ai dit. Pareil quand ils ont aboli la peine de mort. Du grand n'importe quoi. Certains crimes méritent plus que la taule. T'es pas d'accord ?

– Je n'ai pas d'avis là-dessus.

Le Belge ricana.

– T'as raison. Ça sert à rien de crier contre le vent. La merde te revient toujours dans la gueule.

– Tu t'égares, Luxen. C'est Shloos qui m'intéresse.

– J'y viens... Au début, j'ai vraiment eu envie de me le faire. Normal, j'étais sous le coup. Puis le temps a passé. Je me suis calmé. Enfin... Disons que j'ai réfléchi. Tuer cette merde n'aurait pas fait avancer les choses. Ce que je désirais, c'était qu'il puisse reprendre sa vie. J'étais certain que la prison ne le changerait pas. Au contraire, elle potentialiserait sa haine. Le rendrait plus mauvais.

Mayol commençait à saisir. Il compléta :

– Tu voulais qu'il récidive.

– Exact. C'était la meilleure façon d'apporter de l'eau à mon moulin. De démontrer que certains criminels sont irrécupérables. Que la seule solution est de les éliminer. Une fois pour toutes.

En dépit de ses excès, la thèse se tenait. Luxen avait choisi de dépasser sa colère, d'utiliser la situation pour un dessein plus vaste. En flic intelligent, rompu aux jeux de pouvoir, il avait mené sa barque avec trois coups d'avance.

Il continuait, tripotant son trombone :

– J'ai commencé la surveillance tout de suite, quand il est arrivé à la centrale. Je voulais prendre de l'avance, voir avec qui il allait se brancher. Et là, j'ai pas été déçu.

– C'est-à-dire ?

– Il s'était acoquiné avec des Chinois. Un, notamment. J'ai oublié son nom mais pas son pedigree. D'après le gardien qui opérait pour moi, il s'agissait d'une sorte de chef de gang. Un tatoué, inconnu de nos services, qui s'était fait serrer à la limite des eaux territoriales sur un cargo rempli d'armes de guerre. L'arsenal provenait des Balkans et devait être livré à Macao. Du lourd. Et le type avait l'air d'avoir le bras long. Les autorités chinoises mettaient une pression d'enfer pour le récupérer.

Un triadiste. Un trafic d'armes. La main protectrice de Pékin. Mayol prit la balle au bond.

– Ce Chinois, il n'était pas du genre mystique ?

Regard étonné de Luxen.

– Comment tu sais ça ?

– Je suis sur le coup depuis une semaine.

– Chapeau... Le type était complètement déjanté. Un genre de bonze qui passait son temps à méditer et à faire des exercices de kung-fu. Mais une authentique vermine. Dans la tôle, personne n'osait l'approcher. À part Shloos, bien sûr...

Pas besoin de chercher plus loin. Un moine de la triade des Serpents Volants s'était fait prendre dans les filets de la police belge. Un accident qui l'avait placé sur le chemin d'Humbert. Les tigres s'étaient reconnus. La captivité avait soudé leurs liens. Le skin s'était laissé convaincre par la philosophie cruelle des descendants de Kubilay Khan, la plus noire qu'il ait jamais approchée. Quand il avait dû fuir, il s'était tourné vers eux.

Luxen poursuivit :

– Le Chinois a fini par rentrer au pays. Shloos s'est retrouvé seul, mais il n'a pas cherché à intégrer un autre clan. Il était devenu mystique lui aussi. Le détenu modèle. Parfait pour la réinsertion. Enfin, soi-disant...

– Pourquoi ? Que s'est-il passé ?

– En sortant de la centrale, il est d'abord rentré à Bruges. Pendant un mois, rien. Sa sœur l'hébergeait dans un deux-pièces du centre-ville. Il avait l'air de se tenir peinard. Puis, comme prévu, il a fini par renouer avec le milieu néonazi. Et là, les choses ont dérapé. Mais pas dans le sens que j'attendais.

– Précise.

– Cinq types lui sont tombés dessus dans une ruelle. Shloos sortait du café Kastelein, un nid de tondus qu'on surveillait de près. Ce soir-là, j'étais aux premières loges. Je planquais avec un de mes gars dans une voiture banalisée. Ça m'a pas fait plaisir, tu peux me croire, mais il a bien fallu que j'intervienne.

Le Français eut un sourire ironique.

– Tu l'as aidé ?

– Pas tout de suite. Il faisait sombre, les agresseurs avaient un look de skins. J'ai d'abord pensé à une bagarre entre tarés, j'avais aucune raison de m'en mêler. Et puis Shloos s'en sortait pas mal. Il avait l'air de maîtriser les arts martiaux. Sans doute un truc appris avec son pote bridé. Il en a foutu trois au tapis avant de se faire assommer.

» Quand les deux qui restaient l'ont transporté jusqu'à une fourgonnette, j'ai compris qu'il y avait un problème. Tout s'est passé très vite. On a sorti les flingues et on s'est jetés. On a gueulé “POLICE !”. Ça a commencé à canarder dans tous les sens. Shloos a repris conscience pendant qu'on s'allumait. Il a pas cherché à comprendre. Il s'est barré vite fait. Les autres n'ont pas attendu non plus. Ils ont ramassé ceux qui traînaient, sont remontés dans leur camion et ont mis les voiles.

Mayol écoutait cette version. Elle redistribuait les cartes. Non seulement Luxen n'avait jamais tenté de tuer le hooligan, mais il s'était comporté à la façon d'un ange gardien. En se réveillant, Shloos l'avait reconnu. Dans le feu de l'action, il avait pu penser que le patron de la brigade des stades dirigeait le commando. Quoi de plus logique ? Qui aurait eu de meilleures raisons de lui faire payer la note ?

Un point, pourtant, restait à éclaircir.

– Maertens m'a raconté que tu cherchais Shloos partout. Pourquoi ?

Le Belge se cala dans son fauteuil et lança d'une voix amusée :

– T'as retrouvé le Python ?

– Ce qu'il en reste...

L'ex-flic reprit un trombone puis commença à se curer les ongles.

– Je voulais le mettre en garde.

– Contre quoi ?

– Après l'histoire du Kastelein, j'ai mené ma petite enquête. J'avais envie de savoir qui avait essayé de dégommer Shloos. J'ai fait analyser les douilles que j'avais ramassées sur place. Il m'a pas fallu longtemps pour comprendre qu'elles provenaient d'armes de service. Des Browning FN-GP, chambrés en 9 mm Parabellum, celles qu'utilisent nos forces de police.

Il laissa s'installer un silence, le temps pour Mayol de remettre les dominos en ligne. Shloos croyait que Luxen voulait sa peau. Un flic déterminé, motivé par la vengeance, auquel il pensait n'avoir aucune chance d'échapper.

D'où son exil en Chine.

La réalité n'était pas très différente. Des flics encore, probablement un mobile similaire et une puissance de feu conséquente. Seulement il s'agissait d'une autre équipe. C'est pour le prévenir que Luxen l'avait traqué. Il s'était bien gardé d'expliquer quoi que ce soit au Python, craignant d'être démasqué si l'on venait aussi l'interroger. Le malentendu s'était épaissi, renforçant un peu plus l'idée que Luxen était le chasseur.

Le commissaire s'engouffra dans cette nouvelle brèche :

– Tu n'as pas dû en rester là. Qui étaient ces flics ?

– Ça, je l'ai jamais su.

– Vos armes ne sont pas répertoriées ?

– Impossible de mettre la main dessus. Les signatures balistiques ne correspondaient à rien. Je pense qu'on avait fait le ménage après la fusillade.

Mayol eut un doute. Plus de preuves. Pas de suspects. Comme par hasard. L'histoire de Luxen se perdait dans une impasse où sa parole était la seule lumière...

Le Belge sentit le flottement.

– Tu crois que je te balade ?

– Qu'est-ce qui t'en empêcherait ?

– Rien. Mais tu oublies un détail.

– Lequel ?

– On m'a viré de la police. Ces salopards m'ont dit qu'ils pouvaient pas me garder. Pas après ce que j'avais raconté dans les médias. Version officielle : une retraite anticipée. À condition que je ne fasse pas de vagues.

Mayol avait déjà imaginé cette explication. Il brûlait de découvrir le dessous des cartes.

– Et la réalité ?

– La réalité, c'est que j'ai été lourdé trois mois après avoir sauvé la mise à Shloos. Tu trouves pas ça bizarre, toi ?

– Qu'est-ce que tu racontes ? Que les deux sont liés ?

– Le commando agissait sur ordre. Les instructions venaient de très haut.

– Un genre de... complot ?

– Appelle-le comme ça.

Le commissaire dévissait. Il essaya de comprendre.

– C'est pas logique. Pourquoi des ronds-de-cuir se seraient intéressés à Shloos ?

Le Belge mit un temps pour répondre. Il semblait agité par un conflit interne. Enfin il énonça :

– Quand ils m'ont viré, j'avais encore des connexions au syndicat. J'ai pu savoir d'où venait le coup.

Nouveau silence. Ses traits s'étaient creusés, comme sous l'impact d'un jet d'acide. Les mots sortirent à reculons :

– Celui qui m'a planté s'appelle David Stern.

– Stern ? Comme...

– Pas comme. C'est son fils.

Un éblouissement. Le souvenir d'une ombre en costume noir, précédant un cercueil sur les marches d'une église.

Mayol demanda :

– C'était un gosse. Comment a-t-il pu...

– Il avait dix-neuf ans quand Shloos a massacré son père. Ce qui lui en faisait trente-deux quand on a libéré le fauve pour « bonne conduite ». Entre-temps, il était devenu juge. Mais pas n'importe lequel. Une grosse huile, un procureur du roi. Le plus beau, c'est que j'ai été assez con pour financer ses études. Par fidélité au passé.

Un voile de peine alourdit le regard de Luxen. Malgré les années, la plaie suintait toujours.

– Je lui avais tout dit, reprit-il. Ma stratégie, mon objectif. Tout. Et ce petit salaud s'en est servi contre moi.

– En te mettant sur la touche, affirma Mayol.

– Je ne l'ai pas vu venir. Quand j'ai appris, je suis allé le voir. Je voulais comprendre. Il ne m'a rien caché. Ce qui l'avait poussé à devenir magistrat, comment il avait attendu son heure, les réseaux qu'il s'était tissés un peu partout au ministère, dans la police. Un vrai truc de fou. Le seul hic, c'était moi. Je devenais gênant. J'avais fait échouer son plan en intervenant directement. Pour mon bien, il valait mieux que je sorte du jeu.

– Tu n'as pas eu envie de le dénoncer ?

– Avec quoi ? Je n'avais aucune preuve. C'était sa parole contre la mienne. Et vu ma situation... Il savait que je la bouclerais. D'autant plus qu'il n'y avait pas eu crime puisque Shloos était toujours en vie.

– Et après ? Tu as fait quoi ?

– Rien. J'étais hors circuit, mes calculs à long terme ne valaient plus un clou. J'ai tout laissé tomber.

Fin de l'histoire. David Stern avait sacrifié Luxen à sa vendetta personnelle. Il avait pu continuer sa traque en ayant les mains libres, et transformer l'essai dix ans plus tard.

Mayol demanda, à tout hasard :

– Tu es prêt à témoigner ?

– Je crois pas. Je suis peinard ici. Je ne veux plus me compliquer la vie.

– Il faudra bien, pourtant. La justice a toujours besoin d'un coupable. Il vaudrait mieux que ce ne soit pas toi.

Luxen haussa les épaules, imperturbable.

– J'ai un alibi en tungstène. Tu peux toujours y aller.

À cet instant, un son étouffé monta de la pièce voisine. Des bruits de pas, rapides, feutrés.

Mayol comprit immédiatement. Il eut à peine le temps de se jeter à terre. Le coup de feu claqua dans son dos, amorti par le cylindre d'un silencieux.

Dans son angle de vision, Luxen s'écroula.

La moitié de son visage avait disparu.

72

Une acuité soudaine, tous les capteurs en alerte.

Des flashes.

D'abord une silhouette, encadrée dans la porte. Puis la bouche d'un canon. Enfin une main, enserrant la crosse, doigt replié sur la détente.

Mayol réagit à l'instinct. Des gestes automatiques, puisant leur source au plus profond de son cortex. Il roula sur le côté en dégainant son arme. Une balle se ficha dans le sol, à l'endroit même où il était une demi-seconde plus tôt. Au jugé, il tira trois fois. L'homme s'effondra dans un râle.

Un court silence. Un craquement.

Puis l'enfer se déchaîna.

Craché par un pistolet-mitrailleur, un déluge de fer s'abattit sur la pièce. Les papiers s'envolèrent, chaque objet implosa, comme sous l'effet d'une multitude de charges.

Une balle atteignit Mayol à l'épaule. Pieu enfoncé dans ses chairs. Son Sig lui échappa. Il plongea derrière le bureau. Au-dessus de sa tête, tel un pantin vissé à son fauteuil, le cadavre défiguré de Luxen.

Le commissaire détourna les yeux. Il écarta le pan de son blouson et détailla la blessure. Du sang pulsait par vagues de l'orifice, au rythme des battements de son cœur. Impossible de bouger le bras. Les muscles ne répondaient plus, comme paralysés.

Le feu roula encore quelques secondes. Vacarme assourdissant, odeur de cordite. La paroi métallique se déformait sous les impacts. Aucun moyen de répliquer. De moins en moins de forces. Combien de temps tiendrait-il ?

Puis l'orage s'arrêta. Plus un souffle. L'œil du cyclone.

Mayol sentit que le tireur se déplaçait. Il avait sans doute pris conscience de son avantage et venait achever le travail.

En un clin d'œil, le policier vit le piège qui se refermait. Coincé dans ce trou de souris, à la merci d'un pro. Il n'avait aucune chance.

Les pas se rapprochèrent.

Dans trois secondes, ce serait fini.

Mû par la force du désespoir, il déplia ses jambes. Il percuta le bureau de ses épaules, l'emportant au passage pour le projeter sur l'agresseur. Surpris, l'autre ne put éviter le choc. Il lâcha son arme et roula à terre.

Mayol ne lui laissa pas l'occasion de se reprendre. Il fit un bond et décocha un coup de pied direct, en pleine tête. Les os craquèrent. Le nez se colla contre la joue. Sonné, mais pas hors course, le tueur tenta de se relever. Le flic le cueillit d'une nouvelle frappe. Avec le talon, au niveau de la glotte. L'homme s'affala, le visage contre le sol.

Le commissaire reprit son souffle. Shuntée pendant l'action, la douleur explosa dans son bras. Une vague brutale, fulgurante, lui rappelant qu'il avait l'épaule en bouillie. Prenant sur lui, il se pencha. Son agresseur avait perdu conscience. Une écume de sang bouillonnait sur ses lèvres, mêlée à un filet de bave.

Il le fouilla tant bien que mal. Chaque geste était une montagne à gravir, des rapides à traverser. Il débusqua un semi-automatique. Crosse nacrée, canon court. Marque Browning. Modèle FN-GP. Celui des flics belges. Il dégota ensuite un portefeuille, dans la poche arrière du jean.

Mayol l'ouvrit d'une main tremblante.

En évidence sous un étui de plastique, l'ultime confirmation. Carte de police n° 45677, capitaine Gérard Algrout, services fédéraux.

Luxen n'avait pas menti...

Le commissaire glissa le document dans sa poche et se releva. Dans un vertige, il découvrit le carnage. La pièce aux allures de champ de bataille, le cadavre du premier tireur, celui de Luxen.

Soudain, une autre image s'imposa.

Claire.

Elle était à moins de cent mètres. Peut-être en danger.

Il récupéra son Sig et se précipita vers la sortie. Dans la boutique, il découvrit un autre corps. Celui du type qui l'avait accueilli. Assis sur sa chaise, une balle dans le crâne. Il tenait encore sa VHF dans la main, comme s'il allait envoyer un appel.

Par précaution, Mayol observa la rue à travers la vitrine. La pluie tombait toujours. Aucun signe de vie. Bien à l'abri dans leurs pavillons, les riverains ne semblaient pas avoir entendu la fusillade.

Quelque chose pourtant ne cadrait pas...

Une BM grise, garée sur le trottoir d'en face. Elle n'y était pas tout à l'heure. Un homme attendait au volant, lunettes noires sur le nez. Un autre était assis à côté, déguisé de la même façon. Il avait un portable vissé à l'oreille.

Aucun doute : c'étaient deux autres flics, placés en couverture. Celui qui téléphonait appelait peut-être des renforts.

Mayol fit demi-tour et retourna dans le bureau. Il enjamba les corps pour se diriger vers la baie vitrée. Derrière, le jardin, clôturé par un mur. À son extrémité, une porte en bois vermoulu. Il l'atteignit en trois enjambées. Une chaîne et un cadenas en condamnaient l'accès. Pas le temps de finasser. Une balle fit voler la serrure en éclats.

Le commissaire se retrouva dans une rue calme. D'un regard circulaire, il s'assura que personne n'attendait dans le périmètre. Puis il s'orienta rapidement. Cet axe devait être parallèle à la rue Joseph-Claes. Le café était un peu plus haut, sur la droite. Il le rejoindrait en contournant le pâté de maisons.

Il se mit à courir. Avec le peu de forces qu'il lui restait, et pour seul carburant la volonté de protéger Claire. Des perles de sang gouttaient de sa main, qui imbibaient son blouson.

En moins de deux minutes, il retrouva le bar. Toujours aucun signe suspect. Il se rua à l'intérieur sous le regard éberlué du patron. Les deux ou trois clients qui sirotaient au comptoir le dévisagèrent avec inquiétude.

Mayol sortit sa carte.

– Police. Personne ne bouge.

Puis il se précipita vers Claire.

– Vite. On s'en va.

Elle bredouilla en regardant son bras :

– Qu'est-ce... Qu'est-ce qui s'est passé ?

– On m'a tiré dessus. Luxen est mort.

– Quoi ?

– Il n'y était pour rien. C'est le fils Stern, David, qui a tout organisé. Venez. Je vous expliquerai plus tard.

Elle se leva, atterrée. Le commissaire lui prit la main et l'entraîna vers la sortie. Devant la porte, il s'arrêta.

– Écoutez-moi attentivement. Les types qui ont tué Luxen m'attendent encore devant chez lui. On va marcher tranquillement dans la direction opposée, en essayant de ne pas se faire remarquer.

Cette fois, la magistrate se pétrifia. Sa voix monta dans les aigus.

– Des types ? Quels types ? Je ne comprends rien.

Dans la salle, les regards s'étaient posés sur eux. Mayol sentit qu'il devait calmer la jeune femme.

– Des flics. Ceux que David Stern a envoyés.

– Comment...

– Après la mort de son père, il est devenu procureur du roi. Il a choisi cette voie pour pouvoir se venger. Il cherchait Shloos depuis longtemps. C'est lui qui l'a fait assassiner.

La juge resta interdite. À l'aune de ses valeurs, cette révélation devait provoquer un séisme. Le commissaire murmura :

– On doit y aller, maintenant...

Les yeux de la magistrate se posèrent sur son bras.

– Il faut appeler une ambulance. Vous perdez trop de sang.

– Hors de question. Ils doivent intercepter les appels sur toute la zone.

Il l'entraîna dehors. Sans lui lâcher le bras, il se mit à marcher.

– Soyez naturelle. Dites-vous qu'on se promène en amoureux.

Elle acquiesça docilement et se serra contre lui. Malgré la situation, la douleur qui lui vrillait la tête, Mayol apprécia le contact. Un petit oiseau fragile, qu'il avait envie de protéger.

Ils eurent à peine le temps de faire vingt mètres. Surgissant d'un carrefour, la BM venait droit sur eux.

Le flic chuchota :

– Merde... Ils sont là.

– On fait quoi ? paniqua Claire.

– On continue à avancer. Surtout, ne les regardez pas. Ils ne connaissent pas nos visages. Il n'y a aucune raison qu'ils nous remarquent.

La berline roulait au pas. Les types avaient dû constater le carnage. Ils quadrillaient le quartier à la recherche du responsable. Pour les fuyards, la seule chance de salut tenait dans leur capacité à rester calmes.

Dix mètres.

L'épaule de Mayol le torturait. Il contractait les mâchoires pour éviter de grimacer. Sa main valide serrait le biceps de Claire comme s'il se raccrochait à une bouée.

Trois mètres.

Il pouvait maintenant distinguer les traits des tueurs. Des visages inexpressifs, barrés de lunettes noires. Le commissaire imaginait leurs yeux scannant le périmètre, détaillant ce couple qui se promenait sous le crachin...

Un mètre.

Tension à son comble. Impression d'irréalité.

Ils se croisèrent.

Mayol aurait voulu avoir des yeux dans le dos pour s'assurer que rien ne dérapait. Au lieu de cela, il comptait les pas qui les éloignaient du danger.

Quatre. Huit. Douze...

Ce fut Claire qui craqua. Un bref mouvement de tête, vers l'arrière, tel l'Orphée de la fable cherchant son Eurydice.

Les feux stop de la BM s'allumèrent. Puis ceux de recul. Deux lumières blanches dans la grisaille, comme celles d'un mirador fouillant la nuit à la recherche d'un évadé.

Mayol sortit son arme. Il hurla à l'attention de Claire :

– Courez !

La magistrate sembla hésiter. La peur la tétanisait. Le commissaire hurla encore :

– Tirez-vous, bordel !

Elle obtempéra pendant que Mayol se mettait à couvert d'une voiture en stationnement. Il visa d'abord les pneus de la BM, afin de protéger la fuite de la jeune femme. Une balle en fit éclater un, immobilisant la berline sur la jante. Puis il tira encore. Plusieurs impacts se dessinèrent sur les vitres, sans les faire exploser.

Les tueurs sortirent du côté conducteur et ouvrirent le feu à leur tour. Une salve nourrie, du gros calibre. Protégé par la carrosserie, Mayol répliquait. *Règlement de comptes à OK Corral*, en pleine journée, dans une rue tranquille de la banlieue de Bruxelles...

Soudain, son percuteur claqua dans le vide : plus de munitions. Il palpa son blouson, à la recherche du chargeur de rechange. La manipulation lui arracha un cri de douleur. Serrant les dents, il parvint à enfoncer le bloc dans la crosse.

Trop tard.

Une silhouette se découpait déjà au-dessus de lui. Il vit une lumière éblouissante. La flamme qui sortait du canon en produisant un son creux.

Puis plus rien.

73

Claire courait droit devant, affolée, cherchant un refuge au hasard des rues. Dans sa panique, elle adressait une prière vers les cieux, vers ce Dieu dont on lui avait rebattu les oreilles et qu'elle avait toujours ignoré. Elle l'implorait maintenant de la sauver, de l'épargner, comme une petite fille qui vient chercher la protection de son père après avoir fugué.

Elle se retourna encore. Personne. Mayol avait peut-être réussi à les retenir. À s'en sortir. Il allait l'appeler, lui dire que ce cauchemar était fini.

Des larmes montèrent, au goût amer de déchirure. Au fond d'elle-même, elle ne croyait pas un mot de cette version. Ses tripes se tordaient, son instinct lui soufflant qu'il n'y avait plus d'espoir. Dans son état, le commissaire n'avait aucune chance contre deux tueurs bien entraînés.

Elle accéléra. Ces brutes allaient revenir à la charge. La traquer jusqu'à ce qu'ils la trouvent, puis l'abattre froidement. C'était trop bête. Absurde, même. Ils seraient morts pour rien. Elle devait s'accrocher, trouver une échappatoire, faire éclater la vérité.

Elle se perdit dans un dédale d'avenues sans âme. Les pavillons se ressemblaient, clones de pierre grise délavés par la pluie. Aucune trace de vie dans cette ville fantôme.

Elle coupa sur la droite. Soulagement. Elle venait de

déboucher dans une rue commerçante. Une braderie s'étalait sur le trottoir. Des gens faisaient leurs courses, baguette sous le bras et mine maussade. Claire se mit à marcher. Ses poumons la brûlaient, elle happait l'air par saccades. Mais elle reprenait peu à peu confiance. La présence humaine, dans son indifférence tranquille, la rassurait.

Elle pénétra dans une boulangerie. Trempée, hors d'haleine, elle devait ressembler à une folle. Pendant qu'elle attendait son tour, son regard balaya l'extérieur. Aucun signe de ses poursuivants.

Son cerveau se remit à fonctionner. Appeler les flics, se mettre sous la protection de la police. Non. Elle était en Belgique sans la moindre autorisation officielle. Plusieurs cadavres jalonnaient sa route. Un magistrat influent était mêlé à cette histoire. L'affaire pouvait prendre une tournure désagréable. Dans tous les cas de figure, elle aurait à répondre de ses actes.

Trouver autre chose, vite.

Son tour arriva. Elle demanda un croissant. Soudain, à travers la vitrine, elle aperçut un bus. Il venait de s'immobiliser à quelques mètres, devant son arrêt. Placé sur l'arrière, un panneau à cristaux liquides mentionnait le terminus : Bruxelles-Midi.

La gare ne devait pas être très loin. Le TGV. Son ticket de sortie. Une fois à Paris, personne à part Marc ne saurait qu'elle avait accompagné Mayol jusqu'à Saint-Gilles. Sa participation se résumerait à une rencontre avec une magistrate, une autre avec un capitaine de police, et à une audition de témoin. La suite, le bain de sang, elle n'y aurait pas participé. Marc la couvrirait.

Elle quitta le magasin en trombe, laissant sa commande entre les mains de la boulangère. Dix pas rapides, tête baissée, et elle grimpa dans le bus. Elle acheta son ticket et alla se réfugier au fond.

Le véhicule redémarra. Claire ferma les paupières, soulagée. Puis elle sursauta, incapable de se détendre. L'image de la BM reculant vers eux la poursuivait. Elle pensait à

Mayol, à ce qu'il avait découvert, à cette folie meurtrière que leur enquête venait de déclencher. Mais surtout, elle craignait pour sa vie. Seule, dans cette ville inconnue, poursuivie par des flics aux allures de tueurs. Un combat inégal.

Enfin, les structures métalliques de la gare apparurent. Elle descendit du bus en essayant de suivre les recommandations du commissaire. Rester calme. Paraître naturelle... Facile à dire. Malgré sa volonté, son corps ne suivait pas. Crispé, voûté, il hurlait en silence la terreur qui l'habitait.

Claire acheta un billet. Le prochain train pour Paris partait dans quarante-cinq minutes. Une éternité qu'elle décida de passer aux toilettes, barricadée à double tour.

Enfin, elle monta dans le Thalys et s'installa au bar, avec l'idée qu'elle y serait plus en sécurité.

Elle commanda un thé et s'assit sur un tabouret haut. La grisaille de Bruxelles défilait devant ses yeux, le même paysage qu'elle avait détaillé deux heures plus tôt en roulant avec Mayol vers l'entreprise Luxen.

Ensuite, tout avait basculé. Une situation que l'ENM [1] ne l'avait pas préparée à affronter. Les reconstitutions, les rébellions de détenus dans son bureau, les insultes et les menaces, tous ces petits inconvénients de la fonction lui paraissaient soudain anodins. Aujourd'hui, elle avait entendu des balles siffler, vu les dégâts occasionnés quand elles s'enfonçaient dans la chair, senti l'odeur du sang.

Et il y avait eu Mayol. Cette rencontre inattendue qui lui avait fait du bien. Grâce à lui, elle s'était extirpée de son sarcophage, avait repeint le monde de couleurs vives. Pendant quelques jours, elle avait eu la sensation de ressusciter.

Peu à peu, l'adrénaline commença à refluer. La peur laissait la place à une profonde tristesse, une sensation familière qui l'accompagnait depuis tant d'années. Pour la seconde fois, elle affrontait la perte. Celle d'un être ayant su la comprendre, capable de rassurer la petite fille qui

1. École nationale de la magistrature.

sanglotait toujours en elle. En d'autres circonstances, elle aurait peut-être pu l'aimer...

Elle eut brusquement envie de crier. Contre le destin, les cieux, et l'injustice qui la laissaient à nouveau seule. On lui offrait toujours pour lui reprendre encore. Comme si chaque fois, une faute ancienne barrait sa route vers le bonheur.

Claire enfouit la tête dans ses mains. Il ne lui restait que son métier. Ce corset qui lui donnait la force d'avancer. Elle comprenait maintenant à quel point il lui avait servi d'échappatoire. Pour fuir le monde de ses parents, ses désillusions d'adolescente, mais aussi pour compenser son manque d'amour.

Car la justice, sa carrière, son long combat pour les victimes ne signifiaient qu'une chose : elle n'avait jamais su panser les plaies de son enfance.

Fabrice l'avait compris. Et d'une certaine façon, Mayol aussi. Avec eux, près d'eux, elle avait pu les atténuer. Dorénavant, il lui faudrait reprendre son chemin de croix, continuer à voir son psy, travailler. Foulon venait de s'évader. Même sa vengeance lui échappait.

Une bouffée d'angoisse l'envahit. Elle s'était mise dans une situation intenable. Ses ennemis au Palais allaient en profiter.

À nouveau, le visage du procureur s'imposa.

Marc Rivière.

Pour la sauver d'elle-même, il ne restait que lui.

– XII –

74

Michel avait roulé toute la nuit.

Mille bornes depuis Nice, avec une halte près de Valence pour se gaver de café. En deux jours, il n'avait pas dormi trois heures.

Laurent Charvet avait tué une femme. Camille Mérieux. Déchirée, puis brûlée vive dans sa voiture. Cinq ans plus tard, il avait subi le même sort. Une mort atroce, au terme d'un scénario reproduisant au millimètre les conditions du premier accident.

Dans l'esprit du lieutenant, il ne pouvait s'agir que d'une vengeance. Un acte froid, prémédité, exécuté par un des proches de la jeune fille. Mais il y avait autre chose. Un fait inattendu, un parasite qui brouillait la transmission : la nuit du drame, Arnaud était présent. À côté de Laurent, dans sa propre Mercedes. C'est même lui qui avait appelé les secours...

L'homme d'affaires connaissait donc la vérité. Depuis le début, et dans les moindres détails. Il était difficile de croire qu'il n'ait pas fait le rapprochement avec l'assassinat de son frère.

Pourtant, il avait préféré mentir. Un mensonge dont il avait probablement analysé les conséquences. En dissimulant ces faits au policier, il protégeait de façon indirecte les coupables.

Pourquoi ?

Le Black s'engagea sur le périphérique. Bloqué, comme d'habitude. Les panneaux d'affichage donnaient la Porte Maillot à cinquante-deux minutes. Il regarda sa montre. 9 h 15. De toute façon, Arnaud n'arrivait qu'à 10 heures. La standardiste de Daylon venait de le lui confirmer.

Il se cala sur la file centrale. Les véhicules roulaient au pas, ralentis par les éternels travaux d'entretien. Pas un souffle d'air. Température extérieure : trente-sept degrés. Une touffeur de carbone enveloppait le trafic et irritait les yeux.

Très vite, ses paupières devinrent lourdes. Le changement de rythme le prenait au dépourvu, la fatigue remontait comme une brume pernicieuse.

Le flic décida d'appeler son fils. Jonathan lui manquait. Petit être toujours émerveillé, toujours joyeux. Son babil le réveillerait.

Machinalement, il composa le numéro de ses parents. Une voix familière retentit dans l'appareil.

– Allô ?

Michel se figea en entendant sa femme. Il prononça bêtement son prénom, pour se donner une contenance.

– Françoise ?

– Bonjour, Michel.

– Qu'est-ce que... Je croyais que tu étais à Nantes ?

– Je reprends le travail lundi. Je suis venue récupérer Jonathan.

Le Black se mordit la langue. Il connaissait le timing, ils l'avaient défini ensemble. Leur break prenait fin ce week-end. Polarisé sur son enquête, il l'avait oublié.

Il essaya un « Tu vas bien ? » qui sonna faux. Elle répondit d'une voix distante :

– Ça va... Et toi ?

– On m'a collé une grosse affaire. Un meurtre. Je n'ai pas eu le temps de m'ennuyer.

Un silence plana sur la ligne. Michel réalisa son erreur.

Toujours son orgueil, ses réflexes de coq. Il inversa la vapeur.

– Écoute... Je voulais te dire que...

Elle le coupa :

– Moi aussi, il faut que je te parle.

Le ton, glacial, ne présageait rien de bon. Michel s'entendit demander :

– Tu as réfléchi ?

– Pas au téléphone. Je serai à la maison demain, en fin d'après-midi. On pourra discuter.

Une parenthèse, qui contenait toutes les craintes de la Terre.

– Tu veux me quitter, c'est ça ?

Françoise coupa court.

– Je t'en prie. Ce n'est pas le moment.

Une brusque poussée de désespoir et les mots qui fusent, trop vite, trop lourds.

– Si tu veux te casser, casse-toi. Assume au moins de me le dire en face !

Nouveau silence. Sensation de vertige. La voix de sa femme refit surface, désincarnée.

– Très bien. Je m'en vais, Michel. C'est terminé.

Le Black serra ses mains sur le volant. Il n'était plus qu'une enveloppe vide, un électron privé de son noyau. Perdu dans le cosmos, il filait vers nulle part.

– Et Jonathan ? Tu as pensé à lui ?

– Tu le verras. Ne t'inquiète pas.

Plus de socle. Plus rien. En le quittant, elle lui prenait aussi son fils.

Françoise clôtura d'un ton sec :

– On se parlera demain. Je te passe Jonathan.

Sans transition, la voix de l'enfant percuta son tympan. Des mots de gosse, concentré d'innocence et d'amour. Le policier essaya de paraître enjoué. Trois longues minutes, il s'intéressa au discours décousu, comme si c'était la chose la plus importante du monde.

Après avoir raccroché, une nausée le secoua. L'envie de vomir sa peine, sa solitude, ce sentiment d'échec qui consumait sa vie. Tout était foutu. Il le savait.

Pire, il avait participé au saccage de sa propre existence.

75

La fin du trajet passa comme dans un songe.

Place de la Porte-Maillot, Neuilly par l'avenue Charles-de-Gaulle, Michel se laissait conduire, l'esprit en roue libre.

Sur le circulaire de La Défense, en ce début de week-end, le quartier des gratte-ciel semblait mort. Les immeubles de verre évoquaient des monolithes glacés, échoués sur terre dans le seul but de questionner l'espèce humaine.

Le Black se gara devant la tour, attrapa l'ascenseur et grimpa jusqu'au dernier étage. *Open space* désert, ou presque. Informatique en berne. Quelques courtiers en bras de chemise étaient pendus au téléphone. Pieds sur la table, ils négociaient des valeurs dans une ambiance décontractée.

Michel ignora la standardiste et fonça vers le saint des saints. Une rage froide l'habitait, l'envie de passer ses nerfs sur le banquier. Il déboula dans l'antichambre. Daphné, la secrétaire, s'activait à son poste. En le voyant, elle s'étrangla.

– Lieutenant ? Mais...

D'un regard dur, il la cloua sur place.

– Charvet est là ?

Elle se tassa dans sa chaise en acquiesçant. Le policier poussa la porte du sanctuaire sans prendre la peine de s'annoncer.

L'homme d'affaires était penché sur son bureau, lunettes

sur le nez. Étalés en cascade, une forêt de journaux. Il portait un polo noir, bien repassé, dont les manches courtes dévoilaient ses bras flasques. À son poignet, une montre de prix lançait des reflets d'or. Il leva le menton.

– Diallo ? Que se passe-t-il ?

Michel vint se planter devant lui et le cadra droit dans les yeux.

– J'arrive de Nice. Je crois qu'il va falloir qu'on parle.

Un éclair de surprise traversa les yeux du banquier. Il se reprit tout de suite et demanda calmement :

– Vous avez avancé ?

– L'accident sur la route d'Èze. L'incarcération de Laurent. L'identité de sa victime et la façon dont elle est morte... Je sais tout. Vous étiez présent cette nuit-là. C'est vous qui avez téléphoné aux pompiers. Alors, arrêtez de me prendre pour un con !

Charvet ouvrit une petite boîte en bois et en sortit un cigare. Modèle extra-large, couleur de terre humide. Diallo le laissa l'allumer sans le quitter des yeux. Enfin, l'autre proposa :

– Vous ne voulez pas vous asseoir ?

Le Black ignora le fauteuil et s'assit sur le bureau. Charvet tira sur son havane en souriant. Cette attitude cavalière ne semblait pas l'impressionner. Puis il lança en soufflant la fumée :

– Vous pensez que j'ai fait assassiner Laurent, n'est-ce pas ?

La question surprit le policier. Simple, directe, comme si cette hypothèse coulait de source. Pour sa part, il l'avait abandonnée depuis longtemps. Mais si l'homme d'affaires souhaitait se mettre à table, autant encourager sa confession.

– On verra plus tard ce que je dois penser... Que faisiez-vous à Nice avec lui ?

– Rien d'extraordinaire. Je possède une propriété au Cap-Ferrat. J'y viens généralement pour Noël, avec ma femme et mes enfants. Cette année-là, Laurent avait voulu se joindre à nous.

La victime du toxico passait elle aussi les fêtes là-bas, dans la villa de ses parents. Un coin inabordable, sauf pour une poignée de milliardaires. Se pouvait-il qu'Arnaud ait connu les Mérieux avant même l'accident ? Des relations. Des obligés. Au terme d'un choix odieux, il aurait pris leur parti plutôt que celui de son frère.

Michel laissa le banquier continuer. Pour l'heure, rien ne confirmait cette hypothèse.

– J'étais surpris, mais j'ai dit oui. Il est arrivé le 18, en train. Je l'ai récupéré à Nice en début de soirée, puis je l'ai emmené dîner.

– Où ?

– Au Château Eza.

– Il y avait quelqu'un d'autre ?

– Non. Nous n'étions que tous les deux.

Diallo s'étonna :

– Un tête-à-tête ? Je croyais qu'il ne pouvait pas vous voir.

– Il voulait de l'argent. Une dette, toujours ses histoires de drogue...

– L'argent que lui donnait votre mère n'était pas suffisant ?

Charvet soupira.

– Le tonneau des Danaïdes, vous vous souvenez ? Son fond est percé. On ne peut jamais le remplir. J'ai fini par accepter, je voulais surtout avoir la paix.

L'explication était plausible. La suite restait à déchiffrer.

– Parlons de l'accident. Vous connaissiez la victime ?

Un léger décalage. Puis Charvet rétorqua :

– Comment aurais-je pu ?

– Appartement avenue Foch, résidence secondaire au Cap-Ferrat. Vous étiez voisins, en quelque sorte.

– Pas exactement. J'habite à Passy et il y a plus d'un millier de villas au Cap. J'ai découvert après coup que ces gens avaient réussi dans les travaux publics. Des parvenus, d'après mes informations...

Déduction immédiate. Les Mérieux évoluaient dans le milieu du BTP, un univers où les bulldozers étaient monnaie courante. L'implication des parents de la victime était maintenant certaine.

– Donc, vous n'aviez pas entendu parler d'eux avant les faits ?

Le banquier tira sur son cigare, affichant toujours la même maîtrise.

– Où voulez-vous en venir ?

Michel quitta sa place et fit quelques pas, comme s'il réfléchissait. En réalité, il cherchait à déstabiliser Charvet.

– Voilà ce que je crois, finit-il par dire. Vous m'avez dissimulé la vérité parce que vous saviez qui a assassiné Laurent. Vous l'avez compris facilement en découvrant dans quelles circonstances il était mort. Un schéma identique, reproduisant point par point le calvaire qu'avait vécu Camille Mérieux. Il n'était pas difficile pour vous de faire le lien.

– Donc, vous ne me pensez pas coupable ?

Le policier lui lança un regard méprisant.

– Je ne crois pas que vous ayez tué Laurent, effectivement. Il vous dérangeait, mais vous ne seriez pas allé jusque-là. En revanche, je vous vois bien couvrir ses assassins.

Charvet haussa un sourcil moqueur.

– On peut dire que vous avez une sacrée imagination...

– Ah oui ? Tout ce qui se rapporte à l'accident a été effacé. Les articles de journaux, le rapport de police, la détention de Laurent et même son casier judiciaire. Je n'ai pas vérifié au greffe du tribunal, mais je suis certain que c'est la même chose.

– Désolé de vous décevoir, mais je n'y suis pour rien.

– Peut-être. En tout cas, ceux qui l'ont exécuté se sont mis en quatre pour qu'on ne fasse pas le lien. Ils ont pu tout traiter à l'exception d'une chose.

– Laquelle ?

– Votre mémoire. Vous étiez la seule personne capable de comprendre. La seule présente cette nuit-là. La seule, dans l'entourage de Laurent, à connaître la vérité.

Le banquier eut un sourire narquois.

– Ensuite ?

– Ils l'ont quand même tué. Parce qu'ils avaient la certitude que vous ne les dénonceriez pas.

Voix ironique :

– Et d'où tenaient-ils ça ?

Michel se pencha vers lui, à portée de souffle.

– Je ne sais pas encore. Sans doute d'un intérêt que vous partagez. Une magouille, un chantage, un truc suffisamment important pour y sacrifier votre frère.

– Vous délirez, mon pauvre.

– Et si je vous plaçais en garde à vue ? Là ? Maintenant ? Histoire de vérifier mes délires.

– Absurde. Vous n'avez pas de motif.

– Complicité de meurtre. Ça devrait le faire.

Le banquier se figea. Il essayait de garder une contenance, mais le cœur n'y était plus.

– Vous auriez tort, avança-t-il enfin.

– Pourquoi ? Je vais me faire gronder ?

– Vous allez surtout passer pour un con.

– Trouvez autre chose. J'ai l'habitude.

Charvet le fixa. Ses prunelles rétrécirent, deux petites billes noires qui semblaient vouloir lui casser le crâne.

– On va faire un deal. Je vous livre la vérité et vous, vous l'oubliez dans la seconde. En d'autres termes, je vous évite de terminer votre carrière dans un placard.

Cette perspective n'effrayait pas le Black. Le placard, il y était déjà. Ce qui l'intriguait, c'était la nature du marché. Arnaud savait qu'il s'adressait à un flic. Comment pouvait-il lui demander d'entendre son témoignage tout en fermant sa gueule ?

Le policier s'installa dans le fauteuil...

– Très bien. Je vous écoute.

Charvet posa ses coudes sur le bureau et révéla sans ciller :

– Cette nuit-là, ce n'est pas Laurent qui conduisait ma Mercedes.

– Qui, alors ?

– Moi.

Michel douta de ce qu'il venait d'entendre.

– Vous pouvez me répéter ça ?

– Oui. On a quitté le restaurant un peu avant minuit. Laurent n'était pas en état de conduire. Il avait bu comme un trou. Sans parler de l'héroïne qu'il avait dans les veines. Pour ma part, je reconnais que j'avais pas mal bu aussi. Mais je pensais tenir le coup. Quand on a croisé la Polo, ses phares m'ont ébloui. Je devais être en plein milieu de la route. J'ai braqué trop tard et j'ai frôlé l'autre véhicule. La Mercedes a cogné une première fois contre la paroi. On a fait un tête-à-queue et j'ai cogné encore. Le pare-brise a explosé puis on s'est immobilisés.

Une pause. Michel imaginait la scène. La nuit brutale, l'épais silence après le fracas du choc, les éclats de verre constellant l'habitacle...

Arnaud poursuivait :

– J'ai vite compris que j'étais indemne. L'airbag avait fonctionné, ma ceinture était attachée et je ne roulais pas très vite. J'ai regardé mon frère. Il avait le visage en sang.

– Et pas vous, s'étonna le flic. Pourquoi ?

– J'ai vu venir la roche. J'ai eu le temps de me protéger avec mes avant-bras. Laurent était déjà inconscient depuis un bon moment. À cause de l'alcool. Il n'a pas pu éviter les éclats de verre. J'ai vérifié qu'il respirait et je suis descendu de la voiture. La route était déserte. Je n'y voyais rien. Puis j'ai entendu un cri. Je me suis penché et j'ai aperçu la Polo, en contrebas. J'ai couru. La fille était coincée. Elle avait mal, sa jambe pissait le sang. J'ai appelé le 18, depuis mon portable. On m'a répondu que les secours seraient là dans dix minutes.

Le rythme du discours s'était à peine accéléré. Toujours

le même ton froid, descriptif. Le banquier suivait le fil de son récit.

– J'ai essayé de la rassurer. Je lui ai dit que les pompiers arrivaient. Qu'elle allait s'en sortir. Puis j'ai senti une odeur d'essence. J'ai à peine eu le temps de reculer. Le réservoir a explosé. La Polo s'est mise à flamber, la fille hurlait. Je ne pouvais rien faire. Juste la regarder brûler.

Aucune émotion. Arnaud revivait le cauchemar en gardant son sang-froid.

– Ensuite ? demanda le policier.

– J'ai pris conscience que je venais de tout perdre. J'avais tué une femme, j'étais ivre. On n'allait pas me rater. Surtout avec ma position... Il y a eu comme un court-circuit dans mon cerveau. Je suis remonté vers ma voiture. Laurent était toujours dans les vapes. Je l'ai tiré de son siège et je l'ai installé au volant. Puis je me suis assis sur le bord de la route et j'ai attendu. La suite, je pense que vous la connaissez.

Un silence ponctua ses paroles. De ceux qui scellent les secrets les plus lourds. Arnaud avait choisi. Selon ses seuls intérêts. Il avait sacrifié son frère pour ne pas sombrer.

Diallo tenait maintenant ses réponses. Le mensonge du banquier s'ancrait au cœur d'une situation extravagante, un concours de circonstances dont il avait su tirer partie. Il avait d'abord tué une femme, en faisant porter le chapeau à un autre. Quand les parents de la victime s'étaient vengés, il avait laissé faire. Par intérêt ? Par peur du scandale ? À présent, peu importaient les raisons de son silence. La mort de Laurent effaçait son ardoise. C'est tout ce qu'il avait vu.

– Comment avez-vous convaincu votre frère de se taire ? demanda le policier.

Sourire glacial.

– L'argent, mon cher...

– Vous l'avez... acheté ?

– Au début, je n'en ai pas eu besoin. Laurent est resté inconscient pendant quarante-huit heures. Ce qui m'a laissé le temps de faire ma déposition. Je me suis contenté de confirmer qu'il conduisait, ce que la police avait déjà constaté en arrivant sur les lieux. Quand il s'est réveillé, il ne se souvenait de rien. Je lui ai raconté la même histoire. Et il m'a cru. Tout démontrait qu'il était responsable.

» Il est resté une semaine à l'hôpital. Vos collègues l'ont interrogé, un juge l'a placé sous mandat de dépôt et on l'a transféré à la maison d'arrêt. Compte tenu des faits, je me doutais qu'il y resterait un bon moment. Là, j'ai pensé à ma mère. Elle ne l'aurait pas supporté. J'ai réussi à le convaincre d'inventer cette histoire de Nouvelle-Calédonie.

Le plan d'Arnaud était ingénieux. En manipulant son frère, il n'avait pas cherché à protéger leur mère. Il l'avait juste isolé afin de mieux le contrôler. Lui seul devait savoir ce qui s'était passé, où se trouvait Laurent, pour quelles raisons il était enfermé.

Mais le toxico avait quand même appelé sa copine. Kalima, la junkie de la gare du Nord. Un ersatz de mère, accommodante, encore plus défoncée que lui. Et grâce à elle, Michel avait remonté la piste.

– Que s'est-il passé ensuite ?

Un nuage noir traversa les yeux du banquier.

– Ce que je craignais est arrivé. Progressivement, des bribes de souvenirs ont émergé. Sa venue sur la Côte, notre repas au restaurant, le départ en voiture. Il n'avait aucune conscience de l'accident. Il était seulement persuadé de n'avoir jamais pris le volant. Comme nous n'étions que tous les deux...

– Vous avez continué à mentir ?

– À votre avis ? Mais il voulait écrire à son avocat, faire rouvrir l'enquête, ameuter la presse. Même si je ne craignais pas grand-chose, je ne pouvais pas m'offrir une telle publicité.

« Pas plus qu'aujourd'hui, songea Michel. Voilà pourquoi il abattait ses cartes... »

– Donc, vous lui avez offert de l'argent.

– Je lui ai d'abord expliqué qu'il n'avait aucune chance d'obtenir la révision de son procès. Sa parole ne pèserait pas bien lourd contre la mienne. Ensuite, j'ai utilisé notre mère. Il ne m'était pas difficile de le culpabiliser en lui expliquant le mal qu'il lui ferait. Au bout du compte, je lui ai proposé un marché. Il purgeait sa peine sans faire d'histoires et, en contrepartie, je m'occupais de tout. Son séjour en prison d'abord, pour qu'on lui réserve un traitement de faveur. Puis sa réinsertion. Je lui ai fait miroiter une nouvelle vie. Une existence sans soucis matériels, avec en prime la possibilité de se défoncer dans des draps de soie.

Michel écoutait, se demandant s'il rêvait. Il comprenait maintenant sur quels ressorts s'appuyait la réussite fulgurante du banquier. Un mélange d'égoïsme, d'intelligence et de cynisme extrême.

Il déduisit la suite à voix haute.

– Vous lui avez demandé de disparaître. D'abord La Renardière, discrètement, histoire de ne pas faire désordre auprès de vos amis. Ensuite, j'imagine un départ plus lointain. Un pays difficile d'accès, où votre mère aurait eu peu de chances de se rendre...

Il s'interrompit, butant sur un point.

– Il y a une chose qui m'échappe. Pourquoi avoir attendu si longtemps ? Il est resté près de dix-huit mois chez vous.

Charvet alluma un nouveau cigare. Il retrouvait sa distance.

– J'avais prévu de l'expédier en Thaïlande. Un pays de cocagne quand on s'envoie quotidiennement trois grammes d'héroïne. Il fallait seulement patienter un peu. Laurent avait été condamné à cinq années d'emprisonnement. À sa sortie, il était en conditionnelle. Même si je m'étais porté garant, il avait encore des comptes à rendre. Et surtout, il ne pouvait pas obtenir de passeport. En tout cas pas sans mon aide.

Le flic saisissait l'ampleur de la manipulation.

– Son régime de faveur à la maison d'arrêt, sa libération anticipée, il vous devait tout. Il était trop enferré pour faire machine arrière, ce qui l'a contraint à suivre vos directives.

Jusqu'à se terrer au fin fond de la forêt en attendant son billet pour le paradis...

– Je lui avais aussi demandé de se faire discret. Je préférais éviter que ma mère sache où il était. Il n'y a eu qu'un problème. Laurent était un drogué. Instable. Incapable de se raisonner. Le temps a dû lui sembler long. Il a décidé d'accélérer le processus en reprenant contact avec Mendès. Et en décidant de m'enlever. Il croyait sans doute pouvoir maîtriser son destin. Et par la même occasion, prendre enfin sa revanche. Malheureusement pour lui, il s'est trompé.

Toujours aucune trace d'émotion. Charvet était une belle ordure, doublée d'un meurtrier. Par sa faute, deux personnes étaient mortes. L'une directement dans l'accident, l'autre par effet boomerang. En endossant la faute d'Arnaud, Laurent avait payé pour lui le prix du sang.

Le lieutenant se leva sans rien dire et marcha vers la porte. Il aurait voulu arrêter ce salaud, mais les dés étaient pipés. Il n'avait pas de preuves. Laurent n'étant plus là, aucun procureur n'accepterait de rouvrir l'enquête.

– On est d'accord ? lança le banquier dans son dos. Pas un mot...

Michel se retourna. Charvet le fixait. Si le policier bougeait une oreille, l'autre nierait tout. Aucun lien ne pouvait être établi entre le banquier et la famille Mérieux. En revanche, les conséquences pour le Black seraient catastrophiques : il pouvait faire confiance à l'homme d'affaires pour s'occuper de son cas.

– Allez vous faire foutre !

Le flic quitta la tour avec un sentiment de dégoût. Les réponses obtenues lui semblaient pires que les questions. Elles démontraient une fois de plus que la justice n'était qu'un leurre. Elle ne dépendait que de l'éclairage, et de ceux qui écrivaient le scénario.

Et là, Arnaud avait tenu la plume.

Diallo remonta dans sa voiture et s'affala derrière le volant. L'ultime ligne droite s'annonçait. Elle l'emmenait vers une famille meurtrie, des gens aussi puissants qu'Arnaud, victimes aux airs de loups qui s'étaient fait justice elles-mêmes. Le banquier hors de cause, tout devenait limpide. C'est eux qui avaient étouffé les dossiers, corrompu des fonctionnaires, nettoyé le passé judiciaire de Laurent...

Michel serra les dents. Il avait d'abord cru que le toxico était coupable et s'était questionné sur la légitimité de son enquête. Les parents de Camille étaient des victimes... Il pouvait comprendre leur désarroi, et pourquoi pas, leur désir de vengeance.

Mais les révélations d'Arnaud Charvet venaient de tout balayer. Les Mérieux avaient tué un innocent. L'erreur sur la personne rendait ce meurtre insupportable, le privait de toute justification morale.

Quelle que soit leur douleur, les assassins allaient devoir en répondre.

76

L'avenue Foch sommeillait dans sa torpeur.

Déjà peu animée en temps normal, elle ressemblait pendant l'été à un cimetière. Un mausolée de luxe, peuplé par les oiseaux, dont les façades altières se détachaient sur un ciel pur.

Diallo coupa l'axe et se gara sans problème à quelques numéros de son objectif.

L'immeuble dans lequel résidaient les Mérieux était en pierre de taille : un colosse ouvragé, sept ou huit étages troués d'immenses fenêtres. La plupart étaient closes, protégées par des volets métalliques.

Le policier poussa un premier portail, traversa une courette ordonnée, et s'arrêta devant une porte vitrée. Derrière, un hall de marbre, orné de statues et de vases. On distinguait aussi un escalier immense, assuré par une rampe d'acajou verni.

Digicode. Pas d'interphone.

Il appuya sur le bouton de la loge.

Très vite, un type sortit de nulle part. Courtaud, poilu, vêtu d'un débardeur et d'un bermuda clair. Il hésita en apercevant le Black. Michel tapa de l'index contre le verre et lui colla sa carte sous les yeux. L'autre ouvrit sans se faire prier. Regard fuyant, accent d'Europe de l'Est, il indiqua l'appartement au policier. D'après lui, M. et Mme Mérieux étaient certainement là : ils ne sortaient jamais.

Michel prit l'ascenseur jusqu'au cinquième. Un palier cossu accueillait le visiteur. Tableaux aux murs, moquette bordeaux incrustée de frises sombres. Deux portes en vis-à-vis. Il sonna à celle de droite. Aussitôt, un domestique vint lui ouvrir et le fit patienter dans l'entrée. Pendant qu'il s'éclipsait, Michel observa l'environnement : meubles d'art contemporain, plafond de trois mètres, roses fraîches en quantité.

Des talons claquèrent quelque part. Un bruit de métronome, qui se rapprochait à la vitesse grand V. Une femme apparut. Grande, mince, la cinquantaine. Elle portait une petite robe de coton imprimé, genre baba chic, et une paire de bottes hautes en cuir bleu roi. Cheveux noués en queue de cheval, encore blonds, iris aux couleurs de lagon.

Michel imagina un ancien mannequin. Ses traits possédaient une pureté touchante qui avait dû provoquer des ravages à l'époque des Beatles. Pourtant, on sentait la fêlure. Une lézarde qui démarrait avec les rides du front, se poursuivait dans le regard et s'achevait aux commissures des lèvres. Le sillon du malheur...

Elle tendit une main délicate.

– Flore Mérieux.

Voix élégante, manières de princesse. Le Black ne se laissa pas impressionner.

– Michel Diallo. Lieutenant de police. Je suis venu pour vous parler de Camille.

Une ombre passa sur le lagon.

– Je... Je ne comprends pas.

– Laurent Charvet. Vous vous souvenez de lui ?

– Oui. Bien sûr.

– Il a été assassiné la semaine dernière.

– Ah...

La réaction déstabilisa le policier. Une indifférence polie, à la limite de l'invraisemblable. Il se demanda si Mme Mérieux n'était pas sous sédatifs.

– Les circonstances de sa mort sont très semblables à celles qui ont coûté la vie à votre fille, poursuivit le policier. Un accident de voiture sur une petite route de campagne. Il a eu les jambes écrasées, puis la voiture s'est enflammée.

L'attaque était brutale. Michel espérait ainsi provoquer une réaction. En vain. Flore Mérieux semblait flotter sur un nuage d'éther. Elle questionna d'un ton neutre :

– En quoi cela nous concerne-t-il ?

– Vous ne voyez pas le rapport ?

– Non. Vraiment pas.

– Ceux qui l'ont tué ont reproduit point par point le scénario initial. Charvet n'est pas mort tout de suite. Il était coincé dans les tôles quand son assassin l'a aspergé d'essence. Il a eu le temps de comprendre qu'il revivait le calvaire de Camille.

Elle lui lança un regard vide.

– Et ?

Le Black n'insista pas. Cette femme était à l'Ouest. Trop pour feindre son attitude. Il était peu probable qu'elle fût mêlée à quoi que ce soit.

Il demanda d'un ton plus sec :

– Votre mari est là ?

– Oui.

– Je peux le voir ?

– Si vous y tenez...

Il la suivit dans un couloir étroit, tendu de tissu crème. Marchant dans son sillage, il inhalait des effluves de citron, de fleur d'oranger, de cannelle.

Soudain, une autre odeur flotta dans l'air. Comme si des fruits avaient pourri. Plus loin, un second relent s'ajouta au premier. Plus net. Celui des produits antiseptiques. Le policier sut qu'il respirait l'odeur de la mort lente, ce fumet si particulier qu'on trouve dans les services de soins intensifs.

Une porte était entrebâillée, laissant filtrer un bruit de machine. Mme Mérieux s'effaça...

– Entrez, je vous en prie.

La chambre avait été aménagée comme celle d'un hôpital. Un lit surélevé, articulé, monté sur roulettes. Des moniteurs affichant les lignes brisées d'un électrocardiogramme. Des perfusions, des sondes, et une machine énorme surmontée d'un soufflet. Au centre de ce dispositif, couché comme une momie éteinte, l'ombre de ce qui avait dû être un homme.

Sa femme se tenait sur le seuil. Une force invisible semblait lui interdire l'accès de ce mouroir. Elle lança d'une voix monocorde :

– Vous vouliez voir Gérald. Le voilà...

Diallo s'approcha. Un drap blanc recouvrait le malade jusqu'au cou. Un tube s'enfonçait dans sa gorge, tenu par une canule et des adhésifs transparents. À l'autre extrémité, la machine. On devinait le faible mouvement de la cage thoracique calqué sur celui du soufflet.

Gérald Mérieux n'était plus de ce monde. Ses cheveux avaient disparu, ne laissant que quelques plaques éparses au sommet de son crâne. Son visage sans âge avait pris la couleur cireuse des cadavres. Ses yeux étaient ouverts, mais ne regardaient rien. Deux globes éteints, qui fixaient le plafond en espérant la délivrance.

– LIS. Locked-in syndrome. Gérald est totalement paralysé, à l'exception de la sphère oculaire.

Michel avait entendu parler de cette horreur. Le patient était éveillé, totalement conscient. Ses capacités cognitives restaient intactes : il entendait tout, voyait tout, mais ne pouvait pas bouger d'un millimètre. Enfermé dans son propre corps, il subissait la pire des tortures.

Flore Mérieux désigna un ordinateur posé sur une table, près du lit.

– Si vous voulez lui poser des questions. Nous avons un logiciel de clavier virtuel qui ne fonctionne pas trop mal.

Le policier n'avait pas le cœur à ce type d'expérience. Trois heures pour faire une phrase, lettre par lettre, grâce au seul mouvement des paupières. Et pour entendre quoi ?

Dans son état, le père de Camille n'aurait pas pu tuer Laurent Charvet, ni même organiser son meurtre.

– C'est arrivé comment ?

– Un AVC, il y a bientôt deux ans. Gérald ne s'est jamais remis du décès de notre fille.

Michel éprouva un profond sentiment de compassion. En débarquant chez les Mérieux, il s'attendait à débusquer un couple diabolique, dopé au carburant de la haine. Il découvrait en fait deux êtres éteints, brisés dans leur psychisme et dans leur chair. Devant ce concentré de souffrance, ses déductions s'écroulaient. Et avec elles, toute son enquête.

D'un pas lent, il se dirigea vers la porte. Un dernier regard vers la forme étendue sur le lit. Comme pour mieux intégrer son échec.

C'est là qu'il remarqua le pêle-mêle. Un cadre métallique, placé près de l'ordinateur portable. Des photos y étaient épinglées sur un support en liège.

Un visage occupait tout l'espace, photographié à divers âges de l'existence. Bébé, petite fille, adolescente... Camille. Elle avait la même pureté que sa mère, des traits d'une finesse absolue, rehaussés par l'étincelle d'un regard effronté.

Un cliché attira l'attention du policier. La jeune fille souriait à l'objectif, joue contre joue avec un garçon brun, d'une vingtaine d'années.

– Qui est-ce ?

– Hervé, son petit ami.

– Ils étaient ensemble depuis longtemps ?

– Trois ans. Ils s'étaient fiancés...

– Comment a-t-il réagi ?

Réponse glaciale :

– D'après vous ?

Michel baissa les yeux. Il avait mené son interrogatoire de façon mécanique et s'en mordait les doigts. Mais il devait quand même approfondir. Fouiller chaque recoin. Détailler chaque aspérité.

– Parlez-moi de lui. Que faisait-il à l'époque où il fréquentait votre fille ?

Pas de réponse. L'ancien mannequin fixait le malade. Tout dans sa gestuelle signalait une brusque montée d'angoisse. Elle n'entendait plus rien et n'avait qu'une idée en tête : quitter cette chambre.

Le flic la rejoignit sur le seuil.

– Venez.

Il referma la porte doucement et reposa sa question :

– Dites-m'en un peu plus sur Hervé. Quel genre de garçon est-ce ?

Flore Mérieux se détendit à moitié. Des ombres rôdaient toujours autour d'elle.

– Un garçon bien. Il faisait partie de notre cercle. C'est le fils d'un des associés de mon mari, Émile Fabre. L'aménagement de l'île Seguin, à Boulogne. Vous avez certainement entendu parler de ce projet.

Voyant rouge. On revenait dans le milieu du BTP. Cet Hervé avait aussi accès aux moyens logistiques hors du commun traînant sur les chantiers. Et il possédait également un mobile...

Flore Mérieux poursuivit :

– Les enfants se sont rencontrés à l'occasion d'un week-end que nous avions passé à Deauville, dans la villa des Fabre. Ce fut un vrai coup de foudre. Camille était notre unique fille... Nous étions tellement heureux pour elle.

– Désolé d'insister, mais quelle a été la réaction d'Hervé en apprenant le drame ?

Le climat vira d'un coup. Comme en montagne, lorsqu'un orage éclate. Des étincelles dans les yeux, Flore Mérieux semblait soudain réaliser ce que voulait le policier.

– Vous le soupçonnez ?

– Je...

– D'abord nous. Et maintenant lui ?

– Madame Mérieux...

– Non. C'est immonde. Vous n'avez pas le droit. Avec tout ce que nous avons vécu...

Justement, pensa le Black. Mais il marchait sur des œufs. Si, comme il le croyait à présent, les Mérieux n'étaient pas impliqués, il devait faire machine arrière.

– Excusez-moi. Je fais seulement mon travail.

Elle le fusilla du regard. Puis, comme il était venu, le grain s'éloigna. Elle reprit son ton monocorde.

– Hervé a beaucoup souffert, comme nous tous. Vous croyez pour autant que cela aurait fait de lui un meurtrier ?

Rien à ajouter. Elle venait de mettre le doigt sur la question cruciale. Jusqu'où pouvait aller un être rongé par la souffrance ? Depuis son expédition à Nice, Michel avait trouvé dans la vengeance un mobile idéal. Maintenant, ses convictions se lézardaient. Il comprenait ce qu'elles avaient de subjectif... Si on lui avait pris Jonathan, sans doute aurait-il pu se transformer en assassin.

Le Black retrouva la rue, l'esprit en morceaux. Les jalons enfoncés méthodiquement sautaient les uns après les autres. Ne restait que le nom d'un garçon aux yeux noirs, dont le seul tort était sans doute d'avoir aimé Camille.

Mais c'était sa seule piste.

77

Diallo avait trouvé l'adresse dans le Bottin.

Hervé Fabre habitait rue Saint-Charles, au n° 115, un immeuble des années vingt, orné de pignons et de frises. Le Black avait d'abord joint le jeune homme par téléphone. Par chance, il passait l'été chez lui pour y bûcher ses examens.

Le policier dut se garer avenue Émile-Zola. À 13 h 30, le marché se terminait à peine. Des ouvriers de la voirie nettoyaient les trottoirs à grande eau. Les forains pliaient leurs tréteaux et remballaient leurs marchandises.

Il actionna l'interphone. Très vite, une voix mal assurée grésilla.

– Oui ?

– Michel Diallo.

Un temps. Puis de nouveau la voix :

– Deuxième étage, gauche.

Pas d'ascenseur. Le policier grimpa les marches quatre à quatre et se retrouva sur un palier.

Hervé l'attendait sur le seuil. Grand, mince, silhouette encore adolescente flottant dans des vêtements trop larges. Michel lui donna vingt-cinq ans. Des traits fins, presque efféminés, un regard doux.

Le Black se présenta à nouveau. Le jeune homme n'en menait pas large.

– Détends-toi, sourit Michel. On va juste parler un peu.

– Ah... Et de quoi ?

Le policier n'avait rien dit au téléphone. Toujours ménager l'effet de surprise. La base.

Il annonça la couleur :

– De Camille Mérieux.

– Camille ?

La surprise sonnait juste. Michel se demanda soudain ce qu'il faisait là. Ce garçon n'avait pas le profil d'un tueur organisé. Ni celui d'un meneur, capable de diriger une opération complexe impliquant au minimum cinq ou six hommes. Il avait plutôt l'air d'un ado surprotégé, pour qui le mot police évoquait un Moloch terrifiant capable de le broyer entre ses crocs.

– Je peux entrer ?

Hervé l'entraîna dans un immense appartement, dont la structure vieillotte avait été revue à grands coups de masse. Cloisons abattues, espaces dégagés, plafonds coffrés où s'incrustaient des ampoules halogènes. Des meubles modernes, métal et plastique, créaient une atmosphère futuriste. Une rénovation haut de gamme, qui avait dû coûter cher au père de l'étudiant.

Ils s'assirent l'un en face de l'autre, dans des poufs de cuir blanc. Hervé jouait avec ses mèches, tendu comme un arc. Michel sortit un calepin de sa poche, sans se presser. Il voulait l'impressionner pour le pousser à parler, s'il avait quelque chose à raconter.

Le policier décrivit d'abord l'assassinat, le scénario imaginé par les tueurs, qui reproduisait à la perfection l'accident de Camille. Il mentionna aussi le bulldozer et l'utilisation des équipements de la DDE. Du matériel spécifique, qu'une entreprise de BTP n'aurait eu aucun mal à se procurer. Enfin, il fit état de sa conclusion : le mobile du crime ne pouvait être que la vengeance. Cinq ans après les faits, ceux qui avaient aimé Camille étaient venus demander des comptes.

Michel guettait les réactions d'Hervé. Rien. Il semblait hébété. Le flic reprit le fil, indiquant comment son raisonnement l'avait d'abord conduit chez les Mérieux. C'est là qu'il avait découvert l'existence du jeune homme, le lien professionnel qui unissait les deux familles, et celui, plus personnel, noué avec Camille. Ces éléments ne faisaient pas encore de lui un meurtrier. Ils n'étaient pas des preuves. Mais à présent, ils le plaçaient d'office sur la liste des suspects.

– Tu avais toutes les raisons de te venger, conclut le flic en employant délibérément le tutoiement. Tu étais amoureux de Camille. On te l'a prise et...

L'étudiant paniqua.

– Non... C'est pas moi, je vous le jure...

– Vraiment ?

Silence. Hervé était tétanisé. Il cachait manifestement quelque chose.

Diallo la joua magnanime.

– J'ai bien envie de te croire. Mais il va falloir me dire ce que tu sais.

– Je ne sais rien.

– Allons... Tu préfères que je t'emmène avec moi ? Je ne suis pas sûr que ton père apprécierait.

Une pause, infime. Puis le lieutenant asséna le coup de grâce.

– À moins qu'il t'ait donné un coup de main ? Après tout, il serait le mieux placé...

Les lèvres du garçon se mirent à trembler.

– Non. Pas mon père ! Il... Il n'a rien à voir avec ça.

Le Black sentit que la partie s'ouvrait. Il haussa le ton :

– Qui, alors ?

Hervé avala sa salive. Son visage avait pâli. À reculons, il expliqua :

– C'était l'année dernière. Je fréquentais encore les Rouges-gorges.

– Les quoi ?

– C'est une association de victimes. Quand on a perdu quelqu'un de proche dans un accident. Enfin, vous voyez...

Le policier hocha la tête. L'enquête rebondissait dans une direction inattendue. Il n'en espérait pas tant.

– Au début, j'y allais avec Flore et Gérald. On était tellement mal. Puis Gérald a eu son attaque cérébrale. Trois semaines après la libération de...

La phrase s'était désagrégée. Hervé ne pouvait toujours pas prononcer le nom du meurtrier de Camille.

Il poursuivit :

– Flore était déjà sous antidépresseurs. Mais à partir de là, elle a vraiment craqué.

– Précise.

– Elle a fait une fixation sur ce type. Elle voulait sa peau. Je veux dire... au sens propre du terme. Mais avant, il fallait qu'il souffre. Quand on se voyait, elle me décrivait comment elle s'y prendrait. C'était de la folie. Elle avait tout imaginé, dans les moindres détails.

– Ça correspond à ce que je t'ai raconté ?

Hervé acquiesça d'un mouvement de tête. Puis il murmura :

– Je pensais qu'elle délirait. Je n'arrive pas à croire qu'elle l'ait tué.

Diallo n'y croyait pas non plus. Flore Mérieux avait l'allure et les manières d'une folle. En admettant qu'elle ait réussi à se procurer le matériel, il fallait aussi engager des tueurs et monter tout le scénario : le plan demandait une maîtrise qu'elle n'avait pas. Il nécessitait également d'avoir le bras assez long pour gommer l'incarcération de Laurent. Son mari avait peut-être cet entregent. Mais elle ?

Quelqu'un l'avait aidée. Un homme, probablement. Assez puissant pour aplanir toutes les difficultés, effacer les traces, les rendre insoupçonnables.

Et le lieutenant n'en voyait qu'un.

– Ton père, il est proche de madame Mérieux ?

Moue d'inquiétude.

– Pourquoi ?

– Tu ne crois pas qu'il aurait pu lui donner un coup de main ?

Rictus, cette fois.

– Non, je ne crois pas.

– Tu en es bien sûr ?

– Ils sont en procès. À cause de la société. Depuis que Gérald est hors circuit, ils n'arrêtent pas de se bouffer le nez.

Retour à la case départ. Malgré l'amitié, la douleur partagée, l'argent avait repris le dessus. Michel allait devoir creuser ailleurs. Il allait poser sa question lorsque Hervé le devança.

– Vous pensez vraiment que Flore a un complice ?

– Oui, c'est évident.

– Qu'est-ce qui vous fait croire ça ?

– L'affaire était trop compliquée pour elle. Il lui fallait forcément un soutien.

L'étudiant opina, comme s'il réfléchissait.

– Tu as une idée ? essaya Michel.

– C'est-à-dire que...

– Dis toujours.

– Il y avait un type à l'association. Du genre pas commode. Il n'arrêtait pas de répéter que les victimes avaient le droit à la réparation. Qu'il ne fallait plus culpabiliser quand on sentait monter la violence. Que c'était normal d'avoir des pulsions de meurtre.

– Et ?

– Flore était toujours fourrée avec lui. C'était devenu une sorte de... gourou.

Le policier cherchait un salaud ancré dans le réel, un homme d'action. Pas un maître à penser. Il demanda à tout hasard :

– Qu'est-ce qu'il faisait aux Rouges-gorges ?

– Il animait des débats.

– En qualité de victime ?

– Non. C'était un juge.

Un flash immédiat... L'absence de casier, le nettoyage à la maison d'arrêt, les pressions sur la presse. Chacune de ces aberrations s'expliquait à présent. Un juge. Une personnalité organisée, jouissant de relais dans l'Administration. Avec Flore Mérieux, ils avaient couvert tous les aspects de l'opération.

– Tu connais son nom ?

Hervé haussa les épaules.

– Non. Le principe à l'association, c'était l'anonymat.

Diallo n'insista pas. Le jeune homme avait lâché tout ce qu'il savait. L'identité de ce joker, il suffirait de la soutirer aux responsables des Rouges-gorges.

– Merci, Hervé. Tu m'as vraiment aidé.

– Mon père n'aura pas d'ennuis ?

– Ne t'inquiète pas pour ça. Je crois même que ses affaires vont s'arranger...

78

Boulevard de Sébastopol.

Ambiance électrique du samedi après-midi. Des hordes de banlieusards prenaient d'assaut le quartier des Halles. Un seul mot d'ordre : acheter. Des fringues, des CD, des pompes, n'importe quoi pourvu qu'on ne revienne pas bredouille.

Diallo se gara à l'angle de la rue Rambuteau. D'après Hervé, l'association occupait un local au n° 36, à deux pas du centre Georges-Pompidou.

Espace piétons, foule mélangée, effluves de barbe à papa : le parvis de Beaubourg tenait de la fête foraine. Des touristes en casquette déambulaient sous un soleil de paille pendant qu'un peu partout des artistes de rue faisaient leur numéro.

Le policier trouva l'immeuble. Une façade blanche, étroite, coincée entre un fast-food et un cinéma d'art et d'essai. Il s'engouffra à l'intérieur. Sensation de fraîcheur. Odeur de salpêtre. Le tumulte du dehors s'estompa. Il grimpa au premier. Un seul appartement sur le palier. Une plaque était rivée sur une porte en bois noir : ASSOCIATION DES ROUGES-GORGES.

Il sonna. Pas de réponse.

18 heures. On était samedi. À tous les coups, le local était vide.

Michel jeta un regard rapide en direction de l'escalier. Personne. Puis il observa la serrure. Modèle simple, un seul point, la face émergée d'un modeste verrou. Il s'agenouilla et la crocheta en un éclair.

Son instinct l'alerta aussitôt. Elle n'était pas fermée à clef, comme si on avait seulement tiré la porte. Quelqu'un était peut-être de permanence. Un bénévole, sorti faire une course et qui ne tarderait pas à revenir.

Il dégaina son arme par précaution et se glissa dans l'ouverture.

Clair-obscur. Formes indécises. Il tâtonna pour trouver l'interrupteur. Une lumière crue jaillit d'un plafonnier, révélant un petit vestibule. Une moquette grise couvrait le sol, élimée jusqu'à la trame.

Michel s'avança. Il atteignit une première pièce, entièrement vide, à l'exception d'une batterie de chaises placées en cercle. Le cénacle des pleurs, l'arène du malheur. C'est là que les victimes devaient se réunir, partageant leur douleur dans une grande chaîne d'union.

Il contourna le dispositif. Des photos s'alignaient sur les murs, galerie de portraits figés à la façon d'un mémorial. Les visages souriaient à l'objectif, saisis sous leur meilleur profil. On sentait dans les regards une confiance, une énergie, celle qui emplit les êtres encore habités par la vie.

Michel frissonna. Toutes ces existences amputées, fauchées net au détour d'un virage, d'une route ou d'un trottoir...

Il avança encore. Un couloir. Trois portes. La première donnait sur une kitchenette. La deuxième sur une salle de bains. Des fournitures pour photocopieuse s'entassaient dans la baignoire, à côté d'un vieux fax et de ramettes de papier vierge. Ni dossiers, ni ordinateurs permettant d'accéder aux fichiers de l'association.

Le policier s'immobilisa devant la dernière porte. Il approcha sa main de la poignée quand un craquement retentit, de l'autre côté du mur. Un bruit de percuteur...

Le Black se figea. Son alarme interne se transforma en

carillon d'urgence. Il se souvenait de la 607, de la moto, de ces ombres qui l'avaient pris en chasse sur la Côte d'Azur.

Flore Mérieux avait battu le rappel.

Ils l'attendaient.

Diallo serra la crosse de son arme. L'instant de vérité approchait, pas moyen de faire marche arrière. Il pensa à Françoise. Elle l'avait quitté en lui enlevant Jonathan. Il ne lui restait rien à part cette enquête, qui depuis une semaine l'avait tenu debout.

Son baroud d'honneur.

Il releva le chien. Comme en écho, trois courtes détonations. Il pivota pendant que le bois explosait. Les balles sifflèrent pour aller se ficher dans le mur. Changement d'appuis. Michel fit feu, au travers de la porte. Une salve nourrie, l'intégralité du chargeur vidé à l'instinct.

Le silence retomba. Le policier ouvrit ce qui restait du battant. Au cœur de la fumée, une forme allongée sur le sol. Un homme en jean, chemisette, chaussures de sport. Le corps criblé d'impacts. Une mare de sang s'étendait tout autour, imprégnant la moquette de reflets vermillon.

Michel s'agenouilla, arme au poing. Deux doigts sur la gorge du type. Plus de pouls. Il le palpa rapidement et trouva un protège cartes en cuir.

Une carte tricolore.

Un flic.

L'ancien petit ami de Camille avait dit la vérité. Ceux qui avaient buté Laurent Charvet appartenaient à la maison. La grande. Celle qui allait de l'îlotier de base aux pontes de la magistrature. Une institution puissante, chargée par la société d'une seule et même mission : éradiquer le virus de la criminalité. Les premiers posaient le diagnostic et isolaient la souche, les seconds la traitaient. Une intégration verticale, réglée comme du papier à musique.

Cette fois, le remède avait été radical. Pour Laurent, il n'y aurait pas de récidive.

Michel se redressa.

Un juge, avait dit Hervé...

Au cœur de cette affaire, ce juge avait utilisé des policiers pour monter l'opération. Des hommes de terrain, qui n'avaient pas eu de mal à réquisitionner des véhicules de l'Équipement. Prudents, ils s'étaient bien gardés de contacter la DDE de Nogent. Puis ils avaient organisé l'embuscade. Deux équipes, nanties de moyens radio.

Un boulot de pro, cornaqué par un pro.

Le Black imagina un procureur. Le seul magistrat qui commandait vraiment aux flics. Dont la mission première était de protéger l'ordre public. La cheville ouvrière de toute l'affaire. Pour boucler le cercle, il fallait l'identifier.

Diallo balaya la pièce du regard. Des papiers, partout, répandus sur le sol. On avait fouillé le périmètre. Son collègue cherchait quelque chose. Sans doute la même que lui, mais pour une autre raison. On l'avait envoyé sur place récupérer un document, la preuve d'un lien noué entre son patron et Flore Mérieux.

Il délaissa ce foutoir et poursuivit l'exploration. Toujours pas d'informatique. L'association devait se servir d'ordinateurs portables. À moins qu'elle en soit restée au stylo et au cahier d'écolier. Dans le coin, un petit bureau. Vide. Deux chaises de part et d'autre, évoquant plus la confession en tête à tête que le travail de secrétariat.

Michel repéra les étagères. Elles occupaient tout un pan de mur. Des dossiers encore, entourés par des élastiques. À vue de nez, une bonne vingtaine.

Une vague de découragement l'envahit. L'autre n'avait rien trouvé. Parce qu'il ne savait pas où chercher. Il s'était acharné sur des tonnes de paperasse, avec sans doute pour instruction de repérer un élément compromettant et de le supprimer.

Un nom.

L'identité d'un magistrat qui, sous aucun prétexte, ne devait apparaître. Un nom qui d'une façon ou d'une autre avait circulé. Probablement à une époque où il n'était pas encore question de tuer Laurent.

Michel se motiva. Un dernier effort et il aurait le chaînon manquant. Il éplucha les dossiers un par un. Des documents anodins, copies de procédures judiciaires dans lesquelles les Rouges-gorges étaient intervenus en qualité de partie civile. Scooter percuté par un car, voiture contre poids lourds, perte de contrôle de véhicule... Chaque fois, une victime innocente. Chaque fois, des familles déchirées.

Puis il tomba sur des infos plus parlantes. L'association entretenait des liens avec d'autres structures, à travers toute l'Europe. Grande-Bretagne, Allemagne, Suède, Belgique... Les pays du Nord semblaient avoir sa préférence. Une sorte de réseau informel qui luttait dans l'ombre pour aider les victimes.

Toujours aucun nom.

Après une heure de recherches, Michel n'avait pas avancé d'un iota. Il avait disséqué les trois quarts des archives et commençait à douter.

Il s'étira. Plus que cinq ou six dossiers avant de rendre les armes.

Il en prit un au hasard.

Cette fois, il s'agissait de documentation. Des feuilles agrafées par paquets de dix ou quinze, évoquant des thèmes en rapport avec le préjudice des victimes. Aspect matériel, juridique, psychologique : les responsables avaient balayé large.

Soudain, un texte attira son attention. Il s'agissait d'une sorte de mémoire, plus volumineux que les autres, dont le titre ne laissait aucun doute sur son contenu : *Légitime Violence.*

Ce titre lui fit penser à un vieux film, tourné dans les années quatre-vingt, dans lequel Claude Brasseur jouait le rôle d'un homme qui se faisait justice lui-même.

Diallo serra les dents en constatant qu'on avait biffé le nom de l'auteur à l'aide d'un marqueur. Sûrement pour respecter le sacro-saint principe d'anonymat. Seule subsistait sa qualité, placée devant le patronyme caché.

« Monsieur le procureur... »

Son cœur battit plus fort. Un peu plus bas, se découpant tel un fronton de feu, l'indication qui lui manquait. Celle qui trahissait le magistrat, et justifiait que son flic fasse le ménage.

L'allocution avait été prononcée à l'occasion d'un séminaire, en juin 2001.

Le thème : « L'abolition de la peine de mort, conséquences et perspectives après vingt ans de pratique judiciaire. »

Le lieu : université de Paris II, 92, rue d'Assas.

Le policier prit le document et se leva. Dans moins d'une heure, tout serait bouclé.

– XIII –

79

– Marc, c'est moi.

– Tu es rentrée ?

Claire éclata en sanglots. La voix de Rivière, une voix amie, venait de faire craquer les digues.

– Je... Je suis... dans ma... voiture...

– Claire ! Qu'est-ce qui se passe ?

– Ça... Ça a foiré. Mayol est mort.

– Mort ?

– Deux types. Des... Des flics. J'ai couru...

Elle s'interrompit. Les souvenirs de sa fuite l'assaillaient. Les rues désertes, la boulangerie, le bus. Puis, tel un phare dans la tourmente, la verrière de la gare Bruxelles-Midi. La suite était plus floue. Des quais bondés, le TGV Thalys, le sourire commercial du type qui lui avait servi un thé. Après, plus rien. La magistrate avait sombré dans un trou noir. Elle s'était retrouvée à Paris, déboussolée, avait récupéré sa Golf au parking et passé l'appel.

Elle reprit, essayant de se calmer :

– Il faut que je te voie. Tout de suite.

– Bien sûr...

– Où ?

– Je suis chez moi.

– J'arrive.

La juge enclencha la première et s'engagea sur la rampe. À l'extérieur, les lumières de la ville s'allumaient, lucioles blanches dans un ciel encore clair. Elle remonta le boulevard Barbès vers la Porte de Clignancourt. Samedi soir. Artères chargées à bloc, ballet des pare-chocs. Pour rejoindre Vincennes, elle préférait prendre le périphérique.

Elle alluma la radio. Une façon de chasser les serpents qui sifflaient sous son front. France Info. Sa station préférée, celle qu'elle écoutait chaque matin en allant au Palais. Elle reconnut la voix de la journaliste. Rauque, ferme, le timbre d'un métronome égrenant la comptine du malheur. Nouvelles menaces du groupe Al-Qaïda, bilan provisoire de la canicule, trois départements du Sud ravagés par les flammes, reprise des attentats dans la bande de Gaza...

Malgré tous ses efforts, Claire ne parvenait pas à s'y intéresser. Le visage de Mayol dansait devant ses yeux, une ombre aux cheveux d'ébène, dont le regard perçant semblait la questionner. Que vas-tu faire maintenant, petite fille ? Qui s'occupera de toi ? Qui te protégera ? Puis, dans un fondu-enchaîné de douleur, le sourire franc de Fabrice. Les deux spectres se superposaient jusqu'à ne faire plus qu'un. Ils condensaient en une synthèse vertigineuse cet équilibre qu'elle n'avait jamais su atteindre. Cette peine aussi, qui à présent serait sa seule compagne.

Elle arrivait Porte des Lilas quand l'annonce claqua sur les ondes : « Évasion à la maison d'arrêt de Fresnes ».

Claire monta le son.

« Serge Foulon, le cannibale de la prison de la Santé, s'est évadé ce matin du Service médico-psychologique régional de Fresnes. L'homme, déjà condamné pour viol en 1995, avait dès sa sortie de prison tiré trois balles mortelles sur son avocat, Maître Fabrice Bosco, alors que ce dernier s'apprêtait à plaider une affaire devant le tribunal correctionnel de Pontoise. Mis en examen et écroué pour assassinat, Foulon s'en était pris à l'un de ses codétenus. Après l'avoir étranglé, il lui avait ouvert le thorax pour prélever un morceau de poumon. Puis il l'avait ingéré, ce qui avait conduit à son placement au SMPR. Cette évasion, qui s'est produite à l'occasion d'un transfert au palais de justice de Paris, intervient au moment où le juge d'instruction en charge de son dossier s'apprêtait à prononcer un non-lieu. On sait en effet que la folie... »

Claire éteignit. Les conséquences pénales d'une absence de discernement chez un criminel, elle connaissait par cœur. Ce qui l'intriguait, c'était cette évasion. Ça ne cadrait pas. Pourquoi, après avoir provoqué les conditions d'un non-lieu, prendre le risque de tout faire échouer ? Foulon avait-il peur que son plan ne fonctionne pas ? Craignait-il de passer toute sa vie derrière les barreaux ? Ou était-il vraiment fou ?

Elle arrivait Porte de Vincennes. 22 h 15. La nuit galopait à sa rencontre, portant dans son sillage les terreurs les plus folles. Foulon savait qui elle était. Il rôdait à présent dans le noir, psychopathe capable du pire.

Si, à présent, il s'en prenait à elle ?

Elle verrouilla les portières. Au loin, tels des guerriers en embuscade, les arbres du bois de Vincennes fonçaient encore l'obscurité.

80

L'impasse était plongée dans l'ombre.

Coincée entre le château et l'hôpital Béguin, la municipalité avait toujours refusé d'y installer un éclairage public. La rue étant privée, les riverains n'avaient qu'à se débrouiller.

Claire se fraya un chemin au milieu des nids-de-poule. De part et d'autre de la trouée, des villas élégantes, protégées par des murs hauts et des portails aveugles. Le calme bourgeois d'une enclave ignorée.

Elle se gara devant le domicile de Marc. Un bref regard avant de déverrouiller les portières. La voie était libre. D'un pas rapide, elle franchit les quelques mètres la séparant de l'entrée et s'annonça par l'interphone.

La porte s'ouvrit. Pénombre encore. Volets fermés, comme si le procureur était couché. Elle traversa le jardin en courant. Le vent s'était levé. Il animait les cyprès, murmurait des sons étranges qui virevoltaient dans ses tympans. La plainte des âmes en peine...

Elle arriva sur le perron. Rivière l'attendait, tiré à quatre épingles dans un costume foncé. Il paraissait préoccupé.

– Entre.

Elle s'engouffra dans la bâtisse. Une lampe à basse tension éclairait faiblement le vestibule. Un silence de chapelle donnait une impression de veillée funèbre. Derrière elle, Marc referma le verrou.

Dans le salon, toujours aussi peu de lumière. Les vieux meubles de famille luisaient d'un éclat chaud, emprisonnés dans une écorce de cire. Pas de vases, pas de fleurs, pas de télé non plus. Coincés dans les entrailles d'une bibliothèque, des centaines de livres. La pièce ressemblait à un salon de lecture : un lieu spartiate, dépouillé de toute tentation. La double porte donnant sur la salle à manger était fermée, rétrécissant encore l'espace.

Claire se laissa choir sur le canapé. Sensation immédiate de sécurité. Elle avait passé là des heures, à déverser sa peine sur l'épaule de Marc, à lui parler de Fabrice, d'elle, de cette douleur qu'elle ne réussirait jamais à surmonter. Ici, dans cet abri intemporel, elle avait pu souffler.

Soudain, elle se crispa. Elle venait de repérer une odeur, un fumet inhabituel, incongru dans ce sanctuaire. Celui du tabac froid. Rivière ne fumait pas. Il était même du genre à refuser cette liberté aux hôtes qu'il recevait.

Marc n'était pas seul.

Gênée, Claire demanda :

– Je ne te dérange pas, au moins ?

Le procureur prit place à côté d'elle. Il répondit d'un ton pincé :

– Non... Bien au contraire.

La magistrate resta perplexe. La tenue de Marc, chez lui, un samedi soir, son air tendu, ce parfum de tabac... Et maintenant cette gêne. Elle commençait à se demander s'il n'y avait pas une femme dans l'air...

Rivière croisa les jambes et l'invita à parler :

– Alors ? Que s'est-il passé ?

Voix chaude, enveloppante. Claire remisa ses interrogations et déversa son histoire. La piste, qui les avait conduits de Chinatown à Bruges, de l'univers des arts martiaux à celui des hooligans. L'assassinat du policier physionomiste, vingt ans plus tôt, massacré à coups de barre à mine par un skin déjanté. Humbert, ou Shloos, le même en tout cas qui s'était écrasé sur le parvis des Olympiades.

Elle évoqua ensuite la découverte du mobile. Une vengeance, à travers laquelle on avait reproduit le scénario du premier meurtre. Leurs suspicions s'étaient portées à tort sur le patron de la brigade des stades, Henri Luxen. Enfin, dans un filet de voix, elle décrivit le guet-apens tendu par les flics belges. La mort probable du commissaire Mayol. Sa fuite...

Rivière écoutait, impassible. Claire reprit son souffle et lâcha la conclusion, une découverte invraisemblable qui l'avait amenée à venir chercher sa protection.

– On a identifié le commanditaire. Je sais que tu vas avoir du mal à l'avaler mais l'affaire est pilotée par un magistrat.

Pas de réaction. Le procureur la fixait, comme s'il attendait la suite. Claire déglutit avant de préciser :

– Il s'appelle David Stern. C'est le fils du physionomiste. Il est devenu procureur du roi à Bruxelles et a utilisé ses réseaux pour faire assassiner Humbert.

– Tu en as la preuve ?

– Non. Luxen l'a révélé à Mayol avant de prendre une balle dans le crâne.

Un temps. Le haut magistrat semblait évaluer la situation. Puis il hocha la tête lentement et murmura :

– Bien... Ça simplifiera les choses.

La jeune juge se demanda si elle avait bien entendu.

– Que veux-tu dire ?

Lentement, Rivière se redressa. Il prit la main de sa collègue et l'invita à se lever.

– Viens. J'ai quelque chose à te montrer.

81

Marc la précéda le long d'un couloir sombre.

Son pas était tranquille, ses gestes mesurés. Telle une vision sortie d'un songe, sa silhouette altière se découpait dans le fin rai de lumière qui provenait de la cuisine.

Claire bouillonnait. À quoi jouait-il ? Pourquoi tous ces mystères ? Une gêne diffuse montait en elle, qu'elle ne parvenait pas à déchiffrer.

Il s'arrêta devant une petite porte. La jeune femme savait qu'elle donnait sur le jardin arrière, et comprenait de moins en moins. Rivière tira le loquet. Le vent s'engouffra dans la maison, un souffle chaud chargé d'humidité, comme l'annonce d'un orage.

Ils descendirent les trois marches qui conduisaient à la pelouse. Clair-obscur, images en noir et gris que projetait une lune voilée. Bourrasques. Rivière alla tout droit vers le fond de son enclos.

Il s'arrêta devant une masse plus sombre. Deux battants de bois, formant une sorte de coffret incliné dont la largeur n'excédait pas un mètre. Des poignées de métal en assuraient l'ouverture, condamnées par une chaîne et un cadenas. Le procureur sortit une clef de sa poche et libéra l'accès. Puis, dans le mouvement, il dégagea la trappe.

Claire ne comprenait toujours pas. Mais maintenant, elle

commençait à avoir peur. Une crainte irrationnelle devant le gouffre noir qui allait l'aspirer.

Elle demanda, essayant de paraître détachée :

– Tu m'emmènes où, là ?

Ton rassurant du procureur.

– N'aie pas peur. On a refait l'escalier l'année dernière. Fais juste attention à ta tête, c'est un peu bas de plafond.

Sans attendre, il s'accroupit et actionna un interrupteur. Une trouée de lumière perça l'obscurité. Sourire aux lèvres, Rivière plongea sous terre.

Prudente, Claire se pencha d'abord. Une haleine de moisi lui sauta au nez. Elle passa outre et détailla le puits. En fait d'escalier, il s'agissait plutôt d'une rampe, étroite et raide, sur laquelle étaient greffées des lattes de fer. En bas, on devinait un sol de terre battue.

La voix de Rivière monta vers elle, comme étouffée.

– Tu viens ?

Plus le choix. Elle devait descendre. S'immerger dans cette tombe. Claire prit sur elle pour enjamber le parapet. Très vite, elle se mit à flotter. Sa vieille claustrophobie se rappelait à elle. Prisonnière dans ce boyau, la magistrate voyait les parois se rapprocher, se déformer, comme si elles respiraient. Elle ferma les yeux. Une marche après l'autre, tout en contrôlant sa respiration...

L'épreuve dura une éternité. Enfin, elle sentit sous ses pieds une surface molle et rouvrit les yeux. Marc était devant elle, dans une salle ronde soutenue par deux croisées d'arc-boutants. Une crypte, en pierre de taille, construite six mètres sous terre. L'ouvrage semblait bien plus ancien que la maison. Des bouteilles de vin s'alignaient contre les murs, couchées comme des obus de mortier au fond de casiers ajourés.

Le procureur prit un air enjoué.

– Étonnant, non ? Cette cave date du XVIe siècle. Personne ne l'a jamais bouchée.

Claire acquiesça, lointaine.

– Marc, qu'est-ce qu'on fout là ?

Un tressaillement, à peine visible. Le regard gris acier harponna la jeune femme.

– On est venu faire un test.

– Quoi ?

– Ce sera très simple. Et pour ma part, je n'ai aucun doute. Tu vas passer l'épreuve avec succès.

La juge se figea. Un test... Une épreuve... L'étrange comportement de Marc s'expliquait à présent. Qu'attendait-il ?

Il posa une main sur son épaule.

– Détends-toi. Tu n'as aucune raison d'avoir peur. Je te l'ai dit.

Sans quitter Claire du regard, il plongea sa main dans un casier. Les bouteilles pivotèrent dans un mouvement synchrone, libérant dans le mur un passage.

– Suis-moi.

Ils s'engagèrent dans un corridor creusé à même la roche. Des ampoules l'éclairaient, protégées par des grilles de fer. L'odeur de renfermé prenait la gorge.

L'inquiétude culmina quand la juge découvrit ce qui bordait le boyau. Des portes en bois plein, serties de rivets en acier et munies d'un œilleton. Des portes de cachot. Elle avait vu les mêmes lors d'une visite à l'île du Diable, l'ancien pénitencier construit au large de la Guyane.

Rivière s'arrêta devant l'une d'elles.

– Regarde.

Claire colla un œil contre la loupe. Elle recula vivement, surprise par ce qu'elle venait de voir. Une forme humaine, allongée sur une paillasse crasseuse, éclairée par une lumière électrique.

– Regarde bien, répéta le procureur. Prends ton temps.

La juge lui lança un regard anxieux. Puis elle se rapprocha encore. L'homme était sur le dos, un avant-bras couvrant son visage. Il se protégeait du néon. Il portait un pantalon de toile blanc, un tee-shirt blanc et des chaussettes de sport, blanches également.

La voix de Rivière s'éleva à nouveau.

– Alors ?

Claire était sous le choc. Sans parvenir à décoller son œil du judas, elle demanda :

– Qu'est-ce que ça veut dire ?

– Tu ne le reconnais pas ?

– Non. Je ne peux pas voir son visage.

– Attends.

Rivière martela la porte du poing, faisant tressaillir la jeune femme. À l'intérieur de la cellule, l'homme remua dans son sommeil.

Claire cessa de respirer.

En dégageant son bras, le prisonnier avait révélé ses traits.

Une tête de fouine, des yeux enfoncés et des petites oreilles décollées.

Aucun doute. Elle regardait Foulon.

82

Il était près de 22 heures quand Michel se gara rue d'Assas. Il avait d'abord tenté une recherche Internet, dans un cybercafé des Halles, pour éviter de se rendre sur place. L'écran était resté muet. Les mots clefs « Assas, procureur, légitime violence, conférence » n'avaient rien donné.

Il avait dû se résoudre à faire un saut dans le passé.

De la période de ses études, le Black conservait un souvenir mitigé. Bonheur, avec une soif d'apprendre étanchée par des professeurs exceptionnels. Douleur, avec le sentiment constant de n'être pas à sa place. Dans cette fac où les syndicats d'extrême droite, Gud en tête, tenaient le haut du pavé, la couleur de sa peau constituait un handicap majeur.

Depuis qu'il avait décroché sa maîtrise, Michel n'avait pas remis les pieds dans le quartier. La façade aux cent fenêtres, vestige des années soixante, condensait en un symbole criant ses contradictions les plus lourdes. Sa volonté de s'intégrer au système, et sa rancœur de n'en être qu'une pièce rapportée.

Il s'avança sur le parvis. Grille tirée, portes closes. Un interphone, dans un renfoncement du mur, permettait d'appeler le gardien.

Une voix sèche grésilla dans le boîtier. Michel s'annonça, savourant malgré lui son plaisir. Il n'était plus l'étudiant toléré, celui qui rasait les murs en essayant de se faire discret.

Un vigile vint lui ouvrir. Uniforme bleu marine, bombe lacrymo et matraque télescopique à la ceinture. Sur son blouson, le mot « SÉCURITÉ » en lettres blanches.

Le policier expliqua les raisons de sa visite. Le cerbère fila doux mais ne lui fut d'aucune utilité. Son job se cantonnait à surveiller l'entrée et à faire une ronde toutes les deux heures. À part lui, personne ne gâchait son samedi soir dans ce mausolée.

De toute façon, Michel n'avait pas besoin de guide : il connaissait parfaitement l'endroit.

Laissant le gardien à ses BD, il s'enfonça dans le cœur du complexe. Cadre vieillot, laideur d'une architecture quasi industrielle l'expédiant des années en arrière, quand il cherchait encore à se repérer dans ce dédale de béton et de verre.

Il grimpa au dernier étage. S'il existait une chance de trouver une copie de l'allocution, c'était là, sur les étagères en bois clair de la bibliothèque universitaire. Les juristes gardaient tout, la moindre thèse, le plus petit commentaire d'arrêt. Cette collection méticuleuse constituait le carburant de leur science. Ensuite, il n'y avait plus qu'à l'injecter au bon endroit.

La salle du savoir était dans la lignée du reste. Vétuste, peu engageante, comme si l'on avait voulu priver les étudiants de tout confort. Ici, seul comptait l'apprentissage, celui des règles de droit et des meilleurs moyens de s'en servir.

Le Black alluma les néons. Le trésor apparut.

Des milliers d'ouvrages, alignés tranche contre tranche sur des rayonnages et classés par genre. Droit civil, droit commercial, droit constitutionnel... Il y avait aussi les journaux périodiques : *Recueil Dalloz*, *Semaine Juridique*, *Gazette du Palais*. Et tellement d'autres publications, assoupies dans l'attente d'un œil avide de connaissances.

Le policier se dirigea vers le bureau du responsable. Il

alluma l'ordinateur sur lequel était répertorié l'ensemble des titres en stock. Sans cette mémoire artificielle, impossible d'y voir clair...

Aucun mot de passe, on ne dissimulait pas ici les archives secrètes du Vatican. Il lança la recherche. La machine moulina et afficha sa réponse : trois lignes en forme de victoire qui éclairèrent le visage de Diallo.

« Légitime violence.
Allocution du 14 juin 2001.
Auteur : Marc Rivière. »

83

Claire fixait Marc.

Elle cherchait dans ses yeux une réponse, un indice qui lui aurait permis de comprendre. Foulon était à quelques mètres, enfermé dans un cachot, au fond d'une cave...

La cave de Marc.

La seule explication du procureur avait été : « C'est pour toi qu'il est là. C'est lui ton test. » Puis il l'avait entraînée à l'air libre.

Revenu dans le salon, Rivière s'était servi un cognac. Il lui en avait proposé un, que Claire avait accepté. Pour atténuer le choc qu'elle venait de subir.

– Tout ça doit te paraître surréaliste, entama le procureur...

Claire était au-delà des qualificatifs courants. Elle murmura seulement :

– Qu'est-ce que tu as fait ?

Sourire froid.

– Disons que j'ai remis un peu d'ordre dans la procédure. Le temps que tu te décides.

– Que je me décide à quoi ?

– À regarder les choses en face. À arrêter de te mentir.

– Comment...

– Je n'avais pas le choix. Il fallait que tu aies toutes les cartes en main. Pour te déterminer librement.

Marc parlait sur un ton didactique, celui d'un professeur encourageant son élève. Pourtant, une lueur anormale crépitait dans ses yeux.

Claire essaya de reprendre le contrôle.

– Tu séquestres un détenu. À ton domicile. Et vu les circonstances de son évasion, j'imagine que c'est toi qui as monté le coup. Tu es devenu fou ?

Rivière agita son verre. Après avoir humé le nectar, il asséna :

– En soi, les faits ne sont rien. Une matière brute, des éclairs de hasard. Leur relief se dévoile plus tard, quand on décide de les éclairer. Et là, on réalise à quel point une même situation peut prendre une signification différente. J'ai pris la liberté de soustraire Foulon à la justice. Dont acte. Suis-je fou ? Ou au contraire, clairvoyant ? Tout dépendra du point de vue de ceux qui auront à en décider. Et des arguments que je leur fournirai pour se forger une conviction. Je sais que tu comprends ce raisonnement mieux que quiconque. Tu es magistrat.

– Je n'ai jamais violé la loi.

– Non. Mais c'est la loi qui est en train de te baiser. Tu trouves ça mieux ?

Un trou d'air. Dans l'écho de ces paroles abruptes, Claire voyait se déployer les images d'un cauchemar. Le visage de Fabrice, forme incertaine constituée de fumée grise. Puis celui de Foulon, rictus aux lèvres. Une masse qui se lève, vêtue de la robe rouge des présidents de cour d'assises. Un souffle froid l'accompagne, balayant tout sur son passage. Les traits de Fabrice se tordent, se brouillent, s'effacent. Il n'y aura pas de procès, pas de vengeance, pas de deuil. Elle n'entend plus que le rire de Foulon, un cri de victoire qui rebondit dans ses tympans.

Rivière dut sentir le flottement. Son argumentation avait fait mouche. Il enfonça le clou.

– Le rapport d'expertise est déjà tombé. Il n'y aura pas moyen d'éviter le non-lieu.

La jeune femme n'avait jamais vraiment cru que Marc

pourrait infléchir le cours de la procédure, qu'il réussirait à manipuler un expert psychiatre, à téléguider un juge d'instruction.

Mais à présent, elle saisissait le véritable enjeu de ces promesses absurdes. Rivière s'était joué d'elle. Leur dîner, au restaurant Paul, n'avait été qu'une mise en condition. Un premier test. Elle se souvenait de ses paroles, de son discours, de ce doute qu'il avait instillé en elle pour la placer face à ses contradictions. Son désir de vengeance contre son vœu de respecter la loi. Il voulait savoir ce qu'elle ressentait vraiment. De quel côté penchait la balance. Sans doute avait-il déjà prévu d'enlever Foulon.

– Et maintenant ? demanda Claire. Il se passe quoi ?

Rivière l'enveloppa du regard. Un chat, prêt à bondir sur une souris.

– Ça dépend de toi. Si tu ne veux pas aller plus loin, on oublie tout et je le relâche devant un commissariat.

– Tu n'as pas peur qu'il raconte son aventure ?

– Aucun danger. Il est shooté. Il ne se souviendra de rien. On le replacera au SMPR, direction le non-lieu et l'UMD[1] avant la fin de l'année.

Le scénario catastrophe. Une fin en queue de poisson, qui aurait pour Claire un goût de défaite. Malgré elle, la magistrate gardait encore l'espoir d'une autre issue.

– Ou alors ?

Le procureur eut un sourire victorieux.

– Je t'offre une opportunité. Celle d'obtenir ce que tu désires le plus au monde.

Claire avait déjà compris. Marc lui proposait en effet ce qu'elle désirait le plus au monde, et redoutait tout autant.

Elle demanda, pour être sûre.

– De quoi s'agit-il ?

– D'un procès. Celui de l'assassin de Fabrice.

1. Unité pour malades difficiles.

84

Les ombres formaient sur le visage de Marc des reliefs acérés. Pic élancé du front, fine ligne de crête du nez, gouffre profond des joues. À cet instant, il incarnait de façon terrifiante la loi dont il se réclamait. Un glaive, plus effilé qu'un rasoir, qui toute sa vie avait taillé en pièces l'hydre du crime.

Claire connaissait son collègue. Un templier, dévoué corps et âme au service des victimes, au respect des règles qui protégeaient la société. Ses réquisitoires étaient des charges, il réclamait toujours le maximum. Mais il le faisait dans le cadre établi du Code, dans les strictes limites qu'imposait sa fonction.

Là, il avait carrément dérapé.

Un procès. Marc comptait se substituer à l'institution pour exercer une justice parallèle. Une justice qui n'en aurait que le nom, rendue sur un coin de table, hors des sentiers légaux.

Et il lui proposait de participer à ça !

Parce qu'elle était fragile, parce qu'il avait su percevoir sa détresse, sa colère. Il avait joué sur du velours, deviné que ces sentiments prendraient le pas sur son serment de magistrat.

Le cœur contre la raison. L'instinct contre la pensée.

Dans le cœur de Claire, la lutte faisait rage.

Assis face à elle, Rivière n'avait pas bougé d'un centimètre. Sa silhouette hiératique se découpait dans la pénombre, presque irréelle. Il attendait...

La juge rompit le silence.

– Quand as-tu imaginé ce plan ?

Le procureur ajusta ses lunettes.

– D'abord, tu dois savoir que je ne suis pas seul. Notre tribunal rassemble une dizaine de collègues, tous des hauts magistrats du siège et du parquet, ressortissants de plusieurs pays d'Europe. Nous nous sommes rencontrés à l'occasion de séminaires, de réunions ou de colloques et nous avons constaté que nos points de vue convergeaient.

– Mais encore ?

– La Justice va à vau-l'eau. Le crime augmente sans cesse car les institutions ne sont pas capables de fournir une réponse adaptée. La peur de la condamnation n'existe plus. L'incarcération effective ne dépasse pas trente ans et dans la plupart des cas, on libère à mi-parcours. Quant à certaines infractions, même lorsqu'elles ont provoqué le décès d'une victime innocente, elles sont à peine punies.

– Arrête-moi si je me trompe : c'est la loi, non ?

– Justement. C'est ce que nous lui reprochons. Trop de laxisme. Trop de compromis. Les sanctions ne sont plus significatives. Plus adaptées. Les victimes plus considérées. On les a sacrifiées sur l'autel de la réinsertion. Il était urgent de réagir, de s'impliquer différemment.

Rivière marqua une pause. Derrière les verres demi-lune, ses yeux ne lâchaient pas ceux de la jeune femme.

Il reprit sur le même ton distant :

– Nous avons décidé de pallier les carences du système. De créer une juridiction indépendante, autonome, capable d'assumer son rôle dans toute sa plénitude. Nous sélectionnons certaines affaires, déjà jugées, pour lesquelles les auteurs ont été condamnés par la justice de leur pays. Nous les réinstruisons entièrement, puis nous siégeons de façon collégiale et appliquons notre décision.

La magistrate se tassa. Le discours laissait présager une issue inquiétante.

– Je suppose que votre cour se passe d'avocat...

Le procureur opina.

– Les magistrats qui siègent avec moi sont tous de grands professionnels. Ils connaissent le contexte et n'ont pas besoin qu'on leur serve le couplet misérabiliste habituel. De toute façon, le débat se résume à la peine. La culpabilité n'est plus un sujet. Elle a déjà été jugée par d'autres.

– La peine mérite aussi une discussion contradictoire, rétorqua Claire. Le droit d'être défendu...

Rivière la coupa :

– Tu ne comprends pas. Il ne s'agit pas de savoir si l'accusé mérite ou non la mort. Si nous rejugeons son dossier, c'est que ce point est acquis depuis longtemps.

On y était. La peine de mort, rétablie par une poignée d'illuminés. Déboussolée, elle demanda :

– De quoi discutez-vous, alors ?

– De la façon dont elle sera donnée.

Claire sentit des fourmillements parcourir sa colonne vertébrale.

– Qu'est-ce que ça veut dire ?

– Tu vas le savoir. Mais rassure-toi : dans chaque cas, nous procédons par vote.

Claire prenait la mesure du système. Tout était joué d'avance, mais on sauvegardait quand même les apparences. Une caricature de procès, un pseudo-débat, un vote. Rien n'avait été laissé au hasard.

La curiosité l'emporta. Elle chercha à en savoir un peu plus.

– Comment choisissez-vous les dossiers ?

– La personnalité du criminel est le premier critère. Il faut que l'individu soit irrécupérable.

– Qu'entends-tu par là ?

– Un être noir, mauvais dans son essence. Quelqu'un qui soit incapable d'évoluer, de s'amender. Qui n'apportera jamais rien à la société, hormis violence et destruction.

En découvrant ce portrait-robot, Claire ne put s'empêcher de penser à son enquête. Sur ce point au moins, Marc avait raison. De tels êtres existaient. Elle en avait croisé un.

Le procureur continuait sa démonstration.

– Il y a des pédophiles, des braqueurs, des mafieux. Mais aussi des drogués, capables d'égorger une vieille dame pour se payer leur dose. Ou encore des trafiquants de chair humaine, qui réduisent leurs semblables à l'état de bête de somme, des proxénètes qui n'hésitent pas à défigurer une fille pour la punir, des poivrots chroniques qui assassinent des familles entières sur les routes... Le Mal est partout. Il pousse sur le fumier que nous avons nous-mêmes laissé pourrir au cœur de notre pays. Pense aux cités, ces viviers de délinquance dans lesquels la seule loi reconnue est celle de la terreur. On y torture, on y viole... Crois-moi, Claire, la liste est longue.

La juge écoutait, atterrée. Elle avait réagi en terme de vengeance, une pulsion naturelle qui l'avait poussée à souhaiter la mort de Foulon. Là, on lui parlait de système. D'un plan froidement concerté. Ces dingues avaient établi une liste, une liste interdite dont ils rayaient les noms au fur et à mesure. Malgré sa propre histoire, sa douleur et ses doutes, elle ne pouvait adhérer à ça. Elle murmura :

– Tu es fou.

Rivière la regarda d'un air étrange. Impossible de savoir si la remarque l'avait touché. Il soupira.

– Je pense aux victimes. Celles dont on a volé ou mutilé la vie. Mais aussi aux autres. Les familles, les proches, ces oubliés qui n'ont que leur peine pour survivre. Des hommes et des femmes à qui l'on a tout pris. Et qui doivent accepter qu'un jour, le responsable de leur malheur respire à nouveau le même air qu'eux.

Un silence se referma sur ses paroles. De celles qui planent au-dessus des cours d'assises, quand l'avocat général a terminé ses réquisitions. Claire n'avait pas vu le coup venir. En quelques phrases simples, Marc avait dépeint le calvaire qui résumait son existence.

Elle se sentit flancher à nouveau. Si elle refusait l'offre, le meurtrier de Fabrice s'en sortirait. Et son avenir prendrait l'allure d'un chemin de croix. Elle n'avait qu'à dire oui. Un simple mot. Elle vendrait son âme au diable, mais trouverait la paix.

Rivière acheva son travail.

– Je te l'ai dit, nous sélectionnons nos dossiers avec soin : les accusés méritent le sort que nous leur infligeons. Foulon est irrécupérable, tordu jusqu'à la moelle. Il est du même acabit que Shloos.

Claire tiqua en entendant le patronyme. Elle avait dit à Marc qu'Humbert avait changé d'identité, sans pour autant lui révéler qui était réellement le hooligan.

– Comment connais-tu ce nom ?

Le procureur joignit les mains. Une aura de gravité flottait maintenant autour de lui.

– Je voulais que tu te fasses ta propre idée. Que tu découvres par toi-même quel genre d'individu nous rejugeons. Il fallait que tu comprennes le bien-fondé de notre démarche. Que tu le comprennes avec tes tripes. Shloos incarnait tout ce que nous combattons. Il était « parfait »...

Claire vacilla en saisissant l'évidence.

– Ce n'est pas Stern qui a fait tuer Humbert. C'est toi.

– Ni lui, ni moi. Parlons plutôt d'une décision collective. Votée à l'unanimité par un jury professionnel composé de douze magistrats.

– Humbert faisait partie de votre liste...

– Quand j'ai rencontré Stern, il avait perdu sa trace depuis longtemps. Fort heureusement, le hasard nous a aidés. J'ai levé notre lièvre grâce au Renseignements généraux d'Ivry. Ils m'ont parlé de combats organisés dans un entrepôt. Un géant roux venait s'y produire. Stern m'avait donné le signalement, on l'a identifié.

– Et vous l'avez assassiné.

Rivière répliqua :

– Nous avons appliqué une sentence.

Une vengeance en miroir. Une mort brutale, cruelle,

comme celle que le hooligan avait infligée au physionomiste de la brigade des stades. Leur vote portait là-dessus. Leur simulacre de cour décidait si le criminel devait revivre la souffrance de sa victime. Et quel scénario serait utilisé.

– J'imagine que vous ne vous salissez pas les mains. Qui s'occupe des basses œuvres ?

– Quelle importance ? Sache seulement que nous avons des sympathisants dans tous les commissariats d'Europe. La police est elle aussi excédée par la tournure que prennent les choses. Certains fonctionnaires ont fait le choix de nous aider. Ils nous apportent leurs compétences. Nous leur offrons une légitimité.

Tout prenait sens... Des juges, des flics, unis dans une même cause. Une alliance objective, au sein de laquelle tout le monde trouvait son compte.

– Tu voulais m'éclairer, affirma Claire. Alors tu t'es arrangé pour qu'on me confie l'enquête.

– Le doyen Kuong n'a pas été difficile à convaincre. Il y avait peu de magistrats disponibles pendant les vacations judiciaires. Et tu avais besoin de plus d'activité pour oublier tes soucis personnels.

– Comment as-tu pu...

Rivière répondit sur un ton dramatique :

– Je l'ai fait pour toi. Travailler avec nous est un privilège. Et tes états de service ne sont pas encore assez parlants. J'ai pris des risques énormes pour convaincre les autres.

Le cœur de la jeune juge cessa de battre. Marc ne souhaitait pas seulement lui offrir ce procès qu'elle espérait, il lui proposait de faire partie de sa juridiction !

Le procureur poursuivit :

– Nous faisons toujours en sorte de ne laisser aucune trace. Ou d'effacer les pistes qui pourraient remonter jusqu'à nous. Mais là, c'est moi qui ai provoqué l'ouverture de l'information.

Claire était perdue. Un bouchon de liège dérivant sur une mer démontée.

– Que veux-tu dire ?

– Nous avons d'abord maquillé la mort d'Humbert en suicide. Tu es au courant, puisque c'est la piste que tu as analysée au début. Mais peu après, j'ai eu l'idée d'utiliser cette affaire pour te gagner à notre cause. Il fallait donc qu'il y ait enquête, et que je m'arrange pour qu'elle te revienne. Si je n'avais pas contacté cette madame Wong, la police aurait classé le dossier.

La pièce manquante. Celle sur laquelle Mayol et elle avaient buté. Une incohérence dans la logique des faits, qui à présent se transformait en pièce à conviction.

Rivière continuait :

– Il n'a pas été difficile de faire pression sur elle. Un permis de séjour, ça se mérite. J'ai envoyé un de mes flics à son domicile. Il l'a convaincue d'aller se présenter spontanément au commissariat et de rapporter qu'elle avait entendu des cris.

La magistrate voyait le tableau se dessiner sous ses yeux. La Chinoise était sourde. Le soir du crime, elle n'avait rien entendu. Pas plus les cris d'Humbert, s'il avait eu le temps de crier, que les appels de la police. Son témoignage n'était qu'une construction, montée de toutes pièces par Marc.

Comme chaque pan de cette histoire.

Elle songea à Lunel, le substitut en charge du dossier, son ennemi intime que Rivière avait refusé de débarquer. Faisait-il aussi parti du plan ?

Rivière devança la question.

– J'ai confié l'affaire à Lunel. Compte tenu de vos relations, je me doutais que tu ne collaborerais pas avec lui. Tu avancerais seule, et c'était la meilleure garantie de discrétion que je pouvais espérer.

– Tu oublies Mayol.

Sourire condescendant...

– Ton commissaire n'a jamais été un problème. Je m'étais renseigné. Un solitaire, marginal, qui prenait le treizième pour son territoire et naviguait à vue. Pas le genre à taper un rapport chaque fois qu'il lève le petit doigt. Si tu veux tout savoir, j'ai même demandé à Lunel de s'arranger pour qu'il t'assiste. Sur le terrain, il pouvait t'aider à avancer plus vite.

Une erreur de jugement. Lunel ne lui avait pas mis Mayol dans les jambes pour la piéger. Il obéissait aux ordres de Marc, servant malgré lui des plans qui le dépassaient.

Claire avala cette nouvelle couleuvre et enchaîna :

– Jusqu'où comptais-tu me faire aller ? À un moment ou à un autre, j'allais forcément découvrir que tu étais derrière tout ça...

Le procureur s'adossa à son siège. La moitié de son visage disparaissait dans l'ombre. Sa voix s'éleva, glaciale.

– Oui, c'était dans la logique des choses. Si tu sais, c'est parce que je l'ai décidé. Sinon, tu en serais encore à solliciter la mise en cause d'un procureur belge que tu n'aurais de toute façon pas obtenue. Qui aurait accordé un quelconque crédit aux allégations proférées par Luxen ? Un ancien flic, viré de la police. Ce genre de témoignage n'est pas très fiable. Quoi qu'il en soit, ton commissaire, lui, n'avait pas vocation à poursuivre cette enquête. Ce chemin sur lequel je t'ai lancée n'était pas le sien. Il n'a été qu'un pion, qui a joué son rôle avant de quitter la partie.

Claire sentit les murs se resserrer. L'exécution de Mayol, à Bruxelles, prenait une dimension nouvelle. Voix brisée, elle affirma :

– Je t'avais dit qu'on allait chez Luxen. C'est toi qui as prévenu Stern, n'est-ce pas ?

Rivière hocha lentement la tête. Il ressemblait à un psychanalyste, satisfait de constater que son patient progresse. La magistrate déroula le fil, parlant comme pour elle-même.

– Stern a accepté de jouer ce jeu parce que tu l'as convaincu que tout se passerait bien. Qu'il n'y avait aucun danger et que c'était la meilleure façon de me tester. Mais nous nous sommes approchés trop vite de la vérité et, du coup, Mayol devenait gênant. Si tu pensais gérer la situation, Stern en revanche a paniqué. Il a fait assassiner Luxen, puis Mayol. Et moi, bien sûr, il m'a laissée filer.

– Tu avais toutes les cartes en main. Ou presque. Il était temps de conclure.

– Comment pouvais-tu être certain que je me tournerais vers toi ?

– Qui d'autre pouvait t'aider ?

Une boule de rage bloqua la gorge de Claire.

– Tu es un assassin, rien d'autre !

– Ce n'est pas moi qui ai fait tuer ton commissaire.

– Il est mort par ta faute. C'est la même chose.

Rivière enleva ses lunettes et se frotta les yeux. Il semblait fatigué. Puis il parla d'une voix très douce.

– Claire... Je suis désolé pour cet homme. J'aurais préféré éviter ça. Je te le jure. Mais tu dois accepter cette perte. Elle était nécessaire pour te conduire ici.

La jeune femme en avait assez entendu. Elle se leva, et fusilla le procureur du regard.

– Tu t'es trompé sur moi, Marc. Je ne suis pas comme vous.

– Si, tu l'es. Et pas seulement parce que tu es magistrate. Les hommes et les femmes qui siègent à mes côtés ont tous en commun le même destin. Tous ont perdu un être cher. C'est ce qui les a décidés à me rejoindre.

– Pour faire justice eux-mêmes ? Comment peux-tu croire à ce boniment ?

– Cette souffrance n'est que le ciment qui nous lie. Mais nous l'avons dépassée, ce qui nous permet maintenant d'aider les autres à retrouver la paix.

Claire resta interdite. Ce scénario dément, réduisant à néant les fondements de la Justice...

Elle feula presque :

– Et toi ? Tu n'as pas vécu ce genre de drame, que je sache. Alors qu'est-ce qui t'a pris ?

Rivière lui jeta un regard froid. Puis il laissa tomber :

– Tu ne connais pas ma vie, Claire.

85

Rivière avait détourné les yeux. Il fixait à présent un point imaginaire, comme s'il cherchait à accrocher un spectre.

– J'avais vingt-cinq ans. Elle s'appelait Mathilde. Nous allions nous marier. Une nuit, pendant que nous dormions, j'ai entendu du bruit dans le salon. Je suis allé voir ce qui se passait, et là, je me suis retrouvé nez à nez avec un rôdeur. Il s'était introduit dans notre appartement et fouillait les tiroirs. Il était armé. Je n'ai rien pu faire...

Il s'arrêta. Une corde semblait lui serrer la gorge. Claire n'osait pas rompre le silence. Elle percevait une douleur dont l'écho lui était familier.

Le procureur reprit d'une voix blanche :

– Nous étions jeunes. Il n'y avait pas grand-chose à voler. Alors il s'en est pris à nous. Il nous a bâillonnés, m'a attaché, puis... il a violé Mathilde. Devant moi. Plusieurs fois. En me regardant. J'ai oublié son visage, mais je me souviendrai toujours de son rire. J'avais l'impression d'entendre celui du diable.

Nouveau silence. Claire lui demanda doucement :

– Ensuite ?

– Ensuite rien. Mathilde a lentement sombré dans une profonde dépression. Trois ans pendant lesquels je suis resté à ses côtés. Mais c'était trop tard. Ce salaud l'avait cassée. Un matin, elle a fini par se pendre.

Claire avala sa salive avec peine. Le récit de Marc expliquait sa solitude, sa raideur, et bien sûr son engagement au côté des victimes. Il avait sans doute perdu le seul être qui ait compté pour lui.

– L'homme a été arrêté ?

– On l'a arrêté huit mois plus tard pour une affaire similaire. Les tests ADN n'existaient pas à l'époque, mais il y avait les empreintes. Il a tout avoué. La cour d'assises l'a condamné à dix-huit ans de réclusion.

La juge perçut du dépit dans le ton. Elle compléta :

– Mais ça ne t'a pas suffi.

– Non. Ma vie n'était qu'un champ de ruines. Il me restait mon métier, et une haine dont je ne parvenais pas à me défaire. Je ne pensais qu'à une chose, cet instant où il sortirait, où il reprendrait son existence minable.

Ces derniers mots moururent dans le silence, comme l'énoncé d'une épitaphe.

Après un temps, il reprit :

– On l'a libéré après onze années de détention. Le jour de sa sortie a été l'un des pires de mon existence. Impossible d'accepter que ça finisse ainsi. Comme si rien ne s'était passé.

– Et tu as décidé de te venger...

Une lueur de regret passa dans les yeux du procureur.

– J'aurais dû. Mais il ne m'en a pas laissé le temps.

– Que s'est-il passé ?

– Il a repris son activité délinquante. Vols, cambriolages, agressions... Et ce qui devait arriver arriva. Il a fini par tuer un homme. Cette fois, il a été condamné à la perpétuité, assortie d'une peine de sûreté de vingt-cinq ans. Sur l'instant, j'ai cru devenir fou. L'histoire se répétait. Une autre victime en avait fait les frais. Il repartait peut-être en prison, mais il en ressortirait à nouveau. C'est là que j'ai compris à quel point la Justice était faible, et su qu'il me fallait agir pour que tout cela ne se reproduise plus.

Claire écoutait, retournée. Elle aussi souffrait de ce deuil impossible que la justice des hommes ne pouvait prendre en charge.

Marc, lui, avait cru trouver la réponse en se substituant à la loi. En devenant LA LOI. Cette mutation avait fait de lui un criminel.

Elle chercha dans son regard une improbable communion. En vain. Elle ne voyait qu'un homme à la dérive, aux traits durcis par l'amertume. Le combat de Marc n'était pas le sien. Elle savait à présent qu'il lui faudrait vivre son deuil comme tous les autres, ces milliers de victimes qui attendaient un procès imparfait dont l'issue ne réglait rien.

Lentement, elle se dirigea vers la porte.

– Où vas-tu ? lança Rivière.

– Je m'en vais, répondit Claire sans se retourner.

– Tu as bien réfléchi ?

– Oui. Tout ça n'est pas pour moi...

Un silence, chargé de déception. Puis la voix de Marc s'éleva dans son dos.

– Claire...

– Je t'en prie. N'insiste pas.

– Tu ne m'en laisses pas le choix.

Au ton, la juge sentit une menace. Elle fit volte-face et vit le revolver que Rivière pointait sur elle.

– Qu'est-ce que tu fais ?

– J'espère encore réussir à te convaincre.

– De cette façon ?

– Seul le résultat compte.

Il quitta son fauteuil, sans baisser son arme, et alla vers la porte à double battant qui isolait la salle à manger.

D'un mouvement lent, il l'ouvrit.

Claire sentit ses jambes se dérober. Assis autour d'une table ovale, dix regards froids la scrutaient.

86

Ils étaient là depuis le début.

Sept hommes, trois femmes. Visages compassés, postures raides. La moyenne d'âge frôlait la cinquantaine. Une sorte de gravité émanait de cet aréopage, de celle que l'on acquiert à force de juger son prochain.

Debout face à eux, Claire se sentit placée dans la position de l'accusé. Ils avaient écouté sa conversation avec Marc, soupesé chacun des mots qu'elle avait prononcés. Lovés dans le silence, ils s'étaient forgé une opinion. Ils savaient à présent qu'elle ne partageait pas leurs convictions.

Cette idée, déjà porteuse d'une crainte sourde, devenait effrayante avec la présence d'un molosse en blouson de cuir, planté comme une statue dans un recoin de la pièce.

Marc désigna deux sièges vides, à l'autre bout de la table.

– Assieds-toi.

Il prit place à côté d'elle. Avant qu'il explique, la juge avait déjà compris. Maintenant, le cercle était complet. Ils étaient douze, le nombre requis pour siéger.

Rivière posa son revolver devant lui, tel un maillet de la terreur. Puis il s'adressa aux autres d'un ton solennel.

– Mes chers collègues, je vous présente madame Claire Brissac, juge d'instruction au tribunal de grande instance de Paris.

Brefs mouvements de tête. Visages inexpressifs. Le haut magistrat poursuivit :

– Vous avez entendu ses arguments. Vous savez à quoi vous en tenir et je comprendrais que vous ne souhaitiez pas donner suite...

Il marqua une courte pause, balayant l'assemblée du regard.

– Je persiste pourtant à croire que madame Brissac a sa place parmi nous. Elle est encore jeune, elle saura bientôt faire la part des choses.

– Non ! C'est exclu !

Claire sursauta. Ce cri du cœur était sorti d'une bouche charnue, lèvres de nourrisson dans un visage poupin. L'homme, bien plus jeune que les autres, avait à peine la quarantaine. Sa chevelure de jais contrastait avec une peau très pâle. Il portait un costume sombre, des lunettes à montures noires, autant d'artifices destinés à durcir une apparence encore teintée d'enfance.

La juge pensa immédiatement à Stern. Confirmant son pressentiment, Rivière répondit au gros bébé.

– Nous t'écoutons, David.

– Elle ne changera pas. Notre engagement la dépasse. Nous nous mettrons en danger si nous lui faisons confiance.

– Je lui ai déjà accordé ma confiance.

– Tu t'es trompé.

– Laissons le temps en décider. De toute façon, nous ne risquons pas grand-chose. Et Claire ne pourra plus rien contre nous lorsque Foulon aura été jugé.

Des murmures parcoururent l'assistance. Les positions semblaient contradictoires. Rivière expliqua :

– Il n'y a aucune preuve matérielle nous impliquant directement, vous le savez tous. Le commissaire Mayol est mort, Luxen aussi, l'enquête sur Shloos n'a rien donné. De plus, je fais confiance à David. Il saura étouffer l'affaire sur son propre territoire.

Une voix s'éleva, à l'accent germanique. Longs traits fanés sur tailleur strict, une des trois femmes argumenta :

– Elle peut quand même nous causer du tort. Déclencher l'ouverture d'une enquête...

– Dans six pays d'Europe ? Vous connaissez aussi bien que moi les limites de la coopération internationale. Et puis qui la croira ? Un complot de juges, prononçant des peines capitales et les faisant exécuter eux-mêmes ? Ce serait invraisemblable.

Nouveaux échanges, un ton au-dessus. La pièce bruissait de questions. Rivière leva les mains pour rétablir le calme.

– Écoutez-moi. En venant ici, notre jeune amie a de toute façon scellé son sort. Son histoire est désormais liée à la nôtre. Nous dénoncer serait se dénoncer.

Claire se sentit prise dans une toile d'araignée. Marc avait tout prévu. Sinon, il n'aurait jamais dévoilé son jeu.

Rivière saisit le revolver. Il le soupesa un instant, demi-sourire aux lèvres, puis déclara :

– Foulon a utilisé une arme similaire pour abattre Fabrice Bosco. Si vous en décidez ainsi, il sera exécuté avec celle-ci.

Il appuya un silence puis se tourna vers la juge.

– Tu ne nous trahiras pas. J'en ai la conviction. Et tu sais pourquoi ?

Claire nia faiblement de la tête. Puis la phrase qu'elle redoutait tomba comme un couperet.

– Tout simplement parce que ce revolver portera tes empreintes.

87

Le piège s'était refermé.

Elle n'avait plus d'autre choix que de participer à sa propre perte. Elle allait devenir la complice d'un crime. Une mise à mort qu'elle avait désirée de toutes ses forces, mais dont la réalité soudaine l'horrifiait.

Combien de gens ces illuminés avaient-ils jugés ? Combien de cadavres souillaient leurs robes de magistrats ? Difficile à savoir. Mais pour Claire, seules comptaient les minutes à venir. Une perspective sinistre qui la transformerait à tout jamais.

Marc pousserait-il le vice jusqu'à lui demander de presser la détente ?

Les débats commencèrent. Un petit homme au front dégarni réinstruisit l'affaire. Les faits étaient simples. Foulon n'avait aucune chance.

L'essentiel de la discussion porta sur la méthode. Plusieurs balles avaient atteint Fabrice. Deux s'étaient logées dans le ventre, une troisième dans la gorge. La mort n'avait pas été immédiate. Il avait souffert en attendant les secours et s'était finalement étouffé dans son sang.

De chaque côté de l'assemblée, des voix s'élevèrent. Comment recréer ces conditions matérielles ? Foulon devait aussi goûter à la saveur de ses fluides, sentir la vie s'enfuir à chaque inspiration. Mais le trajet d'un projectile est parfois aléatoire. En atteignant sa gorge, on pouvait briser la nuque, occasionner une fin trop rapide.

Au bout d'un quart d'heure de débats, une solution fut arrêtée. Le revolver serait utilisé pour éclater les intestins. Les blessures, dans cette partie du corps, n'étaient jamais fatales. Tout au moins, pas sur le coup. Elles déclenchaient une hémorragie interne douloureuse, mais qui pouvait durer un certain temps.

La fin serait plus spectaculaire. Un égorgement à la lame, présentant l'avantage de sectionner l'aorte sans prendre le risque de toucher la colonne vertébrale. Foulon gargouillerait dans son sang, puis l'inhalerait dans ses poumons et se noierait dedans.

Claire écoutait le programme, déconnectée. Elle avait l'impression de visionner un film dont elle n'aurait été que la spectatrice.

La voix de Marc la ramena sur terre.

– Bien. Passons au vote.

Une à une, les mains se levèrent. Une forêt de bras tendus, comme un conclave diabolique. Celui de Claire était resté baissé.

Rivière annonça le résultat.

– Majorité absolue.

Il se tourna vers le molosse et l'actionna d'un signe de tête. L'homme répondit sur le même mode, comme un pantin dont on aurait téléguidé les gestes. Il s'approcha et prit le revolver que lui tendait le procureur. D'un pas martial, il se dirigea vers la porte.

Les conversations reprirent, feutrées. Claire n'osait demander ce qui se passait. Elle gardait la tête baissée, luttant contre les vertiges qui l'assaillaient.

Soudain, les doigts de Rivière crochetèrent son bras.

– Il est temps.

– De... De quoi ? bredouilla-t-elle.

– Tu connais le principe. En cas de condamnation à la peine capitale, ceux qui ont participé à la décision assistent à l'exécution.

Il se leva, l'entraînant avec lui. Dans un mouvement synchrone, les autres l'imitèrent.

La procession gagna le jardin, une colonne silencieuse dont les contours se découpaient dans la clarté lunaire. Avalant la nuit, la trappe était déjà ouverte.

La cave aux allures de crypte. Le passage dans le mur. Le corridor. Ils passèrent devant le cachot où, une heure plus tôt, Claire avait vu Foulon. Vide. Sans un regard pour la geôle, les juges continuèrent leur route.

Dix mètres. Le souterrain tourna à angle droit. Cinq mètres encore. Une pente. Plus de lumière : Claire trébucha. La main de Rivière la rattrapa, ferme.

Enfin, ils arrivèrent dans une grande salle. Flambeaux, roches apparentes, soutènements de bois et sol de terre battue. De facture très ancienne, elle évoquait ces pièces secrètes où les soldats de l'Inquisition exerçaient leurs talents.

Claire se figea. Une chaise était placée au centre. On y avait ligoté Foulon. Il gémissait faiblement, tel un chiot émergeant d'une anesthésie. Dressé à côté de lui comme un garde prétorien, le molosse était au garde-à-vous.

À nouveau, les magistrats formèrent un cercle. Un silence religieux habitait la pénombre, celui des temples à l'instant du sacrifice. Claire se sentit défaillir en voyant le couteau posé sur une table métallique. Une lame épaisse, courte et courbée.

Le petit homme au front dégarni fit un pas en avant. Il sortit une feuille de sa poche et débita une sorte de compte rendu ressemblant à la lecture d'un arrêt de cour d'assises. Rappel des charges, déclaration de culpabilité, prononcé de la peine. Le temps se repliait, renvoyant à une époque où les condamnés à mort devaient entendre la sentence avant de subir leur châtiment.

Foulon avait maintenant repris conscience. Ses yeux de fouine fouillaient les regards hallucinés de ses juges. Claire sentit des larmes monter. Sa haine l'avait quittée, et avec elle le cortège de ses doutes. Elle ne voyait plus l'assassin de son mari. Seulement un homme terrorisé à l'approche de sa fin. Devant cette scène pitoyable, elle ne ressentait plus que de la compassion.

La lecture s'arrêta. Une chape de plomb tomba sur la salle. En maître de cérémonie, Rivière s'adressa à Foulon :

– Avez-vous une dernière volonté ?

La peur, pour toute réponse.

Le procureur cligna une fois des paupières, à l'intention du bourreau. L'homme sortit le revolver et se plaça face au supplicié. Claire ne pouvait voir le visage du tueur. À peine celui de sa victime, dont les yeux l'imploraient en silence.

Son sec du percuteur.

À cet instant, une ombre se matérialisa dans la salle...

– Police ! Lâchez votre arme.

88

Diallo contourna le cercle, son Sig braqué sur le bourreau.

Dans l'assistance, on retenait son souffle. Rivière suivait le Black des yeux, un fauve en cage, prêt à tordre les barreaux pour fondre sur sa proie.

Le policier ordonna :

– Tout le monde à terre ! Les mains sur la tête !

Les magistrats obéirent. Face à un canon de revolver, la morgue n'était plus de mise. Ils s'allongèrent dans un mouvement d'ensemble, suivis par Claire.

Le molosse, lui, n'avait pas bougé. Un retard à l'allumage que le flic interpréta trop tard. Profitant du chahut, l'autre se retourna et fit feu. Son tir n'atteignit que le mur, faisant exploser un morceau de roche.

La réplique fut instantanée. Trois balles, en rafale. L'une d'elles fit mouche, touchant la cuisse. L'homme roula au sol, tirant encore deux fois sans parvenir à ajuster. La mitraille siffla dans l'air humide. Un projectile atteignit Foulon pendant qu'une femme criait, lèvres enfoncées dans la terre. Enfin, d'une balle dans le thorax, le Black clôtura l'échange.

– Qui est Marc Rivière ?

Pas de réponse. Michel répéta en brandissant son arme :

– Je vous conseille de coopérer. Qui est Marc Rivière ?

Enfin, une voix craintive s'éleva :

– L'homme au costume à rayures. À côté de moi.

À quelques pas, une petite blonde en tailleur bleu marine... Près d'elle, allongé dans la même position, un homme aux cheveux poivre et sel. Michel l'attrapa par le col et le força à se relever.

– Vous êtes Marc Rivière ?

Le procureur répondit par une question :

– C'est vous, le fameux Diallo ?

Le policier ne fut pas surpris. Il se souvenait de la 607 à Nice, du motard à Vallauris, et du flic qui fouillait les archives de l'association aux Halles. Rivière l'avait repéré depuis un bon moment. C'était sans doute lui qui avait fait pression sur le parquet de Chartres, sur Folti, avec pour objectif de lui retirer l'enquête.

Il planta ses pupilles dans celles du procureur.

– C'est terminé. Je vous arrête.

Puis, s'adressant aux formes allongées sur le sol :

– Vous êtes tous en état d'arrestation. Allez, debout. Contre le mur.

Les juges se relevèrent tant bien que mal. Costumes froissés. Tailleurs maculés de boue. Ils ressemblaient à des vagabonds débusqués dans un squat.

Diallo s'approcha de l'homme ligoté sur la chaise. Il baignait dans une mare de sang qui s'écoulait de sa gorge. Michel n'en savait rien mais, par un caprice du destin, la balle l'avait atteint à l'endroit prévu par ses bourreaux, sectionnant la carotide.

– Qui est-ce ?

Silence dans les rangs. La crainte déformait les visages. La petite blonde fit un pas en avant.

– Il s'appelle Serge Foulon.

Le policier lui lança un regard méfiant :

– Et vous, qui êtes-vous ?

– Mon nom est Claire Brissac. Je suis juge d'instruction au TGI de Paris. Et je peux tout vous expliquer.

Un flottement. Les juges, toujours braqués par Diallo,

devaient commencer à compter les marches les séparant de la case prison. Drapé dans une posture méprisante, Rivière fusillait Claire du regard.

Le lieutenant savait que les auditions viendraient plus tard. Des interrogatoires fouillés qui éclaireraient la moindre zone d'ombre. Mais il était pressé de savoir.

– Je vous écoute.

D'une voix ferme, la jeune femme résuma son aventure. L'instruction en forme de test, sur laquelle le procureur Marc Rivière l'avait lancée. Le complot des juges, réinstruisant des procès et faisant exécuter les condamnations à mort par flics interposés. L'aspect spécifique des peines, véritables actes de torture destinés à faire revivre au meurtrier le calvaire de sa victime.

Michel faisait le parallèle avec sa propre enquête. La loi du talion, la vengeance en miroir, une organisation et des moyens considérables. Des juges capables d'infiltrer le système et de brouiller les pistes, des flics comme hommes de main. Dans les deux cas on retrouvait le même canevas et, derrière, la même impulsion. Une idéologie organisée. Un système froid, une justice expéditive mise en place par des fanatiques convaincus du bien-fondé de leurs actes.

Il balaya le groupe du regard. Des visages ternes, sans relief : l'anonymat de la folie. Seul celui de Claire n'était pas dans le ton.

– Je ne comprends pas. Que faites-vous ici ?

Elle désigna Foulon d'un mouvement de tête.

– Il y a deux ans, cet homme a assassiné mon mari. J'étais... fragile. Ils s'imaginaient que je partageais leurs vues et qu'ils pouvaient me recruter.

Le Black ne savait quoi penser. Seule certitude : dans le feu de l'action, une justice immanente s'était chargée de ce meurtrier. Il n'y avait plus rien à faire pour lui. La suite, en revanche, s'annonçait délicate. Elle allait sans doute déclencher un des plus gros scandales que le pays ait connu. Et il serait en première ligne.

Soudain, il vit les traits de la jeune femme s'affaisser. Dans le même temps, quelque chose scintilla sur son cou. Derrière elle, la maintenant par un bras, Rivière tenait le poignard. Une lame recourbée, impressionnante, que le policier avait remarquée en pénétrant dans la salle. Elle était posée sur une petite table en fer, mais il n'avait pas eu le temps de la récupérer. Dans la panique, le procureur avait réussi à s'en emparer.

Il ordonna au policier :

– Posez votre arme !

Lentement, Diallo redressa le canon de son Sig.

– N'aggravez pas votre cas.

Rivière éclata d'un rire de fou :

– Mon cas ? Vous savez qui je suis ? Qui nous sommes ?

– Une bande de tarés qui s'apprêtait à descendre un type de sang-froid. Voilà ce que je vois.

– Pauvre imbécile. Vous ne pourrez jamais concevoir le sens de notre action. Nous incarnons la Justice. Une justice qui vous dépasse parce qu'elle a le courage de ses ambitions.

Michel n'écoutait pas. Il fixait tour à tour le couteau, puis les yeux gris, prêt à surprendre l'instant où ils cilleraient.

Il répliqua, afin de gagner du temps :

– De quelle justice parlez-vous ? De celle qui se donne le droit d'abattre froidement un homme dans une cave ?

Piqué au vif, Rivière s'énerva.

– Qui êtes-vous pour apprécier notre œuvre ? Nous éradiquons le Mal, pouvez-vous en dire autant ?

– Je n'ai pas besoin de ça pour croire en mon métier. J'applique la loi, je ne la fais pas.

– Nous, si. Nous assumons ce que les hommes ne veulent plus assumer. Leurs contradictions pathétiques, opposant leur vraie nature à un fantasme d'évolution. Le pardon, la dignité, le respect absolu de la vie : un carcan social qui sous prétexte d'humanité en fait des êtres asservis. Mais quelle justice réclament-ils, en vérité ? Je vais vous le dire, moi : au fond, ils veulent la loi du sang. Celle qui mobilisait les foules devant les échafauds et qui lavait l'horreur dans une horreur plus grande encore. La seule capable d'éteindre le feu qu'allume la perte d'un être cher.

– Vous êtes complètement à la masse.

– Non. J'ai seulement arrêté de me mentir.

La conclusion flotta un instant dans la salle, comme un aveu terrifiant. Le Black ne savait plus quoi dire et Rivière ne lâchait pas sa prise. Sous la menace, Claire respirait difficilement. Soudain, une idée traversa l'esprit du policier.

– Vous savez pourquoi on a aboli la peine de mort ?

Les yeux du procureur se plissèrent. Tout à coup, il ressemblait à un vampire surpris par la lumière.

– Pour une raison très simple, expliqua Michel. Parce qu'en cas d'erreur, on ne peut pas revenir en arrière.

– Nous ne faisons pas d'erreur.

– Si. Justement. Et vous avez même tout faux.

– Je ne comprends pas.

Le policier sentit l'inquiétude. Ses yeux harponnaient ceux de Rivière. Suie contre cendre.

En détachant ses mots, Diallo asséna la vérité.

– Laurent Charvet n'était coupable de rien. Vous vous êtes trompé de client.

Rictus arrogant :

– Impossible...

– Son frère Arnaud conduisait la Mercedes qui a tué Camille Mérieux. Il me l'a avoué.

Des murmures agitèrent la pénombre. Une salle d'audience, à l'heure du coup de théâtre. Rivière s'agita.

– Vous mentez.

– Non.

Il y eut un blanc. Puis le procureur tourna la tête en direction de ses collègues, à la recherche d'un soutien. Les fronts étaient baissés. Chacun devait prendre la mesure de cette révélation et en tirait peut-être les conséquences.

Le Black en profita pour appuyer sur la détente.

La balle toucha Rivière à l'épaule. Il lâcha son poignard,

libérant Claire. Un instant, il resta hébété, son bras pendant le long de son corps comme une branche morte.

Un sourire étrange flottait maintenant sur ses lèvres. Celui de tous les regrets.

Ou de toutes les folies.

Avant que Michel n'ait le temps de réagir, il ramassa le couteau et se l'enfonça dans la gorge.

– ÉPILOGUE –

Un soleil tiède illuminait les feuilles des marronniers. L'air transportait des effluves de fraîcheur, premier signe d'un automne prenant déjà ses marques.

Claire descendit d'un pas tranquille les marches monumentales qui desservaient le Palais de justice. Elle passa la grille, salua le gendarme en faction et traversa la rue en direction de la place Dauphine. Elle repéra une table libre, au restaurant Paul, et s'assit en terrasse.

En commandant un thé, elle songea à son dernier dîner avec Marc, trois jours plus tôt.

Une éternité.

Après l'arrestation des juges, l'affaire avait tourné court. Version officielle : Foulon avait trouvé la mort pendant sa cavale. Quant à son simulacre de procès, il n'avait jamais existé. Pas plus que toutes les pseudo-condamnations prononcées par ces juges dévoyés. Personne, dans la police ou la magistrature, n'avait intérêt à déballer ce linge sale en public.

On s'était arrangé pour que cette sombre histoire soit traitée en interne. Le parquet de Paris avait classé le dossier Rivière, et Marc avait même obtenu la Légion d'honneur à titre posthume pour l'ensemble de sa carrière.

Après des auditions de pure forme, les autres magistrats avaient été renvoyés discrètement par le Quai d'Orsay dans leurs pays respectifs. Pour une fois l'Europe avait parlé d'une même voix. Aucun n'était passé sous les feux des médias.

Claire avait aussi été mise à contribution. Une convocation à la Chancellerie, où on lui avait expliqué ce qu'était l'intérêt supérieur. Bien sûr, elle pouvait mettre les pieds dans le plat, expliquer à la nation que sa Justice s'était fourvoyée. Mais elle déclencherait un raz de marée incontrôlable, jetterait le discrédit sur un des principaux piliers du système. Était-ce ce qu'elle voulait ?

La magistrate regarda le Palais dont la masse imposante surplombait la Seine. Érigée sur un socle, une statue représentait une femme aux yeux bandés, tenant un glaive dans une main, et dans l'autre les tables de la loi. Elle semblait tendue vers un point imaginaire, un idéal qu'elle n'atteindrait jamais.

Restait le symbole. L'idée d'une justice impartiale, lucide, point d'équilibre entre l'intelligence des hommes et leurs passions les plus intimes. Le sensé, opposé au sensible, dont elle devait demeurer la garante à tout prix.

Claire avait accepté de se taire. Pour ce rêve, cette illusion dont elle connaissait à présent la teneur, mais qui permettait à des êtres dissemblables de vivre ensemble. Au fond des cœurs, la Bête n'était pas morte. Quels que soient les discours, les professions de foi, elle était prête à bondir pour rappeler aux hommes leur condition première. Celle des pulsions animales, reptiliennes, qui réclamaient la dîme du sang quand celui de leurs proches avait coulé.

Mais Claire savait aussi qu'il fallait continuer à se battre. Contre nous-même d'abord, afin que la nuit moyenâgeuse de nos instincts cède la place à un monde moins obscur. Mais pour l'institution également. Car à ce jour, elle était le seul rempart contre notre propre aveuglement.

Elle songea à Diallo. Le policier semblait avoir pris lui aussi la mesure de l'enjeu. Ils en avaient parlé après le coup de filet. Une discussion troublante, à la fois lucide et désespérée, dans laquelle Claire avait trouvé du réconfort.

Il lui avait d'abord raconté son enquête, cette partie de cache-cache qui l'avait conduit de Laurent Charvet à Flore Mérieux et de l'association de victimes des Rouges-gorges au procureur Rivière. Malgré les précautions, les leurres, et la disparition des traces pénales concernant le toxico, il avait pu remonter la piste. En se posant lui aussi la question : face à la mort d'un être aimé, la justice des autres est-elle légitime ?

Il avait décidé de ne pas y répondre. Son boulot de flic ne l'y obligeait pas. Au fond, il n'était qu'un exécutant. Pour le conforter dans son choix, sa hiérarchie l'avait réintégré à la Brigade criminelle, à Paris cette fois.

Claire sentit sa gorge se nouer. Elle gardait de Diallo une impression douloureuse. Un voile de tristesse paraissait l'envelopper, comme une fêlure intime qui prenait toute la place. Elle n'avait pas insisté. Par pudeur. Par lassitude. Parce que chacun portait sa croix, et qu'elle avait suffisamment à faire avec la sienne.

Une sirène mugit à l'autre bout de la rue. La jeune femme tourna la tête. Roulant à pleine vitesse, un fourgon cellulaire surgit du quai de la Conciergerie. Devant, derrière, des vans noirs surmontés de gyrophares.

14 h 45. Les détenus de l'après-midi arrivaient au Palais pour leurs auditions.

Claire paya l'addition et se leva dans la lumière d'automne. Malgré la souffrance, les deuils et les désillusions, la vie reprenait son cours.

Et dans cette vie, elle était juge.

Direction littéraire
Huguette Maure
assistée de
Maggy Noël

Composition PCA
44400 - Rezé

Impression réalisée sur CAMERON par

CPI
Brodard & Taupin
La Flèche

pour le compte des Éditions Michel Lafon
en mars 2008

Imprimé en France
Dépôt légal : avril 2008
N° d'impression : 46463
ISBN 13 : 978-2-7499-0838-0
LAF 1065